刀兵过

滕贞甫/著

人民文学出版社

图书在版编目(CIP)数据

刀兵过/滕贞甫著.—北京:人民文学出版社,2017
ISBN 978-7-02-013417-5

Ⅰ.①刀… Ⅱ.①滕… Ⅲ.①长篇小说—中国—当代 Ⅳ.①I247.5

中国版本图书馆 CIP 数据核字(2017)第 248036 号

责任编辑	王一珂
装帧设计	黄云香
责任印制	王重艺

出版发行	人民文学出版社
社　　址	北京市朝内大街 166 号
邮政编码	100705
网　　址	http://www.rw-cn.com

印　　刷	中煤(北京)印务有限公司
经　　销	全国新华书店等

字　　数	421 千字
开　　本	880 毫米×1230 毫米　1/32
印　　张	15.125　插页 2
版　　次	2018 年 8 月北京第 1 版
印　　次	2018 年 8 月第 1 次印刷

书　　号	978-7-02-013417-5
定　　价	42.00 元

如有印装质量问题,请与本社图书销售中心调换。电话:010-65233595

目 录

引子 ………………………………………………… 1

1881 年	笊篱卜·扶乩	…………… 7
1882 年	西南　西南	…………… 29
1895 年	苇地火	…………… 49
1896 年	兔毫盏	…………… 63
1900 年	万柳塘	…………… 79
1912 年	芦花豆腐	…………… 98
1919 年	某迪月	…………… 129
1924 年	霍乱	…………… 158
1927 年	窑变	…………… 173
1929 年	鬼蜡烛	…………… 193
1931 年	御倭九戒	…………… 216
1934 年	马回姜路	…………… 244
1935 年	一亩三分地	…………… 311
1939 年	止玉	…………… 340
1943 年	玉虚观	…………… 364
1945 年	子虚	…………… 388
1946 年	苇地之獾	…………… 416
1948 年	马治中	…………… 441

引　子

王克笙一降生就给了接生婆一个耳光。

因为是站生,估衣街上最有名的接生婆郑氏接生时费了不少力气。要紧关头她甚至泄了底气,高声问在门帘外走来走去的王淦:"保大还是保小?"本身就是医生的王淦毫不犹豫地说:"大小都保。"郑氏左上唇的一颗黑痣瞬间像只吸饱了血的蜱虫,几乎要从嘴角上滚落下来,她没好气地说:"保下来也是个讨债鬼!"

这话是不是被娘胎里的王克笙听到无法考证,他双脚先踏入这个世界时眼睛是睁着的,像两粒野地里常见的黑星星。他大哭着,两只粉嫩的小手胡乱挥舞,正俯身剪脐带的郑氏被小手扫在脸上,虽不疼,却也气恼,郑氏拧着眉头说:"这孩子,估衣街上怕是装不下了。"

估衣街是一条六百岁的老街。

光绪年之前,估衣街是一家挨一家的估衣铺,街上天天赶集一般人群熙攘。估衣街只估衣裳的规矩是被一家药铺打破的,好比扎紧的篱笆冷不丁就开了个洞,接着,什么麻花铺、剪刀铺、酱菜铺,甚至胭脂铺都一夜间冒出来,让估衣街变得名不副实。

破这规矩的是皖南人王茗。这个溜肩窄腮的中年人花五两纹银买下街巷西南角一个估衣铺,雇木匠打了一排百眼柜、一张两尺宽三尺长的台案,门楣上挂出一块酩奴堂的牌子,开始坐诊抓药。初时，街坊们抬头侧目瞭一眼牌匾后都摇头，觉得药铺开错了地方，有人甚至编了一句歇后语来调侃：估衣街上开药铺——胡闹。在街坊的另眼中，酩奴堂不温不火地开起来，后来，王茗把皖南的妻儿接来，王家如同一窝南来的燕子，在估衣街上筑巢安家，过上了自鸣钟一样守规守时的日子。

其实，估衣街上的街坊并不知道酩奴堂堂主的来历，他们没料到这个其貌不扬的郎中竟然做过大周的五品官！

王茗不姓王，姓朱，原籍皖南祁门，新安医派世家，以砭石和针灸治病闻名远近。朱家在祁门的堂号不叫酩奴堂，而是叫金石堂，体现了砭石之用。康熙十二年冬月，平西王吴三桂起兵叛乱，西南生出战事。康熙十六年春，吴三桂一彪兵马进驻祁门，一天，一个患湿热之症的紫面将军到金石堂看病，朱茗用砭石疗法消去了他的疾患，紫面将军大喜，说："你姓朱，与前皇同宗，大军兴明讨虏，你焉能置身事外？"说完就让军士把朱茗连拖带推掳入军中做了随军医官。次年，吴三桂建大周称帝，加封文武百官，朱茗稀里糊涂被封了五品医官。受封前夜，朱茗做一梦，梦见自己着前朝官服，在金石堂中坐诊，早上醒来，不明此梦凶吉，找一道士圆梦。道士说此梦绝非吉兆，着故国官服，坐今朝之堂，运程大变矣！朱茗觉着官服如同戏装，唱什么戏穿什么衣而已，自己只管治病救人，不用去理什么前朝后朝，此事也就略过。朱茗任五品医官未久，一代奸雄吴三桂驾崩，大周江山随之土崩瓦解，朱茗成了清兵俘虏。也该朱茗幸运，他落在一个姓宋的汉人副将手里。宋副将是郓城人，浓眉重须，声若洪钟，左股被旧年箭伤所困，因战不治，已成大患，看过几个名医，都说此腿不保，副将为此焦虑异常。提审朱茗时，宋副将挽起战袍问他能不能医。朱茗仔细查看一番，见伤腿血管条条蚯蚓一样几乎要破皮而出，淤堵之症十分严重，他点点头说可以用砭石一试。宋副将说:"你若保我一腿,我便留你一命。"朱茗说:"此乃沉疴,治愈非一日之功。"宋副将说:"你只管随我营中,用心治病便是。"朱茗用一块三角砭石,日日在宋副将穴位上挑来刮去,一段时日后,宋副将腿上条条蚯蚓钻入了皮下,疼痛也大有缓解,一条被诸多名医判为不保的大腿留住了。宋副将对朱茗心存感激,觉得这般人才杀头着实可惜,便想学一回老乡宋江,有心帮他脱险。康熙皇帝一道圣谕,大周俘虏悉数发配东北,在押送俘虏北上经过天津时,宋副将给了朱茗十两纹银命他去街上买些金枪药,以备军需。朱茗上街后,押送俘虏的队伍不等他回来便奉命开拔北上,故意将换了衣装的朱茗撂在了天津。事前宋副将曾嘱咐他:"世世代代隐姓埋名,勿言周事!"于是,朱茗改称王茗,用五两纹银在估衣街西南角兑下了估衣铺,剩下的银子置办药柜,进些药材,正式撑起了酩奴堂的门面。开张之日,王茗一没鸣鞭,二没结彩,只在门口栽了两株杯口粗的白果树,树上系了两条红布,算是志喜。王氏酩奴堂在估衣街上历经百年五代,成了街上资深老字号。王茗谨记恩人嘱咐,行医做事十分低调,他告诫子孙:"牌匾不鎏金,砭石与银针。子孙永相继,柔弱立乾坤。"并要求后人以《朱子治家格言》为家训,只做良医,不谋良相,守分安命,顺时听天。晚年,他在《朱子治家格言》后补录八十字,让子孙熟记于心,躬行不忘。王家人人都会背诵先祖补录的这一段治家格言:

敬天法祖,固本维新;
扶危济困,贫贱同仁;
宠辱莫惊,富贵不淫;
医上显贵,礼下庶身;
立懦强怯,邦小道淳;
传习授业,居必择邻;

近有道士,远是非君;
少言寡语,百毒不侵;
朝纲在胸,梦不骇神;
三才交互,治病救人。

从创立人王茗、二代王琪、三代王琼都是单传,到了第四代王淦这里情形有了变化。王淦为了打破三代单传宿命,对前辈单字命名的做法加以改进,立下"克明祖训,家国斯存"八字行辈供后代命名,以便族属代代不乱,长幼有序,王氏后人名字由两字变成三字。王淦确立了行辈后果然就生了两个儿子,克箫、克笙成了王氏三字姓名第一代。克箫、克笙两兄弟模样相差无几,性格却天地之别。老大克箫像一把胡琴,能屈能伸,可急可缓;老二克笙则像一面铜锣,擂之即响,经久不息。按照长子嫡传的惯例,克箫继承祖业顺理成章,克笙只能辅助兄长坐诊行医。王淦视茶如命,喝茶只喝祁门安茶,诊台上有一把文旦紫砂壶,一年四季总是壶暖茶热,每次切脉,总要先饮一口茶,长舒一口气,然后再专心诊断。酩奴堂没有问诊者时,王淦喜欢独自吟诵一首描写估衣街的竹枝词:

衣裳颠倒半非新,挈领提襟唱卖频。
夏葛冬装随意买,不知初制是何人。

克笙出生后一直不安分,宋氏担心孩子走了形,想给孩子打个蜡烛包。王淦摇摇头,说王家的孩子最忌讳"捆绑",几代人都没有打过蜡烛包,到了笙儿这也不能例外。克笙周岁时,依俗要抓周,王淦在笸箩里放了笔、铜钱、书籍、算盘、砭石、黄帝九针、胭脂、茶叶等物件,小克笙一双眼睛只盯住两样东西,茶叶和砭石,一手抓了一样,自顾自玩耍起来。王淦长舒一口气,对宋氏道:"复兴朱门者,竖子也!"宋氏记得,克笙的哥哥克箫抓周抓了算盘。

童年的王克笙遇事敢抻头。一次,他与克箫在街上玩耍,遇到一个来自新野的耍猴人在耍猴。耍猴人尖嘴猴腮,很像那只猕猴的父亲,被耍的小猕猴看上去瘦骨嶙峋,翻几个跟头就发出凄惨的叫声,有围观者扔给猴子一只梨,猴子捡起刚咬了一口就被耍猴人抢了去,不但抢了去,还抽了猕猴一鞭。小小的克笙气不过,冲过去将耍猴人手中的梨子夺下,还给了眼巴巴盯着梨子的猕猴,耍猴人被这孩子的举动吓愣了,好半天没缓过神儿来。克箫怕弟弟惹祸,过去向耍猴人赔个不是,拉起克笙挤出人群跑回酪奴堂。看两个孩子面红耳赤的样子,父亲问发生了什么事,克箫没敢说,倒是克笙气呼呼地说:"那个耍猴的欺负猴子,我不该夺梨,该夺了他的鞭子!"父亲叹了口气,嘱咐克箫再上街要看好弟弟,别多管闲事。

克笙七岁开始跟母亲读书,读《三字经》《千字文》和《朱子治家格言》,也背诵一些汤头歌之类的中医歌谚。克笙读书用功,与哥哥克箫只专注于医书不同,他还喜欢《论语》《孟子》,小小年纪提出的一些问题有时会把母亲问住。一次,他问母亲:"孔子陈蔡之困,见到颜回偷吃米饭,为什么不能直接呵斥,而要旁敲侧击说风凉话呢?孔子不是主张友直吗?"宋氏说:"有些话不能当面讲的,总要给人留些颜面。"克笙摇头:"颜回要是不辩解,这个疙瘩一辈子也解不开,话还是说开了好。"克笙对各种味道特别灵敏,别人闻不到的味道他能轻易嗅出来,喜、怒、忧、思、悲、恐、惊七种情志变化别人目视耳闻得知,他却能凭味道有所感悟。酪奴堂右邻是个宁波籍的老裁缝,嗜好烟土,平时霜打般无精打采,一旦吸过烟土便鬼狐附体一样亢奋。一日克笙在街上玩耍回家,迈进门槛时,他鼻子忽然抽动几下,说闻到一股悲味。母亲说悲味岂能闻之,克笙说是僵腐之味,恐怕邻里

5

家有不祥。家人没在意,小孩子说话没来由不必当真。须臾,邻居来报丧说老人刚刚过世,打扰邻里乞望体谅。小克笙竟然能嗅出死亡之味,家人深感神奇。还有一次,正在吃饭的小克笙说家里有一股来自山野中的湿腥之味。父亲说酩奴堂药材大都经过九蒸九晒,何来湿腥之味?他说:"还是找找看,这湿腥味应是来自活体。"于是家人四处寻找,果然在厨房水缸下找到一条盘成一团的菜花蛇。母亲说克笙有这等本事,对行医诊病大有裨益。

依照王家祖规,孩儿满十六岁应告知家史,说明家族渊源。克笙十六岁生日那天傍晚,父亲王淦关紧门窗,在酩奴堂中三圣图下将王家来龙去脉说与克笙。父亲要求克笙对此事守口如瓶,不得对外人吐露半字。为了让克笙谨记教诲,父亲特意讲了前朝崇祯皇帝五太子朱慈焕的教训,朱慈焕隐姓埋名一个甲子,七十五岁时却因言泄风,遭满门抄斩。父亲告诫他:"行不离道,医不叩门,无灾无祸便是福祉。"克笙听后默默不语,一连两个白天,就坐在台阶上仰望着门前两棵白果树上的喜鹊窝出神。他明白了王家为什么世代谨小慎微,原来头顶有一座大山压着。他理解了父亲为何酒后经常吟诵那首竹枝词,父亲一定由竹枝词联想到了朱家命运的坎坷。

在知晓家史后第三天,克笙恢复了常态,他对哥哥克箫说自己嗅到了一股干草味,这味道让他心里充满了对远方的憧憬,时刻有催马扬鞭的冲动。克箫不会知道,此时的弟弟已经在心中立下罚誓:

不复祖姓,誓不为人!

1881年

笊篱卜·扶乩

一

傍晌,王克笙正在酪奴堂坐诊,推门进来一个着马褂长衫的老者。克笙起身让座,为老人倒上一杯祁门安茶。为问诊者上一杯茶是酪奴堂的规矩,目的是让求医者平气息,这样切脉才能察虚实、断浮沉。老者一口皖南话,听起来绵软有韵,入耳耐听。他说自己患腿疾,看过几回郎中不见好转,听人说酪奴堂用砭石古法治病,特来求治。老者坐定后,目光被那碗茶色橙红的茶汤所吸引,他端起茶碗轻轻啜了一口,点点头,嘴角透出一丝微笑,"祁门安茶。"他说。克笙点点头:"先生能识得祁门安茶,定是品茶行家。"老者道:"安茶介乎红茶绿茶之间,梗叶同揉,紧压而成,一般茶叶以新鲜为上品,唯有安茶以陈年为珍贵,故有圣茶之说,老夫焉能不晓得。"说完,老者将右手置于青花瓷脉枕上,任由克笙把脉。老者一番话让克笙眼前一亮,他一边把脉,一边观察老者神色,在换过左手把脉后说:"先生寒凉外搏,热血得寒,汗浊凝滞,所以作痛。"老者说:"病由老夫已知,当务之急是寻求祛痛之法。"克笙道:"既知病由,当得医道,就依先生所想,用砭石疗法试试如何?"老者打量一番克笙,发现这个眉眼澄明的小伙子气象非凡,谈吐极有分寸,便点头说:"砭石乃上古医法,失传已久,想不到能在估衣街遇到,这真是天子失官,学在四夷。"此话让克笙心头一震,老者知识渊博,绝非俗辈,克笙说:"先生既然知晓砭石医法,那就让晚辈一试。"说完,扶老者仰卧于诊榻,以温水洗擦疼痛关节,选了一块沸水中煮过的菱形砭石,在穴位上刺、挑、刮、挤一番处理,只见老者踝关节处泛出一摊白红相间的脓血,豆渣般黏稠,克笙用棉布拭擦干净,取止血粉涂于渗血之处,然后请老者下床一试。老者下床试了试腿力,感觉症状减轻许多,不禁面呈喜色。这时,街上进来一个着皂色衣裤的年轻人,焦急地四处寻找什么,见到老者后长出一口气,把小巧玲珑的紫砂壶递过来,说自己刚才找地方续水没跟上,想不到吴大人到酩奴堂来了。原来前来就诊的是津门有名的茶商吴志甫。

吴志甫是皖南歙县人,祖上世代做官茶,后来官茶式微,开始做商茶。吴家在京津一带有几处茶行,因为诚信经营,渠道通畅,在京津一带口碑甚佳。吴志甫喜欢游走,福建、云南、四川,只要产茶的地方他都去过,他戏称自己是吴霞客,贩茶好比副业,观光和结交贤达才是他游走的目的。他的理论是布茶道、洗人心。有人问他:"茶道可布,人心可怎么洗?"他回答说:"茶喝透,人心净。"这个回答很让一些贤达赞赏,天津知府王炳燮夸他是"茶侠",传令天津所辖四十五处讲授《圣谕广训》的宣讲所都用吴家的茶叶。

吴志甫推开小伙计递过的紫砂壶,指指案上的茶碗说:"祁安,味儿正!"克笙对他顿生好感,觉得这个大名鼎鼎的茶商没有商贾之气,一般生意人都是贬别人抬自己,这个老者却能说实话。克笙说:"先生腿疾若能连治七日,成效自然可见。"吴先生站起身,室内中堂悬挂的三幅画像吸引了他,走过去仔细辨识。画像为绢本设色,装裱老旧,分别是孔子、孙思邈和达摩,谁人所画颇难判断,因为画上只有一方模糊的印章。看了好一会儿,他点点头:"戴进之作,珍品。"克箫、克笙都愣了,吴先生能看出三圣像是戴进所画,真是一副金眼。吴志甫告辞时向克笙拱拱手:"老夫这条腿交给你了,只要不误老夫游山玩水,诊金双倍!"

于是,王克笙接手了吴志甫腿疾治疗,几日接触后两人渐渐熟起来。吴志甫嗜茶,来酩奴堂总有小伙计捧一把紫砂壶不离左右。那个脑后垂着长辫、一身皂色衣裤的小伙计不说话,每次都在诊床前笔直地站着,只要吴先生右手一伸,他便把紫砂壶递上,吴先生接过壶对着壶嘴吱吱有声地啜上几口,再将壶还给小伙计。克笙受家教影响也喜欢饮茶,但酩奴堂所饮多是祁门安茶,对其他茶品了解不多,吴先生便给他讲解各地茗茶,比如顾渚紫笋、西湖龙井、闽红、碧螺春等等。当然,吴先生津津乐道的还是安徽出的七大名茶,敬亭绿雪、涌溪火青、六安瓜片、太平猴魁、舒城兰花、老竹大方和屯溪绿茶。这些名茶克笙别说品尝,有的是闻所未闻,由此,心中对吴先生多了一份崇敬。吴先生对安徽医承也能如数家珍,他说历史上安徽出名医、出御医,医派正宗,三国神医华佗就是安徽人。除了茶叶和医派,吴先生对各地名山大川知之甚多,他说估衣街太拥挤,一生囿于陋巷焉知世界之大?

克笙感到自己与吴先生似前世故友,相忘江湖又意外重逢,彼此应该惜缘。"我是个行者,"吴先生常常这样说,"行者乐趣无穷。"克笙很羡慕这位年长自己一倍还多的老人,老人简直是一本奇书,每一页都写满变幻莫测的故事,让人不能释卷。治愈了腿疾后,吴先生常约克笙到他的茶行做客,一壶茶,几碟蜜饯,两人常谈至深夜。一次,吴先生说自己到了川西考察民情后得出一个结论,人的开化未必与财富成正比,江苏富甲天下吧,但江苏却出了个奇葩案。某县发生一起命案,丈夫疑妻子与侄儿有奸情，便起了杀念，持刀生生割下二人头颅。县令在判案时，命人将两颗头颅置于水中，说若两头相向，则有奸情，若两头相背，则示清白，结果杀人者逃脱了惩罚。克笙摇摇头："世上有这般糊涂县令，怎能不出冤案？"吴先生道："冤案未必故意为之，判案之法取之不当也会铸成大错，县令这一做法古已有之，如同滴血认亲，不能说他异想天开，但这大都是戏曲中噱头，不能当真。我与被流徙黑龙江的天津知府张光藻大人交谈过，他说龙江虽偏，但当地府县从不用戏曲中手段断案判讼，叉玛神汉也不得为凭，可见蛮夷之地未必就愚钝，富庶之地未必就开明。"克笙说："偏远之地多民风未开，若能筚路蓝缕，以启山林，何尝不是功德？"吴先生很赞同这个说法："正是，'江山留胜迹，我辈复登临'，你我若能在行走中以启山林，也不枉行走的辛苦了。"听罢吴先生所言，克笙深感自卑，自己年已弱冠，却从未离开过天津卫，与见多识广的吴先生相比，简直就是井底之蛙。吴先生说："庸人多虑寿长而不思识广，须知生命不在虚长年岁，而在行路远近、看过多少光景，一个足不出阡陌的农夫，即使年至耄耋又值几何？不过活着而已。"一番话令克笙心扉洞开，是啊，读万卷书行万里路，委身估衣街苟且一辈子，岂不是辜负了人生！

一次，在吴志甫的庭院里喝茶，他忽然嗅到了那股干草的味道。这是一种甜而软的味道。他四处打量，吴志甫见他变得警觉，问缘由，他说闻到了一股很好闻的味道。吴志甫笑着说："我府上未添新物，你可四处找找看，是不是味觉出了问题。"王克笙站起身，寻着丝丝味道，走过三丈见方的花园，拐出侧门，侧门外是吴家马厩，克笙发现吴家马夫正在喂马，饲料是一捆捆干草，他抄起一把干草放到鼻子下闻了闻，那种甜而软的味道顿时让他如醉如痴。问马夫："这干草何名？"马夫回话说："野燕麦。"克笙疑惑地问："夏季青草随处都有,为何还要喂干草?"马夫道："青草不垫饥,马吃多了会跑肚子。"回到茶桌旁,吴志甫问找到了什么,克笙说是一种叫野燕麦的马料,吴志甫哈哈大笑,说："你这鼻子挺神的。"王克笙却有些担心,说自己对味道如此敏感,不知是特异奇功还是恶病怪癖。吴志甫说："人与动物皆能循味而趋,此乃天生禀赋,须知眼睛可以骗你,但味道却不会欺人,有这等本事绝非坏事,你比别人更会看清物体本质。"克笙第一次听到高人对自己嗅觉灵敏的称赞,他感到吴先生所言在理。的确,人,虽贵为灵长,但眼不如鹰隼,鼻不如狸犬,人与万物,各具长短,且不可自以为是,恃才傲物。

克笙决定拜吴先生为师,征求母亲意见。母亲问："吴先生哪里让你信服?"克笙想了想道："吴先生身上有一股茶的味道,这味道像一根绳索在牵着我走。"宋氏知道儿子从小就对味道敏感,对于自己喜欢的味道简直如醉如痴,既然儿子这么说,她知道只能由着儿子去了。宋氏嘱咐儿子："吴先生乃儒商,人品商品俱佳,母亲不反对你拜他为师,只是王家有祖训:只做良医,不谋良相。你虽拜吴先生为师,只可学些为人处世之道,切不可做有违祖训的行当,贪恋虚名浮利,忘了初心根本。"克笙说自己出于敬佩吴先生学养,才不想错过相识之缘,绝不会弃医从商,变更父志。得到母亲同意后,师生二人就在酩奴堂中孔子、药王和达摩画像前行了拜师之礼,从此便师生相称,亲如父子。

见证了拜师礼的宋氏和克箫没有兴奋之情,他们知道克笙一旦跟随了这个走南闯北的吴志甫,在酩奴堂坐诊的日子就不会多了。

二

一生都在行走的吴志甫在一个满月的夜晚忽然产生了去关东开拓茶市的想法。静夜,庭院葡萄架下的月光碎银一般洒在大理石桌面上,吴志甫拈着胡须把自己的想法很轻松地告诉了王克笙。王克笙听后顿时血脉贲张:天哪!关东!那不是先祖差点被流徙的地方吗?吴先生抚摸着小小的紫砂壶,信心满满地说:"明月照香茗,香茗当不负明月,布满关东大地。"王克笙被感动了,按照这个说法,关外大地也该有王家酩奴堂啊。吴志甫身上有一股磁力,这磁力来自他的自信,他对决定要做的事总是充满信心,好像任何困难都不在话下,品茶赏花之际,事已水到渠成。刚才说的关东,在别人眼里是一片荒凉之地,在他的眼里则是洒满月光的白山黑水,獐狍野鹿,驿道毡房,那将是一幅神奇的图画。"到关东何地?"克笙问。吴先生未假思索地道:"卜奎!"这是一个陌生的地名。"为什么要去卜奎?"他追问。吴先生神秘地笑了:"我读过天津知府张光藻大人写的诗,那里有广袤的草地和群舞的仙鹤。"仙鹤?克笙脑海里浮现出某些画面上仙鹤的样子。他从没有见过仙鹤,不知道仙鹤叫起来是什么声音,但读过的诗文告诉他,仙鹤是一种祥鸟。吴先生给他讲了同治十一年天津发生的教堂案,讲了天津知府张光藻因护民获罪流徙黑龙江的事情,说张光藻流徙之时正患腿疾,仆人韵笙放心不下,毅然陪他走上流徙之路。吴先生说:"此仆忠心可鉴、义薄云天,主仆二人同走流徙路,成了朝野间久传不衰的一段佳话!"王克笙几乎不相信自己的耳朵,陪张光藻流徙的仆人叫韵笙?名字中也有一个笙字。

克笙萌生了陪吴先生去关东的念头。他把想法告诉母亲,白发苍苍的宋氏先是愣了一下,接着疑惑地问:"老话说宁向南一丈,不向北一尺,你为何非要去关东寒冷之地?"克笙说:"孩儿并非一时冲动,也思忖了几个晚上。孩儿想,不涉险地,难见奇观,正所谓富贵险中求。"宋氏听后许久没有作声,呆呆地看着门外两棵白果树发愣,这是先祖王茗开创酪奴堂时栽下的树,粗细已需两人合抱,树上有两个相邻的喜鹊窝,栖息在树上的喜鹊每年都会孵出几只小喜鹊,小喜鹊羽翼丰满后就会离巢而去。克笙看看大树,再看看母亲,忽然发现母亲脸颊两行浊泪正汩汩而下。"天意!"宋氏喃喃自语。克笙跪在母亲膝前,摇着母亲的臂肘说:"母亲在,孩儿不该远游,可孩儿不甘心蜗居在估衣街,孩儿的梦想就是寻一处与祖上没有挂碍之地,创办酪奴堂,恢复祖姓。"宋氏擦去泪水,目光变得冷硬:"当年先祖本该流放卜奎,因有善人相助,得以偷生津门,名虽存,姓却失,朱家世代以此为羞,今日你与吴先生一同闯关东,也算是前人之债后人偿还,依母之见,你就在关东择一处祥瑞之地,创办一处酪奴堂,行医济世吧。"宋氏回到内室,取出一褐色竹筒,竹筒内有孔圣人、药王孙思邈和达摩祖师三轴画像,这是请画师临摹的三圣像。几个月前母亲请画师临摹时他还不解,中堂中的三圣像完好无损为什么还要复制?现在他明白了,原来母亲早就预料他会像门前白果树上的喜鹊一样飞离巢穴,临摹三圣像是为他而备。克笙是仰望着三圣像长大的,三圣的容貌已经深深镌刻在脑子里,父亲在世时他曾问过:"为什么要将三位圣人挂在一起供奉?"父亲说:"人无信仰,犹长夜无灯,不能夜行。孔子为儒,儒家讲心、性、命;药王是道,道家讲精、气、神;达摩乃释,释家讲戒、定、慧。三教虽殊,同归于善,参透此道,遂成君子。"母亲嘱咐说:"治学师圣人,行医师药王,笃定师达摩,酪奴堂在三圣在,无论遭遇什么困厄,三圣衣钵要代代相传,有子传子,无子传贤,莫断了传承。"母亲的交代字字千钧,克笙陡然觉得这加了皮箍、配了背带的竹筒沉重了许多。"孩儿要把三圣图挂在关外的酪奴堂里,"他说,"关外的酪奴堂不再姓王,而是姓朱。"克笙很清楚,一旦在关外恢复祖姓,自己就不能再回天津酪奴堂了,他这粒朱氏的种子,将在白山黑水间生根发芽,长出另一棵大树来。宋氏为他择下肩头一根头发,仔细端详着克笙的面孔说:"恢复祖姓,应当从长计议,大周非善朝,朱家易姓也非光彩事,不到河清海晏之时,不可草率为之。"

九月初六,克笙与吴志甫出发的日子。清晨,门前白果树上的喜鹊将一家人唤醒,喜鹊的鸣叫总是很准时,只要晴天,它们总是以欢快的鸣叫为朝阳升起伴奏。梳好头的宋氏将克箫、克笙唤至门前,指着门楣上方酪奴堂三个行书大字问:"酪奴堂三字本意你们可清楚?"兄弟俩面面相觑,天天嘴上叫着酪奴堂,这堂号到底什么意思还真说不完整。克箫说:"我知道酪奴是茶,好像与药关系不大。"宋氏说:"酪奴就是茶,茶乃楚人所爱,初始传入北方时胡人颇为不屑,便以酪奴相称,其中多有贬义。先祖创办酪奴堂正是困厄之时,以酪奴自勉,为的是示弱不逞强。"克箫、克笙同时仰望牌匾,白底黑字,虽然有些斑驳,但三个行书大字中遒劲的力道依然看得出来。宋氏取出一竹包祁门安茶,安茶是酪奴堂不可或缺的日用饮品,宋氏说:"祁门安茶虽鄙,却可醒脑去秽,北地膻腥重,可以此克之。"宋氏一手托着竹包,另一手覆在上面,却没有将茶叶马上递给儿子,她还有话,"药用一时,茶用一世,切切记住,吃茶即修道,持偈莫如吃茶。"说完,郑重将这包祁门安茶递给儿子。克笙接过母亲所赠之茶,透过竹包,他分明嗅到了祁门安茶的粝香。自己吃茶已成习惯,虽然吴先生本身就是茶商,吃茶不成问题,但祁门安茶是有记忆的味道,像母亲下厨烹饪的腊肉小炒,是其他饮品代替不了的。

宋氏又给儿子一本《朱子治家格言》："此家训虽非酪奴堂朱氏所著,但毕竟同姓同望,酪奴堂世代以此为座右铭,先祖在此家训后缀有王家治家格言,你在关外落地生根后,可以此明家训、调家风、讲诗书、明礼让,造福乡里,不负祖宗教诲。"

克笙知道母亲赠书的用意,治家不能没有遵循,自己在关外不仅要把家训传下去,而且要将这治家格言回归为朱家。母亲所赠三物,被王克笙视为至宝,一直用心珍藏。

克笙与吴志甫沿着估衣街凸凹不平的石板路走向十字路口,吴先生那个皂衣小伙计牵着两头毛驴正在路口等他。没有更多送行之人,空荡荡的估衣街头,只有宋氏和克箫站在铺满青石的街中央挥手送别,酪奴堂门前两棵白果树枝叶泛黄,近在咫尺两个鹊巢若隐若现。关东大地,土匪多如牛毛,为了不抓盗匪眼色,三人轻装简携,除了必要御寒衣物,吴志甫只带了一箱书一箱茶,王克笙带上了母亲所赠三物,还带了一个柳编药箱,内有五块泗滨砭石、一盒黄帝九针、各种必备之药。母亲忍泪嘱咐说:"想娘之时,可在三圣像前默念,娘听得见。"

山海关,一道关隘,天地两重。关内,尚存残秋高阳暖意,关外则寒风凛冽满目凋敝荒凉。三个人两头驴行走在空旷的野外,寒鸦盘旋头顶,豺狼嚎叫左右,孤城与孤城之间不见村落,车辙湮没的古道上少见商旅,冬天的关外几乎停止了呼吸一般令人透不过气来。

途中入住客栈,克笙发现吴先生常常在夜里攥一把草棍卜卦,心中很是奇怪,见多识广的吴先生喜爱占卜,这是他没有想到的。行至德惠,入夜后吴先生又在卜卦,克笙止不住问:"先生何故占卜?"吴先生摇摇头道:"夜不能眠,游戏罢了。"吴先生随行的皂衣小伙计叫小贺,沧州人,勤快机灵,吴先生未睡,他便持一把茶壶不离左右。吴先生喝几口热茶,忽然变得兴奋,将草棍掷于桌上,捻着胡须说:"你们知道张光藻大人进入龙江大地时所赋之诗吗?"王克笙和小贺都摇头,他说,"我记得一首,吟与你们听听。"说完,便平长仄短地吟诵了一首《入黑龙江境》:

百里无人断午烟,荒原一望杳无边。
行来白草黄沙地,正是严霜朔雪天。
海日孤悬岩壑冷,江冰横踏马蹄坚。
回看千里黄龙府,犹觉长安在眼前。

"这诗有些伤感。"王克笙直话直说。吴先生点点头,"是啊,张大人流徙黑龙江,心境可想而知。不过,两年后他奉旨回京便是另一种心情,回京路上他写的诗就不同了:'山花带笑如迎客,笼鸟高飞欲上天。'你们看,这是什么样的心境!"

"吴先生也赋诗一首如何?"克笙说。吴大人拈着胡须说,"我只想好了一句,难望张光藻大人项背,你我此行是出游,可谓天马行空,无拘无束,所以我想了这样一句:'志甫苍苍思花乳,克笙匆匆奔酪奴。'"克笙和小贺都笑了,先生果然性情。

出德惠走驿道直到卜奎,一路虽然艰辛,却也太平,吴志甫悄悄对克笙说:"我夜夜占卜,无非是趋利避凶啊!""先生真信?"克笙问。吴志甫道:"人不可机械,疑问之时求助神灵未尝不可,孔圣人就是这么做的。"克笙明白了,吴先生的自信绝不是盲目自信,他有充分自信的理由。

到达卜奎后,吴先生持天津衙门信函叩开了将军府威严的大门。黑龙江将军文绪仪表堂堂,威风凛凛,他将吴先生一行三人留在府中居住。文绪将军似乎有鄂温克族血统,黄须狮鼻,酒量惊人,在山高皇帝远的黑龙江,这位从一品的边关大将颇具豪侠气度。听吴志甫说要在卜奎开茶行,他蒲扇般的大手一挥,哈哈大笑两声说:"日怪! 龙江人喝酒,哪个喝茶?"吴志甫并不辩解，每次酒宴之后都让小贺沏一壶茶给将军饮用，几天过去，将军日渐有了茶意，酒足饭饱过后总会吆喝一句："吴掌柜，上茶!"当地对生意人一律称呼掌柜的，不管生意多大，掌柜是最好的尊称。这时，吴先生和克笙就会相顾一笑，让小贺赶紧端茶伺候。

隆冬，湿热过盛的文绪将军患了蛇盘疮，眼看疮之溃疡如两条蠢蠢前行的黄蛇，拼着命想吻成一线，果真如此，文绪必死无疑，而一干军医对此束手无策。吴志甫推荐克笙为将军诊治，克笙仔细诊视病情后，承诺不出七日便可治愈这恶疮。克笙此话绝非虚言，他药箱里恰恰有白花蛇粉，此药是蛇盘疮克星。涂粉三日后，将军腰间的两条黄蛇便干枯了身子，变成两条死蚯蚓，恶疮痊愈。文绪将军十分感激，专门摆酒庆贺，夸赞王克笙医术超群。酒席间，吴志甫替克笙说起要在此地开办酪奴堂一事，文绪将军满口应承，说只要在他的管地，要房给房，要地给地。吴先生见文绪将军总是以酪浆为饮，便建议少浆多茶，有助酒肉消化。文绪将军一手持奶碗，一手抚茶杯，两只黄眼珠转来转去，忽然大叫一声："有了!"把满桌人吓了一跳，文绪将军说把茶与酪同煮，一来饮之有味，二来得茶之好处，岂不两全其美？众人都觉得这是一个好主意，让厨子一试，果然很受用。从此，将军府中有了奶茶，此法传至卜奎民间，一时成为时尚。

三

有了文绪将军支持，吴志甫卜奎茶行开办顺利。此时，他在辽南营口的茶行业已开张，可从营口茶行直接发货到此。卜奎茶行由小贺打理，更多时间吴志甫和王克笙都花在四处访古探幽、考察风土人情上。其间，吴志甫对当地的扶乩产生了兴趣。

大清朝自咸丰以来,朝中百官流行扶乩,同治后期,扶乩遭冷落,但在内地冷落的扶乩却在偏远的卜奎十分流行。吴志甫访问了几个民间扶乩高人后,一日,他要带克笙去卜奎西门外的慈悲庵。吴志甫说:"听说此庵有高人扶乩,我俩不妨一试。"说走就走,两人骑马出城,沿着长满蒿草的雪径直奔慈悲庵。路旁是一望无际的荒甸,冬天的大甸白雪皑皑,间或有稀疏的芦苇或柳条透出来,在寒风中摇曳。半个时辰许,两人到达慈悲庵。慈悲庵处于山与甸的连接处,依山而建,几十级石阶通向山门,青砖门楼古朴庄重,四角翘起,脊背两端坐着看不清的瑞兽。两扇朱门有些斑驳,门前右侧立有一石碑,碑文虽已风化,近前依稀尚可辨识,记着乾隆四十年重修此庵的经过。进入山门,见一老妪正在殿前一根索伦杆下往小木船上添高粱。两人走过去寒暄几句,帮老妪把盛满高粱的小木船用绳索吊到索伦杆顶端。凭感觉,王克笙料定这老妪是叉玛。叉玛不难辨认,凭一头披散不结辫的长发便可识出,如果冬天包裹严实,可从眼神中认定他们身份,因为叉玛目光发直,总是两点一线,当叉玛盯你之时,你会感到有一条无形的绳索在牵引你。克笙到卜奎后,发现叉玛几乎是一切的主宰,尤其是驿人,大事小情都要找叉玛占卜,吴先生说叉玛不可小觑,乃满蒙辽金千百年来民众所拜之神,我们入乡随俗,跟着敬畏为好。老妪穿一件蓝布棉袍,脚上一双白底黑布棉鞋,干练轻盈,与当地妇女习惯穿笨拙臃肿的缅裆裤皮靰鞡相比有着明显不同。索伦杆下并无信众,进到山门里的香客都直奔正殿,老妪对有人过来帮忙并不拒绝,很信任地把绳子递给克笙。克笙把木船吊好系住,搓了搓冻得发木的手,正欲往正殿走,老妪说:"屋里暖和一会儿吧。"跟老妪走进西厢房,地面上生着火盆,一股热气扑面而来,两人摘下狗皮帽子,四处打量房间内的摆设。克笙注意到屋内墙上挂满了各式各样的彩绘面具,大大小小的鹰冠和皮制的流苏,一面手鼓一支鼓槌置于窗前条案上,鼓面发亮,看出是常用之物。这些法器已经泄露了主人身份,老妪是个寄居在慈悲庵的叉玛。老妪说:"来慈悲庵祈愿有三门,正门有尼,东门有姑,我这西门是叉玛,两位要求哪一门?"老妪开门见山,爽快得让人措手不及。克笙看了吴先生一眼,没有抢先回答。吴志甫说:"我们从关内来,到此添些香火,讨个吉利。"吴志甫在炕沿上坐下来,一边回复叉玛,一边伸手烤火,火盆里烧着木炭,红色的炭火和叉玛古铜色的脸相映生辉。克笙深感奇怪,小小的慈悲庵里竟然三教合一,共生共存,这种景象恐怕只有在天寒地冻的龙江大地才会存在,看来,艰难的生存环境让佛龛神殿里的人物也能济济一堂,彼此相安无事。克笙对屋内的陈设感到好奇,没有发现老妪的目光一直停留在他身上,他没有烤火,立于窗前条案边,正有滋有味地欣赏那面手鼓。

叉玛道:"这个年轻人有心事。"

克笙吃了一惊,回过头来,发现叉玛一双深邃的眼睛正逼视着自己,这目光仿佛一块锋利的砭石在挑动他的神经。"我有何心事?"他问。叉玛把火炕上的烟笸箩拉到跟前,用一杆长长的烟袋挖了一锅烟,凑近火盆点燃,有滋有味地吸了几口,吐出一缕蓝色的烟雾,然后道:"你神不安体,必有心事不能搁置。"吴志甫缩回烤火的手,重新打量了王克笙一眼。克笙很惊讶,应该说来卜奎日久,心中之事日重,每每想起母亲嘱托,自己便如同找不到归巢的鸟,焦虑烦闷,难道这些都被老妪看透了?克笙道:"我是有心愿未遂,您老言中了,不过,我心中之事您老何以得知呢?"叉玛把抽过的烟锅在火盆的边沿轻轻叩了叩,不紧不慢地说:"方才你摘下帽子时,头顶有一丝游离之光闪过,由此而知。"克笙下意识摸了摸头顶,他不知自己头顶怎么会有游光闪过。老妪接着说:"活人周身有生气缭绕,或聚或散或纠结,这是一种气象,能障过俗人,却障不过叉玛的眼睛。"叉玛这话挺吓人,让本来不信旁门左道的王克笙心生惊悸,他感到条案上那面手鼓似乎跑到他胸腔里敲起来,心脏如同一只受惊的兔子,要从嗓子里蹿出逃遁。他说,"其实,也不是大不了的心事,就像丢了一样东西,正在找。"他努力装出一副平静的样子。老妪摆摆手:"不想说就不要说,不要言不由衷。"老妪脸色由刚才的古铜色变成了青铜色,炭火映在脸颊,折射出清癯的冷光。吴志甫问:"请问师父尊姓?"老妪头也不抬地说:"姓胡。"吴志甫说:"听说庵中有高人扶乩,不知真假?"叉玛笑了笑:"慈悲庵是大慈大悲之地,度人苦厄,山门常开,怎能以真假猜度。"说罢起身送客。两人在慈悲庵里转了转便上马回返,路上,克笙心里盘算,自己的家事乃惊天秘密,难道老妪真能看出?他对巫卜之术一向不感兴趣,身为医生,对生死自有医生的认识,但叉玛今日之话如同草蛇灰线,让他产生了一种时浮时沉的欲望,他知道这也许是叉玛欲擒故纵之法,目的在于吊他的胃口,但别的且不说,自己的好奇心真的被吊起来了。他提醒自己,切切不可和盘托出家事来,圣人讲言寡尤行寡悔,自己稍有不慎,远在天津的酩奴堂吃官司不说,也等于给善良的吴先生添了个无法卸去的包袱。

　　回到将军府,吴志甫向几个熟人打听这个胡姓叉玛的来历,府里人都知道这个老妪,说她能通灵,在驿路上很吃得开。慈悲庵地处西城外,地偏路远,城里善男信女不把香火给近处的城隍庙,却多去远道的慈悲庵,看来这个胡老太非等闲之辈。晚上,两人对坐饮茶,吴志甫问:"叉玛说你有心事,我见你迟疑再三,这是何故?"克笙道:"学生离家之时家母嘱托我若有便利,可在关外建一处酩奴堂,行医办学,弘扬砭术,不想被叉玛看出来了。"吴先生说:"此事你并未瞒我,我还向文绪将军为你求助,不过,我感觉叉玛话里有话。"是夜,克笙久久未能入睡,他对叉玛有了兴趣。作为医者他很清楚,道行深厚的名医能从病人头顶发现一丝游气,凭这丝游气来诊断病人的预后,所谓望闻问切,望能居首就是这个道理。望,绝不是看肤色舌苔眼睑那么简单,父亲坐诊酩奴堂时,总是第一眼望患者的头顶,自己当时年幼,不明就里,问父亲病人头顶并未脱发生疮,难道要看发髻诊断?父亲告诉他,不是看发髻,是看百会穴所生之气,百脉之会,百病所主,气色之气便来于此。

此后,克笙又独自到慈悲庵三次。

以当地风俗,求助叉玛要以公鸡一只为卦礼,有童谣:"求叉玛,买公鸡,没有公鸡叉玛发脾气。"克笙不敢破了规矩,到街上买了一只公鸡来到慈悲庵。一身蓝色棉袍的胡老太正在西厢房炕上打坐,面前翻开一本很厚的书。这是一部羊皮书,曲曲弯弯的文字说不准是满文还是蒙文,克笙一个字也不识,屋内火盆依然热浪四溢。因为有过一面之识,胡老太并不客套,她盘腿坐在炕上,把一个细苕条编成的烟笸箩推过来。她知道来者不抽烟,但敬烟在当地是待客礼仪,推过烟笸箩,如同关内人上茶,是不能少的一道程序。胡老太问:"缚鸡而来,必有所求,说吧。"克笙述说了自己奉母命来关外,不是游山玩水,是想择一处中意之地行医办学,到卜奎后一直没有找到一块可心之地,想请叉玛指点。克笙有所保留,没有提及恢复祖姓一事。胡老太看着他,琥珀般的眼睛似乎带着一层糖霜。她用烟袋在笸箩里盛上烟,靠近火盆点燃,一丝蓝烟袅袅上升,接近房梁时才缓缓散去。克笙的目光跟着蓝烟移动,直至蓝烟消散。这是一种叫琥珀香的关东烟,烟香浓郁,醒脑提神。胡老太并不急着说话,足足抽完一袋烟,把烟灰在火盆边沿叩净,然后说:"你打诳语。"王克笙愣住了,自己所说句句实话,怎么打诳语呢?他想辩解,胡老太用烟袋指了指他的前胸:"下次再来。"克笙只好起身,他注意到了叉玛发出指令的烟袋,乌木长杆铜锅翡翠嘴儿,绝非民间俗物。临走时,他瞄了一眼地上的公鸡,公鸡咯咯叫了几声,似乎在嘲讽他无功而返。回到将军府,吴志甫问了经过,擎起茶壶慢慢啜了一口,捋了捋胡须道:"易取之经,绝非真经,叉玛并非刁难于你,而是天机不可轻泄也。"经吴先生这么一说,王克笙心里多少舒服了一些。

二次,他又上街买了公鸡,信心满满来到慈悲庵。叉玛正在扫院子,见到克笙,礼貌地点点头,接过那只公鸡,用柳筐扣住,引克笙来到西厢房。像上次一样,她推过烟笸箩让烟,自己用那根长长的烟袋点燃一锅烟不紧不慢抽起来。克笙很歉疚地说:"胡大师,都怪我上回没说清楚,其实,我祖上是皖南新安医派传人……"王克笙一边观察叉玛的脸色,一边说着打好的腹稿,"新安派弟子遍布中原,唯独关东尚未立足,家母希望我能把新安派砭石医法传到关东,怀此梦想我随吴大人来到龙江,逗留时日不短,走了周边多个地方,登碾子山、渡讷谟尔河,还去了红花尔基,就是没有找到一个中意的地方。吴先生劝我,人力不能为之事就要借助神力,我想请胡大师指点迷津。"克笙注意到地中央不见了那个火盆,柞木桩也搬走了,青砖地面清冷却一尘不染。"就这些?"胡老太问。"就这些,"克笙语气肯定。叉玛慢慢地抽着烟,她抽烟并不吸进去,一口烟只在嘴里小留片刻便轻轻呼出来,抽烟好似呼吸的伴奏,很是惬意,偶尔,吱的一声会把一口唾液吐出去,唾液在空中划出一个弧形,落在丈八远的地方。克笙很惊讶,一个老妪竟有如此底气,足见肺力不同寻常。一袋烟抽完,叉玛从炕沿起身,推门到外面叩掉烟灰,然后用烟袋杆挑着粗布门帘说:"回吧,下次再来。"王克笙蒙了,胡老太这不是在难为自己吗?他问:"恕我冒昧,在下有何失礼之处吗?"胡老太笑了笑:"有缘即来,无缘即去,来去由你。"叉玛放下门帘,隔住了王克笙惶惑的目光。

克笙站在慈悲庵空旷的院子里,望着高高的索伦杆发呆,叉玛一再拒绝他的问卜是何意呢?自己除了姓氏一事因关系重大没有泄露外,其他都和盘托出了,公鸡送了两只,虔诚之意亦表达清楚,难道说求助叉玛还有其他条件吗?踌躇间,东厢房里走出一个一身缁衣、头戴道冠的道姑,道姑提着木桶,径直去西南角的水井打水,克笙过去帮助她摇辘轳。井不深,一桶水很快就摇上来,道姑道声谢,声音脆脆的,悦耳动听。克笙试探着说,"请问,找西屋胡师父问卜都要备些什么卦礼?"道姑摇摇头,"胡师父为人随和,对诚心求卜者从不收卦礼。"说这话时,王克笙仔细打量了一下对方,顿时中了枪一样僵在那里。天哪,这是怎样一个女道士啊!这简直就是唐伯虎画里走下来的美人!想不到如此荒僻的小庵,竟然有这等凌波仙子般的坤道。他忽然就想起了一首儿时熟背的诗:"手如柔荑,肤如凝脂,巧笑倩兮,美目盼兮。"女道士肤色羊脂一般白润,在青色的道帽道服反衬下,越发冰清玉洁,透出一种令人窒息的磁力。后来,克笙在《酩奴堂纪略》中记下了这段邂逅,其中一段描述深深影响了儿子王鸣鹤的择偶观:

> 慈悲庵初遇塔溪,只见一张洁冰止玉的脸,如同《石头记》中那个带发修行的妙玉,韵致天成,让人飘飘然心旌不竖,须臾间得道成仙。

道姑提水的身姿十分轻盈,微微倾斜的上身与提着的水桶保持一种平衡。克笙呆呆地立于院中,直到正殿里的尼姑也出来汲水,他才不情愿地离开。

三次,克笙买了公鸡再去慈悲庵,他默默嘱咐自己,此次当把心中之言和盘托出,不做半点隐瞒。清晨,他牵着白马,沿青石铺成的大街缓缓出城。牵马而不骑,这是吴志甫的主意,因为马蹄声在静谧的早晨陡显清脆,卜奎城居民习惯晚起,马蹄嘚嘚容易扰民。出城,上马走过大甸,慈悲庵山门未开,克笙坐在门前石阶上想着心事。石阶下的土路虽是官道,却不宽,路旁栽了些东倒西歪的榆树,克笙思量:路旁还是栽杨树好,榆树生长太随意,又易招害虫,很难长成整齐的一排。正在瞎想,一个小道童打开山门。克笙起身问:"出家人起床都迟吗?"道童辩解说:"师父已经做完功课,晚开门是怕人扰了功课。"克笙歉意地笑笑,怀抱公鸡直接去叩西厢房的屋门。这一次,他买的是一只威风凛凛的亮羽鸡,明明是鸡,却有着鹰一般锐利的目光,鸡虽被缚住两爪,但没有丝毫怯懦,它甚至在克笙的手臂上啄了几下。克笙知道,鸡市上多是芦花母鸡,能选到这样威武的雄鸡算是叉玛的福分。

胡老太早晨也要抽烟,屋子里弥漫着浓烈的琥珀香,见到克笙后又是一套程式化动作,推过烟管箩让烟,自己则换了一锅接着抽。"坐吧。"她一双琥珀眼珠审视着克笙,长烟袋枪一样直指克笙下颌。克笙作揖行礼,正要说话,叉玛先开了口:"不要看我,权当你心头有一盏灯,对灯说话,灯熄话止。"克笙合上双眼,果然觉得心头出现了一盏灯,灯光摇曳,忽明忽暗,这摇曳的灯火给了他极大的信任,他急速跳动的心变得平缓。"大师说得对,前两次我打了诳语。"克笙开口便是检讨,"我祖上不姓王,姓朱。"像与老友聊天一样,他详细讲述了朱家家族的历史,讲了母亲希望自己到关东来恢复祖姓、创办酪奴堂的嘱托。叉玛仿佛睡着了一样,闭目倾听,那杆烟袋也不再有烟缕升起。讲完自己的故事,克笙感到一种包袱卸下般的轻松,心头那盏灯忽然被明亮的阳光覆盖了,这大概就是叉玛刚刚说的灯熄话止的意思吧。他望着依旧双目微合的叉玛,无限虔诚地说,"能让我安心的是一种味道,可是在黑龙江我闻不到这种味道,何去何从,乞求明示。"说完,他发现胡老太轻眯的双眼睁开了,眼神明亮如炬。胡老太说:"这回你说了实话。"叉玛停顿了一下接着说:"其实,什么谎言都会被眼神泄密,世上只有人离神,从来没有神离人,说谎之人眼神游移不稳,记住,人,欺骗不了神,神会洞察一切。"

胡老太站起将烟袋搁在窗前条案上,背对着王克笙问:"龙江虽偏远,却无饥馑之忧,更有人参貂皮靰鞡草三宝,还出产三花五罗十八子,为何不能留住你?"克笙道:"没有缘由,心中似有榫卯不能契合之感。"胡老太点点头,说:"你今夜申时来此,请塔溪道姑为你扶乩。"克笙问:"哪位塔溪道姑?"叉玛微微一笑:"就是你上次见过的那个,你见了人家眼睛都是直的。"克笙感到脸在发烧,这个胡老太真是洞察一切。

回来的路上,克笙心里咚咚直跳,离开慈悲庵才想起没吃早饭,便到北大街上一处小酒馆喝粥。一个长着瓦刀脸的店小二正在挂酒幌,两个大红酒幌挂好后,幌上的流苏随风飘动,小酒馆顿时像女人鬓旁插了两朵红花,变得生动起来。他想起刚才叉玛说的三花五罗十八子,这三花五罗他知道,都是冷水鱼中的上品,三花是鳌花、鳊花、鲫花,五罗是哲罗、法罗、雅罗、湖罗、铜罗,至于十八子却不知都有哪些,便请教小二。小二年纪不大,五官挤成一团,极善谈,听客人问起十八子,便炫耀加夸张地道:"这十八子嘛,一般人还真说不全,有岛子、鲢子、嘎牙子、船钉子、柳根子、鲤拐子、鲫瓜子、麦穗子、白漂子、细鳞子、黄姑子、老头子、七里浮子、牛尾巴子、草根子、鲶鱼球子、狗鱼棒子、泥里够子,能吃遍三花五罗容易,吃全这十八子的人可没几个,别看我们店就挂俩幌,但只要出得起银子,我包你吃个全。"克笙笑了笑,他不明白当地为什么将十八种鱼名都带上个"子"字,难道是对鱼的敬畏吗?

夜晚像一个醉汉拉扯的幕布,断断续续地总也合不上。申时未到,急不可耐的克笙便骑马赶往慈悲庵。街道两旁商铺里烛光闪烁,一扇扇窗子像涂釉的粗瓷,獾油般润泽。克笙不能策马狂奔,但碎步快跑的白马还是把快乐的马蹄声传给街边的住户,有人推门出来,好奇地看着这个夜晚出城的人,把他错当驿路上匆匆传递公文的驿丁。落日余晖涂满慈悲庵山门前的石阶,守信的胡老太正在院子里等他,身旁是那个美丽的道姑和一个小道童。克笙没想到自己会受到如此隆重的接待,有些受宠若惊,忙不迭连声致谢。胡老太说:"这是塔溪道姑,东门道家。"克笙拱手鞠躬,暗暗记下了塔溪这个名字,眼睛却不敢看女道姑,担心自己方寸不稳。

进到西厢房,看到炕上摆放沙盘、乩笔、筲箕等扶乩所用之物,克笙知道大戏就要上演了。道童端来一铜盆清水,让他洗过手,端坐在方凳上。胡老太披挂整齐,点燃烛火,把笊篱置于屋中央锅叉上,焚香叩首,双手合十,对着笊篱口中念念有词。这是一只十分破旧的柳条笊篱,缠着些白布衣,上面画上黑发、五官、纽扣等,笊篱被插在锅叉上,有些摇晃不稳。三支香焚至半许,胡老太起身拿鼓,用掌在笊篱上方转圈儿咚咚敲起来,鼓声很有节奏,像奔跑的马蹄声,左三圈、右三圈、六通鼓声响过,胡老太闭目道:"游子之心,落地生根,乞望仙姑,指点迷津。"说完,锅叉上的笊篱奇迹般向西倾斜了,叉玛停下来,查看了一番然后说:

"仙姑指路,吉向西南。"

得出结论,胡老太又敲了六遍手鼓,奇怪的是那个破笊篱在鼓声里归位了。胡老太小心翼翼地把笊篱置于条案,向塔溪道姑做了个请的手势。克笙知道笊篱卜是扶乩的前奏,真正的大戏是塔溪道姑主持的扶乩。塔溪道姑把那套扶乩用物摆上炕中央,再次燃香,命道童跪于沙盘一侧,把笔和纸递给胡老太,然后剪去蜡烛半截烛花,屋内顿时变得暗淡。她手扶筲箕,筲箕下插着乩笔,让克笙扶住筲箕另一端,嘱咐闭上眼睛,手随意念而动。四人屏息静候,好一会儿,窗外忽然狂风骤起,飞沙打在窗纸上飒飒作响,克笙浑身汗毛似乎都竖了起来,感到手中的筲箕开始移动,筲箕下的乩笔在沙盘上画来画去。一旁的道童唱出画出的字词,胡老太则一一记在纸上,至三支香焚尽,筲箕不再移动。放下筲箕,塔溪接过记好的乩文,在灯前仔细看了几遍。乩文用满文写出,胡老太译成汉文,塔溪将乩文给了克笙,乩文是:

玄奘西行马不停,
皇陵北望三百程。
水泊之上燎原火,
天求辽阔地求宁。

读过这短短一首诗,克笙不明就里,反复揣摩其中意思。胡老太说:"神灵所示之地,在皇陵西南三百里,你收好乩文,大家各归其位。"克笙双手颤抖着叠好乩文,揣于贴身口袋,奇怪的是,在怀揣起这纸乩文后,心里那面摇动了许久的旌旗忽然静了下来,有了一种神稳心安的感觉,这是他久久渴望的一种感觉。

克笙偷偷望了一眼塔溪道姑,烛光里塔溪道姑的容颜鸢尾花一般迷人。胡老太说:"西南方是塔溪云游而来的方向。"塔溪道姑说:"没错,贫道来自西南方向的铁刹山,为了弘扬邱祖真教云游到此,完成云游夙愿之后,还会回铁刹山修道。"克笙心里动了一下,自己吉向西南,西南又是道姑道场所在,不知这算不算缘分。他忽然有些担心,龙江大地多有山贼响马,一个如花似玉的女性四处云游,遇到强人怎么办?又一想,自己真是杞人忧天,既然人家能占卜凶吉,安危问题自然无虞。克笙对塔溪道姑说:"士子王克笙,字泊洲,行医为生,遵循神灵所示将去西南方创建酩奴堂,建成后将恢复朱姓,感谢道姑扶乩请神,望能有缘再见。"塔溪道姑还礼道:"泊洲先生心有宏愿,令人敬佩,只要广施仁义,大积阴功,必然三千功满,八百行圆,有所成就。"克笙听了塔溪的话,如同醍醐灌顶,天目洞开,千恩万谢辞别了慈悲庵。

慈悲庵山门关上的刹那,庵后的树林里忽然传出一阵婴儿的哭声,克笙骇了一跳,心想,哪里来的婴儿?回头观望,发现索伦杆上蹲着一只慵懒的猫头鹰,正好奇地看着自己。

1882 年

西南　西南

一

转眼在卜奎已经逗留一年。一年里,王克笙陪吴志甫几乎走遍了龙江大地,遗憾的是他没有嗅到那种野燕麦干草的味道,他向吴志甫提出想离开卜奎去辽南看看。

吴志甫问:"是去那个塔溪道姑的故乡吗?"

"应该是辽南,具体还不好说。"

吴志甫道:"此处不中意,当选有缘地,你去吧。"

吴志甫将王克笙一年来所骑的白马买下,连同十笼祁门安茶、一把紫砂壶一并赠与克笙。"壶中应有尽有,"吴志甫说,"记住,以茶化人,民风归厚。"王克笙谢过吴志甫,带着将军府出具的官文,正式告别卜奎城。小贺与克笙交往情笃,悄悄说:"等你在辽南建起酪奴堂,我去你那里开茶行。"吴志甫耳灵,哈哈笑了两声说:"想去现在便可去,吴家在营口不是有茶行吗?"小贺脸红了,卜奎茶行尚在起步,需向周边拓展,这个时候他怎离得开?

牵马走出卜奎城并不高大的西门,沿着那条走过多次的大甸土路西行。途经慈悲庵,在路边榆树上拴好马,他拾级而上,去庵内向胡老太和塔溪道姑辞别。清晨的慈悲庵似乎还在梦中,红绸般的朝霞笼罩着朱垣黛瓦的屋宇,高高的索伦杆船桅一般孤立着,一只鹞鹰立于杆头,像忠于职守的哨兵纹丝不动。克笙按了按左胸口,乩文在此,软软的,却踏实。他上前叩了叩门,小道童似乎早就在里面等候一样,很快打开山门。"王先生来了,师父在等你。"克笙很奇怪:塔溪道姑怎么知道自己要走?进到院子里,塔溪道姑正在院子里舞剑,剑姿舒缓,如行云流水。见克笙进来,塔溪道姑停下舞剑,回屋内拿出一方折叠好的黄绸布,郑重递给他:"这是辽南堪舆之图,泊洲先生带在身边或许用得上。"塔溪道姑并不多讲,神情自然。克笙说:"塔溪师父见多识广,辽南乃陌生之地,可否给泊洲指点一二?"塔溪道姑说:"行走即修道,且行且悟,修心见性,循道而行。"克笙有些不解:"如何修心请塔溪师父明示。"塔溪道姑说:"修心无非去念,人心有妄念、正念、无念三界,修到无念之界,便是神仙了。"塔溪点头示意,"上路去吧,一路可施茶舍药,周济穷苦,悔吝自当远离。"克笙依依不舍辞别慈悲庵,因为胡老太去了十八站,未能与其告别,心中颇有遗憾。

到达奉天,在出颖胡同选了一家叫东来顺客栈歇脚。这是一家青砖两层客栈,陈设虽然粗鄙,但门板上写着"义茶"二字,王克笙很是好奇。南方有些地方由于交通不便,行旅艰难,疲惫的商旅常常唇焦口干,渴望途中有一处可以避日休憩、喝茶解渴之所;因此,有贤达之士每逢炎热季节,或在交通要道上建一些茶亭,或临时搭建几处凉棚,施茶助人,世人称之为义茶。此举多在湘赣之地,天寒地冻的北方能有义茶这是王克笙没想到的,正是这两个字让他决定入住这家客栈。

客栈东家是个小眼高颧骨的中年人,长袍马褂,穿毡靴,带护耳,喜欢抄着袖说话。克笙安顿好后,到茶室喝茶,茶室在客栈一角,不大,却整洁,墙壁上挂着一幅高士图,画一般,但画上

的题字很有功力,是一首五言诗:

> 燕骨天下重,神骝世间稀。
> 风尘借俗眼,空羡识力奇。

或许是茶室鲜有人来的缘故,小眼老板抄着袖跟进来了,"掌柜的喝茶?"他问。克笙点点头:"门上所写的义茶是何茶?"小眼老板忽然睁大眼睛说,"好茶,西湖龙井啊!"克笙有些狐疑,西湖龙井?这么名贵的茶做义茶?客栈东家肯定在忽悠。不一会儿,伙计将茶壶端上,一看,果然是龙井,喝一口,发现是陈茶,王克笙清楚,绿茶之所以名贵,皆在一个时令上,一旦成了陈茶便一文不值。他为壶中龙井感到惋惜:"这等上好茶叶为何要变成陈茶才饮?"东家唉声叹气道出了其中原委。原来,这龙井是他前年去杭州花大把银子购得,本想回出颖胡同赚上一笔,哪知出颖胡同虽然经营金银珠宝,却容不下这南来的龙井,好端端的茶叶被达官富贾冷落,摆在柜台上无人问津,结果成了今日之义茶。王克笙对这个小眼东家顿生好感,他眼虽小,却识货,可叹的是出颖胡同金银客有眼无珠,辜负了这茶中极品。他请小眼东家落座,取出自带的祁门安茶让伙计泡上,与小眼东家摆起龙门阵。小眼东家健谈,说是山东掖县人,从关内来此做生意,祖父是当地颇有名气的八品教谕,祖父对子孙的劝告是仕途难,难于上青天,他听了祖父的话,舍弃科举,专心经商。克笙想,小眼东家在奉天做生意,对辽南一定很熟,便问他辽南哪里适合设堂行医。小眼东家未假思索便说:"辽南有两地可选,一处是辽阳,那里曾是大清故都,地气犹盛,利于建树;另一处是洼里,洼里苇地千顷,有鱼虾之利,可开化民智,有所作为。"克笙被这个小眼东家的话镇住了,真是人不可貌相,一双绿豆般的小眼睛竟然能洞察出这般人文地理,心中不禁对小眼东家生出几分敬意。"千顷苇地,人烟稀少,如何行医坐诊?"克笙还是有所顾虑,辽阳城不能选,与官家太近,而洼里湿地又过于偏僻。小眼东家努力睁大眼睛说:"瓜再大总有蒂,地再广总有路,你只要扼住要道,还怕没人登堂问诊?"克笙觉得小眼东家说得有理,自己是该选择一处看似偏远实则通达之地。两人交谈甚欢,从小眼东家嘴上克笙了解到苇地许多风土人情,脑海里浮现出浩瀚苇荡的磅礴气势,他觉得酪奴堂应该是这绿色苇海中的一条船,自己是一个扶棹者,在蓝天白云里信马由缰。

离开茶室,小眼东家有些依依不舍,一双湿润的小眼睛眨个不停,几乎要眨出泪来,他说:"识茶知人,有王先生这一知己,我购龙井的银子值了。"

回到客房,克笙望着摇曳的烛光迟迟没能入睡,满脑子是起伏摇动的芦苇,他忽然想到忘记问小眼东家姓名了,将来,酪奴堂建成,应该请他去做客才对。

一早,四平街上的钟楼开始敲钟,钟声传到出颖胡同依然响亮悠长。王克笙起身洗漱,结账后牵马离开这家客栈,穿过出颖胡同窄窄的街巷,经四平街从小西门出城。城外北风萧瑟,秋草泛黄,喧闹顿时不再,路上不见商旅,冷清的浑河上有成群乌鸦在盘旋,不时发出凄厉的叫声,一种古道西风瘦马的感觉油然而生。王克笙上马向西南进发。白马很温顺,一路碎步小跑,身后那个斜背的竹筒"啪啪啪啪"有节奏地抽打着后背,这是他故意把背带放松一点的缘故,防止困乏坠马,一旦系紧背带,就没有了这鞭子抽打的节奏。

二

西南,西南。王克笙朝着西南方向一路马不停蹄。

西南方有盖州、复州、金州,他不知洼里在何方,小眼东家说只要沿着辽河走就到了,他果真这么走了。其间,他反复琢磨塔溪给的堪舆图,可惜上面没有洼里,但在图中他发现了一个叫田庄台的地方,小眼东家说过,田庄台归洼里管辖。行至辽阳,小眼东家所夸耀的这座古城并没有让他产生半点眷恋,这座过季的城郭显得没落、萧条,看不出曾经是国都的辉煌。王克笙记得吴志甫说过,他在西部一些地区游历时得出一个结论,地方兴衰在于贵胄的去留,没有人才,繁华会潮水般退去。他甚至没有在辽阳留宿,牵着白马围着高高孤立的白塔转了一圈儿,便头也不回继续赶路。

南行之路并不险恶,没有崇山峻岭阻挡,也没有河川激流横亘,辽河岸边阡陌相连,便于骑马行走。两天后,克笙来到了图中所标识的田庄台。进城一看,才发现田庄台并不逊色于辽阳,单就街上林立的商铺和如织的人流就可判断这是个富庶祥和的城镇。集市上的市民礼貌热情,鸡犬在僻静的街道上悠闲觅食,走街串巷的小贩有节奏地摇着拨浪鼓,三三两两的老人蹲在朝阳的墙角专心下五子棋。克笙在城中心十字街口停下,掏出乩文,再次琢磨。这篇乩文他已经琢磨过无数遍,像猜灯谜一样想找出隐藏在字里行间的谜底。皇陵北望三百程,他对照过地图,这一点达到了;田庄台距奉天应该三百余里,但是,水泊之上燎原火在何处呢?他牵马缓步出城,来到绕城而过的河边,无数渔船泊在河中,桅杆密如高粱,可这不能叫燎原火呀,乩文中说水泊之上,是不是应该在浩瀚的芦苇荡里呢?他决定过河进苇地。

搭一条顺风船渡过辽河,走进沟汊纵横的芦苇荡,仿佛进入了绿色迷宫,芦苇厚密,摇曳的芦花不时拂过面庞,身上的汗水变成了诸多虫子,让人浑身发痒。身旁不时有叫不上名字的大鸟扑棱棱飞起,几乎惊了身后的白马。他绕开水道,踏着芦苇与水道间已经枯萎的蓑衣草缓缓前行,蓑衣草带如同铺了波斯地毯的小径,走起来十分松软。苇荡里虽没有大型猛兽,但野狼、狐狸是从不缺席的。他担心有饿狼猛然蹿出,或有劫路的响马斜刺里冲出来,把斜背的竹筒绕到前胸用力抱紧,心中默默祈祷三圣庇佑。他后悔自己为什么不在进入苇地前买一把刀来防身,但又想:即或有了刀又能保住平安吗?一个行医之人如何拼得过响马?塔溪道姑说过:只要施茶舍药,周济穷苦,悔吝自当远离。想到这里,顿觉底气回升,脚下有了力量。他不知在芦苇荡里行走了多久,四周除了芦苇依然是芦苇,天空变得混沌,蓑衣草羊肠小路走到了尽头,前面是更加茂密的芦苇。他觉得自己迷路了,分不清东南西北,要是有一把胡老太的笊篱就好了,对着笊篱祷告一番,看看笊篱会倾向何方。正在一筹莫展,身旁的白马突然仰天长嘶,把他吓了一跳,他忽然想起吴志甫说过的话:不能求己时,权且求诸神,心头灿然一亮,马首所指的方向,就该是自己要走的路! 又走了许久,感到有些饥渴,便找了块干爽的地方坐下来,先喂马,再打开包裹吃些自带的干粮。在咀嚼又硬又凉的火烧时,一支芦花探过来,在他面前摇晃,白色的芦花像一团棉花糖,里面似乎还有香甜的芝麻,他忽然嗅到了那种熟悉的甜而软的味道,这是野燕麦晒干后散发出的味道,温暖熨帖。他心中大喜,有了这种味道,村落就不会远了。他勒了勒腰带,拍了拍白马湿漉漉的脖子,又继续前行。人困马乏的克笙在黄昏时分走出了茫茫苇地,当看到前面出现了一个高出芦苇荡约三四丈的土台时,他如同遭遇海难之人忽然发现了岛屿,几乎要大声喊叫起来。他登上这个后来才知道叫老坨头的土台,心境豁然开朗,有种浮出水面的畅快。土台上长满了酸枣丛,红红的酸枣玛瑙一般挂满枝头,这些灌木让他感到很亲切,相对于一望无际的芦苇来说,这毕竟是树木。站在高处放眼望去,东北西三面是夕阳下金色的芦苇荡,南面,一条大河横卧眼前,河对岸是一片很大的河洲,河洲上有规整的耕地,因为秋收已过,条条谷垄裸露出来,像河洲的条条软肋,河畔长满蒲苇,坚挺的蒲棒根根直立,如同排排箭镞。蒲苇这种植物很像有洁癖的女人,水不清不生,土不肥不长,一旦它在某处生根开花,就如同出嫁的贞妇,从此坚定不移地生息繁衍,与故土生生死死,不弃不离。河洲西北边有一个水面不小的泻湖,一条窄窄的河道脐带一样将泻湖与大河连起来。河洲中央有一棵枝干苍劲的大树,看样子不是槐树就是榆树,树下是十几间窝棚,窝棚排列有些杂乱,大概是考虑防火的因素,窝棚的烟囱离房子有几丈远,两道炊烟正袅袅升起。

　　走下老坨头,暮色中可见河对岸一个中年汉子正在收网。他吆喝了几声。汉子闻声撑船过来,汉子方脸阔嘴,一看就是个忠厚老实的庄户人。汉子问:"打猎的?伙计。"克笙大声回答:"我是过路的。"汉子又问:"过河?伙计。"汉子说话喜欢缀上个伙计的称呼。克笙道:"迷路了,想找个地方借一宿。"汉子把船划靠岸:"牵好马,上船吧,伙计。"汉子话语简单,直来直去。克笙颤巍巍牵马上船。汉子把王克笙和马渡过河,将船拖上岸,拎着一篓秋刀鱼引克笙走向滩中那几处窝棚。天渐渐变黑,窝棚窄小的窗子里透出昏暗的灯光。撑船渡河的汉子姓韩,叫韩芦生,老家山东登州,靠撑船打鱼为生。韩芦生虽然胡子很重,看上去显老,但年龄并不大,道光二十八年生,属猴,因母亲逃荒途中生他于芦苇荡得名芦生。韩芦生擅使船,寡言少语,古道热肠,克笙第一眼见他就像见到熟人般生出一种信任感。韩芦生把克笙让到家中,一边烤火暖身子一边向他介绍碱滩上的情况,妻子余氏则在厨房里收拾秋刀鱼,半句话也没有。"我们这块河洲没名字,过往渔民叫这里碱滩伙计。"韩芦生在家里说话也带着个伙计。"滩上就四户人家,隔壁一家姓马,叫马连顺,比我小两岁,建昌马家沟人,我们两家走得近些,打开间壁墙就是一家人,伙计。"经韩芦生介绍,克笙知道马连顺是个谨小慎微的瓦匠,来苇地前遭遇过一场官司,对方是同村同姓的大户马财主,马连顺给他家盖的影壁在除夕之夜突然倒塌,砸死了在墙下放鞭炮的小公子,马财主将马连顺告上衙门,因为是年关,衙门还没来得及处置,马连顺闻讯后大年初一夜里带着老婆大萍逃离了马家沟,小两口不顾村中老宅,赶着一挂马车疯也似的往南跑,一直跑到这苇地深处的双泰河南岸才停下来。马连顺胆小如麻雀,有个风吹草动便噤若寒蝉,他经常把从海上归来的过路渔夫当响马,看到海滩上有渐渐走近的人影就躲进窝棚里不出来。韩芦生说他是自己吓唬自己,但马连顺不这么看,说小心没亏吃。"另外两家是姚家和姜家,都没啥毛病,伙计。"韩芦生说:"姚老七外号姚大下巴,能说会道;姜得水是老实人,没啥说道儿。"

  韩芦生领王克笙来到马家,马连顺正害病躺在炕上,两只眼睛大得出奇,两腮凹陷,整个脑袋像个褪毛后的鹞头。王克笙的出现让马家人惊奇不已,夫妻二人四只黑眼珠在灯光里星星般围绕着他,尤其听韩芦生说来者还是一个会看病的先生,两口子更是喜出望外,大萍竟然抹上了眼泪,说:"贵人来家,掌柜的有救了。"大萍称丈夫为掌柜的,这一点在卜奎生活过的王克笙一点不陌生。马连顺病情很重,几乎瘫在炕上,身子像僵蛇不能扭动。韩芦生说:"他这毛病是自己吓的,本来就是腰疼,一疼他就躺下装熊,结果就起不来了,伙计。"克笙说:"我来看看。"他洗过手,在自己脸上搓了搓,开始给马连顺诊病。经过诊视,他断定马连顺是脊椎骨错位,因为长久失治,导致全身不能翻动。他让大萍到屋外等候,屋内只留韩芦生当帮手,挽袖子撸胳膊,一番拉、抻、背、压、拧,马连顺体内骨头嘎巴嘎巴响声四起,嘴上也哎呀哦唉叫个不停,一袋烟工夫,马连顺觉得自己膝盖能打弯了,再试试腰腿,感到火烧一样燎热。克笙让韩芦生扶他坐起来,再慢慢挼下地,说来神奇,原本身体不能扭动的马连顺颤巍巍能下炕活动了。大萍和余氏被叫进来,她们简直不敢相信自己的眼睛,瘫痪多日的马连顺竟能下地走动了!"神医啊!"大萍喜极而泣。韩芦生高声吩咐余氏:"赶紧炖鱼,伙计!咱得给神医接风啊!"大萍噙着泪水说:"我家还有一坛烧刀子。"晚饭,两家人齐聚韩家窝棚,香喷喷的黄米饭,满满两盆酱焖秋刀鱼,大盘虾蟹,葱炒野鸭蛋,让克笙足足见识了一回苇地大餐。韩芦生从坛子里舀出两碗称之为"烧刀子"的烧酒,请克笙品尝。克笙不擅饮酒,微微抿了一口,便觉得有一把冰凉的快刀从喉咙直达肺腑,其凛冽快捷简直无以言表。马连顺大病初愈不能沾酒。韩芦生好酒量,他喝酒不是喝,自己说叫闷,也就是把上唇深深浸到酒碗里闷一口,他闷下一口酒后对克笙说:"多亏了你,伙计,你这一来,咱这片滩不怕绝根了。"说完这话,他忽然想起了什么,一拍大腿道,"怎么忘了叫老七和得水?你看我这记性,伙计!"说完,下炕提上鞋就去找姚老七和姜得水。

  姚老七长着一副木锨般的大下巴,比韩芦生大三岁,他不知跟哪路师父学了点梅花易数,什么事都喜欢掐算一番,虽不能事事算得精准,但也有瞎猫碰上死耗子的时候。姚大下巴一家三口是两年前从北岸过河来九里的,在征得韩马两家同意后,留在碱滩谋生。姚大下巴喜欢神侃,这体性与他宽大的下巴一样遗传给了子孙,对此,姚大下巴并不忌讳,他对木讷的韩芦生说:"人有千般毛病,能说会道不在其中!"同年,姜家夫妻从海上搭渔船逃荒在碱滩下船,夫妻俩相互搀扶着从滩涂走过来,坐在那棵老榆树下喘粗气,摆渡归来的韩芦生从船老大嘴里知道来了两个逃难的,找到并收留了他们。小两口男人叫姜得水,有点偏肩膀;女的叫小惠,脖子细得像丝瓜络,似乎撑不起摇摇晃晃的脑袋。他们是山东莒县人,漂洋过海到了牛庄,在牛庄码头上,小惠饿昏了,一个好心的船老大看他们可怜,便给他俩买了两个火烧,问他们去不去碱滩,说碱滩上饿不死人,打鱼摸虾也能活下去,想去的话可以搭他的船过去。两口子不知碱滩是何地,单说那里饿不死人就有足够的吸引力。他们看这个紫面黑须的船老大不像歹人,便搭他的渔船来到了碱滩。姜得水两口子初到碱滩枯黄干瘦像经霜的茄子,已经没了水分,在碱滩上过了半年,便恢复了元气。夫妻二人懂得感恩,每次有渔民经过碱滩,两口子都要到滩头望望,想感谢一下那个紫面黑须的船老大。

  姚大下巴和姜得水赶来后,也不客套,像一家人一样盘腿上炕,张罗着端碗敬酒。他们听王克笙说正在寻找一个创办酪奴堂的地方,齐声劝他留下来。克笙问为什么要留在这个只有四户人家的地方,有谁来看病?姚大下巴说:"王先生不知,此处虽不起眼,却是苇地里零散渔民出海靠岸必经之地,春秋两季渔汛时,出海的渔船像走马灯,满筐满篓地倒腾渔货,我们四家,靠种地打鱼捉蟹子,年年都有进项,虽不多,却不愁吃用。"克笙问:"这里海上有渔汛渔场?"姚大下巴一双眼睛上了漆般亮起来,"这片海鱼厚,春秋有两茬渔汛,苇地里打鱼的家家能撑破肚皮。单说春天这茬儿吧,三到五月一季,就有头番大头宝、二番银鱼、三番青虾三场渔汛,小满前后鱼虾蟹相继成汛,当地有小满满江红一说,打鱼的从这里抬着海货走,过河时芦生都担心把舢板压沉了。"姚大下巴读过书,描述事物很到位,他把当地历史、风土人情、鱼米之利,都一五一十讲给克笙。后来克笙听大萍说过一句:"先生能留在碱滩,全凭姚大下巴一张嘴。"克笙对韩马姚姜四人印象已经清晰,韩芦生仗义,马连顺懦弱却有手艺,姚大下巴善于言辞,而姜得水则是个地地道道的庄户。姚大下巴说的话虽多,但也颇为有趣,比如他说当地打鱼讲究歇伏,是为了给鱼虾留个养儿育女的时间;比如这片苇地古称辽泽,潮沟遍布,苇地连片,在咸丰十一年之前还是独流入海,后来辽河啸了,又冲出一条河槽来,两条大河被双泰河连在一起,这片滩就成了三面环海一面临河的独头滩;比如这里的老百姓靠天靠海靠河吃饭,雨水大的年头打鱼摸虾捉蟹子,雨水少的年头晒碱熬盐编席子,风调雨顺的年头耕田种地收谷子,瞎家雀在这里也饿不死等等。姚大下巴的话幽默有趣,是个让人喜爱的开心果。马连顺则说了一件令人唏嘘的事:这块滩地上原本有五户人家;另一孙姓人家来自盖州,专门做熟皮子生意,去年不承想罹上了霍乱,全家死于非命,成了绝户。马连顺说:"这苇地啥都好,就是有两个难题解不开,一个是霍乱,不小心就会让这瘟疫夺去小命儿;一个是女人不怀孩子,我们哥四个都年轻,媳妇也壮实,不知咋的就是不生育,老七那个孩子还是来碱滩前生的,孙皮匠一家死后,我们商议没烧他家窝棚,就是想给逃荒到此的人留个住处,也好聚点人气儿。王先生要是不嫌弃,就住皮匠家空出的三间窝棚,皮匠留下的两垧田也送给你种,至于酩奴堂,我们大家合力来建就是了。"韩芦生说:"这么大块滩,就四户太少了,来群狼我们都对付不过来,你还是留下吧,伙计。"韩芦生说的是实在话,碱滩上只有四户人家的确有点孤单,何况姚大下巴隔三差五还要外出转悠捞外快。姜得水附和说:"碱滩养人呢,遇到灾年也不怕,碱蒿籽可以当米吃。"四个人眼巴巴地望着王克笙,昏暗的灯光下,这些眼睛像淋了油的黑豆,眨也不眨等他回话。克笙把两根筷子并齐,端放在炕桌上说:"此事重大,容我晚上想想好吗?"

晚饭给克笙留下回味的是秋刀鱼,这种肉质细嫩的刀鱼头大尾尖,身子修长,吃起来润滑无比,在克笙记忆里还没有哪一种鱼能比得上这形美味鲜的秋刀鱼。王克笙提出到孙家窝棚看看,先在那里住下再说。马连顺说:"还是住我家窝棚吧,住孙家窝棚怪吓人的。"韩、马、姚、姜、孙五家窝棚排列并不规则,一看就是随意搭建,孙家窝棚靠南,离中心那棵老榆树最远。克笙笑了笑:"有什么可怕的呢?"大萍抱着被褥,韩芦生腋下夹着一张狼皮,姜得水提着灯笼走在前面,姚大下巴殿后,四人把王克笙领到孙家留下的位于东南侧的三间窝棚。克笙将白马拴在窝棚前的障子上,余氏抱了些干草端着一小盆黑豆撵来喂马,嘴里叨咕:"马比人出力多,饿着谁也不能饿着马。"克笙抓起一把干草一看,果然是野燕麦,闻起来甜而软,让人舒坦。孙家三间窝棚是半地下马架,斜屋顶用一层层芦苇苫成,当地滩涂上的芦苇高大粗壮,既保暖又抗烂,是建窝棚的好材料。窝棚里盘着土炕,炕上铺着苇席,屋里很干净,不像无人居住的样子。自皮匠一家遭遇不幸后,马连顺常常来这里打扫房间,他一直盼着有人来和他们做邻居。姚大下巴说:"留下吧,古话讲五家为伍,碱滩才四家,连个主事伍长都没有。"克笙心里一动,想不到姚大下巴还懂些历史。他伸手摸了摸土炕上的苇席,苇席很滑,毫无生涩之感,炕是热的,一股热流通过手指传到心头,心中顿时暖意融融,远亲不如近邻,有这样的邻居在,自己还要往哪里走?他看了看身旁的大萍,大萍个子不高,但长得茁壮瓷实,是个善操劳的妇人。"是你烧的炕吧?大嫂。"他话中带着感激。大萍有些腼腆,说刚才芦生媳妇做饭时自己过来烧了炕,秋天湿气重,炕湿返潮,怕凉病了身子。克笙心底涌上一股暖流,拱拱手对大家说:"多谢各位乡亲关照,大伙劳累了一天,都请回去歇着吧。"见众人未走,他又说,"有事明日再议。"大家这才离开,韩芦生帮他在炕上衬上狼皮,铺上被褥,把窗台上的獾油灯拨亮,拍拍手说:"怕夜吗,伙计,要不我来陪你?"克笙笑了笑道:"医者见惯生死,何至于怕夜?"韩芦生咧嘴笑了笑,道:"要怕就别吹灯,咱獾油足着呢,伙计。"韩芦生走时,克笙忽然想起拴在外面的白马,问:"马拴在外面,不知有没有野狼?"韩芦生摇摇头:"苇地里的野狼从来不过双泰河,伙计。"

躺在热乎乎的火炕上,王克笙一时陷入了沉思:究竟什么病会让孙家老小全家丧命?难道真是马连顺说的霍乱?霍乱传染性强,五家同吃一口井水,四家无事,怎么偏偏孙家得了霍乱?从此地环境看,老鼠不会少,一旦食用被老鼠啃啮过的食物易染鼠疫,而加工动物皮毛的职业又加重了这种几率。至于四家女人生育见少,如果不是身子上的缺欠,应该可以调理。两道难题有了解法,几天的疲惫便一块涌上来,头像磨盘一般沉,他吹灭了那盏獾油灯开始睡觉。夜里,他做了一个梦,梦见自称皮匠的一家老小齐刷刷跪在面前,求他救命,醒后他颇感蹊跷。自己并未见过皮匠,梦中怎么就会出现皮匠一家?天色未亮,睡意已无,他忽然听到地上有窸窸窣窣的声响,顿时毛发直立,这声音分明是窝棚里进来了活物!起身点上獾油灯,往炕下一看,发现满地乱爬着数不清的螃蟹,有的螃蟹竟然爬到了炕上。这些螃蟹大都举着长满绒毛的蟹钳,威风凛凛,旁若无人,全然不顾这是人居住的窝棚。他起身找了一把笤帚,本想把这些不速之客统统扫地出门,想了想他没有这么做,他忆起民间流传的唐王李世民蟹桥渡辽河的故事,心想:这些螃蟹说不定是来欢迎我的呢。克笙跷脚来到窝棚外,抬头便看到那棵黑黢黢的老榆树,昨天在老坨头上他还在想到底是榆树还是槐树,只是觉得苇地碱滩上有这样一棵老树显得很意外。老榆树有两人合抱粗,因为是深秋,树叶已经凋落,榆树的特点是干硬枝软,再大的台风也奈何不了它,而槐树则头重脚轻,容易被风连根拔出,这大概是老榆树能在碱滩幸存的原因。窝棚外空气里弥漫着一股海腥味,这腥味仿佛来自许久没有洗澡的腋窝,显得有些暧昧,估计是刚才这些不速之客带来的。天色渐次明朗,他沿着窝棚前一条小路漫无目的地往前走,想熟悉一下周围的环境。碱滩很平坦,田埂、小路边长满了白头草,低洼处则长满了蒲苇,长长的蒲棒胖嘟嘟的,像竹签串起的根根肉棒。一只贪吃的兔子在收割过的田地里捡食,见到有人来竟不知躲避,头也不抬,自顾自只是低头吃。两只鹅一样的大鸟,通体雪白,在离他十几步远的田埂缓步走着,脖子一伸一缩,像晨练的道士。真是一方乐土!他心中感慨。田地的尽头是一道土坎,土坎泛着碱花,显得很坚硬。他登上土坎,极目南望,顿时被眼前的景象惊呆了:呈现在眼前的是无边无尽的红!这是一种从没见过的红,红得熟紫,红得自信,像连片的珊瑚,似晚霞覆地,如果不是有一群白色的鸟儿列队飞过,这情景真让人想到是连片的火海了——这不是乩文中的水泊之上燎原火吗?

绿苇红滩,地平河阔,一幅多么让人心动的图画!

拨开蒲苇,他疾步跑过去,在就要接近这红色的时候,两只脚被软泥深深地陷住了。他退回来,知道这里是海滩,要找对路径才可以进。无边的红色里,可见一条蜿蜒的小溪,正流向远处。更远处,是茫茫大海,大海深处依稀可见白雾中一个若隐若现的小岛。他猜测这小溪在退潮时流向大海,涨潮时一定会逆向流进这海滩。他忽然嗅到了那种熟悉的野燕麦干草的味道,甜而软,冲淡了先前的海腥味,他知道,这干草的味道应该来自身后的窝棚。

土坝上有人喊他吃饭。回头看,是披着上衣的韩芦生。他回到土坝上,问这红草叫什么。韩芦生告诉他这是碱蒿,春天还是一片鹅黄,夏秋就像煮熟的蟹子,变得通红,它的籽可以吃,饥荒之年是救命的好东西。克笙点点头,问海面上那个若隐若现的小岛叫什么名字。韩芦生说渔民叫它槐花岛,岛上多树,周边有暗礁,很多船在那里触礁沉没,登过岛的人说那上面一到夜里就鬼哭狼嚎,犯邪,两年前有条熊岳的渔船在槐花岛触礁沉没,船上六个人没一个活下来。

早饭,大萍煮了一盆螃蟹,她笑呵呵地说,"这些蟹子是自己爬到厨房来的,王大夫好口福,这真是人留天留蟹子也来留。"这句话把克笙说笑了,想不到腼腆的大萍能说出这么动听的话来。克笙问了些当地的风土人情,知道了几十里外有个叫二道沟的村落,其他便是苇地里三三两两散居的渔民或苇农。苇地里分散的渔民出海大都走这片碱滩,他们的渔船就泊在红海滩的海汊子里。马连顺提到,从这里沿河往东九里许,有个玉虚观,平时山门上锁,难得见到道士,因为道观冷森怕人,少有人去。克笙心里一动,问道:"此地叫碱滩吗?"马连顺答道:"是。"克笙沉思一番后说:"人无名不正,地无名不旺,把碱滩改叫九里如何?"韩芦生问:"为什么要叫九里?"他解释说:"寺观之地,神灵居所,我们与道观只有九里之遥,何不叫九里?"听他这么一讲,四人都表示赞同,这样,双泰河南岸从此有了一个叫九里的小村落。

因为绿苇红滩,因为野燕麦干草的味道,因为韩、马、姚、姜的和善,因为九里外有玉虚观,王克笙决定留下来。

克笙正式落户九里。这一年,他二十二岁。很快,他在孙家窝棚前挂了一块酪奴堂的招牌,开始坐诊行医。他又精心勾画了一张草图,规划九里未来。草图上的九里以水井为中心,井开四道而分八宅,那棵百年老榆树像旗帜一样位于西侧一道。王克笙指着草图上的设计对韩马姚姜道:"这是老祖宗发明的建邑之法,好处有十:一不泄地气,二无费一家,三则同风俗,四则齐巧拙,五则通财货,六则存亡更守,七则出入相同,八则嫁娶相媒,九则有无相贷,十则疾病相救,能使性情相亲,均生产,弭斗讼,总之,益处多而无一害。"一番话把四人说得心服口服,韩芦生道:"说干就干,伙计,咱有的是金刚苇,重新搭窝棚还难吗?"

上冻前,克笙出银五两,韩、马、姚、姜各出银一两,五家一起买料脱坯,打垒编席,在酪奴堂三间窝棚东面,建了一处新屋,正中开门,两侧各一偏厦,屋不大,却高脊长坡,内室宽阔。完工之日,克笙书写了一块横匾悬于门楣之上,匾上三个行书大字:三圣祠。三圣祠内铺着苇席,浓浓苇香弥漫开来,洋溢着丝丝暖意。克笙将三圣画像小心翼翼悬之中堂,画像下设三尺条案,摆香炉,供三牲,仪式感陡然生出,让进到三圣祠的人下意识肃穆噤声。三面粉壁请画匠画了二十四孝图,画面庄重古朴,用色绝无花哨。一切就绪后,克笙引领韩、马、姚、姜四家老少在祠中一齐行跪拜礼,从田庄台请来的鼓手班子奏响礼乐。礼乐是克笙亲自点定的《百鸟朝凤》,在唢呐笙箫声中,长袍马褂的克笙在盛满黍子的陶制香炉里郑重插上三炷香,九里绵绵不断的香火正式点燃。

在是否恢复朱姓一事上,整整一个夜晚,王克笙辗转反侧,耳边总是想起母亲那句嘱托:"不到河清海晏之时,不可草率行事。"清晨,起身洗漱时,他忽然闻到了一股血腥味,奇怪,血腥味如此浓烈,究竟发生了什么事?他担心窝棚外的白马,出去一看,发现白马正警惕地看着他。他感到鼻下有点热,用手一试,原来是鼻子在流血。

他明白了,恢复祖姓一事当后议。

三

韩、马、姚、姜四家都称克笙为先生,克笙成了九里的主心骨。为庆贺三圣祠落成,王克笙与四家合办了一顿酒席,酒席之上,韩马姚姜四家一致推选王克笙做九里的庄主。姚大下巴说:"三人为众,总要有一人出头儿,我们见识少,小事能办,大事难成,想抻头儿却没本事,这出头人只能你来当。"已经完全康复的马连顺附和道:"先生学问大,你拿主意我们放心。"马连顺在三圣祠建设中出了大力,没有这个内行的泥瓦匠,王克笙的设计无法变成现实。韩芦生说:"先生要是嫌庄主不好听叫伍长也行,咱们九里正好五家。"姜得水并不多讲,别人说完他只知道一个劲点头。克笙知道此时不能做谦谦君子,应该当仁不让,他站起身说:"我不当什么庄主伍长,我想,绅为一邑之望,我就算九里一乡绅吧。"众人都说好。于是,以三圣祠建成为始,九里有了乡绅王克笙。克笙对众人说:"建村应该抚百姓,示仪轨,古人讲,礼义廉耻国之四维,这四维便是九里立村仪轨,九里村民应该重经济但不唯钱财,遵道德而尚礼仪,不求出财主,但求多仁人,大家以为如何?"众人点头称是。王克笙兴之所至,研墨秉笔,一口气书写成一篇《九里村约》,端详一番后念与四邻:

村必有规,反之不成里仁;
民当制约,无约乡党滋生;
息争戒讼,百姓和睦为本;
平章邻里,公允熔炉自成;
九里虽荒,克己复礼勿忘;
乡绅卑微,赴汤蹈火必行;
励短引长,当思有教无类;

治病救人，唯念蓬生麻丛；
扶危济困，匡扶正义不移；
骨肉相亲，邻里皆为弟兄；
慎言检迹，善恶焉能不报？
安辞定色，三圣如节在胸；
慎终追远，淳风生于厚德；
见义勇为，不负丈夫英名；
惠而不费，耕读传家久远；
本立道生，郡望因势而兴。

韩、马、姚、姜四人听后相顾不语，这些之乎者也对他们来说恍若天书。克笙对《九里村约》一一做了解释后，四人先是沉默，然后相互点头，啧啧称赞，姚大下巴提议大家举酒盟誓，相约世代恪守《九里村约》，违者天谴雷殛。

酒席散后，看着妇人们收拾杯盘的忙碌身影，克笙不禁想到远在天津的母亲。天津的酩奴堂还姓王，酩奴堂中的母亲和兄长一定会牵挂自己。远处海面上若隐若现着点点渔火，那是一些捕鱼归来的渔船，其中有些渔船会从九里上岸。他忽然想：如果有从这里去天津卫的船该多好！不知不觉中，他嗅到了那种熟悉的味道，这是初到九里时所嗅到的温暖的野燕麦干草味，这是家的味道啊！远在估衣街的母亲和兄长一定也嗅到了这种味道。

这天夜里他做了两件事：一件是独自来到村南，站在土坎之上，眼望茫茫红滩，耳听涛声阵阵，放声大哭了一场。这一刻，他感到这红色的大甸是大地最柔软的怀抱，完全可以包容天下所有戴罪流人。在九里，从此自己的命运如同一株蒲苇，将与碱滩融为一体，没有谁会把这株蒲苇连根除去。克笙感到自己要谢恩的人有很多，吴志甫、叉玛、塔溪道姑，接纳自己的韩、马、姚、姜四家,在这个火焰之地他将浴火重生,真正主宰自己的命运。擦去泪水,仰望星空,他感到心头一亮,仿佛天空中一颗星斗落入心房。他记得塔溪道姑在慈悲庵说过:人心虽小却有三重,妄念界、正念界、无念界,无念界便是神界,修心见性尽在无念神界,只要神界有七星照耀,世界便会一片光明。他知道,三圣祠建成,自己心头的神界被点亮了。他做的另一件事是开始写《酩奴堂纪略》。国有史,邑有志,巨细不同,其致一也,九里既然成邑,焉能无志?自己要记好《酩奴堂纪略》,子子孙孙代代相承,让九里乡民知道自己来自何处,欲去何方。他工工整整地将白天写的《九里村约》抄录于《酩奴堂纪略》扉页。《酩奴堂纪略》同时设《彰善》《记过》两簿,用于劝善黜恶。

建成三圣祠后,五户人家马不停蹄,继续脱坯编苇,改造原有居住的窝棚,这是九里第一次大规模的建设,由窝棚到土坯房,苇地落雪前,五家窝棚全部改成了四面土坯、房顶苫着金刚苇的敞亮宅子,每户人家再进自己家门时可以昂首阔步,不必弯腰弓背了。从老坨头往南看去,那个只有几处低矮窝棚的荒凉碱滩陡然间升高了不少,村中那棵老榆树虽然落尽了树叶,仍地标一样醒目。五家住房,其他四家都是沿井字规划向阳而建,唯有酩奴堂是一正两厢呈凹字形格局,这样便形成了一个开放的庭院。东西两处厢房均为四间,用于问诊者留宿和储藏草药,比正房要低,房中盘了火炕,两根烟囱从山墙探出去,像城门两边的望楼。建房子的艰辛与欢乐,被克笙一一记在了《酩奴堂纪略》中。

让克笙高兴的是,经过他的调理,韩芦生的媳妇余氏、马连顺媳妇大萍、姜得水媳妇小惠都先后有了身孕;接着,姚大下巴已经生过一胎的老婆姜氏又在腊月里有喜,这让姚大下巴咧开的大嘴几乎合不上了。姚大下巴自己占过卦,结论是只有一个子嗣，没想到三圣祠落成他会时来运转，病恹恹的姜氏后来生了姚刚、姚远二子，而韩芦生媳妇余氏也一口气生了老大、老二、老三三个儿子。马连顺媳妇大萍生了马回、马俊两个儿子。姜得水单传一个姜路，姜路单传一个姜四维，姜四维单传一个姜文学，这是后来的事情。韩、马、姚、姜四家如同四根柱子，擎起了九里的屋宇。

克笙的砭石和针灸之术对于湿地各种症状颇为有效，酩奴堂在苇地里日渐有了名气，有些贫苦渔民或苇农前来求医却又身无分文，克笙则一概予以善待，被救治好的患者总是想方设法回报酩奴堂。克笙理解他们的心情，定下一条规矩：家境不济的患者在三圣祠后的滩地上植柳一株便可。植柳的人一多，那片滩地便逐渐柳树成荫。克笙想：阳宅既定，阴宅也该纳入日程。他决定把这块柳林规划成九里墓地。在与韩马姚姜商议此地时，他说，"有人说前不植桑、后不栽柳，无非顾忌谐音而已，其实陶渊明早就有诗：'榆柳荫后檐，桃李罗堂前。'可见一千多年前人们就喜欢在屋后栽柳了。再说墓地植柳，取留之义，也是一语双关。"大家都认为王先生有见地，能举出一千多年前的例子来，谁还能反对？九里墓地的大事就这样敲定，克笙为墓地取名万柳塘。

冬天，克笙给吴志甫修书一封询问家事，吴志甫复信说，估衣街上的酩奴堂已经迁往他处，迁到何方街坊邻居一无所知。吴大人不知其中原因，王克笙却很清楚，母兄这般做是不得已而为之，关内关外断开联络，无论哪一处事发，都不会殃及另一方。手持吴先生回信的王克笙，呆呆地望着远方的海面，海面上，两棵高大的白果树枝叶相交，构成了一个敞开的大门，他无法迈入，因为这大树长在海上。

1895 年

苇地火

一

光绪二十一年是羊年,俗话说十羊九不全。二月,甲午战火燃至苇地边缘的田庄台,古城横遭焚炙,百姓十家九亡,与此同时,九里经历了建村以来第一次过刀兵。

田庄台是水路通衢,自古为兵家必争之地。甲午之战,朝廷为防日寇北犯,在此布有重兵。驻军统帅叫宋庆,蓬莱人,是个声言"不能奏攘倭之功,唯一死以报国"的清军大将,率湘淮九营两万余兵马驻守田庄台,只可惜七十有五的老将军已经没有了锐气,虽有誓死之心,却无回天之力,终致田庄台失守。

此时九里已有居民三十八户,十二姓,人丁二百一十三口,上百座屋宇有序排列,显得井然有序。苇地深处的九里并不知晓外面发生了这么大的战事,每日种田、捕鱼、捉虾蟹,日子过得安稳。闲暇时,人们会到酩奴堂,喝茶唠家常,听姚大下巴讲些外面的八卦。一天夜晚,七八个村民正在酩奴堂闲坐,从田庄台回来的姚大下巴匆匆赶来。他站在门口手拿一张卷起的皱巴巴的纸,变得结巴起来,硕大的下巴仿佛坠上了秤砣,令张开的嘴巴一时合拢不上:"先生,出、出出、大事了!"克笙正在为大伙煮茶,所煮之茶是他托渔民从营口吴家茶行所购的从化黑茶。此茶俗称千两茶,经济实惠,适合村民饮用。"什么事?"克笙觉得姚大下巴每次去田庄台都会带回一些似是而非的消息,说起来云山雾罩、故弄玄虚,说完后也就烟消云散,是非不生,因此,对他的大惊小怪并不放在心上。聚集来的村民却不然,一个个放下茶碗,竖起耳朵想听听外面发生了什么大事。姚大下巴脸色发白,声音有些绷紧:"倭寇来打田庄台了,城里城外都是、是大清兵勇。"克笙递给他一碗茶,道:"别急,慢慢说。"姚大下巴喝口茶,平息一下呼吸,开始说他在田庄台得到的消息。原来,辽南重镇金州已经沦陷,旅顺亦遭屠城,营口、牛庄相继失守,现在倭寇三路大军压境,正准备攻打田庄台,估计田庄台难以守住。没有人搭话,这个消息太大了,大到村民无法消化。克笙端着茶壶站在屋中央,在此之前,他从过往渔民的口中知道些甲午战事,因为有渔民看到大清铁舰在槐花岛外沉没,无数落水的兵勇像海狗一样浮上浮下,大都葬身海底。克笙小时候经历过天津教堂案,朝廷对洋人的卑躬屈膝让估衣街上的商户愤愤不平,但有什么用呢?吴先生的好友张光藻大人还是被流放了。今天,面对倭寇虎狼之师,一向畏洋如虎的大清能否有胜算难以预料。

"倭寇犯边数百年,欺人太甚!"克笙说。

姚大下巴忙应道:"一旦田庄台不保,九里必然受累,先生还要为九里父老早作打算。"众人都说是,他们知道自己能依靠的只能是王先生。

是啊,应当未雨绸缪,找个能容九里父老藏身的安全之地。可是,苇地一马平川,到哪里去寻找这样的地方呢?克笙在屋子里踱着步,脑子里浮现出海上的槐花岛。但他没有说,大伙七嘴八舌在议论,他一句没有听进去,因为他灵敏的嗅觉再次发挥了作用。他闻到了一股檀香味,自己并未燃香,香从何来呢?"三个臭皮匠,顶个诸葛亮,大伙回去都想想办法,我们改日再议。"

他让村民们都回去休息,自己则到三圣祠拈香祈祷。

二月二十八,九里来了一彪人马,是清兵毅字营下的一队,骑马领兵的游击叫黄开。黄开官职从三品,河南开封人,眼珠泛黄,胡须稀疏,脾气暴躁,一柄宽鞘军刀斜挂在胯上,走路说话总是手握刀柄。黄开的坐骑很高大,是少见的青骢马,马鬃没有修剪,威武洒脱,总是打着惊人的响鼻。黄开的副手是丛队官,青州人,留着山羊胡子,眼里布满血丝,脸上有道伤疤。黄开的人马不多,来九里的目的是拱卫田庄台后方,防止倭寇渡辽河从后面偷袭清军阵地。因天气寒冷,军士们被克笙安顿进村民家中,三十八户,每户两名,黄开和丛队官住在酩奴堂。黄开要求军士不能宽衣睡觉,要刀枪贴身,号角一起,能迅速集合御敌。

到九里第二天上午,黄开正和丛队官在一张地图上比比画画,有士兵来报,说老地羊想当逃兵,已经蛊惑了好几个人,企图穿过苇地西行去锦州,然后过山海关,回河南老家。黄开闻讯后一双黄眼珠差点就要从眼窝里跳出来,令丛队官带人把老地羊绑了来。克笙目睹了黄开审问老地羊的全过程。老地羊是个火夫,年龄比一般军士要长,嘴里喜欢衔一根短烟袋,一根辫子总是缠在头巾里。老地羊眼神不好,军士们给他起了个地羊的绰号,地羊是什么?地羊就是俗称的瞎目鼠子,这绰号挺损的,但他并不恼,干脆自称老地羊。老地羊会做面食,尤其会擀面条,黄开胃口大,老地羊擀的面条他能把头扎在盆里吃,这是黄开留他在队伍里的原因。

老地羊被绑来了,一脸无辜。

"娘的,想当逃兵?"黄开手握刀把问。

"俺不想死,俺还没老婆呢。"老地羊倒是很坦白。

"当逃兵要杀头的,你知道不?"

"俺不还没逃嘛,俺是和几个老乡扯闲篇儿。"

"好啊,自己逃还不算,还动摇军心要带别人逃!"黄开唰的一下,军刀出鞘,刀尖挥向老地羊的下颌,军刀磨得飞快,眼看着老地羊一缕胡子被刀刃削飞,草灰一样飘起,缓缓地落在火盆里,吱吱啦啦瞬间化作乌有。

"俺眼神不济,自己走不出这芦苇荡,不得找个眼线吗?"老地羊似乎着了魔,丝毫不觉自己这是犯了杀头之罪,"俺只是想想这事,中不中还没准儿,咋了? 俺想想这事儿就该掉脑袋?"

他这样一说,黄开被说笑了,一刀挑断了绑绳,把刀插回鞘里,道:"中,老地羊你有种! 看在都是河南人的面子上俺饶了你。"老地羊揉揉被绑麻的胳膊,小声说:"你不杀俺,俺还会走,俺三十大几了,还没个婆娘,来日殉国了,谁给俺上坟烧纸?"

黄开长吁一口气,道:"老地羊呀,我知道你想回家,娶个婆娘留个后,可眼下国难当头,你怎么能有当逃兵的念头呢? 你走了,谁给弟兄们做饭? 你铁了心要走也中,等打完这一仗,我发盘缠放你走!"老地羊蹲下去,闷头靠着火盆点着烟袋一口口抽起来。抽完一袋烟,老地羊抬头说:"这里一马平川,除了芦苇就是芦苇,无险可守呀。"一边的丛队官眼珠瞪圆了,朝老地羊腚上就是一脚,骂道:"娘的,你操心还不少呢! 快滚回去擀面条吧。"老地羊起身拍拍腚走了,到门口,忽然回过头对黄开说:"得想法子,没有法子咱这点人马挡不住倭寇,倭寇枪炮比咱打得远。"克笙觉得老地羊不像厨师,他简直就是军师,他的思考显然超出了火夫的职责,应该承认,在冬季大甸上阻击敌寇不是件容易事。眼下黄开除了让士兵隐蔽外,只是派出散兵侦察,连个战壕都不挖,如此轻敌老地羊的担心并不多余。

黄开有黄开的想法。

黄开到九里第三天上午,前哨回来报告,说有大队日军在九里以北十里处正向田庄台开进,规模有两个大队,日军军装与枯黄的芦苇十分靠色,行进很隐蔽。黄开当即传令队伍集合,越过冰封的双泰河向苇地深处开进,留在九里的只有老地羊一人和那匹青骢马。黄开对克笙说:"老地羊送饭时可派两个村民给他当下手,这老家伙眼神不济别把刷锅水当菜汤给我们送了去。"克笙选了马连顺的儿子马回和姜得水的儿子姜路给老地羊当帮手,马回体壮,姜路心细,两个孩子虽未成年,常年打苇子练就了浑身力气,牛犊一样结实。队伍开走后,老地羊问克笙:"九里是不是有蜂蜜?"克笙点点头,老地羊说:"多收些蜂蜜来,晌午送饭带着。"老地羊蒸了几大筐白馍,向克笙要了两坛蟹酱,他表情复杂如同一个干瘪的土豆,嘴里衔着不知何时已经熄火的短烟袋,神情十分焦虑。晌午了,北面大甸深处的苇地并没传来枪炮声,看来两军没有交火,他担起挑子去苇地送饭,马回、姜路跟着,帮他提着蜂蜜和蟹酱。老地羊刚走,苇地里就响起密集的枪声,克笙一颗心咚咚直跳,疾步来到河岸观察。

突然,他发现一个身穿道袍的人偏骑毛驴从冰面上过来,行到近处停下,来人并不下驴,缓缓地解开围在脸上的灰色围巾。克笙惊讶地问:"塔溪师父,您怎么来了?"塔溪道姑说:"乱世,下山救人,盛世,归隐山林,我特来指点一处福地供九里百姓避祸。"克笙叹了口气道:"茫茫苇地,一马平川,哪里有什么福地?"塔溪道姑将灰色的围巾又缠住半边脸庞,轻轻提了提手中的缰绳说:"道家眼里,福地从不远人,玉虚观东行百步许,河边有一段土崖,土崖下有一个很隐蔽的鸽子洞,此洞夏季水旺时是一条暗河,与双泰河相连,可容少数人入内难以察觉;冬季枯水时便成一处干洞,可屯粮藏人,你可组织九里乡亲到那里躲避刀兵之祸。"克笙十分惊奇,自己和村民经常乘舢板在河中往返于九里与田庄台之间,两岸除了蒲草就是芦苇,怎么从没发现这个鸽子洞?

"福从天降,福从天降!"克笙高兴地叫起来,难怪今日自己总能闻到一股檀香,"这真是仙人指路呀!"他向塔溪道姑拱拱手,"多谢塔溪师父,九里父老不会忘记您的大恩大德。"

塔溪道姑道:"当年邱祖万里西行,去暴止杀,临行所赋之诗塔溪一直不敢遗忘:穷急漏诛残喘在,早教生民得消忧。塔溪这样做,也是效仿邱祖,仍念九里乡亲啊。"

王克笙注视恍若天降的塔溪道姑,目光有些凝固。塔溪道姑说:"组织乡亲去鸽子洞吧,我回了。"说完,拍一下驴颈调头走了,那头青灰色的驴子很温顺,走在冰雪上不慌不忙,轻盈又平稳。

二

九里村民躲刀兵的鸽子洞地处双泰河下游,离村十里不到,因为夏天是暗河,冬天是干洞,洞口又长满茂密的蒲苇,没有人知道它的存在。双泰河在芦苇荡里缓缓穿过,偏偏在玉虚观土崖下忽然蛟龙甩头折了个陡弯,咆哮着向东南流去,这样拐弯,就成就了这个隐蔽的鸽子洞。塔溪道姑对此做了些考证,认为是古人挖土制陶所致,因有成群野鸽洞中筑巢,玉虚观早期的道士便将之命名为鸽子洞。鸽子洞口窄腹阔,洞口隐蔽,外人很难发现,洞中分内洞外洞两部分,外洞开阔,能容百十人;内洞则狭长,冬暖夏凉,分叉又多,易于藏人。外洞主要用来储藏粮食,塔溪道姑给内洞起名七十三洞,书一匾悬在明处,躲刀兵的村民看到这匾便会止步。道家内室不能示人,这是人人都懂的规矩。

克笙越来越感到塔溪道姑是个奇异之人,当初两人相见于慈悲庵,十几年后又重逢于田庄台,这种传奇般的经历让克笙倍感蹊跷,难道说塔溪道姑为他扶乩之前就知道了九里?

他与塔溪道姑在双泰河邂逅的情景本身如同戏剧,他多次梦到这个冰雪聪颖的道姑就在细雨蒙蒙的河边等待自己,而且等了若干年,雨水湿透了道袍,出水芙蓉般的面孔清晰而真切。

去年夏天一个早晨,蒙蒙细雨给双泰河披上了一层薄纱,苇地一片苍茫,克笙乘韩芦生的舢板去田庄台进药。韩芦生有三子,老大生于光绪九年,小小年纪便脸庞紫黑,铁浇铜铸一样,使船捉蟹打苇子样样是好手。老二比哥哥小一岁,可惜生来聋哑,平时跟着父亲在船上玩耍。老三年幼,喜欢花鸟虫鱼。都说聋哑之人眼尖,这话不假,当船划到玉虚观时,船头玩耍的韩二忽然啊啊啊朝岸边比比画画,示意王克笙往北岸看。克笙扭头一看,发现雨雾中河边有一个撑着赭红色油纸伞的女人在那里招手,这红伞像一朵硕大的木棉花绽放在蒲苇丛中,让白茫茫的雨雾变得生动起来。克笙示意韩芦生把船划过去靠岸,看看是不是有人搭便船。芦苇荡里夏季雨大,那些羊肠小道被雨水浸泡后,行走十分困难,人们出行多走水路。船靠岸,克笙才看清撑伞的是一个中年道姑。道姑说观中需要买些宣纸、白布和盐,想请克笙代劳。克笙说:"你我素昧平生,怎么就信我?"道姑说:"信与不信皆在一念之间,你是贵人多忘事,做了九里乡绅,就忘了当年扶乩之缘。"道姑此言让克笙触电般僵在那里,他定睛一看,顿觉眼前云散雨霁,霞光万道,原来是塔溪道姑!揉了揉眼睛再看,他试探着问:"您是塔溪道姑?"道姑微微躬身:"正是。"十几年过去,慈悲庵倾国倾城的塔溪道姑已经褪去了当年的鲜嫩,变得从容淡定,仙风飘逸。道姑说:"泊洲先生好眼力。"克笙心头一热,塔溪道姑竟然还能记得自己的字!"塔溪师父何时来此,泊洲一概不知呀。"塔溪道姑答:"我来玉虚观已有些时日,本该早去看望泊洲先生,因杂务缠身,未得闲暇,延至今日邂逅,也是一份道缘。"克笙这才知道塔溪道姑已经来玉虚观修道了，因为荒弃的玉虚观有许多灵异传闻，九里人对此讳莫如深，平日无人到这里，所以不知观中已经有道人居住。克笙拱手相拜，心中诸多感触化作一双婆娑泪眼："道姑来此，泊洲顿感心头一亮。"他停顿了一下，"泊洲不忘道姑当年扶乩赐图之恩。"克笙跳下船，两人一个撑伞，一个披着蓑衣，站在蒙蒙细雨中述说往事。塔溪简单介绍了自己来苇地的经过。原来，她几年前结束云游从黑龙江回到铁刹山，无意间听同道说起苇地里有一处玉虚观几近荒废，着实可惜，便带着两个徒弟来此住持。克笙也介绍了自己落脚九里的经过，他说自己能来九里，靠一张乩文、一张地图、一种味道，这文和地图都是道姑所赐，这味道则是苇地的呼唤。塔溪道姑说她早就知道克笙在九里开设酩奴堂，酩奴堂为穷人治病只需植柳一株的做法成为苇地美谈，她本想来九里拜访，但玉虚观闲置过久，百废待兴，她无暇出去，平时，也只是让徒弟外出置办些物品，自己足不出观，一心悟道。

这次相见，两人开始多有交流，克笙考虑到道观里的需要，把韩二介绍到观里打杂，平日打理道观的几垧谷地，闲时划船代个脚力。韩二虽年少，但体格强壮，诚实勤快，成了塔溪道姑的好帮手。

这一次，塔溪道姑指引的鸽子洞，将克笙冥思苦想几个昼夜的问题解决了，不仅解决了当下，而且将来九里再遭遇过刀兵，村民总算有了去处。

克笙组织村民抓紧去鸽子洞躲避刀兵，韩马姚姜跑来问他："怎么凭空就整出个鸽子洞来？以前怎么没听说？"王克笙说："我们不是叫九里吗？我们离神仙只有九里之遥，自然有神仙相助。"韩、马、姚、姜都感到不可思议，说王先生真是神了，让大伙回去想主意，自己却一夜想出个鸽子洞来。村民陆续走了，克笙自己则端坐酩奴堂，静候苇地消息。马连顺问："你不走吗？"

克笙摇摇头："我还要等老地羊、马回、姜路,他们去芦苇荡给将士们送饭了。"村民都走了,九里街上空无一人,他起身来到三圣祠,点上三支香,正要合掌默诵那段药王药经——这是他每次上香都要默诵的一段话,不长,却有安神降躁的作用。这段语录出自孙思邈《大医精诚》节录："凡大医治病,必当安神定志,无欲无求……"忽然,北面枪声大作,像除夕之夜的爆竹一般密集。他停止默诵,快步来到村北口,发现远处苇地里浓烟滚滚,一团团火球蹿起老高,火中还夹杂着响雷一般的爆炸声。过了半个时辰,大火渐弱,枪声、爆炸声也消失了。他站在河岸,不知道苇地里究竟发生了什么事情,但他料定,黄开将军一定和倭寇交手了,只是胜败无法预料。忽然,他发现有人背着一个浑身是血的军人走出苇地,一步步沿着冰封的河面向南岸走来,仔细一看,背人的是马回,再一看,姜路跌跌撞撞地跟在后面,老地羊则端着一杆快枪在最后一步步退着走,防备后面有倭寇跟上来。克笙迎上去,发现浑身是血的人是黄开,黄开是被炸伤的,几乎体无完肤,鲜血正从筛子一样的军服里滴滴渗出。克笙让马回赶快背黄将军回酪奴堂包扎,黄开却摇摇头,要停下来说话。克笙急了："不行!快回酪奴堂。"几个人抬着黄开一路小跑来到酪奴堂,克笙一边让马回姜路为黄将军脱衣服,一边找出止血粉、棉布,正要给浑身是血的黄开包扎时,黄开摇头制止了他,用微弱的声音告诉老地羊："快到锦州府送信,就说咱把倭寇的辎重队给灭了。"又断断续续地对克笙道："王先生,要记……下我黄开这一哨的战绩,让后人知道我……我和弟兄们不是孬种。"说完,黄开闭上了双眼,右手还死死地攥紧佩刀刀柄。黄开是失血过多而死。王克笙清楚,纵有再好的灵丹妙药,也救不了这个浑身漏血的将军。他看了看老地羊,老地羊噙着泪摇摇头,哽咽着道："都死了,我们一哨遭遇倭寇一个辎重队,我们活了一个,倭寇和辎重什么也没剩。"原来，游击黄开所奉之命不是去拦击日军大部队，而是让过大部队后，偷袭日军的辎重队，日军没了辎重，就会不战自退。黄开成功地完成了任务，但也付出了鱼死网破的代价，他的士兵几乎都是被炸死的，敌人军火在爆炸时，把短兵相接的敌我士兵都埋葬在苇地里。老地羊饭送到时，战斗已经停止，他找到了奄奄一息的黄开，黄开已经昏死过去，手里紧握那把锋利的军刀。黄开的身上是丛队官的尸体，丛队官一直到死都紧紧护着自己的长官，他的后背已经是焦糊一片，头上发辫也已经烧焦，但两支臂膀却母鸡张翅一样俯在黄开身上。三人见状眼泪扑簌簌滚下来，丛队官忠诚护主令人心动。老地羊试试黄开的鼻子，发现还有气，就让马回背他赶紧出苇地。浑身发抖的姜路问蜂蜜怎么用，老地羊说："这些蜂蜜原本是给弟兄们抹烧伤用的，现在用不上了，就泼在水里祭奠这些捐躯的壮士吧。"

三

老地羊撕开自己军衣衬里儿蒙住了黄开的脸。克笙想拿点干净棉布，老地羊没让："兄弟身上的汗味黄将军闻惯了。"他擦了擦眼泪说："王先生，可否让孩子骑黄将军的马去锦州府报告军情？"克笙略作迟疑，马回、姜路毕竟是孩子，从没离开过九里，更何况去锦州这样的大衙门，能不能行他一时拿不准。老地羊似乎看出了克笙的犹豫，说："军情紧急，倭寇必来复仇，我要是去锦州就真成逃兵了。"王克笙再看看马回、姜路，两个刚刚见过杀戮场面的孩子忽然变得成熟了。马回拍拍胸脯说："先生不是常教导我们要见义勇为、不负丈夫之名吗？我愿意去锦州走一遭。"姜路说："我陪马兄去。"克笙起身去牵来自己那匹老白马,这匹陪他从卜奎一直来到苇地的老马已经不是一匹马,而是自己的兄弟。他把缰绳递给姜路:"让它陪你去吧,老马识途,不会迷路。"老白马很懂事地甩了甩尾巴,打了一个短促的响鼻。

马回、姜路走后,大甸上忽然狂风大作,风从红海滩刮来,带着一股浓重的咸腥。老地羊问:"村里有火油吗?"克笙很警觉:"要火油做什么?"老地羊道:"我要烧甸。"克笙倒吸一口凉气,苇地中人最忌讳的就是野火,尤其在冬季,芦苇干燥,点火就燃,这大风之日点燃芦苇荡,茫茫大甸可就成了人间炼狱,燎原火势会将甸上一切化成灰烬!刚才军队同倭寇辎重队作战,恰巧没有风,要是在大风起时引燃那么多火药,老地羊恐怕也葬身火海了。他问:"烧甸?大火不知会燎到哪里去,燎到田庄台也不是没有可能。"老地羊很坚定地说:"没法子,敌强我弱,只有用火烧连营之计,方能保住锦州。"克笙说:"火油有一些,不多。"老地羊道:"不用多,只做引火之用,你找几床被子,拆出棉絮来,我带火油棉絮到大甸里伺机点火。"克笙回酩奴堂找了一瓶火油,撕开被子拆出棉絮,又点燃一盏马灯做火种,一并交给了老地羊。老地羊嘱咐王克笙用苇席裹了黄开遗体,先找个空屋安厝,自己提着火油、棉絮和马灯走过冰封的双泰河,顺着助推的狂风一直走进茫茫芦苇荡。

天色渐晚,克笙藏好黄开的遗体后,担心眼神不济的老地羊会陷身冰水,也提着一盏马灯过河来找老地羊。两人在一处芦苇密实的沟汊边相遇,老地羊似乎知道他会来,示意他用棉袍罩住马灯,卧在苇丛里,悄悄等着倭寇。老地羊不愧是厨子,懂得用火之道,他在上风口分四个点堆起四大堆干芦苇,每一处留一团浸了火油的棉絮,这样,四处火点一旦燃烧后,很快会形成一条火线。克笙心里咚咚狂跳不止,想象着这一望无尽的苇地大甸要是变成一片火海意味着什么。好在大火因为风向的缘故不会烧到九里,苇地候鸟也都去了南方,但苇地深处毕竟有不少渔夫苇农,他们怎么办?他向老地羊说出了自己的担心,老地羊说:"先生读书读痴了,你说你要是个猎手在兔子窝旁放了一枪,这窝兔子会怎样?"克笙说,"当然把兔子吓跑了。"老地羊发出坏笑:"对喽,人会比兔子蠢吗?刚才一场激战,苇地里的人早逃命了。"王克笙恍然大悟,老地羊的狡猾令人不得不佩服,这个火夫打仗如同在做一锅饭,沉着冷静时刻拿捏火候。克笙想不通,这个开战前还嚷嚷着要当逃兵回老家娶媳妇的老地羊,怎么一仗下来竟然变了一个人,变得狐狸一般狡猾,狼一般凶狠?

大甸里狂风不停,苇丛像着了魔法一样跌宕起伏,发出猎猎声响。克笙冻得瑟瑟发抖,老地羊却若无其事,他抽出腰里的短烟袋,装上烟探到马灯里点燃,连抽几口,很舒坦地哈了一口气,一双似乎生着玻璃花的眼睛睡着一样合上了。克笙看出老地羊有些困,便把一抱芦苇挡在上风口,想给他遮遮风,老地羊却冷不丁睁开眼摘下狗皮帽子,耳朵贴在冰面上听动静。倭寇马队随时会来,一个辎重队被消灭,敌人不可能不复仇。老地羊佯装无事一样倚着一捆干芦苇,吧嗒吧嗒有节奏地抽着烟袋。克笙悄声道:"黄将军误会你了,你不是逃兵。"老地羊摇摇头:"我是真想当逃兵解甲归田,这毅字营的火夫没什么油水。"克笙道:"你现在走也不迟呀,没有谁管着你。"老地羊一听这话,忽地坐直了身子:"这是什么话?黄将军活着我可以走,现在黄将军和一哨弟兄都战死了,我怎么能走?我这个时候走,我老地羊对得起这些一口锅吃饭的弟兄吗?"克笙被老地羊的豪气震撼了,一个原本想当逃兵的人,忽然间变成了一个慷慨赴死的英雄。将近子夜时分,苇地里的风更大了,除了呼呼的风声,其他什么也听不见。老地羊再次贴在冰面上仔细听了听,两道眉毛顿时蹙成了两只菱角,他看了看那只空火油瓶,对克笙道:"已是亥时,你回村备点饭,我肚子里唱空城计了。"克笙想起从中午到现在,两人一口饭未吃,是应该回去备些饭。村民都在鸽子洞躲避,九里现在是一个空村,应该回去看看。临走时,老地羊又嘱咐了一句:"黄将军临终说的话你也听到了,要把我们豫字营这一哨的战功记下来,兄弟们谁也不是孬种,不过,我老地羊想当逃兵的事就别写了,省得后人耻笑。"王克笙点点头,"放心,你本来也不是逃兵"。

大甸上的风越来越大,在苇地中行走,如同在一排排起伏的浊浪中穿行,苇叶割破了脸颊,克笙顾不得拭擦。老地羊眼神不济,回去抓紧备好饭后要赶快返回来给老地羊当眼线。跌跌碰碰的克笙刚刚踏上双泰河的冰面,身后苇地深处忽然发出一片火光。他愣住了,回头望去,在狂风的作用下,大甸深处已是一片火海。克笙忽然明白了,老地羊已经听到了倭寇到来的声音,他支走自己是不希望自己与他一同葬身火海。克笙呆呆地站在冰面上,看着猩红的大火翻卷到空中,夹杂着撕心裂肺的马嘶人叫,他朝着染红了半边天的大火扑腾跪下去,不禁热泪长流:"老地羊呀老地羊,你是大英雄啊!"

这场苇地大火是有史以来双泰河北岸最大的一场大甸之火,老地羊和日军一个骑兵分队被大火吞噬。大火后,克笙带人在灰烬中找了很久,发现很多烧死的战马和日军尸体,却没有找到老地羊。后来人们猜测,大火融化了芦苇荡的冰层,许多尸体都沉入水下。第二年,大甸上的芦苇比往年更加粗壮密实,不知是不是老地羊血肉的滋养?

马回、姜路归来后,王克笙那匹老白马一卧不起。克笙在马棚里默默地陪着它,轻轻为它梳理着鬃毛。黎明时分,他发现马的鼻息忽然变得急促起来,似乎想寻找什么。对味道异常敏感的克笙也嗅到了一股干草的味道,白马是不是想寻找干草呢?他到马棚一角抱了捆野燕麦干草过来,打开后铺放在马头周围,白马瞬间平静下来,无声地走了。

战事平息后,王克笙带着韩马姚姜等人在万柳塘埋葬了黄开,同时,还为老地羊筑起一座炊具冢——老地羊没有留下其他遗物,只有一些军用炊具,铁锅、铁铲和一把菜刀。在黄开墓的后面,有一座同样大小的墓,墓前立着一块石碑,上面刻着王克笙手书:马冢。

黄开、老地羊周年时,克笙召集村民在三圣祠拈香摆供,请塔溪道姑到九里做了个道场来超度战死将士亡灵。法事毕,塔溪道姑建议,将鸽子洞作为九里村民避难之所,平时可储些余粮,存点御寒衣物,过刀兵时可在此藏身,但要提醒村民对此守口如瓶,切不可泄露外人,以免招来兵匪。克笙认为有道理,便在酪奴堂召集九里三老四少开会,将鸽子洞秘而不宣作为一条村约定下来,若有泄密者,将写进《记过》簿,绝不姑息。鸽子洞作为一个与性命攸关的秘密,九里老少守了几十年,没有透露出半点风声。

1896年

兔毫盏

一

克笙的姻缘红线引自姚大下巴之手这是很多人预料中的事。

姚大下巴见风是雨、口无遮拦的体性克笙并不认同,这一点姚大下巴心里清楚,在王克笙眼里,姚大下巴能让他夸赞的事唯有一件,那就是将长子姚松送到奉天读书。姚松姑姑在奉天做生意,家境不薄,姚大下巴将姚松送到城里读书,姚松学习也很用功,为姚大下巴赚了不少颜面。除此之外,姚大下巴那些打卦算命、说媒支客的行为王克笙从不褒贬。姚大下巴喜欢有事无事到酩奴堂套近乎,在他心里,如果九里是一座山寨,他便是当之无愧的二当家,但王先生从不这样下结论,他希望王先生对他能多些认同。终于,他找到了一个切口,为王先生保媒,他很清楚,一旦保媒成功,自己就是九里的功臣。

光绪二十二年王克笙已经三十六岁,他对自己的婚姻大事依然不紧不慢。在偏僻的九里,缘分就像苇地的黄鼬很难把握,说媒的不少,他感兴趣的不多,心之门像上了把锈锁,似乎很难打开。有时,他怀疑自己是不是进入了塔溪道姑所说的无念界,为什么对自己不喜欢的女人没有丝毫兴趣。余氏、大萍和小惠一起找到姚大下巴,余氏说老七你平时总说自己多么有章程,怎么就不能给王先生保个媒?王先生老大不小了,总不能打一辈子光棍吧。大萍说你是饱汉不知饿汉饥,你老婆孩子都有了,可王先生还是孤单单一个人。小惠也说,你要是不让王先生娶上媳妇,你在九里就白混了。姚大下巴被几个女人说得面红耳赤,木锨似的下巴翘了好几翘才说,这事他早就有主意,为了酩奴堂百年大计,也为了三圣祠香火相继,他头拱地也要为王先生保成大媒。说这话的时候他其实心里还没谱,因为凭王先生的眼光,不会剜到篮子里就是菜,至少要找个识文断字的姑娘。可是话又说回来,能让女孩子读书的肯定是名门大户,名门大户家的女孩子不就是大家闺秀吗?哪个大家闺秀愿意嫁到苇地深处的九里来。

成就姚大下巴功绩的是蒲娘。

蒲娘是田庄台汉风书院院长蒲秀才的女儿,自幼饱读诗书,内敛俊秀,擅长女红,能写一手令人羡慕的蝇头小楷。甲午起战事,面对城破危局,蒲秀才召集亲朋弟子说:"自大明倭寇犯边以来,所到之处莫不血流成河,此战田庄台凶多吉少,你们还是速速到城外躲避,书院由我一人留守。"亲朋弟子劝他一道出城,他说:"圣人之地,焉能弃之而去?何况我舍不得书院中这些善本典籍以及孔圣人这尊白果宝像。"汉风书院藏书千卷,是蒲家几代人收集而来,嗜书如命的蒲秀才担心这些藏书毁于战火,更让他放心不下的是书院中有一尊白果木孔圣人雕像,被他视为镇院之宝。这尊白果木雕像是书院十届弟子集银百两,购名木,请名匠,精心雕刻而成,蒲秀才担心它被倭寇抢了去,坚持要留下来看守书院。他托付亲朋弟子将爱女蒲娘带出城。蒲娘正值花季,万万不能被倭寇所掳。离别之时,他对蒲娘说:"国破家亡,我已将生死置之度外,只是你幼年丧母,尚未出阁,乃为父一桩心事,若为父有不测之祸,你要记住,莫入豪门,莫贪富贵,嫁一知书明理之家相夫教子,寄托一生,为父在九泉之下也就瞑目了。"蒲娘已经成年,她含泪给瘦骨嶙峋的父亲拂去衣衫上的尘土,夹着一个包裹跟亲友出城避难。蒲秀才一语成谶,此别果然竟成阴阳两隔。战火烧过,当亲朋弟子返回屋宇尽毁的书院时,在被烟火熏黑的孔圣人宝像前发现了坐在地上的蒲秀才。蒲秀才发辫缠于脖颈,胸前中一弹,一道血痕像加了朱砂的松墨,在他灰布长衫前划出一棵韧劲十足的枯藤来。他是立于雕像前遭射杀的,子弹没有穿透他单薄的身体,身后的宝像除了被烟熏黑外,没有留下弹痕。

埋葬了父亲的蒲娘在生活上陷入困境。

蒲娘寄宿在姑姑家,她无力恢复被焚的书院,父亲已殁,即使恢复了书院谁来执掌?她想起父亲对自己的嘱托,嫁人一事不得不摆上桌面。老实巴交的姑父是个剃头匠,姓曹,平时挑着剃头挑子走街串巷,三教九流多有接触。姑父说自己认识一个叫姚老七的人,是个会打卦看相的风水先生,想请他当媒人。曹师父说田庄台街面上给姚老七起了个姚八成的绰号,来由有二:一是姚大下巴说什么事情喜欢在前面加上个八成,比如八成能行、八成没准之类的话,从不把话说死;二是托姚大下巴办事有八成的准头儿,尤其保媒成功率也有八成。

老曹是在给姚大下巴剃头时提起请他保媒一事的,姚大下巴一听,顿时心花怒放,身子猛地一挺,猝不及防的曹师父剃刀便在他头上留下了一道口子。曹师父一再道歉,并免了他的剃头钱,姚大下巴却不在意,说这口子留得好,这口子留下的伤疤以后就是我姚老七保媒的勋章。姚大下巴之所以喜出望外,是觉得这门亲事八成能成,这真是踏破铁鞋无觅处,得来全不费工夫,正愁着给王先生说媒,这红线就递到手上来了。他额头贴着膏药跟曹师父来到曹家,见到蒲娘第一眼,心里就说:这事妥了!蒲娘端庄秀气,柔声细语,和九里的女人一比,简直是鹤立鸡群,何况蒲娘是蒲秀才的千金,蒲秀才是谁啊?苇地里人人皆知的教书先生!王先生在三圣祠上香日多次讲过蒲秀才,夸他有士大夫气节,是临危不惧的君子。

蒲娘为姚大下巴端上一杯茶,姚大下巴喝了一口,觉得茶味很奇怪,就问这是什么茶,蒲娘说:"这是蓬蕽,就是苇地常见的芦花。"姚大下巴细品了两口:"芦花还可当茶?"蒲娘点点头,并不多言。姚大下巴向老曹介绍了王克笙,介绍了酩奴堂,也介绍了克笙建立的三圣祠。姚大下巴说:"你们王家汉风书院供孔圣人,朱家三圣祠里也供,同供一个圣人,本来就是一家人嘛!"

蒲娘并无羞涩之意,她落落大方地问:"这个王克笙可是苇地传说的植柳换医的王大夫?"姚大下巴说:"就是,你听说过?"蒲娘点点头:"家父在世时向弟子们讲过九里酩奴堂,说古有杏林,今有柳塘,这个堂主一定是个唯善为宝的乡贤。"姚大下巴得意地道:"令尊大人说得没错,王先生是九里的主心骨,我姚老七也是见过世面的人,这辈子没服过谁,可对王先生,我服,服得五体投地!"蒲娘问:"老伯服他什么呢?"姚大下巴伸出右手,一个手指一个手指地扳回:"这第一,服他德行高;第二,服他医术精;第三,服他有血性;第四,服他有善心;第五,服他不好色。"扳完五个指头,姚大下巴言犹未尽,又张开五个指头还要扳,却被老曹插话打住了,老曹问:"不好色怎么讲?"姚大下巴道:"王先生已过而立之年,要是好色的话,讨个一妻两妾还成问题吗?"曹师父"哦"了一声,不再言语。停顿片刻,老曹看看蒲娘,蒲娘很专注地望着窗户上新贴的窗花,这是她昨天剪的,图案是喜鹊登枝,在剪这帧窗花时她流下了眼泪,不知为何而流,她注意观察了,偌大一个古镇,竟然没有一只喜鹊,倒是有成群的乌鸦飞来飞去。姚大下巴看看蒲娘,再看看窗花,对曹师父说,"说说聘礼吧。"蒲娘说:"大兵之后,必有灾年,非常年景,还是一切从简为好。"曹师父一个劲点头,"好好好,一切依你。"

姚大下巴一道伤口,换来蒲娘一生姻缘。

克笙正在酩奴堂坐诊,姚大下巴笑嘻嘻地走进来,"王先生,我昨夜得一梦,八成是吉兆,你给圆圆如何?"克笙正用砭石给病人刮痧,头也没抬地说:"梦还能当真?"姚大下巴自己找了个板凳坐下,跷起二郎腿,也不避看病之人,道:"我梦见十几个格格衣着华丽,围在酩奴堂里品茶呢。"克笙苦笑了一下:"谁家格格能到这荒凉的绿苇红滩来品茶?你的桃花梦,怎么把酩奴堂扯进去了?"他刮完痧,扶病人起身,嘱咐了一些注意事项,送病人离开,回头问姚大下巴:"你是不是哪里不舒服?"姚大下巴放下二郎腿,笑眯眯地说:"我来给先生报喜。"克笙转身到百眼柜前整理药材:"这话你老七可不是说过一回了。"姚大下巴站起身:"这回八成能行,女方是谁你知道吗?就是田庄台蒲秀才的千金蒲娘呀,我去见了,绝对是才貌双全。"克笙心里一震,蒲秀才可是自己敬佩的义士,他曾想在三圣祠里也为蒲秀才立一块牌位,与黄开、老地羊并列,因为蒲秀才舍身护圣人像一事在苇地几乎家喻户晓,值得敬仰。"怎么,蒲秀才还有一个女儿?"他回身问,"蒲秀才已经遇难,她不是没有家了吗?"姚大下巴做出一副怜悯的样子说:"可不是嘛,蒲秀才遇害,书院被毁,蒲娘无家可归,只能暂住姑姑家。蒲娘的归宿成了姑姑一家的难题,说了几门亲事,蒲娘不允,因为蒲秀才有话,让她不入豪门,不贪富贵,嫁一知书明理之家相夫教子,这样的婆家除了酩奴堂,上哪里去找?我看,这蒲秀才早就算到了这步,才有如此交代。"克笙愣了一下,没有马上回话。他倒了杯茶,起身也为姚大下巴倒了一杯,摇摇头说:"年龄相差悬殊,不妥不妥不妥,你还是为她另选门庭吧。"姚大下巴起身问:"先生是讲理之人吧?"王克笙道:"当然。"姚大下巴问:"那好,我问你,蒲秀才算是仁人志士吧?"克笙点点头:"当然。"姚大下巴又问:"仁人志士之后该不该得到体恤?"克笙又点点头:"当然。"姚大下巴紧逼着问:"现在蒲秀才之女无依无靠,近乎沦落风尘,先生就无动于衷?先生撰写的《九里村约》对这种事情是如何说的?先生难道是知行两异?"克笙第一次被问住,脸上似乎有炉火在炙烤,感到鼻尖上有汗珠在滚动,姚大下巴果然伶牙俐齿。他脑子里忽然间浮现出药王的面孔,药王正慈祥地望着他,似乎在说:"我能救虎,汝为何不能救人,难道救人比救虎还难?"他深吸一口气,背对着姚大下巴说:"不是我不愿意,年纪如此悬殊,人家女方怎么看?"姚大下巴笑了,说:"蒲娘对酩奴堂早有耳闻,蒲秀才多次向弟子讲过您草创酩奴堂并兴办私塾之事,说你植柳换医堪比三国杏林,心中对您有仰慕之情,出于羞涩虽未言表,其实心中已经应允了这门亲事。"克笙让姚大下巴给他点时间,他要好好想一想这婚姻大事。姚大下巴拍拍屁股走了,他知道,只要王先生答应想一想,此事就八成变九成了。克笙看到姚大下巴腚上并没有尘土,他这样拍打,似乎在说这件事已经尘埃落定了。回去的路上,姚大下巴逢人便说:"酩奴堂八成要有老板娘了。"不过晌午,满九里都在传王先生要娶蒲娘的事,大萍和小惠高兴地跑来道喜。

晚饭后,克笙洗漱后来到三圣祠,也不点灯,盘腿坐在蒲团上冥思。他独自在三圣祠里待了整整一个晚上,想了些什么无人知晓,但决心就是在这个夜晚下定的。后来他对蒲娘说,那一夜他一直在和母亲对话,母亲说过,夜深人静之时在三圣像前可以和母亲说话,他和母亲说了许多,母亲告诉他婚姻大事不可草率,他向母亲讲了蒲秀才的故事,母亲问他蒲秀才的女儿喜茶还是嗜酩？他说不知道,须问问才知,母亲说只要喜茶便可为妻。

清早,他让前来早读的弟子去请姚大下巴。姚大下巴睡眼蒙眬,走路跌跌碰碰,但他已经猜到了王先生这么早叫他来的目的。王克笙问:"蒲娘是否喜欢饮茶？"姚大下巴睁大眼睛说:"蒲娘何止喜欢茶？人家自己还会制作芦花茶呢,她把芦花茶称作蓬蕽,我喝了一碗蓬蕽,唇齿留香,唇齿留香呐！"

克笙对姚大下巴说:"既然如此,此事就依你说的办吧。"

姚大下巴一把扯去额头上的膏药:"中！"

姚大下巴当天便乐颠颠让韩芦生划船载他去了田庄台。为了方便照顾蒲娘,他还请大萍、小惠一并前往。当姚大下巴把消息告诉蒲娘后,蒲娘没有多说话,慢慢打了包裹,和姑姑相拥而泣。姑姑家境贫寒,对她照顾却无微不至,她不想再给姑姑增加负担,决定直接去媒人姚大下巴家商办婚事。她将那尊圣人宝像和书院灾后残留下的几箱古籍带上船,然后返回书院旧址父亲墓前,与长眠在此的父亲正式叩别。姑姑一家和蒲秀才众弟子送蒲娘到渡口,蒲娘咬紧下唇,坐在船头不停地拭擦眼泪,船划出很远,渡口的人变得模糊,蒲娘还在摇手示意,却始终不说一句话。姚大下巴吟了一句诗:"之子于归,宜其家人。"蒲娘这才放下手臂,闭着眼睛依偎着大萍瓷实的身子一动不动,眼角挂着晶莹的泪珠。来到九里,蒲娘没有直接去酩奴堂,提出先到姚家,由王克笙来姚家正式提亲,走当地婚俗礼仪的所有程序。克笙十分赞成蒲娘的主意,婚礼大事,不可不重,蒲娘提出的要求正合他意。于是,克笙在韩马姚姜四家的帮助操办下依照当地风俗行了纳彩、问名、纳吉、纳征、请期、亲迎六礼,虽一切从简,但礼数不少,一桩亲事在姚大下巴的撮合下大功告成。

克笙没有想到自己有这般福气,能娶到蒲娘这样秀外慧中的妻子。婚后,他和蒲娘一道返回田庄台,拜谒蒲秀才墓,答谢曹家，两人为蒲秀才墓立了一块石碑，石碑正面是名字、籍贯和生卒年月，后面则是蒲娘亲自撰写的一副挽联："苦我今朝皆因倭寇肆虐枪杀慈父，如有来世忍把红妆轻掷剑指东洋。"克笙十分赞赏夫人笔力，这副挽联中透出的气场似乎可以凝水成冰。

克笙为未曾谋面的岳父精心制作了一个牌位摆放在三圣祠内，又把那尊白果木宝像置于东厢房正位，供读书的弟子们膜拜。

二

王克笙大婚的消息传到玉虚观，塔溪道姑托韩二给他送来一对儿龙泉窑青瓷茶盏，这是一对儿青如玉、声如磬的青釉茶盏，王克笙对此爱不释手。他知道，这一定是塔溪道姑的心爱之物，塔溪道姑除却修道、习剑之外，最大的嗜好是饮茶，她一般只饮两种茶，绿茶和普洱。

王克笙携蒲娘去玉虚观拜访塔溪道姑。他对蒲娘详细介绍了自己与塔溪道姑的两次邂逅，介绍了扶乩和堪舆图。他说，塔溪道姑不仅是他的引路人，也是九里乡亲的保家仙，因为塔溪道姑发现了能躲避过刀兵的鸽子洞。

塔溪道姑气色如刚吐芽的碱蓬，粉白如芍药，青色的道袍一尘不染，白布裹腿凸显出小腿的修长。蒲娘注意到道姑客室墙壁上挂着一把宝剑，包银剑鞘上镶嵌着红宝石，这是一柄法剑。蒲娘想：修道之人应该身不离剑。塔溪道姑亲自为两人沏茶，茶具是黑色的仿建窑茶盏，茶是没有发酵的绿茶。王克笙心想：看来塔溪道姑平日所用也不是龙泉窑青瓷，她把最好的茶盏给了酩奴堂。塔溪道姑对蒲娘很热情，问了一些生活上的事情，她说认识蒲秀才，曾经到汉风书院借阅过《正统道藏》，惊叹于书院所藏典籍,听说蒲秀才罹难、书院藏书遭焚后,她在玉虚观专门为蒲秀才做了一个道场,超度这位大义凛然的塾师。她认为蒲娘嫁给王克笙十分般配,蒲娘到九里后对酪奴堂会大有益处,相信蒲秀才也会含笑九泉。塔溪道姑说:"你与泊洲一刚一柔,刚柔相济,实属难得。"王克笙从没有见过冷若冰霜的塔溪道姑有喜形于色的情况,不想今日却见识到了,他知道,这要归功蒲娘。

交谈一番后,塔溪道姑忽然问:"泊洲先生,酪奴堂之名是祖上所起吧?"

王克笙点点头:"是高祖命名。"

"看来朱氏高祖深谙明哲保身之道,"塔溪道姑说,"记得在慈悲庵你向叉玛说过朱王姓氏之变故,你高祖可谓用心良苦。"

"塔溪师父真是洞察一切。"王克笙对塔溪道姑的记忆很是敬佩,十多年过去,她还能记得如此清楚。

"太上开不二法门,忍辱第一;祖师演钵堂之教,规范为先。先生高祖用心良苦,有道家布道之风。酪奴,自降地位,柔弱为用,却蕴含奴酪反制,承效天尊之风,贫道佩服至极。"

"塔溪师父见解高深,在泊洲看来,仅仅一个茶字而已。"王克笙表现出应有的谦逊。

蒲娘不忘向这位有着传奇色彩的道姑请教人生之道,这是她来玉虚观之前就想好的事,她从父亲那里继承了好学的秉性,总是不错过向高人名士请教的机会:"蒲娘初来九里,想请教师父,如何该为如何不该为?"

塔溪道姑把目光转向蒲娘,颔首示意道:"其实,一切道理都在酪奴二字里了,不用贫道再多言。"王克笙这才明白她为何要问酪奴堂的由来,看来这些话是说给蒲娘听的。蒲娘当然明白,对这位冰雪聪明的道姑陡生敬畏,修道之人就是与众不同,不动声色里,已经征服了你的想法。

蒲娘问："道家修行多选名山，敢问师父为何要到这荒凉苇地来呢？"

塔溪道姑轻轻拂动了一下手中的拂尘，一只飞蚊从眼前缓缓飞走，她将拂尘搭在肘间，用很软的声音道："苇地中苦，毋庸讳言，但邱祖真人却教诲说：ّ不到苦之极处，苦根不尽。'智慧难开。今愿尔等当于苦处求之，受一番苦，即退一番魔障，受十分苦，而魔气全消也。我正是不忘邱祖教诲，才来此地修道。"

王克笙想，当年，年轻貌美的塔溪只身去天寒地冻的龙江大地布道就叫人匪夷所思，回来后不在香火旺盛的铁刹山居住，又来到苇地深处住持这区区小观，更令人不解。蒲娘提出的问题，也是他在一直思考的问题，他总觉得塔溪道姑是一个巨大的谜，而且这个谜一直笼罩着他，刚才，听了道姑这番话他似乎有些明白：看来，塔溪道姑来此修道，如同释家的苦行僧，是在艰苦中求一份精义妙用。

"听说泊洲乐善好施，治病救人，在苇地居民中颇有威望，尤其能分田予人，分文不取，贫道很是敬佩。"塔溪道姑所说的分田予人，是王克笙自己立下的规矩，即九里每来新户，他都从自己耕地中分出两亩相赠，家中之地已经赠送将尽。

"那些田地本来也不属于我，别人赠我，我赠他人，让九里人人有田可耕，我身为乡绅亦得心安。"

"施恩不望报，望报非施恩，泊洲亦弘道之人了。"塔溪道姑起身带王克笙和蒲娘到院子里转了转。青灰色的玉虚观不大，一正两厢，正殿供奉三清，东厢一侧是住所，西侧是经堂，另有柴屋、门房和仓库各一间，观内窗明几净，纤尘不染，院内有两棵柿子树，虽不高大，却有喜鹊在树上筑巢。从院子里来到院外，塔溪道姑指着不远处一片赭红色的芦花说："看那片芦花，多像一片祥云落在芦苇上。"

王克笙知道那是刚抽穗的芦花,清新明亮。"师父所言极是,玉虚观的确是祥瑞之地。"

离开玉虚观时,塔溪道姑把一个用油纸包好的兔毫盏给了王克笙,王克笙再三推辞,塔溪道姑说:"先前两只龙泉窑茶盏是给你和蒲娘所用,你们将来会生儿育女,这只兔毫盏就给孩子用吧。"王克笙和蒲娘收下了这个茶盏。塔溪道姑总能预测未来,这赠送的不是茶盏,而是未来的孩子。回去后,两人摩挲这个茶盏,猜想塔溪道姑为什么要送一个兔毫盏。王克笙百思不得其解,蒲娘红着脸说:"不要猜了,道姑的用意很清楚,预示我们未来的孩子一定是男儿。"王克笙恍然大悟,从此,他十分喜爱这个茶盏,闲暇时就捧在手上把玩,这个小小的茶盏后来对儿子王鸣鹤有一种神奇的力量,它甚至能让襁褓中的儿子停止哭闹。

三

嫁到酪奴堂的蒲娘日渐改变着九里风俗,这种改变集中体现在女人身上。女人是一个地方的风标,看一个地方是否开化,只要看看当地女人的嗜好就能得出答案。王克笙一直期望九里的风化能有所改良,尤其在女人身上有所体现,蒲娘的到来恰好解决了这个问题。蒲娘不缠足,村中妇女相互议论说:"人家蒲娘都不缠足,我们这些与芦花相伴的女人何必缠足呢?"蒲娘教妇女们编制蒲苇,把晒干的蒲苇编织成各种各样的容器、蒲团,柔韧的蒲苇茎叶在她纤指间银梭般穿来绕去,一件件精美的苇编眼看着就织成了,编织中她加上褐红色的老叶,织成蝙蝠、蝴蝶、牡丹状的图案,让苇编更加喜人。蒲娘精通厨艺,尤其擅长烹调蒲笋。在蒲娘到来之前,九里人不知道河畔池塘边的一丛丛蒲苇还能当菜吃。春夏之际,蒲娘会带着姐妹来到河边,采集蒲苇鲜嫩的根茎,这种根茎洁白如玉,鲜嫩清香,是入馔下酒的好菜。蒲娘烹调蒲笋的方法也多,最美味的做法是用鲜鸡汤配以双泰河的虾子来烧,烧出来的蒲笋鲜美爽口,回味清香。鲜蒲笋采多了吃不了,蒲娘就让大家晒成蒲笋干,到了冬季,用来炖肉熬汤,赛过江南的竹笋干。王克笙尤其喜爱吃蒲娘烧的蒲笋,到了餐餐必吃的程度。蒲娘还教会妇女用乌贼鱼的鱼骨海螵蛸来洗牙。她把鱼骨磨成粉,用食指蘸着擦洗牙齿,把女人牙齿个个擦得羊脂玉一般白。蒲娘打理三圣祠,为丈夫书写药方,熬制汤药,家务料理得井井有条,王克笙可以专心坐诊和教授私塾两件事,酪奴堂的日子变得滋润起来。

蒲娘在苇地的名气得益于姚大下巴的宣传。姚大下巴成就了王克笙和蒲娘姻缘后,他在九里的地位风筝般飙升,很多人改掉了私下里叫他姚大下巴的称谓,改叫他七叔。姚大下巴趁热打铁,开动脑筋给蒲娘起了个芦花娘娘的绰号,并通过他那张能说会道的嘴,把这个绰号传遍苇地。世间之事,要么在传说中成恶,要么在传说中成神,芦花娘娘的绰号在苇地传来传去,便传成了神话。有的说芦花娘娘能预料凶吉,消灾解厄;有的说芦花娘娘是观音再世,会送子继嗣;还有的说芦花娘娘可引航避浪,指点迷津。苇地四面八方许多人慕名而来,专为一睹芦花娘娘的神采。王克笙也说芦花娘娘这个绰号好,当年自己闻到的干草味道其实也有芦花的成分,这是他在娶了蒲娘后才感觉到的。

年纪轻轻的蒲娘有这样好名声绝非空穴来风,她是靠自己才智赢得了村民的喜爱。蒲娘的心灵手巧和温文尔雅引导九里女人一点点摆脱粗粝与野性。以往的夏夜,女人们常常到酪奴堂庭院闲聊,大家席地而坐,或嗑着瓜子,或抽着烟袋,一副俚俗场景。蒲娘经过一番观察后,首先想到的是戒烟。湿地女人吸烟有极其充分的理由,因为潮气重,毒蚊多,浓烈的旱烟可以燥湿驱蚊,但抽过烟袋的女人也容易把男人熏跑,变得旱烟一样冲。旱烟这种东西很怪,你自己抽时不觉味道之恶,当你嗅到它在别人身上时,便有些令人作呕。尤其好好一个女子,被旱烟早早地熏黄一口白牙,失去了应有的水灵,这实在是得不偿失的嗜好。为改变九里女人抽烟陋习,蒲娘开始引导女人喝蓬蘽。

"芦花,又称蓬蘽,秋季采摘后可以做茶。"蒲娘清楚地记得父亲在初秋的苇地边对她这样说过。父亲还吟诵了一句写芦花的诗:"愁君独向沙头宿,水绕芦花月满船。"那是父亲唯一一次带她到苇地看芦花,父亲带她看芦花出于何种用意没有说,但父亲面对满目芦花所流露出的惆怅她记忆犹新。蒲娘当时不知道父亲为什么要吟诵这句诗,嫁到九里她才心有所悟:难道父亲早就预料到女儿会像江客一样与芦花相依相伴?

她引导女人喝蓬蘽,理由很容易让人接受:解毒。

九里村民常食鱼蟹,体内会淤积鱼蟹之毒,而芦花作为药材恰恰能解鱼蟹之毒。她教妇女们将采摘来的芦花晒干,按一定比例与红茶相配然后煮泡,煮泡出的茶汤芳香别致,清雅宜人。她常常约妇女们到酩奴堂,在条案上摆一排茶碗,用茶壶一一斟上蓬蘽请大家饮用。初时有人还不习惯,久而久之也就习惯成自然,离不开这蓬蘽了,说喝茶比抽烟好,能提神通肠,让人清爽。蒲娘说这就是解了体内鱼蟹之毒的缘故,体内毒聚,自然昏昧身倦,一旦鱼蟹之毒尽解,就会还你一个干净的身子。她告诫几个牙垢成病的妇女一定要戒掉烟瘾,坚持以螵蛸骨粉洗牙,佐之以蓬蘽漱口,定会除垢洁齿,还你一口女人的白牙。蒲娘的劝导果然奏效,一年下来,九里青壮妇女完全戒掉了旱烟,过去家家炕上必备的烟笸箩大都成了鸡窝里的蛋筐。

蒲娘引导九里女人学会了端庄。

端庄,对于一个女人来说是底色,有这层底色,粉黛是缎上锦,失了这底色,脂粉便成瓦上霜。这个道理蒲娘反复讲给姐妹们听,但怎样做才能端庄?她们渴望蒲娘能给予指点。

蒲娘编了大大小小许多蒲团,蒲团柔软富有弹性,她要姐妹们习惯坐蒲团。夏夜,女人们来酩奴堂庭院消暑,不再席地而坐,蒲娘给大家一人一个蒲团,回家时人人带回去。"女人忌凉,坐蒲团能隔湿热凉气,"她对姐妹说,"女人身上的病都来自湿气热风,要想身体好,防湿是第一位,坐在地上湿气便会进入身体,有一个蒲团,湿气便会隔开。"她教姐妹们学会穿内衣,她亲自回田庄台买来红布,为姐妹们缝制了肚兜。"红布辟邪,"她对姐妹们说,"穿上红肚兜,邪秽就不再沾身。"蒲娘缝制的肚兜剪裁考究针脚整齐,成为九里女人的传家宝,一直到人民公社时期,九里还有女人穿这种吊脖系腰的红肚兜。

蒲娘帮九里男人解决了打苇子的穿鞋难题。

九里冬天总有刮不尽的北风,呼啸的大风裹挟着飞雪和枯落的苇叶,似乎要把碱滩上这个无所依靠的小村掀到海里去。冬天里去苇海中打苇子常常会冻伤脚,而缝制一双牛皮靰鞡是件很奢侈的事,制作上费时费力且不说,牛可是滩上耕地的功臣,谁家会杀掉耕牛剥皮缝靰鞡呢?蒲娘看到打苇子的村民一双双红肿的脚,心里在盘算一个能解决棉鞋问题的办法。棉布和棉花很贵,村民买不起,更何况打苇子是很费鞋的活,崭新一双棉布鞋不几天就会龇牙咧嘴。蒲娘把目光聚焦在河畔的蒲草上,既然蒲草能编织出蒲团和扁篓,为什么就不能编成鞋子呢?这软软的蒲草要是编织成棉鞋一定很保暖!说干就干,她让人到河边割来蒲草,着手编蒲鞋,经过几次尝试,一双虎头虎脑的蒲鞋编成了。她在蒲鞋里絮进捶烂的软草,穿在脚上一试,既轻又暖,很是可脚。于是,蒲娘组织九里妇女开始编织蒲鞋,几天工夫,九里男女老幼人人都有一双蒲鞋。姚大下巴把蒲鞋带到田庄台集市上出售,卖得挺火,田庄台人给这种棉鞋起了个很好听的名字——蒲窝。

冬月,村民丁少峰的女儿丁雪出阁。丁少峰到酩奴堂请蒲娘帮助操办,说这是姚七叔的主意,只要请蒲娘出面,啥毛病没有。丁少锋三年前来九里打苇子患了急性痢疾,是王克笙免费为他治好了病,他要付药钱,王克笙摆摆手拒绝了,说你赚点辛苦钱不易,到万柳塘栽一棵柳树就行了。酩奴堂一直坚持病人有钱付钱,没钱植柳的规矩,时间一长,万柳塘日渐成林,成了碱滩一道风景。丁少锋全家搬到九里,成了九里第三十九户居民。丁少峰打苇子是好手,嫁女礼数却一窍不通。九里是个讲究礼仪的地方,婚丧嫁娶一家照着一家办,相互不高也不低,已经成为风俗习惯。丁少锋怕自己弄不好让四邻笑话,便按照姚大下巴的指点来求助蒲娘。蒲娘不能推托,按照仪规操办婚礼本身对村民也是一个引导。丁雪虽然名中带个雪字,却像五大三粗的父亲一样是个汗毛密实的女孩子,由于毛发过重,丁雪面庞显得黄黑,如同没有洗净泥土的土豆,次日男方迎亲轿子就要进村,丁雪对着镜子有些黯然神伤。蒲娘端详着丁雪的脸,笑着说:"要当新娘子了,姐姐给你开脸吧。"在这之前,九里婚嫁从来没听说开脸的事,丁雪不知道什么是开脸,惊讶地问:"什么是开脸?"蒲娘道:"开了你就知道了。闭眼,忍住疼。"说完,在丁雪脸上敷一层粉,取一根细线,中间用嘴咬住,两手套住两头,形成交叉的三角,两手上下翻飞,在丁雪脸上来回绞动,先额头,再两颊,唇上唇边,不留一处死角,一会儿工夫,丁雪脸上的汗毛悉数被绞干净,接着又将眉毛、鬓角进行了一番修整。"好了,"蒲娘道,"好白净的一个新娘子!"丁雪睁开眼对着镜子一照,"哇"地惊叫了一声,镜子里自己这张脸被施了魔法一样白亮红润起来,如同一轮满月嵌在镜中。"这就是开脸吗?要是能早开,我就不用顶着一张灰脸见人了。"蒲娘嗔怪地拍拍丁雪的肩膀:"傻妹子,女人一生只能开一次脸,早开就是早嫁人。"丁雪脸上泛出一片赧红,镜中绽放出一朵鲜艳夺人的芍药。

自丁雪始,开脸成了九里姑娘出嫁的标志。

1900 年

万柳塘

一

惊蛰日酉时,王克笙的儿子降生,接生婆是姚大下巴的老婆姜氏。姜氏是九里最有名的接生婆,马回、姜路、姜四维都是经她手接到这个世界。在为蒲娘接生时姜氏遇到了难题,因为孩子似乎惧怕来到这个世界,拼命往回缩。好在姜氏接生经验丰富,总算把这个留恋娘胎的孩子拖到人世。事后姜氏说,要是蒲娘母子有个三长两短,她无法向九里父老交代。

儿子出生之日,王克笙养的两只丹顶鹤对着天空不停地鸣叫,天空澄明,连一丝云彩都没有。蒲娘说:"鹤是为孩子而鸣,我们就给儿子起名鸣鹤吧。"王克笙说:"鸣明乃是同意谐音,用来给孩子起名也别有意思,就叫鸣鹤吧。"王鸣鹤生下来与父亲出生时的表现截然相反,父亲出生后大哭不止,而他出生后却异常安静,像一个小心翼翼的访客,睁开眼睛怯生生凝视着满头汗水的余氏。余氏记得这孩子甚至瞬间笑了一下,接下来就四处打量,好像在寻找什么,两道毛茸茸的眉毛明显向中间紧蹙。蒲娘问丈夫:"这孩子怎么不哭呢?"王克笙无法回答,心里却七上八下,直到一昼夜后,孩子开始哼哼,虽不哭闹,却不停地扭动,他心里一块石头才落地。这是一个正常的孩子!孩子一旦开始扭动就很难平静下来,除了睡觉,他像一只蚕蛹,总在襁褓中挣扎。为了让孩子安静,王克笙拿了很多小物件在孩子面前晃动,有蒲娘怀孕时缝的布老虎,有小惠送来的拨浪鼓,还有马连顺做的小泥人,怎奈孩子一概视而不见。王克笙忽然想到了塔溪道姑给的那个兔毫盏,拿到孩子面前晃了晃,孩子看到兔毫盏后,奇怪的一幕出现了:他不再哼哼,也不再扭动,两只眼睛很专注地看着茶盏,露出了憨憨的笑容。

"这孩子将来肯定是只茶虫!"王克笙这样说。

王鸣鹤出生三个月,庚子事变开始波及苇地,九里又一次经历过刀兵。

一个闷热的中午,村民大都在家打盹,一支队伍悄悄摸进了九里。这是一支来自营口的义和团队伍,大约有七八十人,携带的兵器有土铳、宝剑、长矛,还有关公刀和方天画戟。着装也很滑稽,长袍马褂、黑色夜行衣、兵勇制服,可谓五花八门,看上去像要登台唱戏的戏班子。队伍首领姓蓝,人称蓝坛主,辽阳人,原本是屡试不中的穷秀才,不知怎么,一梦醒来就神仙附体,成了身怀绝技的大师兄,并扛起了扶清灭洋的义和团大旗。这支队伍里不乏鸡鸣狗盗之徒,他们发现河南岸的芦苇丛中有船,便派人泅水过河,将船划向北岸,神不知鬼不觉把七八十人渡过河来。

这支义和团要去锦州烧洋人的教堂,进入苇地后却迷了路,在芦苇荡里钻来钻去,误打误撞来到了静悄悄的九里。义和团队伍大摇大摆开进九里,让宁静的九里顿时开锅一样喧闹起来,人们不知这是哪里来的天兵天将,看他们耀武扬威的样子,像是一群赢了牌九的赌徒。因为没有预警,村民没有来得及躲避,纷纷跑到街上看光景。义和团问清了村里主事的是酩奴堂的王克笙,便直奔酩奴堂而来。蓝坛主走进酩奴堂院子时,王克笙正在屋内看医书,听到院子里人声嘈杂,起身到庭院察看。这时,戴着头巾手扶剑柄的蓝坛主阔步闯进来,他长着一双金鱼眼,眼下吊着两个硕大的泪囊,脸上的肉似乎都在横着长。

"你是村里管事的?"蓝坛主问。

"乡绅而已。"王克笙不卑不亢。

"村里有教民吗?"蓝坛主目光凶狠。

"什么教民?"王克笙很疑惑,这是他第一次听说教民的概念。

"就是信洋人上帝耶稣的!"蓝坛主声音提高了八度。

王克笙摇摇头:"九里百姓信孔圣人、信药王、信达摩祖师,就是没有信上帝耶稣的。"

蓝坛主脸上的横肉顺下来,目光变得缓和,说:"今夜大军要在此驻扎,你把兄弟们安顿好,我们只灭洋人,不加害百姓,乡亲不必惊慌,让拳勇们吃饱睡好即可。"

王克笙知道九里遇到了麻烦,面对这样一支神兵天降的队伍,他摸不清对方底细,担心稍有差池惹来灾祸,便叫来马回、姜路,逐家逐户通知下去,把这些拳勇三三两两分到各户,小心招待,不要慢待。马回、姜路没有马上动身,而是警惕地看着蓝坛主,两人担心王先生安危。王先生知道他俩担心自己,就说,"你们去吧,这位大师兄很仁义,只打洋人,不害百姓。"马回、姜路这才放心走了。蓝坛主见王克笙办事干练,面露喜色,说自己就住在酩奴堂吧,不去别处。吃饭时,他说自己也是读书之人,做过火居道士,眼看国家遭洋人欺凌,宗庙被洋人糟蹋,为了民族大义才投笔入坛,设立了这个坛口,自己所率之团并非官团,军饷自筹,这就是团勇服装各异的缘由。蓝坛主说看九里不是富裕之乡,就不在此征集军饷,但军饷不出,壮丁要抽,他说义和团每坛至少百人,他这坛口人数不够,要把队伍扩至满百,也就是说要在九里抽用十几个兄弟。为了让王克笙放心,蓝坛主许诺队伍到锦州功成圆满后,不愿意留下的兄弟可以回来种田。他还特意提到马回、姜路两个年轻人,说这两个跑腿子利落,不惧生人,将来是当大师兄的材料。蓝坛主的要求让王克笙一时不知所措。九里人历来抱朴不武,喜欢与世无争过清静日子,突然来了个招兵买马的义和团,这可如何是好,再说谁愿意把孩子送到这种妖里妖气的队伍里当拳勇呢?

下午,分散到各家各户的拳勇没闹什么乱子,他们都赤裸上身,在烈日下练拳。围观村民不知道他们练的是什么拳法,但这些拳勇显然都营养不良,肚皮松弛,肩臂少肉,打出去的拳一看就是花拳绣腿,没啥实战价值。蓝坛主端坐在椅子上,底气十足地发着指令。蒲娘见这些黑瘦的拳勇在烈日下流汗甚多,担心中了暑气,便煮了两桶绿豆汤让大家消暑解渴。村民对这支古怪的队伍喊喊喳喳议论个不停,更不会有人送孩子到这样的队伍里活受罪。晚饭时,蓝坛主又提到了壮丁入团的事,让王克笙连夜筹办。王克笙婉拒道:"此事难办,九里百姓世代务农,不谙兵事,村里几十年未出一个行伍之人,恐怕没有人愿意投身行伍。"蓝坛主冷笑一声,道:"不情愿就绑!扶清灭洋是天道义举,所有大清臣民对此都应义不容辞!"王克笙咬紧牙关没有多言,此时激辩解决不了问题,当务之急是找个万全之策。他告诉蓝坛主,说容他再想想,即使出人,也要挨家挨户去说说吧。

夜里,王克笙辗转反侧,找不到应对之策。

奇怪的是,小鸣鹤一反常态不再睡觉,在炕上扭动个不停。蒲娘说:"孩子也替你着急呢。"为了让孩子安静入睡,蒲娘拿出了那只兔毫盏,孩子见到兔毫盏不再扭动,王克笙却由兔毫盏想到了塔溪道姑,对啊,应该去找塔溪道姑拿个主意,吴志甫不是说过吗,当人力不能为时,不妨求助神。

他决定去玉虚观一趟。好在义和团军事常识欠缺,驻扎九里没有设岗布哨,使王克笙借着月色很顺利离开酩奴堂,叫醒韩老大划船顺流直奔玉虚观。

次日一早,晨起练功的蓝坛主不见了王克笙,一双金鱼眼盯着蒲娘好一会儿,厉声问王克笙去了哪里?蒲娘说丈夫从来不睡懒觉,每天早晨都出去四处走走,一两个时辰便会回来。蓝坛主心生狐疑,让手下将村民召集到酩奴堂庭院里训话。凶相毕露的蓝坛主大声宣告说:"抽丁之事本来好说好商量,现在主事的乡绅不见了,那就别怪我先礼后兵。从现在起村中家有两丁以上的,抽一丁入团,发银二两,违令不从者,军法惩处!"此言一出,庭院里的村民顿时乱成一锅粥,这还了得,这比响马绑票还毒,绑票花银子能赎回,上了义和团的船,还不得撞上槐花岛船毁人亡。马回、姜路是见过苇地厮杀的人,两人耳语几句,想联络年轻人备好割苇镰刀做拼命的打算,一旦对方绑人,定要拼个鱼死网破,决不能束手受擒。僵持中,有人喊王先生回来了,众人扭头看,果然见王克笙挺胸昂首大步流星从北面赶来,躁动的人群立马静下来,所有的目光集中到王克笙身上。王克笙径直来到手持宝剑的蓝坛主面前,低声道:"请大师兄借一步说话。"蓝坛主上下端详了对方一番,这个一清早就失踪的乡绅显然走了很远的路,灰布长衫和黑布鞋子上沾满露水,长长的发辫缠在脖子上,脸颊蜡一样泛黄。"何事?"他拧着眉头问。王克笙说:"我请坛主去三圣祠看看。"蓝坛主略作迟疑,还是同意了王克笙的要求,因为王克笙是早饭前回来的,看样子并不是想躲开抽丁之事。他让手下看好村民,自己跟王克笙来到三圣祠。进到祠内,面对中堂三圣画像,蓝坛主立马变得恭敬起来,他依道家之礼上香跪拜,神态虔诚,颇讲礼法。礼毕,他对王克笙说:"原来我们是同道之人,误会啦!你我皆居家修道,彼此便是兄弟。"王克笙点点头,心想,塔溪道姑的预言真是灵验!原来,王克笙去求助塔溪道姑,道姑问明情况后说,九里有三圣你不求,舍近求远来玉虚观做什么?这位坛主既然做过火居道士,应该亲近同门,不伤同道,你可速回带他到三圣祠共同进香,此事或可消解。蓝坛主仔细观看了三圣祠一番,道:"若有洋教来此惑乱人心者,你可告知于我,我当替九里铲除之。"王克笙长舒一口气:"九里有三圣灵光照耀,洋教自然望而却步。"出了三圣祠,后面一片柳树引起蓝坛主的注意。滩地上多芦苇蒲草,很少有树,九里能有一棵老榆树已经很神奇,没想到这里还有许多柳树。王克笙陪他来到柳树林,两人在黄开墓前驻足。黄开墓整理得很干净,王克笙向他介绍了黄开、老地羊抗倭战死的经过,蓝坛主问:"朝廷立的?"王克笙摇摇头:"是九里村民感念将士为国捐躯而立,黄开和老地羊的灵牌还摆在三圣祠里陪祀呢。"蓝坛主睁大了两只金鱼眼,问:"真的?"王克笙正色道:"当然,义士坟前岂能说假。"蓝坛主忽然变得激动起来,一下子抱住王克笙:"兄弟服你,服九里父老了。"王克笙猝不及防,被对方的举动吓了一跳,听他这样一说,一颗悬着的心才放下,很坦然地说:"为国牺牲之人,忘记就是弃义。"

两人挽手回到酪奴堂庭院。蓝坛主对满院子村民说:"大水冲了龙王庙,我和王先生原是同道之人,一场误会,一场误会!抽丁之事,一风吹!"他解散了队伍,和王克笙在酪奴堂喝茶叙谈了半个时辰,然后带着队伍离开了九里。

韩芦生亲自撑船将他们渡过双泰河,蓝坛主下船时向韩芦生拱拱手:"再坐你船时,当是大军凯旋!"

二

蓝坛主再次回到九里已经是天气转凉的秋天。没有大军凯旋,而是兵败被俘。五花大绑的蓝坛主被几个俄国军人押着,站在老坨头下的河边,一个随军的翻译在北岸大呼小叫,招呼韩芦生撑船。俄国人要把他押回营口,杀一儆百,因为蓝坛主在营口烧了他们的教堂。

去锦州的俄国兵并不多,只有一个小队,八个人,个个身材高大,留着翻翘髭须,身穿干芦苇色的军装,脚上是高勒黑皮靴,背着带枪刺的步枪,一副杀气腾腾的样子。他们是经九里去锦州的,冒着黑烟的小火轮就泊在红海滩外,有两个俄国兵看守。朝廷和洋人签订盟约后,朝廷把抓捕到的义和团和支持义和团的官员都交给了洋人惩治,蓝坛主就是在这种情况下被朝廷交给俄方的。此时的营口,被沙俄以剿灭拳匪为名强占并实行军管,一座良港成了洋人的天下。俄兵抓了一个渔民做向导,乘火轮从红海滩上岸,经九里渡河抄近路去锦州押解蓝坛主。蓝坛主的队伍在锦县烧了基督教堂,本来势头挺猛,谁知风向突转,西太后的脸在西逃中猴子一样变了,义和团由扶清灭洋的义士变成了被大力剿杀的拳匪,这种天地大反转让风起云涌的义和团一下子偃旗息鼓。蓝坛主斟酌再三,悄悄遣散了部下,他本人也装扮成一个云游道士,在城里转来转去。一日,他在街上看到了抓捕他的告示,听说捕快已经抓了几个同样长着金鱼眼有着大眼袋的人,为了不连累他人,在一个晦暗的早晨,他昂首挺胸走向锦州衙门。那一天,衙门两侧的石狮子虚张声势地大张着嘴,蓝坛主轻蔑地笑了笑,一口痰轻轻吐在狮爪上。狮爪背阴处长满青苔,因为久日不雨,青苔已经干裂剥落,让狮爪伤残了一般难看。石头狮子后面的青砖墙壁上张贴着悬赏缉拿蓝坛主的告示,他走过去,一把扯下告示对哨兵道:"拿去领赏。"哨兵愣了半天,顿时喜出望外,扯着蓝坛主的一只手把他拉进衙门。

在锦州官府,蓝坛主并没遭受虐待,衙门里的官员没有给他上枷,一日三餐也吃得饱,他们把蓝坛主关在牢房里等候朝廷发落。令锦州衙门没有想到的是霸占了营口的俄国人没有忘记蓝坛主,得知朝廷捉到了蓝坛主后,向清廷提出交涉,要求将犯人交给他们惩处。刚刚签署了《辛丑条约》的清廷不会因为一个名不见经传的小坛主再去得罪俄国人,只好答应了他们的要求。就这样,蓝坛主被俄国人押解着经九里回营口。

俄国兵路过九里去锦州的时候在酪奴堂吃过饭,他们队伍中有一个满脸长着雀斑的温姓翻译,三十多岁,后颈上正害毒疮,说话连脖子都不敢转。雀斑翻译见王克笙是个乡医,就让王克笙给他看病。王克笙一看说坏了,你这是砍头疮啊,再不治脑袋就保不住了。雀斑翻译吓坏了,一再请求王克笙救他,说只要能保住命,他会给酪奴堂送一百块鹰洋来。王克笙说病疮我给你治,钱也不收你的,只要你肯做一件事。雀斑翻译道,别说一件,就是十件也成。王克笙附在他耳边耳语几句,雀斑翻译吓坏了,几乎是哭着说,别的事都行,这件事我说了不算呀,俄国人的黑名单里有他。原来,王克笙是想让雀斑翻译想办法救蓝坛主。看雀斑翻译不像是说假话,王克笙叹了口气,罢了罢了,我还是快给你治病吧,要不你走不到锦州。王克笙为雀斑翻译洗净患处,用烛火烘开一贴拔毒膏药贴在他的后颈上,嘱咐他一昼夜后可以揭下。贴好膏药后,雀斑翻译告诉王克笙,不要慢待这些大鼻子,抓紧备饭,让女人躲远,自然不会有事。王克笙看他一身洋服,却把一条细小的辫子盘在脑后,知道他还没忘了身份。俄国兵吃过饭后便急着渡河赶路,没有时间在九里惹是生非。回来时情况大不相同,俄国兵进到酩奴堂就嚷嚷着要酒要肉。王克笙记得雀斑翻译来时的话,备了些咸鱼、板鸭、好酒来对付这些大鼻子。大鼻子们并不挑食,大口嚼咸鱼、板鸭,大碗灌白酒,不一会儿就一个个喝得里倒歪斜。雀斑翻译紧握着王克笙两手连声道谢,说他后颈上毒疮症状明显减轻,央求再来一贴膏药,王克笙答应了他的请求。

蓝坛主被绑在老榆树上,一个长着黄胡须的士兵持枪在一旁看守,几个小孩子围着蓝坛主看热闹。孩子们都见过这个有着一双金鱼眼的坛主,当时练功时还说什么刀枪不入,怎么就这样被绑了呢?王克笙看到了老榆树下被绑的蓝坛主,黑黢黢的树干衬出一身白衣,格外引人注目。毒日头秋老虎,虽说有树荫,但被绑住了双手的蓝坛主一定非常干渴。王克笙问雀斑翻译可否给蓝坛主送点吃的,雀斑翻译想了想,道:"多拿一份,那个士兵也要吃。"见王克笙准备好后,雀斑翻译起身陪王克笙一同来到老榆树下。雀斑翻译先是让王克笙给看守蓝坛主的黄胡子士兵一些酒菜,然后和大胡子用俄语说了几句,黄胡子向蓝坛主努努嘴,自己便开始喝酒吃菜。雀斑翻译对王克笙道:"不能松绑,你喂他吧。"王克笙走过去,把一碗米粥平举到蓝坛主嘴边:"蓝壮士,喝点米粥吧。"蓝坛主双目如炬,黑粗的发辫像一条蟒蛇缠绕在脖子上,额头上的青筋蚯蚓一样清晰可见。他与王克笙对视着,好一会儿,才说:"兄弟,洋人饮酒,我岂能喝粥?"王克笙点点头,换成一碗酒端到蓝坛主唇边,道:"喝吧,兄弟,这是好酒!"他记得蓝坛主曾说过彼此兄弟相称的话,在这里用上或许对他是个慰藉。蓝坛主蛟龙般几口便吸干了半碗酒,长舒一口气,大声说:"痛快!"王克笙把一块板鸭递上去,他摇摇头,望着远处火焰般发红的滩涂,眼窝里涌上了泪水。"壮士有什么话需要泊洲转告家人吗?"王克笙看出对方有心事,小声问他。蓝坛主摇摇头,又要了一碗酒喝,然后问:"我记得三圣祠后面柳树丛里有些坟墓,你说是甲午战死的官兵对吧?"王克笙点点头:"是黄开将军和老地羊。"蓝坛主用力咬紧下唇,似乎要把下唇咬下来一样,让王克笙看着心头发紧。"我若死在九里,望王先生能葬我于黄开将军坟墓旁,不知先生能否应允?"王克笙鼻子有些发酸,咽了口唾液说:"当然可以。"雀斑翻译在一旁叹了口气,说:"坛主没机会葬在九里了,俄国人要在营口被焚烧的教堂前将你正法呢。"蓝坛主冷笑一声,"生,我不能预料;死,我自会做主!可叹朝廷负我,朝廷负我呀!"那个大胡子卫兵嘴里咬着板鸭过来用枪托朝蓝坛主前胸戳了两下,大声吼了几句,雀斑翻译说卫兵不让蓝坛主大声说话,我们还是走吧,拉起王克笙回去了。走到庭院处,蓝坛主声如闷雷一样传过来:"兄弟,我死后请道士做个道场,拜托啦!"王克笙没有回头,他听到了两下沉闷的击打声,他不想看到蓝坛主痛苦的一幕,他大声喊道:"中!"他相信这一声蓝坛主会听得到。

吃饱喝足的俄国兵等到涨潮后起身去红海滩外面的小火轮,反剪着双手的蓝坛主被押在队伍中间。红海滩这一天格外泥泞,渔民在碱蓬中走出的小路灌满雨水。喝了酒的俄国兵骂骂咧咧,对这湿滑泥泞的小路很是不满,他们厚重的皮靴沾满了黑色的海泥,灌了铅一样沉重。蓝坛主打着赤脚,走起来就显得轻松。他盘算,绑住两臂的是一条军用绷带,如果运足气力,挣断这绷带还是有把握的,自己一身硬气功,虽不能刀枪不入,但施展身手取几个老毛子性命还不是难事。他曾想过借助芦苇荡来脱身,但他没有做,因为朝廷已经把自己公示为罪犯,洋人也把自己列入了要犯名册,即使侥幸逃脱又能栖身何处?刚才在老槐树下,他忽然想到了三圣祠后面那片不起眼的柳树林,那里有黄开墓,九里人能为这个素昧平生的将军建墓立碑,说明为国捐躯的人总有人记着,黄开将军就是一个例子。他萌生了留在九里的念头,他相信九里人也会为自己立一块碑,因为九里有深明大义的王先生。为了不祸及九里,他没有在村中动手,出了九里,来到平坦耀眼的红海滩,他感到自己的一腔热血被点燃了,红海滩多么像燎原之火,熔化四季,熔化功过,唯留一摊血红在人间,难怪这滩上没有石子,若是有的话,一定会被这火焰烧成粉末,变成脚下这黏到极致的海泥。队伍行至碱蓬最茂盛的地段,蓝坛主向雀斑翻译说自己要解手,雀斑翻译向带队的俄军头目翻译了蓝坛主的请求,那个带队的俄国军官皱了皱眉头,大概看到这平地之上无处可以逃遁,便让手下给蓝坛主松了绑。松绑后的蓝坛主趁对方不备猛一侧身,在把这个士兵摔倒在泥水里的同时下了他的枪。士兵被摔到泥水中的巨大声响把这群老毛子吓醒了酒,队伍顿时乱了,只见蓝坛主"咔嚓"几下,把步枪上的枪刺卸下握在手上,那杆步枪被他远远地丢在碱蓬里。士兵们端着枪呈扇面围过来,蓝坛主丢掉了步枪,他们倒是放心了,一把小小军刺如何与七只步枪较量?雀斑翻译被这一幕吓傻了,直到蓝坛主丢掉了枪才结结巴巴地问:"你你你这是干什么?"蓝坛主手握军刺指着围上来的士兵说:"到营口是死,在这红海滩上也是死,反正都是一死,我就死在九里,你让他们开枪吧!"雀斑翻译把蓝坛主的话翻译给俄军头目,那个头目让士兵放下枪,自己对蓝坛主呜里哇啦讲了一通,雀斑翻译告诉他,这个军官说死在烂泥里的人神是不会接纳的,还是放下军刺回营口吧。蓝坛主哈哈大笑,对雀斑翻译说:"你告诉老毛子,我不去见什么神,我要变成这大甸上一棵碱蓬,像火一样让魔鬼不敢染指!"说完,手中军刺挥手一抹,颈上的鲜血喷射出来,像突降的红雨,一下子染红了他身上的白衫。蓝坛主在俄国士兵的惊愕中缓缓向后仰去,他本来可以杀掉一两个老毛子,他最终选择了自杀，也许是怕老毛子的枪声惊扰了九里的百姓。八个俄国士兵都下意识地立正站在原地，一个个在胸前画着十字，那个带队的军官走过去，弯腰看了看蓝坛主正在放大的瞳孔，摇摇头，起身下令队伍开拔。红海滩上一队着枯黄色军装的队伍垂头丧气地走向停泊在滩外的小火轮，小火轮蒸汽机吐出的滚滚黑烟如同一条翻卷的大蛇在痛苦地扭曲着。

　　站在土坎上的王克笙和村民看到了红海滩上发生的这一幕。当小火轮吐着黑烟驶离后，王克笙带着村民疾步跑过去，他们发现蓝坛主躺在红色的碱蓬丛中，脸色与身上的白衫一样白，粗黑的辫子不再缠绕在脖颈，而是翘在一支碱蓬上，像一截黑色的旌。王克笙随身带了创伤药，试试蓝坛主的脉，已是冰一样冷硬，王克笙起身对村民说："抬回九里，厚葬！"

三

　　王克笙有一个梦想，那就是把酩奴堂所有土坯房变成青砖房。一次去玉虚观，他将想法说与塔溪道姑，塔溪道姑说此事不难，她相信当年建玉虚观应该是就地取材，在河边取土脱坯，用芦苇烧窑，因为河边现在尚能看到砖窑遗址。王克笙说："不知怎样能烧出青砖来？"塔溪道姑说："青砖之青，来自水汽，这好比仙家炼丹，全在阴阳之变，你封好窑，烧上七天七夜，阳气升到极致，然后注入清水，达到阴阳转换，砖便会由红变青。"王克笙心中惊讶，烧窑这般粗鄙之事塔溪道姑也能通晓，自己真是遇到活神仙了。

　　王克笙召集韩马姚姜四家商议为村民建砖房一事，大家不敢相信自己的耳朵："什么？建砖房？咱可不是地主老财呀！"姚大下巴硕大的下巴几乎要掉下来，他不敢相信这是王先生的主意。王克笙说:"建砖房缺什么?无非两样东西,一个是砖瓦,一个是木材,解决了这两样东西剩下就是人工了。"马连顺说,"建窑烧砖好办,木材怎么办?"王克笙说:"木材这件事我和老七来办,烧窑的事由连顺和得水办,芦生负责组织村民干活儿。"韩芦生眼泪几乎要流出来,激动地说,"这事就这么简单?我不是听差了吧,伙计?"马连顺说:"青砖是盖楼建城用的,咱九里盖起青砖瓦房,就是一座城了。"

马连顺和姜得水开始在河边建窑脱坯,九里从来没有这样热闹,河边工地上男女老少齐上阵,一捆捆干芦苇堆成垛,晾干的砖坯城墙一样等着进窑烧制。马连顺是个出色的工匠,按照塔溪道姑的指点,很快就研究出了烧制青砖的工艺,双泰河边两座砖窑开始点火烧窑。

王克笙写信一封,让姚大下巴去营口找雀斑翻译,姚大下巴问:"找那个二鬼子干啥?"王克笙说:"你去找他要木材,不仅要,还要麻烦他派船送到红海滩来。"姚大下巴被王克笙的话吓住了:"人家凭啥给咱们木材呀?"王克笙笑了:"就凭我这封信嘛,你去试试就知道了。"姚大下巴去了营口,让村民惊讶的是他真的带回来一船木材,木材由一条货船拉到九里南面的红海滩外,韩芦生组织村民一根根拖回九里,除了木材,姚大下巴还带回两桶清漆,说是专门为酪奴堂和三圣祠改建用。村民问姚大下巴哪里来的本事,这一船木材要花多少银子?姚大下巴说:"我哪里有这等本事,都是王先生的面子哟,九里有王先生,就好比渔船上有了桅杆,那竖的可是主心骨啊。"

一栋栋青砖房建起来,屋顶用编好的芦苇打底,再苫上抗风防烂保温的蓑衣草,这样的房子冬暖夏凉,经济实用。三十八户村民的砖房建成后,王克笙又以水井为中心,用青砖铺了一段井字形村路,九里变得焕然一新。改建房屋时,九里井字形的街道设计没有改变,村中的水井依然是岿然不动的中心,井西面那棵老榆树依然旗帜一样高扬。举架高出其他建筑一截的是三圣祠,三圣祠由原来三间土坯房变成了三间青砖房,中间是正堂,两侧一处是起居室,里面有木床、几只橱柜和蒲团等,这是为了重要节日在此过夜所用;另一处是摆放陪祀牌位的地方,里面分两个区域,村外贤达牌位和本村去世处士分别摆放,本村一方尚空,村外一方已有黄开、老地羊、蓝坛主的牌位。王克笙到洼里请来一个扬州塑像师父,花了七天时间,用黏土、米浆、薴麻、芦秆、牛羊血和蚕丝为料,塑了三圣塑像,替代了三幅珍贵的画像,王克笙小心翼翼将三幅画像弹去灰尘,一点点卷起装入竹筒,置于干爽之处,以防受潮霉变。他率三十八户户主为三尊塑像披上红袍,摆供焚香,三叩九拜,算是为塑像正式开光。全村妇孺目睹了这极其庄重的祭拜程序,自此,每当村民进入三圣祠,都会屏气息声,脚步轻放,生怕惊扰了圣人。

酪奴堂的改造没有格局上的变化,依然是一正两厢,没有院墙,不设院门,只是为了来人方便,在庭院里铺上了青砖。

三圣祠落成那天,王克笙在酪奴堂宴请三十九户户主。改造九里家家出力,人人值得犒劳。这是九里建村以来最大的一次聚餐,场面形同过年。蒲娘带姜氏、余氏、大萍和小惠做了四道主菜,分别是大锅蒲笋烧猪肉、大锅炖鲫鱼、大锅蟹豆腐和腌香螺,其中鲫鱼是韩芦生新打的,清一色活蹦乱跳的鲫瓜子,大锅一炖,鱼汤雪白,让人馋涎欲滴。那道蟹豆腐是蒲娘一大发明,她把成筐的螃蟹剔除内脏后,放到水缸里捣碎,用罗滤去骨渣,然后上屉蒸成芙蓉般的蟹豆腐,吃一口滑嫩细腻,妙不可言,自这一天始,蟹豆腐风靡整个苇地,成了苇地人家待客的必选菜。蒲笋烧猪肉是九里老菜,烧出来的猪肉色泽晶莹,滑而不腻,有一种蒲苇特有的清香,远胜干豆角烧猪肉。腌香螺也颇有学问,要选择大小适中的圆脐香螺,清水浇去泥腥,用香醋和盐水腌制,佐以辣椒葱姜蒜,春季坛封,入秋即可食用,腌香螺提神开胃,是下酒拌饭的佳肴。

宴会结束,王克笙留下韩芦生、马连顺、姚大下巴、姜得水四人,大家商定后再次明确祠规:凡与九里相关志士仁人,经酪奴堂商议,逝后皆可入祠,牌位规制一致。九里村民,则不分大姓小姓,无论老户新户,只要不在《记过》之簿,祠中均有一席之地。

四

王克笙做了一个梦,梦到估衣街头的母亲在呼唤自己。慈母一头白发,穿着月蓝大褂,拄着枣木拐棍站在白果树下,扬起一条弯曲的手臂向自己招手。母亲身后的酪奴堂依然是记忆中的老样子,只是门楣上的堂号字迹有些斑驳,这是岁月的留痕,不能怪兄长不会打理。母亲指了指牌匾上的字,摇摇头,期待的目光一直笼罩着他。他找来梯子、金粉和毛刷,上去为牌匾涂金,一笔一画,涂得很仔细,每一笔都金光闪闪。老母亲夸奖他,街坊也都为他喝彩,涂到最后一个堂字时,忽然失手,金粉当街撒下来,顿时满街金光闪烁,他一声惊叫吓醒了,才知这是一梦。醒后的王克笙再无睡意,他想,虽然没有书信往来,但老母亲肯定无时不在牵挂关外的儿子,盼望早一天母子团圆。二十年啊!二十年是一世,人生有几个二十年呢?王克笙决定回一趟天津。酪奴堂已经建成,自己也娶妻生子,这一切,都该向母亲复命。他想,只要能回估衣街,总会打听到母兄一点消息。他把想法说与蒲娘,蒲娘说自己要是不带孩子就陪他回去,她也很想见见婆婆。

韩、马、姚、姜四人听说王克笙要回天津探亲,心里都没了主意,马连顺缩着脖颈说:"先生这一走,九里有事咋弄呢?"韩芦生也附和着说:"就是,九里过刀兵咋办?伙计。"姜得水不说话,坐在那里闷头抽烟,吧嗒吧嗒,抽烟的动静不小。姚大下巴却表现出一种很有信心的样子,他木掀一样的下巴一翘一翘,说出的话像扬起的湿土:"大家说啥呢,先生回趟天津,十天半拉月不就回来了嘛。""可有事咋办?"马连顺望着王克笙,好像他走了九里天就会塌下来。姚大下巴挺直了胸脯道:"有事咱老哥几个顶着,让先生安心回天津省亲。"王克笙起身给每个人斟上茶,茶是上好的祁门安茶,倒进茶碗里如同红玛瑙一样宜人,祁门安茶是酩奴堂议事必备之茶,其他时间,酩奴堂多饮蓬蘽。"庚子年九里的确不太平,但毕竟该过去的都过去了,进到腊月,兵匪也要过年吧,年前估计不会有刀兵再过九里,"王克笙停顿了一下说,"即使过刀兵,不还有鸽子洞吗?"韩芦生说:"我们是心里没底才来唠叨唠叨,有事大伙扛,是吧,伙计?"姚大下巴说:"这么多年我从先生身上也学了两下子,大事不敢说,小事能对付。"众人觉得姚大下巴这话虽然有点大,但也不是没谱,见没人附和,姚大下巴又说:"不是还有蒲娘在吗?蒲娘是咱九里的穆桂英呢,要紧的时候蒲娘可以挂帅出马。"王克笙道:"我会快去快回,九里之事请老七押个头,遇到难题可去玉虚观请教塔溪道姑。"

一个清雪飘飞的早晨,头戴瓜皮帽、足蹬棉绒鞋、一身灰布棉袍的王克笙亲了亲襁褓中的儿子,辞别乡亲,前往营口。他只带了一些蓬蘽,再就是几块砭石,一盒黄帝九针,世道不太平,多带东西易招匪盗。马回、姜路受乡亲委托来送他,王克笙计划从营口坐船到天津,海路要比走山海关旱路安全得多,海路无非风浪,旱路则兵匪如麻,权衡利弊,他选择了走海路,如果顺利,两天便可到达天津。

到了营口,他首先去吴家所开的茶行去探听消息。吴家茶行开在闹市区,临街两层青砖瓦房,屋内点着火炉,但火不旺,显得有些冷清。一个中年掌柜坐在柜台后打瞌睡,见到他没精打采地打了招呼,问:"买茶?"王克笙说:"我来打听一个人。""谁呀?"对方依旧没有精神。"吴志甫,吴先生。"对方一下子睁大了眼:"你是谁?"王克笙笑了笑:"我是常来捎祁门安茶的九里王克笙。"对方说:"哦,老主顾,账簿上有你名字,还是老东家交代过的,对你所有茶叶一概五折。"老字号就是讲信誉,王克笙心头一热,吴先生二十年前交代的事情人家还记录在册,问:"吴先生可好?"掌柜的露出羡慕的神情:"老东家早不管事了,茶行交给儿子打理,自己整日周游世界呢,听说现在云游到一个叫葡萄牙的地方吃葡萄。"不过,掌柜的似乎对吴先生跑这么远的路去吃葡萄很不理解,"也真是的,咱熊岳这边葡萄也不差,吃个葡萄还用千里万里跑吗?"王克笙差点被茶行掌柜这句逗笑,看来,吴先生才是真正修道见性,成了活神仙,他走遍国内,又开始行走国外,一辈子当三辈子过。王克笙买了几包祁门安茶和一包不发酵的太平猴魁,让马回、姜路带回九里送给塔溪道姑。离开茶行,三人来到码头,并不宽阔的营口港,船桅像高粱一样密集,码头上人头攒动,如同年关的集市。马回、姜路的褡裢装满茶叶,王克笙让他俩在一处墙角等候,自己则去买船票。他几乎跑遍了码头,没有找到去天津的船,有人告诉他,因为京师和天津正被洋人折腾,没有船敢往那里跑。王克笙很失望,海路走不成,只能走危险重重的旱路了。正在踌躇间,听到港口的东南角有人吵闹,看似在打架的样子,那里是马回和姜路等他的地方,他放心不下急步赶过去,挤进看热闹的人群,发现马回和姜路一个站在那里喘粗气,一个蹲在地上落泪,一问,原来是两个褡裢被几个醉酒的老毛子兵给抢了。马回因为和老毛子撕扯，脖子上被抽了一马鞭，鞭痕上正有血丝渗出，看着让人心疼。姜路在争夺中被老毛子踹了一脚，正好踹在小腹上，疼得他无法站立。围观的百姓议论纷纷，都在骂这些大鼻子缺德，大白天就敢抢人家东西，这是什么世道！

王克笙把姜路扶起来，拍掉身上灰土，压着心头之火说："人没事就好，我不走海上，改道山海关。"

"这不是九里王先生吗？"王克笙听到身后有人叫自己，回头一看，人群中现出一张长满雀斑的脸，是雀斑翻译。雀斑翻译穿着洋服大氅，头戴一顶旱獭皮帽，脖子上系一条很惹眼的布带。他心里颤了一下，自己怎么没想到找雀斑翻译想想办法呢？雀斑翻译可是神通广大。他说："真巧，温翻译，我还要谢你的木材和油漆呢，你帮九里做了件大好事。"交谈了几句，王克笙得知温家是富贾，家里有两条跑烟台和天津的商船，因为悬挂俄国国旗，生意很不错。温翻译听王克笙说要回天津，便劝道："天津、北京现在是洋人的天下，不安全。"王克笙很疑惑，问："这大清的京师怎么就成了洋人的天下？"温翻译摇摇头，满脸雀斑似乎都摇活了，目光很暗淡地说："王先生久居苇地不知时事，咱大清战败了，八国联军占了北京不说，还把颐和园砸了，北京、天津一根藤上两个瓜，能太平得了吗？"王克笙没想到会是这个样子，犹豫一会儿后他说："我闯关东二十年，想回去看看老母亲。"温翻译点点头，颇有感触地说："熊岳有个望儿山，孩子从海路赴京赶考遇难，不知情的老母亲天天站在山顶盼儿归，日日年年，老人化成了一块石头站在那里，生生世世都在那里等儿子。"王克笙没有想到温翻译还有如此情怀，拍了拍他的肩头，以示赞赏。温翻译悄声问："那个在红海滩自杀的义和团首领你们收尸了？"王克笙警觉地看着他的满脸雀斑，不知他是何用意。"我没有别的意思",温翻译笑了笑,"那个义和团大师兄真是爷们儿,那么一抹,就像西楚霸王一样,视死如归,视死如归啊!"温翻译的脸上布满伤感,看出来他对蓝坛主的自刎念念不忘,"这样的英雄不该暴尸海滩,要入土为安。"温翻译在说出这番话的时候,眼圈有些红。王克笙感到温翻译脸上的雀斑一点点在淡化,泛出了隐隐血色。天气很冷,呼出的哈气变成霜挂在胡须和睫毛上,王克笙用力擦了一把脸,对温翻译说:"九里人从不慢待义士,不管义士是生是死。"

温翻译去找俄国兵,俄国士兵一看褡裢里没有值钱的东西,就把褡裢还给了他,他将褡裢还给马回、姜路,说这么鼓囊囊的褡裢容易招抢,还是提个破麻袋妥当。为马回、姜路讨回褡裢,还没等王克笙道谢,温翻译就对他说:"别走陆路了,陆路危机重重,王先生还是坐我家船吧,我写个条子,免你往返船钱。"

王克笙回天津的事就这样搞定了。

半个月后,王克笙回来了,人瘦了一圈儿,回来就病倒了,在炕上躺了三天。蒲娘问老家情况,他总是一句话:"估衣街上两棵白果树,没了。"

1912 年

芦花豆腐

一

与父亲王克笙抓周时抓到了砭石和茶叶不同,王鸣鹤抓周只抓了一样最摩登的东西——气球。

气球是姚大下巴在洼里买的,送给王鸣鹤当玩具。抓周那天,这只没有吹起的气球与砭石、针盒、算盘、糖果、茶叶等等多样器物摆放在炕上,然后蒲娘把孩子抱过来让他选择。在父母和韩马姚姜陶的注视下,孩子只抓了一样东西,就是那只瘪成茄子皮一般的气球。众人面面相觑,没人能解释这气球代表什么,包括能说会道的姚大下巴也张口结舌,半天说不出个子丑寅卯来。

王鸣鹤十二岁生日那天,王克笙把塔溪道姑所赠的兔毫盏作为礼物送给了儿子。得到这个心爱的茶盏后,王鸣鹤迷上了茶,进而迷上了《茶经》,他对父母说:"身在酪奴堂,应该先悟茶后学医。"他按照《茶经》里对器具的描述画图演练,甚至用黄泥做成了一个风炉,拿来给母亲看,蒲娘夸赞说:"陆羽有传人了。"蒲娘不想阻止儿子对《茶经》的学习,她和丈夫都知道,离开了茶,酪奴堂也就名不副实,但酪奴堂的未来仅仅靠茶是不够的,一个受人尊重的乡绅应该是个博学明理、公允处事的先生。

王克笙和蒲娘商议后,按照父亲当年教授自己的课程,为儿子制定了一个读书目录,有《千金方》《医宗金鉴》《频湖脉学》等医书,也有四书五经儒家经典,王鸣鹤痴迷于茶和读书,像个备考的秀才用心苦读,有时一连几天足不出庭院。蒲娘觉得这样不行,她记得父亲教授弟子时常常带弟子们走出书院,到城外春游、夏游、秋游,告诫弟子们圣贤之书既要读进去又能走出来,不要读成一个书呆子。父亲常常列举《诗经》中的花鸟树木之名,说赋诗之人不走进山川水泽,就无法让这些花鸟入诗。

蒲娘决定带儿子走出酩奴堂。

早春的一个上午,蒲娘朝窗外瞭望了许久,忽然对身边正在读书的儿子道:"走,我们去菱角湾挖荠菜。"王鸣鹤很惊讶,母亲一直教育自己要珍惜时光好好读书,怎么大白天要去村外挖荠菜?蒲娘挎起扁篓,提着两个蒲团道:"《诗经》中说:'谁谓荼苦,其甘如荠。'你也该知道荠菜长什么样子,何况现在荠菜正鲜,再不挖就会过季。"

菱角湾是九里西边一个泻湖,水旺的时候,湖面很大,有一条细水与双泰河相通,水瘦的时候,这湖便断了与双泰河的联系,在芦苇蒲草的环抱下静静地泊在那里,像只慵懒的大猫。菱角湾里有各种各样的水鸟,这些水鸟不怕人,有人走近也不会飞走,尤其那些肥硕的大雁,一排排落下来,人们知道又一个早春或初秋被大雁衔到了碱滩。九里曾经有人动过到菱角湾捕猎大雁的念头,此人是姚大下巴的次子姚刚,姚刚动这个念头是因为家里有杆土铳,土铳打鸟是好家什,但他没有打成,他收拾好土铳想去菱角湾的时候,被姚大下巴拦下了。姚大下巴说你这一炮放出去,就把自己钉在《记过》簿上了。姚刚很遗憾地摩挲着土铳说,多年没放一炮了,也不知还好不好使。菱角湾的鸟不能打这是王克笙立下的规矩,王克笙经常在上香日对村民做一些规劝,其中有一条就是在菱角湾落脚的禽类不能打。姚大下巴曾经问他,为什么要定这么一条规矩?九里人打野鸭、捡鸟蛋这是天经地义的事。王克笙讲了当年慈悲庵里索伦杆的故事,叉玛在索伦杆上设小船投食喂鸟,我们不喂也就罢了,怎么还能捕杀它们?它们飞过千山万水来到九里,理应有一处安全的角落。姚大下巴明白了,王先生限制的是菱角湾,落在菱角湾的飞禽不能动,苇地里的野鸭还是能打的,鸟蛋也可以捡,村民的生计不会因为保护菱角湾而受影响。因为王克笙为菱角湾划出了一道紧箍咒,使这块水域成了飞鸟水禽的乐园。

母子俩在湖边草坡上挖荠菜,荠菜很多,有的已经绽放出米粒大小的白花。蒲娘用一片削尖的竹板,在地上轻轻一剜,一棵荠菜便破土而出,然后抖掉根系上的碎土,装入扁篓,动作十分连贯。而王鸣鹤却掌握不好尺寸,动辄就把一棵好好的荠菜挖散了,他学着母亲的操作方法,亦步亦趋,很快也便得心应手。王鸣鹤说:"没想到挖个荠菜也有要领。"蒲娘道:"很多事情,人们都是眼到手不到。"见扁篓已满,蒲娘直起腰说:"好了,歇歇吧。"两人寻一处干爽的草地面朝湖水坐下。暖暖的春日照在湖面上,泛出粼粼波光,近处湖面上有两只水鸟相依相偎地转圈游着,并不扎到水里觅食。"知道那是什么鸟吗?"蒲娘问。王鸣鹤仔细看了看,这种很像小鸭子的水鸟脖颈间羽毛很亮,呈现出一抹蓝红色,很像马连顺家养的鸭子,便回答道:"是野鸭吧?"蒲娘摇摇头:"是鸳鸯。"王鸣鹤睁大了眼,引颈再看,"这就是《诗经》里写的鸳鸯吗?"蒲娘点点头,她为儿子还能记得《诗经》中有《鸳鸯》这首诗而感到欣慰。"鸳鸯于飞,毕之罗之。君子万年,福禄宜之。"王鸣鹤随口吟出一段,很骄傲地望了母亲一眼。蒲娘神情恢复了刚才的严肃,问:"你对鸳鸯知道多少呢?"王鸣鹤一下子被问住了,嘴张了张,却没有说出话来。"此鸟多被文人虚化了,因其总是成双成对出游,在文人笔下成了执子之手与子偕老的情爱水禽。可是你知道吗?鸳鸯并不重情,它一生会更换多个伴侣,人们只看到了它们在水中成双成对的嬉戏,却不知这嬉戏后面的故事,可见有些事情,眼见不一定为实。"蒲娘的目光越过近处的鸳鸯,落在湖中心的一群白鹭上,"知道那些鸟叫什么吗?"鸣鹤说:"这些大鸟我认识,应该是北归的鸿雁。"蒲娘摇摇头,"又错了,那是白鹭。"鸣鹤感到脸有些热,用衣袖擦了擦额头上的汗。蒲娘接着问:"你既然说到了鸿雁,你可知道鸿雁有什么让人敬佩的地方吗?"鸣鹤笑着说:"这回孩儿不会说错,塔溪道姑说过牛勤犬忠鸿雁贞乌鱼孝,这贞应该是人们敬佩的品质了。"蒲娘微微一笑,儿子还是很好学的,塔溪道姑无意中说出的话他还记得。"鸿雁恋旧土,就像流人恋故乡,那些散居在苇地里的渔夫外号就叫鱼雁,春天,他们从河南、山东一带浩浩荡荡而来,在这芦苇荡、海汊子里讨生活,入冬前又成群结队返乡过冬,他们正是从鸿雁身上学到了年复一年的迁徙生活。"这时,远处水面上恰好刚刚落下一群大雁,有的在清理羽毛,有的在水中觅食,有的则高昂长颈,警惕地瞭望什么,"看,刚刚落下的才是鸿雁!与鸳鸯相比,鸿雁要忠贞得多。鸿雁的一生,只有一个伴侣,一旦一方夭亡,剩下的一只则会孑然一身,孤独终老,你说,鸿雁的忠贞是不是令人敬佩?"鸣鹤被母亲的话感染了,再看那群鸿雁,在明亮的阳光下,灰褐色的羽毛焕发出一种可人的润泽,让人联想到磨得发亮的苇箔。"鸿雁于飞,哀鸣嗷嗷;维此哲人,谓我劬劳;维彼愚人,谓我宣骄。古人的意思是,知雁难,知人更难。"蒲娘把目光收回,在身边的蒲苇中寻找着什么。王鸣鹤道:"我读过这首诗,诗三百多用比兴之法,花鸟谷菜皆来喻人。"蒲娘站起身,"今天菱角湾的鸟少些,苇海之中观鸟的最好季节是四月,俗话说小满鸟来全,你若留心,便会看到雁、天鹅、鹳、鹭、鹤、鸥和铺天盖地的野鸭,品种有两三百之多,每一种鸟都是一篇故事,读这些故事,会让你感到这乏味的茫茫苇地其实蛮有趣,看得久了,你自己就会成为这大甸中一只自由欢快的飞鸟。"

鸣鹤知道,酩奴堂养过两只鹤,像九里的时钟一样总在早晨仰望天空鸣叫,叫声嘹亮悠长,给九里带来不少生气,父母为自己取名鸣鹤,是希望自己像仙鹤一样自由快乐。

蒲娘信手从身边折了一截带着淡黄色芦花样的蒿草递给儿子,问:"这是什么?"鸣鹤看看母亲,心想母亲今天怎么总是卖关子?这明明就是遍地生长的芦苇嘛,还用问?蒲娘说:"你是不是想说这是芦苇?我告诉你,这不是。"鸣鹤将信将疑,仔细看着手中这截芦花样的植物,这种天天见的东西怎么不是芦苇呢?蒲娘说:"这是寒芒,人们常常把它误当芦苇,寒芒是实心的,而芦苇却是空心的,你若不折断来看,很难分清楚。"鸣鹤大吃一惊,这种土坡上常见的植物竟然是陌生的寒芒,而自己一直以为这是芦苇无疑,在母亲告诉自己之前,没有人说寒芒,他清楚母亲带他来菱角湾不仅仅是挖荠菜了,母亲是想告诉自己,知识不仅仅在书里,茫茫苇地处处皆学问。

回家路上,蒲娘遥望着远处海面上那个若隐若现的小岛问:"你知道对面海上那座小岛名字吗?"王鸣鹤说:"那是槐花岛,因为周边暗礁多被渔民称作魔鬼岛。我听姚七叔说,岛上死过很多人,夜间岛上鬼哭狼嚎,很少有人上岛。"鸣鹤停下脚步,望着远处海面上的槐花岛,小岛显得很渺小,像一只漂摇的舢板。蒲娘说:"这些都是传说,具体岛上怎么样,娘也不知道,但你不要人云亦云,若是有人问起,你知之为知之,不知为不知,不要用道听途说来回答别人。"王鸣鹤若有所悟,想不到母亲要告诉自己的是这样一个道理,"别人有疑问问你,是对你的敬重,别人不懂的,你尽量要学,要是被人常常问倒,谁还会称你先生?当然,学习要格物致知,你外公在世时常常告诫弟子,不能死读书、读死书,读进去还要读出来。"蒲娘语重心长,"你可明白其中之义?"

王鸣鹤点点头,他忽然产生了一种饥饿感,腹中咕咕作响,腋下挎的扁篓散发出荠菜特有的清香,他想大口大口地吞咽食物。

蒲娘又问:"九里常刮鬼旋风,你可知这风来自何处?"

"冬风北来,夏风南至,旋风应该来自东西两方吧。"王鸣鹤不能确定自己的回答是否合乎母亲的提问。

蒲娘摇摇头:"你若注意观察,会发现鬼旋风生于红甸,伏于苇地,红甸才是鬼旋风的源头。"母亲仿佛变成了塔溪道姑,说出的话充满玄机。

母亲说的红甸就是一眼望不到边的红海滩,红海滩由一棵棵被称为碱蓬的狼尾巴条织成,这是唯一一种可以在盐碱土质上存活的草。每年春天长出地面,初为粉红,渐次转深,秋季由红变紫,不要人撒种,无须人耕耘,一簇簇,一蓬蓬,在盐碱卤渍里,年复一年地生生死死,死死生生,于光阴荏苒中造就出一片珊瑚之海。蒲娘说:"当年,你父亲扶乩所得乩文中就有水泊之上燎原火一句,所以他看到红海滩就下定了落户九里的决心。而你对碱滩红甸缺少一种相知,没有留心它的春夏秋冬。世上万物,你知它,它亲你,冥冥之中总有一双看不见的手在抓牌出牌,有心之人会借用这双手做成自己的事,无心的人会被这双手戏弄玩耍,最后一事无成。"

王鸣鹤揣摩着母亲话中义,一时不得其解,母亲的话像设了谜一样,不能马上参透,辽阔的红海滩,仿佛是海水在燃烧,一群群白色黑嘴鸥飞来飞去,就像是火焰上丝丝缕缕的白烟。这真是一个神秘的海滩,他想,按照五行五候之说,火即风,由此母亲说风生于红甸是有道理的,当然,母亲所说旋风不是自然之风那么简单。蒲娘抚摸着儿子的后脑勺接着说:"回头再看北方的苇地,春天,它是少女;夏天,它是少妇;秋天是阔太太;到了冬天,它是望儿山上苍凉的老妪。你走过苇地四季,就是经历一个女人生命的轮回,人生一世,草木一秋,转瞬之间,少女变老妪啊!"

王鸣鹤知道母亲这是教诲自己要珍惜光阴,苇地走过四季后可以再轮回,人走过少小后却无法再青春。他问:"母亲是希望孩儿珍惜光阴早日建功立业吗?"

蒲娘摇摇头:"功名,就好比红甸生出的风,虽能飞云偃草,但毕竟非你能左右,古人说'富贵皆在命,半点不由人',就是提示不要被功名所累,一切随缘即可,不要去强求,但话又说回来,不经九蒸九晒,再好的药材也会偏性。你若能厚积薄发、子承父志,让酩奴堂传承不绝,便是最大的功名,也就不枉此生了。"

"孩儿当然要学习父亲。"王鸣鹤羡慕地说,"父亲在苇地声望如日中天,孩儿始终以父亲为荣。"

"秉性各异不求雷同,你父能寻味而行,而你能辨气识途;你父好比是一块只能玉碎的砭石,而你更像是一根能伸能屈的银针,彼此不尽相同,却会殊途同归。"

母亲的话让小小的王鸣鹤心生伤感,因为自己无法成为父亲那样顶天立地的人。但母亲的话显然是希望自己不要学父亲的性格,要按照自己的方式去行事。他知道,砭石无法折弯,而银针就是首尾弯成一个圈也不会折断。母亲说自己能辨气识途,这一点自己也很是奇怪,自己对气的超常感受的确匪夷所思。七岁时,一次他跟姜得水进苇地玩耍,姜得水忙于捉蟹,忘了照看他,结果他在苇地里迷了路,当姜得水发现孩子不见时,他已经走出了很远,怎么呼叫也找不到。姜得水慌慌张张跑到河边,让河中打鱼的韩芦生快回去叫人,自己一头扎进芦苇荡再去找寻。苇地里常有野狼出没,一个七岁的孩子走失会多危险!当焦急万分的父母和众乡亲划船来到北岸,正要分头进苇地寻找时,他自己从芦苇荡里走出来了。

事后,母亲问他是怎么走出来的,他说前后左右有三面在挤着自己,逼着自己往一个方向走,走着走着就走出了芦苇荡。母亲问他:"你觉得是什么在挤你呢?"他想了想,回答道:"是一股气。"

二

夏天,老陶一家迁入九里。老陶是熊岳人,一个专门经销苇地土特产的商人。一次,到洼里城买纸墨的王克笙遇见了在街头摆摊卖苇编的老陶,和他交谈了几句,得知老陶正要去二道沟,便建议他到九里来。老陶听说过酩奴堂的大名,见王先生言辞诚恳,便决定举家来九里。王克笙在酩奴堂召集韩、马、姚、姜议事时:"古有四民,即士商农工,我们九里由四户到今日三十八户唯缺一个商人,老陶来九里恰好弥补这一缺欠,更何况老陶能把九里的苇编、蟹酱和咸鱼等土产卖到外面去。"韩、马、姚、姜都表示赞同,考虑到王家已无土地可赠,马连顺表态从自家地里匀出两亩送给陶家。老陶就这样落户九里。老陶没想到马家会白赠土地给自己,感激之余,还是揣了银子到马家付钱。马连顺说:"给新户赠地两亩是王先生立下的规矩,规矩不能破,王家的地已经赠尽,韩家、姜家都赠过,我们马家出一点也是应该的。"老陶不理解,"大家都是靠地生活的农民,地少了,家就穷呀。"马连顺说:"咱九里三十九户田产都差不多,最少的就是王先生了，只剩了一点口粮田。"老陶没想到九里有这等村风，来九里真是来对了。

老陶五短身材，不长胡须，说话声音很哏，论事讲理有自己见解。九里盛产的苇编、虾酱和咸鱼果然经老陶之手卖到了洼里、牛庄，村民手里多了活钱，大伙都觉得王先生引进老陶十分正确。看到村民已经接受了老陶，王克笙决定将老陶吸纳为酪奴堂议事成员，但这一想法韩、马、姚、姜四人迟迟不表态，酪奴堂议事第一次陷入僵局。王克笙动了一番脑筋，召集韩、马、姚、姜来酪奴堂议事，他伸出一只手问："你们说要是五指一样齐，那会是什么结果？"众人都愣了，不知王先生问这话的用意。姚大下巴回答说："那就不是手了，而是猴爪。"王克笙说："对喽，手，只有五指不齐才能握成拳头对吧？"众人都点了头。王克笙接着说，"咱酪奴堂韩、马、姚、姜四户好比这粗细不一的四指，你们是拇指、食指、中指、无名指，现在再加一个小指会怎么样？只能对握拳有利呀！"众人相顾无言，听王克笙说下去，"人不可貌相，海水不可斗量，老陶虽矮你们一头，小你们一辈，但议起事来想出的点子却不低于你们，是老陶把咱九里的土产变成了一块块铜板，请他参加酪奴堂议事有何不好？"众人沉默了一会儿，韩芦生说："还是先生看事在理，就听先生的吧，伙计。"其他三人相互看了一眼，都点点头，表示听王先生的，就这样，五短身材的老陶成了九里有头有脸的人物。

一天，姚大下巴来酪奴堂对王克笙说："王先生哪，有句话不知当说不当说？"王克笙看了他一眼，笑笑道："我何时堵过你老七的嘴。"姚大下巴说："那是那是，我寻思不管我胡诌什么，八成你都不会生气，我想说的是九里来新户再没田可匀啦。"王克笙背着手在堂中踱了一圈儿，点点头："你家现在有多少地？"姚大下巴脱口而出："一垧半。"王克笙知道这个数字比韩芦生家少了两亩,和姜得水家一般多,很显然,姚大下巴是怕九里再来新户匀了自家的田。

"九里弹丸之地,承载有限,我知道了。"王克笙这样说。姚大下巴有点不好意思,说这不是他一个人的想法,芦生、得水也都有这个担心。王克笙安慰姚大下巴说:"有担心很正常,毕竟碱滩大小有限,不能无限度扩张。"

三

初秋,老榆树下的空地上突然出现了一个不大不小的石碾,是老陶用船从田庄台运回来的,几个石匠费了好大的力气才将石碾安放好。当村民围着石碾看光景时,老陶则汗流浃背赶到酩奴堂,一进门就说:"王先生,我先斩后奏了,您尅我一顿吧。"王克笙不明就里,问他怎么回事,老陶便说了他在田庄台码头看到一个卖石碾的,正要卸船,我想想咱九里没碾子,便把这碾子买了,让卖主直接送来九里。老陶说:"咱九里缺个碾子,家家要碾谷,没有碾子怎么行?"王克笙问:"你安个碾子做生意?"老陶瞪大了眼睛道:"我虽说是个生意人,可也不能掉进钱眼里,九里乡亲有恩于我,我买这碾子权当回报了九里乡亲。"王克笙哈哈大笑:"做这等善事不必商议,尽管去做便是!"老陶喜滋滋走了。回到安装碾子的老榆树下,卖碾子的老石匠问老陶:"不知道掌柜的是九里人,你们这里可有个王先生?"老陶说:"有啊,你认识王先生?"石匠道:"不认识,只是听说过,苇地里都传他是神医呢。"老石匠在离开九里的时候,忽然对老陶说:"碾谷靠人推太辛苦,你再买我一头驴吧,是顶呱呱的黑燕皮,你买,给你打个对折,你若想好了,后天到田庄台集市上找我。"黑燕皮是原产于西北的佳米驴,因为毛色黑亮似燕子而得名,湿地周围不产驴,农家驮物之驴大都是来自辽西的小毛驴,而佳米驴却是壮而健的大驴。

石匠走后,老陶坐在碾盘上想了好一会儿,这碾子白用没问题,因为石碾子不会喘气,要是买头驴回来,谁家推碾子来用驴,就不能白用了,因为驴要喂料的,谁好意思白用?他决定买黑燕皮回来,他盘算好了,谁来牵驴碾谷,要交一升所碾之粮当饲料,如此交换条件不难,碾谷人家在收工后给驴子一点饲料也合乎情理。

老陶真的去集市买石匠的驴子。在集市角落,老陶找到了老石匠和他的黑燕皮,黑燕皮见到他,用力打了一个响鼻,然后就低眉顺眼乖乖站在那里。这是一头很通人性的驴子,脊背腰身呈黑色,嘴巴肚皮却是鱼肚白,眼睛大而有神,眼周是一圈白毛,像画笔画过一样毛茸茸可爱,两耳矛一般向上斜刺着。真是一头好驴!老陶心里这样想,嘴上却不说,很仔细地查看驴牙、驴蹄和驴尾巴。石匠说他本不想卖驴,因老伴患病无钱医治才忍痛卖驴。老石匠摸索着驴脊梁,鼻子一抽一抽不让鼻涕流出来,见老陶看得仔细,他说:"不瞒你说,掌柜的,我老两口无儿无女,黑燕皮就像我俩的孩子一样,有我吃的就饿不着它,你看看,它腰臀都摸不到骨头呢。听说我要卖驴,镇上西来顺驴肉馆老板找我,给的价钱也不差,可我不能把黑燕皮送到那里啊,我每次赶驴进城,经过那家叫西来顺的驴肉馆时,黑燕皮都会叫唤几声,那叫声让人听着心碎哟。驴叫是有学问的,一长三短是生气,一短三长是高兴,在西来顺门前,它每次叫都是一长三短,可见黑燕皮对那个地方冒出来的味道是有感应的。黑燕皮鼻子比人灵多了,它能闻出土匪身上的杀气来。有一次,村里老吴家娶媳妇,用它去驮新娘子,回程要路过一条苇地小路,到了苇地边,黑燕皮直打转转儿就是不往前走,任牵驴的怎么吆喝,它就是不往苇地走,而是拐弯沿着苇地边缘绕道走。迎亲人中有长者说,都说老马识途,驴和马差不多,就随驴走吧,免得颠着新娘子。几个怕累的娘家人非要带着嫁妆走苇地抄近路,迎亲队伍便在苇地边分成两股,一股走近道,另一股绕着苇地走远路。结果,走近路的人遭遇劫道的,嫁妆被抢了个精光,人也差点丢了性命,而绕道走的新郎、新娘却躲过一劫。"

听完石匠的话,老陶再看这头驴,发现驴眼里竟然有泪花,他拍拍驴背说:"驴通人性,你对它好它对你就忠诚,你价钱上打了对折,这驴我不买不中了。"老石匠说:"我知道,你买了碾子总要配一头驴,有碾子在,你总不会把驴卖给西来顺吧。"说完,把缰绳递给老陶,一步三回头地走了。老陶看着石匠的背影,忽然想起了他说老伴生病的事,便叫住他说:"抽空带老伴去酪奴堂看病吧,王先生可是神医。"石匠苦笑着说:"看大夫总要花钱吧,我卖了碾子和驴才能看起病。"老陶摇摇头:"王先生人虽刚强,却是软肠子,像你这样的人家看病,他不会多要钱,或许到万柳塘栽棵柳树就行。"老石匠听后站在那里愣了一会儿,向老陶鞠了一躬,转身快步走了,老陶猜他很快就会带老伴去酪奴堂看病。

老陶妻子郝好是个有一手好针线活的女人,平时话不多,却和蒲娘、余氏、姜氏、小惠等女人关系甚好。郝好年龄小,人勤快,几个姐姐都喜欢叫她好妹子。好妹子和老陶生了一女两儿,女儿叫陶虹,已经七岁,儿子陶天佑、陶天佐都是来九里后相继出生。小陶虹对黑燕皮十分喜欢,整天和这头驴子在一起玩耍。老陶曾对老婆的名字有想法,他找过王克笙,想给郝好改个名字,说自己这个陶字与郝好的好字不匹配,叫起来太难听。王克笙说这个名字好呀,历史上第一个女将军就叫妇好,这个名字有文化,为什么要改?老陶听后很高兴,再也不提让老婆改名的事。老陶做生意忙,就让郝好在家里饲养黑燕皮,郝好也上心,常常半夜起来给黑燕皮加一遍料。黑燕皮来到九里,受益最大的还是九里的妇女,因为有了黑燕皮,推碾子的活儿就不用她们做了,加上黑燕皮温顺,拉碾子任劳任怨,妇女们碾完谷后,都会留点谷给黑燕皮做饲料。黑燕皮有个毛病,总在夜里叫几遍,它的叫声让九里之夜不再那么平静,尤其是睡觉轻的姚大下巴,常常在夜里被黑燕皮的叫声扰醒。姚大下巴来找王克笙,说这驴叫让他睡不好,王克笙笑了,说驴叫鸡打鸣这样的事怎么管?李时珍说驴夜晚鸣叫的次数与更次相同,此乃驴之天性呢。姚大下巴也笑了,道:"我承认老陶买了一头好驴,皮毛油亮,拉碾子不用戴眼罩,我还没看过这么好的驴,就是夜里驴叫挺麻烦,驴一叫我就忍不住要起夜。"

黑燕皮的确是头通人性的驴,它似乎对郝好格外依赖,看别人总是低眉顺眼,唯有看郝好时,两只眼睛才会抬起来,泛出漆亮的神采,然后打出一个响鼻。郝好发现黑燕皮特乖,能听懂她发出的每一个指令,闲暇时她就用毛刷给黑眼皮梳理背上的皮毛。苇地蚊虫多,看到黑燕皮总是甩尾驱蚊,而脖子和前腿却是尾巴甩不到的地方,她就专门用红布为它缝了个小荷包系在脖子上,荷包里塞满了端午时采来晒干的艾叶,蚊虫闻到艾叶味道便会退避三舍。一日,正在拉碾子的黑燕皮忽然停下了,眼睛瞪圆了朝着北面看。北面村路上,一男一女两个老者正一瘸一拐朝老榆树这边走来,老妪裹了脚,拄着一根拐棍。老陶定睛一看,这不是老石匠吗?一定是老石匠携老伴来酪奴堂看病。老陶把他们领到酪奴堂,向王先生介绍了老石匠夫妇的情况后便离开了。王克笙果然没有收看病钱,让他们去万柳塘折根柳枝栽上,能活则活,不能活也算走了程序。临返时,老两口相互搀扶着来到碾子处看望黑燕皮。郝好听老陶说来者是黑燕皮原主人,打过招呼后就给黑燕皮松了套,黑燕皮浑身抖动了一下,打了个响鼻,将头伸向老石匠的肩头。老石匠的眼圈儿瞬间就红了,抚摸着黑燕皮的脖子,干裂的嘴唇嚅动着,一句话也说不出来。拄着一根拐棍的老伴凑到黑燕皮跟前,小心为它择去耳朵上的几粒谷糠,拄着的那根拐棍在小脚边哆嗦个不停。

"大爷大娘,黑燕皮在九里挺好的。"郝好怕老人担心黑燕皮在九里受虐,这样对两人说。

老石匠松开手,很歉意地说:"知道,知道,看它的皮毛我就知道它挺好,它跟了我八年,就是心里放不下。"

老陶说:"我看见你们去万柳塘了,王先生是个大善人吧?"

老石匠用力点着头,"谢谢你啦,王先生给看病抓药没收一厘钱,只让我们去栽了棵柳树。"

老两口一瘸一拐地走了,老石匠一手搀着老伴,一手拎着一串草药纸包,那串应该很轻的草药在他手里似乎很重、很重。碾谷的是小惠,她拿着笤帚停下扫碾,愣愣地望着老人的背影,想说什么却没有说,这时,松了套的黑燕皮忽然鸣叫起来,两长两短,声音凄切。两个老人都回过头来,竟然朝着老榆树这边深深鞠了一躬,然后,慢慢消失在村北的道路上。老陶有些发蒙,黑燕皮的叫声一长三短是生气,一短三长是高兴,那么这两长两短是什么意思,恐怕只有老石匠心里清楚。

郝好已经泪眼模糊。

小陶虹在一旁说:"妈妈,你看呀,黑燕皮流泪了。"

郝好和小惠都转过身来观察黑燕皮,发现黑燕皮的眼角果真有两道湿湿的泪痕。"它舍不得以前的主人呢。"站在一旁的老陶说。

黑燕皮在九里威名大震不是拉碾推磨,而是意想不到的一泡长尿,这泡尿洗去了姚大下巴对它的嫉恨。

俗话说,牙疼不算病,疼起来真要命。在村里村外很吃得开的姚大下巴除了容易闹眼睛外,还总是牙疼。王克笙看过,说他石牙都被虫子蛀空,里面藏污纳垢,让他少吃甜东西,每日用醋漱口。但姚大下巴的牙疼很顽固,石牙里的蛀虫总是跟他打游击,时不时出来袭击他,让他苦不堪言。一天,牙疼又犯了,他用右手托着硕大的下巴来找王先生,央求王先生给他拔牙,说自己实在受不了了,索性把牙拔了去屎的。王克笙扒开他的嘴仔细看了看,说虫牙太多,总不能一个个都拔了吧?姚大下巴哭唧唧地说:"你可是神医,总该有办法给我止止疼吧。"王克笙想了想,道:"止疼偏方倒是有一个,就怕你不敢用。"被牙疼折磨得几欲崩溃的姚大下巴跺着脚说:"先生你说吧,只要能治牙疼,我姚老七长虫、蝎子都敢囫囵吞下去!"王克笙道:"也不用那么毒性大的药物,你只要接一钵驴尿,不停地含漱,牙疼便可减轻。"姚大下巴睁大了眼睛,盯着王先生好一会儿:"先生不是在诳我吧?"王克笙道:"驴尿杀牙虫乃是古方,你不妨试试。"

姚大下巴回来后,让儿子姚刚去老陶家接驴尿,黑燕皮似乎知道自己这泡尿将有大用处,就畅畅快快地尿了一钵子。站在驴腚后的老陶问:"接驴尿干啥?"姚刚说自己也不知道,是他爹让接的。老陶便不再感到奇怪,姚大下巴总会做一些常人不做的事情,接就接吧,反正这尿尿到地上也没用。

令姚大下巴喜出望外的是,黑燕皮的尿治牙疼果真有神效,含漱几次后,牙不那么疼了。他便天天让姚刚去接回一钵驴尿,半个月后,他的牙疼神奇地痊愈了。王克笙没有向外透露这个消息,姚大下巴这张嘴却保不住密,不几天,九里老少都知道黑燕皮的尿治好了姚大下巴的牙疼病,有牙疼病的村民一大早就端着钵子来接尿,当然,谁先谁后需要老陶批准,老陶因此很有面子,没人再说黑燕皮夜里叫扰人,被唤醒的村民会说,黑燕皮又打更了,说完翻过身接着睡。

四

王鸣鹤见证了九里最为奇特的一次过刀兵,这次过刀兵后,刚强的父亲沉默了好长一段时间,没有就诊者时总是独自默默喝茶。

所过刀兵是奉字巡防营一支巡逻队。

除夕,九里村民沉浸在年夜的喜悦中,家家都备好了苇地八大碗,等着发纸、请神、放鞭炮、吃团圆饭。王克笙和韩、马、姚、姜、陶在三圣祠挂灯笼,摆放供品。王克笙知道在这个多事之秋九里能安然无恙,三圣功不可没,村民过大年,无论如何不能让三圣受冷落,所以今年供品用的三牲是俗话说的大三牲——猪、羊、牛,当然,所谓大三牲只是让老陶在城里买来的猪头、羊头、牛头,尽管如此,这要比平时用的鸡鸭鱼小三牲高出了许多规格。大年之夜,谁也没有料到一支马队从北岸芦苇荡里冲出,一路雪花飞溅直驱九里。当这支全副武装的马队围上九里最高的建筑三圣祠时,刚刚摆好供桌的王克笙心里很是诧异,什么样的军队年夜里会出来?他并没有惊慌,因为从来者装束看,至少不是土匪响马。他站在台阶上,韩、马、姚、姜、陶站在他身后,他向围上来的士兵拱拱手,道:"各位过年好!请问来九里有何公干?"军士们没有下马,也没摘下背着的洋枪,这个细节被王克笙看在眼里,若是打家劫舍的响马,早就会刀枪逼过来。一个年纪大的军官问:"村里可有保甲?"王克笙道:"保甲没有,我叫王克笙,村民推举的乡绅,大军有事可对我说。"那个年纪大的军官说:"你们勿怕,我们是奉字巡防营的,从锦州府来要去洼里,因中途有事,耽搁了行程,到此歇歇脚。"听对方这样说,王克笙放心了,说:"大军既然来到九里,就留下一起过年吧,此地去洼里,少说也要半夜,路途辛苦。"年纪大的军官很仁义,拱拱手道:"那就听王先生安排。"

这支巡逻队刚好二十人,说话的军官姓关,清原人,紫面阔脸,臂长如猿,是个督队。关督队说九里这地方地图上连个标识都没有,在军用地图上看,这地方就是几条虚线。

王克笙与韩、马、姚、姜、陶商议,二十人的队伍,韩、马、姚、姜、陶五家每家三人,关督队等五人留在酩奴堂,其他村民就不再打扰。他嘱咐韩、马、姚、姜、陶一定要接待好这些过年还在巡哨的军士,菜要硬、酒要热、炕不凉。五人各带着三名军士回去,王克笙把关督队等请到酩奴堂。关督队对王克笙的安排很满意,他在队伍解散前宣布了三条军纪:一不得酗酒滋事,二不得欺侮妇女,三不得独占炕头。违者一律军棍伺候,绝不姑息。关督队严明军纪让王克笙很感动,奉字军在百姓中口碑不佳,因为都统张作霖本身就是响马出身,成了二品封疆大吏后收编了太多的马贼,这些马贼能打仗却不愿受约束,军纪涣散也就在所难免,尤其在这十兵九匪的茫茫苇地,一干军士为非作歹起来,神仙也管束不了。

进门时,关督队站在门口对匾额上酩奴堂三个大字端详,匾额两端各挂着一盏红灯笼,把酩奴堂三个字照得很清楚,关督队沉吟许久,问:"这堂号谁人所起?"王克笙告诉他是高祖命名,自己只是继承而已。关督队捋着胡须说:"好堂号,有寓意!"

蒲娘忙碌着准备年夜饭,王克笙陪关督队到正堂喝茶。关督队心事重重,两道剑眉绞到一起,他端坐在椅子上,右手端茶,左手却握着佩刀刀柄,那把蟒皮鞘的军刀即使坐着也斜挎在身。关督队似乎不愿意多说话,喝了几杯茶后,披上狐皮大氅说要到外面走走,王克笙提一盏灯笼陪他来到屋外。两人围着酩奴堂转了一圈儿,在三圣祠,王克笙说一会儿吃年夜饭前还要到这里发纸、请神,关督队点点头,说我和你一起来。两人转到三圣祠后,关督队看到了柳树林,他说:"这片柳树林倒是很稀罕。"王克笙解释说:"这是万柳塘,九里人墓地。"关督队对墓地似乎很感兴趣,径直走过去。万柳塘土冢中有墓碑的只有四座,黄开、老地羊、蓝坛主和王克笙那匹老白马。四块墓碑都是花岗岩材质,正面是碑名,背面是碑文,碑文很简洁,不解释很难看明白。王克笙解释着碑文,把当年黄开一哨在苇地阻击倭寇的壮举说与关督队。关督队要过灯笼照着碑文一字字读着,眼窝里盈上泪水。他问:"黄将军的事迹朝廷是否知晓?"王克笙摇摇头:"黄将军临终前告诉我要记下此事,传之后人,并未让上报朝廷,甲午之后也不见有人来九里问及这一哨军士,不过血战当日,我已派两个半大孩子去锦州衙门送信,想必朝廷是知道的。"关督队问:"那么,黄将军的事迹唯有你这里记载吗?"王克笙说:"应该是,国有史邑有志,将黄将军殉国之举记录下来传之后人,乃乡绅己任。"关督队似乎很关心王克笙所记之事:"除了这墓碑你还记在哪里?"王克笙说:"黄将军和老地羊殉国之事我都一一记在了《酪奴堂纪略》里。"这时,村里已有鞭炮声响起,王克笙提议回去,关督队却不愿离开,他伸出双手很动情地摩挲着黄开的墓碑,墓碑一定冰凉刺骨,但关督队全然不顾,好一会儿,他才垂下两手,忽然单腿跪下,双手抱拳,向黄开将军墓行了一个行伍人的大礼。

正堂饭桌已经摆好,蒲娘精心烹调的年夜饭虽不算奢侈,却是名副其实的苇地八大碗,每有重要节日,王克笙都会嘱咐菜肴恰到好处即可,切勿铺排。因为是过年,又有客人造访,蒲娘特意加了一道芦花豆腐。芦花豆腐是蒲娘的发明,就是在磨豆浆时加入研碎的芦花,再用卤水点制,这样做出的豆腐色泽如玉,吃到嘴中有一股芦花特有的清香。年夜饭自然少不了蒲娘酿制的鹤顶红,鹤顶红是蒲娘到九里后酿制的,用毒药起酒名也是蒲娘所定,这酒劲大味足,可立懦壮胆,很受九里男人喜爱。经酩奴堂议定,王克笙把鹤顶红酒坊设在老陶家,酒由老陶销售,陶家由此在门前挂了片斗笠大的酒旗,红布黄字,带着流苏,上面只写了一个篆体酒字。亥时一到,王克笙按礼俗开始发纸,到三圣祠中上香请神。关督队陪王克笙来到三圣祠,村中已经开始燃放爆竹,引起酩奴堂庭院里两排战马发出声声嘶鸣。王克笙说战马也要过年啊,要多添点草料。听到战马的嘶鸣,王克笙不禁想到了自己当年来九里的那匹白马,那是吴先生所赠一匹好马,到九里后王克笙没有让它拉过一天车、下过一天地,只是在冬季时偶尔骑它去田庄台进进药材。这匹白马从锦州回来后死去,被王克笙埋在万柳塘,与黄开、老地羊的坟茔相毗邻,王克笙每次上坟,都不忘在马冢前烧几张纸钱。

站在烛光闪烁的三圣祠中,王克笙有条不紊地行祭祀之礼,案上三牲在烛光里涂了漆一般闪亮,与真人同比例的三圣塑像慈祥和善,没有半丝冷森之气。一整套程序完成后,王克笙要转身离开,关督队道:"先生留步,在下也要行跪拜之礼。"说完,上前一步,双膝跪在孔圣人塑像前的蒲团上,竟然泣不成声。王克笙惊住了,不知关督队想起了什么伤心之事,又不便多问,只好站在一旁看着。

关督队止住抽泣,双手合十,中气很足地说:"圣人在上,请受学生一拜。学生始终不忘家国情怀,立志精忠报国。如今宣统皇帝退位,朝将不朝,国亦不国,学生惶惑如丧家之犬不知依附何处?学生深知,大厦将倾,非一木可支,杀身成仁前有楷模,苟且偷生后有镜鉴,只可叹扶清有违汤汤时势,背清难做铮铮忠臣,学生不知何去何从啊!"

关督队说完,又呜呜哭出声来。王克笙上前扶起他,惊讶地问:"怎么,宣统皇帝退位了?!九里苇深地远,不知道京师里发生了改朝换代的大事。"关督队点点头,止住抽泣道:"腊月二十五,也就是五天前,隆裕太后颁诏,大清不在了。"

王克笙听到这个消息后马上想到了恢复祖姓一事,感到周身血液都聚拢在心脏里,让心似乎要胀裂一样,大清不在,律条必废,祖姓问题没人再会追究,看来酩奴堂五代人的梦想就要水落石出。但面前关督队的表现又令他冷静下来,改朝换代,向来都是血雨腥风,绝非母亲说的河清海晏之时,他长吸一口气,对三圣躬身一拜:"列位先圣、列祖列宗,回家过年了。"说完,搀起关督队说:"走吧,回去守岁!"

关督队出身官宦世家,父亲做过知县,他虽在行伍,却不嗜烟酒,平时喜欢习武、读经、品茶。经过交谈,王克笙得知关督队少年时就立下封侯壮志,读书习武颇为用功,加之天生一副美髯紫面,乡党称之为小关公。开科取士遭废除,士子没了前途,他弃笔投戎到军中发展,官至督队。关督队和王克笙在这个酒香四溢的年夜谈了许久,在谈到大清覆灭原因时,关督队分析颇有见地:"物必先腐而后虫生,大清晚期朝令夕改,沉疴难除,科举之废,士不得安;宪政难立,绅不得安;征敛无度,民不得安;上下暌隔,疆臣不安;官制屡变,官心不安;洋货争衡,商心不安;风潮鼓动,新军不安……这样人人不得安宁,朝纲如何稳定?二百七十六年啊,祖宗伟业毁于一旦!当年,大宋崖山之难,皇帝尚幼,一班老臣,结果尚有十万军臣蹈海赴死,今日大清崩溃,亦是幼皇,一班老臣,竟然无一人拼死一搏,悲哀之至,悲哀之至啊!"

关督队的跟班悄悄对王克笙讲:"督队五天来一直神情恍惚,饭菜不亲,只是一杯接一杯地喝茶,喝那种泡成酱色的酽茶,喝过后夜不能寝,晚上长吁短叹,这样下去怎么得了?先生是坐堂的大夫,您给督队把把脉开个药方吧。"跟班的悄悄话被关督队听到了,他拂拂手:"开何药方?我身无病!"

王克笙知道关督队患的是心病,是臣子忧君之病,此病纵有砭石银针,也无从下手。王克笙看到关督队心忧如焚的样子心中颇生感慨,无论大清多么千疮百孔,毕竟是关督队所依附的皮囊,皮之不存,毛将焉附?关督队此时此刻产生切肤之痛也是情理之中,这也说明了时危见臣节、乱世识忠良的道理。王克笙对紫面长须的关督队产生了一种深深同情,他由此想到了自己,为什么大清的倾覆自己会无动于衷呢?是自己在这苇地深处生活太久的缘故吗?家国情怀是士子应有的担当啊,想到这他为自己感到脸红,《朱子治家格言》中有"读书志在圣贤,徒非科第;为官心存君国,岂计身家"的警句,这一点,作为军人的关督队做到了,将心比心,自己的确相形见绌!

年夜饭关督队还是吃了一些,但他只吃蒲娘做的芦花豆腐,王克笙劝他吃点荤腥,他摇摇头,一双带有血丝的眼睛似乎钉在了那盆芦花豆腐上。

"豆腐是仙人菜。"他说,"当年淮南王刘安在八公山上与群仙得道升天,就是吃的豆腐,我等俗人吃了豆腐能不能得道升天呢?"王克笙笑了,心想,这个关督队还真是有趣,脑子跳得挺快。关督队接着说:"芦花豆腐好,当年群仙要是也在豆腐中加入芦花,飘飘芦花会让他们升天更快。"

吃饭的人无法接他的话茬,不过,蒲娘做的芦花豆腐着实好吃,几个军士狼吞虎咽,一大盘豆腐不一会儿便见了盘底。

关督队忽然话题一转,说:"儒释道并非一体,先生乃读书之人,是否知晓为何三圣同列一台?"王克笙回答说:"三教虽不同,却可归于一道,即圣人所言之天道,儒家的畏天命,释家的见真性,道家的道法自然,要得到的都是至真至善的天道,故此可以共入一画、同列一台。"关督队点点头："人,不能逆天啊！"

关督队斟满一碗鹤顶红,双手举过顶敬王克笙："大年之夜,听君一席话,胜读十年书,在下敬先生一杯,祈愿苍天保佑九里父老,保佑国泰民安！"同桌的四个随从,急忙起身阻止,说督队不擅饮酒,这碗酒由他们代饮。谁也没有料到,一直滴酒未沾的关督队推开随从,苦笑了一声："休对故人思故国,且将新火试新茶。在下今夜话多了,刚刚见到先生堂中酩奴二字,酩与茶,孰为主仆？重酩轻茶,夜郎自大,结果反成茶奴,可叹八旗子弟至死不知其理。说完,将满碗鹤顶红一饮而尽。"

关督队吃了五个饺子,便放下筷子,有些困倦。随从扶关督队去东厢房休息,关督队向王克笙拱手致意,并要了笔墨纸砚让随从带到厢房。一切安排停当后,关督队让随从回去继续吃饭,自己上炕休息。此时,碱滩上爆竹声已经散去,街上不时传来几声犬吠,九里像一锅煮过饺子的沸水渐渐冷静下来。

五

子夜,王克笙不知怎么总觉着心里不踏实,好像有只受惊的兔子在怀里乱蹦。他对蒲娘说："你和孩子先睡,我出去走走,看看住了军士的几户是不是安生。"蒲娘为他披上棉袍,戴上兔皮帽子,点燃一盏灯笼提着照路。

王克笙提着灯笼依次到韩、马、姚、姜、陶五家查看。关督队的部下很是本分守纪,吃过年夜饭后个个都在炕梢和衣而眠,没有谁占据炕头。军纪如此严明这在巡防营实属罕见,关督队治军果然有关公之风。在姜得水家,一个军士还没有睡,与姜得水两人对坐抽烟,见王克笙进来,姜得水请他上炕,王克笙谢绝了,问怎么还没有睡？姜得水说这位军爷有心事,睡不着。王克笙对军士说把心事说出来就能入睡了。

军士姓何,热河人,长着很重的络腮胡子,心思像他的胡子一样头绪不少。军士把烟袋叩空,将烟荷包缠在烟袋杆上揣进衣兜,紧锁着眉头道:"我担心督队,督队好像生病了。"

"怎么看出督队生病呢?"身为医生,王克笙并没有看出关督队身体生病的迹象,只是心情很纠结,军士的话从何而来呢?

"昨天在芦苇荡里露营,我看见督队一个人在耍刀,督队有一把朴刀,扁担那么长,据说是他家祖传的,他常常一个人耍刀,这一次他耍得厉害,好像和别人在拼命,呼哧呼哧的,这哪里是耍刀,这是要劈人哪!一片片芦苇被他拦腰砍断,嘴里一句话也不说,好像满地芦苇就是一排排该腰斩的敌兵。"军士表情带着恐惧,说得绘声绘色,"我当时是找地方拉屎,刚蹲在芦苇丛里,督队的大刀嗖的一声就扫过来了,差点削掉我的头皮,我蹲在那里督队原本没看到,见我冒出头来,督队也吓了一跳,朝我腚上踢了一脚,这一脚愣是把我一泡屎给踢回去了。"

"习武之人,练习刀法并不奇怪。"王克笙说。

"可是,我看见督队停下来时满脸是泪,一双眼睛猩红吓人!"军士一脸的狐疑。

王克笙"哦"了一声,想想关督队今晚的奇怪表现,心弦有些抽紧,关督队的心事太重了,重到他随时有轰然倒下的可能。

"是不是他家里出事了。"军士开始胡猜乱想。

从姜得水家出来,村庄已经安睡,夜空星汉灿烂,家家门口悬挂的红灯笼在风中摇摆不停,把雪地照出一种晕船的感觉。回到酪奴堂,他发现东厢房的烛光还在亮着,知道关督军没有睡,便放轻了脚步,回屋休息。王克笙迷迷糊糊要入睡的时候,村子里传来黑燕皮嘹亮的叫声,一长三短,连叫三遍,王克笙睡意被驴叫赶走,望着房梁回想关督队说过的话,他感觉关督队是条舍生取义的汉子,一身凛然正气,和蓝坛主颇为相似。

初一清早,有早起的村民放响二踢脚,乒乓之声此起彼伏。拜年的村民陆陆续续来到酩奴堂,新年头一天村民到酩奴堂看望先生,然后在先生的率领下一起到三圣祠上香已经成为九里年俗,穿一身灰色棉袍的王克笙和蒲娘站在中堂迎候乡亲并一一拱手还礼。突然,马连顺神色慌张地跑进来:"万柳塘里死人啦,快去看看吧!"马连顺一张长脸今天格外长,好像被吊死鬼拉长了一样恐怖。王克笙吃了一惊,九里从没有出现饿殍,无论灾年还是战乱,哪怕是过路的乞丐,在九里也会有一口热饭吃,大年初一怎么会出现这等事?他定了定神,引马连顺快步来到东厢房,他想把消息告诉关督队,带关督队一块去看究竟。东厢房的门虚掩着,炕上没有人,大家看到炕桌上有两张写了字的纸,一张写着:"人生自古谁无死,留取丹心照汗青。"另一张纸上则用小楷写了一段话,大意是巡逻队在过年之时叨扰九里,很是过意不去,九里民风淳朴,崇礼尚义,他死后别无所留,一把朴刀一件狐皮大氅,都留给酩奴堂王先生。王克笙看了看炕梢,一件叠好的狐皮大氅,一旁是长长的朴刀。

"是关督队!"王克笙惊呼了一声。

这时,西厢房四位随从也来到东厢房,一看到关督队留下的遗书,脸色顿时白成了窗棂纸。四位毕竟是军人,三言两语相互做了分工,其中一人到院子里吹号集合队伍,另三人跟王克笙、马连顺急匆匆赶往万柳塘。走前,王克笙对那个吹号的军士说:"将军以死报前朝,此事与九里乡亲无关,切切莫让军士们把怒火撒到无辜村民身上啊。"那个军士点点头,鼓圆两腮吹响螺号,凄厉的号声如一把剪刀,裁开了大年初一的黎明。

黄开墓碑前的死者果然是关督队。他一身戎装,双目紧闭,右腿弯曲翘起,左腿向前伸出,背靠墓碑,面朝南方静静地坐着,两手抓在雪地上，前胸的血已经凝固，血是从心窝处流出的，佩刀从心窝处刺入，几乎穿透身体，刀柄牛角一样指向前方。列队的军士跑步来到坟地，立定后呆呆地看着这一幕。那个刚才吹号的军士上前查看了关督队的遗体，然后转身对士兵们高声说："督队留下遗书，他以死报国，尽忠保节，此事与九里百姓无关，大家不要连累九里百姓。"军士这话说到了要害处，关督队无故身死，军士们若哗变起来，九里必遭其害。

王克笙当即表示，关督队在九里以死效忠前朝，令九里父老敬佩不已，若军士们允许，九里将厚葬关督队，并将关督队灵位纳入三圣祠，供九里村民世代祭祀。军士们没有异议，那个吹号军士本身也是传令官，他说就按王先生说的办，督队选择九里自尽，想必是看中了这块宝地。

厚葬关督队，棺材必不可少，王克笙把目光投在姚大下巴脸上。"老七，有件事来不及和你商议，九里人人知道你有一口好寿材，能不能用来收殓关督队？"

姚大下巴对自己的死极为看重，早早就置办了一口柏木棺材，每年都要给棺材刷一遍漆，这口棺材他常常挂在嘴边，有事无事总要炫耀一番，因此九里人对这口棺材几乎无人不晓。王克笙这样问，人群中的姚大下巴先是一愣，接下来便低头盯着自己的靴靿看，人群寂静无声，大家都以为姚大下巴不会同意，嗡嗡议论声已经响起。忽然，姚大下巴高声说："王先生，关督队是义士，是大英雄，能用我姚老七的寿材是我的荣耀呢，我愿意捐出来厚葬关义士！"王克笙没有来得及与姚大下巴商议棺材的事，他是为了尽快平息事端，情急之下便这样宣布了，他知道这样做有点逼迫姚大下巴的意思，但事发突然，这些军士没了首领，万一在九里发起难来怎么办？

太阳藏在一座灰黑色的云山后面不肯出来，偶尔悄悄侧出半边脸偷窥一眼,又隐了回去,好一会儿,才不情愿地现出身来,九里变得亮堂起来。埋葬了关督队的巡逻队开始上路,骑兵队伍缓缓地离开九里,沿着冰封的双泰河向洼里出发,只有关督队的军马放空,无精打采地跟在队伍后边。王克笙和村民站在村口石碑处目送渐渐走远的队伍,老陶小声嘀咕了一句:"这个关督队也真是的,在哪里不能自裁,非要到九里来,大过年的!"王克笙闻声转过头来,狠狠地盯了老陶一眼,老陶知道自己这话不妥,躲开了王克笙责备的眼神,低下头不放声。王克笙对村民们说:"我王克笙活了这么大,见到以死为前朝尽忠义士这是第一人,黄开将军固然可敬,但那是两军对垒,生死皆在情理。关督队的敌人在哪里?在自己的内心呀,自己把自己杀死,出乎大忠大节,非大忠大义之士不能为之!关督队能在九里杀身成仁,说明他看中九里,忠义之士埋骨忠义之土,我九里父老当倍感荣耀!"姚大下巴接着话说:"就是,不是为了这大忠大义之士,我怎舍得那口漆过八遍的柏木寿材?里外漆过八遍呀!"姚大下巴的眼泪似乎就要下来,说到里外漆过八遍时声音有些哽咽。王克笙拍了拍姚大下巴的肩膀:"老七今日义举令我九里人人脸上有光,寿材可以再造,督队难能再逢,你的寿材会与关督队的英名一同载入《酪奴堂纪略》,万古流芳!"韩芦生说:"是啊,伙计,这棺材要是盛了你,几年也就烂了,哪个还能记得?"姚大下巴连连点头:"那是,那是,刚才老陶的话有点过了,黄开、老地羊、蓝坛主,再加上关督军,义士捐躯在九里,说明九里风水好。"老陶恨不得找个地缝钻进去,把一顶狗皮帽子的两耳使劲往下拉,挡住眼睛,嘴上却辩解道:"我刚才瞎说,这不是过年嘛,过年死人总不是好事,心里硌硬呗。"王克笙没有责怪老陶,让大家散了回去过年,留下韩、马、姚、姜、陶到酪奴堂议事。

回到酪奴堂,王克笙发现蒲娘坐在中堂的椅子上正独自落泪,看来蒲娘不想回避自己的伤心,见大伙回来,蒲娘擦净了眼泪,对大家道:"其实,昨晚我就有不祥预感,没有对泊洲说,不想这预感真的应验了。"王克笙问:"你从哪里看出来的呢?"蒲娘说:"那盘芦花豆腐。"王克笙问:"何以见得?"蒲娘讲了一个民间故事给大家听,传说淮南王刘安迷恋修道,以豆为食,希望长生不老,他与八公发明了用石膏点制豆腐的方法,其父亡故,按当时礼仪三日之内不能生火做饭,刘安便连吃了三天冷豆腐。从此,孝子居丧多以豆腐为食,而成殓后以豆腐答谢吊唁宾客的习俗亦由此形成,被称为吃豆腐饭。北方本无此风俗,她才上了芦花豆腐一菜,当她看到关督队吃饭时死盯着那盘豆腐发呆时,就预感到了某种不祥,但芦花豆腐已经上桌,督队也动了筷子,自己总不能把豆腐再端下去吧。蒲娘说完,眼圈有些泛红,起身去了内室。

蒲娘这个解释,后来也变成了九里习俗,丧事设宴要上一道冷豆腐,只是不加芦花,因为芦花豆腐一定要热做。

王克笙与韩、马、姚、姜、陶商议九里如何来纪念这位关督队。老陶刚才出了丑,现在马上表现出一种积极的态度,他主张在万柳塘给关督队立一块碑,待遇像黄开和老地羊一样,再像王先生说的那样将灵牌摆进三圣祠供村民上香祭祀。韩芦生和姜得水表示赞同,姚大下巴说碑文要写上用柏木棺材收殓,而且是姚家里外漆过八遍的柏木棺材。马连顺说就听王先生的。最后王克笙决定,为关督队墓立一块与黄开将军同样规格的石碑,关督队的灵牌与黄开、老地羊、蓝坛主灵牌一样,摆进三圣祠,那把朴刀也在三圣祠陈列,那件狐皮大氅则转赠姚老七,作为捐献柏木棺材的回报。

一切议定后,王克笙长叹一声,拍了一下大腿,众人不解地看着他,他歉疚地说:"我还不知道关督队的名字。"老陶自告奋勇："不要紧,过了破五我就去田庄台打听,没名字碑文不好下笔。"大家都想到了当年在苇地壮烈殉国的老地羊就没有留下名字,这是九里百姓心中无法弥补的遗憾。

六

去田庄台和洼里打听关督队名字的老陶带回一个令人震惊的消息,民国政府已经颁布条律,要求人们剪发辫、易服装、禁缠足,几天下来,县城里看不到谁再拖着一条辫子逛街了。这消息让王克笙陷入了沉思,有村民来酩奴堂问他,是否该把辫子剪掉？他说等等看,他自己也不知道在等什么。九里太小了,在塔溪道姑当年给他的堪舆图上没有半个字的标识,在关督队的军用地图上也只是几条虚线,他在田庄台公所里看过锦州府的地图,九里所在的碱滩是一片空白,九里三十九户人家就隐藏在这空白里。现在虽说已是民国,想必政府的地图也不会把九里标上去,政府的条律何时下到九里也是个遥遥无期的事情。王克笙不能草率作出决定,从出生就开始蓄发编成的辫子剪去容易,剪后再想留起来可不是一年两年的工夫,对此,他不能不慎重。他决定亲自去田庄台看看。背着褡裢的韩老大陪他进城,韩老大告诉他,老陶不知何时把辫子剪了,老陶不仅自己剪了辫子,还要在村里收辫子,一根辫子俩铜板,不知道他收辫子何用？老陶是生意人,他收购辫子肯定可以换钱,王克笙对此并不见怪,老陶如此迅速剪掉辫子他并不感到意外,老陶做生意总往城里跑,剪掉辫子是不得已的事。

到达田庄台,王克笙先去公学堂,他认为学堂最能领风气之先,小学堂,是大社会一斑,一斑可窥豹,王克笙因此选择了去看学堂。在田庄台公学堂,王克笙见到了让他耳目一新的景象,操场上正在做操的学生们过去脑后晃来晃去的辫子不见了,也不再穿长袍马褂,改成了军服一样的装束,流行了多年的瓜皮帽换成了带浅帽檐的学生帽。无须多问,王克笙心里已经明白了八九分。在街上,他还看到了很滑稽的一幕,几个警察围住一个锔锅锔缸的老头儿在吵吵什么。王克笙和韩老大驻足观看,原来是几个警察要给这个锔锅锔缸的老人剪辫子。老人不情愿,两手把辫子护在前胸,一个劲儿地弯腰求饶。老人六十多岁,瘦削矮小,挑子里锔缸的工具很全,看出来是个手艺不错的锔缸匠。几个警察劝说无效便来硬的,其中两个架住老人的胳臂,一个揪住老人那根干巴巴的发辫,"咔嚓"一剪子下去,便齐根剪去了老人视为性命的发辫。年轻气盛的韩老大看不下去,想上前打抱不平,却被王克笙一把拉住了,因为他们两人也都留着发辫,一旦被这几个当差的发现,说不定也被捉住剪了。王克笙扯了扯韩老大的衣袖,使个眼色,两人风也似的逃离了田庄台。

归途中,韩老大说:"我知道老陶为啥剪掉辫子了,自己不剪,也会像那个锔缸老头儿一样被当差的给毁了。"

天上飘起雪花,干枯的芦苇虽然叶黄疲软,但捧捧芦花却摇曳枝头。发尚可重生,发辫剪去何妨!王克笙坚定了剪掉发辫的决心。忠与不忠不在一条辫子上,高祖在大周为官时,脑后绝没有这条碍事的辫子。他对韩老大说:"当年大清入关,要求剃头留辫子,结果是留头不留发、留发不留头,死了很多人,这一次,大清完了,留了几百年的辫子要剪了,但愿不要再死人,看那个锔缸老人,剪辫子好像剪去了他命根子,何苦!"

回到九里,王克笙召集韩、马、姚、姜、陶来酩奴堂商议剪辫子一事。话题一出,众人目光便聚焦在老陶的头上。老陶戴了顶黑绸瓜皮帽,光秃秃的后脑勺与其他人形成了惹眼的反差。老陶有些难为情,说自己头上的辫子不是自己剪的,是他在田庄台赶集时,让几个官府当差的给剪的。那些当差的不讲情面,捉住一个剪一个,光辫子就剪了一大筐。他被剪了辫子后央求那些当差的能不能把这些辫子给他,当差的问你要这些辫子干啥,他说想用来做毛刷,当差的本来想把这些辫子烧掉,听他说可以做毛刷,为了省事把一筐辫子都给了他。其实,他要来这些辫子并不是做毛刷,他就是想这东西肯定会有用处,就先收来攒着,家里已经攒了一麻袋了。老陶的解释被王克笙和韩老大所证实,韩芦生说:"儿子回来说了,大街上逮住一个,就咔嚓一剪子,根本不听你求饶,伙计,自己头上辫子,凭啥别人来操心?官府真是闲大了,这世道是咋了,伙计?"姚大下巴则捏着下巴好像牙疼又犯了,王克笙问他这辫子该不该剪,他松开捏着下巴的手,用食指和中指做出个剪的动作,嘴里吐出一个字:"剪!"姜得水没什么主意,嘟哝说:"我听先生的,先生剪我就剪。"马连顺头发稀少,脑后那根辫子豚尾般细小,这让他很是自卑,现在要把它剪了去,正好就剪去了自己的后顾之忧,便对剪辫子举双手赞成。韩芦生听大伙这般说,也顺着说道:"剪吧,剪了给老陶。"王克笙见大家的想法已经一致,起身道:"剪辫子虽说是私人之事,却与国体有关,我等生活在民国天下,当接受民国的规矩,若还抱残守缺,成不化之民岂不被世人耻笑?我想明日一早召集乡邻到三圣祠,宣布由村民自行剪去辫子。"

没有人表示异议。

次日一早,天气晴朗,微风习习,炊烟散尽后的芦苇荡染上一层金色。身穿灰色长衫的王克笙站在三圣祠门前石阶上,发表了一番精心准备的讲话:

"诸位父老乡亲,孔圣人有言,君子之于天下也,无适也,无莫也,义之与比。这句话的意思是说,君子对于天下的事情,没有规定要怎样干,也没规定不要怎样干,只要怎样干合理恰当便怎样干。现在,官府颁布条律,要国民剪去辫子,这是移风易俗之大事,九里虽偏,但不能置法度于不顾,若违背法度,必将给域外之人干预九里以借口。剃发留辫子,乃满清入关后颁定之条律,非我中原良俗,现满清不再,留一条辫子向谁表忠?前朝后国,哪个爱民如子,百姓才会对哪个感恩戴德,且忠与不忠皆在内心,与头发胡须实不相干,大家看到关督队并无辫子,但对前朝的效忠天地可鉴!我已向三圣做过祷告,引领村民剪去辫子,让九里融入汤汤大势,不做浪中之沙!"言毕,让老陶上来,将剪刀递给他,道:"剪!"老陶哆哆嗦嗦接过剪刀,在众人一片惊愕声里,将王克笙的辫子一下一下剪了下来。

众人散去后,老陶掂着手中沉甸甸的辫子问王克笙留不留,王克笙将辫子捧在手里,如同捧着一本经书,不忍释手。老陶说:"留着吧,是个念想。"王克笙细数着辫子上的节数,共计十七节,辫子编得很结实,这是蒲娘的绝活,他摇摇头:"留它能念想什么呢?"他把辫子递给老陶,转身锁上了三圣祠的大门。

九里村民对王克笙的决定一向深信不疑,剪辫子这爬坡过坎的难事,在九里没有遇到阻力,男人回家都自行剪掉了辫子,让孩子送到老陶家换铜板,当天傍晚老陶家里就多了一麻袋长长短短的辫子。

九里村民都剪去辫子后,万柳塘关督队的墓碑也刻好了,老陶没有打听到关督队的名字,墓碑上只好刻上了关督队之墓五个字。

1919年

某迪月

一

民国八年,二十岁的王鸣鹤遭遇了一场突如其来的爱情。

一个来自京城的姑娘像一只鸿雁降落在王鸣鹤原本波澜不惊的心之湖。蒲娘说好女人是能摄魂的,鸣鹤儿的魂定是被摄走了。

这一年,远在万里之外的法兰西巴黎召开了臭名昭著的分赃会,作为一战战胜国的中国,分赃会上不仅一杯残羹没有喝到,连原本属于自己的东西又得而复失,被小日本收入囊中。这件事导致北京城里发生了骚乱,其中就有一个章姓的外交官被痛打,一个曹姓官员府邸遭焚烧。很少有人知道这场事件参与者中有一人来自九里。

春夏之交,蒲苇吐绿,碱蓬草由粉白变成朱红,鸟声四起的九里十分安详,如果不是姚大下巴的三儿子姚远归来,九里人甚至不知道京城里出了这么大的事。整个春季,苇地里几乎无风,无风便不会有雨,干旱的苇地鱼虾都藏匿起来,没有波澜的双泰河缓缓流淌,像一条蜕皮的大蛇,一片片高低不匀的芦苇在沉闷的空气里萎靡不振。王克笙站在酩奴堂庭院里,仰望着灰蒙蒙的天空对儿子鸣鹤说:"苇地里从来没有像今天这样弥漫着一股干土味儿。"王鸣鹤已经是弱冠之年,与父亲喜欢穿灰色长衫不同,王鸣鹤喜欢穿褐色长衫,笔直的腰身穿上褐色长衫,看上去像一根放大的蒲棒。他知道父亲对味道异常敏感,这种干土的味道与干草的味道截然不同,给人一种无边的焦虑和忧患。地裂苗枯,青黄不接,这是九里少有的灾年,姚大下巴几次来酩奴堂商量,是不是在三圣祠搞个祈雨仪式?王克笙没有同意。雨乃天意,向三圣祈雨岂不是给三圣出难题?王克笙对三圣祠里的祈愿活动一概严格把握,他曾在上香日对村民说,你做了坏事,想到三圣面前寻求原谅和解脱是行不通的,三圣明是非、辨善恶,不会为你背黑锅。王鸣鹤没有闻到父亲所说的干土味,他敏感的是气而不是味,在这个少雨的春季,他经常会感受到一种来自天空的磁力,好像有一只无形之手要把自己随时拔到空中。他对父亲说:"失之东隅,收之桑榆。地歉海丰,苇地百姓靠捉蟹捕虾会渡过难关。"王克笙摇摇头:"鱼虾总不能代替粮食,鱼虾之毒,需五谷来解,久不进五谷,必然疫病流行啊。"王鸣鹤心头一震,原来父亲的心思在这里,鱼虾的确替代不了粮食,父亲所担心的是旱灾会引发苇地疫情。

　　九里的旱情是被姚远归来打破的。姚大下巴有三子,除了二子姚刚在九里外,另两个儿子都在外面闯荡,长子姚松从小就被姚大下巴送到了奉天亲戚家,长大后就在奉天做生意。三子姚远十二岁离开九里去奉天,后来考入北京大学读书。姚远比王鸣鹤大三岁,从小记忆超群,好争擅辩,姚大下巴对这个小儿子格外喜爱,早早就把他送到酩奴堂跟王克笙读书。王克笙教他古诗词,他几乎过目成诵。别的孩子读书总是走神,姚远却能一个姿势端坐半个时辰,这让王克笙十分看好。姚远十二岁时,王克笙建议姚大下巴把孩子送到奉天正规学校读书,王克笙说:"我能教的,无非四书五经而已,这孩子需要学更多的知识。"姚大下巴听了王克笙的话,狠了狠心将姚远送去奉天读书。姚松在奉天闯荡也算小有成就,他精通日语和俄语,游走在日商和俄商之间,两头赚银子,担负了弟弟求学的费用。姚远考取了北京大学,成为九里名副其实的状元,这让姚大下巴差点把下巴翘到天上去。在酩奴堂闲坐时,他会向每一个前来就诊的患者介绍一番北京大学,不论来诊者熟悉还是陌生。姚远好争擅辩的性格在进入北大后更加明显,这让他在莘莘学子中脱颖而出,成了影响力不小的学生领袖。北京城发生的学潮,姚远是当之无愧的骨干。骨干自会有骨干的付出,姚远为这场学潮付出了身体上无法挽回的代价。姚远在北京读书时染上了肺病,开始并不重,只是咳,他和同学们火烧赵家楼后为逃避军警抓捕一路狂奔,导致肺病加重,咯血不止,不得不住进医院。无独有偶,参与学潮的另一个郭姓学生也患有肺病,因为惊吓狂奔,导致不治,这个郭姓同学因此成了举国闻名的大英雄。郭姓同学的离世,让姚远开始担心自己的病情,问医生,医生的结论是结核,他知道结核是一种十分难缠的疾病,《红楼梦》里林黛玉就是患了此病撒手人寰。医生给他开了一大堆口服药,让他注意休息按时服药,不能再回学校,否则会传染别人。姚远不得不休学暂回九里休养。与姚远一同回来的还有栗薇、栗娜两姐妹。栗薇是姚远的女友,身材高挑,风姿绰约,一个满脑子新思想的中学教师。栗娜是栗薇的妹妹,姐姐要来南大荒的消息被刚从法兰西学生物归来的妹妹知道了,她央求父亲和姐姐,一定要跟姐姐到辽河湿地来考察。姐妹俩的父亲是个崇尚西学的银行家,对大女儿热心革命的选择不以为然,也不加干涉,对小女儿研究湿地生物的追求却大力支持。他赞同栗娜去辽河口考察,研究湿地生物不去湿地怎么行?达尔文不环球旅行哪里来的进化论?他送了栗娜一台德国莱卡照相机。临行前,戴着金丝眼镜、西装革履的父亲背着手对两个女儿各说了一句话,对栗薇说:"爱情就像一场战争,很容易开始,却很难结束。"喜欢西学的父亲对女儿说的这句话,并没引起女儿栗薇的深思,她认为自己和姚远的爱情有着信仰基础,不存在结不结束的问题。父亲对栗娜说:"做个中国的女达尔文,你的价值将不可估量。"栗娜知道这是父亲对自己的期望和鼓励,她说:"我会成为一个出色的湿地生物学家,因为我觉得自己有这种潜质,我能听懂各种昆虫、小动物的语言,它们都是我的朋友。"她对姐姐说:"我很向往辽河口那片湿地,那里有地球上最大的芦苇荡。"栗薇说:"我去辽河湿地,一半为了爱情,一半为了你。"姐姐这句话令她很感动,看来姐姐也不是个满脑子砸烂旧世界的铁石姑娘,她革命的理想多半来自爱情的激励。

姚大下巴对姚远的归来喜出望外,因为姚远出门求学后,就几乎和家里不再联系,苇地无路,不通邮政,村中所有信件都是王克笙托田庄台支局一个更夫代收。这个中年更夫嗜酒如命,他是嘴馋鹤红才答应为九里代收信件,王克笙每次派人取信都要给他带两斤鹤红。因为有了鹤红,这个更夫便经常醉醺醺丢三落四,九里的信件因此多有遗失,姚远知道这种情况,写过几封信后便懒得再提笔。这次,一表人才的儿子带了两个摩登女子回乡,姚大下巴的虚荣心如同灌满的猪尿泡,每走一步都会水漫金山,街上见人就说:"姚远回来了,从北京城回来的。"说完便等着对方问话。九里很多人并不了解遥远的北京,对于苇地百姓来说,北京遥不可及,是个十分模糊的概念。于是,姚大下巴便主动向村民介绍北京城的来历,什么古幽州,什么元明清,什么大前门,只要他知道的都毫无保留地往外说,也不管别人能不能听进去。他与韩芦生搭话时,韩芦生问:"北京城在哪儿?有洼里城大吗,伙计?"姚大下巴听后立马表现出一种无奈和失望,一向下垂的下巴顿时上提,嘴角向两边撇出去:"洼里算什么? 北京城是京师,皇帝待的地方!"韩芦生又问:"侄子是给皇帝当差吗,伙计?"姚大下巴明白这话不能对下去了,摇摇头再去找下一个搭话的人。与父亲到处宣传儿子不同,姚刚在村里则听到了一些姚大下巴听不到的话,村里女人们怀疑这两个打扮怪异的女子是不是来路不明,带一个也就算了,怎么能带两个? 姚家也不是大户人家,靠什么养两个如花似玉的女子? 姚刚不能将这些话说给父亲,便很生气地对弟弟说:"九里正旱着,可倒好,你带一妻一妾回来,九里的吐沫星子快成及时雨了。"一句话让姚远翻了脸:"什么一妻一妾? 我和她们都是与旧传统决裂的新青年!"姚刚说:"我不管新青年旧青年,反正街坊们有闲话,怀疑这两姐妹的来路,你看你回来这几天,有哪个街坊上我们家来说说话了? 村民都以为你破了村规。"不想,姚刚这话被姚大下巴听见了,姚大下巴蹲在老榆树下抽了一袋烟后,觉得有必要向村民解释一下栗薇、栗娜的身份,他决定请王克笙和韩、马、姜、陶到家里吃一顿饭,只要王先生说句话,村里各种猜忌就会烟消云散。

　　姚大下巴的家宴王克笙没有到,因为酪奴堂刚刚接收了两个海上患病归来的渔民,病情很重,他无法脱身,便派王鸣鹤代表自己参加。其他几位听说王先生没来也都借口有事没来,因为除却红白喜事九里没有相互设家宴宴请的习俗,要举办宴会也都在酪奴堂举办,姚大下巴这个举动多少有些出格。姚大下巴并不挑礼,他知道在王先生心里病人是天,让他放下病人来喝酒这是不可能的事,至于其他人,王先生不来他们也不好出席,好在王鸣鹤来了,王鸣鹤在九里声望日高,已经被村民称为小先生。

　　在王鸣鹤看来,姚远这次回苇地多少有些令他失望,印象中的姚远还是少年时留下的,虽然有些模糊,但称得上是自己心中的偶像,因为姚远在孩子中讲起话总是滔滔不绝,小小年纪就有鸿鹄之志,他还记得姚远走时在老榆树下吟诵的一句诗:"长安何处在,只在马蹄下。"这句诗一直在少年王鸣鹤的脑海里萦绕,长大后他也常常想起这句诗,在他心里姚远是一个志向远大的兄长。但这次姚远回来,心中的印象像冬天里被风吹破的蒲棒一样,很快就剩下了一根光秆,这光秆像一根骨刺戳在记忆里,留之难受,去之不得。他来赴宴前,父亲说:"姚远肺病不可小觑。"他听后心里更加难过,好端端一个姚远,龙睛虎眼地出去,却弱不禁风地回来,时光简直就是片片见血的柳叶刀!

九里家宴最高规格是苇地八大碗,这是酩奴堂正式确定的宴席规格,之所以这么定,主要是怕村中兴起攀比之风,凡事都要有度,有度才能节制,制定规格时王克笙征求了村民的意见,这八大碗凝聚着九里村民的智慧。八大碗有蟹豆腐、咸肉炖干豆角、酱蒸鸭蛋膏、野鸭炖宽粉、烩蒲笋、鲅鱼萝卜干、家焖刀鱼和红烧肉八道菜,都是地地道道的土菜,当地人尤其喜爱吃。八大碗菜品根据季节不同可以微调,但数量不能突破,八大碗自制定以来,还没有谁家比阔斗富破了规矩,姚大下巴也不敢,他请客上的八大碗都在规矩之内。栗薇和栗娜头一次享受这个待遇,栗薇抱怨菜咸,说难怪九里人那么喜欢喝茶,因为菜太咸的缘故。姚大下巴说九里村民喝茶与八大碗无关,谁家能天天吃八大碗?喝茶是王先生倡导的,苇地本没有喝茶的习俗,王先生用喝茶来移风易俗,是以茶化人。栗娜对这些土菜却很喜欢,除了那道野鸭宽粉不吃外,其他菜都吃得有滋有味。

王鸣鹤到姚家赴宴,等于被姚远上了一堂西学课。姚远一边不停地咳,一边断断续续地讲罗伯斯庇尔,讲法国大革命,甚至还讲了中医应该向西医学习云云。姚远讲的东西王鸣鹤很陌生,虽然他也看过几本国外翻译过来的医书,但兴趣不大,对姚远这一课也就充耳不闻。王鸣鹤的出席让栗薇、栗娜二人有了佐餐话题,尤其是栗娜,目光一直停留在王鸣鹤那件褐色长衫的领口上。领口浆洗过,很有性格地立着,让王鸣鹤的脖颈显得十分挺拔。王鸣鹤从没有这样被一个年龄相仿的女孩子注意过,显得有些局促,好在他注意的是姚远白纸一般的脸,由这张脸,他判断姚远的肺病已经很重。姚远回九里,出于礼节到酩奴堂看过王先生,那天王鸣鹤也在,两人有过短暂的交流。当时父亲对他的劝告是五个字:"服药,少说话。"今天吃饭来看,姚远并没有听老师的话,他说话的欲望显然超过了吃饭,表现出典型的话痨特征。王鸣鹤很不理解,为什么有人总喜欢说?只要有机会就滔滔不绝说个没完,就像过年放鞭炮的孩子,不管别人喜不喜欢,只要自己点燃了就乒乒乓乓一口气放完,留下些熏人呛嗓的芒硝味。饭前,姚远向王鸣鹤分别介绍了栗薇、栗娜,在介绍栗薇时,姚远毫不隐晦地说这是他未婚妻,是英文教师。在介绍栗娜时,姚远说这是中国未来的女达尔文。王鸣鹤不知道达尔文是谁,又不便问,姚远补充了一句:"栗娜刚从法兰西回来,湿地生物学家。"栗娜想与王鸣鹤握手,但王鸣鹤却礼貌地拱拱手,算是行了礼,栗娜虽然心里有些不悦,却对这个恍若隔代的小伙子产生了好奇。王鸣鹤三七分的发型整齐利落,一件褐色长衫使他看上去就像一支放大的巧克力冰棒,挺拔而孤傲,白袜圆口黑布鞋从长衫下探出来,透出一种与年龄不相称的成熟。王鸣鹤却在心里反复琢磨两个概念,女达尔文,湿地生物学家。

在姚远说倦了之后,餐桌上的话题开始转向王鸣鹤。姚大下巴说:"别看小先生年纪轻,可学问大着呢!"

"Mon Dieu!这么年轻就被称先生真了不起,小先生都去过哪些地方呢?"栗娜忍不住问,她对小先生这个称呼表现出十足的好奇。

王鸣鹤对栗娜说的 Mon Dieu 一语不懂,便下意识地重复了一句:"某迪月?"姚远接话道,"这是妹妹的口头禅,法兰西语惊讶的意思。"王鸣鹤放下手中茶杯,望着栗娜白瓷般明亮的脸庞回答说:"我没有出过远门,最远去过洼里、牛庄。"

栗娜睁大了亮晶晶的眼睛:"Mon Dieu! 外面的世界变化很快,小先生足不出九里,如何知道天下大事呢?"

"九里虽偏,但也不是死隅,作为苇地渔民上岸必经之地,户牖之风还是常有的。"王鸣鹤回答很礼貌,语音柔和,没有丝毫不让之处。

栗娜睁大眼睛,忽然对姐姐说,"小先生应该上北大。"

姚远和栗薇差点喷饭:"这个妹妹呀,留学留成了呆子,一个没有受过正规教育的乡村医生,如何能考上北大?"

喝了几杯鹤顶红的姚大下巴也按捺不住说话的欲望,开始滔滔不绝讲起来:"九里风水好啊,出了不少义士,九里隔三差五过刀兵,过刀兵肯定有害处,可也有一个好处,就是能把外面的消息带进来。当年,义和团的蓝坛主就是从这里发兵去锦州,又是从这里被大鼻子押回来,在南面的红海滩杀身成仁,奉军的关督队也在九里以死报前朝。小先生说九里常有户牖之风的说法没错,九里不是桃花源,这里是实打实的三岔口哩!你们知道九里经过一次什么样的过刀兵吗? 就是甲午战乱时的倭寇啊,那一次,苇地跑了大火,火烧连营,苇地里能喘气的都烧死了,一个叫黄开的游击和一个叫老地羊的火夫就埋在村东万柳塘。"

王鸣鹤说:"七叔说得对,兵匪祸乱九里,也炼就了九里,九里能存于乱世,逢凶化吉,因为有三圣祠,有不倒的主心骨。"王鸣鹤觉得自己应该肯定姚大下巴的说法,在未来的儿媳面前要给姚大下巴足够的面子。

栗娜对身边的姚远道："没想到九里真的地灵人杰，既出您这样的新文化领袖，又出小先生这样的古道君子，原因何在呢？"这样一问，姚远一时不知如何回答，啊啊地停顿了一下，才将求救的目光投向父亲。姚远对父亲的表达很有信心，少年的他曾经特别崇拜父亲，因为父亲满肚子都是故事。姚大下巴把手中的筷子蹾齐，很仔细地摆在碟子旁，然后拿腔作调地说："其实，刚才小先生已经说了，因为九里有三圣祠，有信仰。"姚大下巴见儿子有些皱眉，换了口气接着说，"我也算是走南闯北的人，见识过不少地方，像九里这种小国寡民味道的村子实属罕见。偌大个东北，村屯成千上万，哪个村屯没有地主呢？可九里就是例外，九里没有地主，唯一的乡绅是乡医兼塾师王先生。王先生创办的酪奴堂既是医堂又是学堂，王先生还建了三圣祠，用三圣之道凝聚人心，教化村民，日积月累，九里便成了街坊和睦相处、奉信守约的礼仪之乡，礼仪之乡出人才也就不奇怪了。"栗薇显然对老人家的话持怀疑态度，她问："一座三圣祠就有这么大的作用？"姚大下巴道："有没有作用看村民，九里人没谁不信三圣！"他这样一说，姚远便咳了一声，道："别说那么绝对爹，我是九里人，我就不信嘛。"姚大下巴被儿子戗了一句，张着嘴半天说不出话来。姚远接着说，"按照您老的说法九里就是理想中的世界了，我看这里的平静有一种死寂的味道，像一潭多年不变的死水，需要用民主和科学的思想进行一番革命才行。"姚大下巴吓了一跳，睁大眼睛看着儿子，好像在看一个完全陌生的人。姚刚瞪了弟弟一眼，"瞎说什么呢？你想要谁的命？"姚远又在咳，栗薇仰起下颌替他回答说："革思想，思想是看不见的革命对象。"王鸣鹤问："您说的革命就是维新吗？"栗薇纠正道："不是，维新是温和的改良，革命有时候要流血。"姚远则憋红了脸，用力点头，点过之后是一阵猛烈的咳嗽。大家都不说话，开始各自吃菜，栗薇大概觉得自己的话有些生硬，转换了话题问王鸣鹤："我妹妹刚从法国回来，对社会学不感兴趣，她是专门研究湿地生物的，小先生若是有空可带她到苇地里考察一下各种昆虫和鸟类，可以吗？"

王鸣鹤点点头："湿地鸟类有两百多种，我母亲对这些鸟类比我知道得多，栗小姐想了解花鸟虫鱼可以找我母亲。"栗娜很兴奋："Mon Dieu！就这么决定了！"

姚大下巴刚才被儿子抢白后有些情绪低落，听王鸣鹤提到了母亲蒲娘，便又恢复了话瘾，接过话茬说："小先生母亲蒲娘可是个了不起的人物，外号叫芦花娘娘，她父亲蒲秀才死于甲午之难，是我保媒把她说给酪奴堂王先生的。她嫁到九里，给九里女人带来了许多好的习惯，比如说戒烟、洗牙，还有苇编蒲编，她还为男人酿出了鹤顶红，为女人发明了蓬蘽茶。"姚大下巴的话吸引了栗氏姐妹，两人都表示要去拜访蒲娘。

席间，姚远向王鸣鹤提出一个建议：将三圣祠中的孔夫子雕像撤掉，因为城市里正在大张旗鼓地反孔，孔子不反，新文化就不会流行，九里要有光明的未来，必须打倒孔夫子！姚远的话让王鸣鹤十分惊愕，他盯着这个咳个不停的发小好一会儿才回应说："打倒了孔夫子，换上谁呢？"姚远很自信地说："新思想不需要偶像崇拜，实在要立的话，西方有很多哲学家、思想家可以考虑。"姚远没想好更换塑像的事，他正伸筷夹起一块咸刀鱼，王鸣鹤劝道："姚兄，你肺经逆行，三焦失衡，不宜吃过咸之物，咸滞血，瘀不散。"望着姚远疑问的眼神，王鸣鹤继续说："咸字的本义是大斧剁人头，可见需适量为宜，家父已经给你开了方子，不知你是不是按方码药，要抓紧调理才好。"王鸣鹤一番话让栗娜睁大了眼睛："Mon Dieu！这餐餐不离的咸盐这么吓人。"

既然王鸣鹤没有接打倒孔夫子的话茬儿，姚远也不好再说什么,他知道观念改变非一日之功,人们崇拜孔圣人已经两千多年,一夜之间将这偶像打碎谈何容易。姚大下巴显然很不高兴儿子刚才说出的话,下巴像坠了铅一样拉得很低,他没想到自己引以为骄傲的小儿子回来要做的事竟然是提议毁掉三圣祠。三圣祠能毁掉吗?那是九里人心中的圣殿呀!儿子这话要是传出去,自己这张老脸可就无地自容了。他放下酒杯,抄起烟袋起身到屋外抽烟,两个女客人在家,他要给姚远留面子,如果换一种情境,他会拍案骂娘。姚远没有注意父亲的不悦,他对王鸣鹤说:"药方和药已经给我了,无非是百合、地黄、玄参、川贝等几味常见草药,这几日咳嗽有所减轻,应该是苇地空气比北京湿润缘故,想观察一下再说。"王鸣鹤听后心里明白了,姚远已经不信任中医,这些草药他不会服用,其实,姚远一直在口服西医给他开的花花绿绿的药片,他认为自己病情有所缓解是这些药片发挥了作用。

饭后,栗娜出门送别王鸣鹤,她主动伸出手来,没想到王鸣鹤还是礼貌地拱拱手,微笑着转身离去,褐色长衫裹紧了他的腰臀,使步履显得十分有力。栗娜从没有发现中国的长衫原来这么有魅力,这是与西服截然不同的一道风景,尤其在这满是芦苇的世界里,褐色长衫能与环境有机地融为一体,倒是西装革履显得不伦不类。在栗娜的交际圈里,她从没有失去中心地位,因为才学,因为脱俗的容貌,她的周围不乏谄媚的男子,这些男子有的是官宦子弟,有的是富贾名流,形形色色让人眼花缭乱,但这些人丝毫引不起她的兴趣,她对姐姐说,自己一直把这些男人当成不入流的候鸟,给不了她雄鹰和仙鹤的感觉。姐姐劝她,如果选男友,还是选择一个有新思想的人,这样才能获得真正的自由。她对姐姐的话不敢苟同,爱情怎么能附加条件呢?男女之间,感觉就是最好的答案。但今天,这个穿褐色长衫的小伙子引起了她的好奇,因为这是她遇到的第一个拒绝与自己握手的男人,而且拒绝了两次。

二

栗娜和蒲娘成了忘年交。关于苇地飞禽走兽和昆虫两人有着说不完的话。几天后,栗娜向姐姐提出,要搬到酪奴堂与蒲娘一起住。栗薇问:"你是喜欢蒲娘还是喜欢那个穿褐色长衫的小伙子?"栗娜的回答很俏皮:"都喜欢。"妹妹可是留学法兰西的,见识过巴黎的花花世界,栗薇觉得自己的担心有点多余。"你去吧,王氏父子是典型的封建士大夫,他们的最高理想是做正人君子,不会因为你毁了名声,你在酪奴堂是安全的。"

蒲娘很喜欢活泼可爱的栗娜,尤其喜欢她一头栗色的头发,这头发好像用榆树皮泡水洗过,攥一把细软顺滑,她不明白,一个姑娘怎么会长出这样一头柔顺可人的栗色长发来。栗娜上穿对襟白衫,下配一条黑色长裙,让人联想到清明时节的菊花鲀。两人谈苍鹭、谈海鸥、谈长脖老等,谈得最多的还是大耳狐。大耳狐是苇地特有的一种火红色狐狸,有灵性,含仁怀义,趋利避害,十分胆小怕人。栗娜对大耳狐产生了一种冲动,这是她从没听说过的一个狐狸种群。大耳狐一般生活在干旱草原和热带稀树草原,潮湿的苇地也有大耳狐这是闻所未闻的发现,她知道欧洲大角鹿就是因为角大在森林行动不便而灭绝,那么大耳狐在密实的芦苇荡是不是也会因为耳大不便而灭绝呢?听蒲娘讲大耳狐的故事,她很认真地做记录。蒲娘说了一件多年前发生的怪事:那是一年冬天,丈夫去苇地里出诊,回来时已经夜幕降临,天空一轮满月,苇地异常宁静,只有他自己踩在雪地里的嚓嚓声。忽然,他听见有婴儿哭声从一片苇丛里传出,声不大,却十分清晰。丈夫停下脚步循声上前察看,原来苇丛中有个丈余深的陷阱,一只大耳狐落入陷阱,正在里面团团转。大耳狐见有人来,竟将两只前爪举起来像人一样作揖。丈夫想救出这只大耳狐,可是陷阱太深,他够不到,起身发现远处有一个苇垛,便放下有砭石和针盒的布包,一趟趟抱来成捆的芦苇投入陷阱,忙了好一会儿,直到大耳狐可以踩着芦苇跳出陷阱了,满身汗水的丈夫才意识到应该马上回去,因为浑身热汗一旦凉下来容易伤风。大耳狐跳出陷阱并没有马上离开,而是在陷阱周围嗅来嗅去,似乎在寻找什么。回到家中,丈夫发现因为走得急,自己的布包落在了陷阱旁,布包里的砭石和银针是行医看家之物,什么都可以丢唯有这两样东西丢不得,丈夫决定回苇地里寻找。推门正要走,却发现自己的布包在门口石阶上,丈夫好生纳闷,抬头一看,隐约看到一只大耳狐朝万柳塘方向跑去。栗娜听完这个故事,依偎着蒲娘道:"人善狐好,多么动人的一幕。"两人母女般一谈就到深夜,王克笙说:"你们娘俩是前世的缘分,干脆认个干亲吧。"栗娜调皮地问:"王伯伯,我认亲有个条件。"王克笙也很喜欢这个性格开朗的姑娘,问:"什么条件?伯伯答应你。"栗娜道:"我认了干爹干娘后,就把小先生带走,带到北京让他去读医科。"王克笙和蒲娘相互看了一眼,没有回答她的问题,恰好王鸣鹤从外面进来,缓解了尴尬的场面。王鸣鹤说:"栗姑娘不是要进湿地寻找大耳狐吗?我明天陪你去玉虚观吧,那里有大耳狐。"栗娜高兴地跳起来,俏皮地看着蒲娘说:"干爹干娘你们看,小先生多么善解人意。"王鸣鹤脸红了,他不知道栗娜何时认了干爹干娘。当天晚上,在听蒲娘讲了苇地鸿雁的忠贞秉性后,栗娜忽然问蒲娘:"乡下小伙子都成家早,小先生怎么还不成家呢?"蒲娘苦笑了一下,无奈地摇摇头:"鸣鹤这孩子在婚姻大事上宁缺毋滥,苇地里般配的女人甚少,此事谈何容易。"栗娜又问:"他想找一个什么样的呢?"蒲娘摇摇头:"这事要怪他父亲,他父亲在黑龙江时结识了一个为他扶乩的女道士,在《酪奴堂纪略》中对这个女道士做了一番描述,后来鸣鹤读到这一段,当时就说自己将来要娶妻的话,非这种冰清玉洁的女子不娶。"栗娜很好奇,"这个女道士一定很美吧?"蒲娘点点头,"你知道杜甫有一首诗吧,'绝代有佳人,幽居在空谷'。这个女道士就是绝代佳人,修全真道,道行高深。"栗娜睁大眼睛看着蒲娘,在她眼里蒲娘已经很美,那么干爹赞美的女道士难道说是仙女下凡?"鸣鹤这孩子像他父亲,在婚姻大事上不会迁就,他父亲当年也是等啊等,一直等到老大不小才遇到我,要不,为了女道士可能就一生独身了。"栗娜若有所思地看着闪烁的烛光,如豆烛光不是很亮,却很暖,像一朵蒲公英花,她想起曾经去过的扬州平山堂,那里有一座鹤冢,很多游人在那里驻足感叹,一个叫星悟的和尚养了一对鹤,后来雌鹤因脚伤而死,雄鹤不离不弃,昼夜哀鸣,叫声凄切,也绝食而死。老和尚念其重情,便将两只鹤合葬于寺内庭院,鹤冢上有这样一句碑文:"世之不义愧斯禽。"看来,老先生和小先生都是鹤立鸡群的绅士,在成功男士三妻四妾的乱世里,这是多么珍贵的人品!

  蒲娘慈爱的目光洒在栗娜一头栗发上,这是一个心地十分干净的好姑娘,她想,可惜鸣鹤没有这样的福气,一个喝过洋墨水的人,这片苇地对她来说毕竟太小了,她可以像天鹅一样来去自由,却不会在这绿苇红滩终了一生。即或她一时对鸣鹤有所心动,也会电光石火一样转瞬即逝,环境一变,情随境迁。鸣鹤的婚姻大事蒲娘一直挂在心上,知儿莫如母,让鸣鹤随便娶一个村姑当媳妇对儿子来说简直是一种伤害。栗姑娘开玩笑开出的条件他私下和丈夫议论过,丈夫没有多想就否定了。鸣鹤到外面去求学,酪奴堂谁来继承?再说如果鸣鹤这样不明不白地走了,九里人会怎样看他?为了娶个老婆就不顾家学去倒插门吗?两人没有对儿子提起这件事,因为儿子压根就不会离开九里。

姚大下巴举办家宴那天,姚远的一番话让姚大下巴很没有面子,他嘱咐王鸣鹤不要对别人说起姚远要撤掉孔圣人塑像的话。事后,他训斥姚远闹学潮闹昏了脑子,姚远和栗薇却和他针锋相对,说中国封建之积弊都是孔夫子遗毒太深,孔夫子不倒,中国不会脱胎换骨。这对热恋中的新青年引经据典,把姚大下巴说得无言以对。姚大下巴知道自己管束不了这个小儿子,他很苦恼,一个人坐在老榆树下抽闷烟,抽得没劲,便来找王克笙,说想一个人到三圣祠里祷告祷告。王克笙给他开了门,告诉他有什么烦心事就在里面自己说说,别憋在心里。姚大下巴一个人在三圣祠说了些什么无人知晓,出来时两眼红红的,王克笙猜想他一定遇到了解不开的难题。

韩老大撑船载王鸣鹤和栗娜去玉虚观。坐在船头的栗娜依旧一件白衫,但黑裙子换成了一件米色带格子的背带裤,穿一双高勒棕色皮靴,皮靴颜色与王鸣鹤的长衫很搭,一中一外、一土一洋,在韩老大的舢板上相映成趣。栗娜见王鸣鹤很注意她的皮靴,将腿翘起来道:"这是户外考察穿的作业鞋,穿着虽然热,但能防蛇和蚊虫,是意大利生产的。"应该承认,栗娜这身打扮很得体,有一种巾帼不让须眉的英姿,尤其她脖子上挂的那架照相机,对于王鸣鹤来说十分新奇。田庄台有一家照相馆,是个日本人开的,里面的照相机像风匣一般大,还要蒙上里红外黑的遮光布,而栗娜胸前的照相机太小巧了。他想要过来看看,想想又觉得不妥,便打消了这个念头。就在他注意这个相机的同时,不经意间他发现栗娜后颈正中有一颗红痣,这颗痣在栗娜洁白的后颈上,如同象牙上镶嵌着一粒红宝石,令他怦然心动。苦情痣,这可是有故事的一颗苦情痣。

双泰河哪个河湾有鸢尾花,哪一段河套长满菱角,哪一处水域秋刀鱼成群,王鸣鹤都十分熟悉,因为这是一段走过无数次的水路,每次,韩老大都会向他介绍水上水下的情况。右前方河湾里游着几只灰鹤,他指着悠闲觅食的灰鹤说:"这里的鹤有好几种呢,看,那是灰鹤。"栗娜用食指在嘴唇上做了个噤声的动作,好一会儿,才说:"是灰鹤,又叫玄鹤,是大型水禽,现在正是繁殖期,一般一窝两卵,雄雌轮流孵蛋,是平等相爱的夫妻。"王鸣鹤暗暗吃了一惊,不愧是生物专家,一张口就不同凡响。他问:"您为什么对大耳狐那么感兴趣呢?"栗娜道:"搞生物研究最大的成就就是发现和保护,我知道狐狸有很多种,但在辽河口生活的这种大耳狐书上还没有记载,从干娘说的情况看,我猜测这是一个没有被生物学家发现的新狐种。""你何时认的干娘?"王鸣鹤一头雾水。栗娜笑了笑,"这是干爹的提议,干爹、干娘想接纳我为王家一员,你反对吗?"王鸣鹤知道母亲喜欢栗娜,既然父母愿意,自己还能说什么呢?"那您就是我妹妹了。"他问正在划船的韩老大:"韩兄见过大耳狐吗?"韩老大摇摇头,说自己见过狐狸,不知道是不是大耳狐。他对栗娜说:"大耳狐对于我仅仅是传说而已,我不知道此行是否能见到,但我相信塔溪道姑不会打诳语,她老人家一定见过。"栗娜听他提到塔溪道姑,睁大了眼睛问:"你说的塔溪道姑是《酩奴堂纪略》中干爹记的女道士吗?"王鸣鹤点点头:"正是,玉虚观的住持,一会儿我们去拜访她。"

　　在河道拐弯的时候,一蓬芦苇扫过船舷,王鸣鹤顺手折了一棵芦苇,在手中轻轻摇动驱赶蚊虫。栗娜说:"为什么要折断它呢?它又没碍事。"王鸣鹤愣了一下,将手中的那截芦苇扔到河里,为自己刚才无意识的动作感到惭愧,看来,栗娜姑娘对湿地充满了一种本能的保护意识。

因为是顺流，小船很快就到达了玉虚观，早起的韩二正在院外菜地里担水浇菜，菜地里种满了翠绿的萝卜、菠菜。韩二正在专心浇菜，没有发现三人已经到了山门口。韩老大快步走过去，向他摆摆手，韩二这才抬起头，憨憨一笑，放下水瓢，先安抚住一条大黄狗，再过来带他们进入玉虚观。院内，一身皂衣、白袜黑履的塔溪道姑正在舞剑，一招一式，舒缓起伏，颇有太极之风，一把宝剑在手上如同三尺白绫，舞出一种少见的柔韧。塔溪道姑舞剑从不中途停止，直到一个套路结束，才把宝剑郑重入鞘，交给旁边侍立的小道姑，过来拱手行礼，请大家到殿内用茶。让栗娜惊讶的是，塔溪道姑虽然早已年逾不惑，但唇红齿白，肤色润泽，给人一种不可言喻的冷美。难怪干爹欣赏，这样一个绝代佳人，哪个见了能不为所动？小道姑端上的茶很特别，碗中一汪绿水，每一叶茶片都有寸许长，绿得令人心醉。"Mon Dieu, Mon Dieu！好美的茶哟！"栗娜惊呼道。塔溪道姑很平静地说："这不是茶，是麦苗。"栗娜睁大了眼："麦苗？麦苗可以当茶饮？"塔溪道姑端起茶碗，轻轻闻了闻，啜了一口放下茶碗："苇地里很多东西都可当茶饮，比如芦花、刺玫和野麦，不仅能当茶饮，而且还能健体去疾，就拿这麦苗来说吧，可凉血清肝，是难得的饮品。"听塔溪这样说，栗娜端碗喝了一口，感觉甜丝丝的，一股特有的清香直沁心脾。

塔溪道姑听王鸣鹤说明来意，许久没有言语，离道观不远处的红顶子的确有一窝大耳狐，但从没有人打扰过它们，大耳狐与道观融洽相处，冬季下雪的日子，常会有一只大耳狐带着几只小狐到道观门口乞食，塔溪会给它们一些食物。"我不会打扰它们，只是想靠近拍几张照片。"栗娜说，"与干旱地区草原和丘陵上的大耳狐不同，湿地大耳狐的研究还是空白，机会太难得了。"王鸣鹤没有说什么，他知道塔溪道姑是个清规戒律严格的人,事情说清楚后,她自会做出决定。王鸣鹤预料没错,果然,塔溪道姑吩咐徒弟取出干艾叶泡水,徒弟很麻利地用铜盆泡了艾叶水端出来,塔溪道姑道:"姑娘,你洗一下手和脸,然后我带你去。"又对王鸣鹤道:"你也洗洗脸上的汗味。"作为湿地生物研究专家,栗娜知道塔溪道姑这样做是尽量淡化来者的气味,因为狐狸是嗅觉特别灵敏的动物,一旦嗅到人的气味,为了安全它们会搬家。

塔溪道姑带着栗娜和王鸣鹤穿过密实的芦苇来到红顶子。红顶子是一块隆起的沙洲,百步方圆,沙洲上长着一片吐着红穗的芦苇,因此有红顶子之称。塔溪道姑说这时候大狐狸会外出觅食,窝里应该有几只小狐。寻找并不费力,在一个浅洞里,他们找到一窝毛茸茸的小狐狸。"Mon Dieu,Mon Dieu!"栗娜轻轻惊呼道:"好漂亮的大耳狐!"尚未出窝的小大耳狐样子萌萌的,一双双黑豆般的眼睛齐刷刷望着这些不速之客。栗娜数了数,共有五只,怕留下气味,栗娜没有抱起小狐,而是从不同角度为小狐狸拍了照。王鸣鹤也是第一次见大耳狐,他注意看了看洞里的环境。狐狸养育后代很注意卫生,洞里铺着厚厚一层芦花,这芦花的颜色与小狐狸极其相似,如果幼狐首尾相接趴着睡觉,这种隐蔽色很难让人分辨出这里有一窝狐狸。"回去吧,"塔溪道姑说,"被大狐狸发现会有麻烦的。"三个人沿着来路回走,走在最后的王鸣鹤感到头发有些直愣愣上翘,有一股气流在脊背上滑过,下意识回头一望,心跳骤然加快:苇丛里,分明有一只老狐狸在盯着他们。这是一只眼睛和口鼻都呈黑色的老狐狸,两只名副其实的大耳朵蝙蝠翅膀一样展开着,口鼻两侧是醒目的白色。它保持着警惕,从紧闭的嘴来看它没有攻击的意图,因为狐狸一旦欲发起攻击,会龇出尖齿来。王鸣鹤没有言语,脚下却加快了步伐,他不想打扰大耳狐一家的安宁。

回九里的船上，栗娜没有坐在船头，而是和王鸣鹤并排坐在舱板的隔板上，河面无风，韩老大哗哗的划船声均匀而有节奏。栗娜眼看着流水，忽然说："塔溪道姑真美。"王鸣鹤愣了一下，点点头，没有说什么。栗娜十分感慨："真是个有魅力的女道士，这般年纪依然风姿绰约，可以想象年轻时会多么超凡脱俗了。"

姚远的肺病有所加重，开始不停地咯血，姚远和栗薇决定回北京治疗，姚大下巴对姚远很不满，"为什么不吃王先生的药呢？王先生可是苇地神医啊！"栗薇说："我已经请父亲在协和医院找了名医，是留日博士，我们不能在这偏僻的苇地里再浪费时间了。"姚远也同意栗薇的意见，说回家乡原本是想静养一段时间，现在看来体内的病毒却不想静养，一直在蚕食他的健康，他必须回去与病毒战斗。他对父亲说："不是不让王先生治，是王先生对这种结核类的疾病根本没有经验，中医治疗是慢工夫，自己肺病却是急病，中医辨证阴阳那一套不管用。"姚大下巴有些生气："王先生能看好别人的病，怎么就治不好你的病？"姚远不想隐瞒父亲，说他只相信科学，西医有一整套理论，西药都是经过临床试验的，而酩奴堂的药大都是凭经验，没理论支持，从酩奴堂抓回的草药母亲虽然已经熬成药剂，但他一直没有服。姚大下巴一股火蹿至脑门："你不服先生的药还回九里干什么？不是白搭工夫吗！"姚大下巴长叹一口气，"早知道这样，就不送你出去了。"

姚远离开九里的第二天，苇地下了一场透雨，持续多日的旱情得以缓解。

姚大下巴没有想到的是，姚远在离开九里回北京前，独自到酩奴堂找了王克笙，不是看病，是劝说王克笙撤掉三圣祠里的塑像，把东厢房白鹤书院的牌子挂到三圣祠去，改祠堂为学堂，向九里子弟传播新思想、新文化。王克笙听完姚远的建议后沉默了许久,很平静地答复姚远说:"你给我一个撤掉的理由。"姚远说:"因为三圣祠代表旧传统。"王克笙问:"你对旧传统知道多少?"姚远坦言:"我知道并不多,但我知道旧传统禁锢人的发展。"王克笙叹了口气,道:"不懂传统却来反传统,这是不是盲动?"姚远说:"王先生不在北京,不知道新文化运动风起云涌。"王克笙摆摆手,没让姚远再说下去:"三圣祠是当年韩、马、姚、姜四家共同建造,依九里村约,要改也要和大家商议,我不能擅作主张。"

姚远一行三人离开九里后,在一个上香日,仪式结束后王克笙留下韩、马、姚、姜、陶五人,把姚远的建议说与大家,请大家商议。话题一出,姚大下巴脸色马上变得铁青,他站起来向大家拱手致歉:"王先生,此事不用议了,远儿有病烧坏了脑子才到你这里胡言乱语,三圣祠怎么能改呢?改了三圣祠哪里安顿神仙!我姚老七一向要强,好容易养出一个喝墨水的儿子,谁知道还是个回家踢场砸锅的主儿,我教子无方,在这里给大家谢罪了。"姚大下巴这样说,别人自然就无话说了,唯有马连顺打圆场说:"有病之人,言不足信,孩子的话先生就当耳旁风吧。"众人纷纷附和,王克笙道:"既然老七和大家都不想改变三圣祠,这事就不议了,不仅今天不议,将来也不要再议此事,望各位谨记此约,姚远这孩子在外头见过大世面,有些新想法与大家不能契合也不要怪他,我倒是担心他的肺病,有病入膏肓之象,老七还要多上心才是。"姚大下巴没敢说儿子没有服用酩奴堂药剂一事,很无奈地说:"生死有命,富贵在天,由他去吧。"

三

姚远的骨灰是中秋刚过送回九里的,送他的人是栗薇的妹妹栗娜。

姚远回北京后,尽管栗薇的父亲动用了所有的关系、联系了最好的医生来为他治疗,但这些名医止不住姚远咯血,姚远的一腔热血似乎都被他咳在了脸盆里,直到无血可咳。姚远走了,走在医院冰冷坚硬的铁床上。弥留之际,姚远想起了九里无尽的芦花和柔软的蒲编,他还不忘对护士提建议,说医院应该到九里去采购一批蒲草编织的床垫,那种床垫软硬合适,比这硬邦邦的木板要舒服得多。栗薇和栗娜来看他,他说自己感到很奇怪,夜里做梦总是梦到十二岁以前的事,梦到那片广袤的芦苇荡以及海滩上火红的碱蓬草,梦到在白鹤书院跟王先生诵读《三字经》的琅琅读书声。十二岁走出苇地到奉天,后来再到北京,求学的日子虽然风云激荡,但都被梦过滤掉了。栗薇问他有什么心事可以跟她说,相恋一回,怀念终生,彼此都是生命中不可替代的一部分。姚远说他终于明白了鸟之将死,其鸣也哀的含义,人之濒死,犹如狐死首丘,满脑子想的都是故乡,自己是九里走出来的第一个大学生,死后想把骨灰送回九里,那片湿地尽管闭塞落后,却是一块让人安贫乐道的净土,回去将骨灰撒入湿地,也许会变成几棵生命力顽强的芦苇,为故乡添一抹绿色。栗薇含泪答应了他的要求,在栗薇的眼里,姚远是个坚定的理想主义者,是一个脱胎于旧文化的新青年,很可惜这样一个对社会有着改革图强理想的青年就这样因病早逝。

栗薇在姚远病逝后很快加入了一个秘密组织,担负起更重要的传播新思想的使命。当时,姚远向栗薇说出自己想魂归九里时,栗娜也在床前,她很为两个至死不渝的恋人而感动,她还劝姚远能不能服用王先生的草药试试疗效,但王先生开出的药方被姚远弄丢了,那些草药也没有带来,姚远宁肯静候死神也不愿服用那些司空见惯的草药。因为栗薇忙于更重要的活动,无暇去九里,栗娜提出自己可以替姐姐去九里,完成姚远的遗愿。栗薇很感动,含着眼泪道:"好妹妹,你知道姐姐必须从悲伤中走出来,因为姐姐有更重要、更伟大的使命去完成。"栗娜不知道,栗薇此时与一群热血青年在谋划一场更大的运动。

栗娜再回九里是带着某种向往来的,她一直牵挂着红顶子上那窝大耳狐,按照狐狸的生长速度,这五只小狐狸应该长大了。到九里后她先来到酪奴堂,王克笙一家人见到栗娜都很高兴,尤其是蒲娘,紧紧抱着栗娜,好像一松手栗娜会消失一样。王鸣鹤也表现出一种压抑着的兴奋,总是下意识地用手梳理自己本来已经很整齐的分头。王先生拿出自己珍藏的祁门安茶,亲自为栗娜泡茶,酪奴堂一向藏茶不藏银,能把心爱的祁门安茶拿出待客,这是酪奴堂最高礼遇了。

稍作歇息后栗娜讲了姚远的事,她拿不定主意是否应该现在告诉姚家。王克笙听后没有说话,站在窗前遥望着远处云一般的芦花,谁也不知道他在想什么。也许是姚远离开九里时对他的建议,也许是多年前姚远还是蒙童时在白鹤书院诵读《三字经》的琅琅声音。蒲娘知道,姚远是先生曾经寄予厚望的弟子,先生修身齐家治国平天下的理想都寄托在这个北大学子身上,姚远早夭,先生的寄托如同飘落的芦花,将不知扎根何处了。

"此事还是告诉老七吧,早知晚知早晚要知。"王克笙让王鸣鹤去请姚大下巴,他在想姚远的灵牌是不是应该安置在三圣祠中,按照九里村约,九里人过世,只要不是忤逆背约之人,灵牌皆可进入三圣祠。但姚远是个例外,因为姚远生前建议改掉三圣祠,如果将姚远灵牌立到祠内,是不是有违死者意愿?

姚大下巴、姜氏和姚刚都来了,一家人围着那个小小的骨灰盒放声大哭。有村民听到哭声也赶过来,问清缘由,也陪着拭擦泪水。过了一会儿,姚大下巴擦去泪水,硕大的下巴微微有些颤抖,目光盯住那个黄褐色的骨灰盒。"这么小的棺材,"他喃喃地说,"再怎么说远儿也是七尺男人啊!"

王克笙征求姚大下巴意见,姚远灵牌是不是进入三圣祠。姚大下巴央求说:"远儿魂归故里,就是想进三圣祠啊!"王克笙想了想道:"这件事还是老七自己和大伙说吧。"王克笙让鸣鹤将参与酩奴堂议事的韩、马、姜、陶请来,让姚大下巴说说自己的想法。姚大下巴哽咽着说:"远儿不懂事,对先生说了不该说的话,现在远儿没了,姚家就这么个心愿,不能让远儿做孤魂野鬼,远儿的灵牌还是摆进三圣祠吧。"其他四人迟迟不表态,好一会儿,韩芦生瓮声瓮气地说:"一个想毁掉三圣祠的人,怎么能进三圣祠,伙计,七哥你啥意思呀,孩子有这个念头吗?"姚大下巴连连点头:"有有有,北京来的栗姑娘可以作证。"栗娜和王鸣鹤就站在旁边,王鸣鹤看看栗娜,栗娜说:"姚远有这个遗愿,他在弥留之际说很是思念自己的故乡。"其他几人都没有表态,王克笙起身说:"谁都有说错话的时候,年轻人说句错话就像鱼儿跳出一回水面,要允许他还回到水里嘛,姚远是九里第一个大学生,灵牌应该进三圣祠。"

姚远的骨灰没有撒入苇地,姚大下巴说骨灰撒入苇地,那不是挫骨扬灰吗?还是将骨灰盒安葬在万柳塘吧。就这样,姚远的墓安在万柳塘,灵牌被摆进三圣祠。

栗娜带来一本杂志,是法文的,上面有几幅那窝大耳狐照片。王鸣鹤发现其中一张没有大耳狐,是他和塔溪道姑站在芦苇里的合照,不知是栗娜何时照的,照片上的自己如同一个老夫子,神情冷峻,嘴唇紧抿,他不知自己怎么会有这样一副神态。而身旁的塔溪道姑则较为自然,一手持拂尘,一手托着臂肘,神态安详。栗娜说:"照片下有法文注释,介绍你们是发现苇地大耳狐的向导。"王鸣鹤这是第一次看到自己的照片,既新奇又激动,栗娜在一旁微笑着说:"很多同事问我你是不是我的男朋友呢,我说我希望是啊,我本有心向明月,无奈明月照沟渠,你说是不是,小先生?"栗娜这玩笑让王鸣鹤有些腼腆,一时不知如何作答。栗娜提出想去一趟玉虚观,再看看红顶子大耳狐,鸣鹤说:"好,明天我就陪你去玉虚观。"栗娜又拿出一张照片递给他,这是她在法兰西留学时的一张单人照。照片中的她长发飘飘,长裙扬起,妩媚的笑容蜜一样甜美。"送给小先生做个纪念",栗娜说,"说不准哪一天这照片里的丑小鸭会飞来九里做凤凰。"王鸣鹤接过照片心里怦怦直跳,躲避着栗娜的目光不敢与她对视。这张照片太美了,美得让人不敢端详,让人自惭形秽。栗娜说我俩合照一张吧,我也留个纪念,她教蒲娘如何对焦、如何按动快门,然后以身后的红滩为背景,让蒲娘拍下一张照片,但这张合影王鸣鹤一直等到三十多年后才看到。

塔溪道姑对栗娜的到访似乎早有预料,她说:"知道你会再来,姑娘。"栗娜很纳闷,塔溪道姑怎么知道自己会再来九里?她看了王鸣鹤一眼,穿着褐色长衫的王鸣鹤眼神虔诚而专注,在塔溪道姑面前显得彬彬有礼,王鸣鹤说:"姑姑深谙五雷之法,能使鬼役狐,你我自然在姑姑掌握之中了。"栗娜将信将疑:"那请姑姑看看我和小先生未来会怎样?"塔溪道姑摇摇头,"道人合伴,先择人而后合伴,不可先合伴而后择人,不可相恋,相恋则系其心,不可不恋,不恋则情相离,恋与不恋,得其中道可矣!"栗娜听不明白,看看王鸣鹤,王鸣鹤也似懂非懂,塔溪道姑说:"此乃重阳子名言,可慢慢体会。"王鸣鹤问:"栗姑娘想看看那窝大耳狐,那五只大耳狐一定长大了吧?"塔溪道姑说:"长大了,没分窝,大耳狐喜欢家族成员一起活动,何时分窝尚不得知。"栗娜望着不远处的红顶子,那里蓝天白云下芦花正红,像大片晚霞覆盖着成熟的芦苇,似乎要挽留夏日的碧绿。"还要用艾叶水洗脸吗?"栗娜问。上一次,塔溪道姑用艾叶水洗脸,虽然她知道这是要洗去脂粉之气,免得留下气味,但她还是感受到了一种宗教程序般的庄重,印象极其深刻,她在自己的论文中特意写到了这一细节。塔溪道姑说:"不必了,我们还是进屋用茶吧,这个时候,大耳狐都出去觅食了。"栗娜明白了,长大了的大耳狐怎么可能趴在窝里呢?两人随塔溪道姑进到屋内,见韩二正在院子里给大黄狗整理毛发。塔溪道姑说:"韩二喜欢狗,大黄是他的伴呢。"大黄狗很通人性,见是塔溪道姑带进来的客人,只是抬头望了一眼,便又趴在地上,任韩二用一个竹夹在它身上寻找什么。栗娜问:"这位大叔在找什么呢?"王鸣鹤接话道:"草爬子,一种专门在人和畜类身上吸血的害虫。"栗娜点点头,她知道那是一种叫蜱虫的小虫子,咬人时会释放一种麻醉剂,让人不知不觉,吸饱血后,虫体可胀大一百倍变成蜘蛛大小。"大叔真是有爱心,狗无法自己清理身体上的蜱虫,因为蜱虫能潜伏到皮下。"

什么节令饮用什么茶,这一点玉虚观做到了。中秋之后,正是饮蓬蘽的季节,塔溪道姑的蓬蘽茶有一种淡淡的药香,原来塔溪道姑在芦花中加了一点青蒿,茶味就有了这种药香。塔溪道姑说这青蒿是三月采的,三月茵陈四月蒿,一壶茶只需加几叶,味道就不同了。栗娜想起上次那道赏心悦目的麦苗茶,便问身边的王鸣鹤:"还记得上次喝的茶吗?"王鸣鹤点点头,这话却被塔溪师父听到了,她说:"麦苗茶宜春季饮,秋季正当芦花熟透,饮蓬蘽茶恰合时令。"看栗娜跃跃欲试准备进入苇地,道姑说:

"我们这次不去红顶子,成年的大耳狐不会趴在那里等你们去看,他们很灵怪的,不过晌午过后,所有的大耳狐会来门外饮水,到时候你就可以见到它们了。"道姑轻摇着拂尘对栗娜说,"芦苇荡沟渠之水盐分过大,门外石槽里韩二为它们每天都要备些清凉的井水。"栗娜心里升起一丝暖流,这真是一个人狐合一的道观,要知道,大耳狐皮毛珍贵,丘陵草原上的大耳狐几乎被赶尽杀绝,没想到在这偏远的苇地深处,大耳狐能有这般待遇。她悄悄对王鸣鹤道:"我忽然有了个想法,想到这里来出家。"王鸣鹤笑了笑,道:"这话可不能乱讲。"栗娜嘴一撇:"不是乱讲,只要小先生肯陪我,我就敢来!"王鸣鹤脸红着说:"我可没想出家。"栗娜笑了:"看来小先生也是难舍红尘呀。"用过蓬蘽茶后,塔溪道姑端坐在椅子上假寐,王鸣鹤对栗娜使个眼色,两人轻步来到院子里,以免打扰塔溪道姑午休。

"我真的喜欢上这里了,绿苇红滩,青屋白窗,一壶蓬蘽,观海听涛,在城市里哪有这样的去处?"栗娜两只清泉般的眼睛望着王鸣鹤。

"那你就常来,我陪你看大耳狐。"王鸣鹤背靠柿子树,眼望蓝天,一朵白云悬浮在天际,像洗过的芦花。

"人生总是在希望与失望之间徘徊,想去的地方去不成,想要的东西得不到。"栗娜低头看着脚上系了十几道鞋带的皮鞋,好像每道鞋带都是一道难题。

王鸣鹤依旧仰着脸看天边的云:"放下该放下的,你就会像这天上的云,云卷云舒任意飘游。"

栗娜忽然抬起头,两只明亮的眸子直逼王鸣鹤:"有件事我想对你说,来之前我和爸爸说到了你,他可以安排你到北京读医科,将来走出苇地,到京城做个体面的医生。"

王鸣鹤愣了一下:"我现在的生活不体面吗?"

"哦,我不是这个意思,我是说你这样的人才埋没在苇地里太可惜了。"栗娜一时有些语无伦次,收回直视王鸣鹤的目光,继续看自己的鞋尖。

"感谢你的好意,我是父母唯一的孩子,酩奴堂需要我,父母也需要我。"王鸣鹤摇摇头。栗娜提出这个问题,他马上就联想到了姚远,姚远在他心中留下一块抹不去的阴影,活生生走出苇地,轻飘飘魂归九里,二十三岁,生命像一棵春天里横遭折断的芦苇,永远不会有夏秋的绽放了。

栗娜扭过脸去,两滴露珠一样的泪滴滚落下来。她虽然不认同小先生对三圣的信仰,但彼此都深爱这片广袤的湿地,小先生老成持重的士大夫举止对她有一种特殊的磁力,这是她在法兰西体会不到的感受。她讨厌对自己献殷勤的男人,因为在殷勤之后总有一双贪婪的眼睛在透视自己,而小先生则不同,那种城府之深简直就是能吞噬所有好奇心的黑洞。

太阳偏西,晌午已过,透过山门望出去,门前菜地一片翠绿,萝卜白菜长势喜人。两人蹑手蹑脚回到正殿门前,想听听塔溪道姑是不是还在午休,一直在椅子上闭目养神的塔溪道姑忽然道:"去看吧,别惊扰了它们饮水。"栗娜一下子兴奋起来,调整好相机,拉着王鸣鹤的手就往外走,来到院门口,两人虚掩院门,只开半尺门缝向外观察。栗娜举着相机调焦,王鸣鹤双手挂着膝盖在她身后往外观察。忽然,王鸣鹤嗅到了一股香气,像栀子花盛开的芳香,他环视了一眼四周,除了两棵柿子树,院里并无花草,他忽然意识到这香味来自栗娜那一头栗色的长发。女孩子的头发会散发出这种味道,真是不可思议,他深吸一口,觉得体内某一经络被打通了,他直腰,不敢和栗娜靠得太近。

不远处,一群火红色的大耳狐从苇丛中跑出来,一边警惕地四处张望,一边直奔门前的石槽而来。懂事的大黄狗似乎与这些常客有了默契,趴在门口只是慵懒地抬头看了看,便又趴在地上一动不动。这群大耳狐跑到石槽边开始饮水,栗娜抓住时机拍照,拍照中她发现一只大耳狐喝一口水便抬头朝门口望一眼,这只大耳狐明显看到了正在拍照的栗娜,但它并不惊慌,两只耳朵如同两把扇子朝这个方向竖着,一对儿黑亮的眼睛像葡萄一样水灵。"Mon Dieu!"栗娜暗暗惊叹了一句,"多么可爱的精灵啊!"

大耳狐饮水后一路小跑回到芦苇丛,兴奋不已的栗娜猛然转身,不想与身后也在观察大耳狐的王鸣鹤碰了个满怀,她一把抱住了王鸣鹤,激动地说:"Mon Dieu! 小先生我不想走了怎么办呀?"被抱住的王鸣鹤一时手足无措,身体僵硬如同一株金刚苇,好一会儿,才小声说:"你硌疼我了。"栗娜胸前的相机正硌在两人前胸,栗娜的软胸感觉不明显,王鸣鹤却被硌得生疼。栗娜松开双臂,一脸红晕如同红顶子上的芦花,刚才是兴奋中下意识举动,在法兰西这是个极为普遍的礼节性动作,但在世外桃源般的九里,可是一个足能让王鸣鹤窒息的举动。刚才,王鸣鹤呼吸明显加快,她甚至听到了对方心脏的狂跳,她拢了拢头发调皮地笑了笑:"对不起,我太兴奋了。"

屋内塔溪道姑从开着的窗子看到了两人相拥,她肩膀抖动了一下,因为她看到王鸣鹤的两只手湿翅一样下垂着,没有动一动栗娜柔软的腰身。"果真是泊洲的儿子",她感叹道,"有点柳下惠的定力。"送他们上船时,她对王鸣鹤说:"知其雄,守其雌,贤侄长大成人了。"

归途,韩老大撑船很慢,中秋的月光碎银般洒在河面上,正是秋刀鱼上市的节气,河面上不时有修长的秋刀鱼跃出水面,不知名的水鸟发出花哨的鸣叫声,作为生物学家,栗娜很清楚这叫声意味着什么。

栗娜在九里住了三天,每天都在王鸣鹤的陪伴下深入到苇地里去观察、拍照苇地动植物,栗娜工作很用心,胳臂被苇叶划破了也不放在心上。王鸣鹤帮她背着一个帆布行囊,里面装有标本夹、笔记本、水壶、雨伞、放大镜等用品,让王鸣鹤感兴趣的是栗娜的行囊里还有一杆锯短了枪筒的猎枪。栗娜看到王鸣鹤对这杆猎枪爱不释手,就说:"这是野外防猛兽用的,小先生若喜欢就送你。"王鸣鹤摇摇头:"君子不掠人之美,我怎能要栗姑娘心爱之物呢,再说,没有猎枪防身,你遇到危险怎么办?"栗娜怅然一笑:"是啊,人且不惜,何况物哉。"

栗娜返京,王鸣鹤送她到田庄台,离别之时王鸣鹤忽然有一种被掏空的惆怅,轻声道:"不知何时再能相见。"

栗娜微笑着道:"我惦记着那些大耳狐呢。"言外之意,只要大耳狐在,她就会再来。

栗娜走的那天,苇地又下了一场大雨,大雨淋湿了从田庄台返回的王鸣鹤,他没有带蓑衣,任雨水浇灌着自己,他感到自己的心落在那个背了三天的帆布包里,那个包上有太多的口袋,他不知道自己的心装在哪个口袋里,有一种迷失的怅然。让他感到奇怪的是那阵阵栀子花的香味儿却不会被大雨冲走,时时沁入心脾,让他有些恍惚中的陶醉。这种状态持续了几日,蒲娘看着儿子时常发呆,知道儿子有了心事,蒲娘叹了口气,她知道这心事就像丈夫在《酩奴堂纪略》里写的那种感觉,会成为儿子一生的心结。

1924 年

霍乱

一

一九二四年,可怕的霍乱随着被掘开的河道汹涌而至。

官署为了开拓交通,决定在苇地横开一条人工河。看到一片片生生不息的芦苇被连根掘起,王克笙嗅到了一股从没有闻过的泥腥味,这是一种被沉淀了千百年的味道,从苇地的伤口处散发出来,令人惶惑,令人窒息。王克笙隐约感到了某种不祥,这泥腥味绝不是好预兆,从远离的飞鸟可以看出,挖掘河道的工地会出问题。大量民工聚集在低洼潮湿的芦苇荡里,卫生状况极为糟糕,不时就有三三两两的民工蹲酱竿稀。官署派人到九里请王克笙出诊,归来他对蒲娘说,在工地,泥腥味极重,令人作呕,由此他担心苇地会出现光绪年间天津卫那场可怕的霍乱。他听父亲说过那场霍乱,整个天津卫都散发着腥味,这是霍乱的味道。那场霍乱,城中病者十之五六,死者十之二三,而且多为壮年。父亲虽然凭一己之力挽救了不少生命,但还是眼睁睁看着一群群患者撒手人寰。为此,父亲开始著《霍乱金匮》,记下了一些用针用药心得,尤其是记了许多药方,画了行针的穴位草图。霍乱就像秃鹫,父亲说,它专盯那些路有饿殍的地方,饿殍不除,秃鹫不会飞走。王克笙来东北前,哥哥克箫特意将未写完的《霍乱金匮》誊写了一份给他,克箫说北地多湿冷,霍乱容易流行,这本秘籍一定用得上。克箫嘱咐他,父亲临终前有话,要子子孙孙续写好《霍乱金匮》,并藏之深山,传之后人,在未一一验证之前,这些笔记只能自用,切切不可传于外人。王克笙来关东后,一直没有续写《霍乱金匮》,为此他很是自责,对蒲娘说要是未雨绸缪就不会这么措手不及。蒲娘对霍乱也知道一些,她说:"霍乱这东西就像一股邪气,不知何时何地就钻出来兜头罩住你,对这种不知来自何处去往何方的瘟疫,也很难未雨绸缪。"王克笙心里很清楚,苇地里讨生活的人最怕两件事,一件是怕打雷爆发天火,一件是怕跑肚蹿酱竿稀,这个酱竿稀就是霍乱痢疾一类的胃肠病。不幸果然被言中,挖河渠的工地里暴发了霍乱,疫情迅猛如潮,几天之后,茫茫苇地便被霍乱罩住了,周边村落天天有死人的消息传来,从九里靠岸的渔船日渐稀少,繁华的田庄台甚至发生了商贩成群逃难的现象。

九里没能幸免,九里的霍乱发自胡奎家。

胡奎是个开拨面馆的盖州人,在复州城开拨面馆折了本,跑到渔船上跟船老大跑海。一次,渔船在红海滩靠岸,胡奎上岸后被九里清一色的青砖房镇住了:老天爷!穷碱滩上竟然还藏着一座城呢!船老大说这是九里,有名的仁义之乡,这里的酩奴堂有个神医王先生,是主事乡绅,你有拨面的手艺跑船可惜了,不如去求求王先生留下开拨面馆吧。船老大来自兴隆台,是个很义气的壮汉,他说苇地跑海的过九里时什么都好,就是没处吃饭,你留这疙瘩开个面馆准行。船老大的话没错,九里有酩奴堂可看病,有白鹤书院能读书,有老陶店铺可沽酒卖货,就是缺一个过客吃饭打尖的小酒馆。以往都是韩芦生在摆渡船上备些饼子咸鱼供渔民垫饥,但在牛庄卖了海货的渔民上岸后喜欢吃顿饱饭,如果有个小酒馆就再好不过了。胡奎动了心,在船老大的指点下去酩奴堂找到王克笙求情,想留在九里开面馆。王克笙不能自己做主,九里收留新户,村民要匀出两亩地赠予做口粮田,这是他定的规矩,王家已经无地可分,留新户势必要增加别人负担,为此,他召集韩、马、姚、姜、陶来酩奴堂商议。

王克笙把韩、马、姚、姜、陶五位召集到酩奴堂商议胡奎的去留。姚大下巴头摇得像拨浪鼓:"三十九户不少了,九里地少,已经养不起新户。"韩芦生说:"九里是缺个吃饭的地方,不过这些跑海的都是穷人,没谁舍得下馆子,伙计。"马连顺说:"就是开了,也不会赚大钱,顾客不会多。"姜得水问:"啥是拨面?让他先做一碗咱们尝尝好不好?尝好了再留不迟。"王克笙觉得这个主意好,就说:"咱们先别下结论,就按得水说的,让胡奎做顿拨面尝尝再说。"他让等在庭院里的胡奎进来,让他做顿拨面给大伙见识见识。胡奎为难了,做拨面一要有莜面,二要有拨刀。莜面可以用白面替,这拨刀就不好办了。正在为难之际,蒲娘从里屋出来道:"这有何难,芦生家不是有铡刀吗?回去卸下来给这位师父就当拨刀了。"众人都愣住了,"擀个面条还用铡刀吗?"胡奎长了一个冬瓜般的大脑袋,他点点头说:"铡刀就铡刀吧,一样能使。"当天,在酩奴堂东厢房,胡奎用铡刀做了一锅拨面,配上腌肉豆角做成的臊子,让酩奴堂议事的各位吃了个沟满壕平。饭后,大伙抹着嘴都说好吃,胡奎该留下。王克笙说:"胡师父你把家搬来吧,我们帮你在老榆树西侧戳个门面,你就在那里开面馆。"就这样,胡奎回盖州把一家老小七口人都接到九里。考虑到胡家人多,韩、马、姚、姜、陶各匀出五分田给胡家,胡家有了立足之地,开始经营小小的拨面馆。小面馆开业前,胡奎来请王克笙给起名号,王克笙想了想,就在胡奎拿来的木板上写下了"九里拨面"四个字,胡奎回去后用剔骨刀把这四个字直接阴刻出来,再涂上朱砂,把牌匾挂在老榆树上。九里拨面生意不错,在过往渔民中日渐有了些名气,到九里看王先生、吃拨面、买鹤顶红成了苇地里流传的一句顺口溜。

胡奎家七口人,最先染上霍乱的是胡奎的父亲。胡奎的父亲也有一手拨面好功夫,据说他拨出的面粗细匀称,一根面能盛满一碗,因此有胡一根的绰号。几年前因为中风废了半个身子,说话含混不清,无法再操拨刀,天天围着老榆树转圈儿。谁想这样一个残疾人却成了九里霍乱第一人。胡一根染上霍乱不治后,他的老婆也被霍乱取了性命,不出一个月,胡奎大儿子也染上霍乱夭亡。一个七口之家在三个月内连亡三命,这让九里村民坐不住了,加之外面传来城中百姓纷纷逃命的传闻,九里有些人心惶惶。在胡家出霍乱前,尽管疫情像嗖嗖的东北风让人不寒而栗,但九里总体上还是平静的。姚大下巴说:"咱九里怕啥?不是有王先生在吗?只要三圣祠的香火不断,瘟疫也会绕道走。"这话传到酩奴堂,王克笙感到一种从没有过的压力,王鸣鹤看到自己的父亲在那些日子里寝食不安,常常戴着花镜在灯下研读爷爷留下来的那些药方草图。王克笙深知九里大多数人没有离开过苇地,他们在这里生活了将近半个世纪,习惯了这里的日出日落,这里有酩奴堂,有三圣祠,有村民共守的村约,作为村民推选出来的主事乡绅,自己说什么也不能辜负村民的厚望,让任何一户村民背井离乡。胡家出事后,几个村民接连发病,个个上吐下泻,肚子绞痛,家人跑到酩奴堂求诊,一双双渴望的眼睛望着王氏父子。

没有谁召集,韩、马、姚、姜、陶五人一同来酩奴堂找王克笙,老陶首先开口,"王先生,咱们帮帮老胡吧。"王克笙愣了一下,不知道五位想做什么。"九里每户捐点钱,让老胡迁去田庄台开面馆。"王克笙听后沉默不语,一双冷眼逐人扫过去,韩芦生、马连顺躲开了他的目光,不与他对视,姜得水进屋后就站在窗前,扭着个烟袋在荷包里翻来覆去地搅动,却不见舀出一袋烟来。倒是姚大下巴不胆怯,他顺着老陶的话说:"咱不是赶胡奎走,在九里开面馆的确没啥生意,还是田庄台生意好做些。"王克笙问:"胡家连亡三命正是心碎之时,这个时候让他走,合乎情理吗?"老陶接话说:"胡家是霍乱之源,胡家不走九里难安呀!"老陶这句话其实是村民议论的话,王克笙也听到了,九里霍乱毕竟始自九里面馆,村民发些议论也是常理,王克笙也思考过这个问题,他分析是过往渔民将霍乱带入了面馆,胡家才成了受害者。王克笙见老陶说出了心里话,并没有埋怨他,他拍了拍老陶的肩膀,走到平时诊病把脉的案前,从抽屉里拿出一张信笺纸来,对大家说:"我给你们念念这段文字,看看你们是否还记得:

励短引长,当思有教无类;
治病救人,唯念蓬生麻丛。
扶危济困,匡扶正义不移,
骨肉相亲,邻里皆为弟兄。"

韩芦生睁大了眼道:"这是九里村约嘛,伙计,大伙都会背的。"

王克笙说:"光会背行吗?你们这个时候撵胡奎走,能叫扶危济困吗?岂不是雪上添霜?"

五人面面相觑,都不说话,沉默了好一会儿,姚大下巴嘿嘿笑了笑:"我们这是来和先生商议,最后还是先生拿主意,先生不许,我们谁也不能撵老胡走。"

老陶脸有些红,压低声音说:"主意是我出的,我被霍乱吓破了胆,考虑让胡奎去镇上也不是坏事,镇上生意好。"

马连顺挠挠稀疏的头发说,"想想看,这事说得真不是时候。"

姜得水也不好意思:"原本是想帮帮胡奎的。"

王克笙说:"好了,你们不是说要捐点钱吗?依我之见这钱还是要捐的,捐了后由你们五人一起给胡奎送去,让他贴贴家用,毕竟是三条性命,胡奎能挺过来不容易。"

老陶问:"捐多少呢?"姚大下巴说:"原来想捐多少就捐多少吧。"

王克笙把那张《九里村约》递给老陶:"捐多捐少就是一个心意,不要攀比,这张《九里村约》你留着吧。"老陶接过这张薄纸,手有些抖,歉疚地说:"韩大哥不识字都能背下来,我这个能写会算的买卖人却记不住,该罚,该罚!"

大伙起身离去,推开门,顿时愣住了,胡奎就坐在门外石阶上。胡奎半驼的脊背朝着门,双手捂脸,冬瓜脑袋似乎有千斤重,压得肩头不停地抖动。王克笙惊讶地问:"胡奎你怎么不进屋呢?"

胡奎转过身来,满脸泪水,他说:"你们的话我都听到了,要是九里不留我我走,不连累你们。"说完,竟然哭出声来。

王克笙扶起胡奎,拥抱着他说:"我们都是兄弟,九里是我们共同的家,哪里也不去。"

韩芦生眼圈有些红:"走什么走?大不了一起蹚酱竿稀,伙计!"姚大下巴道:"我说什么来着,九里有酩奴堂,有三圣祠,瘟神也会绕道走。"

王克笙问:"你来这里有事吧?"

胡奎止住哭,点点头道:"我这两天一直在想,这霍乱为什么会找上我家,想来想去我估摸是我家那口水井有问题。"原来,九里人家吃水都是在村中心那口两丈深的水井里取水,水井上有辘轳,摇起来吱吱扭扭有些费力。胡奎来九里开面馆后,为了方便就在自家院子里挖了一口井,井深不到一丈,水质有些浑浊,他把家人罹患霍乱的原因归咎到这口可能遭受污染的水井上。王克笙认为胡奎的想法不无道理,让他不要再饮此井之水,并通知村民无论井水还是河水,一定要烧开了再喝。

二

王克笙开始研读医书中关于霍乱的各种疗法。

"霍乱者,挥霍缭乱也,心腹猝痛,呕吐下痢,憎寒壮热,头痛眩晕,先心痛则先吐,先腹痛则先痢,心腹俱痛,吐痢并作,甚则转筋入腹则毙。"古人描述很详细,但苦于无良方可用。王克笙找出克箫誊抄的药方和草图,潜心琢磨了一夜。蒲娘对鸣鹤说:"身为医生却对肆虐疫情无计可施,这是何等煎熬?"王克笙很是自责,当年来九里时,出颖胡同那个小眼东家就提醒过自己,说苇地常有霍乱流行,可惜自己没放在心上。九里乃低洼之地,湿气尤重,霍乱之灾早晚会来,作为酪奴堂坐诊先生,本该早做打算,不让这霍乱撞个措手不及。他坦陈,自学医以来,虽见识各色杂症,但遇到霍乱尚是首次,天津虽有此疫,均是父亲出诊,父亲所留药方和草图,自己和克箫都没用过,不敢贸然尝试。

王克笙独自到三圣祠闭关,在香炉插上三支香后,香炉中左面那支香忽然间燃起明火,小小明火一直燃到香尽,王克笙甚为惊奇。他知道这支香对应的是药王,药王之香突现明火,难道有什么要明示自己吗?他合手闭目,开始默念那段出自药王的座右铭:"凡大医治病,必当安神定志,无欲无求,先发大慈恻隐之心,誓愿普救含灵之苦……"他忽然明白了,医人即是医己,何不在自己身上试试父亲的针灸草图呢?此外,砭石对霍乱也绝非无所作为,医书中记载,对于霍乱要刮背泻火,这不正是砭石用处吗？

他决定去一趟玉虚观，相信塔溪道姑会有见解。果然，塔溪道姑的见解令他茅塞顿开，塔溪道姑说："重为轻根，静为躁君，世上疾病，无不相生相克，有一病出，自会有一药解，要因地制宜，别开蹊径，霍乱自然当止。"

对啊，霍乱起于苇地，必然偃于苇地，这降服霍乱恶魔的药方应该就在苇地里。苇地最多的是什么？当然是芦苇。王克笙如获至宝，心中有了底数。

告别塔溪道姑，刚从玉虚观归来，胡奎就被家人抬到酩奴堂，胡奎媳妇哭着说："王先生救救我家掌柜的吧，我家已经死了三口，老天爷想叫我家绝户吗？"王克笙让鸣鹤赶快熬些通脉四逆汤来减缓胡奎病情，并以砭石之法为他刮背泻火，自己则找出父亲留下的针灸草图，挽起衣襟准备在自己身上试针。

蒲娘看了，摇摇头说："你是无病之人，试针如何知道疗效，要想试针须有患病之人才行。"

王克笙道："自己躯体，深浅自知，怎能在别人身上尝试？"

躺在病床上的胡奎弱弱地说："先生要试，就在我身上试吧，权且死马当活马医。"

王克笙转身看着胡奎，胡奎点点头，示意在自己身上针灸。刚刚用砭石为胡奎刮痧的鸣鹤说："既然是爷爷用过的针灸穴位，应该没有危险，父亲可在胡大哥身上一试，这样才能知道疗效，用于其他患者。"

王克笙看看胡奎媳妇，这个六神无主的女人一个劲儿地点头，说只要能保住掌柜的性命，怎么扎针都成。

王克笙很受感动，深吸一口气用力屏住，开始在胡奎身上行针。父亲草图上的穴位很多都是险穴，稍不留神就会伤及要害，他小心翼翼，反复比对后才能下针。半个时辰过去，起针收针，问胡奎,胡奎说腹痛有所缓解,王克笙舒了口气,他想起父亲说过的两句话:"急病用猛药,慢病用补药。"在治疗突如其来的霍乱上,还有什么比针灸更猛吗?

胡奎身上试针获得成功,他的酱竿稀止住了。这是霍乱转好的一大特征,病人只要静卧休养,就会慢慢恢复健康。王克笙如法炮制,开始用针灸之法治疗霍乱患者,竟然个个疗效显著,一盒银针顿成降魔力杵。

蒲娘提醒他:"塔溪道姑的话还要参悟,治疗霍乱还要找到治本之法,针灸也好,砭石也罢,无非治标而已。"

王克笙站在窗前,望着远处的芦苇荡,把目光定格在芦苇上,芦苇,降服霍乱恶魔的一定是这芦苇!自己怎么就忽略了这俯拾皆是的药材!本草中记载,芦苇是治疗霍乱的良药,其茎叶主治霍乱呕逆,其根可治霍乱烦闷胀痛。何不就地取材,以苇地之草治苇地之病呢?他当即吩咐各家各户,用芦根、芦茎、芦叶熬水日饮,又告诫村民两件事:一是家有霍乱病人的,相互体恤温存要留有空隙,霍乱易火烧连营,殃及他人。二是霍乱病人的粪便,呕吐之物一定要用生石灰覆盖,免得邪毒随风而起,到处肆虐。王克笙一番举措收效甚好,霍乱这一夺命恶魔在九里被乖乖制服了。

王克笙的另一良方也在治疗霍乱中发挥了效力。

一个姓马的渔民被人从红海滩抬来,病人身子像条死鳝,筋骨俱软,上吐下泻之物如同洗米汤,人已脱相,身上能动的似乎只有空洞的眼珠,呆滞地望着王克笙,已经没有力气说话。王克笙查看后见病人舌苔黄腻,脉象濡数,浑身散发着臭秽,便吩咐烧一锅滚水,再让人到村中央井中提来一桶井水。半碗开水兑半碗拔凉的井水,给病人灌下,然后在院中架起药铫子,选了省头草、黄芩、山栀、滑石、淡豆豉、半夏、厚朴、白豆蔻等八味药材,开始点火熬药。他熬药时显出十足的耐心,一把把续着苇草,青烟缭绕着陶制的药铫子,中药的汤味渐渐弥漫开来,飘满了整个九里。

两个时辰,药汤熬好,他亲自提起药铫子将药渣倒于大路中央,并一点点拨开,叫人过来踩实。说来奇怪,在他熬药的两个时辰里,病人似乎都被他续火熬药的动作迷住了,忘了上吐下泻,王鸣鹤当然记着这茬儿,他问父亲:"腹泻之人忌水,一碗水怎能止泻?"王克笙回答说:"这不是一碗普通的水,这是阴阳水。"

马姓病人被一碗阴阳水治愈了。

三

在霍乱肆虐之时,一个人忽然打起了买地的主意,这便是精于做生意的老陶。

老陶买地的消息是姚大下巴来告诉王克笙的。姚大下巴说两年前搬来的白家兄弟不知出于什么原因想贱卖土地,老陶是生意人,看准有利可图便出手接了这两宗买卖,据说价格已经谈好,就等着写契约了。姚大下巴认为九里村民相互间土地只能赠送,不能买卖,这是当初王先生定下的规矩,老陶这样做等于破了九里规矩。忙于治疗霍乱病人的王克笙觉得此事并不简单,姚大下巴的话不无道理,他决定召集韩、马、姚、姜、陶来酪奴堂商议此事。酪奴堂议事不仅仅是个程序,很多意见相左的事情都是通过商议达成了共识。王克笙常常把酪奴堂议事当成和面,揉来和去,一盆面粉就和成了面团,村民只要听说是酪奴堂商议好的事,就不用再费脑子琢磨了。

韩、马、姚、姜、陶都到齐后,蒲娘为各位倒上一碗芦根水,说霍乱正凶,今日就不上茶了。王克笙说:"芦根水也是茶,就叫芦根茶吧。"王克笙没有开门见山,他先问了问村中几个染有霍乱的病人情况后,才让老陶说说买地的事。老陶显然有些底气不足,几缕头发刚洗过一样耷拉在前额,解释说不是自己要买,是这两户找他商量,非要卖给他不可。他说:"老白家两兄弟说他们不想种地了,找我商量要把地卖给我,我想一想,一个愿打一个愿挨,没啥不妥,就口头答应了他们。"老陶目光有些躲闪,他知道今天议事自己成了当事人,接着又补充了一句,"这些地都不是什么好地,返碱,白花花的,只能种谷子。"

韩芦生摇摇头:"我说,伙计,这不是好地赖地的事,咱九里邻里间从没有做过土地买卖,你这样开了头儿,以后九里就有大地主了,有了大地主就会招来盗匪响马,盗匪响马一多,咱哪里能躲避过来哟。"

马连顺捏着下巴说:"土地是庄户人的命根子,白家兄弟卖地的钱挥霍光了,还不拖家带口去要饭?"

姜得水话少,却力道十足:"你老陶成了财主,就忍心看邻里当佃户?"

老陶被说得面红耳赤,辩解说:"诸位误会了,我是动过买地的心思,可没想当九里的地主,这地还没买,就是想买,也要王先生点头才成,这规矩我心里清楚。"

大家在七嘴八舌议论的时候,王克笙却在思考另一个问题:白家兄弟为何要出售土地?要知道这些土地除了他们自己开垦的外,还有一些是老户捐赠的。他问在场的各位,谁也说不出个子午卯酉。消息灵通的姚大下巴说:"白家是旗人,很老实,没啥外毛病。"

王克笙心里明白了大概,在旗之人,耕种恐怕不是行家里手。他问老陶:"你知道我为什么不主张九里村民相互搞土地买卖吗?"老陶回答说:"我明白,先生是怕九里一家肥而九家瘦。"王克笙点点头:"有国有家者,不患寡而患不均,不患贫而患不安,土地乃村民之恒产,有恒产者有恒心,无恒产者无恒心,一旦没有了恒心,就会放辟邪侈,无不为己,那样一来,九里就会民风日下,礼崩乐坏啊!"

老陶恨不得找个地缝钻进去,两手抱头,看着自己的脚尖不说话。他为自己动过买地的念头而感到羞愧,王先生捐地抚民不图回报,救治病人一向不分贫贱,穷苦病人只要植一柳于碱滩便抵治病费用,与先生相比,自己岂不是掉进钱眼里了吗?

"九里无讼少斗,皆在邻里平等,若胖瘦悬殊,必然弱肉强食。"王克笙转身望着窗外,不无担心地说,"保九里一方乐土,你我人人有责啊!"

大家都起身称是,老陶面红耳赤,对大家道:"白家兄弟的地我不买了,我有本事就到城里去赚钱,在九里占邻里的便宜我还是人嘛!"

一场买地风波终于平息。

大伙散去前,王克笙对姜得水道:"白氏兄弟想卖地,或许有什么难言之隐,你可上门看看,能帮就帮帮他们。"姜得水点点头,老陶搭话说:"我陪得水去吧,要是有什么困难我也好接济一下。"

四

王克笙治愈霍乱的消息不胫而走,外面的人纷纷来请他出诊,治病救人不能耽搁,只要有人来请,不论什么时辰、不问远近他立马动身出诊。八月,二道沟村暴发霍乱,二道沟乡绅柳秀才亲自来九里请王克笙出诊。王克笙积劳成疾,已病三日,一袭蓝色长衫的柳秀才单腿跪地,拱手央求道:"二道沟十户九病,报庙出殡哭声日日不绝,若神医能救我村民不死,柳某愿倾尽家财,为先生树碑立传,让二道沟村民永志不忘。"王克笙摆摆手道:"医者仁心,治病救人,泊洲不敢懈怠。"说完,起身收拾药箱,要连夜去二道沟。王鸣鹤担心父亲身体,想替父出诊,却被父亲拦住了,摇摇晃晃的父亲临出门时对蒲娘和儿子说:

"别忘了给三圣上香。"

王克笙出诊归来时遭遇台风,所乘舢板在双泰河中翻沉,王克笙和护送他的两个年轻人落入河中,好在两个年轻人擅长水性,拼命将王克笙救上岸,并一路背着他回到九里。本来就患病的王克笙经过这次意外,病情突然加重,浆米不进,变得形销骨立。王克笙对自己的病情有所预料,他把蒲娘和鸣鹤叫到床前,吩咐鸣鹤去一趟玉虚观,看能否请塔溪道姑来一趟。王鸣鹤去请塔溪道姑,道姑正在玉虚观院子里习剑,听王鸣鹤说了情况,收好剑,持一柄拂尘,骑上毛驴随王鸣鹤赶往九里。

卧床不起的王克笙在见到塔溪道姑那一刻,竟然自己坐直了腰背,行了一个拱手礼。道姑还了个礼,道:"泊洲受苦了。"王鸣鹤搬过椅子,请道姑落座,王克笙对陪护的其他人说:"我与塔溪师父有几句话讲,你们暂且回避一下。"众人知道先生必有要事说与道姑,都离开了内室。王克笙与塔溪说了不到半个时辰,塔溪出来对大家道:"即化非冥灭,在理淡悲欣。泊洲筚路蓝缕,启化苇地,要去该去之处了,各位与泊洲告别吧。"说完,塔溪道姑骑上毛驴回玉虚观了。至于王克笙与塔溪说了些什么,王克笙没有说,后来塔溪道姑也没有说,这段谈话成了千古之谜。

蒲娘和王鸣鹤来到内室的时候,王克笙已经躺在床上,呼吸微弱,他半睁着双眼对儿子说:"我一生立志于创办酪奴堂,恢复祖姓,后一件只能留给鸣鹤来做了。恢复祖姓本来有三次机会,也就是草创酪奴堂、民国初立和奉军独占东北,但每每动议之时,总有血腥之气缭绕,不像你祖母说的河清海晏之时,我便没有草率行之,恢复祖姓一事,只能留给你来做了。但你也要记住,大周非善朝,祖上在大周为官并非光彩之事,恢复祖姓一事不到河清海晏之时,万万不可为之,梦想于心,尚能励志,梦想破裂,便是灾难!"王鸣鹤忍住泪水点了点头:"父亲放心,鸣鹤一定将此事置于心头,祖姓不复,无以为家!"王克笙静默了一会儿,又提到《霍乱金匮》一书。说此书是父亲与他平生从医心得,虽已著就,却未一一验证,'医不三世,不服其药',故五百金方不可轻易为用,现此书藏于药王塑像下,传给鸣鹤,只当行医参照,切切不得外传。蒲娘和王鸣鹤含泪颔首,先生重病不治,脑力仍不输体健之人,令人不得不佩服。

王克笙在交代了应该交代的事项之后,最后提出将一块心爱的黑色三角砭石和一包祁门安茶随他下葬。弥留之际,他忽然睁开眼说:"我又闻到了干草的味道,我寻味而去了。"说完,微微合上双眼再不睁开。蒲娘没有呼叫,她不想打扰疲惫的丈夫,只是默默流泪,直到屋外的乡亲拥进来,哭声才摇动起黑夜里的酪奴堂。

王克笙辞世的消息传到二道沟,乡绅柳秀才率二道沟悉数村民面朝九里方向三叩首,银须飘飘的柳秀才果不食言,独自出资在村中心为王克笙竖了一块碑,记载了他到二道沟救村民于霍乱一事,并在石碑旁植柏树一株。此树被后人称为大夫柏,半个多世纪过去后,石碑虽已无存,大夫柏依旧翠绿。

王克笙去世,王鸣鹤发现母亲突然变老了。母亲常常站在酪奴堂门前长时间发呆,夕阳照在酪奴堂青色的砖墙上,衬着黯然无语的母亲,这一幕,被王鸣鹤深深地印在了心底。在父亲葬礼上,母亲对站满庭院的村民说:"酪奴堂今日起由鸣鹤主事,一切规矩照旧。"王鸣鹤在母亲说出这句话之后,用力挺直了腰板,他知道以后的酪奴堂要看自己了。送走了众乡亲,母亲说:"我们给三圣上香去。"两人来到三圣祠,蒲娘焚香研墨,提笔在一个空白的木质牌位上一笔一画写了五个隶书小字:王克笙之位;然后,端端正正把灵位置于药王塑像前,深深鞠了一躬。王鸣鹤在父亲灵位前,跪下三叩首。蒲娘将鸣鹤引到三圣塑像后面,在孔圣人塑像下的木基座下轻轻一拉,一个抽屉便被打开,抽屉里是一册册《酪奴堂纪略》。蒲娘道:"《酪奴堂纪略》今后就靠你来续写了。"蒲娘又把药王像下木基座里的抽屉拉开,王鸣鹤第一次看到父亲交代的《霍乱金匮》,心里不禁咚咚直跳,这是祖父、父亲呕心沥血整理的霍乱金方。记得霍乱初现之时,父亲曾说过,他要从瘟疫中萃取金方,传之后人,造福苇地。鸣鹤知道,祖父和父亲是想为酪奴堂留下除砭石、银针之外的第三样法宝。《霍乱金匮》计三册,用黄色绸带系着,可见父亲对这部著作的看重。蒲娘告诉儿子:"治疗苇地霍乱之法尽在此书当中,你父亲本想一一验证后加以修订再交付与你,现在陡生变故,只好这般给你了。《霍乱金匮》乃防治霍乱秘籍,要视为传家之宝,万万不可落入外人之手。"

捧着沉甸甸的《霍乱金匮》,王鸣鹤陡然感到肩头加了一副担子,这是父亲在世时自己从没有过的感觉。

1927年

窑变

一

韩芦生的三个儿子都以忠厚闻名于九里。老大不用多说，子承父业，跟着父亲行船打鱼，是条古道热肠的汉子。老二在玉虚观打杂，颇得塔溪道姑信任，老二虽聋哑，但人勤快又有眼色，不仅玉虚观的谷地菜田打理得很好，有些修修补补的粗活他也都能做。老三性格腼腆，却无师自通学会一手造舢板的木匠活。韩芦生三个儿子唯有老大娶了媳妇。韩老大能娶上媳妇要归功于撑船摆渡。老大媳妇牟小霞是山东栖霞人，二十岁时跟姑父一家闯关东去一个叫密山的地方，他们从蓬莱搭渔船渡海，结果渔船错了航线，在九里红海滩外靠岸。船老大没收船钱，把他们卸在了九里，牟氏一家八口人急着赶路，没在九里停留，求韩老大摆渡过河。说来奇怪，上船时还好好的牟小霞过河后突发腹痛，蹲在河岸直不起腰来。姑父一家急得手足无措，因为已经和老乡约好要到开原会合，然后一起去密山。老乡特意强调，密山之路多盗匪，跑单帮肯定要吃亏。眼见牟小霞病成这个样子，一家人一时没了主张。韩老大见状，劝他们到酩奴堂，请王先生给治好病再走。姑父一家十分着急，因为赶不上开原的老乡，闯关东之路将凶吉难卜。牟小霞姑父见韩老大是个厚道人，就托付韩老大带她到酩奴堂治病,治好了等下一拨闯关东的老乡路过九里时再带她走。牟小霞姑父姓迟,一个老实巴交的山东汉子,在决定留下侄女后,他把韩老大拉到苇丛里,扑腾一下就跪下了,说这个孩子就托付给你了,你千万要救她,等我在关外挣了钱一定回来报答你。他心里放不下,侄女要是有个三长两短,无法向小霞父母交代。韩老大说,你放心走吧,酩奴堂的王先生给穷人看病不收钱,只要到万柳塘栽棵柳树就行。韩老大把牟小霞背到酩奴堂,向蒲娘说了她的情况,蒲娘见这闺女可怜,就把她留在了酩奴堂,很快,王先生为她治好了腹痛。牟小霞治好了病后,迟迟没有等来下一拨闯关东的老乡,天天望着红海滩抹眼泪。蒲娘对她说,"讨生活没有南北之分,北大荒天寒地冻,何不留在这南大荒?"小霞听了蒲娘的劝告,断了北上的念头。在酩奴堂过了些时日,经蒲娘说媒,牟小霞嫁给了背她到酩奴堂看病的韩老大。婚后,生了铁山、铁林二子。多年以后,牟小霞的姑父老迟真的回来了,不过他在密山生活不甚如意,报答韩老大的礼物是一布袋木耳。他见到牟小霞在九里日子过得安生,便请韩芦生代为说情,想从密山举家迁来九里。韩芦生来问王鸣鹤,王鸣鹤召集马、姚、姜、陶来酩奴堂商议,姚大下巴说:"芦生,只要你肯匀出两亩地赠他,我们没啥说的。"参与议事的其他几位都表示赞同。王鸣鹤主持酩奴堂以来,第一次商议九里接纳新户问题,见大家意见能拢到一块,他最后做出决定:"韩叔的亲戚就是咱家的亲戚,来吧。"

  与韩家有着相同村龄的马家也人丁兴旺,马连顺两个儿子马回、马俊都继承了父亲善于做工的本领,马回是出色的木匠,马俊是有名的窑工,九里人在经历匪祸之后能住上青砖瓦房,马氏兄弟出了大力。马连顺死后,马回接替父亲参加酩奴堂议事,说话很有分量,王鸣鹤夸他有子路之风,这是马回最引以为豪的夸奖,后来,他和姜路一同在老坨头上罹难也印证了王鸣鹤的评价。马回的媳妇邵氏是金州城著名商号天兴福邵家的远亲,因为邵家经营火磨加工面粉,有着面粉供应上的便利,她家便在田庄台开了个火烧铺,一家三口卖吊炉烧饼。人高马大肤色黧黑的邵氏二十大几还没有嫁人,父母急得整日唉声叹气,闺女大了不能留,赶紧托媒人想办法。也该邵氏与马回有缘,邵家所托的媒婆恰好熟悉九里,便向邵家讲起当年蒲秀才闺女嫁到九里的事情。邵氏父母知道此事,也听说九里是个礼义之乡,闺女嫁到这样的地方放心,便应允了媒婆的建议。媒婆得令后就来酪奴堂找王克笙,当时马连顺和姜得水正在酪奴堂喝茶,听媒人说明来意并介绍了邵氏情况后,马连顺一拍大腿做出了平生最有骨气的决定:"让邵姑娘嫁到马家来吧,马回该娶个媳妇了!"这件事王克笙觉得靠谱,因为马回不在乎媳妇俊丑,马回注重的是身板,他有句名言:"脸蛋好不能顶饭吃,好身板才能过好日子。"邵氏虽然人高马大,但脑子却不笨,她到九里带来了一道人人爱吃的主食,苞米面海菜饼子,这道主食经过胡家九里拨面的推广,成为过路渔民的一道美食。胡家九里拨面引进这道美食后,生意出奇地好,许多渔民喜欢买一些海菜饼子带回去享用,邵氏因此成了继蒲娘之后在九里颇受好评的女人。

苇地里的事情,大伙往往喜欢比照,韩、马、姚、姜、陶五家对王家的恭敬在村民中起到了引领作用,尤其是王先生去世后,这五位叔伯辈的老人都称王鸣鹤为小先生,这个称号既区别于王老先生,又表达了对王鸣鹤的尊重,小先生这个称呼在九里、在苇地很快就叫开了。进入老年的韩、马、姚、姜,总喜欢向后来者讲述当年的事情。"王先生来之前九里就是一片碱滩,王先生不来,我们韩、马、姚、姜四家也会像孙皮匠一样,死个绝户。"马连顺总是这么说:"孙皮匠一家啥病?那是神仙都没辙的霍乱!"韩芦生会附和着说:"对对对,说得对,伙计!"老陶说:"我能到九里,是王先生亲自选的,王先生是我的引路人呢。"老陶这话有些自夸,不过却是实话,他的确是王先生动员来的,来了后也真给王先生长了不少脸。在韩、马、姚、姜陶心中,老先生和小先生似乎成为一体,他们对老先生的感情大都转移到了小先生身上,五人在私下议论时,都表示要维护好小先生,酩奴堂议事要坚持下去,初一十五三圣祠上香日要像老先生在世一样举办,规格不能差。王鸣鹤接手酩奴堂后,在父亲所确定的每月初一十五例行上香日外,增加了三个日子作为全村祭拜日,即药王诞辰的四月二十八日,孔圣人诞辰的八月二十七日和达摩诞辰的十月初五,届时,每家出一人,到三圣祠集体祭拜。祭拜仪式由王鸣鹤主持,每次会从白鹤书院中选一弟子领诵《九里村约》,然后行礼、上香,仪式毕,王鸣鹤会一一点评近期村中大事,如无大事便宣布结束。九里自举办三圣生日祭拜仪式后,经酩奴堂议定,今后凡村民有红白喜事,都到三圣祠举办仪式,王鸣鹤对不同事宜的仪礼加以规范,既得体,又不铺排。这些规范被路过九里的渔民传播出去,天长日久,成了苇地人家效仿的习俗。

二

冬至,九里过刀兵,半个村子遭焚,五个村民遇难,死者中就有九里开埠之人韩芦生和马连顺,年轻的王鸣鹤遇到了一次大考,他对这场大考得出的结论是:含垢让步。

到九里为非作歹的土匪首领叫老西风,老西风在苇地里的老巢被东北军步兵第二旅给端了,他带着七八十人瞎打误撞来到九里。这伙土匪在苇地接近九里时,被老坨头上的鬼蜡烛发现,鬼蜡烛也是响马出身,因为绺子被灭只身留在九里,与王鸣鹤成为好友。鬼蜡烛平时就住在老坨头上,保护神一样为九里站岗放哨。鬼蜡烛发现了老西风一伙正从苇地赶来,点燃狼烟报信,使王鸣鹤得以组织青壮妇女及时到鸽子洞躲避,留下的都是看家守门的老年人。

大凡嗜烟之人多好色,老西风就是个烟鬼加色鬼,他的队伍所到之处,大烟和女人是断不可少的,没有这两样东西伺候,他就要杀人放火,满足了这两样东西,他便什么事都好说好商量。苇地周围有点家底的大户都知道他这一嗜好,闻到老西风的味道,便赶紧买大烟、雇窑姐来应付这个糟老头子。有一次老西风打劫一家商号,看着满仓库成麻袋大米不动心,非逼着商号老板交出大烟来,商号老板不抽大烟,家里找不出大烟,怎么说老西风也不信,最后,老西风把老板娘抓进苇地做人质,走时撂下话:三天后拿三十两大烟到苇地赎人,过期撕票。商号老板千方百计买了大烟换回老婆,人已经被糟蹋得半死。这件事给苇地周边所有大户们提了醒,即使自己不抽,也要备一些大烟在家里,万一老西风闯进来,好保住一家老小性命。

老西风五十出头,蒜头鼻子死羊眼,看上去就像马戏团里的小丑。但这个小丑却是个狠茬儿,曾把仇家的心挖出来炒了下酒,苇地中另一伙响马红猞猁的二当家因为一个当红窑姐和他结了梁子,被他从窑子绑架回苇地,活绑着就挖心剖肝给做了。这件事让红猞猁与他水火不能两容。红猞猁也是苇地一霸,只是两绺子土匪各行其道,在苇地里没能碰上。

老西风被步兵第二旅给端了老巢后成了苇地一头困兽,因为逃命匆忙,老巢里的烟枪烟土也没来得及带,让他邪气飙升,暴躁易怒。穿过冰封的双泰河,老西风叉着两腿站在那块"九里义渡"的青石碑前看了好一会儿,用盒子枪捅了捅皮帽子问身边的二当家:"这几个字啥意思?"二当家的三十出头,念过私塾,戴着圆眼镜,因眼睛不好从不上阵厮杀,专门在后面给老西风出谋划策,老西风很多坏事都出自他的馊点子。他说:"这四个字的意思是说这里摆渡不要银子。"老西风一听点点头,道:"妈了个巴子,这块破碱滩还挺讲究,比咱蛤蜊梁大气!"蛤蜊梁就是刚刚被步兵二旅给端的土匪老巢,是一道由贝壳堆起的梁子,在苇地里相对干爽,老西风在那里经营了多年,光窝棚就有几十个。圆眼镜附和道:"叫义渡就是赚名声,收买人心,不怕咱一把火给燎了?"圆眼镜话一说,老西风就吩咐:"就这么定了,妈了个巴子,进去看看,有那两样宝贝好商量,没有就一把火燎了!"老西风一下令,被步兵二旅打得有些火气的匪兵嗷嗷叫着恶狗般扑进九里。

老西风和圆眼镜跟在队伍身后,两个穿黑棉袍戴着兔皮护耳的马弁不离左右。老西风手下有个规矩,就是打下一个地方,小家小户可以放手抢掠,但最好的大户要留给老大,别人不能染指,谁敢坏了规矩,会拉出去当驴给骟了。这规矩是圆眼镜定的,他知道只有大户才有大烟、有看上眼的女人。响马眼睛贼,村里转一圈,就知道哪一家应该留给老大。他们看到酩奴堂的招牌和一正两厢的房子,知道这里不能动,其他人家则踹门砸锁、翻箱倒柜,折腾个不停。

王鸣鹤是不能走的,在母亲与村民去了鸽子洞后,他到三圣祠上了香,然后回到酩奴堂在屋内踱步。他不知道这伙土匪的来头,如果是红猞猁尚好对付,如果是其他土匪,就难断凶吉。杂乱的脚步声伴着鸡鸣狗叫由远而近。该来的一定会来,他定了定神,推门出来,看到院子里站着老西风、圆眼镜和两个马弁。传说中老西风是蒜头鼻子死羊眼,王鸣鹤一看心里就明白了八九分。他拱手道:"不知贵客来临,有失远迎,失礼了。"圆眼镜点点头,说:"你小子还懂点礼数,还不快请老大屋里说话。"没待王鸣鹤说话,两个马弁跑上前推开大门,把大摇大摆的老西风让进屋内。王鸣鹤喊多子上茶,多子是胡奎的小儿子,才十二岁,在酪奴堂学徒,多子哆哆嗦嗦端着茶壶过来倒茶,没想到刚给老西风的茶杯里倒了一半,老西风一扬手把茶杯打飞了,吼了一声:"少来这套,老子喝酒不喝茶!"身边的圆眼镜使了个眼色,两个马弁开始逐屋搜查,圆眼镜阴阳怪气地说:"长点眼色,有啥好东西快贡献给老大。"王鸣鹤很清楚对方想要什么,他拱拱手道:"九里村小地偏,没有豪门阔主,酪奴堂也只是一个坐诊看病的小门户,中草药倒是有一些,大烟等稀罕物确实没有。"两个马弁没找到想要的东西,正房内室左右两厢,除了药材外,最好的东西就是茶叶,并没有女人和其他值钱的东西。土匪对茶叶不感兴趣,在土匪眼里,茶叶永远没有烧酒有滋味,老西风对搜来的茶叶看都懒得看一眼,张大嘴巴打了个哈欠,两只死羊眼挤出一些黏糊糊的液体。王鸣鹤知道这是烟瘾犯了。"炕在哪儿?老子要睡觉。"王鸣鹤引两个马弁扶老西风到厢房炕上躺下,圆眼镜则把王鸣鹤拉到院子里,逼他去弄些大烟来,恐吓说:"弄不来大烟,九里就从苇地里抹去了,只能剩点瓦砾。"王鸣鹤说:"你就是瓦砾不剩我也弄不来大烟。"圆眼镜气得骂了一声,吩咐一个马弁道:"让弟兄们点火,先烧几间房子再说!"马弁去了,圆眼镜则斜着一双眼观察王鸣鹤的神情变化。王鸣鹤冷笑一声道:"你冲我要大烟,烧别人家的房子算什么本事,要烧你烧我家的。"圆眼镜说:"你家房子也不会囫囵留给你,等老大睡醒了再说。"王鸣鹤压住怒火,心里在盘算,该如何化解这场危机。

九里已经有居民四十八户,清一色的民房让这个小村落显得精致古朴,这是王克笙花大气力带着村民自己烧砖所建。为了九里能人丁兴旺,当年,王家和韩、马、姚、姜同心接济逃荒来的新户,所有逃荒者一概赠地两亩,帮助他们落地生根。姚大下巴曾对王克笙说过,咱几家地都送光了,自己日子怎么过?王克笙认为姚大下巴说话在理,便组织村民开了些新地,再有逃荒者落户九里,一律以新地相赠,使九里日渐有了今日规模。土地的事情好办,保一村平安却不容易,眼下这个老西风就不好对付,如果父亲遇到这种事情,也许会硬碰硬,大不了鱼死网破,但他不能这样做。父亲所遇到的豫字营不祸害百姓,义和团尚有理可讲,而老西风这样的人渣根本无法对话。他想,什么东西能让这个烟鬼加酒鬼放下屠刀呢?刚才,他从老西风那张虚肿的脸上,看出这是一副被酒色掏空的躯壳,他由此摸到了老西风的七寸。

"我看到你们老大精神不振,作为医生,我可以给他开个方子调养身子,只要你们不烧村民房屋。"王鸣鹤提高了声音说,他想让东厢房里的老西风听到。

酪奴堂家无余财让圆眼镜很疑惑,按理,一个名气不小的乡绅先生至少该有点像样的家当吧,可是酪奴堂中除了几张桌椅外,连个像样的摆设都没有。圆眼镜说:"方子?你一个方子就能顶大烟和女人?"王鸣鹤说:"九里不是烟花柳巷,你应该知道这里没有你们想要的东西,九里民风淳朴,村民安贫乐道,不慕富贵,只求平安度日,不想惹是生非,这里年年过刀兵,若是广积家财,有俊妻美女,还能幸存至今天?"圆眼镜竟然点了点头。这时,村北面有房子开始着火,火势很大,在呼啸的北风助燃下,很快大火便蔓延到周围房屋。圆眼镜脸色很怪异,他看到王鸣鹤焦急的样子,阴阳怪气地说:"我知道村里女人都藏起来了,快让他们回来,等房子烧光再回来就在苇地里挨冻吧。"王鸣鹤双眉紧锁,不忍看北面的熊熊火光,火光中传来几声枪响,王鸣鹤忽然怒目圆睁直视圆眼镜:"你们为何要滥杀无辜?!"圆眼镜拍拍腔上的盒子炮,伸出两根指头说:"找不到大烟和女人,房子和人都不剩。"王鸣鹤第一次发现一个戴着眼镜的人会如此凶狠,在此之前,眼镜在他心中几乎是文人身份的象征,没想到土匪群里会有这样的人,这真是对眼镜的亵渎。圆眼镜的恶行给王鸣鹤心中留下了阴影,后来,他每次见到这种黑框圆眼镜就会想到这个为虎作伥的二当家。老西风在东厢房屋大声呻吟了几声,像狼嚎一样,圆眼镜进去马上又出来,把王鸣鹤拉进去,老西风哈欠连天地问:"大烟找到了?"王鸣鹤没等圆眼镜说话,接话道:"九里这样的小村落真的没有大烟,我是大夫我最清楚,这些庄稼人就是想享受也买不起,真的。"老西风眨了眨眼,摆摆手把圆眼镜支出去,从炕上坐起来,两只死羊眼布满血丝。他咳了两声:"我看这瘪犊子地方真是穷,没啥油水,我俩做笔买卖好不好?"

"什么买卖?"王鸣鹤很意外,不知这个魔头会提什么要求。

老西风忽然间面呈可怜相,皱起眉头使他的死羊眼看上去像两个吊起来的卫生球。"都知道我喜欢大烟和女人,抽大烟是真,这耍女人还真不成,不像从前了,人参鹿鞭没少吃,就是不顶用,你给开个方子,要是有用,我老西风保你滩上平安无事,怎样?"

王鸣鹤说:"二当家已经下令烧房子了,村北已经火烧连营,还做什么买卖?"正说完,屋后啪啪传来两声枪响。老西风虽说正犯烟瘾,可嗓门却不小,他野狼般大声吼了一声,圆眼镜和两个马弁一起跑进来,边掏枪便连呼:"咋啦咋啦?"老西风吩咐他们快去阻止烧房子,队伍到这里来集合。

屋后的两声枪响让王鸣鹤吃了一惊,这枪声是从三圣祠传来的,莫不是三圣祠出了事?他说了句我去写药方,便匆匆忙忙来到屋后。在三圣祠门口,他看到了终生难忘的一幕:韩芦生和马连顺躺在三圣祠门前,两个土匪正在用枪托砸三圣祠的门。王鸣鹤大吼一声:"住手!"两个土匪吓了一跳,回过头来一看,原来是个穿着长袍的年轻人,其中一个举起了枪,骂道:"又来个送死的。"

刚才,马连顺看到村北的房子被土匪烧了,马上想到了三圣祠的安全,他腰别苇刀来找韩芦生,说土匪烧了三圣祠咋办?韩芦生也腰别一把苇刀说咱俩去守着三圣祠吧。韩芦生还很奇怪地问:"今个你胆子怎么大了,伙计?"马连顺说:"今个我胆子也没大,心里直突突呢。"两人来到三圣祠门口,倚着木门坐在那里。果然就有两个土匪转到了三圣祠这里,看到两个老人在门口坐着,其中一个土匪叫老人开门,他们要进去搜查。韩芦生说里面没有值钱的东西,就是供着三尊圣像,你们到别处搜吧。土匪见两个老人不让开,就说再不开门就烧房子了。另一个土匪顺手在路边薅了几把干草,从上衣兜里掏出一包洋火要点火。这时,一直在打哆嗦的马连顺急了,从后腰抽出苇刀,高声说:"你敢烧祠堂我就劈了你!"韩芦生也抽出苇刀,和两个土匪对峙起来。要放火的土匪把洋火揣回衣兜,举起手中的枪,"砰砰"就是两枪,韩芦生和马连顺中枪躺在门前,两把苇刀也撒在了地上。土匪打倒了两个老人后,开始砸门,正在这时,王鸣鹤出现了。

王鸣鹤跪下去用颤抖的手分别试了试两人的颈动脉,土匪的枪法很准,都打在胸部,一枪毙命,两人脉象皆无,人已经走了。王鸣鹤感到周身的血开始往头上涌,眼睛里似乎要喷出血来,厉声喝问:"为什么要杀人?人命关天啊!"那个开枪的土匪道:"什么他妈人命关天,打死你就像踩死一只蚂蚁,快点把这庙门打开!"王鸣鹤高声道:"我已经与你们大当家达成协议,你们二当家都去传令了,你们两个没听到吗?"两个土匪互相看了一眼,收起枪,开始东张西望。王鸣鹤蹲下身,流下泪水。韩、马两位是村中长辈,不想竟死于土匪枪口。这时,土匪集合的哨声响起,两个土匪急急忙忙到前院去了。王鸣鹤含着泪把两位老人的遗体摆正,打开三圣祠屋门,用两张黄表纸盖住老人的脸后回到祠堂内,"扑通"一声跪在三圣像前用力捶着地面。

不知何时老西风已经站在了王鸣鹤身后。老西风尽管被大烟和女人掏空了身子,但走起路来还是很轻,这是惯匪的一项本事,像靠近猎物的虎和狮子一样,蹑手蹑脚,冷不防一跃而起,一招致命。王鸣鹤感到了身后有一股煞气,别说老西风,就是有一只野猫在背后他也能感觉到,他并不回头,他有话要对三圣说。老西风站在王鸣鹤身后,冷飕飕的目光在三圣祠里巡了一圈儿后落在达摩像上,他问身后的圆眼镜:"那不是咱的祖师爷吗?"老西风这句话让王鸣鹤内心一动,他起身扑了扑棉袍上的灰尘,冷冷地看着老西风。圆眼镜靠前看了看,说:"不差,是祖师爷!"老西风吆喝一声,外面的喽啰都挤进屋内,老西风带着部下跪下给达摩磕了三个响头,然后对喽啰们说:"看在祖师爷的分上,别烧房子了。"圆眼镜又推了王鸣鹤一把,道:"你供对了神,没有达摩祖师爷你就完蛋了。"

王鸣鹤不知道达摩还被响马奉为祖师爷,三百六十行,行行有自己的神这不奇怪,但响马供达摩,似乎是件很滑稽的事。但他无心考虑这件事,当务之急是阻止土匪别再杀人。

老西风问:"咱俩的买卖成不?"

王鸣鹤陷入一个无法回避的矛盾之中,写药方,不知会有多少女人被这个匪首糟蹋,不写,这些恶魔又会杀人放火,韩芦生和马连顺的尸体还在门外,这些土匪连看都不看一眼。他抬头望了望药王像,发现药王的眼睛似乎是湿的,这是药王在怜悯九里的遭遇啊！

"回酪奴堂说话。"他对老西风说，"让你的手下别毁坏三圣祠。"

老西风咧嘴一笑："中！"便把喽啰轰出三圣祠，自己和王鸣鹤回到酪奴堂。村子里很多房子还在燃烧，空气里弥漫着呛人的焦煳味，几个土匪在酪奴堂院子里架起篝火烧烤抓来的鸡鸭，平静的九里正在遭受前所未有的洗劫。王鸣鹤想好了，他要和老西风做成这笔买卖，为了九里的安宁，也为了药王那一双泪眼。他让多子研墨，坐下来，用蝇头小楷写出一个方子，让多子按照药方抓药，一包包系好，连同药方递给了老西风。药方很简单："淫羊藿两钱，巴戟天两钱，锁阳两钱，水煎服。"

老西风拿着药方看了几遍，用狐疑的目光盯着王鸣鹤，问："就这么几味药？"

王鸣鹤点点头。

老西风乐了，"好！我老西风一言九鼎，要是这方子管用，以后弟兄们遇到九里绕道走！"

这时，一个土匪进来报告，说河北面有东北军往这里赶来，估计是步兵二旅的。老西风死羊眼顿时立了起来，让圆眼镜赶快集合队伍，往村西出发。老西风走出几步，又折回来把桌上的草药拿了去。

追兵是剿匪的东北军步兵二旅，土匪在九里纵火暴露了行踪，但步兵机动太慢，让这伙土匪得以逃脱。

当天夜里，王鸣鹤安排好善后事宜，独自回到酪奴堂，没有点烛火，他从抽屉里摸出一方安茶，用力掰下一块，塞进嘴里慢慢咀嚼着，没有冲泡的安茶苦涩如黄连，他全然不顾，竟然把半个窝头一样大小的安茶，生生吞咽了下去。

三

九里在这次匪患中,除了被枪杀的韩、马两人外,还有三位看家的老人被烧死,十七户住房被烧毁,近百号老少村民无家可归。三圣祠后面的滩地上,隆起了五座新坟,五位亡者的灵牌都立于祠内。形销骨立的王鸣鹤主持了下葬仪式,在仪式结束后他向村民宣布:"九里不会因为一个老西风就垮掉,我们要浴火重生,重建家园!今冬,两家合一家,明年开春,家家户户建瓦房!"

王鸣鹤这个许诺是有缘由的。九里春秋两季风大,经常有人家的屋盖给风揭了去,酷奴堂的两处厢房就曾经被大风揭过盖,把九里人家的房子改造成瓦房是王克笙在世时常常和儿子谈起的事。这件事父亲没有做成,王鸣鹤暗下决心,要想办法办成这件事,他对母亲说:"父亲让九里的窝棚变成了土坯屋,再由土坯房变成了砖房,但砖房上的草盖问题一直没有解决,我要子承父志让九里的草屋变成瓦房!"蒲娘为儿子鼓劲:"瓦房盖起来,九里就不惧大风和火灾了。"母亲的话坚定了他让九里草屋变瓦房的信心。他专程去玉虚观,向塔溪道姑请教此事,塔溪道姑说:"虽说身居茅屋亦能感怀天下,但草屋变青瓦,至少不会有秋风所破之虞,好事当做即做,不必犹豫。"王鸣鹤想,为了父亲遗愿,为了九里乡亲,这件事多难也要办!

韩芦生和马连顺死后,由韩老大和马回接任参与酷奴堂议事。王鸣鹤将建造瓦窑烧瓦建屋的想法说给大家后,大家都很兴奋,议定四十八户人家不论过没过火,家家不落,一律屋顶覆瓦。马回说弟弟马俊曾在田庄台瓦窑干过两年活,有制瓦本事,可以当瓦窑把头。王鸣鹤当即决定烧窑制瓦的事就由马俊负责,木料问题由韩老大带人上槐花岛伐木,姜得水带人到苇地里打苇子,雇渔船从槐花岛运送木材的事交由老陶来办。

首先要做的是上岛伐木。槐花岛上除了槐树,还长了很多杨树,是建房子的好材料。上岛伐木的有韩老大、马回、姚刚、姜路和鬼蜡烛,之所以请鬼蜡烛去,是考虑到他肩上那杆快枪,因为槐花岛上有恶鬼飘来飘去的传说被渔民传得有鼻子有眼,到恶鬼窝里砍树不是去摸阎王鼻子吗?登岛的人都提心吊胆,不知道会遇见什么。与父亲马连顺胆小怕事相反,马回的胆子出奇地大,敢一个人五更天穿过茫茫芦苇荡到田庄台去赶早集,但对于上槐花岛他还是有些打怵。野兽他不怕,恶鬼却吓人,渔老大们个个都从鬼门关走过,他们都怕槐花岛,说明岛上确实犯邪。王鸣鹤决定和响马出身的鬼蜡烛一起去,大伙心里才安稳了一些,毕竟鬼也怕恶人。

槐花岛果真有些恐怖,岛上山坳里居然有座破庙,庙门上方一块花岗岩石隐隐约约阳刻着邱祖庙三个字,字体已经风化,庙里有一尊石头雕像,看不出是铁拐李还是吕洞宾,雕像被烟火燎黑,地上满是横七竖八的骨头,像羊骨,也像人骨。破庙后有一口水井,里面的水却像血一样,猩红难闻,无法饮用。好在庙前乱石间有一汪泉,往外涌着清水,水流淌过的地方,还长着些稀疏的芦苇,芦苇已不见枯叶,光秃秃的芦秆上摇曳着蓬蓬芦花。在岛上伐木的日子还真的发生了一些怪事,岛上风声凄厉,尤其晚上,呼啸的风声就像女人哭泣,呜呜呜十分刺耳,让人毛骨悚然,头一天夜里,大家几乎没有合眼,庙里一直笼着堆篝火。登岛前姚大下巴对姚刚说,鬼属阴,怕火,害怕的时候就点堆火,几个人还真照办了。后半夜,这篝火无缘无故熄灭了,好像被水浇灭一样。还有一件事特蹊跷,就是鬼蜡烛的快枪莫名其妙地丢了一段时间。鬼蜡烛一向枪不离肩,那天砍树砍累了,夜里大家挤在破庙里睡觉,五更天鬼蜡烛起夜发现枪不见了,五个人觉得大事不妙,他们敢在岛上留宿全靠这杆快枪壮胆,现在枪丢了还了得?五人分头去找,却怎么也没找到。姚刚说咱们砍树不知顶撞哪一路鬼神了,还是跪下祷告一下吧。众人跪下去各自祷告了一番,天亮,人们意外发现鬼蜡烛的枪就挂在庙门前一棵老槐树上,因为挂得太靠上,这杆枪就像一截树枝一般。鬼蜡烛感到奇怪,自己明明把枪放在了身边,怎么会挂到树上去,大伙没再议论,这个岛上始终充满一种诡异的气氛。大伙只等伐够树木,赶快撤离这个是非之地。

槐花岛上的树木运回来,有杨树、槐树,让王鸣鹤高兴的是还有几棵高大的麻栎树,有了这些高大的麻栎树,酩奴堂可以建得更高大一些。姜得水带人打的烧窑用的芦苇垛在了河边,远处望去像多了几个老坨头一样。

马俊领到烧瓦的任务后,便背了两坛鹤顶红去了田庄台东郊的瓦窑,那里有个烧窑的孟师父,和他有过交往,他想去拜师学艺。到了田庄台东郊瓦窑一问,才知道孟师父已经告老回家不再当窑把头。马俊不死心,费劲巴力终于在田庄台一条破败的旧巷里找到了孟师父的家。孟师父能烧制出上好的瓦、瓦筒和瓦当,可家里却一贫如洗,天井里没有铺砖,长满了枯萎的灰菜,房顶上的瓦各色不一、大小不一,瓦楞间竟然长出几株小榆树,寒风中这些小树摇而不倒,却让这老宅子显得岌岌可危。孟师父因为常年烧窑,被窑烟熏出了很重的眼疾,打量了好一会儿才认出马俊。听马俊说要学习制瓦烧窑手艺,师父几乎蚌一样闭合的肿眼顿时睁开了,接着两滴浑浊的老泪便溢出眼眶。孟师父说:"我一个土埋半截的人还有点用处?"孟师父无儿无女,老伴年前也患疟疾离世,一个人鳏居在老宅里,平时有个远房侄女偶尔来照顾一下。侄女叫孟囡囡,圆脸,宽额,溜肩,有一手好针线活,对这位无儿无女的叔叔很孝顺,马俊来这天恰好她也在。孟师父让侄女泡茶,侄女歉意地摇摇头:"饭都吃不饱,哪里来的茶?"马俊说:"九里别的不敢说,家家喝茶不成问题。"孟囡囡问:"你要把叔叔接到九里?"马俊点点头:道:"九里房屋要撤草换瓦,王先生说这是百年大计,不能马虎,可我不会制瓦烧窑,只好来请教孟师父。"孟师父听后叹了口气道:"我有心帮你,可上哪里找窑呢?光靠嘴皮子这瓦是烧不出来的。"马俊说:"孟师父到了九里,就是现场指导,窑是现成的。"孟囡囡说:"去九里吃住咋办?叔叔这么大年纪了,要人照顾。"马俊想了想,忽然眼睛一亮,"孟师父你看要不这样行不行?你是一个人,我也跑腿子一个,你住我家,咱爷俩做个伴儿怎么样?"孟师父愣了一下,摇摇头:"你我非亲非故,咋能叫你来照顾我?"马俊说:"孟师父,你我虽是非亲,可不能说非故,四年前我俩在瓦窑就熟悉呀,我打心眼里佩服你这窑把头的手艺哩。"看孟师父还在犹豫,马俊又说:"孟师父可听说过酪奴堂吗?"孟师父点点头:"知道啊,酪奴堂不是有个能治霍乱的神医吗?"马俊道:"对呀,酪奴堂就在我们九里,酪奴堂的王鸣鹤就是那个神医的儿子,王鸣鹤的姥爷就是你们田庄台的蒲秀才。"孟师父听马俊这么一说,一下子站了起来,哆哆嗦嗦地说:"我知道蒲秀才,当年我还给他送过葬呢,蒲秀才的闺女嫁到苇地,不知道她嫁到了九里的酪奴堂。"马俊见孟师父动了心,便趁热打铁,催促说:"跟我去九里吧,孟师父,九里是个古道热肠的好地方,鱼虾也新鲜,吃穿不用愁。"孟师父看看侄女,侄女两道很重的眉毛向两侧舒展开,抿着嘴用力点点头。孟师父得到了侄女的许可,很粗重地吐出一个字:"行!"说完,老人从破旧的炕柜里摸出一个几乎变成黑色的红布包掖进怀里,然后用麻绳束好棉袄,将一把上锈的铜锁递给侄女,钥匙也不拿便跟着马俊上路。

马俊将孟师父请到九里,先到酪奴堂来报到。王鸣鹤见马俊带回这一个风烛残年的老者,没有更多询问烧窑制瓦的事情,他注意到了老者的眼疾,忙着给老人诊治。孟师父的眼疾与姚大下巴不同,经过调理还会恢复一些视力,便用石决明调配了一些药水,让马俊每日用药水为老人洗眼。马俊要说烧窑制瓦的事,王鸣鹤摆摆手止住了他,让他带老人回家歇息,等身体调养好了再说制瓦烧窑之事。

马俊走后,王鸣鹤让多子把韩马姚姜陶五人请来,商议如何安置孟师父。大家都认为马俊做得好,请来一个烧窑制瓦的老把头对九里是难得的好事,王鸣鹤却有些担心,原因是孟师父患有严重肺疾,愈后极不乐观,他说:"眼疾好治,肺病难除,预计孟师父大限应在明年春夏之交。"大家听后都不说话了,孟师父这么严重的疾病,能否指导马俊烧窑制瓦还很难说,一旦老人客死九里,九里是否能给老人亲友一个交代?大家不好做决定,王鸣鹤说还是把这件事如实说与马俊,由马俊和老人把话说透,看看老人怎样一个态度。传话的事交给马回,大家约定次日一早再来酪奴堂商议此事。

第二天,马回兴冲冲地来到酪奴堂,把一顶狗皮帽子用力拍了拍:"把头就是把头,孟师父真是好样的!"大家问他孟师父都说了些什么,马回说:"人家叫小先生给感动了,他一进酪奴堂,小先生不问烧瓦先治病,这样仁义的地方上哪里找呀?他无儿无女,无依无靠,九里要是不嫌弃他,他一把老骨头就埋在九里了。"马回还告诉大家,孟师父正式收马俊为徒,让马俊这两天就回田庄台帮他把祖屋卖了,师徒俩就在双泰河边建窑制瓦。大家都很高兴,王鸣鹤为孟师父送去一套茶具,九里正式接纳了这位年过七旬的老窑工。

制瓦容易瓦当难,以瓦盖屋离不开瓦当。屋顶上瓦很有学问,覆瓦时相对宽大的板瓦先顺次仰置于屋顶,然后再以相对弧度较窄的筒瓦覆扣于板瓦与板瓦纵向相接的缝上,接近屋檐的最下端筒瓦头部有一个下垂的半圆或圆形部分即瓦当,俗称瓦头。瓦当是瓦最出彩的部分。瓦当解决了屋顶防雨水问题,它的主要功能是防风避雨、蔽护屋檐、延长屋寿、美化装饰。通常瓦当的制作主要有几个步骤:制瓦当坯、续制筒瓦、切割晾干、入窑焙烧。有花纹和文字的瓦当的制作方法是先刻出阳刻木模,然后用木模压制出泥制阴刻瓦当纹,制成瓦当范,烧好便可使用。孟师父将这些手艺悉数教给了马俊,马俊在自己院子里建了一个小窑,冬天里在屋内制坯,学习烧制板瓦、瓦筒和瓦当。在九里将来成批烧制瓦当上该用什么花纹或文字时,马俊拿不定主意,孟师父让他去请教小先生。孟师父认为过去瓦窑有窑规,瓦当铭文,人人仰而视之,不可草率为之,应让邑贤乡绅来撰写,在九里这等事情非小先生莫属。马俊来找王鸣鹤,王鸣鹤沉思了好一会儿,才说:"秦时瓦当多用饕餮、夔龙、蟠螭、鹿虎等纹,汉时多用植物纹、人纹、卷云纹和水纹等,也有用青龙、白虎、朱雀、玄武四神制作图案的。九里乃王权不及之地,不能开疆拓土,也不能征伐天下,求的是安居乐业、贫病不生,还是以敬畏天地为要,就用风调雨顺四个字吧。"王鸣鹤挥毫用规范的楷书写了这四个字交给马俊,让他回去刻模制范。就这样,九里家家户户的瓦当上便有了这几十年不变的风调雨顺。

　　孟师父在九里生活了六个月,后三个月几乎都在窑边度过,河边大窑由他亲自设计,他对马俊道:"肚大窑不垮,必定出好瓦,就等着来褶子吧。"转过年来,自窑上开工起,他就腋下夹着蒲团,拎着王鸣鹤给的那把茶壶,每天与马俊一起来到河边大窑,盘腿坐在蒲团上,眯着一双眼指导村民劳作。孟师父一双眼睛被小先生的药水洗去了红肿,不再像蚌一样闭合,但视力恢复不佳,看东西需要聚焦好一会儿才会看清。孟师父在亲自刻出"风调雨顺"四块圆形木范后,咳嗽就开始加剧,他已经干不了什么体力活,只能坐在蒲团上看村民劳作,不时会指出哪个人操作上有误差。村民感到奇怪,老人家眼神不济,咋还能看得这么清?谁割口偏了,谁压模没用力都躲不过他的监督,有人嘀咕,把头的眼赛鹰嘴,这话一点不假。孟师父长时间哮喘,哮喘不止时他会端起茶壶啜一口芦根茶压压,除了指导马俊等干活,其他事情老人一概不过问。他大概知道自己的使命就是制作出板瓦、瓦筒和瓦当,换掉九里家家户户屋顶上的蓑衣草。

四月初一,九里人期待已久的整整一窑瓦当开始起窑。这窑瓦当已经烧了七天,从出气孔中的老君砖看,瓷白色已经呈现出来,这是烧窑成功的标志,窑顶缓缓的注水已经完毕,大家只等孟师父下令开窑。这时,九里老少都聚在大窑周围,眼巴巴都在等瓦当出窑这一令人激动的时刻。谁也没想到,孟师父哆哆嗦嗦从怀里摸出个随身携带的红布包来,一层层打开,里面竟然是一尊小巧的窑神像。他把红布铺在地上,将窑神像摆正,双手合十嘴中念念有词,言毕,认认真真磕了三个响头,然后直起腰身,对身旁的马俊高声喝道:"开窑!"

众人都围到窑口,看着马俊等人打开窑门,将一块块瓦当传出窑口,众人惊呆了:原本土黄色的坯子竟然烧出了黛青色,这是窑变!村民不顾烫手,捧着滚热的瓦当颠来颠去。谁也没有注意人群后的孟师父已经歪倒在蒲团上,他的脸正对着那尊窑神,孟师父的双眼已经合上,合得很安详,眼睑没有一点肿胀。

孟师父的侄女孟囡囡来九里料理后事,马俊把那尊窑神交给她,孟囡囡红着眼圈问:"你供着吧,大兄弟,你是叔的徒弟。"马俊说:"我光棍一个,无儿无女,将来传给谁呢?"孟囡囡想了想,道:"你是个好人,好人不能没有老婆。"马俊苦笑道,"这要看缘分。"孟囡囡羞红着脸细声说:"大兄弟要是不嫌弃,等叔烧过三七后让媒人来提亲吧。"马俊当时眼泪就下来了,他没想到九里制瓦烧窑竟烧出一个媳妇来!孟师父三七烧过,马俊托郝好去田庄台提亲,当年,孟囡囡嫁到九里,很快为马家生下了光耀门庭的马治中。

依旧是井字布局,两横两纵四条街道,一栋栋瓦房,围成里外三层回字,让九里村即是院,院又是村,疏密结合,错落有致。酪奴堂和三圣祠地处井字的东道,透过窗子望出去便是近处的芦苇荡和远处的红海滩。姚大下巴说:"老先生当初的设计真好,改邑不改井,咱九里成个井字,长久!"

离老西风焚烧九里不到一年,来酪奴堂看病的另一个匪首红猞猁告诉王鸣鹤,老西风死了,死在一个窑姐的肚皮上。王鸣鹤心里颤了一下,他想起,开给老西风的那个方子,本来还应该加入一味石斛,但他当时没有加。

1929 年

鬼蜡烛

一

鬼蜡烛能留在九里是个例外。

鬼蜡烛是个父母双亡的孤儿，被大凌河畔一户郭姓财主收留，郭财主无后，对他不薄，后来，郭财主因染上大烟瘾败尽家财，把未成年的鬼蜡烛托付给一个叫郭瞎子的远亲。郭瞎子是苇地里的响马，高度近视，但能循声打枪，十枪九准，在苇地小有名气。鬼蜡烛的绰号是郭瞎子起的，干瘦的鬼蜡烛刚来投奔他时，郭瞎子看不清，就说："你怎么像根鬼蜡烛在眼前摇来晃去？"鬼蜡烛就是水泽边无处不在的蒲棒，有长有短，像根根褐色的蜡烛。就这样，鬼蜡烛有了这个苇地色彩很浓的名字，而他的真名李三虎却不被人知。郭瞎子影响不小，手下的人都佩服他的本事。据说，一次郭瞎子与另一伙响马陈快手聚会，盛夏天热，响马们在院子里喝酒吃肉，酒酣耳热之时，院外一棵杨树上响起乌鸦叫声，陈快手皱着眉头抬头看看杨树，一只乌鸦正在树上找杨刺子吃，他拔枪瞄了瞄，"砰"的一枪，乌鸦应声而落。响马们一阵欢呼。过了一会儿，谁也没想到，郭瞎子拔枪也朝树上打了一枪，大伙被吓了一跳，原来，有一只麻雀在树上唧唧喳喳叫，郭瞎子听准后，循声开了一枪，把一只小小的麻雀击落了。

从此,郭瞎子名声大震,响马们都说他长了四只眼。鬼蜡烛投奔郭瞎子后一直给他当勤务兵,点烟袋锅、端洗脚水、后背挠痒痒、头上抓虱子,只要能做的他都做得很到位,不长时间便赢得了郭瞎子信任,两人开始以父子相称,鬼蜡烛叫郭瞎子为"大",郭瞎子称鬼蜡烛为"幺儿"。郭瞎子说:"大的眼神不济,以后幺儿就是大的耳目,谁敢欺负你大就做了他。"鬼蜡烛对此感激不尽,像跟屁虫一样与郭瞎子不离左右。郭瞎子打劫的对象主要是大户人家,这就与另一伙叫红猞猁的响马结了梁子。大户人家为了保平安,纷纷给能立棍儿平事儿的响马交保护费,收了保护费的响马就如同收了钱的镖局,有责任和义务保护这些大户的安全。郭瞎子没有自己固定地盘,到处打游击,得手几次后,大户们找到收保护费的红猞猁,说如果再这样下去,他们干脆向郭瞎子交保护费了。红猞猁很恼火,就四处寻找郭瞎子,一心想除掉他。郭瞎子闻到风声,就在芦苇荡里和红猞猁捉迷藏。这一年夏天,神出鬼没的郭瞎子来到九里,王鸣鹤见到这支只有八个人的队伍时,九里百姓已经来不及躲避了,夏季九里很少过刀兵,汹涌的双泰河挡住了响马的脚步,想过河的,只能坐老韩家的船,老韩家的船泊在河南岸的蒲苇丛里,陌生人发现不了。郭瞎子的队伍在村里转了几圈,发现这个宁静的小村虽然都是青砖瓦房,但无高墙大户,唯一大一些的房子就是酪奴堂,而酪奴堂又不是做买卖的,是治病办私塾的地方。匪亦有道,郭瞎子戒律中,医生与塾师不在打劫范围之内,这样,九里过了一次有惊无险的刀兵。郭瞎子的队伍不杀不抢,他们大概知道有人追杀自己,鼹鼠一样躲藏在酪奴堂。王鸣鹤为了息事宁人,对他们也不能慢待,这期间,十八九岁的鬼蜡烛给他留下了不错的印象。鬼蜡烛很勤快,一杆快枪斜背在瘦小的身上,显得枪筒格外长。他在灶前帮王鸣鹤烧水,一边往灶里续着干芦苇,一边和王鸣鹤说话。王鸣鹤问他："能看出来,你们大掌柜对你挺好。"鬼蜡烛很得意："那是我大。"王鸣鹤知道当地有人称父亲为大,但看郭瞎子的年纪不该有这么大的儿子,便没有深问。土匪的私事犯忌,哪句话不当容易惹来杀身之祸。王鸣鹤给鬼蜡烛讲了两个故事,一个是《水浒传》中李逵的故事,一个是《三国演义》中张飞的故事。鬼蜡烛听后说："李逵的故事我听大讲过,明知道酒里有毒,宋江让他死他就死,是个义气比天大的人。"对后一个故事,他说："张飞要是不打呼噜,部下就不敢杀他了,可见睡觉也能坏大事。"王鸣鹤说："强梁不得其死,柔弱胜刚强,人不能梗着脖子走路,该低头弯腰时要低头弯腰。"鬼蜡烛仰起脸望着王鸣鹤说："跟你在一块能明白不少事理,你就收我当徒弟吧。"王鸣鹤笑笑："酩奴堂还没有收过一个强人当徒弟,不过,你若向善,我行方便,解甲归田时可来酩奴堂找我。"鬼蜡烛说："我就是放心不下我大,等我大金盆洗手了,我就来九里给你当伙计。"

郭瞎子在九里潜伏了几天,七月十五日下午,突然决定要离开。谁也不知道郭瞎子为什么做出突然开拔的决定。晚饭时,王鸣鹤杀了一头猪,焖了上好的黑豆饭,上了十斤鹤顶红,八个响马酒量惊人,十斤鹤顶红一滴未剩。郭瞎子对这高粱烧起个毒药的名字很感兴趣,一再夸这名字好,问王鸣鹤是不是他起的,王鸣鹤说这是家母起的名字,无非是告诫饮酒之人多饮如同服毒。郭瞎子摇摇头,道："这名字不是告诫饮酒人,而是给饮酒之人壮胆,你想想看,鹤顶红都能一口捆了,这世上还有什么吞不下?"酒足饭饱后郭瞎子围着酩奴堂转了一圈儿,王鸣鹤看得出来,这个匪首虽然醉意蒙眬,但警惕性不减,他一步三摇进到三圣祠看了看,问王鸣鹤,"你供达摩?"王鸣鹤点点头,"九里从建村开始就供达摩。"郭瞎子点点头,没有再说什么。他决定连夜过河到北岸老坨头上宿营。应该说郭瞎子的决定是对的，他们要是住在九里，一旦有人追杀，只能往南跑，南面除了红海滩就是茫茫大海，藏不住八匹战马，而老坨头就不同了，老坨头在方圆几十里是最高点，能清楚地看到四周骑马而来的敌人，选在那里宿营，易守能躲。郭瞎子敏感异常，没有丝毫松懈，连他那匹枣红马也很警惕，对接近它的陌生人总是转圈踱步，"咴咴"叫上几声。

王鸣鹤担心这些土匪途中有什么变故，就让韩老大赶快送他们过河。郭瞎子临上船前拉过王鸣鹤的手，把几块大洋拍在他手里："你知道谁救了你们这个小村子？"郭瞎子说这句话时，眼睛贴在王鸣鹤脸上看了两遍，这一刻，王鸣鹤发现郭瞎子眼中的血丝很粗，看来这个惊弓之鸟很久没有好好睡觉了。王鸣鹤被问住了，没有急着回话。郭瞎子道："是达摩祖师。因为你们供奉达摩祖师，我不但不烧房子，还要付你饭钱。"

王鸣鹤对郭瞎子所付饭钱没有推辞，他知道与响马打交道不必客套，礼数多了反而会引起对方警觉，他说声谢后送他们一一上船。鬼蜡烛是八个土匪中最清醒的，牵着一匹黑马走过来道："等着哈，说好了给你当伙计。"王鸣鹤笑了笑，他不反感这个懂事的小伙子，尽管对方是个响马，嘱咐说："打仗时留点心，紧跟在你大身后。"鬼蜡烛点点头，上船走了。

郭瞎子是个疑心极重的土匪，当韩老大把他们连人带马一个个送过河后，郭瞎子掏出盒子炮对准了韩老大的脑袋，韩老大蒙了，不明白郭瞎子为啥要杀他。郭瞎子说："兄弟，对不住了，不杀你，过个一天半天你就会撑船把我的仇人送过河来。"就在郭瞎子要扣动扳机的时候，鬼蜡烛怯怯地说："大，别杀他。"郭瞎子放下枪，问："不杀他仇家从海上追来咋办？"鬼蜡烛道："咱把船扣下好了，让船老大凫水回去。"郭瞎子想了想，朝南岸望了望,南岸一袭褐色长衫的王鸣鹤正站在石碑旁望着北岸发生的事。他咽了口吐沫道:"留你一条命吧。"说完,飞起一脚把韩老大踹进河里,土匪们一顿打砸把舢板弄沉了。

王鸣鹤在河南岸看到了对岸发生的一切。韩老大凫水回到南岸,瘫在一丛蒲草上一句话不说。王鸣鹤过去扶起他,铁塔似的汉子竟趴在王鸣鹤肩上大哭不止。王鸣鹤把郭瞎子给的大洋塞到他手里:"不要紧,咱买木料叫老三造新船。"王鸣鹤明白,如果不是自己亲自来送,韩老大一定性命不保,郭瞎子知道有一个乡绅在南岸看着自己,他才有所顾忌,听了鬼蜡烛的话扣船放人。响马在道上混,很在乎江湖口碑。

郭瞎子一伙出事是在当晚,鬼蜡烛一个不该有的疏忽导致他们万劫不复。在老坨头,郭瞎子找了一块平地宿营。仔细查看了四周后,郭瞎子认为这里很安全,大伙可以睡个囫囵觉,就让鬼蜡烛上半夜站岗,其他人开始睡觉。身处险境的时候,郭瞎子会让有经验的兄弟站岗,一旦让鬼蜡烛站岗,说明大伙可以脱衣宽带放心睡上一觉。因为鹤顶红的作用,郭瞎子等七人很快响起鼾声,进入梦乡。鬼蜡烛站在一块突出的土坡上,一边用蒿草驱赶着蚊子,一边留心周边的动静。老坨头的夏夜并不静谧,芦苇荡里暗藏诸种喧闹,近处百虫交鸣,远处狼叫狐嚎,不时有猫头鹰阴森凄凉的叫声鬼魂一样传来,八匹马齐刷刷站成一排,一边甩尾驱赶蚊蝇,一边吃着青草。马在恐惧的时候会像人一样靠在一起,彼此提气,从这些马的样子看,芦苇荡里并不太平。由于吃了一肚子肥肉和黑豆,鬼蜡烛觉得胃肠里有虫子在蠕动,虽不疼,却一个接一个放着臭屁,鬼蜡烛听说过黑豆生屁的说法,没想到会如此厉害,坚持到半夜,快要换岗了,他忍不住要解大手。七月十五的月亮明晃晃地高照下来,老坨头上白昼一般明亮,鬼蜡烛不能在近处大便,屁在屎头里,屁臭屎更臭,换岗的弟兄闻到屎臭会骂娘的。他一手提枪,一手捧着肚子一路小跑到老坨头下的芦苇丛里。就在这个当口,不幸降临了,几个黑衣人悄悄摸上了老坨头,对着露营的人乒乒乓乓一顿扫射,扫射后朝每个人身上踢几脚,拾起七支长短枪,把八匹马连成一串匆匆牵走了。鬼蜡烛看到郭瞎子那匹枣红马回头朝他这里望了一眼,"咳咳"叫了两声。前后不过一袋烟的工夫,郭瞎子这一绺子人马从此消失了,没机会还手,也没机会叫喊,这股响马动作麻利,其间甚至没有说一句话。

"红猞猁!"鬼蜡烛从牙缝挤出一声,一腚坐在自己那摊臭屎上,傻子一样看着眼前的一切,等对方消失在远处后,他顾不得擦腚上的屎,连滚带爬跑过去,抱着郭瞎子鲜血直流的尸体呜呜大哭起来。哭了几声,郭瞎子突然说话了,声音很微弱:"幺儿啊,干啥去了?"

鬼蜡烛擦一把眼泪,哭着说:"大啊,我拉屎去了。"

郭瞎子摇摇头,他清楚,鬼蜡烛凑巧拉屎去了才保住命,但他还是用尽力气完成了生命里最后一次调侃:"真是屙人屎尿多。"他咳了两声,接着说,"大要睡了,给我站好岗,别让人惊了大的梦。"说完,两眼一闭,腿一蹬咽气了。

王鸣鹤见到鬼蜡烛是在事件发生次日早上,前夜老坨头的枪声九里听得很真切,王鸣鹤知道那里发生了战斗,他嘱咐村民留心,一旦北岸有兵马出现就往河的下游走。夏季去不了鸽子洞,下游茂密的芦苇荡也可藏身,但是,谁也没有想到鬼蜡烛会泅水过河。就在王鸣鹤吃早饭的时候,浑身湿漉漉的鬼蜡烛闯进酩奴堂,"扑通"一声跪在王鸣鹤面前,呜呜哭个不停。王鸣鹤扶他起来,问清原委,王鸣鹤道:"红猞猁的风格,出手快而狠,从不拖泥带水。"鬼蜡烛说:"红猞猁像鬼一样跟踪我们,我怎么一点动静都没听到?我向天发誓,我站岗时一个瞌睡也没打,我就是去拉了一泡屎。"王鸣鹤安慰他:"也许就你命不该绝。"鬼蜡烛心里颤了一下,的确,自己虽混迹响马几年,但身不负人命,而其他七人就不同了,夺人性命像踩死一只蚂蚁,眼都不会眨一下。郭瞎子虽说仗义,但遇到反抗的对手,枪下绝不留情,这也是他们这支响马有多路仇人的原因。鬼蜡烛向王鸣鹤提出一个请求,帮他在老坨头上把大和六个兄弟埋了,再搭一个窝棚,他要为死去的大站岗。王鸣鹤说:"人死入土为安,尸首不能喂狼,窝棚可以搭,但站不站岗是你鬼蜡烛的事。我们九里人管不了。"

韩家的船已经被凿沉,好在韩二刚好划船从玉虚观回来,王鸣鹤便让韩二撑船把他们送过河,先是把土匪凿沉的舢板打捞出水,让韩老三抓紧修补,王鸣鹤则带着村民来到老坨头,挖了七个墓穴,用苇席裹了七具尸体,埋葬了这些连名字都不清楚的响马。鬼蜡烛想立块木牌,但不知道郭瞎子全名,王鸣鹤说:"你不是叫他大吗?木牌上就写郭大之墓吧,这符合你立碑人的身份。"就这样,成一二四三角形排列的七座坟被堆起来,最前面那座竖了一块木牌,王鸣鹤用刀刻上四个字:郭大之墓。

王鸣鹤帮鬼蜡烛建成的窝棚更像一个地窖子,半埋在地下,因老坨头风大,防止大风吹翻屋顶,建这种半埋式的地窖子更安全和保温。鬼蜡烛很感激王鸣鹤的帮助,他对王鸣鹤说:"我在老坨头给我大站岗,也给你们九里站岗,以后只要九里过刀兵,我就在老坨头放狼烟报信儿。"九里村民很是感激,如果真是这样,鬼蜡烛就是九里的保护神了。村民为鬼蜡烛送来粮食和锅碗用具,这个幸存的响马从此成了九里编外村民。

鬼蜡烛自从在老坨头住下后,交往最多的人是王鸣鹤,他随九里年龄大的人称王鸣鹤为小先生。开始,王鸣鹤以为鬼蜡烛在老坨头上守些时日便会离去,没想到鬼蜡烛像钉子一样钉在了老坨头上,不再离去。王鸣鹤发现,鬼蜡烛的内心世界很强大,他并不是像有些人说的站岗是在赎罪,他站岗是为了履行一种职责,是执行义父的一道命令,与当年的拉屎脱岗无关。鬼蜡烛说他站岗的时候能和义父说话,义父会告诉他一些人生道理,他也会告诉义父白天都做了什么,他相信义父的灵魂存在,义父嘱咐他好好站岗。王鸣鹤知道鬼蜡烛被一种托付压得出现了癔症,入土的人怎么会说话?怎么还能下命令让他好好站岗?鬼蜡烛则坚信自己的感觉,说自己有一回把新熬制的小米粥放在义父墓前上供,第二天一早,小米粥不见了,空碗好端端就摆在那里,他曾想是不是让野兽吃了,但哪个野兽吃过供品会把碗端端正正摆好?分明是义父吃了。还有一回,他半夜被推门声惊醒,发现义父就站在门口,义父很生气地骂他:"妈了个巴子,八月节也不给碗酒喝?"义父好酒,属于探不见底的酒蒙子,他起身后义父不见了,想想那天日子,果然是八月中秋,次日,他到老陶家打了壶鹤顶红祭奠义父。"你说是梦吧,可我明明醒着,说不是梦吧,我起身后义父又不见了,我到义父坟前说,明天就给你买酒来。下半夜我睡得就很安稳。"这些话王鸣鹤听来并不感到奇怪,人心其实是个多面镜,想什么就会照见什么。

  王鸣鹤十分赏识鬼蜡烛重诺的品格,后来他对白鹤五子说过,子贡为孔子守墓六年而名垂千古,鬼蜡烛为义父守墓站岗八载千古未有。王鸣鹤说这番话的时候,鬼蜡烛已经在老坨头住了八年。这八年,每月十五之夜,鬼蜡烛都会披挂一身,持枪站在那块大石头上为郭瞎子坟墓站岗,而且一站就是一夜,风雪无阻。有好事的年轻人不相信鬼蜡烛每个十五之夜都会为死人站岗,有一年八月十五之夜,几个年轻人晚饭后闲着无事,便让韩老大划船过河,到老坨头看光景。在离老坨头很远的地方,他们就看到了坟盔前笔直站立的鬼蜡烛。有人打赌,看鬼蜡烛究竟能站立几时,几个人等到半夜,不见鬼蜡烛有下岗的意思,便悻悻地回来了。有人说鬼蜡烛彪,给一个死去多年的响马站岗,不值。也有人说鬼蜡烛是被郭瞎子的鬼魂迷住了,需要找道士作法才能解。但王鸣鹤不这么认为,他觉得鬼蜡烛是个守信之人,因为郭瞎子临终前交代过,不要别人惊了他的梦。王鸣鹤的看法得到了玉虚观塔溪道姑的肯定,塔溪道姑已经足不出观,大事小情都由一个叫稗子的女弟子安排,但塔溪道姑知道郭瞎子和鬼蜡烛的事。王鸣鹤把鬼蜡烛的事说给塔溪道姑,塔溪道姑轻摇着拂尘道:"无道即是道,此人已是入道之人了。"道姑的另一个徒弟止玉对鬼蜡烛很感兴趣,几次对王鸣鹤说想见识这位奇人。止玉比王鸣鹤小九岁,对什么新鲜事都感兴趣,每次到九里来和蒲娘总有说不完的话。蒲娘也很喜欢这个小道姑,说她简直就是塔溪师父所生,和塔溪师父年轻时一样水灵。

鬼蜡烛在老坨头上开了些荒地,除了种些谷子高粱外,其余全部种上甜菜。甜菜是一种很有趣的蔬菜,外形像萝卜,但与光滑的萝卜相比,甜菜疙瘩过于丑陋,丑陋归丑陋,甜菜疙瘩熬出的糖稀却甜得腻人,在没有蔗糖的北方,甜菜糖是最普及的百姓糖。鬼蜡烛种甜菜是为了熬糖稀,用糖稀制成一条条甜杆,这是九里孩子们的最爱,白鹤五子都是吃鬼蜡烛甜杆长大的。在鬼蜡烛来老坨头之前,九里没有人种甜菜,鬼蜡烛开荒种甜菜开了苇地吃本地糖的先河,王鸣鹤将鬼蜡烛这一创举写进了《酪奴堂纪略》。

鬼蜡烛没有忘记为九里站岗的承诺,他为九里燃放过四次狼烟,让九里百姓成功躲过四次刀兵之祸。每一次,老坨头上狼烟升起时,村民都会念叨这样一句话:多亏了鬼蜡烛!

二

从来没发生过邻里纠纷的九里民国十八年秋季发生了一起纠纷,起因是姚家和姜家两家房屋中间的那棵老榆树。

姚姜两家中间的那棵老榆树树干粗壮、树冠遮天蔽日,这棵树是姚姜两家的分界标志,当年王克笙规划建房时,两家就是以榆树为中线,各向东西二十步。每年春天,老榆树都会长满榆钱,肥嘟嘟的十分诱人,这时,姜得水的媳妇小惠便会搬来梯子采下一篮篮榆钱,或拌菜,或蒸成菜团,或熬成榆钱粥来吃。王克笙对小惠这种吃法很赞同,说榆钱性平味甘,入肺脾心经,具有健脾安神、清心降火之功效,可用于脾胃虚弱、食欲不佳等疾病。小惠有了王先生的鼓励,便把榆钱拌上苞米面蒸成饭团挨家挨户送,吃得最多的当然是邻居姚大下巴。夏日里,姚大下巴喜欢摇一柄蒲扇,坐在树荫下一边哼哼小调,一边看着黑燕皮拉碾子。

事情的起因是姚大下巴的一场怪病。一日夜里,姚大下巴做了个梦,梦到自己长出两翼直飞升天,他飘在悠悠白云之间,周围都是振翅盘旋的仙鹤,俯瞰茫茫苇地,却找不到可以降落的地方,就这么飘着,一直飘到海边的红海滩上,猛然坠落下来,一头扎进一个深不见底的泥洞里。惊醒后已是一身冷汗,左思右想觉得这不是一个好梦,起身咕咚咕咚灌下一水瓢冷水,坐在炕上给自己占了一卦,结果占出一个下坎上离的未济卦,心中更加不快。早晨,郁郁寡欢的姚大下巴如厕时,竟然排出一摊鲜血,他立马就蔫了,缅上裤腰操一把铁锨用土盖住血迹又躺回炕上,眼望房梁思忖后事。老伴姜氏早已过世,他独自一人住在东屋,儿子姚刚一家住西屋,姚刚发现父亲有些异常时已是天亮,他问父亲出了什么事。一向刚愎自用的姚大下巴装作若无其事的样子摇摇头,说:"叫蚊子叮了一下,没事。"姚刚说:"再睡觉别忘了放蚊帐。"说完,便下地干活去了。眼望房笆的姚大下巴自然就想到了自己的后事,人死了总该有口棺材吧,当年那口柏木棺材多好呀,谁见谁喜欢,那可是漆过八遍的,心疼啊,这么一口好寿材十八年前贡献给了关督队,后来,他想再打一口棺材,但总是拿不定主意。九里没有预先准备寿材的习俗,自己若是打了棺材,万一有事再让小先生给征用了咋办?打棺材这事便搁置下来。现在,眼看着自己到了油尽灯枯的时候,大限末日将至,棺材板还没一块怎么行?王克笙活着的时候曾讲过孔夫子的故事,说孔夫子真是大圣人,能预料到自己的大限,孔子病后学生子贡去看他,他发出了"泰山啊就要倒了,梁柱啊就要折了,哲人啊也要死了"的感慨,据说孔圣人也是在病中占了一卦才这样说的。他想来想去,忽然就想到山墙边的老榆树。老伴过世后,他视这棵大树为晚年的老伴,自己记不得有多少时光是在这棵老榆树陪伴下度过的,老榆树似乎能听懂他哼哼的小曲,因为每次哼完一段小曲,他都能听到树叶沙沙作响在回应自己,到了阴间要是也有这样一棵树,自己就不会孤单了。他甚至盘算了一下,老榆树这般粗细至少能打三口棺材,那样的话,姚姜两家家家有份,剩下一口可以给蒲娘,自己也不是吃独食,于情与礼都说得通。但老榆树能伐吗?这是九里唯一一棵老树,在海边碱滩上能长出这么一棵树很不容易,自己把树杀了会不会引起众怒?何况老榆树在姚姜两家中间,要伐也应该有姜家的允许。他又一想,毕竟自己为九里捐出过一口棺材,要不是自己那口漆过八遍的柏木寿材稳定军心,九里那次过刀兵福祸难料,王先生说过,那口寿材让九里化解了一场兵乱,若是没有那口寿材装殓关督队,说不准群龙无首的一队士兵会闹出什么乱子来。姚大下巴琢磨了好几天,腹痛越来越厉害,他感到自己说不准会突然间一命呜呼,傍晚,他去姜家找姜得水商议伐树的事。

在姜家,他说出了自己的想法,姜得水夫妇像突然不认识他一样,瞪着眼睛上下打量了好一会儿,夫妻又面面相觑,似乎遇到了一件不可思议的事,接着两人都摇了摇头。"七哥怎么能想到杀树呢?是不是没睡好觉?"小惠先说话了,他觉得姚大下巴似乎得了癔病,一个又精又灵的老头子好端端的打什么棺材?姜得水说:"七哥,别的事都中,就这事不行,没得商量。"姚大下巴挠挠头,皱着眉头说:"我知道自己快不行了,总该有口棺材吧?本来我是有棺材的,可是让王先生给捐了,你们不是不知道,……"小惠打断了他的话道:"打棺材也不能打老榆树的主意啊,这可是一棵成精的古树,你杀它就不怕遭报应?"姚大下巴说:"我也喜欢这棵老树,知道杀了它我连个乘凉的地方都没有,可咱九里上哪里找树,万柳塘的柳树也不能打棺材呀?"老实巴交的姜得水在杀树问题上表现出少有的坚决,他扶起坐在炕沿上的姚大下巴,道:"七哥,你有病我扶你去看小先生,这树万万不能杀!"姚大下巴有些不高兴,挣脱了姜得水的手,问:"你就是不答应呗?"姜得水点点头。姚大下巴道:"杀了也不是为我自己,朱、姚、姜三家人人有份。"姜得水摇摇头,"那也不成。"姚大下巴有些火:"咱两家几十年邻居,可从没红过脸哇!"姜得水还是摇摇头,说:"这事就是红了脸也不行。"姚大下巴的下巴有些哆嗦,道:"我也是九里有头有脸的老户了,按三圣祠里的村约规矩才来和你商量,你若不给面子,姚姜两家从此就别来往了。"姚大下巴气哼哼地拂袖而去。姜得水追出来:"七哥,你去酪奴堂看小先生吧。""我自己的事自己知道,不用你操心。"姚大下巴回了一句,头也不回地走了。姚大下巴不想去酪奴堂,他很迷信自己的感觉,由噩梦到占卜,结果均不差,加之一次次便血，他觉得自己难逃此劫，还是早作打算为好。但他是个重脸面的人，不想让别人知道自己有了重病，包括王鸣鹤，他到酪奴堂看病都是看小来小去的眼疾，他自信自己没大病，要不怎么会成为九里年龄最长的寿星呢？在九里，他一直把自己当作是王家之后的二先生，也算是半个乡绅，自己的后事虽说比不了王克笙，但也应该不失起码的体面。

姚大下巴离开姜家后，小惠催促姜得水赶快去酪奴堂找王鸣鹤，姜得水披上衣服急急忙忙赶到酪奴堂。王鸣鹤正在灯下为母亲读乐府诗——这是母子俩晚饭后的习惯，蒲娘眼神已经变花，王鸣鹤便每天为母亲读几首，和母亲探讨一下其中意境。见姜得水慌慌张张进来，王鸣鹤放下手中的书，并不急着问来意，起身为他倒茶，他这样做是为了让对方压压喘，说话会从容一点。姜得水喝了几口茶后，用衣袖拭去脖子上的汗珠，一五一十向王鸣鹤说了姚家要杀老榆树的事。王鸣鹤问清了缘由并没有急着表态，他让姜得水回去看护好老榆树，无论如何不能让姚家杀树。姜得水走出屋门，又不放心地回过头道："小先生，老榆树不能杀呀！"王鸣鹤笑了笑，说："有你看护着，他想杀也杀不成。"姜得水走了几步，又回头说："我们两家若闹掰了，岂不坏了九里村风吗？这怎么行。"王鸣鹤挥挥手："放心吧，我会想办法。"姜得水这才放心地走了，身影慢慢消失在夜色里。王鸣鹤关上屋门，蒲娘问："你该如何处理此事？"蒲娘刚才听到了姜得水的话，这般邻里纠纷九里还没有发生过，九里村约几十年来起到了一种无形的自律作用，小先生遇上了老先生从来没有处理过的新问题，她想看看儿子用什么办法来处理这起纠纷。儿子民国十三年主事酪奴堂以来，处理过不少棘手之事，每一次都沉着冷静，应对有方，毫不逊色父亲，但那些毕竟都是兵匪之事，正邪好辨，这一次却是邻里纠纷，是些剪不断理还乱的家务事，这对于未到而立之年的儿子来说是个不小的考验。

"老榆树不能杀。"王鸣鹤背着手望着窗外说。

蒲娘点点头,手中编着蒲团,一根接一根柔韧的蒲草在她手里很自如地编成了草辫。

"七叔想要一口棺材备着,这要求不过分。"王鸣鹤接着说。

蒲娘也点点头,谁都知道当年姚大下巴捐出柏木棺材的义举,王克笙曾和蒲娘说过,姚家白白捐出这么贵重的棺材有些不公平,但当时没有别的办法,九里只有姚家有现成的棺材。蒲娘还记得丈夫说姚老七这个人重面子胜过重里子,但在捐出寿材这件事上,既讲了面子又讲了里子。

"七叔杀树是为了打棺材,要是有了棺材,树还会杀吗?所以说,解决七叔的棺材,是解救老榆树让姚姜两家和解的钥匙。"王鸣鹤分析得头头是道。

"你想怎么办呢?"蒲娘已经猜出了儿子的想法,还是问了一句。

"酩奴堂出资,为七叔备一口棺材。"王鸣鹤说,"酩奴堂尽管不富裕,但买一口棺材还是能做到的,当年父亲为了厚葬关督队和九里百姓安危,当众让七叔捐出了寿材,等于亏欠了七叔一笔义债,父债子还合乎情理,我就为七叔购置一口棺材吧。"

酩奴堂经济上并不宽裕,田地已经大部分赠给村民,王家只留了几亩口粮菜田,由姜得水代耕,白鹤书院读书弟子有赠则收,无予则免,没什么进项,收入主要靠为往来渔民看病,但这些收入多用于购置药材、书籍、茶具和茶叶,余钱就所剩无几。王鸣鹤接手酩奴堂以来,家中已经没有土地分赠新户,便和母亲商议,每家新户赠送一套茶具,通过倡导村民饮茶来明礼仪、去蛮性。蒲娘非常赞同儿子的做法,此举恰是酩奴堂题中应有之义,并说既然要赠,就老户新户都赠吧。这样王鸣鹤亲自去营口,在吴家茶行定制了一批江西永祥轩出品的提梁白瓷茶壶,茶壶统一题上"力求文化逐日自新"八个字,粉彩图案是童子拜寿——一个高额长须的老者与和合二仙,每壶配四只茶盅,恰好一个方方正正的竹盒,一家一户发下去。为了方便村民购茶,让老陶开始经营茶叶,主要是经营一些村民喜爱的花茶和红茶。

蒲娘很满意儿子能做这样的决定:"为了留住老榆树,莫说一口,就是三口棺材也要买。"她说:"还是把大伙叫来商议一下吧,韩、马、姚、姜、陶五家好比是九里的五根柱子,不能有哪一根倾斜了。"

次日一早,多子还没有去通知,姚大下巴便来敲门。姚大下巴双眼红肿,弓着腰,手里还拄着一根枣木棍。王鸣鹤推开门,被姚大下巴这副模样吓了一跳:"七叔这是怎么了?"他想把姚大下巴请进屋。姚大下巴摇摇头不肯进屋。"外面说吧。"他喘着粗气说,"小先生,我估摸自己快不行了,可我不是来找你看病,我知道我的病你治不了,我是瓜熟蒂落大限已到,也该进万柳塘了。"姚大下巴称王克笙父子为老先生和小先生,这一点在九里起到了表率作用,因为他是九里最年长的人,是名副其实的建村元老,元老的作用在很大程度上就是做示范。"七叔大限之说从何而来?"王鸣鹤问。姚大下巴小声道:"不瞒小先生,我前几天占了一卦,卦象不吉呀。"王鸣鹤心里明白了一些,姚大下巴笃信占卜,在来九里前,占卜曾是他谋生的饭碗,对占卜之术他是真学真信真用,由一不吉之卦想到自己阳寿已尽,这在姚大下巴身上不难理解。王鸣鹤劝他:"当年家父说过,酩奴堂能开到九里无非机缘而已,扶乩、笊篱卜皆为辅助,吸引他的有三件东西:野燕麦干草的味道、碱滩上那棵老榆树和地火一样的红海滩,这些都是实实在在的东西呀,七叔怎能凭一卦断寿限呢?"姚大下巴摇摇头:"自己的身子骨自己知道,我胃肠已经溃烂,近几日便血不止,如此下去,必然油尽灯枯血干人亡。"听他这样一说,职业的敏感让王鸣鹤警觉起来,问:"七叔所便是红艳之血还是黏黑之血?"姚大下巴道:"当然是鲜红鲜红的血了,像秋天的碱蓬草,不过,我都用土盖上了,别人一概不知,只是我腹中下坠厉害,大肠中好像有一秤砣,怕是阎王爷派来的小鬼用锁魂绳系住了我的肠子。"王鸣鹤上前,仔细看看姚大下巴的面色眼睑和舌苔,心中有了底,问:"七叔来找我有事吧?"姚大下巴叹了口气:"我知道得水一定找你告状了,说我要杀了老榆树打棺材,可是我不是打一口,我要打三口,你娘一口,我和姜家一家一口。人死,总该有副棺材板吧,芦生、连顺两人下葬时只是卷了几层苇席,虽说是金刚苇,但毕竟不是三长两短的棺材呀。人老了最大的心愿就是攒那么几块板子,没有它,心里空落落的。杀老榆树我比谁都心疼,我是把老榆树当老伴儿看的,三伏里天天坐在树根底下乘阴凉,有时候在树下打起瞌睡来就会梦见乍到九里时的一些事,比如淘井,那不是淘,那是再往深里挖,我站在齐腰深的井水里,井水冰一样凉,直凉到了骨头里,王先生一身灰色长褂,也站在井口往上提水,醒来后就想,这些事老榆树都看到了,人不记得老榆树还记得。可是,树终归是树,成材后总是要用的,我不杀后来人也会杀,人不杀雷也会劈,我就想还是杀了打几口棺材咱三家分分吧。芦生、连顺已经不在,老陶还壮实,没人会来争,这事我与得水商量,得水太犟,说不通。"姚大下巴一口气说了很多,王鸣鹤听完他的话道:"七叔的话我听懂了,就是想要一口棺材,这事好办,我来想办法行吗?咱不动这棵老榆树,你看你都把它当老伴儿看了,老伴怎么能杀?"姚大下巴愣了一下,没有表态,他不明白王鸣鹤说的想办法是什么意思。"七叔,要棺材和杀老榆树是两码事,你有了棺材还非要砍树吗?"王鸣鹤想把两件事分开来,不要让姚大下巴的脑筋都系在杀树上。姚大下巴道:"不杀树,拿什么打棺材呢?"王鸣鹤搀着他往外走了几步,大声道:"老榆树不要杀,棺材的事我来办,好吧?"姚大下巴颤巍巍地走了。

王鸣鹤告诉多子不要去叫人议事了,他为姚大下巴包了几服药让多子送去,嘱咐马上熬了喝,自己则叫上韩老大划船去了田庄台。

当天,几碗药汁喝后,姚大下巴感到下腹里的秤砣变轻了,晚上也不再便血,他睡不着,起身又占了一卦,却意外地占出一个解卦来,心里像有条蚰蜒想爬出来,鼻腔里嗅到一种清新的苇香,这股苇香竟牵出了几日来从没有过的食欲,他叫起姚刚,吩咐准备几样供品,明天一早要到三圣祠上香。姚刚睡意蒙眬,答应了一声便回屋睡了。姚刚不知道父亲想砍伐老榆树的举动,他只知道父亲病了,病得有点恍惚,说话办事颠三倒四,父亲说没病,他也就没太在意。

早晨,姚大下巴一开门,惊得一腚坐在门槛上:空旷的院子里横放着一口白森森的棺材。好一会儿,他才起身凑过去,用手摸了摸,是上好的油松,棺材没上漆,看出是新打的,他明白了,这一定是小先生昨夜送来的,因为太晚,没有叫醒他。站在棺材旁,姚大下巴一时间感慨万千:小先生,我姚老七真是难为你了! 酩奴堂一向不留余财,购置这样一口棺材简直是抽筋吐血啊!

老榆树旁,早起的姜得水和小惠正在给树干缠系一箍红布条,这布条是辟邪用的,苇地人家遇事都喜欢系红布条,有了这红布条做护身符,能避血光之灾。姚大下巴远远地看着这一幕,两行泪水扑簌簌滚落下来:我姚老七难道成了妖邪之辈了? 他大声喊道:"得水呀,你俩别系了,我姚老七不杀老榆树了。"姜得水和小惠被吓了一跳,两张笑脸照过来,让病中的姚大下巴心里暖融融的。

姚大下巴后来问王鸣鹤,自己腐烂的肠子怎么就会没事?王鸣鹤说:"是你没杀老榆树积了阴德吧。"年迈的姚大下巴信以为真,无事的时候便会摩挲着老榆树粗糙的树皮喃喃自语,至于说了些什么没人知道。

王鸣鹤将姚大下巴的病情告诉了姚刚:七叔有很重的内痔,别让他吃辛辣之物。

三

这一年,王鸣鹤遇到了一件极为棘手的事,蒲娘告诉他:"小陶虹相中你了,你看怎么办吧。"

陶虹比王鸣鹤小五岁,已经出落得如花似玉,到老陶家说媒的不少,但陶虹谁也看不上,眼看着二十多岁了,在苇地已经是个大龄女孩子,老陶很着急,来找蒲娘商议能不能在田庄台给陶虹找个婆家。

蒲娘便把陶虹叫到酪奴堂唠家常,想听听她有什么想法。这一问,把一个秘密问破了,陶虹羞红着脸说,自己就喜欢小先生,这辈子非小先生不嫁。

蒲娘吃了一惊,陶虹对所有上门求亲者一概回绝的原因原来在这里!王鸣鹤听母亲说了陶虹的心思后,很惊诧地说,"小陶虹看上我什么呢?在我眼里她还是那个和黑燕皮玩耍的小妹妹。"蒲娘说:"人家现在是大姑娘了,人也透亮,你什么打算?"王鸣鹤摇摇头:"小陶虹是个好姑娘,但和我却无缘无分,我不打算考虑婚姻之事。"蒲娘叹口气,问:"还在惦记栗姑娘?"王鸣鹤未知可否,蒲娘道:"心高,门槛就会高,这个栗姑娘把你害了。"

其实,蒲娘最了解儿子,儿子在情窦初开之时,一下子闯进来一个洋气俊俏的栗娜姑娘,这对于身在苇地的儿子来说绝不是一件好事,因为有了这样一个可望而不可即的标杆,苇地所有的女孩子都会黯然失色,这是儿子迟迟不能成婚的主因。蒲娘并不埋怨儿子,她不会为了早抱孙子去委屈儿子,她太理解儿子的想法了,当年在田庄台自己不也是这样吗?后来姚大下巴介绍了王克笙,这份姻缘才一拍即合。"等着吧,"蒲娘想,"保不齐哪一天儿子就会交上桃花运。"

一个午后,陶虹突然腹疼如刀割,她双手按着小腹,弓着腰独自来到酪奴堂,进门喊了声:"小先生救我!"便栽倒在门口,王鸣鹤急忙跑过来扶起她,见她面色纸一样白,额头上满是汗水,知道这是急症。蒲娘也闻声出来,母子合力将陶虹扶到病床上,问她是不是吃了不洁食物。陶虹摇摇头,说午饭只是吃一点饼子咸菜,肚子忽然间就开始疼了。王鸣鹤怀疑是肠梗阻或胃痉挛之类的毛病,但要诊断这样的疾病,必须用手指来探查患者腹部,可是眼前这个患者不同一般,一来是未出阁的姑娘,二来又十分暗恋自己,这让指压探查多了些顾虑。蒲娘发现了儿子的顾虑,便回屋取出一块花布,盖在陶虹身上,对儿子说:"你可隔布探查。"王鸣鹤便隔着一层薄布,在陶虹下腹一点点指压,询问疼痛程度,然后将耳朵贴紧患者腹部仔细倾听,听到患者肠鸣音阵发性亢进,伴有气过水声,综合各种症候,王鸣鹤最后得出了结论:患者或因情志失调,忧愁思虑过度导致腑气不通而疼痛不止,若不及时畅通,就会引发高烧,成为凶险恶症。这时,老陶和郝好惊慌失措地赶来,看到宝贝女儿躺在病床上呻吟不止,夫妻俩央求王鸣鹤赶快想办法救救女儿。王鸣鹤在诸多治疗方案中选了一个最简便的办法,他让郝好去取一碗生香油来,马上给陶虹喝下,看看腹疼是否能缓解。郝好按照王鸣鹤的交代去端回一碗香油,扶起陶虹让她喝下去,然后众人都坐在酪奴堂里眼巴巴地看着陶虹,看她腹疼能不能减轻。大概过了半个时辰,病床上的陶虹坐起来了,脸上恢复了血色,只是黑色的长发被汗水湿透,杂乱地贴在脸颊上。"不疼了,"她说,"小先生的香油真管用。"

陶虹病情解除,大伙都松了口气。

离开酪奴堂前,谁也没想到一向文静的陶虹会说出一句惊世骇俗的话:"小先生,我的命归你了。"

老陶蒙了,训斥道:"你胡说什么呀?"

陶虹毫无羞赧之色,字正腔圆地说:"我这条命是小先生救的,以身相报救命之恩古已有之,女儿这样做有何不妥?"

老陶一定以为女儿被刚才的急症伤到了脑子,急忙和郝好扶着女儿回去了,走了几步,还不忘回头对王鸣鹤说:"小先生,后谢!"

陶虹病好后,天天到酪奴堂来,她来不找王鸣鹤,而是整天腻着蒲娘,帮蒲娘编织蒲团、酿制鹤顶红、晒制蓬蘽茶,遇到蒲娘没事的时候就陪蒲娘说说话。陶虹并不打扰王鸣鹤,只会不时偷偷瞟上一眼,小先生那件褐色长衫很提神儿,给病人把脉有模有样,说话磁性十足。没有病人时小先生就教弟子读书,小先生读书从来不摇头晃脑,而是一手擎着书,另一只手背在身后,让胸部高高挺起来。陶虹观察小先生痴迷的样子让蒲娘十分不安,他知道儿子对陶虹毫无兴趣,这种单相思会害了姑娘。一次,蒲娘问:"你喜欢鸣鹤什么呢?是学问,医术,还是名气?"陶虹的回答令蒲娘啼笑皆非,她说:"喜欢小先生的眼睛。"蒲娘问他的眼睛有什么与众不同吗?陶虹说:"那当然,小先生的眼睛让我想起黑燕皮,你还记得黑燕皮吧?它那双水灵灵的大眼睛多好看啊!黑燕皮死了我很伤心,后来我发现小先生眼睛也格外好看,简直就是黑燕皮的翻版。"蒲娘摇摇头:她猜测陶虹喜欢儿子的理由有许多,唯独没有想到儿子能与一头死去的驴子相似这一条。她把这个理由说给儿子,王鸣鹤没有表现出不满,而是很钦佩地说:"真是一个重旧情的姑娘,对一头驴子尚且如此,对人能差吗?"

陶虹总是往酪奴堂跑,这对重视家训门风的酪奴堂是个考验,对于老陶来说面子上也过不去,何况老陶和郝好都发现女儿有点失常,总是坐在窗前双手擎着下颌想心事。陶虹忽然迷上了茶叶,只要父亲进城,她都嘱咐买些茶叶回来,老陶以为女儿只是自己喝,但细心的郝好发现,女儿总是将茶叶给王鸣鹤送去,王鸣鹤不收,她就送给蒲娘,蒲娘找到老陶,说你赚钱辛苦买这么多茶叶干什么?再说酪奴堂也不缺茶叶。老陶说没法子呀,陶虹这孩子中邪了。老陶来找王鸣鹤,说陶虹总是这个样子也不行,得想个办法。王鸣鹤从没经历过这种事,就和母亲商量应对之策。蒲娘说:"相思病也是一种病,是病就有药方可治。"王鸣鹤摇摇头:"治相思病我没办法。"蒲娘开导说:"你说小陶虹单相思的根子在哪里?"王鸣鹤道:"她已经不是情窦初开的年龄,这根子不好说。"蒲娘说:"这根子就是你啊,傻孩子!"王鸣鹤感到脸上一阵发热:"我又没对她表示过什么,我有过错吗?"蒲娘说:"根子在你不是过错在你,你想想,你年近而立却尚未娶妻,陶虹正当青春,你俩在九里不就是常人眼里十分般配的一对吗?"王鸣鹤觉得母亲的分析不无道理,但自己怎么能喜欢小陶虹呢?蒲娘接着说:"要想治相思病,关键在于祛除病根,也就是说要断了陶虹对你的念想。"王鸣鹤吓了一跳,"这念想怎么断?陶虹是个成年人,她想什么不想什么外人无法改变。"蒲娘说:"她之所以对你有期待,是因为你尚未婚配,一旦你向她宣示自己心有所属,她自然就会心死而退。"

王鸣鹤想出了一个不得已的办法,他找了个镜框,将箱底栗娜的照片镶起来,摆在母亲的房间,这样,陶虹来酩奴堂的时候就会看到。

陶虹果然看到了栗娜的照片,问蒲娘照片中的女人是谁。蒲娘说你去问鸣鹤吧,他会告诉你。陶虹犹豫了好一会儿,还是亲自来问王鸣鹤。王鸣鹤说,"这个人你认识呀,就是当年来九里的栗娜,算是姚远的小姨子吧,是我的未婚妻。"陶虹一听就蒙了,问:"你什么时候有了未婚妻?"王鸣鹤说:"很多年了,因为时局不稳,我们才没有正式成婚,但她十年前就以朱家家人相称呼了,当然,这件事九里人并不知情,你不问我也不会说。"陶虹的眼泪突然间就流下来,她扭头跑进了蒲娘的房间,呜呜哭了有一个时辰,足足把一双秀眼哭成了熟桃,引得蒲娘也陪了不少清泪。

第二天,陶虹来找蒲娘,仰脸鼓腮说:"蒲姨,你找个般配的亲戚把我嫁了吧,我做不成小先生的媳妇,做他一个亲戚也成。"陶虹这句话提醒了蒲娘,她记得田庄台姑姑家有个侄子与陶虹较为般配,便正式做媒把陶虹介绍给了侄子。蒲家家风清明,蒲娘这个侄子是个铁匠,陶虹嫁过去后日子过得很不错。让王鸣鹤感到尴尬的是,陶虹回娘家都会拎两盒槽子糕来看蒲娘,每次都会问王鸣鹤同样的话:"栗娜嫂子啥时候过门呀,哥?"陶虹在喊这声哥的时候,会拐一道弯,这声叫便像一把鱼钩一下子钓起王鸣鹤心底蛰伏的那条小鱼,让他心底一阵翻腾,不知道如何回答是好。王鸣鹤后来对母亲说:"人不能撒谎,有时候为了一句谎言需要一辈子来编织遮羞布。"

后来,陶虹接连生了三个儿子,经常像母鸡一样领着三个鸡雏说说笑笑回娘家,人也变得泼辣,浑身活力四射像入秋的河蟹,她有一句话在九里妇女中广为传播:"女人就是一领苇席,有人睡才能滋润明亮,要是卷起来搁到高处,没几年就干巴了。"王鸣鹤听到这番话很有感触,心里知道她在说谁。

1931年

御倭九戒

一

庚午年的冬天像一只黑鸢悄悄滑翔而至。

一数九,九里最年长的人——姚大下巴便犯了眼疾。姚大下巴眼疾是在小儿子姚远死后落下的毛病,已经成了痼疾。姚大下巴年年这个时候犯眼疾,像冬至这个节气一样准时。他自己的解释是,年关走火,火走眼睛。

姚大下巴害眼疾只能来酪奴堂。其实,来酪奴堂不光为了看病,也是和小先生、蒲娘聊聊天,小先生给白鹤五子上课时,他也跟着到厢房旁听。王鸣鹤领着白鹤五子刚刚诵读完一段《大学》,见姚大下巴进到院内,便让弟子自己默读,来正堂为姚大下巴诊视眼疾。

王鸣鹤立于窗前,在黄表纸上随意写成一卦擎起来,指着上边的一爻问:"断,还是连?"

这是地水师卦,用毛笔画的,每一爻都蚕蛹一般粗。姚大下巴的两眼像是被糨糊粘住一样睁不开,眯了好一会儿,忽然睁开了,这一睁可不得了,睁得牛铃一样大,差一点把眼眶撕开。

"小先生,今儿几儿?"姚大下巴答非所问。

王鸣鹤放下擎着黄表纸的手,道:"十一月头日,咋啦?"

"九里八成要过刀兵了。"姚大下巴的眼睛依旧牛铃一样睁着。

王鸣鹤似乎明白了什么，转过身，从玻璃窗望出去，村北老坨头方向，一注狼烟正直线升起，如同龙卷风一样醒目。他神情凝重，把手中的黄表纸翻过来，怎么这么巧！上坤下坎，兵聚之象。他把多子叫来，让他去老榆树下敲锣，乡亲们听到锣声就会去鸽子洞躲刀兵。多子是胡奎的儿子，胡奎一家深受霍乱之害，王鸣鹤掌管酩奴堂后，胡奎央求他收多子为徒，让孩子弃面学医。胡奎说小先生你就当自己儿子收了他吧，苇地里少个拨面的厨子无所谓，要是多个像您这样治病救人的大夫可是苇地之福啊！就这样，酩奴堂破例收了多子做学徒，这也是酩奴堂由始至终收的唯一一个学徒。多子听令后惊鹿一样撒腿就跑。王鸣鹤低低地吼了声："锣！"多子这才折回来，摘了挂在墙上的铜锣，急急忙忙去老榆树下敲锣。

咣咣的锣声在大十字响起，村里顿时喧闹起来，从窗上那块玻璃望去，街上的青壮年开始匆忙带着包裹往东走。村民带的东西并不多——最为宝贵的粮食早在入冬时就藏在了鸽子洞。九里躲刀兵主要是青壮年，老弱病残要在家留守。一般过响马，无非索要些资财，也并非一定杀人，但响马对青壮年男女有一种本能的敌视和疑虑，苇地中人，个个会使刀打苇子，真要是一对一拼起命来响马不见得就占上风，他们看到青壮年在家会有麻烦。王鸣鹤眼看着村民渐渐走远，心里平静了一些。苇地里发生过一起惨案：苇地中部有个赵家烧锅，挺富庶的一个小村落，因为躲刀兵时全村出逃，扑了空的土匪恼羞成怒一把火焚了村子，这个靠出产高粱烧闻名的村落像一蓬芦苇，被一镰剃去了。

九里村民虽惊恐，但并不乱，这种躲刀兵的事情在九里不是一回两回了，人们知道，只要王鸣鹤在，九里不会是第二个赵家烧锅。

"回家吧。"王鸣鹤对站着发呆的姚大下巴说,"回去看家。"

"我不走。"姚大下巴抄着袖道,"我在这里等鬼蜡烛。"

鬼蜡烛一年四季住在老坨头,老坨头有他的地窨子、甜菜地和七盔土坟。对于九里人来说,老坨头犯邪,是血腥之地。每当九里过刀兵时,点燃狼烟的鬼蜡烛都会从老坨头下来,到酪奴堂与王鸣鹤一起应付刀兵之事。这次,姚大下巴主动提出要留下来等鬼蜡烛让王鸣鹤很意外。九里人都知道,姚大下巴自姚远死后就神道道的有点魔怔,说话看似不着边际,但仔细琢磨后会发现有些玄理。今天,姚大下巴的话还是触动了王鸣鹤的神经,莫不是姚大下巴预感到了这次过刀兵不同寻常?

"是福不是祸,是祸躲不过,酪奴堂从来都是福祸两由之。"王鸣鹤把姚大下巴推出门外,对满头汗水跑回来的多子道:"七爷眼神儿不济,你扶他回家,快去快回。"姚大下巴这才颤巍巍地被多子搀走了,一老一小两双靰鞡踩在积雪上,嘎吱嘎吱格外刺耳。

王鸣鹤掩好大门,帮母亲穿好棉袍来到庭院,小惠跑来扶蒲娘去鸽子洞躲避。他又到西厢房告诉正在读书的五个弟子放学回家,跟父母快去鸽子洞,做完这些事后自己来到三圣祠。每次遭逢九里过刀兵,他都会先到这里来定一定神儿。三圣祠内峨冠博带的孔圣人、须发皆白的药王和暴眼黑面的达摩祖师与平日并无两样,条几上有香炉和几碟点心果脯。王鸣鹤点燃三支香,举香过顶,三拜之后将香插进香炉,俯首默念,祈祷三位圣贤保佑九里度过此劫。王鸣鹤每次上香,总会下意识地背诵父亲教他的一段话,这段话是童年时代在酪奴堂背会的一段文字,与后来的《三字经》《弟子规》相比,这段话过于文言,但每次背诵他都会有所心得,这段话几乎成了他祭拜三圣的偈语:

凡大医治病，必当安神定志，无欲无求，先发大慈恻隐之心，誓愿普救含灵之苦。若有疾厄来求救者，不得问其贵贱贫富，长幼妍媸，怨亲善友，华夷愚智，普同一等，皆如至亲之想。亦不得瞻前顾后，自虑吉凶，护惜身命。见彼苦恼，若己有之，深心凄怆。勿避险巇、昼夜寒暑、饥渴疲劳，一心赴救，无作工夫形迹之心。如此可为苍生大医，反此则是含灵巨贼。

此段语录出自药王笔下，王鸣鹤每每吟诵，都能平气静躁，丹田踏实。

姚大下巴是个半仙儿，母亲说过，对七叔的话当走心过脑，勿当耳旁之风。姚大下巴为什么要等鬼蜡烛，难道鬼蜡烛有什么灾厄？紫铜香炉里三支香燃得很齐，据母亲说，祈祷时如果三支燃香高低不一，预示事有不平，若某支香忽然折断或熄灭，则会有麻烦出现，现在，三支香并驾齐驱，应该是三圣淡定，九里势必能化险为夷。

推门出来，五个弟子没走，站成一排立于三圣祠外，虽然还是孩子，却表现出一种处乱不惊的冷静。他们是王鸣鹤这一年里同一日收纳的五个弟子，接收五位弟子之日，天空中两只盘旋许久的丹顶鹤不请自来，在酪奴堂前的庭院里鸣叫觅食。蒲娘撒了些苞米招待它们，对儿子说："仙鹤降临乃祥瑞之兆，五个孩子就叫白鹤五子吧。"这五个弟子于是有了一个令人羡慕的名字。白鹤五子中长子是韩铁林，韩老大的次子，十岁，已经长得小熊一样壮；次子姚长栋，姚刚次子，个子小，文笔却上乘，尤其擅长写长短句。三子马治中，马俊在不惑之年生下的独子，马治中骨骼奇异，脸如同秋刀鱼一样长，长得让人过目不忘；四子邱会武，玉虚观稗子道姑收留的孤儿，细高如一棵豆芽菜，走道总是顺拐，但喜欢习武。姚长栋、马治中和邱会武都九岁，依生日排出大小,五子陶天佑最小,才八岁,老陶的幺儿,比哥哥天佐小六岁。天佑算术有天赋,据老陶说孩子抓周时抓住的第一样东西是算盘,将来肯定是个精明的买卖人。五个弟子要求留下来陪先生,说打起来也好有个帮手。王鸣鹤帮他们一一正好帽子,叫他们马上回家跟父母去鸽子洞,也好帮助稗子道姑安顿村民,白鹤五子这才依依不舍地走了。

王鸣鹤扣礼帽,绕围巾,推门来到街上,凛冽的北风迎面吹来,针芒般直刺面颊,一身褐色棉袍的王鸣鹤迎风独自向村口走去,沉重的步履不时打着趔趄。街上空无一人,村里死一样寂静。依躲刀兵惯例,他要到村口迎接这些不速之客,这种迎接如同与虎狼相遇,凶吉难卜,但身为九里乡绅,他别无选择。父亲在世时总爱说这句话:苇地虽荒,克己复礼勿忘;乡绅卑微,赴汤蹈火不辞。父亲为此身体力行,儿子岂能苟且偷生,哪怕面对一座大山压过来,也只能迎上去。

村口那块青石碑是父亲所立,《酪奴堂纪略》中记载了这块条石竖立的过程。青石是没加凿刻的原石,王克笙在老坨头酸枣丛里发现了这块几乎被埋没的青石,挖出后一看,竟有五尺高尺半宽,两层砖厚。想到九里还没有村碑,便把青条石拉回九里,从田庄台请来石匠刻上"九里义渡"四个行书大字,立于河边渡口,成了九里村碑。九里义渡一则纪念韩家几十年如一日为过往行人免费摆渡,二则取意以渡兴村,聚拢人气。大江横万里,古渡渺千秋,在王鸣鹤看来,一个义字,让九里在这块扁平的碱滩上立起来了,而这块村碑已经不是简单的标志,如果把九里看作一座城堡,它就是九里的城门,这也是每次过刀兵他都要来此交涉的原因。主人不到,等于城门洞开,主人在此,哪怕来的是魑魅魍魉,也要驻一驻足,尽管他心里清楚,自己所守只是一个象征,但至少可表明这里有领主存在。有时他想,这村碑很像一根拴马桩,文武百官至此下马,然后移步去拜谒三圣祠,不管怎么说,这块村碑的意义在王鸣鹤心里有太多的寄托,立于村碑旁,心中常常会萌生出一夫当关的豪迈。

远处一支马队快速奔来。王鸣鹤感到奇怪,每次都是鬼蜡烛跑步赶回,这一回怎么不见了报信的鬼蜡烛?正疑惑间,马队已越过冰封的河面奔至眼前,只见中间一匹马上骨碌碌滚下一个捆着的人来,王鸣鹤大吃一惊,被捆的是鬼蜡烛!

他跑过去扶住在雪地上翻滚的鬼蜡烛,捂住鬼蜡烛冻得通红的耳朵,问前面一个穿黄军装的人:"你们为何绑人?"

骑在马上的军人戴着狗皮帽子,唇上留横须,一双三角眼闪射寒光。他一手牵缰,一手按着边胯的盒子炮,厉声问:"你认识此人?"王鸣鹤点点头。军人又问:"他是不是土匪?"王鸣鹤摇摇头。军人说:"这犊子自己都承认是土匪,你怕啥?只要你说他是土匪,我一枪崩了这犊子。"

王鸣鹤听明白了,这些军人把鬼蜡烛当成祸害百姓的土匪了,就解释了鬼蜡烛的身份。军人听后哈哈大笑,连说误会误会,命部下给鬼蜡烛松了绑,把狗皮帽子还给他。然后问王鸣鹤:"你是村里管事的?"王鸣鹤回复:"鄙人是九里乡绅王鸣鹤。"军人跳下马,粗门大嗓地道:"我姓孙,东北边防军马占山部的侦察连长。"孙连长拍了拍鬼蜡烛的肩膀,"我们在老坨头发现他放狼烟,还背着一支快枪,就怀疑他不是好饼,抓了问他是不是土匪,这犊子说自己当过土匪。我平生最恨土匪,带他来村里审问,他要是祸害过百姓,我就一枪崩了他。"

王鸣鹤埋怨鬼蜡烛:"多悬呀,你怎么说自己是土匪呢?"鬼蜡烛固执地道:"我没撒谎,我当过响马嘛。"

孙连长哈哈大笑:"这犊子心眼还挺实!"

既然是东北军的正规部队,王鸣鹤心中一块石头落了地,他和鬼蜡烛引孙连长一行来到酩奴堂,忙着张罗酒饭。孙连长一双三角眼很警惕,不停地四处打量,问是不是有带武器的军人来过这里,又命部下去村里村外侦察。部下回来报告说村里家家户户都是些看门的老弱病残,青壮年不知去了何处。孙连长盯着王鸣鹤,王鸣鹤解释说雪一封苇地,村里青壮男女就要带着帐篷干粮进苇地打苇子,苇地碱大,种地收成薄,就靠冬天打苇子赚点活命钱,出去一次最快也要十天半个月。孙连长未置可否,仔细擦着自己的盒子炮。

鬼蜡烛做饭是把好手,很快,一盆鹅肉炖粉条、一盘咸鱼端上桌,新压的饸饹面冒着酸甜香气,十二个军人吃得很香,看得出他们很久没有吃囫囵饭菜了。孙连长口重,吃咸鱼不过瘾,问有没有咸菜,多子从咸菜坛子里捞出几个疙瘩头,孙连长没让切,直接啃着吃起来。军人吃饭如同风卷残云,三下五除二便填饱肚子。王鸣鹤见孙连长吃饭心事很重,吃得也慢,凭医者直觉,他感到孙连长一定身体不适,便问他胃口是不是不好,需不需要把把脉开点药调理一下。孙连长放下碗筷道:"孙某行伍出身,筋骨还是经得起摔打的,要说病嘛,就是一颗心总是在吊着。"王鸣鹤不好多问,疑惑地看着这位眼光凌厉的军人,不知他的心因何吊着。他到灶间烫了一壶鹤顶红,托着一摞碗来到里屋,孙连长摆摆手让撤下。王鸣鹤道:"此酒虽叫鹤顶红,却非毒药鹤顶红,是家母酿制的高粱烧,家母以此命名是提醒村民不要酗酒,酒大伤身。"孙连长咬了一口咸菜疙瘩说:"时下国难当头,身为军人,恨不能饥餐倭寇肉,渴饮倭寇血,倭寇未除,焉能耽酒!"王鸣鹤被孙连长的话感动了,酒,一向是兵匪之嗜好,这支队伍竟然滴酒不沾,令人不得不刮目相看。

王鸣鹤虽说从田庄台听到了一些时局变化的传闻,但听说国难之事还是第一次。孙连长简单说了形势,王鸣鹤感到胸口压了一块石头一般沉闷。倭寇扰华,几百年来未能断绝,大明的卫所屯兵尚能御敌于国门之外,没想到今日堂堂民国,竟然被倭寇欺负到了腹地。孙连长一行没有在九里过夜,吃过饭就要上马赶路,他在地图上比比画画了一番,最后选择了一条穿越大甸的路线。王鸣鹤想,好在是冬天,要是夏天选这样一条路很难走出苇地。

"为啥这般急促?"他问孙连长。王鸣鹤印象里九里所过各色刀兵,这是最匆忙的一支。

"军务在身,不能久留。"孙连长表情沉重地说,"你们要当心,这里已经是小鼻子的占领区了。"王鸣鹤感到后背一阵发凉,对于九里来说,苇地犹在,红滩依然,谁知国门虚掩竟让倭寇成了主宰。孙连长道:"我等奉马占山将军之命回奉天详报军情,请求军援。因奉天已被小鼻子所占,东北军悉数撤回关内,我等须昼夜兼程,归队参战,以尽保家卫国之职!"

王鸣鹤感到一股热流自丹田急速上涌,心跳随之加快,血管贲张欲裂,孙连长的话咬金嚼铁,掷地有声,王鸣鹤分明看到了一个荆轲般的壮士。他双手拉住孙连长的马缰,愧疚地说:"孙将军,恕我刚才没实情相告,九里青壮年不是去打苇子,而是出去躲刀兵。打倭寇保家卫国,九里也有一份,只要你说句话,九里绝不含糊,要人出人,要粮出粮!"

孙连长双手抱拳,动情地说:"适才我已猜到七八分,鄙人乃侦察连长,此等障眼之法瞒不过我,可我能体谅百姓躲兵匪之乱的恐惧,这也是我等戮力剿匪的缘由,刚才差点误杀这位弟兄。"孙连长招招手把鬼蜡烛叫到跟前,递给他一盒子弹:"得罪了兄弟,子弹金贵,少打兔子多打狼,尤其要多打小鼻子!"鬼蜡烛接过子弹,脸像盛开的葵花,鬼蜡烛虽有一杆快抢,但只有几发子弹,这盒子弹无异于雪中送炭。孙连长翻身上马,抱拳对王鸣鹤说:"你一个乡绅能出此言,孙某甚为欣慰,打仗乃军人天职,岂能让百姓去白白赴死?告辞!"

王鸣鹤深情地看着十二个全副武装的战士骑马消失在苇地,不禁心潮澎湃,士兵们个个神情肃穆,大有慷慨赴死的精神。鬼蜡烛站直了身体,军人一般向远去的队伍敬礼。

"小鼻子会来的,记住,他们打着膏药旗,一块白孝布上贴着块圆圆的狗皮膏药。"这是孙连长打马离开时留下的话。

王鸣鹤没有说话,甚至没有向远去的队伍挥手告别。孙连长刚才的话像风匣,将他的肺腑忽然抽空,又瞬间膨胀,他感到了周围气场的变化,自己像个充气后被挤压的气球,在变形、扭曲。好一会儿,身后传来一个苍老的声音:"是他们,就是他们。"

回头,身后站着姚大下巴,姚大下巴是如何毫无声息地站到身后来的,王鸣鹤一概不知。

"早上你给我看那个卦的时候,我就看到了他们,六层,整整六层,尸首摞着尸首,我活了一辈子从没见到过。"姚大下巴眯着两只不能视物的眼睛说。

王鸣鹤知道姚大下巴又犯魔怔了,让鬼蜡烛扶他回去,叫多子去鸽子洞报信。

王鸣鹤心里忽然多了一分牵挂,凭医者直觉,孙连长胃肠一定出了问题,应是胃火淤积,以砭石刺疗即可缓解。他怪自己刚才没有作为,如果孙连长此战捐躯殉国,岂不是终生之憾?站在雪地许久,直到双脚冻得麻木,他才步履沉重地回到酩奴堂。村民陆续回到村里,十字街上熙熙攘攘,九里在沉寂了几个时辰后又活跃起来,有勤快的女人开始剁起饺子馅儿,吭吭吭那种独特的菜刀剁肉馅儿的声音格外动听。

晚饭王鸣鹤没有吃,他盯着中午已经烫过的那壶鹤顶红出神。这个酒壶是锡制的,没有雕饰花纹,像个安上把柄的灰色葫芦,他拎着酒壶起身来到房后的三圣祠,点燃獾油灯,净手、上香、跪拜之后,把满满一壶高粱烧酹于三圣像前。然后,从木匣里拿出《酩奴堂纪略》第六卷,用蝇头小楷记下这样一段文字:

> 辛未年戊戌月庚申日。九里刀兵过,为首者一孙姓连长,率官兵十二人,午饭后匆匆开拔,取道吉林出征嫩江,欲于江桥抗击倭寇,所过秋毫无犯,不愧仁义之师。望气色,孙姓连长恐有胃疾,未及治,遗憾。

二

王鸣鹤一直在寻思孙连长临走时说过的话:小鼻子会来的,他们打的是膏药旗——一块白孝布上贴着块血红的狗皮膏药。他想,既然小鼻子一定会来,九里不能没有准备,而九里的准备不可能是刀枪武装,九里能在兵匪横行的苇地里得以免遭灭顶之灾,不靠武装防范,因为以九里这样的弹丸之地,无山势可依,无关隘可守,村民不足百户,即或人人都是以一当十的勇士,又能抵挡住哪一路兵匪呢?九里只能靠仁智,刚烈的父亲曾有过武装村民的理想,只是没有实现,在王鸣鹤看来,最好的御敌办法是不战而退刀兵。在酩奴堂议事时他说:"九里无以为宝,唯仁智以为宝,仁者无敌,智者不惑,只要正义在身,我们就会笑到最后。"王鸣鹤觉得虎狼在前,应该让村民有个约定,一旦这膏药旗插到碱滩上,九里百姓应该懂得守住什么。王鸣鹤反复阅读五十年前父亲初到九里时制定的《九里村约》,每一句都反复琢磨,从中体会父亲的良苦用心。他想,在倭寇占领东北的当下,九里应该有一更通俗的乡约来提示村民的家国意识,不能豚犬一样给倭寇当差行役。一连三个晚上,他秉笔凝思,逐字酝酿,每落一字,都重似千钧。蒲娘坐在一边静静地望着儿子,她的头发已经雪一般白,甲午之难让她不堪回首,儿子起草这样一份乡约对九里来说也是当务之急。第四天,王鸣鹤草就了洋洋千言的乡约,念给母亲,母亲回了四个字:"大道至简。"王鸣鹤闻此言后,不禁茅塞顿开:是啊,要想让人守约,必先让人知约,洋洋千言谁能记得住?言简意赅、朗朗上口才能入脑入心,身体力行。他遂将乡约压缩锤炼,最后不过两百言,再读予母亲,母亲听后微笑着点点头,夸奖道:"朗朗上口,妇孺皆可诵之,甚好。"

酪奴堂议事的成员悉数赶到,他们听到了一些风声,也都清楚倭寇之残暴,每个人的神色都铸铁一样凝重。王鸣鹤提出了讨论的问题:身置倭寇治下,九里如何应对?

姚刚来酪奴堂之前问过父亲,若是鬼子真打到九里该怎么办?姚大下巴也说不出什么,一个劲地捏下巴,给出的答案是听小先生的。王鸣鹤先点了姚刚的名字,姚刚搔搔头道:"鬼子来咱只能去鸽子洞,没啥办法,我问了我爹,他也没办法,说主意还是由小先生来拿。"

问韩老大,韩老大说:"冬天进鸽子洞,夏天进芦苇荡,也只能这么做了。"

马回提出一个疑问:"要是鬼子赖着不走呢?"

姜路道:"那就难办了,东北军都退回关内了,咱这些草民还能和鬼子来硬的?不能鸡蛋碰石头。"

老陶抽着烟袋,眼睛却盯着脚下的砖缝,地面有些潮湿,地砖缝隙湿漉漉的,似乎要泛出水来。王鸣鹤问他在想什么,他才抬起头说:"我在想,要是鬼子驻扎九里,咱也要想法子逼他们走。"

韩老大哼了一声:"怎么赶?咱就鬼蜡烛一个会使枪的。"

鬼蜡烛也参加了议事,他正在用袖子拭擦枪管,听韩老大这样说,憨笑了一下,没有接话。

"鬼子来总要吃饭喝水吧,咱能不能在村中水井上做点文章,扔几把巴豆进去,让鬼子水土不服,他们不就滚蛋了吗?"老陶的想法是在水井里下毒,让鬼子跑肚拉稀无法在九里久住。

韩老大表示怀疑:"那咱们就不喝井水了?"

老陶说:"鬼子走后咱再淘井呗,淘过了照样喝。不过小先生要掌握火候,下多了把鬼子毒死会起疑心,下少了又不起作用,下药正好才是。"老陶鬼点子多,能想到这样一个办法说明他真动了脑子。

王鸣鹤却有自己的想法,在大伙说完后他说:"大敌当前,首要的是人心要齐,人心齐泰山移,纵使恶魔相逼又能奈我何?怎样凝聚人心?那就是大家要盟誓守约,我想,应有一个盟约告知父老乡亲,人人遵守,众口一致,咱九里就是铁板一块了,至于遇到情急之事,随机应变也就是了。"

大家听后都表示赞同。老陶说:"这盟约起草的事自然由小先生主笔了,我等也出不上力气。"王鸣鹤展出一张纸来道:"我草就了一份《御倭九戒》,念与大家,若大家认同,便共同约守,如何?"

众人纷纷点头称是。

　　国破山河在,黎民忠故国,三省负铁骑,九里焉能免?淫威之下,九里父老虽为尘中埃,泥中沙,却不能随波逐流,与倭寇合污,应有莲之操守,学伯叔而耻周粟,如若,当共同约守以下九戒:一戒为贼作伥,二戒为贼引路,三戒与贼同俗,四戒认贼为亲,五戒祭拜贼鬼,六戒馈贼资粮,七戒教习贼语,八戒不救敌仇,九戒泛议贼功。自今以后,凡我同约之人,祗奉戒谕,齐心合德,同避倭贼,若有二三其心,阳奉阴违者，神明诛殛。

读罢，王鸣鹤又解释为什么用一个御字而非抗字，一则体现藐视倭寇，九里虽小，却能以上御下，敌我道义上已分高下；二则体现贵在自保的用兵之道，刀剑直逼，避让为上，虽说天下兴亡匹夫有责，但不能逞匹夫之勇，以卵对石，故文中用了一个御字。王鸣鹤又重申三圣祠中所设《彰善》《记过》二簿，将由白鹤书院学子专记村民德业，以引导村民保国爱乡，远离倭寇。众人都表示赞成，议定在最近上香之日，召集村民颁布遵守。

至此，在《九里村约》之后，九里有了一部人人奉守的盟约——《御倭九戒》，此后直至伪满洲国垮台，《记过》一簿空无一字，而《彰善》一簿却连篇累牍，笔墨常新。

三

王鸣鹤记得父亲这样对自己说过："白鹤书院不求出公卿，但求尽里仁。"开始，王鸣鹤对父亲的说法并不理解，当他接手酩奴堂和白鹤书院后，他明白了父亲的用意：白鹤书院不能太过功利，只要让九里子弟能识文断字、明礼守约就达到了目的。父亲向九里子弟传授文化，奠定了九里崇文尚礼的村风，这些在白鹤书院读过书的九里子弟尽管没有成为达官显胄，但绝无粗俗猥琐之辈，九里家家安居乐业，和睦相处，几十年不见讼斗纠纷，南来北往的渔民对此多有夸赞，九里仁义之乡的美誉也传遍苇地。

当年王克笙创办酩奴堂时九里人家尚少，酩奴堂周围常有丹顶鹤飞翔，因为王克笙投食喂鸟，有几只丹顶鹤就筑巢在离酩奴堂不远处的菱角湾，有一只鹤翅膀受伤不能飞翔，王克笙把它抱回酩奴堂，敷药疗伤，使这只丹顶鹤在冬天来临之前得以伤愈南飞。王克笙很喜欢这只仙鹤,在它翅膀上系了一缕红布条,让人深感神奇的是这只仙鹤年年春天如约返回,回来做的第一件事就是在酪奴堂上空鸣叫飞翔,好似向主人报到一样。鹤的叫声如同皮影戏中的掐嗓高歌,有极强的穿透力,每年春天第一声鹤鸣响起,王克笙和韩、马、姚、姜都会站在酪奴堂的院子里,仰望空中这只体态优美的仙鹤。丹顶鹤通人性,一会儿高飞,一会儿低翔,一会儿掠过众人的头顶,一会儿干脆落在不远处的草地上,长颈一伸一缩行着大礼。几年来,这只丹顶鹤翅膀上的红布条由红变白,由白到脱落,让王克笙看到了它的执着与忠贞。王克笙遂将书院命名白鹤书院,希望莘莘弟子将来也能感念故乡、回报九里。那只通人性的仙鹤是在苇地暴发霍乱那一年飞走的,也就是王克笙去世的民国十三年。蒲娘说先生的魂魄依附在了这丹顶鹤的身上,因为先生太喜欢鹤了,先生有梅妻鹤子的士大夫之风,鹤的一双翅膀会引领先生的灵魂飞向该去的地方。后来,蒲娘和王鸣鹤在菱角湾也见过许多鹤,却再也没有发现那只有情有义的丹顶鹤。

民国二十年春天,王鸣鹤正式收取的五个弟子——韩铁林、姚长栋、马治中、邱会武和陶天佑,做了一件令王鸣鹤感动的事,他没有想到五个少年能做出似乎只有成人才会有的举动。

这件事是离开九里四十余年的姚松引起的。

姚松一直在奉天做生意,因为通俄语和日语,生意做得很开,俄国人、日本人这对死冤家他两头通吃。他多次去日本,娶了一个日本女人做太太,在日本一个叫仙台的地方安了家。但这些情况九里人包括姚大下巴都不知情,姚松四十余年没有回九里,偶尔托人送点国外的小玩意给父亲,算是保持一丝联系。至于不回九里的原因九里人并不知晓,直到人们知道他娶了一个日本太太才明白了大概,他是担心自己被写入三圣祠的《记过》簿。孙连长过九里后,姚大下巴不知哪根神经绷紧了,给在沈阳的姚松写了封信,大意是让他学岳飞,精忠报国,别给日本人做事。还说自己垂垂老矣,不知何日就成了三圣祠内一块牌牌,但有桩心事未了,松儿虽然本事不小,却从未泽被故土,作为九里走出去的最有出息的人,应该为姚家挣些面子,哪怕为九里修一条路、建一座桥,也就载入了《彰善》簿。姚大下巴信写得言辞恳切,他特意给王鸣鹤看了,问:"小先生,这封家书公私兼顾,能否在《酩奴堂纪略》中记上一笔?"王鸣鹤劝他道:"姚松兄只身在外多有不易,七叔不要勉为其难。"姚大下巴摇摇头:"当年刘邦当了皇帝还不忘回家乡看看呢,姚松为啥不能回来?他回来做点好事,至少能上《彰善》簿吧。"王鸣鹤笑笑,不再说什么,他理解姚大下巴,因为老陶做生意总是帮衬乡邻,在村里声誉日渐高起,作为酩奴堂五老中最为年长的他却名与岁衰,为此他颇有些危机感,加之老榆树和姚远的事,村民对姚家有些微词,抵消了他对九里曾经的贡献,他的下巴也很难再高高抬起。另外,还有一件事让姚大下巴心里犯嘀咕,那就是姚刚的长子、自己长孙姚长彪不明不白患了怪病,平常好好的,忽然间就魔怔了说胡话,连小先生也没办法治。姚长彪年龄不大却有熟皮子天赋,四周苇地居民猎到的狼皮、狐狸皮、兔皮都送到他这里来熟,他熟的皮子柔软似棉,卖价也好。春天某日,姚长彪对爷爷说,他要给爷爷缝一顶貂皮帽子,姚大下巴没当回事,以为是随便说说,谁知姚长彪真到苇地里抓了三只小狐狸来,他要将小狐狸养到冬天再杀掉。三只毛茸茸的小狐狸被圈在柳条筐里,样子十分可爱,村里孩子都来看光景。当夜,有恐怖的声音在双泰河北岸哀叫,扰得村民一夜没睡好,姜得水说这是寻崽的大狐狸。狐狸一连在九里叫了三夜,王鸣鹤来姚家劝姚长彪把小狐狸放了,这些狐狸虽说不是红顶子上的大耳狐,但毕竟也是狐狸。姚长彪一听傻了,指着盯在墙上的三张小狐狸皮说:"没法放了,都挂在墙上呢。"原来姚长彪被狐狸叫得心烦,干脆就把三只小狐狸给宰了。王鸣鹤看着墙上三张蒲扇大小的狐狸皮心里直突突,冷冷地瞥了姚长彪一眼便回了。姚长彪因为捕猎幼狐,在九里广受埋怨,刚入夏天就犯了魔怔,整天蹲在地上算数。姚大下巴很自责,孙子是为了孝敬他才去抓狐狸,没想到这狐狸还真的抓不得,报应来得比潮汐还快。好在次孙长栋很争气,让姚大下巴心里多少有些安慰,神道道的他一直纠结着姚家在九里的地位,思来想去,还是让大儿子姚松回来一趟好,只要姚松能为九里做点善事,姚家的名声就会好起来。

冬天,姚松回来了,这是四十多年来第一次回来。

与父亲木锨般的下巴相反,姚松几乎没有下巴,两腮嘟噜着两坨肉,松垮垮地耷拉着,让下巴害羞一样深藏起来。带着旱獭帽,穿着俄式大氅的姚松是坐着一辆汽车回来的,这让九里很多人开了眼界,见到了四个轮子的汽车。汽车驶过冰封的双泰河,停在老榆树下,姚松带着一个年轻随从下车,站在石碾旁四处张望。老坨头上的鬼蜡烛见到了苇地里摇摇晃晃开过来一辆汽车,以为是日本鬼子来了,急急忙忙去点狼烟。从火盆里点燃了火把,他又吹灭了,他想再看看这辆汽车到底要干什么,因为车后没有武装人员,车厢上也就装了几个大木箱。汽车开进九里,他知道这不是兵匪,便藏好枪,装作割苇的村民提一把镰刀跟着汽车来到老榆树下,靠前询问开车的师父。开车师父告诉他来者是姚家大公子,另一个是他的日本跟班,鬼蜡烛听说过姚家大公子在奉天做生意,能混到让日本人当跟班可见不简单。

姚大下巴对儿子回来兴奋异常,一双红肿的眼睛越发变得红肿,摸索着姚松的肩膀嘴唇直哆嗦,问:"松儿呀,你怎么几十年不回来看看?你娘走时还念叨你名字呢。"几句话把姚松眼圈说红了,他说一会儿去坟地看看娘,给娘多烧些纸钱。姚松回九里,是他的生意合伙人松本想到苇地里找一处地方开办造纸厂,就地取材以芦苇做原料生产紧俏的纸张。他想到了九里,九里有双泰河,有取之不尽的芦苇,还有红海滩外的渔码头,这一切都为办工厂提供了便利,他特意赶回来谋划此事。

随姚松来的是松本的儿子佐贺,是造纸厂工程师,他来中国不久,对芦苇造纸项目充满了渴望。姚刚试着与佐贺说话,他只是点头,却不接话,姚刚怀疑这个留有小黑胡的青年人是不是也和韩二一样是个哑巴,问姚松,姚松说佐贺不会说中国话。姚刚与姚松虽为兄弟,却如同陌生人,毕竟几十年不见,相互间脑子里没啥轮廓。姚刚道:"三弟要是活着就好了。"姚松点点头:"三弟当年去日本留学就好了,不会染上肺结核,也不会参加什么学生运动。"姚刚说:"也怪他不吃王先生的药。"姚松没有接这个话茬,说:"将来让长栋去日本留学吧,我出钱。"姚刚说:"长栋在白鹤书院跟小先生读书,挺好的。"

午饭时,长栋从白鹤书院回来,见到传说中的大伯很生分,好奇地打量着这个一身阔气打扮的大伯。姚松从上衣口袋中拔出一管笔,递给他说:"自来水笔,日本货。"长栋看看爷爷,爷爷说:"长辈给你的,收下吧。"长栋这才接过自来水笔,他知道这是好东西,小先生开药方一直用毛笔,要是有这样一支自来水笔该多好! 一家人吃过午饭,姚大下巴让姚刚带哥哥去酩奴堂拜访小先生。姚松问:"小先生是王先生的儿子吧?"姚大下巴说:"是啊,这个小先生可是有学问的人,在九里一言九鼎呢,九里能住上瓦房,都是他经略的。"姚松说:"嗯,我很想见识一下这个年轻人,我还为他的书院带来了几箱书。"恰好马回、姜路也来了,马回、姜路都是姚松儿时的伙伴,见面后自然一顿寒暄,感叹儿时的伙伴已经变得不认识了,马回说你姚松还枝叶繁茂,我和姜路倒成了冬天的芦苇,只剩一根光秆了。姚松给他们各分发一盒日本香烟,然后介绍自己在奉天经营的业务,他讲自己经营糖果、纸张、煤油、铁钉、火柴和煤炭,都是紧俏商品。姜路插话问:"有茶叶吗?"姚松摇摇头,道:"茶叶利薄,不如糖果。"姜路很失望,利厚的糖果他没有见到,九里人对糖的记忆要归功于鬼蜡烛的甜秆。

姚松带来的木箱共有三只,其中两只装有成包的洋火、小马灯和小铁桶装的煤油,他知道这三样东西在苇地用得上,在村民大都用火镰和艾绳取火的九里,洋火无疑是稀罕物;小马灯是夜里进苇地的必备之物,提着它走苇地,既可防狼壮胆,照清小路,又不会像火把容易引起火灾;煤油是马灯的燃料,没有煤油,马灯只能是摆设。另外一只木箱里装的是图书,这是姚松特意要捐给白鹤书院的。姚大下巴让姚刚带哥哥去见小先生,正好把这箱书带过去。

姚松一见到王鸣鹤,就被王鸣鹤的气质所震惊,没想到,在九里这样偏远的地方,竟然会有这样一个仪表堂堂的乡间医生,难怪父亲叫他小先生,单从形神来看,眼前这个苇地神医之子绝非浪得虚名。王鸣鹤没有乡下人那种腼腆和拘谨,拱手致意,让座上茶,站有站相,坐有坐姿,一身褐色棉布长袍使他看上去如同一尊铜雕,干练有神,再看看自己,这身大氅和大氅下隆起的肚腩,可谓老相尽显。

"小先生一表人才,一表人才呀!"姚松很客气,"说起来,我也算是白鹤书院走出的弟子。"姚松拱手致意,一边观察酩奴堂中的摆设,一边夸赞王鸣鹤。

王鸣鹤道:"一切皆家父创办,鸣鹤只是守业而已。"

"小先生仪表脱俗,颇有仙风道骨。"姚松端起茶盏,闻了闻新泡的祁门安茶,眼睛却一直在王鸣鹤那张方方正正的脸上。

"过奖,我不过粗通一点经史子集,会点砭石、针灸医术,与姚兄相比,犹如井底之蛙,姚兄才是见过世面之人。"王鸣鹤听到对方这些溢美之词并不受用,他不习惯被人抬举。

"鄙人蒙童时得到过令尊大人教诲,至今记忆犹新。今日之酪奴堂已经大不一样了,当年还是简陋的草房,冬天阴冷,夏季潮热,现在的青砖瓦房清清爽爽,真好!"

"九里的砖瓦房是逼出来的,那一年过刀兵,房屋被土匪纵火烧毁过半,大伙商议后就地取材烧制砖瓦,将全村换草成瓦,说到底,还是乡亲们自己出力办了这件事。"

"当年我不知九里遭此匪患,若是知晓,也会为家乡重建尽点绵薄之力。"姚松面呈遗憾,九里被土匪纵火一事他的确是第一次听说,生意场上的他很大精力都在日本仙台,奉天不过是他经销洋货的货栈。"不过,我这次回来,却着实想为九里、为白鹤书院做点事情,我专门在日本购买了一批学生教材,捐献给书院,将来也许会用得上。"说完,姚松让人把那一箱书搬过来,当众打开,果然是一些花花绿绿的图书。他拿出一本,递给王鸣鹤:"这是日本国小学教材,学习日语用得上。"

王鸣鹤没有接书,直视着姚松问:"为什么是日本国教材,我们这里是中国呀!"

姚松摇摇头:"小先生在这世外桃源,不知有汉,无论魏晋,当今之东北自'九一八'事变后,已经是日本人的天下了,日本人统治,不学习日文怎么行?学习日文乃大势所趋。"

王鸣鹤站起身,背着的两手紧紧攥在一起,让胸脯高高挺起来。他说:"姚松兄心意我领了,不过这些日文课本白鹤书院不需要,一则九里没有人会讲东洋话,二来九里人也没谁去给日本人当差,哪怕日本人出再多的工钱。这些书你还是带回去吧。"

姚松听到王鸣鹤这样说,两腮的肉坨有些僵硬,他把手中的课本放回木箱,道:"现在用不上,来日也许会用得着,我既然花钱买了,就暂且放在这里吧。"

王鸣鹤没有说什么,姚刚发现有些话不投机,便把书箱搬起送到了西厢房。多子提壶给姚松续茶,见他没有喝,便提示了一句:"请用茶,这可是先生最好的茶了,祁门安茶。"姚松端起茶盏,再次闻了闻,对王鸣鹤说:"说起饮茶,我认为日本是最讲究茶道的国家,他们将饮茶上升到一种文化层次,每次饮茶,都遵循一种庄严的程序,静心养心,怡情益情,很是讲究。这样吧,来日我送小先生一把日本铸造的龙文堂铁壶怎样?"

"据我所知,东洋茶道乃唐宋遗风东渐,根系还在中国。酩奴堂没有铁壶,赠送每家每户一套白瓷茶具,村民用来泡茶也很实用,东洋铁壶恐怕用不习惯。"王鸣鹤对姚松言必称日本有些反感,姚松一提到日本二字,孙连长的话便会在耳边嗡嗡响起,仿佛那面狗皮膏药旗就在眼前晃动。

姚松发现眼前这个小先生对日本课本和日本茶具不感兴趣,便换了话题问些烧制砖瓦方面的事,对此,王鸣鹤有问必答,而且解释非常详细,他尤其讲到马俊,说马俊简直就是烧砖制瓦的天才,马俊用双泰河河泥烧制的瓦当在洼里城都找不到。姚松问:"若是大量需要砖瓦,九里现有的窑口是不是能供货?当然,是花钱买砖瓦。"王鸣鹤道:"此事不难,哪怕你修长城,九里窑口的砖管够用。"姚松站起来,紧紧握住王鸣鹤的手说:"谢谢,谢谢,这样我就放心了。"

姚松走后,王鸣鹤心里嘀咕:姚松为什么要说谢谢?他放心的是什么?难道他要在九里做砖瓦生意?他怎么也没想到,姚松在九里要做的是建一个芦苇造纸厂!

在双泰河边建造纸厂是姚松回九里的目的。

这个项目是他与日商松本合作,松本占六成股份,姚松占四成,项目建设由姚松负责,由跟随姚松来九里的佐贺担任工程师。姚松和佐贺沿着双泰河上下游走了很远,又深入到苇地里查看,一连走了三天。姚刚问:"你天天往苇地跑,到底想干什么?"姚松诡秘地笑笑,"我要干一件大事。"姚刚说:"九里最大的事有两件:一件是在红海滩外修个石码头,省得在这里靠岸的渔船泥里来、泥里去不方便;一件是在双泰河上修座桥,省得韩老大再划船渡人。"姚松轻蔑地道:"修个石码头能赚几个钱?那些在红海滩外靠岸的渔民都是小庙鬼儿,因为交不起码头份子钱才在这儿靠岸,指望他们就不用做生意了。桥,倒是要修的,但不是现在,等我建成了厂子,赚到了钱,我就修一座石头拱桥,桥的名字就叫姚家桥,怎么样?"姚刚咧开嘴笑了,心想,姚家桥这个名字挺好的,算是圆了父亲一个梦想,最好能立一块碑,让小先生写上碑文,这样,姚家在苇地里就会名声大震。但他忽然想起刚才哥哥说的"厂子",便问:"你要建什么厂子?"姚松知道建厂这样的大事无法隐瞒,就说自己要在双泰河边建一个大型的造纸厂,用苇地取之不尽的芦苇做原料,生产高档纸。"这么丰富的芦苇资源,只是编编席子,太可惜了,要是建成造纸厂,不仅芦苇可以利用,而且九里的乡亲可以在厂子里做工挣钱了。"姚刚不懂造纸厂的事情,但他觉得此事非同小可,便在当天晚上与父亲说起此事。姚大下巴虽然能掐会算,但造纸厂一词在他脑子里还从没有出现过,他也拿不定主意,就来找姚松说:"双泰河建厂,非同小可,你还是和小先生商量一下,九里遇到大事,韩、马、姚、姜、陶五家要在酪奴堂商议,这是九里的规矩,咱姚家不能破这个规矩。"姚松轻笑一声说:"爹,您老不明白,别的事酪奴堂可以商议,这造纸厂的事却没法商量,酪奴堂议事的几个谁懂造纸?真正明白的是我带来的佐贺君,他是造纸专家。"姚松没有说佐贺的日本人身份,几天来,佐贺一言不发,只是在一个大本子上画图,用一个袖珍罗盘一处处测量,然后很认真地做笔记。姚大下巴捏着下巴,眉头蹙紧:"还是打个招呼好,这样吧,让你弟弟去给小先生打个招呼,姚家不能不守九里的规矩。"姚松又轻笑一声:"好吧,我与小先生谈到了建厂需要大量砖瓦的事情,小先生还说九里窑口的砖足可以修长城呢。"

姚刚来到酩奴堂,王鸣鹤正在给白鹤五子讲授《孝经》,他的讲解很通俗,五个弟子坐在蒲团上,呈扇形围着火盆听他逐句讲述。姚刚站在西厢房门外,听屋内小先生在讲述,一时不便打扰,恰好,多子端了盆炭火来给火盆加炭,见他在外面站着,便进去告诉了王鸣鹤。王鸣鹤知道姚刚来访一定有事,便让韩铁林领着诵读经文,自己带姚刚到正堂说话。姚刚说了弟弟要在双泰河建造纸厂的事,他和父亲觉得此事重大,应该向小先生禀报。王鸣鹤听后心里一沉,问:"用芦苇造纸,岂不要用光苇地的芦苇吗?"姚刚说他和父亲都不懂,不过哥哥说这是好事,建厂后九里村民可以在厂子里做工挣钱。王鸣鹤让姚刚先回去,自己想想再说。

次日一早,东方微白,王鸣鹤让多子套上马爬犁直奔玉虚观。离道观尚远,大黄狗已闻声惊起,浑厚的吠声在苇地里传得很远,塔溪道姑的徒弟稗子听到狗叫推门出来,见是一身霜花的小先生,便引他到正堂坐下,去内室请出塔溪道姑。塔溪道姑青袍加身,面庞略有浮肿,王鸣鹤行过礼,便把姚松要在九里建造纸厂的事情说与塔溪道姑,坦言自己一时拿不定主意,请道姑指点。

塔溪道姑听后没有言语,端起一杯茶徐徐啜饮,动作缓慢,看出来她是在思考王鸣鹤说的问题。好一会儿才放下杯,指着茶盏里的点点芦花问:"芦苇都用来造纸,这蓬蘽何处采?"闻听此言,王鸣鹤有茅塞顿开之感,用力点了点头。塔溪道姑接着说:"世上之事,有一利必有一弊,权衡利弊,以利而不害为天道。"王鸣鹤起身道:"晚辈知道该如何做了。"正欲告辞,塔溪道姑忽然问:"记得有个姓栗的姑娘来看过大耳狐,好像说她是研究湿地生物的,造纸厂之利弊你可询问于她。"王鸣鹤点点头:"我有她的地址,栗姑娘在北京,我现在就去田庄台给她拍个电报。"塔溪道姑道:"这样才好。"

离开玉虚观,两人赶着爬犁直接去田庄台拍电报,电报很简洁,寥寥数语:

> 栗娜雅鉴,别来无恙?今有一商欲在九里建造芦苇造纸厂,鸣鹤对此利弊一无所知,特请赐教,盼复。鸣鹤一切如昨,九里一切如旧,大耳狐犹在,勿念。鸣鹤上。

发报后,王鸣鹤带着多子到熟悉的文昌书店去找戚老板,戚老板来自山东蓬莱,戴一副厚厚的眼镜,眼镜后两只黑亮的瞳仁磁铁一样带有一种能幻化视物的吸引力。戚老板说话胶东味很重,他曾给王鸣鹤看过自家家谱,那是一册刻版刊印的家谱,蓝色封皮,扉页上有"封侯非我意,但愿海波平"两句,他说自己是明末抗倭名将戚继光后裔。王鸣鹤每次到镇上来,都会到这里来逛逛。书店不大,两层青砖小楼,楼下售书,楼上售笔墨纸砚兼装裱字画,他每次来看重的还是医书和经史之类的书,对新潮图书很少涉猎。戚老板从楼上下来,很客气地过来问他找什么书,他说找日本课文。一向儒雅的戚老板闻听此言立马板起面孔,道:"本店不售意本书。"老板胶东口音极重,把日本说成意本。王鸣鹤没有注意到戚老板神态上的变化,目光盯在书上,嘴上却说:"为啥不卖日本书?"这句话把戚老板说恼了,气哼哼地道:"啥意思?你一个苇地乡绅,还想和日本人套近乎?"王鸣鹤一听知道戚老板误会了,急忙解释说:"不是,不是,戚老板别误会,我只是随便问问而已。"戚老板长叹一口气,很伤感地说:"九一八奉天丢了,九一九营口也丢了,洼里、田庄台危在旦夕,国恨家仇在,我岂能替小意本卖书,不仅不能卖,见到小意本的书,我会一焚了之。"王鸣鹤呆呆地望着戚老板,相识好几年,今天才发现这个文质彬彬的戚老板竟然是个有着铮铮铁骨的汉子! 王鸣鹤说:"戚老板所言令鸣鹤敬佩,九里虽然是个偏远小村,却知道什么是爱国卖国、忠奸邪正,我们有九戒共守,决不会当汉奸!"戚老板把王鸣鹤请到二楼,告诉他很多时局变化上的消息,其中就有日本人要开发苇地的消息,这让王鸣鹤想到了要在九里办芦苇造纸厂的姚松,姚松的背后是不是有日本人在主使呢?他决定回去找姚松谈谈。

告辞时他说自己给北京拍了电报,回电地址写了文昌书店,一旦有回电,麻烦戚老板遣伙计送到九里。戚老板答应了,告诉他田庄台的电报也快停了,估计坚持不了几日。

回到九里,王鸣鹤直接去姚家,恰巧遇到开汽车的老师父。老师父闲着没事,正抄着袖在老榆树下抽烟,王鸣鹤问:"老师父奉天人吧?"老师父点点头,说:"想不到你们这里都是砖瓦房,像城里一样。"王鸣鹤又问:"和姚老板回来的那个小伙子也是奉天人吗?"老师父摇摇头:"人家是东洋人,是工程师。"王鸣鹤心里明白了,这两天,佐贺一言不发,一双贼亮的眼睛总是骨碌碌乱转,原来是个日本人。

与姚松谈话时姚大下巴、姚刚和佐贺都在场,王鸣鹤问:"这位年轻人不是中国人吧?"姚松愣了一下,点点头道:"小先生目光好敏锐呀,这是佐贺君,日本人,造纸厂工程师。""那么,姚兄要建造纸厂也是日本人出钱喽?"王鸣鹤直奔主题。姚松两腮的肉抽搐了一下,道:"不全是,佐贺的父亲松本出六成,我出四成，算是合作吧。"王鸣鹤冷冷地看着姚松那张没有下巴的脸，好一会儿，转向姚大下巴，放低了声音说："七叔，我们刚刚制定的九戒您老还记得吧？九里人可不能给日本人当差啊。"姚大下巴不知道儿子要建的造纸厂原来是给日本人建的，王鸣鹤一问，他像吞了一口土豆被噎住一样，嘴张得老大，好一会儿，才皱着眉头问姚松："咋回事？你给日本人当差？"姚松道："我是商人，什么赚钱就做什么，没有给谁当差的说法。"姚大下巴提高了声音："商人也要讲究个里外啊！"姚刚也附和道："日本鬼子就是当年的倭寇，专门祸害中国人。"姚松猛地站起身："全东北马上就是日本人的天下了，我不赚日本人的钱赚谁的钱？俄国人也占过东北，我还赚他们钱呢，再说了，我老婆是日本人，孩子就是半个日本人，难道你们让我抛弃老婆孩子当大英雄？"姚大下巴气得直哆嗦："这可咋办，这个咋办？当年远儿回来要拆三圣祠，这回你回来又要给日本人建厂子，这事咋都出在姚家呢。"王鸣鹤想了想，对姚松说："建造纸厂的事，按九里规矩要大伙在一起商议一下，等大伙商议后再答复你好吧？"姚松习惯性地轻笑一声："不管你们怎么商议，只要松本想干，就没有人拦得了。"姚松拿起挂在墙上的大氅，用日语和佐贺说了两句，便向门口走去，到了门口，又扭头对姚大下巴说："爹，我回奉天了，过些日子再回来。"说完，上了汽车，汽车响起两声喇叭，惊飞了车前啄食的两只鸡，汽车摇摇晃晃向村北开去，屁股冒出的黑烟像一条翻滚的黑蟒，在一尘不染的雪路上久久不散。

　　姚大下巴病了，总是剧烈咳嗽，加上两只眼睛一直不好，躺在炕上不能下地了。他让姚刚把那口寿材又上了一遍漆，说这回自己在劫难逃了。姚松建厂的事他并不上火，因为他占了一卦，姚松这厂子根本建不成，他生气的是村民都知道姚松在为小鼻子做事，这让他在九里失尽了颜面。他对前来看望自己的小先生说,上回过鬼门关是因为害痔疮,这一回是气管不中用了,自己分明看见了阎王殿大门上的辅首,那辅首是瞪目张口的狮头,衔着两个大铜环。王鸣鹤笑了笑:"七叔又开天目了。"便坐下为他把脉,再看舌苔,之后开了几服药告诉姚刚尽快熬了给老人服下,并嘱咐一定要用即墨老酒做药引子。"七叔你吃几天药再看看,阎王殿大门上的辅首就没了。"姚大下巴摇摇头:"我知道你医术高,小先生,八十多岁的人也该瓜熟蒂落啦。"

文昌书店戚老板派伙计送来了栗娜的回电,回电比去电要长得多,电文如下:

小先生台鉴:

　来电提及芦苇造纸厂一事,为稳妥起见,我咨询了相关专家,均认为不建为好,因其贻害有二:一是破坏苇地,二是污染河水,一旦该厂建成,九里绿苇红滩将不复存在,望兄切不可为一时之利,毁掉苇地万年大计,切切。

　民国八年一别,已经十余载,九里风土人情时常萦绕心怀,尤其酩奴堂小住的日子温暖至今,常成梦想。如今,娜已为人妻,体会到人生除却事业外,天伦之乐不可或缺,如同那窝大耳狐,一家便是一群,相互关爱,其乐融融,令人羡慕。小先生已过而立之年,想必是家室圆满,儿女绕膝,娜夫君是留英医学博士,乃京城名医,嫂子若生育方面有需,尽可来京。

　青青子衿,悠悠我心,十年阔别,梦里常亲!
　问干娘好,祝老人家健康!
　栗娜民国二十年腊月。

王鸣鹤持电报看了许久,进屋向母亲说了栗娜来电的情况,蒲娘激动地站起身,要过电报逐字细读,眼里泛出泪花。多好的姑娘!可惜与儿子有缘无分,若是能成王家媳妇,酩奴堂该有第三代传人了。王鸣鹤看出了母亲的心思,扶母亲坐下说:"娘曾经领我去菱角湾,记得湾里有天鹅、鸿雁和野鸭,虽说他们都在一个池塘里嬉戏,但天鹅就是天鹅,鸿雁就是鸿雁,如果鸿雁把自己当成天鹅,只会自讨没趣。"蒲娘点点头:"为娘何尝不懂这个道理,只是心里舍不得这个干女儿,品貌才俱全,打着灯笼都无处找啊!"王鸣鹤感慨说:"是你的,无论走多远总会相遇;不是你的,纵使日日厮守也会各奔东西。"

接到栗娜来电当天,王鸣鹤召集韩马姚姜陶五人到酩奴堂商议造纸厂一事,王鸣鹤读了栗娜回电,众人异口同声反对建厂,且不说是日本人建,就是姚松自己花钱建也不行,这件事没有商议的余地。王鸣鹤问姚刚:"七叔对此有何交代?"姚刚红着脸道:"我爹说了,一切以不违盟约为先,一切以酩奴堂商议的结论为准。"王鸣鹤点点头:"有了七叔这话,我们就放心了,姚松兄再回来,我们合力说服便是。"

令王鸣鹤欣慰的是,姚大下巴所占之卦真的灵验了。

次年开春,姚松、佐贺带着几个人在老坨头下搭起帐篷,开始测量、规划建设造纸厂一事,姚松甚至没有回九里,就在北岸活动。鬼蜡烛将消息告诉王鸣鹤,王鸣鹤带人去见姚松,要求他不要在此建厂。姚松说:"这次只是测量、规划,至于能不能建还不好说,松本先生还要开董事会。"姚松坚持在北岸测量,村民一时也想不出阻止此事的好办法。忽然有一天清早,姚刚来酩奴堂说父亲不见了,父亲走路都颤巍巍十分困难,怎么可能会走丢呢?大家分头去找,找了一天一夜,甚至连村中心那口井都找了,也没有找到。第二天一早,鬼蜡烛匆匆赶来酩奴堂,说姚松一伙人的帐篷撤走了,不知什么原因。

姚大下巴的走失成了一个未解之谜。

后来,姚松托人带信回来,说九里建造纸厂的事黄了,因为在测量规划时,他们一行有三个日本员工,包括佐贺在内都染上了霍乱,三人死掉了俩,其中就有年轻的工程师佐贺。松本是个很迷信的老头子,在儿子尸体前沉默了许久,最后决定不到苇地里建厂。"霍乱不除,死神时时会来。"松本这样对姚松说,"建厂的事,以后再说吧。"还有一种说法是,姚大下巴去找了姚松,让他放弃建厂,姚松不答应,姚大下巴便一头扎进河里自尽了,姚松怕背负不孝不忠的恶名,取消了建厂的决定。

傍晚,王鸣鹤在正堂给栗娜写回信,他知道栗娜一定牵挂着苇地建造纸厂的事,牵挂着那窝大耳狐。回信写得很难,似乎有许多话要写,又一时无从下笔,勉强写了百十字,却看到院子里噼噼啪啪烧起火来。他不知发生了什么状况,起身出来,见五个弟子闪着亮晶晶的眼睛正围着一堆篝火看光景,脸蛋红扑扑的韩铁林迎上来说:"先生,我们把一箱子日本课本烧了。"王鸣鹤看到火焰中那些课本正扭曲翻转,一点点化作灰烬,心头不由涌起一股热流,这可是五个孩子啊!

"你们不负白鹤五子之名!"他这样夸赞弟子。

1934 年

马回姜路

一

王鸣鹤与黑木见面是在孙连长路过九里三年后的夏天。

上午,韩老大正在双泰河里撒网打鱼。双泰河水流平缓,鱼厚虾肥,韩老大抛出的旋网网网不空,最大个头的是黑鱼,一条条像罗汉腿,肉棒棒的,往船上提时在网兜里活蹦乱跳。摘完一网鱼的韩老大抬头擦汗,突然就看见老坨头上冒起一注狼烟,他吃了一惊,刚刚从网上摘下的一条黑鱼刺溜一下,脱手滑进河里。他急忙收网,夏天里老坨头起狼烟还是第一次,九里要过刀兵了!他把船往南岸蒲苇丛里划,两只桨灌了铅一般重,有些不受用。这时,北岸传来生硬的喊声:"老头儿,快把船划过来,我们要过河!"韩老大回头看,北岸站着十几个穿黄军装的人,其中一个长枪上还挑着一面小旗子,旗子上有个刺眼的红膏药,那不就是孙连长说的膏药旗吗?韩老大知道,打着膏药旗的队伍就是倭寇,就是曾经火烧田庄台的小鼻子,他加快了划船的动作,想早些藏进蒲苇丛里。这时,北岸开枪了,砰砰砰,三枪打过来,两颗子弹带着呼啸从耳边飞过,另一颗打在了船舷上,冒出一股白烟。韩老大停住了划桨,厉声骂道:"王八犊子,要杀人呀!"北岸又传来一个南腔北调的声音:"老头子,再不把船划过来,格杀勿论!"韩老大目测了一下,船离南岸蒲苇丛还有十余丈远,如果硬要往前划,自己必死于倭寇枪下。他绝望地抬头南望,却看到了南岸义渡石碑边正站着身穿褐色长衫的小先生。王鸣鹤是看到老坨头狼烟后赶过来的,显然他也听到了刚才的枪声。王鸣鹤举起右手,向北岸拂了拂手,喊道:"老大,把船划过去。"韩老大和父亲一样很听小先生的话,他明白了,小先生不想让他吃眼前亏,便不情愿地调转船头,缓慢地往北岸划去。

这些鬼子大摇大摆、哇啦哇啦说着话从芦苇荡里冒出来时,被老坨头上的鬼蜡烛看了个真切。鬼蜡烛点燃狼烟后,就躲进芦苇丛里,拉开枪栓,悄悄瞄准了那个枪上挑着膏药旗的鬼子,孙连长临走时交代,打这般旗子的就是日本鬼子,又一寻思,一枪放出去,打掉个鬼子没问题,但接下来呢?鬼子有十三个,群狼一样围上来,处于高坡上的自己可就无路可退了,想了想,他让过了这队鬼子,拎起几盘狼夹子,躬身遁入芦苇荡,在鬼子的来路上埋上了狼夹,他料定鬼子一定会回去的,鬼子如同野兽,来去都会走一条道。

看到狼烟的王鸣鹤,紧急组织村民到芦苇荡里躲避,自己则径直来到村碑处,他知道,该来的一定会来,从"满洲国"建国开始,他就知道日本人会来,"大同"元年没来,"大同"二年没来,改了国号"康德"元年就来了。九里一直用民国年号,村民对"大同""康德"没什么印象。王鸣鹤从文昌书店戚老板那里得知,关东军为了所谓强化治安,一定不会放过苇地每一处居民点。

韩老大把船划到北岸,一个大眼睛年轻鬼子跳上船来,兜头就是一个耳光,韩老大被打了个冷不防,他下意识地提起船桨。这时,另一个跳上船的鬼子把刺刀戳在他的胸口上,刺刀已经刺穿汗衫,他感到胸口马蜂蜇了一般疼。他强压怒火,索性闭上眼睛,他知道自己一旦睁开眼睛,怒火会从眼眶里喷出来。鬼子对他一番搜身,又翻开船板检查了个仔细,结果除了鱼外一无所获。一个很斯文的鬼子登上船,神色怪怪地打量了韩老大一眼,朝端枪的鬼子摆摆手,说:"老人家,把我们渡过河去,一趟拉不了就两趟。"斯文鬼子会说中国话,而且说得很溜。韩老大在双泰河上撑了几十年船,十里八乡没有不熟悉他的,尤其从九里上岸的渔民和商贩,对他颇为敬重,现在被鬼子无辜打了耳光,肚皮像挺棒鱼一般鼓起来。他问斯文鬼子:"你们过河干什么?"那个大眼睛鬼子又挥出一掌,被斯文鬼子制止了:"不要多问,划船。"斯文鬼子说话很干练,韩老大知道这一定是鬼子的头目了。韩老大被打的情景王鸣鹤看在眼里,他知道,依韩老大的脾气很难兜住这等耻辱,便高声喊道:"老大,勒着点脾气,好好撑船!"斯文鬼子听到对岸的人这样喊话,好奇地朝南岸望了望。问韩老大:"他是谁?"韩老大瓮声瓮气地说:"酪奴堂王先生呗,苇地神医。"斯文鬼子"哦"了一声,点了点头,嘴上说了句东洋话:"吆西!"

十三个鬼子几乎要把舢板压沉,韩老大费了好一番力气才把船撑到南岸。上岸后,鬼子呈扇面向王鸣鹤围过来,几个鬼子举枪瞄准了这个两手空空一袭褐色长衫的汉子。斯文鬼子向部下摆摆手,士兵放下枪,但一双双眼睛依旧透着杀气。"我叫黑木,关东军洼里警察局指导官,您是王鸣鹤王先生吧?"王鸣鹤很奇怪眼前这个日本人竟能叫出自己的名字,出于礼貌,他点点头:"鄙人王鸣鹤,九里酪奴堂坐诊先生兼私塾塾师。"黑木左脸下方有一块豌豆大小的黑痣十分扎眼,脸庞中部凹陷,这使他的脑袋侧面看上去像一把瓦刀。黑木鼻翼翕动着,似乎想嗅出什么味道,忽然,他发神经一样哈哈笑了:"你我都是医生,同行!"王鸣鹤愣了一下,没有想到这个穿军装的日本人是个医生,不由得细看了对方一眼,应该说黑木不像军人,更像一个教官。黑木问:"你刚才说酪奴堂,这个堂号不错。"王鸣鹤道:"祖传堂号,名称而已。"黑木眨眨眼:"王先生,酪奴堂已经传世几代了?"王鸣鹤没想到黑木会问这样的问题,略作思考后道:"酪奴堂乃家父创建,不过五六十年。""哦,酪奴堂医道属哪一医派?"黑木提出的问题很内行,让王鸣鹤心里泛起嘀咕。一队军人到九里,不搜查反满抗联武装,却在河边谈起医道,这有些不合常理,但他还是很认真地回答说:"王家乃新安医派分支,主打医术是针灸和砭石。"黑木的眼窝里如同有两只萤火虫飞出,笑容像蝴蝶展翅,道:"走,去先生的酪奴堂。"王鸣鹤点点头,指着韩老大说:"这是九里唯一的艄公,靠打鱼为生,摆渡只是尽义务,你们放枪把他吓着了。"黑木对韩老大说:"不要怕,一起走。"王鸣鹤和黑木并行走在前面,韩老大在中间,鬼子们扛枪列队跟在后面,一行人快步回村。

　　黑木走进酪奴堂敞开的庭院,腆着肚子站在门前,仰望着酪奴堂牌匾出神。酪奴堂门框上是黑底白字一块木匾,写着榜书酪奴堂三个大字,西厢房门楣上也悬着白底黑字一块牌子,上书白鹤书院四个楷书大字,东厢房因为是住处,没有牌匾。黑木转了半圈,最后在正门前站定,再次看着笔力遒劲的酪奴堂三字,目光迟迟不肯挪开。黑木显然在牌匾上发现了感兴趣的东西,他莫名其妙地又哈哈笑了几声,扭头问:"这个泊洲就是专治霍乱的王克笙吧?"原来,吸引黑木注意的是牌匾上的落款,落款清清楚楚地写着王克笙的字"泊洲"。"正是家父。"王鸣鹤很诧异,眼前这个怪相毕现的黑木怎么会知道父亲?

　　黑木用日语向手下哇啦哇啦讲了一通,鬼子分组散开,挨家挨户去搜查,他自己则带着那个打过韩老大耳光的大眼睛鬼子径直进到堂内。堂内,多子正在惠夷槽里碾干芦根,眼睛不时偷瞄一下两个神情怪异的鬼子。黑木走过去,捏起一点芦根末在鼻下嗅了嗅,问:"药材?"王鸣鹤点点头:"芦根,用于热病烦渴,肺热咳嗽。"黑木睁大了眼睛,伸出舌头舔了舔,芦根的甘甜让他微微笑了笑,然后在椅子上坐下,对王鸣鹤道:"王先生,我是半个中国人,十五岁前一直在旅顺生活,你不要怕,只要你们不反满抗日勾结匪盗,关东军不会伤害你们。"黑木虽然一副斯文的样子,但双手挂着的军刀时时向别人提示他的身份。

"黑木先生来九里这穷乡僻壤有何贵干呢?"王鸣鹤问。既然对方声称知道自己,鬼子此行一定与酪奴堂有关,王鸣鹤不想兜圈子,干脆直奔主题。

黑木朝王鸣鹤伸出一根食指:"此次深入苇地,是寻找一个人。"他哈哈笑了笑,道,"中国有句古话,叫踏破铁鞋无觅处,得来全不费工夫,头一天进来,没想到就撞上了我们要找的人。"

"你们要找的是哪位?"王鸣鹤很疑惑。

"就是令尊大人呀!"黑木站起身,两眼闪射着油光,做出几乎要拥抱王鸣鹤的样子。

王鸣鹤吃了一惊,父亲已经过世多年,这个日本军人找父亲做什么呢?他问:"黑木先生找家父何干?"

"当然是因为霍乱。"黑木并不隐讳,说出了此行的目的。

在黑木口中,王鸣鹤明白了对方的来意。

黑木家乡是日本高崎,出生在大连旅顺,在旅顺读了中学后又回到日本学医,学成后在大连满铁卫生研究所搞医学研究。两年前到哈尔滨背荫河防疫站受训,今年随关东军七十八联队一大队来洼里,任行动队指导官,就驻扎在洼里警察局,其任务是维持地方治安。他向王鸣鹤详细介绍自己,强调自己是医生,对打仗不感兴趣,对治病救人倒是有些想法,尤其是对苇地流行的霍乱,很想研究个明白。他是听警局尉局长说九里王克笙、王鸣鹤父子是苇地神医,才专程来登门求教。黑木带的那个大眼睛小伙子是他的助手,叫山田一郎,日本京都大学医科高才生。黑木能如此坦率地把自己的情况和盘托出,让王鸣鹤感到很奇怪,一个军人,不明对方情况,就主动把自己介绍给别人,这种情况很反常。但这让他对黑木有了个不坏的印象。他摇摇头说:"很不幸,家父多年前已经过世。"

黑木似乎不相信王鸣鹤的话,他说:"中国有句古话,世无道,名士归隐山野,令尊大人是不想出山吧?"

王鸣鹤摇摇头:"区区一个乡绅医生,哪里称得上名士?家父的确已经逝世,是苇地暴发霍乱那年出诊路上不幸溺水患病导致不治。"

黑木愣了一下,怀疑的目光盯住王鸣鹤看了好一会儿,道:"令尊大人是当地名医,我十分敬仰令尊大人,能否带我到大人墓前凭吊一番?"黑木显然不相信王克笙的说法,他想若是王克笙真的去世,以他神医的名气肯定会有墓碑。

王鸣鹤不知道对方打什么算盘,但黑木的要求似乎很合理,他站起身,缓步来到院子里,见韩老大还呆呆地站在一角,就对黑木说:"你看他胸口在渗血,我给他敷点药吧?"黑木道:"很抱歉刚才山田打了你,你上了药先回去,午后送我们过河回城。"王鸣鹤给韩老大伤口涂了止血药,示意他赶快回去,韩老大提着鱼要走,山田一郎用日语哇啦了一句,黑木说:"山田叫你把鱼留下。"韩老大把鱼交给多子,头也不回地走了。

王克笙的墓在万柳塘中部,与黄开、老地羊的墓不在一排,是简单的土冢,墓前都有一块石碑和一个青砖砌成的小小祭台。王鸣鹤站在墓碑前深鞠一躬,侧身指了指墓碑说:"就这里了。"黑木凑上去,仔细看了几遍石碑上的字,捏着下巴沉思了一会儿,然后鞠了一躬,对王鸣鹤说:"墓地过于简陋,应好好修葺一番才对得起神医称号。"

"家父生活一向简朴,主张死后不封不树,更何况王家非官宦富贾,也无钱铺张。"王鸣鹤回答说。好在黑木对其他墓碑并无兴趣,看过王克笙墓碑后便扭头往回走。

回到酪奴堂,那些去村里搜查的鬼子已经返回,他们没有想到,九里人面对荷枪实弹的大兵没有惊慌恐惧,对这些张牙舞爪的军人似乎有些见怪不怪。一个军曹报告黑木说,他们进入一个老妪家,这个白发老妪在编织蒲团,见到他们闯进家里,甚至没有停下手里的编织活计,只是示意他们在板凳上落座,这让鬼子们很惊讶,地处苇地深处的九里人怎么会如此淡定?黑木的目光一直停留在王鸣鹤的褐色长衫上,他心里明白,有这样一个乡绅在九里主事,村民自然安之若素。

王鸣鹤让多子煮饭炖鱼,他和黑木坐在中堂说话。那个大眼睛山田一郎笔直地站在黑木身边,如同黑木的护兵。其他鬼子在屋檐下闲坐。多子泡了蓬蘽茶,他舍不得泡祁门安茶,蓬蘽茶茶色很淡,喝起来有一股淡淡的花香。

这个夏天蚊虫格外肆虐,煌煌白日就敢围攻人,王鸣鹤一边用蒲扇驱赶蚊虫,一边徐徐喝着茶,他不想主动找话题,黑木到底想干什么他一无所知。屋檐下的鬼子呜里哇啦说着话,庭院里乱哄哄的如同集市。

"王先生,刚才回来路上,我看到酪奴堂后面有一个小庙,庙里供奉着哪路神仙呢?"

"那是三圣祠,祠中供奉孔圣人、药王和达摩。"王鸣鹤发现这个黑木眼光很贼,一走一过的工夫,就会有新发现。

"里面供有达摩祖师?哦,达摩可是我的保护神呀。"黑木两眼放光,站起身,"我去看看可以吗?"

"当然可以。"王鸣鹤起身引黑木来到三圣祠,山田一郎紧跟在身后。进到祠中,没待王鸣鹤介绍,黑木便认出了达摩的塑像,他靠近塑像仔细看了看,合掌拜了拜,从衣兜掏出白色手帕,跷起脚,轻轻在达摩的眼睛上擦了擦。这个给达摩擦拭眼睛的动作让王鸣鹤很不舒服,达摩像并无灰尘,黑木这样做是何用意他全然不知。黑木一副虔诚的样子,拈起三支香,点燃后郑重地插在香炉里,拉过王鸣鹤一起三鞠躬,王鸣鹤没有说话,拜达摩祖师他不能拒绝,三圣中任何一圣都是他顶礼膜拜的偶像。

黑木直起腰,抓起王鸣鹤的手说:"你我同拜达摩祖师,彼此便是兄弟。"黑木歪着头问,"愿意接受我吗?"

王鸣鹤摇摇头,道:"你我素昧平生,怎能贸然称兄道弟?拜过三圣的信众成千上万,妇孺不等,难道都是兄弟?"话刚说完,身后的山田一郎用日语恶狠狠地吼了一声,像夜猫突然一声尖叫,王鸣鹤冷不防打了个寒战。黑木摆摆手,道:"不急,不急,先生说得有道理,我们还要彼此多了解。不过,我非常崇拜中国医术,中国有句成语叫针砭时弊,我对针灸略知一二,对砭石却一无所知,很想向先生学习砭石医术,不知先生意下如何?"

王鸣鹤道:"砭石之法,黑木先生尽管提问,鸣鹤当如实相告。"

黑木点点头:"达摩祖师作证,黑木在此致谢了。"

多子炖好了河鱼,高粱米饭也已经焖好。鬼子们吃得很谨慎,大概他们从没吃过高粱米的原因,米饭剩了许多,一大锅炖黑鱼却吃得精光。

王鸣鹤坐在一边,他没有吃,他在想这些鬼子来得很蹊跷,黑木说要找自己的父亲,为什么要和自己称兄道弟套近乎?

饭后,几个鬼子架起三脚架,把九里测量了一番,一一做好记录,然后开始列队,看样子想回城。这时,酩奴堂庭院里已经聚集了一些老人,因为鬼子没有大开杀戒,也没有抢夺劫掠,留守老人们大着胆子来酩奴堂,他们担心小先生的安危。王鸣鹤没有想到黑木会借着这个机会向村民宣布一句谎言。黑木站在酩奴堂门前的台阶上,清了清嗓子高声说:"我是大日本关东军指导官黑木,此次特来拜访神医王克笙,得知神医多年前驾鹤西去,心有戚戚焉,好在神医有后,王鸣鹤先生子承父志,主持酩奴堂,我与鸣鹤先生一见如故,刚才在三圣祠内已同拜达摩祖师,结为金兰之交,可谓此行不虚,此行不虚啊!"

庭院里的人群发出嗡嗡议论声。

黑木说完,那个山田一郎已拉着韩老大来到跟前,黑木向王鸣鹤行了个拱手礼,说:"鸣鹤君,黑木告辞,后会有期!"说完,便带着士兵走了。王鸣鹤站在那里,这一切发生得太快,这个黑木简直是个变戏法的高手,他这么做为了什么呢?

王鸣鹤没有向村民解释,他也不用解释,九里村民知道他们的主心骨儿不会是个人人唾弃的汉奸。

王鸣鹤与关东军指导官黑木结为金兰之交的消息不胫而走,经常有过往的渔民到九里打听此事,王鸣鹤对此并不解释,问得多了,他会问对方:"你信吗?"对方大都摇摇头,然后再点点头。蒲娘当然相信自己的孩子,她对儿子说:"清者自清,浊者自浊,一切误会,无须辩解。若能保一方平安,背一口黑锅又何妨!"

黑木一行在返回时,那个山田一郎踩中了鬼蜡烛埋设的狼夹,夹伤了脚踝,被两个士兵一路搀回洼里。

二

九里村民不明白王鸣鹤为何不娶妻室。姚大下巴活着时曾不无担忧地说:"小先生不娶妻室,酩奴堂何以继后?"但不管乡亲如何着急,王鸣鹤就是无动于衷,这一切,唯有蒲娘心中有数,她曾经感慨说,初遇的姑娘如果太出色将是男人的灾难,她知道儿子在婚姻大事上有一道门槛,这道门槛是两个出色的姑娘叠加而成。

王克笙在酩奴堂中记载了他初见塔溪道姑的一段话,深深地影响了王鸣鹤的择偶观,那段文字有三处令王鸣鹤反复揣摩,浮想联翩。一处是"冰清止玉的脸",一处是"飘飘然心旌不竖",再一处是"须臾间得道成仙"。天下有什么样的女子能让稳重老道的父亲写下这样的词语呢?后来,他见到了父亲笔下所写的塔溪道姑,他知道父亲的观察和感受都没有错,塔溪道姑虽然不再年轻,但那种温婉和神韵却无时不在,这是一种很有穿透力的气场,让人无法抗拒。塔溪道姑那张纤尘不染的面庞和优雅的举止,让人领悟到女人为什么要修道,道是人世间唯一能留住青春的灵药,只有得道的女人才能超凡脱俗。当母亲要托人为他保媒时,他的回答很直截,非栗娜一样的女人不娶,非止玉道姑般的女人不见。蒲娘摇摇头,儿子的眼光被两个出类拔萃的女人抬高了,栗娜和止玉两个女人已经固化了儿子的择偶标准,她悲观地预感到:在这片辽阔的苇地上,儿子将像一只起舞的孤鹤只能对月而鸣。

与见到栗娜不同,王鸣鹤见到止玉的时候,他并没有想到儿女之情,他和止玉的交往十分自然,这当然因为止玉是塔溪道姑的徒弟。

止玉生于乙酉年,比王鸣鹤小九岁,是塔溪道姑从铁刹山带来的女弟子。一次,塔溪道姑患病,让韩二划船载止玉到酩奴堂抓药,王鸣鹤第一次见到了她。当时,王鸣鹤正俯身给一个渔夫看腿疾,韩二是哑巴,哇啦哇啦几声,专心看病的王鸣鹤没有在意。突然,一个珠落玉盘的清脆声音让他为之一震:"是小先生吧?"王鸣鹤抬起头,见是一个楚楚动人的道姑,便很礼貌地点点头。女道士说:"我从玉虚观来,是塔溪师父的徒弟,叫止玉。"

"止玉?"王鸣鹤吃了一惊。塔溪道姑何时有了这样一个徒弟?止玉这两个字不是出自《酪奴堂纪略》父亲的笔下吗?

"你叫止玉?"

止玉点点头,双手递过塔溪道姑开的一个药方:"师父患有腿疾,开了方子让我来抓药。"

王鸣鹤接过药方时,无意中看到了对方的手,这是一双白皙到了极致的手,令人不禁想起"手如柔荑"一词。柔荑是什么呢?就是刚刚出土的小草啊,柔软白嫩,天下果然有这样的手。王鸣鹤的目光不能在止玉手上有更多停留,他只是瞬间一照,这一照,便懂得了什么叫止玉。应该说止玉是一个越看越耐看的女人,与初见便可惊人的塔溪道姑不同,止玉需要细品,越品越会发现她的韵致。

看过药方,王鸣鹤大致知道了塔溪道姑的病情,方子上是天花粉、葛根、生地黄、麦冬、黄芩等几味清热润肺、生津止渴的药。塔溪道姑修行悟道,怎么能患上消渴之症?他问止玉:"塔溪师父近日行动是否异常?"止玉点点头,道:"师父脚踝浮肿,行动多有不便。"王鸣鹤沉思片刻,起身到内室请出母亲与止玉见面,蒲娘一见止玉便喜欢不已,眼睛似乎要流出蜜来。止玉说:"是蒲娘姊姊吧?师父常常说起你,让弟子多多向蒲娘姊姊请教。"蒲娘一直在笑,眼前这个小道姑太招人喜爱了,眉清目秀,唇红齿白,简直就像画里走出来一般。王鸣鹤说:"从塔溪师父开的药方看,所患恐怕是消渴之症,我家砭石疗法正对此症,我想去玉虚观以砭石施治,只怕道姑修道之身不让孩儿相近,不知如何是好,请母亲定夺。"蒲娘问:"病表何处?"王鸣鹤道:"应是脚踝。"蒲娘思忖了一会儿,道:"塔溪师父尊同萱室,只要不犯清规戒律,定会让你医病,还是快快去吧,不要耽搁。"说完,攥住止玉的手好一番端详,又回到内室取出一个带有阴阳鱼图案的蒲团交给她道,"这是我闲时所编,观内凉气重,打坐功课之时,可坐在蒲团之上。"止玉拱手致谢,收下了这个编织着阴阳鱼图案的蒲团。

回玉虚观的船上,端坐船头的止玉并不多言,双手合抱蒲团在胸前,青色道袍在微风中飘动,头上的荷叶巾如同鹊之两翼,上下翻动。王鸣鹤忽然发现止玉的后颈有一颗苦情痣,痣只有米粒大,却十分生动。韩二划桨的声音吱吱扭扭,不时惊起苇丛中的水鸟。王鸣鹤坐在船舷上,去玉虚观的水路他很熟,双泰河在九里到玉虚观这一段格外平缓,似乎就是为了照顾两处的来往。韩二明显见老,花白胡须看上去像一团芦花,鼻梁直而红,这是鹤顶红的功劳。韩二夏季住道观耳房,冬季住鸽子洞,无论冬夏每顿饭都要喝几盅鹤顶红。是鹤顶红让他常年在潮湿的环境里没有患上风湿,王鸣鹤为此夸赞母亲,说母亲无意中给了九里男人一剂良药,让这些芦苇荡中讨生活的人远离了风湿之苦。

玉虚观建在苇丛里,因河边高深的芦苇遮挡视线,玉虚观的青瓦屋顶并不醒目,河中行船的人只有特别留心时才会在白云般的芦花间发现这座小小的道观,这大概也是玉虚观没有引起刀兵注意的原因。沿着河湾苇丛中一条水道拐弯进去,便可见一块支起的跳板,这便是玉虚观简易的码头了。

靠上跳板的舢板因王鸣鹤的起身左右有些摇晃,止玉在船头没有站稳,王鸣鹤快步上前搀扶了她一下,扶她上到跳板上。止玉朝他微微颔首,快速抽回被搀扶的臂肘,王鸣鹤也感到了自己的殷勤,弯腰系好缆绳,和止玉一起来到玉虚观。

塔溪道姑没有卧床，手持一柄拂尘端坐在三清殿的太师椅上，面色潮红，双目微合，另一个年纪大一些的徒弟稗子在一旁侍立。稗子是蓬莱潮水人，因家境贫寒，随同村之人闯关东，在苇地遭遇响马与家人走散，乞讨至玉虚观被道姑收留，受戒修道，成了道姑的徒弟。塔溪道姑是在一片稗草旁发现她，当时面黄肌瘦的稗子正大把大把地从稗草上撸草籽吃，道姑便不问她的俗姓，给她起名稗子。稗子脖子上有很重的疤痕，几乎到了毁容的地步，但她心地善良，经常帮助那些流浪乞讨的孩子，白鹤五子中的邱会武就是她收留的孤儿。因为不识字，稗子不诵经，日常照顾师父生活，从不多言多语。王鸣鹤上前行礼，塔溪道姑点点头，道："知道你会来，泊洲之子，见微知著。"王鸣鹤被夸奖得有些腼腆，靠近道姑问："姑姑近来可好？"塔溪道姑摇摇头，道："不好。"王鸣鹤没想到道姑回答这么干脆，便试探着问："从姑姑药方来看，鸣鹤猜测应是腿脚有疾。"道姑示意王鸣鹤坐下，很平静地说："也是也不是，这是嘛，确实有些经络不通之疾；说不是嘛，是因我师舍我先去，让我有惚兮恍兮之感。"原来，塔溪道姑在铁刹山修道的师父不久前羽化归天，接到山上书信，道姑心绪有待整理。塔溪道姑吩咐稗子泡茶，王鸣鹤没想到稗子泡的竟然是祁门安茶，茶香浓郁，沁人心脾，不觉心中一热。王鸣鹤躬身道："我知道姑姑道行精深，即或偶患经络不畅之疾也无须晚辈诊视，但姑姑一定知晓酩奴堂有祖传砭石之法，可治一些疑难杂症，敢问道姑能否应允鸣鹤一试？"道姑问："你欲砭哪些穴位？"王鸣鹤道："大体有然谷、鱼际、内廷、关元、地机、气俞、承浆、中脘、期门、肾俞等穴。"道姑思忖片刻，道："除关元、气俞、中脘、期门四穴，其他穴位你尽可砭之。"于是，王鸣鹤让稗子扶道姑进入内室，烧一锅清水，将砭石烫热并为道姑擦过相关穴位，然后用刮挑刺砭之法进行治疗。塔溪道姑没有裹脚，也许是微微肿胀的缘故，一双婴儿般的脚饱满明亮，让王鸣鹤更加坚信道姑所患必是消渴之症。止玉和稗子站在一旁，侍女一样看着王鸣鹤每一个动作，当她看到王鸣鹤在师父内庭穴上挤出一些羊脂一样的东西时，不仅"哦"地小声惊叫了一声。似睡未睡的道姑睁开眼，敏锐地扫了一眼止玉的表情，什么也没有说，又安详地合上了双眼。

半个时辰过去，王鸣鹤用绞干的毛巾擦净道姑所砭过的穴位处，小声说："妥了。"

稗子扶道姑起身，王鸣鹤知道道家内室不可示人的戒律，便快速包好砭石起身来到中堂，长舒口气，顿觉心中轻松，他知道，这次治疗后道姑脚疾会有所缓解。

道姑来到中堂，腿脚果然灵便不少，见天色已晚，她让稗子去备晚饭。"夜里撑船不明险象，韩二恐体力不支，你还是在此住上一宿，次日再回九里不迟。"王鸣鹤环顾左右，说："玉虚观如此促狭，且又是三位坤道居住，鸣鹤在此留宿恐怕多有不便。"塔溪师父道："你可到鸽子洞过夜，那里是一福地，此地一宵，胜九里十夜，何不试上一试？"鸽子洞王鸣鹤自然很熟悉，九里青壮男女大都在洞中躲避过刀兵，自己却从没有在那里住过，便答应到鸽子洞留宿。其实，塔溪道姑不让韩二行夜船是出于王克笙出诊的教训，当年，王克笙就是夜里在双泰河中翻船溺水，病重不治。她在王克笙死后说过："双泰河是变成水的风，只要它不情愿，没有谁能驾驭它。"

道家的饭菜极其简约，晚饭皆为素食，稗子的厨艺相当不错，豆豉蘑菇、清炒蒲笋、水豆腐和蜜汁土豆四道菜，主食是黄米饭。韩二用饭钵打了饭到耳房去吃，因为他每餐要喝几口鹤顶红，在室内用餐显然不适。王鸣鹤吃得很香，有一种清清爽爽的感觉。塔溪道姑和两个徒弟都不多食，道家讲究养生，吃得少些也在情理之中,止玉特别强调,上四道菜是玉虚观待客的极致了。

饭后,止玉提一盏灯笼,引王鸣鹤来到坡下的鸽子洞,洞口有流水,被韩二垫了几捆芦苇,踩上去很有弹性。进到洞内,止玉点燃洞壁上一盏油灯,幽暗的洞内顿时亮了起来。王鸣鹤发现洞内物品摆放很规矩,洞的东侧是一个个整齐的苇席圈起的粮囤,这是九里村民的屯粮之处,西侧是一条长炕般的土台,土台上铺了苇席,这是躲刀兵村民居住的地方,有时,遇到赖在九里不走的兵匪,村民要在这里住上好几天,这土台便是夜里栖身的地方。脚下有一条窄窄的水沟,清水映出光影,像细碎的月光。止玉没有在土台前停留,而是带着王鸣鹤继续往里走,一直走到狭窄的内洞。内洞被一道青布帘挡住,王鸣鹤隐约看到布帘上方一块牌匾,上书第七十三洞五个字,王鸣鹤知道这就是村民们常常说起的塔溪道姑修炼闭关的内室了。掀开布帘,内洞并不大,凉爽中带有淡淡苇香,对气场敏感的王鸣鹤没有因内洞的狭小而产生半点局促,倒是有一种空灵和安静。内洞只有一床一蒲团,连把椅子都没有。床上并无被褥,铺一张苇席,床头有一个青花瓷枕。止玉说:"除了师父,你是头一个在此过夜之人。"王鸣鹤连忙推辞:"我在外面土台上睡一宿即可,万万不能占用道姑闭关之地,不可,不可,道姑好意尽领,晚辈焉能造次。"止玉点燃了内洞里的油灯,站在布帘前摇摇头,说:"师父说了,你在此不是一夜借宿,而是一夜修道,同为修道,就不算破了清规,你可在此安睡,明早我来叫你。"说完,止玉提着灯笼走了,王鸣鹤一手挑着布帘,目送止玉离开。止玉在离开鸽子洞的时候,抬高灯笼,回头朝王鸣鹤微微一笑点头致意,这个动作一下子定格在王鸣鹤的脑海里,止玉的微笑像只扑面而来的蝴蝶,让王鸣鹤猝不及防,几十年后,他还常常在梦里重现这个优雅到极致的动作。他知道道姑一向不苟言笑,女真九戒清规甚多,不能逾越,他甚至没有还给止玉一个微笑,当然,他即使还了微笑,止玉也不会看到,因为从提着灯笼的止玉那里望过来,自己就是一团黑乎乎的影子。他想,道家一向内敛屏气,少有喜色袒露,止玉为何而笑呢?

苇地肆虐的蚊子从来不入鸽子洞,这是九里村民感到神奇的地方,王鸣鹤住进来才明白,因为洞里虽有些潮湿,却十分凉爽,蚊虫才逃之夭夭,没有蚊虫滋扰的鸽子洞实在是个消夏好住处。不过,王鸣鹤却难以入眠,借着灯光他看到身边墙壁上还有一个布帘,他以为是墙布,用手一触,布帘虚挡,掀开布帘,原来布帘后是一个洞口,他不知这洞通向哪里,也不知里面藏着什么机关,只觉得有丝丝凉风拂面而来。他放下布帘,道姑闭关之地,果然暗藏机关。他想入睡,但脑海里总是浮现止玉刚刚那一抹微笑,不知过了多久,才迷迷糊糊地睡了。

恍惚间,玉虚观忽然起火了,大火越烧越大,映红了双泰河,河水煮沸了一样鱼虾乱蹦。他心急如焚,塔溪道姑腿疾未愈,如何躲得过这冲天大火?他不顾一切冲进观里,一边高喊着姑姑,一边四处寻人冲进内室。道姑像白天治病时一样正躺在床上,猩红的火光让道姑的脸色看上去晚霞般灿烂。他要上前扶起道姑,道姑摆摆手拒绝了,对他道:"我将羽化而去,唯有一事放心不下,想托付与你可否?"王鸣鹤点点头,攥住道姑的手,哽咽着说不出话。道姑说:"我两个徒弟,稗子可还俗,以居士之身继续修道。止玉貌美,恐有妙玉之灾,托付与你,让她不遭邪恶玷污。"王鸣鹤点点头,道:"道姑放心,我将以兄妹之礼待止玉,九里父老会保护她修道弘道。"道姑点点头,便不再言语,立于一旁的止玉和稗子,齐声说:"师父羽化登真了。"王鸣鹤大惊失色,这一惊竟醒了,原来是一个梦。

这夜,王鸣鹤再无法入睡,他一直在琢磨刚才这个奇怪的梦。梦境如此清晰对于他来说是平生第一次,道姑说担心止玉有妙玉之灾,看来道姑是读过《石头记》的。冰清玉洁的妙玉被贼人强掳,是《石头记》里让人感慨的一幕,难道道姑担心玉虚观会像大观园那样有无妄之灾?道家有三不言说法,即早不言梦寐,午不言杀伐,晚不言鬼神,如此看来,这个梦无法请塔溪师父指教,只能谜一样压在心底了。他从内洞走出,外洞那盏油灯似有风儿拂动,给人忽明忽暗的感觉。外洞无门无帘,有河风吹入也属正常。他走出鸽子洞,洞口前高而密的芦苇墙一样挡住去路,需要踩着成捆的芦苇折一个陡弯才能走上来时的坡路。王鸣鹤走上土坡,观察着晨曦中的玉虚观,看着看着忽然就惊出一身冷汗。他发现从鸽子洞上方这个角度看过去,朦胧中的玉虚观很像一座坟冢。他为自己这一发现感到不安,为什么要这样去看玉虚观呢?这个在《酷奴堂纪略》赋予了九里村名的道观是九里百姓的福祉啊!他回到鸽子洞,在外洞踱步,努力让自己静下来,不去胡思乱想。

止玉来叫他用早饭,声音脆脆的,像蒲草间跳来跳去的翠鸟:"小先生,师父有请。"

王鸣鹤应了一声,再看止玉的脸,并无昨夜梦中惊恐的模样,知道自己想多了,看来塔溪道姑昨夜平安无事。他跟着止玉走出鸽子洞,河边芦苇丛中,一群红嘴鸥振翅而起,扑啦啦打破了清晨的宁静。止玉说:"这鸟是认人的,我和稗子师姐来来去去也不见得它们飞起来,你一来,他们便惊了。"王鸣鹤觉得自己真是打扰了道观的安静,便说:"我本不该在此留宿的,道姑闭关之所,仙气过于强盛,我一俗人承受不起呀。"止玉说:"你是偏得,我和稗子师姐都没你的福分,在此一夜,道增十分,这可是师父说的。"王鸣鹤道:"可我不是全真弟子,道法对我殊途亦殊归,不像你们修道之人,可以精进道法,性命双修。"止玉纠正说:"小先生错了,师父教导我们苦己利人,这和你治病救人不是同理吗? 在福地闭关,悟些利害之道,于人于事总有益处。"王鸣鹤感到脸颊发热,想起早晨尚未洗漱,便岔开话题问:"我到河边洗漱一下吧,蓬头垢面如何去见道姑。"止玉道:"韩老伯住的门房里已经备好井水,你可到那里洗漱。"王鸣鹤点点头,跟在止玉身后,缓步来到道观,韩二带着大黄狗站在门口,大黄狗欢快地摇着尾巴,表情十分亲热。

早餐极简单,一盆黄米粥,一盘窝头,几碟腌渍小菜,韩二打了饭菜依旧回耳房吃,其他人都围坐在桌前就餐。饭桌上没有谁说话,大家的目光都集中在饭碗里,喝粥的声音也很轻,咀嚼小菜的声音很脆,但不刺耳。塔溪道姑严守道家清规,早晨用餐如此静谧,这倒不像用餐,似乎是一种仪式,置身这仪式当中,令你不得不变得肃穆起来。塔溪道姑饭量很轻,吃了一碗米粥后,便端起一杯蓬虆茶轻啜徐饮。止玉早晨刚刚洗过头发,黑而亮的头发从道冠里不时散泻出来,愈发衬出她凝脂般脖颈的白皙。稗子是餐桌上唯一忙碌的人,不时给大家碗里添粥,但目光也是局限在碗筷之间,像一只温顺的老猫。

吃过早饭,塔溪道姑手执拂尘引王鸣鹤来到屋外,问:"九里近期可安好?"

王鸣鹤摇摇头:"上次一个叫黑木的日本军医带兵来九里,说是寻找家父,我看是另有所图。"

道姑眉头紧锁。

"那个黑木在三圣祠里拜了达摩祖师后,非要和我结拜为兄弟,被我拒绝后,他却公开向村民宣布与我已结金兰,毁我声誉,不知葫芦里卖的什么药。"

道姑引王鸣鹤来到山门外,站在并不高的台阶上,眼前尽是茂密的芦苇,早晨的芦苇静默如画,芦花低垂,苇叶上挂满露珠,不时有白色的鸟儿鸣叫着从芦苇中飞起,把空中薄雾划开一道缝隙。

道姑指了指不远处一片苇地道:"看到那片芦苇了吗?它与其他地方有何不同?"

王鸣鹤沿着道姑的指引望去,那里是红顶子,栗娜观察大耳狐的地方,一片赭红色的芦花借着隆起的地势,托起满目朝阳,芦苇周边长满绿油油的蓑衣草。"那里是红顶子。"他说。

"是的,红顶子就是这苇地里的山了,虽说没有老坨头那么高,但在这一带也是难得的高处了,红顶子上芦花所制的蓬蘽茶很像酩奴堂的祁门安茶,茶香醇厚。"道姑说。

王鸣鹤想,母亲对芦花的偏爱非一般人能比,真应该带一些回去让母亲看看,母亲对这种能和祁门安茶相媲美的赭红色芦花一定很喜爱。

"红顶子原本是有生灵守护的,你知道,那是一家大耳狐,大大小小共计十三口。"道姑的语调有些伤感,王鸣鹤注意到道姑在称谓大耳狐时,用的是"家"和"口"字,而家和口一般是用来说人的,道姑所说的大耳狐是苇地特有的狐狸,栗娜撰写的湿地大耳狐论文在国外发表引起很大反响。大耳狐善于捉苇地里的老鼠,从不到村里惹是生非,苇地居民也从不伤害它。

"这家大耳狐在此多年,我初到玉虚观时就看到了它们,那时只有两口,繁衍至今,已经是个大家庭了,其间它们还分出去若干家。我静坐修道之时,感到它们一家也在那片红色的苇地里打坐,我甚至可以和它们对话。有一年冬天,雪特别大,我打坐时听到一个弱弱的声音央求我,说家中断炊了,能不能接济一下。我让秭子到山门外看看,秭子出去后,看到有五口大耳狐蹲在山门外,可怜兮兮地等着要食物,我让秭子送了些食物到苇地上去,稗子回来说,韩叔在耳房边养了十几只鸭子,就用苇席圈着,可这些大耳狐对鸭子毫不动心,可见都是仁兽。"道姑一口气讲了很多,看出她与栗娜一样对这些大耳狐充满感情。

"可是,就在半个月前,这一家大耳狐走了,走之前我和它们对过话,那天我在打坐,又听到一个弱弱的声音在耳边说:'我们要走了,你也走吧。'我预感到了某种不祥,当即起身推门来到院外。夜半时分,皎月当空,月光洒在芦花上,雪一般白。我来到大耳狐居住的红顶子,韩二见我推门出院便从耳房出来要陪我,被我阻止了,我想大耳狐应该只想和我一个人对话。我拨开芦苇,一步步来到开着红色芦花的红顶子,我看到了最大那个大耳狐,它蹲在蓑衣草丛里,月光下毛色很亮,看到我它嘤嘤叫了两声,像婴儿在哭泣。我在离它大概五步远的地方停下脚步,就那么与它对视。我小声问:'为什么要搬家呢?玉虚观哪一点慢待了你们吗?'它不说话,只是摇晃着两只硕大的耳朵望着我。我发现大耳狐的眼睛虽小,却像两面镜子,我分明从它的眼睛里看到了站立的自己。大耳狐不说话,嘤嘤叫了两声,似乎在提醒我什么。我不想更多打扰它们,就转身回来了。次日一早,我让稗子去苇地查看,稗子回来说那一家大耳狐不见了,大耳狐用蓑衣草把洞口堵得很严实。"

"大耳狐为什么要迁徙呢?"王鸣鹤不解地问。

道姑没有回答王鸣鹤的提问,她若有所思地望着红顶子道:"仁兽如同君子,危邦不入,险地不居,它们只是不言而已。"

"玉虚观有危险?"

道姑没有做出肯定的表示,忽然问:"你贵庚几何?"

王鸣鹤愣了一下,回答道:"庚子年出生。"

"我有一饼宋聘号普洱,乃是与你父亲相识之年于卜奎购得,北地重酪轻茶,能有这等茶饼实属不易,我想在适当之时送你做个纪念。"塔溪道姑停顿了一下接着说,"此茶先由止玉保管,到时候自然会交你。"

王鸣鹤拱手道:"谢谢姑姑,鸣鹤不敢承受。"

"莫急,"塔溪道姑说,"贫道还有一事相托:如果哪一天,玉虚观遭遇不测,望你能保护好止玉。"

王鸣鹤吃了一惊,这不是昨夜梦里的话吗?道姑果然有此托付。

"鸣鹤谨记了。"王鸣鹤深深地点点头,不知不觉中,感到心里搁置了一饼普洱茶,沉重而踏实。

道姑回到院子里,自言自语道:"那个黑木,来者不善啊。"

三

洼里警察局关东军行动队第二次到九里吃了大亏。

因为上一次山田一郎被夹伤了脚踝,关东军行动队怀疑是九里猎人下狼夹所致,便派了一队鬼子来报复。关东军在苇地持续扫荡,强收民间枪支,剿灭抗联武装,苇地许多零散居住的农户、猎户被他们赶到所谓的"集团部落"里过着囚徒般生活,失去了祖祖辈辈生存的家园。遇到不从的人家,行动队会大开杀戒,烧掉窝棚,牵走牲畜,只留一堆灰烬。洼里行动队这次进苇地讨伐,鬼蜡烛没在老坨头,他去玉虚观送菜蔬。鬼蜡烛种的豆角和角瓜,自己吃不了多少,除了送给酪奴堂一些外,大都给了玉虚观。这一次,他把上次见到鬼子到九里的事和塔溪道姑说了,塔溪道姑嘱咐他小心行事,防备倭寇再来。他从玉虚观回来后,直接去了九里,把塔溪道姑的话带给王鸣鹤。

由七个鬼子组成的行动队果然搜到了老坨头,他们发现了鬼蜡烛那个塞满干艾蒿的窝棚,窝棚虽小,却有米有锅,还有挂在门口的三盘狼夹子,鬼子还发现了生狼烟的那个小烽火台,但他们误判了,认为这是烤制猎物的地方。七个鬼子绕着七盔土冢琢磨了许久,从收拾极为干净的墓地看,这窝棚的主人像大户人家的守墓人,不过这些土冢都没有砌砖,与九里清一色的砖瓦房相比,这些坟墓过于简陋。那块写着"郭大之墓"的木牌也接近腐朽,上面的字因为是阴刻,勉强可以认出来。最后鬼子断定这是猎人的一处居所,此处埋葬的很可能是猎人的祖辈,既然这样,那么下狼夹夹伤山田一郎的肯定是此人了,鬼子决定在此潜伏,等着猎人回来时捕获审问。鬼子潜伏很有经验,他们在渡口、老坨头的窝棚和老坨头上的谷地里分别埋伏了两人,剩下一人离开老坨头在芦苇荡里当游动哨。

鬼蜡烛这天早晨就嗅到一种血腥味,一出窝棚,看到一只受伤的长脖老等在老坨头的坟地上挣扎。长脖老等是一种鹤一样大小的水鸟,憨态迟缓,喜欢站在浅水中等着鱼虾游过,再突然啄食,人们因此称它长脖老等。鬼蜡烛很喜欢这种大鸟,他常常想,自己就是七座土坟边的一只长脖老等,只是不知道年复一年自己在等什么。这只长脖老等显然是被狼或狐狸偷袭了,一侧翅膀被咬伤,正在草地上痛苦地鸣叫。鬼蜡烛走过去,在离老等几步远的地方,它艰难地飞走了,留下一串撕心裂肺的哀鸣。鬼蜡烛到玉虚观送完菜,赶到酪奴堂和王鸣鹤说事,这几天总有鬼子骑兵在双泰河北岸芦苇荡里转悠,因为芦苇荡里沟汊多,骑兵不便行动,这些鬼子只在无水的区域指指点点,没有靠近老坨头。依他的经验看,这是侦察或打前哨的散兵,此处方圆几十里并无人迹,只有九里这样一个能承接渔民上岸的过路小村,由此看鬼子是冲着九里而来,九里很可能会有刀兵之灾。王鸣鹤认为鬼蜡烛说得有道理,上次那个叫山田一郎的军人被夹伤脚踝,鬼子不会就此罢休。王鸣鹤嘱咐鬼蜡烛在老坨头上要多留心,尤其要保护好玉虚观的安全。玉虚观塔溪道姑有病在身,两个弟子尚欠法力,韩二年纪已大,又是聋哑之人,行动多有不便,让鬼蜡烛在没事的时候多照应一下玉虚观。他还嘱咐鬼蜡烛一旦发现敌情,点燃狼烟后马上离开老坨头,防止被鬼子围在孤岛之上无法脱身。

两人聊到傍黑,鬼蜡烛用军用水壶打了几斤鹤顶红背在身上,背着那杆快枪,去叫韩老大划船渡他过河。韩老大晚上多喝了几盅不便行船,韩老三自告奋勇要去撑船。韩老三是韩芦生的三儿子,平时少言寡语,除却做木工外,他还有个从不示人的梦想——画画。他是受三圣祠中二十四孝图启发开始学画画的。虽说没有更多天赋,但勤能补拙,他的画也有模有样,他相信自己将来会背着画箱在苇地里四处画箱画柜,日子不比哥哥摇橹打鱼差。韩芦生三个儿子,老大使船,老二在玉虚观,老三当木匠,三子中唯有老大娶了媳妇并生了铁山、铁林两个儿子。韩铁林虽然是韩老大中年得子,但天赋极好,在白鹤书院读书用功,是白鹤五子中的头鹤,王鸣鹤对他视如己出。

韩老三划船把鬼蜡烛渡到北岸的时候,潜伏在渡口的鬼子并没有马上抓人。刚刚跳上岸的鬼蜡烛从老坨头上发现了异常,鬼蜡烛迅速将原本扛着的快枪端在胸前,弓身隐在一丛蒲苇边。站在船上的韩老三不知发生了什么,问:"咋啦?"鬼蜡烛向身后摆摆手,举枪瞄准老坨头的方向,小声道:"有狼。"他说完朝前走了几步,头也不回地又说:"你回南岸,赶快!"说完,鬼蜡烛端着枪弓身向老坨头摸过去。原来,鬼蜡烛在离开老坨头时,在用芦苇编成的窝棚门上插了一根蒲棒。这蒲棒插得很松,只要有人开门蒲棒就会掉落。下船后的鬼蜡烛发现这根突起的蒲棒不见了,知道有人进了窝棚,便立马警觉起来。

韩老三在听到鬼蜡烛说有狼的提示后没有意识到有鬼子埋

伏,他以为鬼蜡烛真的发现了狼,他也跳上岸,把船拖近拴好,想跟上去帮助鬼蜡烛打狼。芦苇荡里的狼体形不大,除了嚎叫声凄厉外,不像山中狼那么凶恶,韩老三没有把苇地狼放在眼里,他提着一根船桨,一旦遇到狼,这船桨也是不错的武器。他走了几步远,一个黑影冷不防从芦苇丛里扑上来把他扑倒了,他本能地叫了一声,就被捂住了嘴,另一个鬼子很快也扑上来拧住了他的两只手。韩老三这一声若是一般人很难注意,芦苇荡里有河水流淌的声音,也有蛙鸣鸟啾的和鸣,他的低叫被这些混响稀释。但多年在老坨头独处的鬼蜡烛还是听到了,他猫一样快速钻进芦苇丛,警惕地向后张望。茂密的芦苇挡住了视线,他只听到几声噗噗的闷响,他知道韩老三出事了。响马的经历让鬼蜡烛知道此时该如何应对,这个时候最好的办法是隐蔽。他俯身在一处地势低洼的苇丛,把原本瞄准老坨头的枪口,瞄向身后河边的方向。

鬼蜡烛猜测这些军人与上次进九里和近日骑马侦察的应该是一伙的,就是驻扎在洼里的关东军行动队。他趴在芦苇丛中屏住呼吸,等着鬼子押韩老三过来,这样他可以放倒鬼子救出韩老三。但鬼蜡烛没有等来鬼子,渡口潜伏的鬼子显然训练有素,他们抓住韩老三后,发现是个没有武装的船夫,便在他嘴里塞入一团绑腿布,将两臂拧到身后绑住,然后扔到了船舱里,他们的目的是抓到拿武器的猎人。鬼蜡烛采取了一个将自己由明处转为暗处的战法,他匍匐不动,逼着潜伏的鬼子现身。渡口的鬼子没有动静,老坨头上的鬼子有些着急,天色渐渐暗下来,潜伏是一件十分难熬的事。苇地里的蚊子很猛,毒针能刺透棉质军装,被刺了浑身大包的鬼子开始拍拍打打,暴露了他们潜伏的位置。鬼蜡烛是不惧怕蚊虫的,他的窝棚里三面是用艾蒿编成的,床上铺的也是艾蒿,为了驱蚊,他的衣物就塞在干燥的艾蒿堆里,穿这样熏出来的衣服走到哪里浑身都散发着浓重的艾蒿味,再厉害的蚊虫也不会靠近。鬼蜡烛知道鬼子要收兵了,窝棚里也有两个鬼子猫着腰走下来,其中一个还有点瘸。老坨头谷地里两个鬼子也站起身,加上芦苇荡里担任游动哨的一个,五个鬼子都向渡口这边赶来。鬼子猜想下船的这个猎人一定是逃了,逃进茫茫苇地的猎人如同游进大海里的鱼,凭他们七个人无法网住,他们万万没想到面对的是一个有战斗经验的响马。

鬼蜡烛趴在地上一动不动,他知道自己如果贸然行动,就会被鬼子围住,一旦围住就会无路可退。他凭借芦苇荡里多年生活经验,屏气稳住四肢,尽量不碰芦苇,以免芦花摇动引来鬼子注意。他看到五个鬼子从不远处一个个走过,五把刺刀将芦苇拨来拨去,其中一把刺刀几乎就划到了鬼蜡烛的头皮,所幸的是鬼子没有照明设备,鬼蜡烛就在他们眼皮底下侥幸躲过了。

鬼子在渡口处会合,唧唧哇哇说了一通,便给韩老三松了绑,让他划船渡他们过河。七个鬼子挤上窄小的舢板,舢板摇晃不稳,韩老三被推搡着划桨开船。鬼蜡烛偷偷潜伏到河边,船已经划出一截。鬼蜡烛知道九里百姓没有任何防备,这些鬼子一旦闯进村,九里将是一场劫难。他在蒲草丛里压低了身子,没顾上多想就喊道:"老三,不能让他们过河呀!"这一声喊,船上的鬼子齐刷刷扭过头来,七支步枪一齐对准了北岸,那个瘸腿鬼子用手势示意韩老三将船调头,再划回北岸。两只野鸭被鬼蜡烛的喊声惊扰了,扑啦啦从蒲草中飞起来,鬼子朝野鸭飞起的地方砰砰砰开了几枪,鬼蜡烛看到韩老三停住左桨,右桨用力划动,船渐渐在双泰河里横了过来,就在船横过来的时候,韩老三突然从里侧船帮上抽出一块插板,然后纵身跳进河里,在水中他又用双手扳住船舷用力往下压,借着河水的冲力,小船一下子倾斜过来,七个鬼子下饺子一样滚落水中。鬼蜡烛看到,让韩老三调头的那个鬼子,一直握着手枪保持警惕,在落水前朝河中的韩老三开了一枪。小船瞬间沉没了,韩老三抽出的是沉船活板,一般在船不用时,抽出这块活板,让舢板半沉在水里,对船是一种保护。他在河中央抽出活板,河水很快涌入船舱,舢板自然要沉没了。鬼蜡烛目睹了发生的一切,他咬紧牙关,屏住呼吸,举枪瞄准了河面,只要有穿军装的一冒头,他就扣动一下扳机,他扣动了六次,开第一枪时他骂了一句:"让你们来惊大的梦!"接下来的五枪,枪枪中的,在最后那一枪响后,他下意识地放了个屁,心里不禁想起大的那句骂:"屎人屎尿多!"六枪打过,再没有穿军装的露头扑腾了,当然,穿汗衫的韩老三也没有浮出水面,鬼蜡烛很是责怪刚才这个屁,早不放晚不放偏偏在要紧的时候放,真是晦气!鬼蜡烛顺着河流走了很长一段,没有找到韩老三,也没有发现那个鬼子,他猜想韩老三一定被打中了,而那个没有露头的鬼子或许被淹死了。

枪声引起九里村一片骚动,村民聚集到酪奴堂问王鸣鹤九里是不是要过刀兵?韩老大的酒气早被枪声惊跑,他问王鸣鹤是不是三弟出事了。王鸣鹤也不知河北岸发生了什么事情,他提上布鞋,系好衣扣,对院子里的人群说:"大伙不要慌,北岸即使着火,也一时烧不到九里,中间不是隔着条双泰河吗?走,到河边看看去。"王鸣鹤带着一干村民提着灯笼到河边来看究竟,渡口不见了韩老三和船,黑分分的河水酱油一样汩汩东流,北岸老坨头也没有一点动静。"真是奇怪了,老三船和人呢?"韩老大几乎要哭了,是他让三弟送鬼蜡烛过河的,现在船和人都不见了,到底发生了什么事情?王鸣鹤仔细观察着河面,突然,他发现北岸苇丛里有个人影朝对面跑过来,他高声问:"是三虎吗?""是我,王先生,出大事啦!",说完"扑通"跳进河里,呼哧呼哧游到南岸来,鬼蜡烛水性好,连擅长扎猛子抓鱼的韩老大都比不上。不大工夫,鬼蜡烛游上岸,一杆快枪提在手上,上气不接下气地呼呼直喘。王鸣鹤问他到底发生了什么事情,鬼蜡烛说了事情经过,韩老大蹲在地上号啕大哭,上次他撑船就差点让鬼子给杀了,这次本来该自己来,却因为贪酒让三弟替自己送命了。"三弟还没成家,就这么死了,让我这当老大的怎么交代呀!"韩老大双手抱头,蹲在地上大哭不止。王鸣鹤俯身拍了拍韩老大的肩膀,很沉重地说:"刚才三虎说了,老三是好样的,他是为九里而死,九里不会忘记他。"又问鬼蜡烛,"剩下的那个鬼子是逃了还是淹死了?"鬼蜡烛摇摇头说:"天太黑,我看不清,这鬼子没在河面上露头,要是露头,肯定逃不过我的枪口。"王鸣鹤说:"要是他水性好,逃了呢?"鬼蜡烛道:"要是逃了,鬼子肯定会来报复,九里这回真的要过刀兵了。"

王鸣鹤安排村民提着马灯在河里用拖网打捞韩老三,奇怪的是两条舢板拉着拖网向下游拖了两三里远,韩老三和被打死的鬼子的尸体都没找到。姚刚说双泰河馋了,尸首都被河神收了去。一直忙到凌晨,疲惫不堪的村民一无所获。王鸣鹤看看两眼血红的韩老大,韩老大摆摆手,道:"收了吧,这双泰河就是韩家的地,人死了,就该埋在自己地里。"王鸣鹤让大家收工,他则带着韩老大、马回、姚刚、姜路、老陶回酪奴堂商议对策。酪奴堂议事的格局从王克笙起,就是韩、马、姚、姜四家主事者组成,后来加上一个老陶,到了王鸣鹤主持酪奴堂,继续沿用这一议事格局。母亲说九里的韩、马、姚、姜、陶是金、木、水、火、土,这五行缺了哪一行都不成,这五家老子死了儿子续,不能坏了规矩。王鸣鹤谨记母亲之言,大事小情总是把韩、马、姚、姜、陶叫到酪奴堂一同商议。但第一代人大都过世,姚大下巴、韩芦生、马连顺、姜得水的灵牌已经在三圣祠里配祀,酪奴堂议事成员变成了老陶、韩老大、姚刚、马回和姜路。

在商议如何躲避这次刀兵之祸时,五人各抒己见。马回说鬼子个个都是魔鬼,几十年前我就见识过,咱还是借苇地渔家的船把妇孺老人送到槐花岛上躲些日子。槐花岛无人常住,却有一个旧庙一眼泉水,只要带足了粮食,住多久都没问题。他还讲了刚从渔民嘴里听来的一个传说,证明岛上可以住人。槐花岛在明崇祯年间是海贼的老巢,后来海贼被灭,灭贼的尚可喜把海贼尸首扔得满岛都是,导致夜里岛上有鬼火跳来跳去,岛上从此无人再住。九里建砖瓦房时马回曾登岛伐木,对岛上情况有些了解,他提出这个建议不是没有来头。马回五大三粗,胡子楂猪鬃一样硬,他觉得槐花岛和鸽子洞一样是躲刀兵的好去处。韩老大因为伤心过度,话语变得迟钝,他主张到鸽子洞去,可以用船一拨拨把村民运过去。但他的主意并没得到大家的认可,因为九里百姓从没有在夏天到鸽子洞躲过刀兵,一是夏天河水旺,不像冬天可在河面行走,靠一条舢板无法运输百十号人,二是河水常常会漫进鸽子洞的外洞,洞里有些潮湿,不利久留。姚刚的山羊胡子越来越长,性格也变得山羊一般绵软,姚大下巴死后,父亲的遗传忽然间在他身上显现了,什么事喜欢掐算一番。他说:"我掐算过了,九里这次必有血光之灾,还是避避为好。"姚刚平时喜欢摆弄家里的一杆土铳,那杆土铳被他擦拭得乌黑瓦亮,但谁也没见他放过枪。他自己说曾经一炮打了五只雁,很多村民对此不信,说他是吹牛。姜路和马回一样,都是见过黄开杀鬼子的人,姜路主张和鬼子兜圈子,鬼子来,咱走,鬼子走,咱回来,反正这苇地咱比鬼子熟悉。老陶在这个问题上则表现出生意人一贯的想法:"这大夏天的,不好找躲避的地方,干脆就以静制动,鬼子来了就一推六二五,说这事是胡子干的,与九里无关,另外可多准备些苇地特产,给他们点好处换个平安。"老陶的话被内屋的蒲娘听到了,隔着门帘蒲娘道:"你们别指望倭寇发善心,倭寇根本不是人,是一群虎狼!"大伙听后都点头称是,他们都知道甲午年蒲秀才遇害一事,蒲娘对这些日本鬼子最有发言权。蒲娘又缀了一句:"对倭寇,不能往好处想,从古到今他们来中国只会干四件事,那就是烧杀抢掳。"王鸣鹤认为老陶的办法对待响马或许管用,对待日本鬼子就不好说了,他们死了六七个人,不杀人放火狠狠报复一番才怪呢。他端坐在椅子上,听着大伙七嘴八舌地议论,望着窗户不做声。

酪奴堂议事一直持续到太阳升起,王鸣鹤还没有拿定主意。去槐花岛,村里老人认为那是不祥之地,槐花岛周围布满暗礁,到哪里去找合适的渔船?去鸽子洞,夏季是旺水期,鸽子洞怎么能容下这么多人?如果到芦苇荡里去,别说鬼子兵,就是肆虐的蚊虫也要了大家的命。正在这时止玉和韩二来了。止玉道袍上沾满露水,白色裹腿几乎湿透。见酪奴堂内正在议事,止玉稽首道:"师父听到昨夜九里有枪声,担心遭遇不测,特让止玉来看究竟。"

王鸣鹤起身请止玉坐下,十分感激地说:"老人家沉疴在身,却心系九里百姓,难得一片济世度人之心。"他向止玉介绍了九里昨天发生的事。

止玉说:"昨天夜里,一个溺水的年轻男子被我们救了,不知是不是与此有关?"

"此人有何体貌特征?"鬼蜡烛问。

"这个人大眼睛,上身穿一件白色衬衣,赤脚,左脚踝上有旧伤,不会说中国话。"

"莫不是山田一郎!"王鸣鹤吃了一惊,带人来九里的竟然是山田!洼里警察局行动队指导官黑木的助手。

"此人现在何处?"王鸣鹤问。

止玉说:"已经去了田庄台。"

既然山田已经发现了玉虚观，鸽子洞躲刀兵就不是上策了。王鸣鹤思忖一会儿，对大家说："如此看来，我须亲自去一趟洼里警察局了。"

大伙面面相觑，不知王鸣鹤为何要自己送上鬼门关，都劝他不要冒险，鬼子在九里吃了大亏，这样去洼里警察局，不是自投罗网吗？

"不入虎穴，难得虎子，那个黑木不是说要与我交朋友吗？既然如此，我何不将计就计，直接与他交涉此事，这样或可以阻兵之未发，防患于未然，为了九里父老，我只能闯一次鬼门关了。"

众人都愣住了，没想到小先生硬起来的时候比老先生还要强十分。

四

躲过鬼蜡烛枪口的是山田一郎。

山田在翻船时呛了一口河水，露出头时，恰好被倒扣的船底挡住了，没有进入鬼蜡烛的视线。惊魂未定的山田刚刚缓过神来，听到了清脆的枪声，他知道遇到真正的军人了，因为这清脆的枪声不是什么土铳鸟炮。他深吸一口气，潜泳到北岸一处蒲草丛里。落水的时候手枪丢了，他索性脱掉军装，上身只穿一件衬衣，趁着夜色顺流而下悄悄逃离了渡口。

这次行动是他向黑木提的建议，目的是抓几个苇地猎人回来做霍乱实验。黑木带他到洼里来，很重要的一个任务是搜集研究辽河口湿地一带民间防治霍乱的办法，这是关东军高层给他们的密令，因为涉及一项悄悄进行的移民计划，这件事对外保密，就连"满洲国政府"内都很少有人知道。原来，日本内阁早就觊觎辽河口这块广袤的湿地,想从本土大批移民到此,将大片湿地开垦成稻田,以期永久霸占。但是,由于辽河湿地经常流行霍乱,在这种可怕的传染病没有得到有效防治的情况下,日本本土居民对移民辽河口湿地心怀恐惧。为此,关东军在大连专门设立了一个流行病防治所,进行防治霍乱的研究实验,黑木便是这个研究所的医生。为了能掌握第一手防治霍乱资料,黑木奉命进驻洼里,在洼里警察局内秘密建立了霍乱防治实验室,又带兵到苇地深处鬣狗一样打探消息。事情也巧,警察局长尉黑子听说黑木进苇地是研究霍乱,就向他介绍了酪奴堂的王克笙父子,说他们是个治霍乱的神医,自己当年得了霍乱就是神医儿子王鸣鹤治愈的。黑木听后如获至宝,在小本子上记下了酪奴堂王克笙、王鸣鹤的名字,也就有了上次九里之行。

山田一郎从九里返回时被狼夹夹伤了左踝骨,这让他心里窝了一股火,他萌生了抓个苇地猎人来做霍乱实验的想法。他的建议得到了黑木认可,用苇地猎人做实验或许会有意外收获,黑木以前用的活体实验都是警察局逮捕的反满抗日分子,这些人多是些弱不禁风的读书人,不像在苇地里摸爬滚打的猎人那么强健。苇地猎人的体魄如同军人,能长期在潮湿的环境里生存又不感染霍乱,其中必有缘故,所以,这次抓捕行动黑木很重视,让山田务必抓个健康的猎人回来。让山田万万没有想到的是,他的行动队会全军覆没,唯有他这个缺少战斗经验的医官得以生还。这次抓捕,行动队可谓丢尽了颜面,警察局警察们表情怪异地围着狼狈归来的山田看热闹。六个宪兵战死,而对方仅仅是个猎人,这让日本宪兵很没有面子,黑木没有骂山田,却罚一个讥笑山田的"满洲"警察在太阳底下晒了一天。

警察局长尉黑子是个蜜獾一般的滚刀肉,小平头、金鱼眼和两道卧蚕眉,几乎让人过目不忘。尉黑子在苇地有两个绰号:白道上人称他尉黑子,黑道上人称他苇地之獾,两个绰号画出了他手黑心鬼的特征。尉黑子的黑主要用在鸡鸣狗盗之徒和生意人身上,勒索钱财的手段无所不用;对普通百姓,他则懒得动脑筋,他知道在穷人身上榨不出二两油;对读书人,尉黑子却总是留点脸面,他这么做也是有原因的,他家祖屋与田庄台蒲秀才当年被烧的私塾为邻,他当屠夫的父亲常常给他讲蒲秀才的故事,讲蒲秀才为了保护书院不惜舍上性命,这让尉黑子从小对读书人就心生敬意。尉黑子父亲嗜酒如命,每次醉酒后都会拿一把杀猪刀到大街上比画着嚷嚷:"妈了个巴子,这田庄台除了蒲秀才我谁也不服!"这样嚷嚷惯了,话便传进了红狯狲的耳朵里,红狯狲是谁呀?是当年做掉了鬼蜡烛义父郭瞎子的响马!红狯狲在苇地里杀人不眨眼,连张作霖父子都拿他没辙儿。红狯狲在锦州营口一带专门掐尖儿折棍儿,他的话传到红狯狲耳朵里,已经年过五十的红狯狲被激怒了:"他娘的,一个杀猪的敢在我红狯狲地盘上立棍儿?"就这样,尉屠户仅仅因为酒后吹牛便和红狯狲结下了梁子。惨剧发生在夏天的一次集市上,这天早晨,尉屠户在杀猪时,第一次失手,把接猪血的陶盆给碰翻了,猪血淌了满地,他对儿子说了两个字:"晦气!"儿子两手按住扭动的猪头,满不在乎地说:"有啥晦气的,不就少吃几根血肠吗?"尉屠户没搭话,他有个特点,不喝酒很少说话,当他在肉铺里大声吆喝时,老主顾都知道尉屠户肯定喝了。这天赶集,他没沾酒,心事重重地坐在肉铺前等着买主上门,几只绿豆蝇落在挂起的肉条上,他也懒得挥一挥蒲扇。一大早,集市像没睡醒的懒婆娘,踹一脚都懒得动。白森森的阳光下,通向码头的街道上来了几个黑衣人,来人走得很慢,横晃着膀子,走在前面的是一个穿对襟绸衫的汉子,绸衫开着几个扣,露出一团乱糟糟的胸毛,汉子身后跟着三个马弁,看样子腋下都藏着家伙。汉子站在肉案前盯着尉屠户看了一会儿,一双鹰眼锥子一般让尉屠户不自在,尉屠户问:"买肉?"汉子的鹰眼在猪肉上扫了一圈儿,忽然问:"你姓尉?"尉屠户点点头,把手里的杀猪刀紧了紧。来人突然伸出左手在他面前画了个圈,尉屠户手里的杀猪刀变戏法一样飞到了半空中,尉屠户的眼睛正跟着飞向空中的杀猪刀没有反应,对方一弓右腿从鹿皮靴筒中"嗖"地拔出一把攮子,对着尉屠户肚子就是一刀,然后紧顶着对方问:"服不服?"尉屠户捂着肚子瞪圆了眼问:"你是红狻猊?我他妈不服!"红狻猊抽出攮子在对方肩头上擦了擦,尉屠户肚子有鲜血淌出来,滴滴答答落在地上。红狻猊道:"行,不愧是个白刀子进红刀子出的主儿,能挨过我这一攮子你就在这田庄台立棍儿,我红狻猊不拦你!"红狻猊没攮第二刀,把攮子插进靴筒,在肉案上仔细挑了一块五花肉,随手扔下一块大洋,带着三个马弁大摇大摆地走了。尉屠户没挨过红狻猊这一刀,这一刀刺得很有道道儿,尉屠户天天杀猪,知道对方伤到了自己的脾脏,表面看着没事,但脾脏渗出的血会灌满腹腔,不到半天时间,自己的肚皮就会像新灌的血肠一样鼓胀起来。他天天灌血肠煮血肠,那个时候他想的是血肠鲜嫩可口,当他想到自己的肚子会像血肠一样鼓胀时,他忽然对血肠有些反胃。尉屠户是在黄昏时死去的,临死前他揉着鼓起来的肚子对儿子说,他一辈子只对不起猪,没有对不起人,不知道红狻猊为啥要杀他。尉黑子说红狻猊杀人还有理由吗?你安心上路,我早晚收拾了这伙红胡子。尉屠户死后尉黑子参加了奉军,后来易帜变成东北军,因为能打敢冲,混上了连长,原本驻扎台安,后来他主动请缨到洼里剿匪,算是和红狻猊叫上了号,几经反复,终于在苇地深处灭了红狻猊这伙草寇。他抓住红狻猊时,红狻猊已经是个头发稀疏、犯着大烟瘾的老头儿。尉黑子装作要把他押回去,但在双泰河的舢板上,他一脚把红狻猊踹到了河里，眼看着一缕稀疏的头发在河水中忽上忽下了几个来回，便慢慢沉入了河底。尉黑子后来投靠了日本人，当了洼里警察局的局长，"满洲国"很多地方的警局都设有两个局长，一个日本人，一个中国人。中国人的局长其实就是个摆设，警局里的事都是日本局长说了算，但在洼里情况有所不同，因为尉黑子脑子活，很快学会了日本话，加之他苇地经验丰富，日本人想干什么事都绕不开他，所以，警局里日本局长一轮轮换，但尉黑子这只苇地之獾却成了不倒翁。

尉黑子进苇地剿匪时到过九里，那时，红狴狌还没有被擒获，他带着手下在潮湿的苇地里转了好几天，不幸患上了霍乱，十几个士兵上吐下泻打摆子。苇地人都知道霍乱的厉害，尉黑子在一个渔民的引导下到九里酩奴堂求医。尉黑子一行是奉军，虽然剿匪有时搂草打兔子也不免扰民，但总体上没什么民愤，用姚大下巴的话说："奉军是奉天承运的大军，算得上是天兵。"有了姚大下巴这样的评价，九里百姓对尉黑子一行很关照，咸鱼蟹酱加鹤顶红，照顾十分到位。经过王鸣鹤的调治，尉黑子和部下很快康复，告别九里时，尉黑子向蒲娘磕了三个响头，说他从小就听老人讲蒲秀才的事，非要认蒲娘做干娘。蒲娘接受了尉黑子的磕头礼，却没有同意做尉黑子干娘。尉黑子走后，王鸣鹤问母亲缘由，蒲娘道："不是同道之人，你俩如何能成兄弟？"王鸣鹤说："行武之人，有些粗鲁也是常理。"蒲娘摇摇头："不善之人，眼露寒光，浑身桀骜之气，对此若即若离才是。"尉黑子后来再没有来九里，他剿灭了红狴狌一事是鬼蜡烛来酩奴堂说的，鬼蜡烛特兴奋，喝了半斤鹤顶红，吃了一盆酸菜白肉，红光满面如同熟透的柿子，他说："獾子能灭掉狴狌，真是神了，想不到红狴狌也有今天！"王鸣鹤却没有丝毫喜悦，红狴狌一伙土匪虽然在苇地打家劫舍，但他还有些义气，王鸣鹤和红狴狌也有交往,整日在湿地里钻来钻去,红猞猁不是铁打的,也会染上毒痈脚气闹肚子的毛病,每次有病,自然要到酪奴堂来诊治,加之他在三圣祠里见过供奉的达摩祖师,对酪奴堂更是敬畏有加,他曾对王鸣鹤说:"响马以达摩为祖师爷,九里有这位尊神在,没有哪路响马来捅娄子。"红猞猁说话算数,他的队伍还真没有祸害过九里。

山田能生还要感谢止玉。

一身好水性的山田沿着双泰河往下游漂流,他不敢在河中间游,只能贴着北岸密实的蒲草一点点往下游摸索。黑黢黢的河水旋涡一个套着一个,稍有不慎就会被吸入河底,山田只能紧紧地拽着蒲草,试探着往下游游。夜半时分,他漂游到了玉虚观附近,河岸上玉虚观微弱的灯光吸引了他,上岸时因踩在稀泥上身子重重崴倒,左脚踝脱臼。他爬到玉虚观山门前,门内韩二养的黄狗狂叫起来,耳房里的韩二耳朵聋,听不到狗吠,但狗吠声却惊醒了止玉。止玉穿上衣服出来查看,发现了瘫倒在门前的山田。止玉叫起韩二,把山田扶到院里。山田赤着两脚,满身泥水,双手扳着脚踝痛苦不堪。问他话,对方只是惊恐地摇头,却一句话也不回答。止玉端了一盆清水来,让韩二帮山田洗去泥污,稗子也起来了,端着蜡烛站在一边。止玉按了按山田伤处,双手捏住脚背和脚跟,猛然发力,"咔吧"一声,山田的脚踝归位了。疼得咬牙咧嘴的山田吃惊地望着烛光里的止玉,两眼牛铃般圆睁,一副惊骇万分的模样。山田不会说中国话,嘴里反复说了三遍"吆西"。止玉知道这是东洋话,心里吃了一惊,让韩二扶他进入耳房歇息,自己去向塔溪道姑禀报。塔溪道姑对这位不速之客保持着特有的警惕,问止玉:"今夜无风无雨,渡船怎么会翻沉?夜里隐约听到上游有枪声响起,应是出了什么状况。"止玉认为师父说得有理,问怎么来对待这个河中漂来的东洋人。道姑说："道家度人，向来是度往应去之处，道观留宿，戒律不许，让韩二连夜送他去田庄台吧。"止玉明白了师父用意，回到耳房打着手势告诉韩二连夜送这位不速之客去田庄台。起身前，端了碗米粥给山田喝，又找了件蓑衣给他披上，好在船上遮挡蚊虫。做完这些后止玉便转身离去了。山田欲言又止，看着止玉背影两眼瞪得老大。

披着蓑衣的山田在离开玉虚观时几乎是一步一回头，一双赤脚在湿漉漉的草地上一拐一滑，但他的目光一直牵在玉虚观模糊的山门上，神秘的止玉像一树樱花绽放在他惊恐不定的心中。

尉黑子和山田都知道黑木有个观点，这个观点甚至影响到了关东军的决策层。黑木认为苇地里的人与常人有异，应该叫芦苇人。芦苇人不是当地土著，大都是关内来的流民，这些散居在苇地里的人家像依水而生的芦苇，镰割也好，火烧也罢，第二年春天一来，又会遍地冒出芽来。因此，对芦苇人要区别于对当地人，管制要严，出手要狠，最好将苇地里的芦苇人都清掉。

一桩洼里医院劫案促使黑木向关东军高层提出了清网计划。一股来自苇地的抗联武装把洼里医院劫了，抢走了许多紧俏药品。黑木提出，为了扫除苇地隐患，也为了给开拓团进入苇地扫清障碍，应该将苇地中散居的百姓一律迁出芦苇荡，在苇地边缘建一个个部落，让这些芦苇人集中居住，户籍发证管理，如有拒不迁出的，一律烧毁房屋，没收粮畜，填埋水井。黑木的建议被高层采纳，他知道机会来了，这正是一个竭泽而渔的好机会，要抓住机会将苇地的一切秘密抖包袱一样抖出来。尉黑子对关东军上层的计划并不欣赏，他知道，方圆几百里的苇地大甸，接海连天，芦苇人就像这苇地沟沟汊汊里的鱼虾，小小几支行动队就能把这些芦苇人一网打尽？鱼过千层网，人登万重山，苇地人是剿不净的。尉黑子向黑木建议:"我们在明处,反满分子在暗处,明枪易躲暗箭难防,我们洼里行动队可别再吃山田一郎那样的亏。"黑木挠着脸上的黑痣说:"有道理,我们只在白天行动,夜晚按兵不动。"黑木召集指导官高附、川崎商定了讨伐计划,分两路对双泰河中段实施拉网式讨伐,一路由指导官高附、川崎带领,另一路由黑木亲自带队。两路不是合围式扫荡,而是一前一后复垦式讨伐,这样,侥幸前番漏网的,第二次也很难躲过。黑木自诩这叫不是回马枪的回马枪。

洼里警察局在磨刀霍霍,高附、川崎等几个日本指导官也气势汹汹,准备配合黑木到苇地深处大开杀戒。高附、川崎都是关东军军官,高附五短身材,体圆如猪;川崎腰细腿长,身瘦似猴,两个人都是浪人出身,在洼里臭名昭著。高附、川崎虽说在田庄台一代围剿抗日义勇军积累了不少作战经验,但对深入苇地深处还是颇有顾虑,担心染上可怕的霍乱。好在有黑木这个霍乱专家做后盾,胆子便壮了许多。

洼里警察局是一座四合院,正面是坐南朝北一座灰色小楼,楼顶插着日本太阳旗伪满洲国的五色旗则插在门口的雨搭上,耳房和两厢是青砖平房,灰色小楼后面,有几处仓库一样的房子,有宪兵严密把守。大院当中有一棵高大的老杨树,树上有一高一低两个老鸹窝。尉黑子嫌老鸹叫声晦气,想派人把老鸹窝捅下来,这一举动被黑木制止了,黑木似乎很欣赏这两窝老鸹,晨练时常常望着树梢打上几声口哨。尉黑子心中很鄙夷这个指导官,不知他为什么会喜欢讨厌的老鸹。

穿一件褐色长衫的王鸣鹤来到洼里警察局时已经傍晌,他和站岗的警察说要找尉局长。尉黑子正在大杨树下乘凉,听说有人找自己,便晃着膀子来到门口,见是王鸣鹤,尉黑子很意外,道:"小先生来了?也不早早知会一声,快快屋里请!"王鸣鹤拱手致意,随尉黑子进到屋内。洼里警察局内日本宪兵和伪满警察分住东西两排平房,尉黑子在西侧,平房的窗子都向上支开——这是满人房屋特有的开窗方式,从窗子里可以看到对面宪兵的营房,只不过日本宪兵的营房都没有开窗,显得很神秘,倒是尉黑子的下属很活跃,正围在一起打牌九。尉黑子请王鸣鹤落座后,搔搔平头道:"你看你看,我是粗人,平时以酒当水,没什么茶叶,我知道王先生在酩奴堂只喝茶,到这里就委屈先生喝碗清水解渴吧。"尉黑子知道王鸣鹤喜欢喝茶,但他喜爱喝烧酒、灌井水,对茶没什么兴趣。王鸣鹤把随手带来的一个纸包置于桌上,道:"我为局长带了一点茶来,正宗祁门安茶,不成敬意。"尉黑子又搔搔平头,咧开嘴笑了笑,忽然降低了声音道:"九里要有麻烦了,山田在那一带遭了埋伏。"王鸣鹤心里一颤,果然是山田,自己没有猜错。王鸣鹤问:"山田不是个医生吗,怎么干起宪兵的活来了?"尉黑子朝窗外看了看,附在王鸣鹤耳边说:"山田是黑木指导官的助手,黑木来头不小,东洋人想在这里建开拓团,因为苇地里总闹霍乱,这个计划就一直没实施,黑木来这里就是研究霍乱防治的,警察局后院那些房子原本是我建的拘留室,现在成了黑木实验室,专门做霍乱实验。那里可是阎王殿,平时就由山田看管,外人不能靠近,连我这个局长都得回避。"王鸣鹤后背一阵发凉,问:"要是霍乱能防治了呢?"尉黑子瞪大了金鱼眼道:"霍乱没了,辽河口一带就不是'满洲',而是东洋开拓团的天下了,听说东洋人要在这里开荒种水稻,建军粮基地。"王鸣鹤"哦"了一声,心想,黑木的企图原来在此。一阵赢牌的吆喝声传过来,引得尉黑子高声吼了一声,隔壁顿时肃静了许多。尉黑子问:"小先生来此有何贵干?"王鸣鹤说:"我来找黑木。"尉黑子咧嘴笑了,说:"我向黑木介绍过你父亲是神医,他对你父亲很感兴趣,听说黑木去找你了?"王鸣鹤盯了尉黑子一眼,似乎在埋怨他为什么要把故去的父亲介绍给这个琢磨摸不透的黑木,但他没有说什么,尉黑子毕竟是警察局长,是黑木的下属,下属讨好上级,这是官场的规则。

"有劳你去帮我通报一声,我要见黑木。"

尉黑子小声说:"这个黑木看上去文绉绉的,其实不是个善茬儿,你要小心行事。"

尉黑子去黑木的值班室通报,没想到黑木闻讯后和他一起过来了。黑木一进门就行了个中国式拱手礼,道:"什么风把鸣鹤君刮来了?"王鸣鹤还了礼,两人坐定,尉黑子愣了愣,他不知道黑木为什么会叫小先生为鸣鹤君,但尉黑子是个极聪明的人,以张罗酒席为名离开了。

"听说黑木先生的队伍在双泰河遭遇袭扰,九里父老甚为关切,毕竟事发之地毗邻九里,受村民委托,鸣鹤前来说明情况。此事与九里百姓无关,何人所为也不得而知,若黑木先生举兵讨伐切勿累及无辜,让九里遭受池鱼之殃。"

黑木挠了挠脸上的黑痣,问:"鸣鹤君凭什么说此事与九里无关呢?"

"九里自开埠之日就有村约,家父提倡崇礼行善,村民一向礼让恭俭,戒斗息讼,躲避刀兵,几十年来邻里和睦,渔猎稼穑,从无事端发生,怎么会有这兵家举动?"

黑木默不作声,一只手捏着下巴,在地上来回踱步。

"九里地处双泰河以南,村民有句俗话:'野狼不下双泰河',意思是连野狼都不忍心过河来伤害九里牲畜,匪患亦多是一走一过,当年名震苇地的红猞猁,三过九里而未逞虐,就是因为九里乃是远近闻名之善地,祸害九里,必留骂名;而双泰河北岸则不同,北岸地广苇深,群雄逐鹿,是非不断,你们遭遇不测虽在预料之外,却也事发有因,因为北岸响马流寇多如牛毛,一旦狭路相逢焉能没有冲突？身为九里乡绅，我愿意以身家性命担保，九里村民无人涉足此事，还请黑木先生明察。"王鸣鹤娓娓道来，语气平和，他不想表现出急切的样子。

黑木缓缓地挠着黑痣，一双眼睛眨也不眨地盯着王鸣鹤。问："鸣鹤君说九里无人涉足其中，可是却有人亲眼看到那个撑船的与伏击之人有呼应，况且是故意弄沉了舢板，这怎么解释？"

王鸣鹤摇摇头："撑船之人乃是一个船家，是上次渡你过河那老汉的弟弟，他向来胆小怕事，一定被军士吓坏了胆子，导致失手失足落水沉船，这怎能说他与伏击之人有染？"

黑木捏紧了下巴，山田说当时确实是绑了那个撑船人，他听到北岸有人喊叫，因为听不懂中国话，喊了些什么已经无法知晓。他摆摆手，露出一丝笑来，道："好吧，既然鸣鹤君来坦陈实情，我总要给个面子，中国人最讲面子，请鸣鹤君也给我一个面子如何？"

王鸣鹤疑惑地看着黑木，不知他要什么面子："请讲。"

"一起喝杯水酒怎样？"黑木道。

王鸣鹤不知道接下来会发生什么，但既来之则安之，便应允了黑木，随他来到餐厅。警察局的餐厅分为一大一小两室，大的是"满洲"警察食堂，小的是关东军讨伐队餐厅，小餐厅由日本厨子料理，包括尉黑子在内的中国人是不能进入的。黑木请王鸣鹤吃饭是在小餐厅一角的隔断里。尉黑子备好了酒席，但黑木没有让他进来，摆摆手把他打发了。隔断里铺着榻榻米，榻榻米上摆着一个长方形的小炕桌，桌上并没有日本菜肴，是当地饭馆里常见的红烧偏口鱼、炖野鸭、葱炒鹅蛋和炒蒲笋四个菜，王鸣鹤知道这是尉黑子从街上饭馆要来的。黑木与王鸣鹤对面而坐，黑木端起青灰色的酒壶在小白瓷盅里斟满酒，道："这是奈良大吟酿,请。"说完,很优雅地品了一口。王鸣鹤不知道什么是奈良大吟酿,出于礼貌也端起杯沾了沾嘴唇,等着对方说话。

黑木说:"鸣鹤君知道,我虽是军人,但实际与鸣鹤君一样是个职业医生,照你们中国人的说法,医者仁心,有仁慈之心的人怎么会动杀心?可是在九里,我们死了人,是被冷枪打死的,这让我的司令官十分恼火,下令一定要复仇,抓住那些打冷枪的反日分子。可以告诉你,扫荡苇地的军事行动不日将开始,九里肯定在扫荡之列。"

"黑木先生,我已经说过,此事与九里无关,请黑木先生想个办法让九里免遭扫荡。"王鸣鹤望着对面这个文质彬彬的日本人,知道下面他肯定有话要说。

黑木端起酒盅朝王鸣鹤示意了一下,然后道:"办法倒是有一个,不知鸣鹤君能否答应?"

"什么办法?"王鸣鹤心里有些忐忑,他担心对方让他交出九里的猎户来。

"辽河口一带虽然富庶,但历史上霍乱流行不断,百姓深受其害,我来洼里不为杀戮,是为治病救人而来。令尊大人是治疗霍乱的神医,当地百姓有口皆碑,黑木十分钦佩,鸣鹤君若能将令尊大人的祖传秘方献出来,我马上向司令官报告,不去扫荡九里。"黑木紧盯着王鸣鹤,观察着对方表情上的变化。

王鸣鹤明白了,黑木的用意原来在此。他很镇定地道:"黑木先生不知,家父治疗霍乱并无什么祖传秘方,多是从前人医书中择取一些古法,因人因病施治而已。"

黑木摇摇头:"我在中国多年,深知中医不外传之秘密,即使传也是传药不传量、传子不传女。令尊乃当地神医,焉能没有治病心得?恐怕鸣鹤君不愿意拿出就是了。"

王鸣鹤双手按膝,摇了摇头:"鸣鹤所言,句句为实,黑木先生不信,我也无话可说了。"

黑木端起酒杯,轻轻抿了一口,长吸一口气道:"好吧,我们不谈秘方了,如果让九里继续存在,还有一个办法,将你的酪奴堂作为我研究霍乱之基地,这样酪奴堂可存,九里可存,九里村民可存,不知鸣鹤君意下如何?"

王鸣鹤心里一惊,想不到黑木打起了酪奴堂的主意,他是想放长线钓大鱼。

"酪奴堂乃一苇地草堂,况且西学中学医道相异,恐怕担不起先生研究基地的大任。"王鸣鹤回绝了黑木的建议。

黑木端起杯,朝王鸣鹤示意了一下,仰起脖颈,喝干了杯中之酒,与王鸣鹤对视了许久才说:"鸣鹤君知道此次扫荡要怎么扫吗?扫荡就是扫光荡平,这次扫荡只做三件事:一是缴尽所有芦苇人手中之武器;二是将苇地中散居的芦苇人悉数迁出,到苇地边缘建立居民部落;三是烧光所有茅屋草舍,让反日分子无处栖身。鸣鹤君看看,这三件事做完,九里还会存在吗?"

王鸣鹤没有说话,内心像绷紧的弓,稍有不慎就会把心脏射出去。他没有料到日本人会来赶尽杀绝这一招。

"若酪奴堂为我所用,情况则不然,我可以说服司令官保留九里,不必并入芦苇人部落,这样,也算为鸣鹤君做了一件好事。"

黑木一口一个鸣鹤君,让王鸣鹤听起来很不自然。他想起塔溪道姑的话,此人来者不善,很难想象九里如果成了日本人霍乱研究基地会是什么情景?自己岂不是带头破了《御倭九戒》?他问:"黑木先生到九里建研究基地,无非是想了解防治霍乱之法,这一点,中国古代有个长沙太守叫张仲景,他在《伤寒杂病论》中已经写出了医治霍乱的辨证七法,先生潜心读书即可,何必到潮湿的苇地里遭受蚊虫叮咬?家父当年治疗霍乱,无非是钻研古籍善本,寻求古人良法,而非酪奴堂有什么独创秘方。"

黑木很狡黠地笑了笑,道:"不谈秘方,只说基地,我在达摩面前说过与你结为兄弟,自当不能食言。九里有难,酪奴堂有难,我不能旁视,何况我对您和令尊大人的医术颇感兴趣,想做些深入研究,才帮你想出此策。"

"九里建成研究基地,岂不成了军用之地?"

"鸣鹤君不必误会,此基地并非军用,只为霍乱,霍乱若除,百里苇地就会长治久安。"黑木言之凿凿,似乎句句在理,王鸣鹤知道自己遇到了大麻烦,眼前这个文质彬彬的对手绝非等闲之辈。

"黑木先生所设基地,九里要做哪些事?"他问。黑木笑着竖起三根指头,说:"三件事,挂牌、插旗、派人。"

王鸣鹤吃了一惊,这些条件无论如何不能接受,酪奴堂要是挂个日本关东军的牌子、插上一杆膏药旗,再由一个日本鬼子扛枪站岗,这酪奴堂还姓王吗?早上,他在三圣祠里焚香祈祷的时候,那段每日必诵的语录刚刚诵至一半,忽然发现右侧第三支香灭了,这种情况并不多见,他记得父亲说过,九里流行霍乱那年,他在三圣祠进香时香炉中左侧第一支香无端灭过。母亲说,这一支香是为药王而进,药王不纳,必有蹊跷,正是那一年,父亲在辽河中不幸溺水身亡。那么,这一次燃香熄灭是何故呢?按照母亲的说法,右边这支香应该是为达摩祖师而进,达摩祖师为何要拒纳呢?他脑子在快速转动,思忖该怎样回绝黑木。过了一会儿,王鸣鹤用平缓的语气说:"挂牌、插旗、派人,等于将酪奴堂架在火上烧烤,苇地里各路响马会把九里视为眼中钉、肉中刺,不除不快,那样,酪奴堂一个月都活不下去,还谈什么基地?"

黑木犹豫了一下,他也觉得王鸣鹤说得不无道理。便问:

"依鸣鹤君之意呢？"

"研究霍乱，事可做，牌子、旗子和人鸣鹤不敢接受。"

黑木微笑着道："鸣鹤君好固执，须知皮之不存，毛将焉附？若九里被迁出苇地，村民悉数住进芦苇人部落，酩奴堂开在哪里呢？"

王鸣鹤没有回答，他很清楚，如果九里不在，酩奴堂也就不复存在了。

黑木见他不说话，很开明地说："此事先不做决定，鸣鹤君回去三思，两日内想好了尽快告诉我。"两人结束了吃饭，一同来到院子里，院子中央那棵大杨树上的老鸹不时怪叫一两声，树荫下一个年轻的军人正在练刀法，一把军刀劈来砍去，杀气十足，黑木指了指士兵说："若派人，就是山田一郎，医学专业大学生。"

山田一郎转过头来，目光冷冷地望了王鸣鹤一眼，手中的军刀拦腰横扫了一圈，带起一股寒气。

离开洼里警察局时，黑木突然缀了一句："九里下游有个道观，里面有个年轻女道士，鸣鹤君是否认识？"

"玉虚观吗？我只与那位年长的塔溪道姑相熟，其他修道弟子我不大了解。"王鸣鹤这样回答。他不知道黑木为什么会突然问起止玉？

"山田一郎和我说，那个道观里一个道姑救了他，说那个道姑国色天香，貌若天仙。"黑木停下脚步说。

"有仙姑搭救，山田先生好福气！"王鸣鹤向黑木拱手告辞。黑木目送他走出警察局大门，便转身回去了。

离开警察局百步许，尉黑子气喘吁吁从后面追上来，因为天热，尉黑子手拎帽子，敞怀露胸，一把盒子枪在腚后啪啪拍着屁股。尉黑子道："先生咋走这么急，也不知会一声。"王鸣鹤说：

"黑木送我直接出了门,我不能再回去告辞。"尉黑子左右看了一眼,贴着王鸣鹤的脖颈说:"高附、川崎两个指导官带着讨伐队已经进到苇地扫荡,你回去要想个法子,别让讨伐队把九里给平了。"王鸣鹤吃了一惊,问:"讨伐队进苇地扫荡,黑木和你怎么没去?"尉黑子往身后看了一眼,小声道:"我们明天也进苇地,黑木先让肥猪和瘦猴打前站。"尉黑子所说的肥猪和瘦猴是指高附和川崎,他拉住王鸣鹤的衣袖道,"要不这样,我派人跟你回九里,连夜把酪奴堂搬到田庄台吧,田庄台街面上我有处老宅子,是我爹开肉铺用的,收拾一下正好做药铺。"

王鸣鹤摇摇头:"家父说过,绅乃一邑之望,危难之时,鸣鹤若弃九里于不顾,独自逃难,有何颜面苟活于这苍茫苇地。"说完,向尉黑子拱拱手,道了声谢,便头也不回地大步走了。

尉黑子站在大街上,直看到王鸣鹤褐色长衫的身影隐没在人流中,才长叹一口气,把那顶佩戴五色警徽的警帽扣在头上。

五

塔溪道姑病容像秋后的芦花,灰黄中泛出隐隐的紫红,这紫红,是夕照之象,秭子和止玉对此感到一种莫名的担忧。塔溪道姑对止玉说:"为师想回山上看看。"道姑所说的山上是铁刹山,塔溪道姑的师父罗真子羽化归西前留下嘱托,望她回山上料理道观事物。塔溪道姑对师父极为敬重,师父一生传经弘道,在东北各地复兴了十二座道观,可谓功德无量。当年,塔溪到黑龙江弘道就是师父委派,使邱祖之道在龙江大地得以传布,塔溪也正是这次北行参透诸多事理,坚定了尘劫有尽、我愿无穷、闻经悟道、罪灭福生的信念。

止玉说:"止玉愿意一路服侍师父。"

塔溪道姑一向动静分明，师徒二人说走就走，观中事务自然交给稗子和韩二。她们取水路到田庄台，再雇了驴车，当天就向铁刹山赶路。止玉是从铁刹山来的，对那座群峰叠翠的大山颇有好感，当年她初到玉虚观乍看到一马平川的茫茫芦苇，还问师父："山呢？这里怎么没有山？"当时道姑迎风而立，一柄拂尘搭在肘弯，看着不远处河面上一群白鹳说："自处弱势，不与人争，岂不更益修道？"一句话，让止玉明白了道姑带她来玉虚观的用意。

为了路上不惹是非，道姑让止玉穿了件洗旧的海青道袍，戴一顶苇编草帽，车夫是个少言寡语的农民，五十多岁，带着补丁的黑布衫后领上插着一根乌木杆烟袋。木轮车很颠簸，好在止玉带了两个蒲团，坐上去要软一些。车夫担心驴子受累，自己在前面牵着驴子走。一车一驴三个人，在青纱帐间小路上吱吱扭扭前行。

塔溪道姑离开玉虚观当天下午，玉虚观出了大事。

送塔溪和止玉去田庄台的韩二返回时已近黄昏，在河中他远远看到了观里有火光出现。韩二知道不妙，船靠岸后，悄悄摸到山门观察，从敞开的山门望进去，他发现院子里正燃着一堆篝火，火势很大，几个穿黄军装的日本兵正在火上翻烤一个剥了皮的动物。开始，韩二以为是日本兵打的狼或野羊什么的，当他发现山门台阶上有一张黄色的狗皮时顿时明白了，那火上烤的是自己朝夕相伴的大黄！他浑身颤抖，疯一般扑进去，几个士兵围上来，很轻松地就把他抓住用绑腿捆了。韩二毕竟是个老人，又划了一天的船，年轻力壮的日本士兵看到他赤手空拳，知道此人没什么危险，便嘻嘻哈哈把他推到院子里。韩二一双眼几乎钉在那只被烤的黄狗上，嘴里啊啊叫个不停。这时，五短身材的高附从屋内出来，转着圈儿打量了韩二一会儿，听韩二啊啊叫个不停,大概看出韩二是个哑巴,便摆摆手让士兵把韩二关进西厢房里,自己又回屋了。高附很鬼,院子里蚊虫多,他害怕蚊虫传染霍乱,便忍着闷热躲在室内与川崎喝茶。玉虚观里有难得的茶和茶具,让在芦苇荡里跋涉烧杀了小半天的鬼子如获至宝。烧水煮茶,吃着厨房里现成的酱菜,他们在等黑木。

韩二被推进西厢房里,才发现同样被绑着的稗子也在屋内。因为两手被绑,不能打手势,韩二和稗子无法交流,稗子脸上有擦伤,道袍肩头也被撕开了口子。尽管无法说话,但通过眼神他们还可以简单交流。他们知道当前处境极为险恶,塔溪道姑曾预感到会有灾祸降临,但道姑担心的是九里,并非玉虚观。苇地里土匪流寇多如蚊蝇,但骚扰道观的并不多,倒是来央求道士道姑消灾解难、化凶为吉的不少。止玉曾为此请教道姑,道姑说道观一向清贫如水,无余财可觊觎,他们来劫什么呢?至于为响马占卜凶吉一事,道姑并不避讳:"来问卜的,尽是有惑不解之人,一切有形皆含道性,消灾解厄,济世度人,乃道家根本,哪怕是妖魔鬼怪,能归于正道终究不是坏事。"

韩二和稗子猜不到这些士兵为什么要绑他们,又什么话也不问,他们不知道高附和川崎所带两个小队都是清一色的关东军,没有翻译,无法审问他俩,高附和川崎的想法是只要发现可疑分子,一律射杀,带不带翻译无所谓。他们瞎打误撞来到玉虚观,见观内只有一个道姑,便绑了稗子,然后准备在观内宿营。高附和川崎当天没有伤害稗子这是一个例外,依两个浪人性格,稗子不仅被杀,而且很可能遭受侮辱,或许是脖颈上的伤痕帮了稗子,有时候,伤疤是厄运的通关文牒,要是换成眉清目秀的止玉,恐怕就是另一种结果了。稗子在被抓时自己扯掉了脖颈上的皂巾,一条黑紫色的蜈蚣展现在鬼子眼里,把绑她的鬼子吓出一声尖叫。

稗子年幼在蓬莱一个叫潮水的地方生活,那里有一条不大不小的河流,平时水流不旺,但雨季却会突涨洪水。一天,稗子在河中捉泥鳅,晴天里上游就有大水冲下来,稗子被裹进激流,沿河冲出很远,才被一棵柳树挂住,柳树虽然救了稗子的性命,却毁了她脖子,柳树枯杈把她刺得血肉模糊,脖颈一侧留下一条大蜈蚣一样的疤痕。稗子成了弃儿,连人贩子都懒得理她,要不是塔溪道姑收留她,她恐怕早就成了稗草中的饿殍。稗子貌丑却极有善心,一次,稗子和韩二去田庄台集市,捡了个七八岁的乞讨孤儿回来,经塔溪道姑说情,把孩子托付给了酩奴堂,让王鸣鹤教他读书识字,这便是白鹤五子中的邱会武。

夜深人静,道观里吃过狗肉的日本兵已经入睡,院子里的篝火也只剩余烬。哨兵抵不住蚊虫的叮咬,索性关好山门,往篝火余烬上扔了一捆蒿草,用来生烟熏蚊。两人盘算着怎么能脱身,好把玉虚观的情况告诉老坨头上的鬼蜡烛,以便王鸣鹤安排村民躲避兵乱。这件事应该韩二去,因为韩二可以划船,但韩二去老坨头恐怕很难说清楚观里的情况,韩二的手势唯有塔溪道姑能完全解读,其他人只能明白个大概。两人借着微弱的篝火之光用目光相互交谈,韩二显然明白了稗子想逃出去的想法,只要能解开捆住双手的绳子。打开后窗,就可以进入茫茫芦苇荡。韩二爬到稗子身后,想用牙齿解开捆住稗子双手的绳索。日本兵捆人的绳索是绑腿布,系得很紧,韩二年事已高,松动的牙齿咬不住粗厚的绑腿布,但他没有放弃,不惜一口老牙一点点撕咬。一颗牙掉了,有咸咸的血从嘴角流出来,韩二想到了大黄,大黄通人性,能和他用目光说话,每次出船,大黄都会在他前面先跑到河边,只要他使一个眼色,大黄就会到苇丛里把船桨给叼出来,船桨很沉,大黄叼着费力,它就摇着尾巴把桨拖出来。为了让大黄叼桨省些力气,每次船靠岸,他都会把桨放在干爽处,让阳光把船桨晒干,这样大黄再叨桨时会轻一些。这样一条通人性的大黄,竟然让这些鬼子给杀死烤着吃了,他为自己没能保护好大黄而内疚。嘴里又掉落了一颗牙齿,他感觉像是一粒粗沙落在嘴里,他闷闷地吐了一口,牙齿落在青砖地面上的声音清脆真切。他再次咬住稗子手臂上的绑腿,他知道此时咬上去的已经不是牙齿,而是血淋淋的牙床,第三颗牙齿掉落下来,稗子手臂上的绑腿松动了,他终于用嘴解开了打成死结的绑腿。

稗子给他松了绑,示意两人一起到河边去。韩二点点头,悄悄打开狭窄的后窗,后窗夏季里是常开的,窗轴涂了獾油,开起来悄然无声。窗外月光暗淡,除了苇涛阵阵再无其他声响,连平时夜里鸣叫的夏虫也悄无声息。两人一先一后爬出窗子,弓腰蹑手蹑脚来到河边,河边无人站岗,两人推出船来,找出备用船桨,跳上船快速向九里划去。

船到老坨头,九里已有鸡鸣传来,两人在河北岸登陆,匆匆忙忙到老坨头上找鬼蜡烛。鬼蜡烛起得早,听到动静很警觉地从矮小的窝棚门里闪出,看到是韩二和稗子,一脸疑惑地问:"你俩咋来了?"昨夜,他隐隐看到了玉虚观的篝火,确认了那是一堆篝火而非房屋失火后,他没有到九里报信,也没有点狼烟。稗子说了事情的经过后,鬼蜡烛感觉到了九里的危险,他知道王鸣鹤去了洼里城,不知和黑木谈得怎样,日本兵却先来了,王鸣鹤是不是出了危险?他要韩二、稗子和他一起去九里酪奴堂报信,但稗子不同意,稗子说自己必须回玉虚观,如果早晨日本兵发现她逃走,说不定会一把火焚了道观,那样,师父要求她看好道观的嘱托便没有完成。鬼蜡烛睁大了眼睛道:"小鼻子一向杀人不眨眼,你这样回去不是送死吗?"稗子说:"我这条命本来就是师父捡的,死无所谓,死要死在道观里。"

稗子这些话让鬼蜡烛马上联想到了自己,自己在这老坨头上守着七盔土冢不也是为了义父的一句嘱托吗？他理解稗子，让韩二把他渡到南岸后，目送他们划船回返。鬼蜡烛后来在酪奴堂谈及这件事，说他永远忘不了两个情形，一个是稗子道袍肩头上那个撕裂的口子，那是一个犁铧般的口子，被风刮起来，让一个道姑的肩顿时宽厚了许多。再一个就是韩二的嘴，一直在流着血水，前襟已经是一片血迹。

稗子和韩二回到玉虚观的时候，天色已经泛出芦花白。几个日本兵正在山门前呜里哇啦说话，院子里有嘈杂之声传出。靠岸后，稗子悄悄到菜地里拔了一些萝卜青菜拎着，韩二跟在身后，腋下也夹着一捆青菜，两人就像早晨出去菜园薅菜做饭一样，全然没有逃走归来的模样，缓步来到山门。山门前两个士兵惊愕地望着他俩，竟然没有询问，就让他们进了山门。院子里瘦猴川崎正在柿子树下练刀法，他手中一把军刀寒光闪闪，刀柄上缀着紫缨，紫缨像被血浸过，显得沉扑扑的。川崎发现了他俩，眼睛顿时瞪得牛铃一般大，他双手握刀，颤抖着用日语大喝了几声，马上便有士兵端枪围上来。这时，肥猪高附也出来了，他看了稗子和韩二一眼，扭头走到西厢房，一脚踹开屋门，只见西厢房青砖地上两堆绑腿布死蛇一样瘫在那里。日本兵不明白，相互嘀嘀咕咕好半天，这两个人怎么能解开绑腿出去？出去了为什么不逃走还要回来？难道逃出去就是为了到菜园拔菜做饭吗？日本兵一向迷信，他们认为这是一件不可思议的事情，高附下令重新绑了两人，这回不让他们进西厢房，而是把他们绑在院子里那两棵柿子树上，为了防止他们互相解绑，两棵树上一棵绑了一人。

日本兵吃过早饭，玉虚观里又来了一拨人，这拨人领头的是黑木，还有警察局长尉黑子。

黑木一进院子，高附就过去指了指被绑的稗子和韩二，呜里哇啦说了一通。一旁的尉黑子却偷偷笑了,对韩二说:"指导官说你俩会妖术,你俩会吗?"

高附领着黑木到西厢房看了看,黑木出来后,跟随黑木来的山田已经认出了韩二,发现这就是前几天夜里划船送他去田庄台的艄公,便和黑木、高附、川崎耳语了几句后,上前亲自给韩二松绑。松绑后的韩二向另一棵树下的稗子指了指,山田又过去给稗子也松了绑。山田知道韩二是个聋哑人,便向稗子呜里哇啦问了一句什么,一旁的尉黑子翻译说:"山田在问那天救他的那个女道士在哪里?"

稗子没有回话,她知道问的是止玉,一时不知怎么回答。

"那个救我的道姑呢?我要好好谢她,她在哪里?"山田又问,尽管尉黑子翻译有些磕磕巴巴,但稗子还是听明白了,道:"你说止玉吧?她走了,和师父云游去了。"

山田用怀疑的目光打量着稗子,或许是稗子脖子上的疤痕让他眉头紧蹙,他接着问:"什么时候走的?"

稗子并没有说谎,"昨天早晨走的,从田庄台上路,是二叔送的。"说完,稗子还指了指站在身旁的韩二,韩二"啊啊"了两声,算是附和稗子的说法。

山田没有再问,带着几个鬼子进到观内搜查。山田搜查很细,存放经书的橱柜、厨房里的坛坛罐罐,连正殿房梁都查了个仔细,甚至用刺刀撬开正堂供桌下几块地砖,看到地砖下是厚厚一层河沙,连鼠洞都没有,这一切都是在黑木眼下进行的,黑木不说话,双手抱膀站在那里,偶尔伸出食指挠挠脸上的黑痣。折腾了好一阵,除了举办斋醮仪式用的一些法器外,再就是搜到了一些茶叶。塔溪道姑喜欢茶,这些茶叶也不是收藏,只是平时饮用而已,黑木对这些茶很感兴趣,捏起一撮茶叶在鼻子下嗅了嗅,很肯定地点点头,吩咐士兵烧水泡茶,然后坐下来有滋有味地饮茶。黑木边饮茶边对站在身旁的尉黑子道:"中国的道士都是养生专家,他们的茶道是从唐朝传下来的,非常了不起。"高附和川崎见黑木喜欢这些东西,就让士兵统统塞进了背包。

鬼子在搜查的时候,稗子和韩二都很紧张。玉虚观的确有一条通往鸽子洞的暗道,是建观时就挖好的一条逃生通道,仅能容一人通过,但入口极为隐蔽,就在三清塑像后的夹壁里。要想进入暗道,需要推开假墙方能进入。鬼子把注意力用在了地面上,没有去砸墙,也没有毁坏三清塑像,这暗道便没有暴露。但即使暴露了也无所谓,暗道只是逃生所用,鸽子洞内也没有金银财宝,夏季里鸽子洞除了塔溪道姑闭关的第七十三洞外,再无其他。如果是冬季情形就不同了,冬季九里百姓会在洞里存放一些粮食用具,以备躲避刀兵之需。

黑木在玉虚观里突然开始拉肚子,连着去了两趟茅房,吃了些自带的药也无济于事,他怀疑是道观里的茶有问题,便取消了继续往苇地深处进发的打算,决定先回去。临走时,向山田嘀咕了几句,让士兵把稗子也带回洼里警察局,他让尉黑子告诉稗子,只要救他的那个止玉回来,到洼里警察局见一面就可以把她领回来,到时候,山田还准备一份厚礼给止玉。稗子明白自己这是当了人质,眼前这个山田到底想干什么?为什么要像土匪一样绑票?她对黑木说:"师父走时有交代,让自己看好道观,如果自己不在,道观遭了贼人怎么办?"黑木指指韩二,意思是玉虚观有韩二看守,接下去便捂着肚子不再说话,由两个鬼子搀着走出玉虚观。尽管稗子在挣扎,但还是被鬼子推搡着走了,韩二想上去阻拦,被鬼子用刺刀逼住,眼看山田挺着胸脯大步走向山门,根本无视他的存在。韩二"啊啊"了两声,一腚坐在地上。其实,山田心里清楚,玉虚观不是反日分子的据点,如果是,那天晚上自己早就没命了,但他猜测,那天晚上救过自己的美丽道姑一定躲在哪里,或是被士兵吓跑了;带稗子走,就是逼止玉出来,他想再见到止玉。

高附、川崎的讨伐队离开玉虚观继续向西扫荡,在双泰河中游一段烧杀抢掠,九里附近几个零散的居民点都被夷平,所有居民被赶羊一样驱赶到离田庄台五里远的芦苇人集团部落。集团部落四周挖有两丈宽的沟壕,土坯砌成的土围子高约丈二,墙顶上插满酸枣树刺枝,以防攀登。围墙四角和大门及主要街道地段都建有砖砌的碉堡,中心建有高高的瞭望台,可以监视四方控制全部落。部落只留一个南门,由持枪军警把守。集团部落简直就是人间地狱,漏雨的窝棚,泥泞的土路,囚犯般非人的管理,让住进去的人家与外界隔绝。加上饮水浑浊,饥饿难保,部落的木栅门里,几乎天天往外抬死人。因为死的人多,部落里难闻啼哭之声,死去的大人小孩就扔到部落西边一片苇地里。苇地里野狗成群,绿豆蝇黑云一般忽散忽聚。老陶在部落周围转悠过,风吹过来,伴着猎猎的苇叶响声,一股尸臭蝇群般扑过来,能把人扑个趔趄。后来,被人问起苇地部落,老陶长时间说不出一句话来,很久才冒出一句:"什么他妈集团部落,那是人圈!"

六

从洼里城连夜赶回九里,东方的苇地已经被朝霞染红。以往,王鸣鹤看到这朝霞都会和红海滩联系起来,感觉这是世界上最美的颜色,他甚至这样想,应该把朝阳比喻成一位擅长用朱笔绘画的大画师,随便挥洒几下,这辽阔的苇地和平坦的海滩便红得熟透、红得醉人。但今天看到这苇地泛出的红,他却想到了一处处窝棚上腾起的火焰,想到了苇地里沟沟汊汊被鲜血染红的流水。多子在台阶上坐着睡着了,两手抄袖,老实的多子一夜都在等先生回来,蒲娘叫了他几次,他都不肯进屋睡觉,执意要坐在门口台阶上等,直到凌晨时才迷迷糊糊睡着。王鸣鹤的脚步声惊醒了多子,他惊恐地望了先生一眼后,眯着两只细眼笑了。王鸣鹤让他赶快去叫韩、马、姚、姜、陶和白鹤五子来酩奴堂议事,多子得令后兔子般跑去。今天,为了让白鹤五子多些历练,懂得局势险恶,王鸣鹤特意让他们参与酩奴堂议事。韩、马、姚、姜、陶和白鹤五子急匆匆赶来,他们一直为王鸣鹤的安危担心,见到王鸣鹤毫发无损地回来,都松了口气。大家坐定后,王鸣鹤将去洼里的情况做了介绍,和盘托出了黑木提出的条件,请大伙发表意见。回来的路上他想,既然知道了黑木的底牌,总会找到出牌的办法,哪怕这是一场必输的牌局。王鸣鹤感到,神秘的黑木身上有一种说不出的力量,这力量即使你不在眼前,也会像一股煞气罩着你,你随时都能感觉到,却看不见它的模样。母亲看出了王鸣鹤在黑木问题上的踟蹰,鼓励他说:"斗勇更要斗智,既然他要的东西在你手上,你就占据主动。"

马回首先发声:"九里是咱九里人的九里,咱祖孙三代在这里种地打苇子,凭啥要迁?咱人在九里在,大不了像老地羊那样鱼死网破、同归于尽。"马回胆子大,敢作敢当,五十多岁的人还小烧一样火烈。姜路说:"苇地里的窝棚都被他们烧光了,九里肯定难逃一劫。"姜路是个做事走脑子的人,喜欢琢磨问题,王克笙活着的时候很欣赏姜路这个特点,有些村民纠纷的小事就让姜路出面调解。王克笙曾经对蒲娘说过,同样一件事,让姜路去办,能严丝合缝,要是让马回去办,一条缝保不齐就给豁出一道沟来。马回和姜路当年见证过黄开血战,又到锦州送过情报,在村里很有身份,尤其是马回,是九里少有的硬汉,他说在九里最信服的就是小先生,小先生的话就是圣旨。马回比王鸣鹤大一旬还多,但对王鸣鹤总是一口一个小先生叫着。马回和姜路保留着一个多年不变的规矩,那就是每逢初一、十五三圣祠上香结束后,都会带着孩子来万柳塘给黄开、老地羊、父母等上坟,这个习惯像老坨头上为义父守墓的鬼蜡烛一样,雷打不动。王鸣鹤太了解马回、姜路的性情了,作为甲午刀兵过的见证人,他俩不可能接受酷奴堂由日本兵进驻的现实。王鸣鹤不希望这种简单对抗的情绪蔓延,他必须适当加以引导。"死,是最简单的办法,自己一了百了,还能把牌位摆进三圣祠,可是,我们死了容易,九里的父老乡亲怎么办?让他们也跟着送死吗?"说完,王鸣鹤巡视了大家一眼,目光很冷。韩老大说:"实在不行咱就按上次马回说的上槐花岛吧,在岛上搭些窝棚,把老少爷们都运到槐花岛,躲过风头后再回来,硬碰硬肯定不是个办法,小鬼子有枪有炮,咱们有啥?就三虎子一杆快枪,枪法再准也不顶用。"姚刚道:"咱九里多次过刀兵,从甲午到庚子,再到郭瞎子、红猞猁、东北军、关东军,每次都能化险为夷,是老先生和小先生有锦囊妙计,这回还得靠小先生想办法。"

老陶因为见识过集团部落的恶劣,对抵抗之说不敢苟同,他说:"识时务者为俊杰,咱除了答应黑木的条件没有别路可走,正义团倒是抵抗了,结果还是被小鬼子突突了。"老陶所说的正义团是当地军警正在讨伐的半抗联武装,他们大都是有钱人家自己置办了武器,用来看家护院的私人武装,其中不乏一些抗日义士。洼里一带的正义团被关东军在洼里城外一次诱杀了几百人,当地百姓每每说起此事,皆毛骨悚然,因为县里发布的告示说,只要归顺政府,放下武器,可以既往不咎。谁知当各路正义团集中起来后,日本人却立马变卦,派出铁甲车包围了正义团的人,然后地上机枪扫、天上飞机炸,几百人很快就给突突了。

老陶的话让马回很不满,他气哼哼地问:"你违背《御倭九戒》?"

老陶缩着脖子嘟哝道:"我这是为九里着想,黑木派个兵来常住,也变不了九里的天呀。"

"派个兵来,咱九里还是九里吗?那不就是鬼子的九里了?再说了,鬼子一来住,鬼蜡烛还能回来吗?啥都露馅了。"马回话有些冲。

"他派一个来,咱九里两百多人都不理他,他就成了聋子瞎子。"老陶说。

马回摇摇头:"话可不能这么说,他派来的人一定是探子,再说人和狼怎么共处,当年孙连长说啥了,九里人要有骨气!要鬼蜡烛少打兔子多打狼,这狼就是说鬼子。人活一辈子活什么?不就是一口气吗?从老先生创办酪奴堂开始,咱九里就是远近闻名的仁义之乡,一个仁义之乡却和倭寇同流合污,咱子孙后代还有脸见人吗?"

老陶不再说话,低头盯着自己的裤裆,好像裤裆里有虱子爬出来,看得很仔细。

到场的每个人都说了自己的想法,大家都把目光集中在王鸣鹤身上。王鸣鹤一直没有坐,他在三圣塑像前笔直地站着,一件褐色长衫衬出他嶙峋的骨骼,目光望着门外。酪奴堂的大门没有关,从门望出去远处是水雾蒙蒙的芦苇荡,他没有说话,他在等老坨头上的鬼蜡烛,估计鬼蜡烛一定会来。正在大家沉默不语的时候,门外多子探进头来说:"三虎叔来了!"

多子的话音刚落,鬼蜡烛风一般刮进来,那杆快枪斜背在身后,手中拎着一个军用背包,这是鬼蜡烛出门时必带的背包,里面有酒壶、干粮和火柴。鬼蜡烛跟郭瞎子闯荡江湖时就背着这个黄布包,现在,这个包已经黑乎乎看不出本色,但鬼蜡烛还是宝贝一样带着它。

"玉虚观被鬼子占了!"鬼蜡烛语速很快,语气十分焦虑,他知道玉虚观与鸽子洞密切相关,一旦玉虚观被鬼子所占,鸽子洞躲刀兵就不安全了。

大家都很惊愕,没想到鬼子来得这么快。

王鸣鹤让站在一旁的弟子们给鬼蜡烛搬凳子倒水,让他坐下慢慢说。鬼蜡烛便把早晨韩二和稗子找他报信儿的事说给大家,并预测说:"今天鬼子非到九里不可。"

王鸣鹤没有表现出恐慌,尽管他听到玉虚观被讨伐队占领后心里突然间抽搐了一下,待鬼蜡烛讲完,他问:"塔溪道姑和止玉怎么样?"鬼蜡烛告诉他,道姑带着止玉在鬼子来之前回铁刹山了,观里只有稗子和韩二。

王鸣鹤松了口气,道姑真是英明,若是晚走一天,就落到讨伐队手里了,一旦落到讨伐队手里,后果很难想象,他记得自己在离开洼里警察局时黑木所说的要谢谢女道士的话,那句话怎么听都有弦外之音。他相信,一定是冰清玉洁的止玉引起了山田和黑木的注意。

"那么,道姑和止玉是不是还要回来?"王鸣鹤问。

鬼蜡烛摇摇头,稗子没有说这件事,但他猜测说:"估计会回来,玉虚观是她们师徒的家呀。"

王鸣鹤心里清楚,塔溪道姑此行肯定不会回返,道姑深知自己病情,她回山应该是选择羽化升天之地,而一旦道姑坐缸而逝,玉虚观的事情就会托付给止玉,这是上次塔溪道姑与他交谈时他料到的。塔溪道姑在玉虚观先后有过十几个弟子,但因环境恶劣,草庐动摇,能在此坚守修道的却只有止玉和稗子,其他弟子先后离去。道姑对所有离开的弟子都无责备之语,还修书介绍她们另寻大观高殿。道姑曾对止玉说过:"受国之垢,是谓社稷主;受国之不祥,是谓天下主。修道见性,何尝不是如此?"塔溪道姑经营玉虚观几十载,有意将道观传予止玉,使这荒凉苇地存一丝道德之光,这是道姑在此苦行悟道的初衷。但道姑对止玉有皎皎者易污之虞,担忧止玉被江湖风雨所侵,才与自己说了那番保护止玉的话。王鸣鹤清楚,保护好止玉,是塔溪道姑对自己的一份托付,就是牺牲性命,也不能辜负了对王家恩重如山的塔溪道姑。

"讨伐队里是不是有那个山田?"他问。鬼蜡烛摇摇头,说稗子没说。王鸣鹤道:"应该有,如果山田在其中,玉虚观不至于遭焚,韩二和稗子也不至于被杀,因为山田知道那里不是反满抗日之所。"

王鸣鹤在发表自己的意见之前问站在一旁的白鹤五子:"你们对九里将要经历的这场刀兵怎么看?"

五个弟子面面相觑,没有谁先说话。王鸣鹤问:"铁林你先说。"韩铁林前进一步,对在座的长辈们鞠了一躬,回答说:"依弟子愚见,那个黑木是在放长线钓大鱼,其目的在于先生的医术,医术未得,饵不能失。"

其他四个孩子都认同韩铁林的话,说他们在黑木突然宣布与先生结为金兰之交后,就悄悄议论过此事,大家一致的结论是——偷师学艺!

王鸣鹤为弟子的成熟感到欣慰,这些平日里诵读四书五经的孩子能像大人一般解析时事,悟性可见一斑。他点点头,问韩马姚姜陶:"你们认为如何?"

韩老大先点点头,道:"小孩子大见识,对头。"

其他几位也是一致点头,看来,读书与不读书就是眼界不一样,韩老大对自己小儿子的表现很满意,不由得想起了前不久死于鬼子之手的三弟,眼里盈上浑浊的老泪。

王鸣鹤做出决定,让鬼蜡烛去玉虚观一带把住从田庄台到九里的苇地小路,一则探探鬼子虚实,二则一旦发现止玉归来,不要让她回道观,直接把她接回九里。

"大敌压境,躲避,肯定不是办法,进苇地,一天两日尚可,时间一长无法生存;上槐花岛,鬼子有小火轮,个把小时就能从洼里开过去,在岛上会被困住;硬碰硬无异于以卵击石,半点胜算也没有,现在,唯有一条可走之路就是将计就计,利用黑木想偷师学艺的钩钩心,让他为我所用。"

马回问:"能行吗?"

王鸣鹤道:"九里是鱼饵,黑木一无所获,不会丢弃鱼饵。为了九里,我明日要再进洼里城!"

马回说:"好,三虎去玉虚观,老坨头不能没有人放哨,我去替三虎站岗。"

姜路说:"我陪马兄去,夜里也好有个照应。"

王鸣鹤点点头同意了,老坨头的确需要有放哨的。他嘱咐马回和姜路,不管遇到什么情况,都要藏好身不暴露,尤其不要和鬼子正面冲突,好汉不吃眼前亏,莽撞行事万万要不得。姚刚说:"两位把我的土铳带上吧,当年家父花五两银子买了它,可惜还没杀过一个洋鬼子。"姚刚能把他的宝贝土铳献出来这是大家没想到的,都夸姚刚识大体,姚刚腼腆地说这土铳到了自己手里还一次没放过,也不知好不好用。王鸣鹤让老陶去联系渔船,万一局势不可控制,就把年轻妇女和孩子送到槐花岛,但上岛人不能多,一家去两人为宜,多了,一旦被鬼子察觉,就一个也逃不脱了。

大家分头行动,酪奴堂里只剩下王鸣鹤、蒲娘和多子。蒲娘从后屋出来对王鸣鹤说:"若玉虚观不保,止玉就到酪奴堂住吧。"王鸣鹤说:"止玉乃修道之人,住酪奴堂多有不便啊。"蒲娘道:"我已经想好,在三圣祠内腾出一侧室,让止玉暂住,应该不是难题,只是,只是那个山田来者不善,须小心提防。"王鸣鹤点点头,"这件事容我再想办法。"

事情比王鸣鹤所料更糟糕。去玉虚观的鬼蜡烛没出问题,到老坨头放哨的马回和姜路却遭遇了不幸。

马回和姜路是中午到老坨头的,他们没有进到又闷又热的窝棚里,而是坐在土坟前鬼蜡烛常常站岗的那块条石上晒太阳。老坨头地势高,可以俯瞰苇地,尤其是鬼蜡烛站岗的这个地方,视线极为开阔。马回说只要盯住东北西三面就行了,鬼子不会从南面双泰河里冒出来。两人聊起当年黄开和老地羊,马回认为黄开了不起,身体都成了血筛子还能说话。姜路则很佩服老地羊,一个厨子比诸葛亮还能掐会算,他怎么就算准倭寇哪个时辰来,并把老先生支走,老先生要是不走也会被烧死,那样九里就没今天了。两人还谈到了这次过刀兵,马回说小先生能破了这个难题,简直比老先生还神。姜路说小先生不像老先生那么冲,小先生刚柔相济,肯定能对付黑木,有小先生在,九里啥坎都能过得去。这天苇地无风,老坨头午睡了一般宁静,姜路有点困,对马回说:"咱俩轮着打个盹吧,我上下眼皮在打架。"马回说:"你打盹前先告诉我这土铳怎么用。"姜路脑子活泛,已经研究通了土铳,他将土铳摘下,把土铳直立,拔出枪塞,打开药囊,灌进火药,用铁通压实后,灌进豆粒般的铁砂,再塞住枪管,道:"成了,要是有鬼子,瞄准后一钩就成,打完后再填火药和铁砂。"马回接过土铳,摩挲着很是好奇:"这古董还真行,枪筒里这些铁砂打出去还不把鬼子撂倒一片呀!"姜路靠着郭瞎子的坟墓打起瞌睡,今天早晨起得早,太阳一照,困意便阴影一样盖过来。

如果姜路在打瞌睡前不把土铳交给马回,两个人也许不会罹难,肯定被鬼子抓了俘虏,但这杆土铳改变了一切。

山田上次在老坨头下遭了埋伏,老坨头自然是这次讨伐的目标。高附和川崎带兵沿着双泰河悄悄靠近了这里,躲开了马回所观察的视角,当马回发现一群黄皮军装的鬼子从南面攀上老坨头时,一切已经晚了,荷枪实弹的鬼子呈扇形围住了窝棚,却没有注意在土坟前半躺着的马回和姜路。马回看到了一个五短身材的鬼子手持军刀走在最后,恰好把后背让了出来。马回伸手捅了捅正在瞌睡的姜路,将土铳瞄准了那个五短身材的鬼子。打着瞌睡的姜路蒙蒙眬眬地问:"咋啦?"这一声把前面的鬼子吓了一跳,一齐转过头来,就在这一刹那,马回手中的土铳响了,"轰"的一声,一膛的铁砂喷射出去,把那个五短身材的鬼子给撂趴下了。鬼子乒乒乓乓一阵开火,马回和姜路被打死在郭瞎子坟前。

被马回撂趴下的鬼子是指导官高附,马回这一枪铁砂全打在高附的屁股和后背上,打得他趴在草地上杀猪一般号叫,这一枪不足致命,却让高附的屁股成了筛子。在老坨头下的川崎爬上来,查看了马回和姜路的尸体,因为乱枪齐发,两人的头脸被打得一塌糊涂,看不出原来的样子。川崎用望远镜四处望了一番,自然就发现了河南岸的九里。九里整齐的房屋布局和街道,让他十分惊讶,因为军用地图上没有标识这个小小的村落。川崎让部下拆了窝棚,用拆下的木头做了个简易担架抬着高附,然后带上那杆土铳来到河边。

河对岸,韩老大隐藏在苇丛里,心情忧虑地望着老坨头。他知道老坨头上出事了,密集的枪声说明马回和姜路一定凶多吉少。对岸,突兀的老坨头十分醒目,像绿色苇海中一艘停泊的大船,大船上有人影走动,却再听不到枪声。鬼子来到河边,没有船无法过河,汹涌的河水挡住了一心想报复的鬼子。鬼子在河边转悠了一会儿,因为看不到人影,加上伤痛不止的高附一直在催促,便抬着担架回返。鬼子走后,韩老大过河登上老坨头,看见被杀害的马回和姜路。马回两眼紧闭,左脸中了一枪,流血已经干涸,姜路的头盖骨被打飞,整个头部如同一个被切去了一半的西瓜,他左手挡在马回的胸前,右手攥着一块土坷垃。

王鸣鹤带人赶到老坨头,看着眼前悲惨的一幕,心里一阵绞痛。面对众人的哭泣,他迅速做出决定:马回、姜路的遗体暂且不运回九里,就在这老坨头上筑两盔新坟,不立碑,不用棺椁,用苇席卷起下葬,不置放任何殉葬之物,家人不得戴孝,不得对外说死者是九里人。征求两人家属意见,马回的儿子马治平和姜路的儿子姜四维都表示听先生的,虽然他们希望父辈能葬在祖父坟前,希望灵牌能摆进三圣祠,但他们知道,先生这样安排必然有先生的道理。王鸣鹤将村民召集到酪奴堂,告诉大家一定不要和外人讲老坨头上被杀害的两人是九里的。马回和姜路是了不起的义士,九里人不能忘记他俩,但现在为了九里不遭鬼子报复,只好先委屈两位,他郑重保证:待改天换日之时,他一定将马回姜路的遗骸迁回万柳塘厚葬。说完,王鸣鹤将两块写有马回、姜路名字的木牌,在人群前火化,马回、姜路的家人放声大哭,火光映在王鸣鹤的脸上,如同涂了一层老漆。

七

王鸣鹤站在船头,撑船的韩老大默不出声,两支船桨有节奏地划着,两岸的蒲草芦苇密实茂盛,如同两面绿墙护卫着河水。因为是顺流而下,小船快速行驶中带起的风把他身上的长衫高高撩起,旗帜一般飘扬。船过玉虚观时观内死一般沉静,王鸣鹤对这种沉静感到恐惧,不知道韩二是否安好。韩二是个老实人,但脾气却牛一样犟,惹急了会拼命的,在有枪有刀的鬼子面前,这种脾气容易引来杀身之祸。

来到洼里警察局时已是午后时分,尉黑子随讨伐队进苇地扫荡了,警察局中王鸣鹤再无熟人,他便让站岗的警察去报信,就说九里的王鸣鹤求见。站岗的警察上下打量了他一番,没敢怠慢,进去报了信。不一会儿,山田一郎出来了,也不打招呼,招招手把他领进院内。山田一郎不懂汉语,只能和他打手势。他让王鸣鹤站在老杨树下,自己进屋里向黑木报告。王鸣鹤抬头看看树上的老鸹窝,担心一泡白屎落在头上,但树上的鸟巢似乎已经空了。一会儿山田出来了,招招手让他到屋里。进到黑木住处,黑木正躺在床上,大热天身上竟然盖着一条绿毛毯,额头上敷着一条白毛巾,房间里弥漫着一股刺鼻的药水味——这是西洋医药与中医的一大区别,中药散发的是一种药香,而西药则是这种说不出来的奇怪味道。见王鸣鹤进来,黑木欠了欠身体,眼睛却露出某种渴望:"正要去请鸣鹤君,鸣鹤君却来了,真是心有灵犀呀。"

"黑木先生身体不适?"王鸣鹤问。

黑木点点头:"胃肠不适,鸣鹤君来得正好,给我把脉诊治如何?"

王鸣鹤坐下来,开始给黑木把脉。黑木的手腕很热,脉象浮乱,典型的干霍乱之象,他让黑木伸出舌头看了看舌苔:"黑木先生所患果然是霍乱,干霍乱,中医又叫痧胀,如治不得法,有性命之忧。"

黑木揭开毛毯坐了起来,眼中露出恐惧。黑木所学是西医,他亲自开了消炎药,化验了血浆,还让山田满屋子消毒。此症不吐不泻,就是胃肠绞劲疼痛,他暗自庆幸自己没有染上霍乱,因为霍乱的标志是腹泻,却不知霍乱还有干湿之分,王鸣鹤这个十分肯定的诊断结论让他意识到霍乱的危险性,对方毕竟是治疗霍乱的专家。

"鸣鹤君看该如何治疗?"黑木的语调有些发颤。

"若黑木先生信得过我,可找来一枚针刺,我为您放放瘀血,不日即可痊愈。"黑木让山田去找来一枚钢针:"我信得过鸣鹤君,请放手治疗吧。"

王鸣鹤让黑木趴在床上,将上衣撩起,在背心处找到几处红点,用针一一刺破,挤出一些黑血来,然后擦净,放下衣服。"好了。"他说。又让山田取来纸笔,开了药方:藿香、陈皮各五钱,用地浆水煎服。黑木盯着药方好一会儿,满眼狐疑,药方如此简单,这让他甚感意外。王鸣鹤说:"黑木先生不妨一试。"黑木用日语和山田说了几句,山田转身走了。黑木又躺下去,问:"我的建议鸣鹤君考虑得如何?"王鸣鹤站在床边,房间里这股刺鼻的药水味让他眉头不展,他轻轻咳了两声,对黑木说:"黑木先生要在九里建研究霍乱的基地,无非是想掌握大量霍乱病例,我想这一点我可以做到,我会把所有来酪奴堂就诊的病人一一做好记载,定时来洼里交予先生如何? 至于挂牌、插旗、派人这三件事,还请黑木先生三思,若做了这三件事,恐怕病人都会吓跑了。"

黑木深陷的两眼望着天花板乱转,王鸣鹤的话让他有些动心,他也在思考这个问题,那就是山田一郎的语言关,语言不通,山田在九里的作用就会受到影响,他之所以需要酪奴堂,主要是神医王克笙防治霍乱的秘方和酪奴堂治疗霍乱的病例,王鸣鹤能定时来汇报霍乱病例,这的确是个不错的主意。他思忖片刻,道:"我们刚刚有一个指导官在九里一带被袭击了,这与上次山田遭埋伏是同一处地点,我的部下说九里一定有反满分子,要扫荡这个村落。"

王鸣鹤摇摇头:"我们也听到了枪声,我还派人过河去老坨头查看了现场,看到有两个人被打死,村民并不认识这两人,从死者穿衣打扮来看估计不是本地人,我猜测这两人很可能是上次袭击你们的人,村民出于人道,就在老坨头上随便掩埋了尸首,那里原本就有七座坟,九里人把那个地方叫响马坟,而九里坟茔地在三圣祠后面的万柳塘,也就是埋葬家父的地方。"

黑木说:"上次袭击山田的是正规军人,用的是步枪,这次我们缴获的是鸟炮,应该不是同一伙。"黑木看了士兵缴获的武器,这杆古董土铳只能用来打鸟,凭这样的武器怎么能夺去六个士兵的性命呢?"鸣鹤君的九里是否与响马有瓜葛?"

王鸣鹤感到了黑木的狡猾,他知道这个对手绝非等闲之辈。"这两个人是哪里来的我也不知,但我保证他们与九里没有关系,九里常遭响马袭扰,死于响马枪下者大有人在,与响马怎么会有瓜葛?"

黑木点点头,道:"鸣鹤君先回去吧,若你治愈了我的霍乱,三日后我会给你答复。"

王鸣鹤起身告辞,黑木突然问:"我上次让鸣鹤君问的女道士呢?鸣鹤君是否知其下落?"

王鸣鹤心中一惊,"黑木先生说的应该是玉虚观里的坤道吧,听说她们去了外地,观里好像有一个哑巴和一个道姑。"他没有戳破稗子被黑木抓回当人质的事实,想看看黑木会如何说。

黑木并不想在王鸣鹤这里隐瞒稗子被抓来的事实,"这个丑陋的女道士在警察局里,只要那个会医术的女道士出现,她们就可以一同回道观。"黑木盯着王鸣鹤,很肯定地断言,"我相信,这个丑陋的女人把那个美丽的女道士藏起来了,我想找到她,她救过山田的命!"

"黑木先生说的丑陋女人我认识,她叫稗子,不识字,在道观里做些粗活,先生何必抓这样一个女人来呢?"王鸣鹤心中牵挂着稗子,警察局是什么地方?简直就是虎穴狼窝,在这里稗子怎么活？

"鸣鹤君不要为这个丑陋的女人求情了，那个不来，这个不放，我的主意已定。"黑木很坚决地回绝了王鸣鹤，他坚信在这个丑陋的女人身上能挖出有用的东西来。

王鸣鹤憋着一口气离开了黑木的房间，警察局院子里正要吃晚饭的鬼子兵在列队点名，他匆匆走向大门，却正好与进门的尉黑子碰了个满怀。尉黑子正要动骂，见是王鸣鹤，便睁大了眼睛问："你怎么又来啦？"王鸣鹤说明缘由，便提到稗子的事，问稗子在这里是不是有危险。尉黑子拉着他走出大门，悄声道："来这里的还能囫囵出去吗？后院那间实验室里关着五六个人呢，像狗一样关着，黑木在这些人身上做实验呢，前天还死了一个男的，也不知黑木给他喂了什么，一条汉子硬是拉稀拉死了。"

王鸣鹤心里明白了，稗子被抓回警察局是做了实验品，在一个吃素的道姑身上做实验，黑木也能下得了手？

回程是逆流，韩老大划船的声音打破了双泰河的宁静，王鸣鹤心里牵挂着稗子，也在思考止玉一旦回来应该怎么办？黑木如此想着止玉，恐怕不仅仅是山田想感恩那么简单，应该是山田描述止玉的美丽打动了黑木，一旦黑木另有所图，止玉就很危险了。

三天后，黑木果然带着一队关东军来到九里，他们先是到老坨头上挖开了那两座新坟，又到九里查看了每一户人家，到万柳塘看了墓地，然后才来到酪奴堂，黑木告诉王鸣鹤，就依王鸣鹤所言，九里作为关东军研究霍乱的基地可以留在苇地，为了防止抗联滋扰，旗子牌子可以不挂，只是由关东军颁发一张证书以备军警检查，王鸣鹤需定期去洼里汇报相关病例。黑木还带了一个厚厚的本子给王鸣鹤，让他不限于霍乱，把所有看过的病例都一一记在本子上,每个病例要写明病人自然情况、患病症状、所列药方和治疗效果,本子写满后直接交给他。王鸣鹤知道这是明显的窃艺之举,但自己已经别无选择,毕竟保住了九里,保住了酪奴堂,其他事情只能走一步算一步了。

黑木离开九里时,让王鸣鹤带他来到三圣祠,在达摩像前深深鞠了一躬。这个举动令王鸣鹤很不解,黑木在拜谒达摩祖师时表现出的是一份虔诚,这一点他深信不疑。他想,黑木这个来自东洋的军医真是一个复杂的人。黑木还在孔子像前肃立了许久,回头对王鸣鹤说:"家父对儒学颇有研究,孔子在日本被尊称文宣王,德川幕府奉儒学为圣教。"王鸣鹤对日本本土一无所知,不知如何应对黑木,但黑木在三圣之中唯独不拜药王,这对于一个医生来说似乎不太合乎情理。

王鸣鹤把黑木送到渡口,让韩老大撑船送他们过河,上船前黑木对王鸣鹤说:"你治疗干霍乱的方法十分神奇,鸣鹤君,要知道,是藿香和陈皮保住了九里!"黑木无声地笑了笑,指着王鸣鹤手中的笔记本道,"我们约定一年,一切等你的病例。"

王鸣鹤回到酪奴堂,一句话也没有,呆呆地坐在诊桌前,动作迟缓地从抽屉里拿出一包安茶,用力掰了几下,脸上的肌肉随着双手的用力在不停地抽搐,掰下一块安茶,他像吃桃酥一样一点点咀嚼起来,嘴角有一丝血一样的茶渍流下来,像嘴角一道深深的伤口。

1935 年

一亩三分地

一

王鸣鹤是在洼里警察局听到稗子撞墙而死的噩耗的。

说出这一消息的人叫邹凤菊,是洼里中学的国语老师,因为反满抗日嫌疑,被宪兵抓进警察局,不幸成了黑木和山田的霍乱实验对象。邹凤菊患了严重肝病,脸色晦暗,腹胀如鼓,敲击嗡嗡有声。看到一个年轻女教师被折磨成这个模样,王鸣鹤心在流血,他问黑木为什么要这样对待一个女人?黑木的回答很简单:"这是个思想犯,她能活着已经是幸运,否则早被拉到河滩上枪毙了。"王鸣鹤知道,在黑木心里,可怜的邹凤菊已经是个死人。

为了延续与黑木的约定,王鸣鹤在记录病例这件事上很是下了一番心思。他用蝇头小楷记录了一百八十例病例,不到半年,就记满了黑木所给的那个本子。病例中每一位患者自然情况、病情表述、医治之法和治疗效果一一记录在册。当他到洼里警察局将笔记本交给黑木时,黑木如获至宝,捧着这本行医笔记恨不得一口气吞下去,一边翻看一边重复两个字:"吆西、吆西!"

在翻过一页页笔记之后,黑木提出一个疑问:"为什么没有一例霍乱患者?"

王鸣鹤摇摇头:"霍乱之疫,来如红匍之风,去似红匍之潮,呈水火之势,来则群发,去则群匿,绝非零星呈现。"黑木是医生,当然知道流行病的道理,王鸣鹤所言无懈可击。王鸣鹤接着说:"一百八十个病例中,属于肠胃疾患有二十七人,我已经做了标记,但都不是霍乱。"黑木点点头,让山田为王鸣鹤上茶,自己则细细读着笔记,当他看到笔记中有用毛蛋治疗眩晕之症时,忽然来了兴趣,说自己也偶发眩晕之症,一定要试试。黑木所学医书之中,从没有这样离奇古怪的偏方。当读到病例中有用砭石治疗一例腹水患者时,他想起了实验室中正患严重肝腹水的邹凤菊,提出让王鸣鹤用砭石为邹凤菊治病。

治病地点是在灰色小楼后的实验室,一间封闭手术室,手术室三面是墙,一面是玻璃幕,门开在西侧墙上,是铁门,很厚,门上有个能开合的小窗,屋顶吊着一盏电灯,电灯旁边有个小小的通气孔,安装着挂满油污的换气扇,屋中央是一张铁床,铁床上没有床垫,黑乎乎的床板更像砧板。这是一间与实验室配套的观察室,染上霍乱的病人被隔离在这里,黑木和山田在玻璃另一侧观察病人的表现并一一记录下来,进到这间观察室的人很难活着出去。后来,尉黑子偷偷告诉王鸣鹤,那间观察室是地狱之门,当年他带人修建时就砸死过一个泥瓦匠,煞气忒重,夜里空屋子常常传出哭声。尉黑子说当初建的是一间禁闭室,黑木来了以后改建成了观察室。邹凤菊由两个穿着隔离服的士兵架进来,士兵动作粗鲁,像抬猪一样把邹凤菊掀到铁床上就快步离开了,并"咣当"一声将门关死,留下王鸣鹤和病人,黑木和山田则隔着玻璃在外面观摩。

手术室里充斥着一股浓重的药水味,王鸣鹤很反感这种味道,他知道肝病易传染,隔着玻璃在外面的黑木和山田都戴着白口罩,黑木还算讲究,在王鸣鹤进手术室前,给他一副手套和一只口罩,王鸣鹤摆摆手拒绝了。他没戴口罩,也没戴手套。中医治病讲究望闻问切,戴着口罩和手套怎么来感觉病人的病体呢?他要了一盆热水、一条毛巾,屋内的空气凝重而浑浊,简直令人窒息,好像三面墙壁都要倾轧过来一样。床下几只觅食的蟑螂竟然不怕人,全然无视他的进入,他将水盆中热水撩了一些过去,几只蟑螂才落荒而逃。

邹凤菊肚子孕妇般高高隆起,双目飘忽,空洞无神,她不知道对方要做什么,只是很不屑地盯着王鸣鹤的眼睛。王鸣鹤小声道:"别怕,我是九里的王鸣鹤,黑木让我用砭石给你治病。"邹凤菊鼻翼抽动了几下,道:"我没病,我的病是他们加给我的。"王鸣鹤说:"你躺好,我给你把把脉。"说完,半蹲着给她把脉。"你叫什么名字?"王鸣鹤声音很小,不想让玻璃那边的黑木听到。"邹凤菊。"病人声音也很小,声音小不是为了躲避谁,她实在是没有大声说话的力气。

病人的肝脉、心包络脉都劲急有力而失柔和,可见愈后不太乐观,估计大限不远。王鸣鹤在温水中浸湿毛巾,拭擦着病人的小腿,小腿浮肿严重,一捏一个深坑。"他们为啥抓你?"王鸣鹤声音依旧很小。"因为我不想当亡国奴!"王鸣鹤听后周身一颤,这句话尽管声音很弱,却掷地有声。王鸣鹤用砭石在邹凤菊足三里穴上按压着,又问:"你可知道去年他们抓来一个叫稗子的女道士?"邹凤菊闭上眼睛,喃喃地说:"稗子进来不到月余就死了,是撞墙而死,鬼子让她吃生了蛆虫的腐肉,一个修道之人如何吃得下? 她誓死不食,撞墙自尽。"王鸣鹤手中的砭石突然滑落,在洋灰地上弹起再跌落,发出清脆的响声。他弯腰拾起,这块三角形黑色砭石摔掉一角,露出锋利的石刃。他捏着砭石有些走神,玻璃那边的黑木显然看到了砭石摔坏的情景,便轻轻叩了叩玻璃。王鸣鹤摆摆手示意无事,将砭石放在邹凤菊身边,叹了口气说:"我帮你排排腹水吧,这样你会好受一点。"邹凤菊点点头,声音微弱地说:"我知道自己快不行了,你若是个有良知的中国人,就帮我个忙,捎话给文昌书店的戚老板,就说鬼子没从我嘴里掏去一句话,我对得起组织。"王鸣鹤点点头,忍住泪说:"你放心,我会把话捎到。"邹凤菊点点头,不再说话。

　　王鸣鹤扶病人坐起,隔着衣服在她水分穴上运力揉按,邹凤菊开始呕吐,所吐尽是一些绿水。手术室里没有垃圾桶,邹凤菊直接吐在了水盆里,隔着玻璃观察的黑木和山田掩着鼻子转身离开了。王鸣鹤说:"恕我直言,你已经病入膏肓,即使我能医好你的病,也只会让你在这人间地狱多受些痛苦,他们不会放你出去的。"邹凤菊点点头:"鬼子在这里用活人做霍乱实验,那个叫黑木的医生简直是个冷血动物,一高一矮两个指导官更是衣冠禽兽,女人被抓进来都遭了这两个畜生的黑手!"王鸣鹤心头颤了一下,后来在警察局他见过这两个色鬼,两副丑陋的面孔如同两张赖皮印在脑海里,"王先生若是有机会给老北风报个信儿,让他们除掉川崎和高附,为这些女人报仇!"邹凤菊所说的老北风是当地最大的一支抗联武装,最活跃时队伍达三千人,在营口、洼里一带打过很多漂亮仗,让日满军警闻风丧胆。邹凤菊牙齿磨砺的声音传到王鸣鹤耳朵里,他的目光落在那块砭石上。望着刚刚摔出的刃口,心想,如果用这石刃在川崎和高附那青筋暴露的脖颈上划一下,只一下,污血就会喷射出来,污了脚下的黄土。这一念头刚刚消失,脑海里又忽然浮现出一味药,那是一味足可以让色狼不会再祸害女人的药——焙干研成粉剂的大蜘蛛,他不知怎么会想起这样一个古方来。刚刚邹凤菊说川崎和高附强暴了实验室所有女犯,肯定也包括稗子,稗子恐怕不仅仅是拒绝吃那些被故意污染的腐肉才选择一死,一定是羞愤自尽。

离开手术室,黑木和山田正在沙发上闲聊。他先去盥洗室洗了手,出来后对黑木摇摇头,道:"病人恐怕不治了。"黑木没有接他的话,黑木让他来用砭石治病,本来就是一个观摩的过程,至于能不能治好这不是他考虑的问题。他用怀疑的目光扫了一眼王鸣鹤手中的砭石,问:"鸣鹤君,砭石疗法是不是就是刮痧?"

王鸣鹤说:"砭、针、灸、药是中医独立并存的四大医术,砭石为首,自成体系,刮痧乃砭石诸多用处之一种,两者不可混为一谈。"

黑木摇摇头:"用一块黑石头刮来刺去就能治五脏六腑,这更像一种巫术。"黑木显然怀疑王鸣鹤的砭石疗法。王鸣鹤弯起右手的食指拇指,轻轻弹了弹左衣袖袖口,不卑不亢地说:"仁者见仁智者见智,砭石古法不会因为你我的看法而改变。"黑木站起身,把一个新本子递给王鸣鹤:"鸣鹤君回去依约再做笔记,九里作为关东军霍乱研究基地,要格外注意霍乱患者的记录,我会去九里看你。"王鸣鹤想印证邹凤菊的话,接过笔记本后问:"黑木先生去年带回一个女道士,不知此人现在何处?"黑木愣了愣,警觉地问:"鸣鹤君为何关心那个丑陋的女道士?"王鸣鹤道:"玉虚观只剩下一个哑巴,九里乡亲遇事想求签问卦、拈香消灾都没了接洽。"黑木问:"那个救过山田的女道士怎么就鸟一样飞了呢?"王鸣鹤说:"道家修行多选名山福地,苇地艰苦,难留人心,有稗子这样一个破了相的坤道住持小小的玉虚观,已是难能可贵。"黑木斜视了身旁的山田一眼,"哦,这个女道士患病死了。"黑木表情平淡,好像在说一件与己无关的事情,"山田本来要放她回去,但她在出门时不慎跌倒,后脑撞在石阶上不治而死。"

王鸣鹤周身的血液似乎在燃烧,邹凤菊所言不假,稗子已经被残害致死！他又想起高附、川崎两张丑陋的脸,想起那味从没用过的药,感觉那药的粉剂已经飘起来,雾一样弥漫在眼前。

二

老陶出事是在1935年的夏天。

满鲜拓植株式会社在苇地边缘挖渠抽水,开办农场种植水稻。这是开拓团进入南大荒的序曲,如果黑木能攻克霍乱防治,来自日本本土的开拓团将蜂拥而至。满鲜拓植株式会社种植水稻雇用的大都是朝鲜人,他们不敢深入到苇地深处,只在靠近田庄台的河边开荒种植。春季插秧的季节,老陶在田庄台集市上听到了附近有朝鲜族农场种水稻的消息,他有些心动,对王鸣鹤说想去弄点秧苗回来在九里试种,如果成功,九里就能吃上白花花的米饭了。应该说老陶的想法不错,种水稻是改变九里生计的一条出路,因为自洼里警察局扫荡苇地以来,苇地中散居的渔民所剩无几,在红海滩泊船上岸的渔民也就不像以前那么多,连胡家九里拨面都变得门可罗雀,九里义渡变得萧条起来。但种水稻不是简单事,日本人规定:当地百姓不能吃大米白面,违者以经济犯论处,要抓去坐牢。小先生对此没有表态,老陶心有不甘,专门去农场打探一番,再次来酷奴堂找王鸣鹤。王鸣鹤正给白鹤五子讲授《论语》,见老陶进来,问他何事,老陶摘下瓜皮帽,愤愤地说:"咱自己种水稻自己吃,怎么就成了经济犯?"王鸣鹤长叹一口气,对五个弟子道:"知道古人为什么宁死不当亡国奴了吧？当年鞑子占我中华,杀一汉人只需罚一驴钱,亡国奴命贱不如驴。我很敬佩那个死去的邹凤菊,虽是女流之辈,却是真英雄!"

白鹤五子听先生讲过邹凤菊的事情,先生每次讲到邹凤菊,声音都会发颤。

老陶说自己想偷偷种植水稻,说他认识一个叫金三的高丽人,是个嗜酒如命的老光棍,在拓植农场当监工。老陶说金三这个人只爱酒,只要给他酒,他连亲娘老子都会卖。他想用鹤顶红换些秧苗回来试种,要是能种植成功,在苇地开些地,神不知鬼不觉地种呗。王鸣鹤听后陷入沉思,他在权衡利弊。韩铁林说:"陶大爷在苇地里悄悄种日本人不一定能发现,只要路边不留痕迹就行。"姚长栋、马治中和陶天佑都表示赞同,说九里人心齐,会像掩护鸽子洞一样保守种水稻的秘密。豆芽菜一样细高的邱会武这些天一直沉浸在义母被杀害的悲痛里,对种水稻的事情不感兴趣,他已经向先生提出,想跟鬼蜡烛学打枪,将来为义母报仇雪恨。

"那个金三可靠吗?"王鸣鹤心里不托底,他没有见过金三,凭老陶说他是一个酒鬼,这事就有点悬,嗜酒之人酒前酒后说话一向两码事,诚信会打折扣。老陶毕竟是生意人,脑子活泛:"你放心,小先生,我雇田庄台街上的乞丐拿酒去换,几个乞丐轮流去,不让金三知道是谁在要秧苗,乞丐嘛,散仙一样居无定所,就是出了事也不会顺藤摸瓜找到九里来。"王鸣鹤觉得这个办法好,道:"那就试试看,不过,要到河北面的苇地里去开荒,知道的人越少越好,铁林他们五个可以给你当下手。"老陶说:"最好请鬼蜡烛帮着搭把手,反正他就在老坨头附近转悠,干活也方便。"王鸣鹤认为鬼蜡烛在老坨头上并不安全,自从马回、姜路出事后,鬼蜡烛就在苇地里变换着地方睡觉,甜菜也不种了,老坨头上田地虽荒,但九座坟冢却打理得很干净。来老坨头上的九里人凭此知道,鬼蜡烛就在周围,像一只孤狼在坨头苇地里游荡。"你找三虎吧,让他也有点事做。"王鸣鹤说。

老陶开始谋划种水稻一事。聪明的老陶在苇地深处开出一小块地,丈量一下,恰好一亩三分,他把这个数字告诉王鸣鹤,王鸣鹤十分感慨:"自己的国土,一亩三分地还要偷着种。"老陶没有种水稻的经验,他每次到田庄台赶集,都会借道去拓植农场,蹲在路边看农场的人怎样种植水稻。看着田里的水稻像韭菜地一样整齐,老陶心里便幻想自己将来也能开出连片的地来种水稻,收获后到田庄台、到洼里、到锦州去卖大米,说不定自己就会成为苇地里的水稻之王。

换秧苗的事情很顺利,头发凌乱穿一条大裤裆白裤子的金三果然见酒眼开,在高高的芦苇荡里和老陶派遣的乞丐完成了酒换秧苗的交易,老陶一亩三分稻田也开始插秧生长。其实,水稻这种东西并不难打理,一旦插秧成活后,需要做的就是一件事——拔草。水田里的草生命力旺盛,比秧苗生长快,若不及时拔掉,秧苗就会被水草覆盖而死。拔草的事就由白鹤五子承担起来,五个少年把一亩三分地侍弄得秧绿水清、寸草不生。

发现苇地里有水稻的是高附。高附自从在老坨头被打烂了屁股后,一有进苇地扫荡的机会就会到老坨头一带搜索一番,因为那杆土铳让他的屁股彻底毁容,尤其在炎热的夏天,他伤过的屁股因为汗腺遭到破坏无法排汗,屁股痒得不行,需要不断用拔凉的井水冲洗,高附对川崎说过,要不是黑木拦着,他真想把九里杀个鸡犬不留。其实,高附到老坨头一带也没什么目的,他像一只巡察领地的狼,转一圈也就回去了,但这一次,他从望远镜里远远发现老坨头上正冒青烟,冒烟就会有人,他带着行动队直扑过去。到了一看,是有人笼了一堆火,至于笼火干什么他们搞不明白,因为笼火的人已经不见了。高附从火堆余烬的位置猜到这是给死者上坟烧纸所致,估计上坟的人没有走远,便在苇地里搜索,结果人没有抓到,却发现了芦苇荡里那片水稻。高附回来向黑木说了此事,黑木感到不可思议,苇地里的人种水稻?这怎么可能呢？他和高附、川崎带着拓植农场的头头儿赶到现场，一群穿黄军装的人看着这块精致的小稻田竟然哑口无语，都瞪大了眼睛发愣，只有在开拓团农场才有的水稻何时飞落到这苇地深处？

黑木决定过河去找王鸣鹤，他相信在这块苇地里，没有王鸣鹤不知道的事。村里有人看见了北岸的鬼子，王鸣鹤派韩老大划船将他们接过河，带他们来到酩奴堂。

老坨头上这堆火是马治中烧的。白鹤五子在老陶的一亩三分地拔过草后，来老坨头上玩耍，马治中问清了哪个是大伯的坟后，就找了些干芦苇来说要给大伯上坟，韩铁林说你烧些芦苇上坟不是糊弄马叔吗？马治中说反正不管什么烧完了都成灰，就当这芦苇是纸钱了。他抱了干芦苇放在大伯坟前，让鬼蜡烛帮着点燃，点火后鬼蜡烛警惕地四处张望，他发现了玉虚观方向的异常，便让老陶带着白鹤五子赶快过河回村，自己则到苇地深处躲藏起来。

"鸣鹤君一向可好？"黑木问了一句，似乎话里有话。王鸣鹤拱拱手，他发现跟在黑木后面的山田一双大眼睛贼溜溜转个不停，便问："黑木先生匆匆赶来九里，一定有事吧？"黑木向高附使个眼色，高附带着士兵分头去村里搜查。

黑木问："鸣鹤君是否发现了霍乱病人？"黑木没有直接问水稻的事，他最关心的还是霍乱。王鸣鹤心头一转，爽快地回答："有，不久前发现了两个，我单独做了记录。"黑木眼睛顿时亮了，急切地说："鸣鹤君快快拿来看看！"王鸣鹤不慌不忙从抽屉里拿出两张纸来，上面记着两个病人的名字，发病症状和治疗过程及结果。

黑木认真看完了病志，嘴角开始上翘，这是他到洼里以来第一次见到霍乱病志，他太需要这种苇地感染病例了，有了这样的病例,他的实验研究就有了靶子。"这两个病人在哪里?他们是当地农民?"黑木双手端着薄薄的两张纸,盯着王鸣鹤问。王鸣鹤回答道:"两个病人痊愈后就过河去北岸了,他们是高丽人,听他们说是进苇地种水稻。"黑木心里似乎明白了什么,便问了些王鸣鹤治疗霍乱药方上的问题。正在这时,高附和两个鬼子押着老陶来到酪奴堂,其中一个鬼子兵还攥着几棵水稻。原来,搜查的鬼子在老陶家院子里发现了几棵水稻。高附狞笑着揪住老陶的衣领,叽里哇啦说了些什么,黑木站起身,问:"你这秧苗哪里来的?"老陶很后悔自己多事,他是太喜欢水稻了,才偷偷在自家院子菜地里栽种了几棵,不知道的以为是韭菜或稗草,谁知这些鬼子眼尖,能辨出来这是水稻,薅下水稻秧就把他带到酪奴堂来。刚才,高附一番话就是问他这秧苗是哪里来的,北岸苇地里的水稻是不是他种的。王鸣鹤知道事情复杂了,一旦老陶说出实情,局面将无法挽回。但老陶毕竟是生意人,脑筋转得快:"我去田庄台赶集路上捡了一把秧苗,回来顺手栽了几棵在菜地里,你们不说我还不知道这是水稻,我知道种大米吃大米犯法,要是知道这是水稻打死我也不敢栽啊。"老陶哭着说。高附上前狠狠打了老陶两个耳光,老陶捂着脸痛苦地蹲在地上,黑木转身对王鸣鹤说:"鸣鹤君,这个人是经济犯,我要带回去。"王鸣鹤心里"咯噔"一下,马上想到了邹凤菊,老陶要是进到洼里警察局,就会像稗子和邹凤菊一样有去无回。王鸣鹤向黑木拱拱手:"黑木先生可否听鸣鹤一言?"黑木眨眨眼,点头示意王鸣鹤说话。"这个村民姓陶,家里开碾坊兼做小生意,九里的苇编、苇席、鱼虾蟹酱都靠他到镇上去卖,他要走了,九里百姓就断了半条生路,再说他从没见过水稻,是出于好奇在路边见到秧苗后随意栽了几棵,这几棵水稻肯定是栽种水稻的人所遗,看在愚兄薄面上,可否放他一马?"黑木大概觉得王鸣鹤说得有道理,他和拓植农场的头头耳语几句,农场头头说苇地里种水稻的人很专业,有熟练的种植经验,不是一般农民所为。黑木也想,区区三棵水稻很可能是出于好奇,苇地深处那些水稻单凭长势,就不是外行所为,一定是熟悉水稻种植的人在偷种。他笑了笑:"既然鸣鹤君说情,黑木怎能不给面子,再说,九里毕竟是关东军研究霍乱的基地嘛。"黑木给了王鸣鹤面子,不再追究老陶三棵水稻的罪过。黑木摇摇手中的两张纸:"鸣鹤君,我给你的面子,是对这两份霍乱病例的奖赏。"他将病例折叠好,放入口袋,"鸣鹤君若能收集到一百例霍乱病例,我让政府给你发勋章!"

鬼子撤离时,气急败坏的高附狠狠在老陶屁股上踹了一脚,黑木奇怪地看了高附一眼,不明白他为什么要再踹一脚。王鸣鹤却很清楚,他知道高附的屁股一定因无法排汗而奇痒无比,倒霉的老陶成了他的出气筒。

黑木一行走后,老陶伏地大哭,怎么拉也不肯起来。

晚上,蒲娘问何时有了这么两张霍乱病例,王鸣鹤道:"我知道黑木想要什么,这是两个子虚乌有的病例。"

几天后,尉黑子带人到河北岸将老陶种的一亩三分地水稻都割掉了。尉黑子顺道来了趟酪奴堂,他对王鸣鹤说:"黑木说这水稻种得很专业,和九里没啥关系。"

三

谁也没料到止玉会回来。

湍急的双泰河开始变得冷滞,芦苇正褪去枯叶,根根孤茎高挺着朵朵偏向一侧的芦花。深夜,鬼蜡烛领着一个头戴雪巾身后背一个蓝布包裹、一把宝剑的人急匆匆来到酪奴堂。一进门,鬼蜡烛就兴奋地道："小先生,看我把谁带来了?"来者缓缓摘下雪巾,露出一张红润的脸,正和多子在堂内用惠夷槽碾药的王鸣鹤简直不敢相信自己的眼睛——这不是止玉吗?怎么像林妹妹一样从天而降!蒲娘闻声从内室出来,捧着止玉冰凉的双手不肯松开。王鸣鹤让母亲将止玉请到内室取暖,让多子沏了一壶祁门安茶送进去。落座后,鬼蜡烛向王鸣鹤说了事情的经过。入冬后,老坨头上窝棚不敢重建,鬼蜡烛就在玉虚观与韩二一起住,黄昏时,年事已高的韩二早早入睡,鬼蜡烛却保持着警惕,他宁可在白天找一块干爽的草地把觉补回来,也不敢晚上睡得太死,他担心鬼子来偷袭。韩二那条心爱的黄狗被鬼子吃掉后,鬼蜡烛给韩二送来一条小黑狗,这条小黑狗长大后通体油黑,四肢粗壮,它轻易不叫,一旦叫起来必有异常。鬼蜡烛显然听到黑狗叫了几声,叫声低沉却很有穿透力,但很快就恢复了平静。他提着枪,起身想到外面察看,推开门,发现止玉就站在门口,鬼蜡烛被吓了一跳,被止玉叫了一声才缓过神来,连忙把她让到屋内。令鬼蜡烛纳闷的是那条没有拴的大黑狗似乎认识止玉一样,摇动着粗大的尾巴站在止玉身旁,似乎止玉就是它的主人。止玉问稗子和韩二在哪里?鬼蜡烛叫醒韩二,懵懵懂懂的韩二起身见到止玉,口中啊啊个不停,比比画画,老泪横流。止玉虽然懂一些韩二的哑语,但只限于一些生活上的手势,稗子和玉虚观经历这么多的事她无法从韩二的手势里弄明白。鬼蜡烛认为止玉在玉虚观太危险,劝止玉说:"你救的那个日本军医一直在找你,你不能在道观久留,我连夜送你去九里。"止玉很惊愕,不知那个日本人为何找自己,问稗子哪里去了,鬼蜡烛说一句两句讲不清楚,还是到酪奴堂听小先生说吧。两人赶夜路直奔九里而来。鬼蜡烛惊奇止玉走路既轻又快,竟然毫不费力地能跟上他的步伐。他知道止玉肯定长了功夫,难怪她敢孤身一人在这茫茫芦苇荡中穿行。

将止玉送到后鬼蜡烛连夜返回玉虚观,走前,王鸣鹤灌了一壶鹤顶红给他,让他夜里喝几口御寒。四处游荡的鬼蜡烛已经不成人样,头发和胡子一样长,紫黑色的脸颊似乎多日未洗,皮袄上沾满了旷日积累的油渍。蒲娘把一双棉袜和一双大号的蒲窝交给鬼蜡烛,让他捎给韩二,嘱咐别让韩二冻了脚。

王鸣鹤将稗子遇难一事告诉了止玉,止玉没有流泪,她盯着台案上自己那把宝剑看了许久,对王鸣鹤说:"这是师父的法剑,我带在身上不仅为了防身,还要斩妖除魔!"王鸣鹤在玉虚观见过这把塔溪道姑练过的宝剑,想必塔溪道姑一定传授了剑法给止玉。蒲娘说:"不是不报,时候未到。"王鸣鹤道:"黑木和山田一直记着你,他们抓稗子就是为了让你现身。"止玉依旧盯着剑鞘,喃喃地说:"是我连累了稗子师姐。"

蒲娘问到塔溪道姑,止玉说塔溪道姑已在铁刹山羽化登真。"师父知道自己大限,羽化前三天开始辟谷,告诉徒弟不要打扰她,在密室端坐,不饮不食,纹丝不动,三天后徒弟们去看她,发现她已经升天,徒弟们将师父法身入缸归土,与青山同在。"蒲娘泪水涟涟,不停地擦着泪水。"塔溪道姑可有什么交代?"蒲娘问。止玉点点头:"师父让我来找王先生,说玉虚观不宜再留,铁刹山亦非净土,或许只有槐花岛能安放一轮打坐的蒲团。"止玉说完,轻轻叹了口气,这一细节,被站在一旁的王鸣鹤看了个真切。王鸣鹤起身给止玉续茶,深红的茶水在白瓷碗中玛瑙一样可人,摇动的烛光在杯中映出一个跳动的亮点,屋内充满一种幽香之气,这是王鸣鹤从没有感受过的一种气场。"留在酩奴堂吧,"蒲娘说,"以我侄女的名义换一身装束留下,在三圣祠中腾一间房由你独住。"王鸣鹤接着母亲的话说:"这也是塔溪道姑生前对我的交代,九里虽地瘠民贫,却是尚礼怀仁之地,三圣乃道儒释三法归一,与你修道并不相悖,你可在此安心修道,以偿夙愿。"止玉点点头,心中充满一种云压旷野般的惆怅。山河破碎,竟然容不下一个道人!"我没有见过黑木,为什么他总要找我?"止玉听鬼蜡烛说日本人在找她,刚才又听到他们抓稗子也是为了当人质来抓自己感到有些不解。王鸣鹤无法说清这个问题,山田说要谢她,这个说法显然不成立,如果真要谢止玉,为什么还残害同为坤道的稗子?一定是山田对止玉的描述让黑木色心突起。蒲娘替儿子回答说:"狼惦记羊没有理由,无非一顿美餐!"止玉说:"真羡慕大耳狐,它们可另择福地而居,我却有家回不得。"王鸣鹤道:"九里即是你之福地,当年家父为碱滩取名九里,就是以玉虚观为参照,在九里修道与玉虚观无异,两地同气相求。"止玉说:"只担心给酩奴堂带来麻烦。"蒲娘拉着止玉的手道:"有难同当,别再多虑,只是你要应允一件事,即易服如俗,对外与我姑侄相称。"止玉点头应允:"师父说过,修道在修心,服饰乃外物,非斋醮科仪,可不必计较。"

王鸣鹤召集韩、马、姚、姜、陶五家户主商议止玉入住酩奴堂一事,众人都表示赞同,大家统一口径,明确了止玉乃蒲娘侄女,从辽阳来此投亲。王鸣鹤对大家说:"保护止玉是塔溪道姑生前对我、对九里的嘱托,我等宁可舍弃身家性命,也不能失信于九泉之下的塔溪道姑,塔溪道姑对九里有奠基之恩,我等当知恩图报,不做忘恩负义之辈。"韩马姚姜陶都认为小先生所言在理,大家回忆当年九里过和团,若不是塔溪道姑指点,九里会有多少人家遭殃?还有道姑指点的鸽子洞,简直就是九里的避难之所!大家思来想去,觉得唯有照顾好止玉,才对得起塔溪道姑在天之灵。大家主动要担负止玉的口粮,王鸣鹤谢绝了众人的好意:"酩奴堂虽然不富,却不至饿着止玉,大家心意领了。"

自此,酩奴堂中有了一个叫蒲小姨的人,除酩奴堂议事的五家外,其他村民只知道蒲小姨是蒲娘的侄女,平时深居简出,少言寡语。蒲小姨每日鸡鸣即起,独自到河边九里义渡处练剑,春夏秋冬,坚持经常,见过她练剑的姚刚说:"小姨功夫了不得,舞起剑来嗖嗖带风,把河边的芦苇都刮倒了。"蒲娘微微一笑,自言自语道:"若是她能还俗就好了。"

止玉来九里后,王鸣鹤带领白鹤五子偷偷挖了一条暗道,入口在三圣祠,出口在万柳塘,在万柳塘他们筑了一座假坟,实际就是一个藏身的地窖子,在挖这条暗道时总有无数蟹子爬进来,无意中被踩压而死,王鸣鹤想起一首诗:"未游沧海早知名,有骨还从肉上生。莫道无心畏雷电,海龙王处也横行。"他说这些蟹子是来帮助搬运泥土的,它们不畏雷电,不惧龙王,仗义而来,舍生忘死,我们应该纪念这些蟹子。假坟因此取名蟹冢。

四

每月有两个日子止玉必须去一趟玉虚观,她说就是天上下刀子也要去,这两个日子是每月初一和十五,道家为三清上香日。因为这两个日子与三圣祠上香日重叠,王鸣鹤无法脱身,只好让鬼蜡烛陪止玉。每次见到止玉回来,韩二总是眼泪汪汪,玉虚观并不安全,关东军和"满洲"警察经常来此检查,韩二担忧止玉的安全,好在有鬼蜡烛警戒,止玉每次回来总是有惊无险。韩二的黑狗因为从小就没有听到主人声音指令,它更喜欢肢体动作,有意外时会用嘴去拱韩二的裤腿。鬼蜡烛为了与前一条罹难的大黄狗相区别,把这条狗称作小黑,小黑和韩二很黏,像韩二的影子一样,整日与他寸步不离。韩二晚上睡觉时不再让小黑到门外去,大黄的罹难让他悔恨不已,要是将大黄带在身边,大黄或许会躲过一死。现在,小黑已经长大,只有小黑在自己的视野里,韩二才会踏实。

去玉虚观照例要韩老大赶爬犁,韩老大年过五旬,身体却很壮,古铜色的皮肤让他看上去有用不完的力气。韩老大常常感慨自己这身子骨要是给儿子铁山就好了。他的两个儿子铁山、铁林,铁山生下来就虚胖,体质像棉花,接不了韩老大的班。与铁山相差十几岁的铁林倒是体格好,但韩老大坚决不让他碰船撒网,就让他在白鹤书院读书,韩老大曾经说过,铁林就是一辈子读书,也不会让他去划船。

止玉这一次上香耽搁了,她花费了很长时间为三圣像保洁。这之前,保洁是她和稗子一起做,自从稗子被抓、自己回铁刹山,三清像就没有保洁过,韩二很显然做不了这个细活。接近中午,王鸣鹤赶来了,问上香怎么这么长时间?母亲担心有意外让他来接止玉。

韩二向韩老大做了几个手势,韩老大翻译说这里最近常有坏人来,让咱们小心一点。王鸣鹤知道韩二说的坏人一定是来这里搜查的日满军警,这说明山田和黑木一直惦记着这座小小的道观。玉虚观西面是地势相对较高的红顶子,有人出现易被发现。东面是沟汊纵横的芦苇荡,极难行走,扫荡的鬼子若不是从南面河上来,就只能从北面苇地里过来,从苇地里过来易于隐蔽难以发现,更何况自上次鬼子来过后,这些日满军警走熟了路,沿着曲曲弯弯的小路很快就会找到玉虚观。

鬼蜡烛在北边放哨,韩二站在山门石阶瞭望着满目枯黄的芦苇荡,小黑半蹲在身旁,人与狗的注意力都集中在摇曳的芦花上。止玉进香后,说要再清扫一下师父的住处,韩二平时只打扫正殿及院子,塔溪道姑住过的内室及通往七十三洞的暗道他从不涉足。"长久未清扫了,"止玉说,"污秽乃修道一戒,止玉不能让师父居住过的地方覆满尘埃。"王鸣鹤道:"既然来了,就彻底打扫一回,也让你安心。"两人没有吃午饭,一同开始打扫。塔溪道姑住过的内室王鸣鹤曾来过一次,那是为师父用砭石治疗消渴症,内室十分简洁。木床上细密的苇席包浆依旧,灰布被褥已经被叠放到了木柜里,墙边的条几上原本是经书和茶具,茶具已被川崎和高附掠走,只有几册经书码放在那里。青砖地上有个大蒲团,这是母亲编织好送给塔溪道姑的,供塔溪道姑打坐用。让王鸣鹤惊诧的是坐了那么久,这蒲团磨损并不大,可见师父打坐时坐姿极稳,清气上升,体态能进入一种空灵的境界。止玉清扫内室不用笤帚,而是用一条布巾,擦去尘埃后,止玉会到院子里抖一抖布巾。擦好内室,又清扫了通往鸽子洞的暗道,天色已晚,两人也感到了疲惫,正要坐下来喝杯茶,鬼蜡烛急匆匆跑进来,说山田带着几个警察正从北面过来,从山门出去怕是不行了。王鸣鹤心里一惊,告诉鬼蜡烛通知韩二就在门前等候,不要离开,韩二离开的话山田会起疑心,让鬼蜡烛从后墙爬出去,到河边找韩老大,拉着爬犁马上进苇地躲避,他拉起止玉打开夹墙暗道门,一前一后进入暗道。

　　山田自从在玉虚观被救后,心里一直惦记这个小小的道观。他对黑木说过自己有个预感,那个救了自己的女道士一定还在苇地里,他想找到她。黑木说你一个堂堂帝国医科大学生,怎么叫一个女道士摄取了魂魄?山田说救我的不是女道士,是大唐仕女再世。日本崇尚唐宋文化,对唐宋仕女崇拜入迷,山田说自己见到的是大唐转世美人。山田的痴迷也调动起黑木的兴致,黑木说自己对女人一向不感兴趣,若真有这种穿越时空的仕女,倒想见识见识。山田一旦有机会就到玉虚观来转转,他并不难为韩二,有时还给韩二一根香烟,但韩二注意到山田那双大眼睛却总是骨碌碌乱转。这一次,他带着尉黑子和两个警察进苇地,本来要去九里,因天色将黑,他便主张到玉虚观来过夜。山田知道韩二是聋哑人,进来后也不问话,确定观内无人后,拿出自己带的食物在正殿里开始吃饭,吃过后山田竟然进入塔溪道姑内室,想到炕上睡觉。韩二拉着尉黑子让他看内室旁边一张黄表纸,纸上是红笔画的符咒,旁边有几个字:凶宅不入,消灾辟邪。尉黑子明白了,这屋子犯邪,不敢居住,尉黑子叫过山田,指了指符咒,对他讲了符咒上的偈语。山田虽然学医,却迷信,另选了稗子的房间过夜,睡前,他让尉黑子派一人到门外站岗,派一个人在正殿站岗。尉黑子不解:"正殿安排岗哨何用?"山田指了指符咒,眼睛睁得很大。尉黑子心里笑了:这小子安排岗哨防鬼呢,鬼能防得了吗?

止玉和王鸣鹤进入暗道后,一点点向鸽子洞爬过去。暗道狭窄,仅能一人通过,王鸣鹤在前,止玉在后,在阴冷黑暗的洞里慢慢爬着,快到鸽子洞时,暗道高了一些,可以弓背站着前行,刚刚走了几步,王鸣鹤听身后止玉哎哟一声,回头小声问:"咋了?"止玉道:"崴脚了。"止玉坐在地上,脚崴得很厉害,无法再走。暗道地面凸凹不平,深一脚浅一脚的确容易崴脚。王鸣鹤毫不犹豫地说:"我来背你。"说完蹲下身来,止玉犹豫了一下,没有别的办法,只好让王鸣鹤背着前行。后背上的止玉身子很软,暖暖的,王鸣鹤没有双臂后扣,而是在胸前牵住她的两手,为了稳住身子,止玉两腿用力夹住王鸣鹤的身体,脚踝的疼痛使她周身浸出汗水。进入鸽子洞,王鸣鹤放下止玉摸索到放置油灯的地方,点燃油灯,端着灯弯腰查看止玉脚踝伤势,止玉打了绑腿,黑布鞋上沾满泥土,王鸣鹤让她坐在蒲团上,问清哪只脚后便动手给她解绑,打开后一看,左脚踝已经脱臼,需要正骨复位。脚踝正骨是很难忍的,王鸣鹤看一眼止玉,止玉的发髻有些湿乱,面色潮红,一排碎玉般的上齿紧紧咬住下唇。"能忍住吗?"王鸣鹤轻声问。止玉点点头,懂得正骨的止玉,知道脚踝脱臼耽误不得，而这个部位脱臼靠自己无法矫正。塔溪道姑闭关的七十三洞本来通气很好，上次在这里过夜王鸣鹤没有觉得沉闷，这次却不同，他感到呼吸有些不畅，喘息频率明显加快，他断定坐在蒲团上的止玉也是如此，因为止玉的前胸如同有风匣抽拉般起伏不停。"拜托小先生了，都是止玉不争气。"王鸣鹤附身挽起止玉，让她平躺床上，然后替她挽起裤腿。止玉的小腿白如洁藕，灯光下泛着糯米般光泽，这是他从医以来第一次为妙龄少女医治脚踝，更何况是给止玉治疗。王鸣鹤闭上眼，平息一下急促的呼吸，让自己的双手不再颤抖。王鸣鹤的神情被止玉看在眼里，止玉想说什么，却不知怎样开口，寻思再三，忽然问："小先生，你说山田会在玉虚观过夜吗？"王鸣鹤缓过神来，点点头："这个时候来此，今夜恐怕不会走了。"止玉说："看来今夜我们只能在此闭关了，师父说过，在此一夜，功进十年，于七十三洞涤尽尘心，探虚幻而参造化，想必是天意。"王鸣鹤想起当年塔溪道姑的嘱托，深吸一口气道："其实正骨之痛无所谓，忍一下就过去了。"为了转移止玉的注意力，王鸣鹤故意找话说，"这个山田，为什么要死死地寻找你呢？该不是前世宿仇吧。"止玉没有回答，她也在想这个问题。自己毕竟为山田治好了脱臼，当时是稗子端着烛火照明，山田怎么就忍心对稗子下毒手？突然，王鸣鹤双手一用力，捏紧了止玉的脚踝猛一扭，"咔吧"一声，止玉前身猛地弓起，两手死死掐住王鸣鹤肋下，王鸣鹤疼得浑身僵住。直到脚踝疼痛缓解，止玉才松开手，疲软地躺回去，额头已被汗水湿透。王鸣鹤用绑腿将止玉的脚踝固定好，坐在蒲团上，感到肋下两侧盐卤一样火辣辣地疼。止玉是留着长指甲的，他想自己肋下一定血淋淋一塌糊涂。"小先生，止玉自记事以来，还没有一个男人碰过我。"王鸣鹤摇摇头："你不要把我视为异性，此夜鸣鹤只是医者。"

韩二一夜没有进洞报信,这一夜,止玉和王鸣鹤的对话像鸽子洞内那条没有封冻的小溪,潺潺不息,全然忘记洞外还有鹰犬环伺。时至夜半,当油灯已尽、洞内漆黑,止玉说:"师父对我有个交代,暂不说予你,待来日再说。"

王鸣鹤不能问,塔溪道姑交代了什么呢?这个问题让他纠结到天亮。

五

1935年黑木来九里两趟,他的助手山田来了六趟。九里人几乎人人都能叫出这两个日本人的名字。

如果说山田每隔两个月来一趟九里主要是监视酩奴堂行医情况,那么黑木这两趟却趟趟不白来。黑木为了山田进出九里安全,把丑话说在了前面,一旦山田在苇地里遭到伤害,九里将不复存在,必须迁入苇地集团部落。狡猾的黑木知道,只有王鸣鹤能保证山田的安全。王鸣鹤明白黑木此言不虚,不得已召集韩、马、姚、姜、陶到酩奴堂商议,要大家保证山田进出九里安全,并让鬼蜡烛与苇地各路豪杰打好招呼,不要对这个大眼贼日本鬼子下手。这样,山田每次来九里,就只带一个警察当翻译,真的把九里当成了自己的基地。

黑木每次来并不兴师动众,除了山田外,他还带着尉黑子、川崎和高附。川崎和高附进苇地完全是一种狩猎般的放松,这一高一矮两个指导官在苇地里像捕猎野鸭、兔子一样射杀芦苇人,苇地成了他们发泄兽欲的天堂,只是害怕染上霍乱,两个家伙有所忌惮,但只要黑木进苇地,他俩便争着要来。因为黑木是军医,跟军医一起行动心里托底。川崎和高附进了几趟苇地后,没看到什么可怕的霍乱,胆子便大了起来,经常跑到苇地深处为非作歹。

黑木来九里一定与霍乱有关。他在洼里警察局实验室里发现了一个问题,就是染上霍乱并治好的病人并不能获得免疫力,很容易再次感染,他认为这是抗生素治疗与酪奴堂土法治疗的一大区别,他需要到九里来一探究竟。其实,来九里之前,山田已经打探到一个可靠的消息,王鸣鹤刚刚治愈一个患霍乱的渔民。山田的情报还算准确,王鸣鹤治好的这个患者就居住在苇地深处,关东军拉网式扫荡被他逃过了,他和另一户居民住在一个低湿的沟汊边,平时出海,海货出手后从红海滩上岸,悄悄返回苇地。山田在酪奴堂见到了这个患者,发现他正在大碗喝王鸣鹤给他熬制的汤药,而且已经见好。山田让那个警察询问病情,这个老实巴交的渔民不敢说谎,只能实话实说,山田判断这就是个霍乱患者。他回去向黑木报告,黑木便决定亲自到九里来一趟。

山田让警察询问病情的时候,王鸣鹤就在一旁,他知道这个患者引起了山田的兴趣。山田走后,他让已经九成痊愈的渔民尽快返回苇地,一旦被关东军抓了去,不但打不成鱼,还会被关进警察局实验室。渔民走后,王鸣鹤认真写好了病例,将发病表现、治疗方法、用药剂量一一做了记录,他知道,黑木不是好哄的,治疗过程一定要让黑木信服。当然,在药方的配置上,王鸣鹤不能也不会和盘托出,他要挤给黑木的,只能是一丝甜头。

黑木每次来九里都是上午,吃过午饭后便返回,尽管他让山田无所顾忌地一次次到九里来,但他对这片一望无际的苇海还是心存恐惧。苇地里的芦苇像绵延的绿色屏风,谁知道屏风后面躲藏着什么?山田带的六个士兵葬身河中,连尸体都找不到,这说明什么?这片沙沙作响的芦苇荡,仿佛隐藏着数不清的明枪暗箭,随时都会取了闯入者性命。黑木对这片苇地充满恐惧还有一个原因,就是尉黑子喋喋不休的渲染。尉黑子是个有着丰富苇地剿匪经验的老手,他的话不能不听。尉黑子形容苇地是布满暗礁的渔场,而军警是使船的渔夫,别看鱼儿诱人,但网不能随便撒,把稳自己的船舵才能保证安全,稍有不慎一网挂在暗礁上,就会船毁人亡。黑木觉得尉黑子说得有道理,这是他每次都要带上尉黑子进苇地的原因。

见面,照例是一番寒暄。王鸣鹤主动拿出新写的病例,其中三例疑似霍乱患者被他用朱笔画了圆圈。黑木仔细翻看病例,尤其很认真看了最后几个,发现果然有一个做了红圈记号的患者,他知道,这一定是山田所说的霍乱患者了。"鸣鹤君办事认真、缜密,了不起!"黑木对这些用小楷精心所记的病例啧啧称赞,"鸣鹤君的病例记录,黑木当好好珍藏,既有医术,又是书法,实属难得。"

"鸣鹤身为医者,不论长幼妍媸,怨亲善友,华夷愚智,凡来求医者我都一一录入,不敢遗漏。"王鸣鹤十分淡定。

这时,川崎和高附呜里哇啦说了几句话,原来他俩想到村里转转,黑木摆摆手让尉黑子陪他俩去了。王鸣鹤很担心这两个鬼子会在村里干坏事,就问黑木:"两位指导官会不会伤害九里村民?"黑木道:"鸣鹤君放心,我让尉局长跟着呢。"王鸣鹤还是不放心,黑木这次来,九里没有一个人躲出去,川崎和高附在老坨头吃过亏,借此机会报复不是没有可能。

黑木问:"鸣鹤君已经治愈多例霍乱病人,不知这些治愈的患者是否有复发呢?"这是黑木此行的关键,他单刀直入。王鸣鹤从没有想过这个问题,黑木这一问,他想了想自己的从医经历,的确没有一例复发者,便如实告诉了黑木。黑木听后眼睛一亮,道:"看来,在九里建立霍乱基地很有必要,我的抗生素与你的中草药对霍乱治疗效果存在差异。这样吧,请鸣鹤君把最近治愈的这个患者叫来,我想见见他。"王鸣鹤心里很清楚,一旦把这个渔民叫来,他将是实验室里第二个邹凤菊,无论如何不能把这个患者交给黑木。"这个患者是个渔民,治好后摇着自己的渔船从海上走了。此人身强体壮,两天不到,便止住腹泻能上船出海。"王鸣鹤没有说这个患者住在苇地里。

黑木很失望,但王鸣鹤所言也十分可信,在他印象里,经过多次拉网扫荡,苇地里很少有住户了,渔民从海上摇船来此求医符合逻辑。黑木提出一个要求,再有治愈的霍乱患者,他要亲自接见。这时,尉黑子慌慌张张跑进来向黑木嘀咕了几句,黑木嘴里骂了一声,便跟尉黑子快步离开酩奴堂,径直来到老榆树下的石碾旁,老榆树下已经聚集了很多人,川崎和高附正持枪与村民对峙。原来,一个村妇正在赶着一头黑驴碾谷。在村里闲逛的川崎和高附走到了碾子旁,叉腰看了一会儿,他俩就站在那里嘀咕,两人先是说那头蒙着眼的驴子,说着说着就说到了碾谷的村妇身上。懂日本话的尉黑子预感不妙,赶快跑回酩奴堂报信。碾盘旁,村妇的惊叫也引来了四邻。

黑木赶到后看到眼前的架势并不惊慌,因为他看到围上来的几十个男女老少没有一人手拿器具,连木棍都没有,他知道王鸣鹤所说的九里戒斗息讼的话并不假。他简单问了问川崎和高附,便笑着对跟来的王鸣鹤说:"两个指导官是对这头驴子感兴趣,而不是对这个女人。"矮个子高附对黑木说了几句,黑木对王鸣鹤道:"高附君想征用这头驴子,在苇地里骑着驴子走路是个不错的主意。"王鸣鹤摇摇头,告诉黑木这是村里唯一一头驴子,驴子是黑燕皮所生,黑燕皮死后,它继承了为村民碾谷的使命,村民对这头驴子很看重,要是征用了这头驴子,这碾谷的活儿只能靠人来推了。川崎靠近黑驴,在黑驴浑圆的臀部摩挲着,黑驴继承了黑燕皮柔滑的皮毛,摸起来绸缎一般顺滑。出人意料的是,温顺的黑驴忽然飞起后腿,一蹄蹬在川崎的裤裆部,把丝瓜一般的川崎蹬在地上滚了三滚,龇牙咧嘴捂着裤裆趴在地上号叫,黑驴蹬完后却潇洒地打了个响鼻,仿佛在嘲笑地上翻滚的川崎。尉黑子和山田急忙搀起川崎,高附拔出刚刚收起的手枪,瞄准了驴。黑木见状向高附摆摆手,高附才不情愿地收起枪。王鸣鹤对黑木说:"驴有些地方是不能摸的,你可以抚摸它的脖颈、脊背,却不能摸它的屁股和腹部,因为那是它最敏感的地方。赶驴的人都知道,这位指导官不知道,结果被驴踢了。"黑木扭头看看痛苦的川崎,做了个滑稽的动作道:"川崎君,这样的驴子你还敢征用吗?"看到黑木也在仔细地观察这头有性格的黑驴,王鸣鹤担心他真的征用,就对尉黑子道:"尉局长,警察局要是需要一头驴子当脚力,我们九里百姓捐钱到集市上买一头送去怎样?请不要征用这头脾气暴躁的驴子了。"尉黑子不敢做主,看了看黑木,黑木当众拍了拍王鸣鹤的肩膀,很大度地道:"鸣鹤君是为我做事的人,鸣鹤君的事就是黑木的事嘛,这黑驴不征用了,九里也不用捐钱买驴。"黑木这句话让在场的百姓窃窃私语起来,王鸣鹤知道大伙在议论什么,他把目光投向那头勇敢的黑驴,还真有点黑燕皮的性格,他想,这头黑驴不像它母亲有个漂亮的名字,自生下来郝好就叫它小黑。黑燕皮在二十三岁时死在碾盘旁,郝好为此很伤心,两人在碾盘旁挖了个深坑将黑燕皮葬在这里,小黑似乎知道母亲就在自己天天碾谷的石碾旁,每次碾谷前后,都要嗅嗅地面,打两个响鼻,郝好说这是小黑在和自己母亲打招呼呢!王鸣鹤劝过伤心的郝好,说驴活一年,相当人活七年,如此算来,黑燕皮应是百岁以上的老人了,是驴中少有的寿星。

　　黑木一伙在酩奴堂吃过午饭后离开九里,王鸣鹤最担心的是黑木去三圣祠,但黑木没有去,他的注意力集中在那本厚厚的病历上。黑木问了其中一些草药的学名,王鸣鹤说自己也解释不了,自跟从父亲学习医道始,就知这些草药是现在这个名字,至于学名,古今变化很大,恐怕只能去问植物学家了。韩老大撑船渡黑木一行过河时,黑木和川崎、高附在耳语,山田却猎狗一样警惕,山田上船后就坐在有活动船板的一侧,一双大眼睛滴溜溜直转。韩老大知道那是上次老三抽出活动船板让小船翻沉的位置,山田守住那里,显然是怕上次的遭遇重现。上船前,黑木把王鸣鹤拉到一边说:"鸣鹤君,今天高附指导官本来要杀人、杀驴的,你都看到了,川崎和高附两位指导官何时吃过这样的亏?是我制止了流血,这一切都是看鸣鹤君的面子,希望鸣鹤君不要辜负我。"

"黑木先生所需病例,鸣鹤会一一详记。"

"不仅如此,我还需要一个你治愈的患者。"黑木冷冷的目光让王鸣鹤瞬间产生了一种刀刃划过的感觉。但他知道,黑木这个要求他无法满足,把自己的患者交到关东军军医手里做实验,这是自己无论如何不能做的事。

望着划向对岸的小船,王鸣鹤的一颗心悬了起来。

六

黑木找到的霍乱痊愈患者可谓是上苍送给一筹莫展的王鸣鹤的。这个患者是山田。

山田第五次来九里时患上了霍乱。

山田是怎样患上霍乱的没人知道,据尉黑子说,黄昏时山田在村路上发现一个戴着风雪巾的女人,凭对方的背影他觉得像是当年玉虚观的女道士止玉,山田便和同行的警察去追,一直追到九里万柳塘,女道士不见了。当时天气很冷,枯黄的芦苇随风摇动,发出猎猎的声响,脚下的坟茔地荒草零乱,让担任翻译的警察头皮发麻。警察说这地方有鬼,还是离开为好。山田只好不情愿地回到村里。在酩奴堂尚未吃饭的山田忽然开始腹痛,吃下随身带的药物不仅疼痛不止,还开始腹泻,而且一泻不止。他怀疑自己得了霍乱,王鸣鹤告诉他,霍乱多发春夏,冬天腹泻应该不是霍乱。但王鸣鹤说错了,山田所患果真是霍乱,洗米水一样的排泄物充分证明了山田自己的猜测。

王鸣鹤担心山田死在九里,想派人送他回去,但山田的病情显然经不起苇地跋涉。于是,王鸣鹤留下那个警察照顾山田,赶紧派老陶去洼里向尉黑子送信。他留下警察的用意很清楚,一旦山田有个三长两短也好有个证人。老陶走后,王鸣鹤开始给山田熬药,山田睁着一双恐惧的大眼睛看着他的一举一动。熬到一半火候的时候,警察扶他起身如厕,却见一群村民站在院子里,警察问怎么回事,村民说霍乱会传染,让这个日本人赶快走,不能留在九里。姚刚挤到人群前面说,"小先生,你不能给这个鬼子治,这是老天爷开眼,要他去见阎王。"马俊也附和道:"这个家伙太坏了,总跟蛇似的在九里到处刺溜。"姜四维说:"反正他死也是自己病死的,跟九里无关。"这些话都被那个警察翻译给了山田,山田那双大眼睛变得十分绝望,可怜兮兮地望着王鸣鹤。从内心讲,王鸣鹤十分厌恶这个奸细一样的山田,此时,若为九里除害的确是个时机,但山田死后九里真会安生吗?如果再来个河田、石田怎么办?要是惹恼了黑木,对九里进行报复怎么办?王鸣鹤理解乡亲们的心情,但此时万万不能让这个山田死掉,一旦山田死掉,九里就会大难临头。他对乡亲们道:"山田虽是军人,却是个搞医学研究的医生,乡亲们看在我的薄面上还是饶过他吧。"姚刚靠过来小声道:"九里有《御倭九戒》,先生难道要违约?"王鸣鹤说:"事已至此,大局为先,非虽常非,有时而必行,鸣鹤知道该如何应对。"人群散去了,他们知道听小先生的不会有错。

王鸣鹤就在山田的视线里为他熬汤药。干芦苇燃起的猩红火苗贪婪地舔着药铫子,这让他想到了稗子,似乎这火舌是稗子脖颈上的伤疤所变。芦苇燃烧发出的哔哔剥剥的响声,仿佛拌和着稗子无助的呻吟。他感到周身的血直往头上涌,应该说这是一次复仇的良机,只要他在药的剂量上稍作调整,或者停下来不给山田医治,山田肯定活不过今夜。但他不能这么做,药王教诲如雷在耳,不管什么人,在医者面前首先是个病人,是病人就该一视同仁给予医治,哪怕来者死有余辜,也不能在来者求医时置他于死地,那样做,自己会内疚一生,何况为了保全九里,山田也不能死。

王鸣鹤将熬好的汤药凉至温热时扶起山田服药。山田虽然病情危重,但王鸣鹤所作一切尽在眼里,尤其王鸣鹤亲自喝了一小口汤药来试探温度和药性,他面前这个一身褐色长衫的苇地乡医顿时高大起来。他服下汤药,让警察翻译问王鸣鹤他会不会死。王鸣鹤告诉他,春夏季节苇地里霍乱死亡率是五成,冬季则高达八成,但自己会尽力救治他。警察翻译告诉山田后,山田那双大眼睛充满了渴望和感激,他让警察翻译告诉王鸣鹤,一定要想办法治好他,他父母只有他这一个儿子,如果王鸣鹤治好了他,一生一世他都不会再和酩奴堂作对。警察把山田的话翻译给王鸣鹤,王鸣鹤心想,真是人之将死其言也善,鸟之将死其鸣也哀,死亡线上的山田竟然浪子回头了。王鸣鹤将山田安置在东厢房的土炕上,让警察翻译夜里再喂两次汤药。服侍山田的这个警察是学生出身,很讲究卫生,他担心受到传染,说自己吓得手发抖,办不成喂药的事,坚持夜里请王鸣鹤来喂药。王鸣鹤答应了。当夜,蒲娘忧虑地对王鸣鹤说:"你给山田治病,该与止玉说一下,免得生出误会。"王鸣鹤觉得母亲说得有道理,上次在玉虚观,正是这个山田,导致止玉脚踝受伤,止玉也知道山田残害稗子的事,不知止玉能否理解自己为何要救山田的性命。

三圣祠后墙内侧与玉虚观一样有一道夹墙,推开夹墙便是三圣祠通往蟹冢暗道的入口,这是王鸣鹤带白鹤五子挖成的,住在三圣祠的止玉一旦有危险,便会通过暗道去万柳塘蟹冢躲避。这次山田来,止玉已经悄悄躲进了蟹冢。王鸣鹤通过这条狭窄的暗道来到蟹冢,蟹冢里虽然四周都用苇席遮挡,但依旧湿冷沉闷,一盏油灯立在通气孔处,间或摇动一下。通气孔是拐了个弯儿的,所以不用担心灯光会照出去。止玉正在灯前读经,见王鸣鹤进来,问他何事而来。王鸣鹤说了事情的经过,止玉没有表态,王鸣鹤问自己这样做是否合适,止玉道:"杀山田易,保九里平安难,小先生做得对。"王鸣鹤心中的忐忑顿时烟消云散,将手中拎的一个小陶罐递给止玉:"这是母亲为你煮的菱角粥,你趁热喝。"止玉接过陶罐,双手捧在胸口,十根葱白般的手指被黑色的陶罐衬得越发白润。王鸣鹤不便久留,安慰止玉说:"估计明日黑木会来带走山田,午后你可上去了。"止玉惨然一笑,望着王鸣鹤带有泥土的头发说:"回酩奴堂洗洗头,头上不能顶尘土。"夜里,王鸣鹤到东厢房为山田喂了两次药,他发现山田那双大眼睛里盈满了泪水。

次日上午,黑木果然匆匆赶来,随行七八个人,扛着担架,个个荷枪实弹。尉黑子问前来迎接的王鸣鹤:"山田还活着吗?"王鸣鹤点点头,尉黑子松了口气。黑木没有像以往那样开口说鸣鹤君,兜头一句:"是霍乱?"王鸣鹤没有做肯定性回答,而是迂回了一句:"上吐下泻,吐泻之物均为洗米汤状。"

黑木正要进东厢房,只见山田被警察翻译搀扶着从里面走出来,向黑木敬了个军礼。黑木上前扶住山田,开始用日本话很关切地交谈,说了好一会儿,黑木才转过身,对王鸣鹤道:"鸣鹤君,谢谢啦,您救了山田一郎。"王鸣鹤微微一笑:"山田痊愈在即,黑木先生不是要寻找一个霍乱治愈者进行研究吗?山田就是很好一例,病例我已写好,所用之药写得一清二楚。"

黑木说:"我没看错,鸣鹤君是个好医生。"

尉黑子附在王鸣鹤耳边小声说:"山田要是死了,九里麻烦可就大啦。"

上担架前,山田忽然转过身,双腿立正,朝王鸣鹤毕恭毕敬来了个九十度大鞠躬。

1939 年

止玉

一

九里在黑木的阴影下按照自己的方式生存着。与那些迁入芦苇人集团部落的苇地居民相比,九里村民要幸运许多,但几年来,王鸣鹤的内心一直堵着一团乱麻,他觉得自己总被一种莫名的气息所挤压,无法畅快地呼吸。他曾对止玉说过自己的感受,说酩奴堂现在这样,的确有违背《御倭九戒》之嫌,他为此感到压抑,好像总在暗道里行走一样。止玉想了想说:"圣人有言,被要挟下签订的盟约,神是不承认的,同样,无奈之下跨越雷池,神也不会怪罪。"王鸣鹤颔首道:"只要你不轻看鸣鹤,鸣鹤便有一丝心安。"

黑木为酩奴堂颁发的那张关东军证书,就放在酩奴堂百眼柜最下端的一个格子里,这个格子自从放了这张证书后就很少打开,只有日满军警进村时,王鸣鹤才会拿出它当挡箭牌。进苇地扫荡的日满军警不仅仅来自洼里,有时候锦州、营口的鬼子也会来,他们见到这张证书,就不会为难九里,由此王鸣鹤猜测,黑木的研究在关东军上层是通过气的,否则这张用中日两种文字写成的证书不会这么灵。王鸣鹤每年都会将工工整整记录好的病例交给黑木,所记病症五花八门,庞杂而无头绪,单拿出一个病例,都完整不缺,但把众多的病例放在一起,却毫无规律可循。王鸣鹤本来以为黑木会不在意这些随机记下的诊疗记录,让他想不到的是,这些病例成了黑木眼中的宝贝,黑木对这些病例大加赞赏,这些中医治病神奇疗法他以前闻所未闻,读来就像读章回小说一样有趣。他对山田说,单凭这些病例就证明这个基地价值不菲。山田已经学会了汉语,他说王先生医术简直出神入化,值得用心研究。

黑木霍乱防治研究进展不大,日本本土已经等不及,开始实施向辽河口移民计划,洼里境内已经有儿玉、南佐久、庭田、鲤城等开拓团。黑木开始转向更大范围的湿地流行病学研究,他在洼里警务局的实验室也在不断扩大,很多失踪的反满抗日分子就在黑木地狱般的实验室化成一筐骷髅。一次,尉黑子对王鸣鹤发牢骚说,警察局院里那棵大杨树上栖住的老鸹越来越多,有时黑压压成群落在树上,老鸹多晦气呀,他让弟兄爬树上去捅了几回,可老鸹就是赖着不走,后来黑木不让捅了,黑木说乌鸦能超度怨灵,赶走乌鸦警务局就会怨灵徘徊不散,谁捅,就关谁的禁闭!这样一来,树上的老鸹就没人敢惹了。

学会了中国话的山田性格渐渐发生了变化,那双大眼猴一般的眼睛不再转来转去。黑木和王鸣鹤谈论病例的时候,他会坐在一边摊开本子做记录。山田的改变是因为那场突如其来的霍乱,他本以为自己必死无疑,没想到王鸣鹤救了自己。获救后的山田再没有去玉虚观,来九里也只是在酪奴堂,不到村中走动。"病,能改变一个人。"他学会中国话后这样对王鸣鹤说,"真没想到王先生会救我。"王鸣鹤道:"药王教诲,不敢遗忘,若有疾厄来求救者,不得问其贵贱贫富,长幼妍媸,怨亲善友,华夷愚智,普同一等。你是有病之人,我是医者,难道会白白看你送命?"山田的头像鸡啄米:"对对对,医者仁心。"但王鸣鹤并没有放松对山田的警惕,让他感到苦恼的是,每次山田来九里,遭罪的总是止玉。止玉需要在蟹冢里躲避,狭窄的蟹冢冬冷夏潮,他心疼皮肤吹弹可破的止玉。

一次,山田向王鸣鹤透露了一个消息,说黑木指导官要奉调去哈尔滨平房了,那里正在搞更大的医学研究,黑木要来九里告别。王鸣鹤心里"咯噔"一下,黑木要走绝非坏事,但黑木走后,九里作为关东军研究霍乱基地的名分是不是还能保留?如果不能保留,九里是否会被迁出苇地?王鸣鹤问山田:"你也走吗?"山田摇摇头:"本来指导官让我也跟他去平房,是我自己申请留下来,我想拜先生为师,跟先生学习中医。"王鸣鹤明白了,山田这几年之所以变乖,像小学生一样记录自己说的话,目的原来在此。王鸣鹤心里拧了一下,他并不反感有人来酩奴堂求学,但眼前这个人是山田,是关东军军医,实实在在的鬼子,如果收他为徒,岂不是又违背了《御倭九戒》?山田是个很用功的人,他将王鸣鹤所记病例都用日文翻译出来,说自己原本对中医没有什么概念,觉得中医总是与巫术密不可分,没有什么科学根据,当他染上霍乱而作为医生的自己又一筹莫展的情况下,是王先生那些陌生的草药救了自己。从此,他开始对中医刮目相看,每次来九里,他会花上大量时间,在百眼柜一个个小抽屉前辨识那些药材,他说这是活的医书馆。山田站在百眼柜前挑挑拣拣的时候,白鹤五子都会冷冷地站在一旁看他,山田觉出了这五个学生的冷漠,但他并不在意,总是礼貌地点点头。白鹤五子见到山田,牙齿咬得咔咔响的是邱会武,邱会武知道这个大眼猴就是带走义母的鬼子,一直想着报仇。邱会武原本豆芽菜一样的身体壮实了许多,要不是王先生有话要保护好独来独往的山田,他早就找山田拼命了。

王鸣鹤问过山田,警察局实验室死了那么多人,身为一个医生你就无动于衷？山田的回答让王鸣鹤思忖了许久,山田说黑木指导官告诉他:实验室里的病人都是犯了死罪的人,能在实验室里为研究霍乱做贡献已经是在延续生命,否则早就在河边被处决了。"至于稗子道姑,她是绝食而死,"山田显得很无奈,"将稗子带回警察局是我的主意,我无非想找到救我的止玉,不想高附和川崎两个指导官太不像话了,是他俩导致稗子自杀。"王鸣鹤问他为什么非要找止玉,稗子不是说止玉陪师父云游去了吗？山田说:"我自己也不知道为什么,自那天夜里看了止玉后,心里就有个包袱放不下,回来和黑木指导官说了后,黑木指导官也说一定要找到这个女道士,他也很好奇,想见见这个让一个京都大学高材生动心的女道士是什么样子。"山田说他来中国多年,在见到止玉之前,他不知道什么是一见钟情,这个救了自己的女道士似乎会法术,只一面就把自己的魂摄去了。王鸣鹤听后心弦更加绷紧,痴情之人大都一根筋,自己就有这种体会,十几年了,心里总是放不下栗娜,可见无论如何不能让山田知道止玉就在九里,一根筋的人容易走极端,更何况山田的身份决定了他会为此而不择手段。

黑木果然来九里告别。

老坨头上的鬼蜡烛发现了他们,而且发现了黑木队伍中有一高一矮两个特征明显的鬼子,便直接跑来酩奴堂报信。"一定是高附、川崎两个魔头。"王鸣鹤心里一惊,黑木、山田还能说上话,这两个无恶不作的指导官可不好对付,他安排止玉从暗道去蟹家躲避,又让白鹤五子通知村里几个有些姿色的年轻妇女尽快去鸽子洞,他担心高附、川崎借黑木告辞之机兴风作浪。

黑木一行从北岸不慌不忙地来到村里,同来的有山田、尉黑子、高附、川崎,还有四个关东军士兵。一见王鸣鹤,黑木就说:"知道我为何下午来吗？鸣鹤君。"王鸣鹤摇摇头,将黑木一行让到屋内。黑木选择下午来九里,是他知道现在的苇地很安全,周围几支有规模的抗联武装被剿灭殆尽,零散百姓不可能有伏击关东军的能力,一向谨慎的黑木胆子便大了起来。黑木一口一个鸣鹤君地叫着,说自己一直想来九里住一夜,与鸣鹤君叙叙旧。王鸣鹤不知道黑木要干什么,更让他担心的是高附、川崎,这两个魔头可不是省油的灯。尉黑子看出了他的担忧,悄悄告诉他说,多上些鹤顶红,人醉成一摊泥就不会惹麻烦。

王鸣鹤、黑木和山田端坐八仙桌三侧,黑木军装整齐,那把军刀挂在腰带上,喝茶时也不摘下,这是黑木的行为特点,身为军医,却总是手不离刃,举手投足尽显军人范儿。多子用提梁白瓷茶壶泡了一壶蓬蘽茶,茶汤斟到白瓷碗中,香气袅袅,十分诱人。

"好茶!"黑木端起茶碗,看到汤色很淡,道:"记得鸣鹤君喜爱祁门安茶"。

"祁安告罄,鸣鹤只能泡一壶蓬蘽向黑木先生贺喜。"

黑木微微一笑:"鸣鹤君,我有何喜可贺?"

"听山田讲,黑木先生擢升北上,从此脱离苇地之苦,当然可贺了。"

黑木很自负地挠挠脸上的黑痣,忽然想起什么,扭头对山田说:"刚才鸣鹤君说酪奴堂祁门安茶告罄,山田君可送鸣鹤君一些日本茶叶嘛。"

山田立正站起,毕恭毕敬向王鸣鹤鞠躬道:"山田明白。"

王鸣鹤却摇摇头:"无功受禄,承担不起。"

黑木说:"鸣鹤君不是无功受禄,黑木此行就是想与鸣鹤君说一件事,请鸣鹤君接纳山田为徒,他死心塌地想学中医。"

王鸣鹤再次摇摇头:"鸣鹤祖上有家训,不能接纳外人为徒,更何况山田是日本关东军军人。"

"我猜到你不会接纳,"黑木解开风纪扣,转了转脖子道,

"可是,鸣鹤君难道不想保证九里安全吗?"

"黑木先生此话怎讲?"

"你想想看,我调离洼里,关东军也不会再保留九里霍乱研究基地的牌子,酪奴堂如何生存?"黑木停顿了一下,观察着王鸣鹤的神色,他捕捉到了对方倏然闪过的一丝惶惑,马上说,"你若收山田为徒,山田可以名正言顺为酪奴堂说话。"

王鸣鹤陷入沉思,不管怎么讲,九里能得以保全至今,黑木作用不小,当然,黑木也得到了他想得到的东西。尽管黑木并没有获取父亲遗传的宝贵心得,防治霍乱仍无成法,日本本土向辽河口移民也因此难消顾虑,不像往松嫩平原移民那样肆无忌惮。黑木走了,还应该找一个能代替黑木的人来为九里所用。

"黑木先生的建议容我想想再说,只怕鸣鹤医术肤浅,辜负山田期望。"

黑木摇摇头:"鸣鹤君每一册病例我都精心保存,视为圭臬,别说山田,黑木每次研读病例,都如读圣贤之书,似饮圣泉之水,受益匪浅。"黑木说出了他的真实想法。

王鸣鹤没有马上回答,他长叹一口气,很无奈地摇摇头。

"鸣鹤君为何叹气?"黑木挠了挠面颊上的黑痣问。

"黑木先生一走,小小九里就失去保障,酪奴堂前途未卜。"

黑木说:"你我再做个约定如何?"

"什么约定?"王鸣鹤心里其实已经猜出了大概。

"你接纳山田为徒,并依旧为我收集病例,我保证九里在完成粮谷出荷计划的前提下安全无虞。"

王鸣鹤感到胸口一阵隐痛,如同被裹了棉花的铁锤击打了一般,似乎周身的血液都在回流,他想大声说不,但这个不字又如何说得出口?粮谷出荷是日满政府制定的粮食收购计划,在执行上可谓挖地三尺,老百姓敢怒而不敢言。黑木的条件越来越苛刻,不仅记录病例,还要完成出荷计划。如果说写病历是一个人的痛苦,那么完成出荷计划就是全村人的梦魇。但王鸣鹤知道自己已经别无选择,他只能背负违背《御倭九戒》的骂名,保全九里的存在。他放慢了语气说:"就依黑木先生所说办吧,考虑安全因素,山田不能在九里过夜,可每月来酩奴堂两次。"王鸣鹤希望借这个机会限制山田来九里次数,还止玉安静,他接着说:"至于黑木先生所需病例,我用心去记就是,绝不敷衍。"

黑木听后哈哈大笑起来,道:"一言为定!山田君你还坐着吗?行拜师礼吧。"

山田起立立正,向王鸣鹤又鞠一躬:"谢谢老师,请多关照!"

"佩服,佩服,山田君可是个很高傲的家伙呀!京都大学医学高才生,却让你一盒银针几块砭石征服了,鸣鹤君果然厉害!"黑木也觉得奇怪,小小的九里似乎有一种无形的能俘获人心的力量存在,可怜的山田先是被一个只见过一面的女道士搞得神魂颠倒,接着又迷上了酩奴堂中医,非要拜王鸣鹤为师不可。他问过山田,为什么不顾帝国军人尊严要拜一个乡医为师?山田的回答让他思考了许久,山田说:"你我谁能凭气诊病?"黑木不知道山田在说什么,山田说,"王先生能这样,他能感受到各种气,凭气做出判断,这更像一种超物质的力量。"应该说山田的话让黑木开始重新审视王鸣鹤,在回顾了几年的交往经过后,他得出结论:这是一个纯粹的医生,他眼中唯一的敌人就是疾病。

夜色渐深,王鸣鹤安排黑木到西厢房休息。黑木却不想离开,山田去厢房后,他对王鸣鹤道:"山田多来九里不是坏事,至少可以阻止川崎和高附来找麻烦,据我所知,川崎、高附两个指导官对九里火气不小呢。"

王鸣鹤听出了这话里的威胁,高附在老坨头屁股被打成筛子,川崎在碾子旁被小黑端了裤裆,这口气一直未出。

"黑木先生去哈尔滨也是搞研究?"

黑木点点头:"与战场上流血不同,从事医学研究,终归是有益于人类未来,尽管眼下会有一点点残忍。"

王鸣鹤的脑海浮现出邹凤菊的模样,黑木所说的一点点残忍就是邹凤菊这样的实验对象。据尉黑子说,洼里警察局实验室平均每个礼拜都会有尸体被抬出去埋掉,抬人的是尉黑子下属,每抬一次,黑木会奖励抬尸人一斤烧酒。埋人的地点就在芦苇人集团部落的乱葬岗,很少有人知道这些尸体来自何处,黑木到洼里六年多,死在他实验室里的实验对象不下三百人。尉黑子虽然土匪出身,但对这么多人死在警察局实验室,心里负担极重,他担心抗联和当地百姓会把账记到自己头上,因为他是洼里警察局局长,很少有人知道这一切都是黑木干的。

"医者,以救死扶伤为天职,黑木先生虽是军人,但毕竟是医生,医者须有仁心。"王鸣鹤斗胆劝了对方一句,他知道,黑木到哈尔滨如果还是搞医学实验,说不准有多少人会成为手术台上的冤魂。

黑木显然不想继续这个话题,他岔开话:"鸣鹤君喜爱饮茶,与日本习俗相合,但日本饮茶是上流人的嗜好,鸣鹤君在这荒蛮苇地倡导茶道,会不会曲高和寡?"

"柴米油盐酱醋茶,生活而已,谈不上曲高和寡。"

"依我看,鸣鹤君教化村民,正是以茶礼为体,以三圣为用。"黑木狡黠地笑笑。王鸣鹤不得不承认,黑木的观察的确细致,脑子里也有些学问,自己与他打交道六年而无破绽,实在有侥幸的成分。

"其实,茶本身就是一味良药,身心之病皆可医之。茶有九德,君子讲以德化人,九里正是兴起饮茶之风,才尚礼仪,少诉讼,邻里睦,不贪嗔。家父倡导饮茶,化蛮夷之风,涤膻腥之气,可谓用心良苦。柴米油盐酱醋茶,茶在末位,有酪奴之卑,正是酪奴堂题中应有之义。"

"按照中国人的说法,神农尝百草,日遇七十二毒,得茶以解之,因此就有了服药不能饮茶的说法。"

"茶不能解百毒,有的毒可解,因为尚在浅表,有的毒无药可医,因为已入膏肓;所以,人切莫中毒太深,深毒发作,纵使扁鹊在世,也无力回天。"

黑木若有所思,端茶欲饮,想了想又放下,抬头望了望悬挂中堂的三圣画像:"在日本,茶的传说却不是这样,是达摩祖师发现了茶。"

王鸣鹤从来没有思考过这个问题,一时不知如何对话。

"饮茶能提神,这与达摩修道有关,因为茶是达摩一块眼皮生成的树。"

王鸣鹤依然没有说话。

"所以说茶与百草无关,倒是有利于提神悟道,固有禅茶一说。"

王鸣鹤明白了,黑木在回避一个毒字,或许自己刚才提到的毒入膏肓触动了他的某根神经。

两人围绕茶礼茶道交谈到三更时分,直到山田来叫,才各自休息。王鸣鹤回屋前,听到母亲在轻轻咳嗽,过来询问,原来蒲娘一直未睡。蒲娘和衣靠在炕壁上,呆呆地望着油灯出神。王鸣鹤坐在母亲身边,知道母亲担心自己,便安慰说:"这个黑木是来告别的,看样子不会难为九里,您放心睡吧。"蒲娘道:"你们说话我都听到了,黑木越是若无其事,我越是担心他会搞什么鬼,你还记得塔溪说过这个黑木来者不善吗?"王鸣鹤点点头:

"孩儿当然记得,不过我也想过了,他还能拿走什么?我知道他们想要的无非是父亲的行医心得,我已经藏好。"蒲娘的眼神一直没有离开灯光,好像一离开就会有噩梦出现一样,她问:"止玉怎么样?安全吗?"一句话,提醒了王鸣鹤:"你睡吧,娘,我去看看止玉。"

发现厢房里已经熄灯,王鸣鹤悄悄来到三圣祠,从暗道来到止玉藏身的蟹冢。蟹冢内狭小的空间里一盏如豆的油灯显得格外孤独,灯光下,止玉抄着袖半躺着,见他进来,微微点了点头,一句话没说。王鸣鹤感到了止玉的异常,伸手摸了摸她的额头,手烫得厉害,原来止玉正在发烧。王鸣鹤清楚,止玉一定是受凉了。"我回去取药。"回头要走,却被止玉一把拉住了衣袖。"半夜三更,你走来走去容易被他们察觉。"止玉声音很弱,像小猫在轻叫。止玉说得有道理,万一被放哨鬼子发现就麻烦大了。他想了想,问:"我为你推拿退烧可否?退烧有大椎、十宣、曲池、合谷、外关几个穴位,记得塔溪道姑说过,治病不在破戒之列。"止玉犹豫片刻,点点头,闭上了眼,冰美人一般仰卧在苇席上。看到止玉如此冷静,王鸣鹤倒觉着心里怦怦直跳,大椎穴需要俯卧来推拿,他一时无法出手。止玉见他没有动,知道一向循规蹈矩的王鸣鹤肯定有些难为情,就鼓励说:"小先生不要多想,只管放手来治便是。"王鸣鹤道:"请止玉姑娘俯卧才好。"止玉翻过身去,王鸣鹤两手有些发抖,轻轻将止玉的道袍掀开,道袍下是一件白绸内衫,王鸣鹤感到灯光忽然亮了许多,便盖回道袍,回头一口吹灭了油灯,在黑暗中再掀起止玉的道袍和内衫,这样,只能靠两只手来勘探止玉大椎,开始有节奏地推拿。止玉没有说话,她很清楚王鸣鹤吹灭油灯的用意,五色令人盲,油灯一灭,五色不现,他可以用心推拿了。王鸣鹤第一次为年轻女性推拿大椎穴,止玉皮肤丝绸般爽滑,推拿中他感到一股香气,这香气像章鱼一样在纠缠他的肺腑,让他呼吸无法匀称。他默数着推拿的次数,整整二百下,他停下手,小心翼翼地将掀起的内衫、道袍都放下来,小声说:"大椎穴推完了,翻过来吧。"他摸索着找到火柴,重新点燃油灯。止玉的脸像刚刚洗过,湿漉漉的,在灯光下泛着红润的光泽。王鸣鹤开始为她推拿其他几处穴位。突然,外面响起很大的声响,像是有人在铲土。嚓嚓的声音越来越响。王鸣鹤下意识地吹灭油灯,停止推拿,屏住呼吸听着地面上的声音,两手紧紧攥住止玉的右手,似乎一松开止玉就会被人薅上去。地面上的声音越来越响,听出是在用铁锹挖土,王鸣鹤将耳朵贴在通气孔处,仔细听着,声音不是来自头顶,应是近处一座坟,那可是父亲的坟墓,难道有人在掘父亲的坟墓?掘墓的声响响了很久,忽然,一声恐怖的木材劈裂的声音传进来,王鸣鹤感到止玉的手一阵痉挛,摇摇她的肩,止玉身子开始变硬,他知道止玉一定是昏厥了,医生的本能让他顾不得许多,赶紧俯下身,将止玉头下的枕头换到双脚下,放低头部,快速解开止玉勒紧的腰带,让她放松身体,然后抱住止玉的头,用力为她吸出气管中的淤气,好一会儿,止玉僵硬的身子变暖变软,有短促的气息呼出。他不敢放下怀里的止玉,尽管浑身已经被汗水湿透。醒过来的止玉,似乎明白了刚才发生的事情,喃喃地问:"我要去见师父了吗?"王鸣鹤"嘘"了一声,侧耳仔细听着,地面上传来叽里哇啦的日本话,不一会儿,杂乱的脚步声音远去了。王鸣鹤松了口气,道:"你刚才昏厥过去,应是惊吓所致,有我在,你莫怕,大不了我陪你一起去见塔溪师父。"止玉想自己系上腰带,两手却没有力气,王鸣鹤帮她系好,止玉有些羞赧,轻轻闭上眼睛。"我该回去了,你在这里是安全的,切记,我若不来,你莫出去。"王鸣鹤说完,沿着暗道爬回去了。

　　回到酩奴堂的王鸣鹤看到厢房里并无动静,看来黑木一行还在睡觉。他百思不得其解,明明听到了地面上有几个说日本话的掘墓人,怎么厢房里连灯都没点呢?

天刚亮,一夜未睡的王鸣鹤便早早起床来到庭院,他发现尉黑子正在庭院里练形意拳,见到王鸣鹤,尉黑子有些不自然,练拳的套路有点乱。尉黑子说:"王先生,你和大娘起得早哇,大娘刚刚到后面柳树毛子里去了。"王鸣鹤听到母亲起床的声音,却不知母亲去了万柳塘,他和尉黑子打了招呼,快步到后面去找母亲。万柳塘蒙着沉沉雾气,几只乌鸦叫声传来,划破了清晨的宁静。王鸣鹤来到坟地,被眼前景象惊呆了:父亲坟墓已被挖开,棺材盖板掀落一旁,父亲的遗骸也被翻得七零八落。母亲呆呆地坐在遗骸旁,一只手拄着下颌,身体一动不动,他快步跑过去想扶起母亲,却发现母亲已经没有了气息。

王鸣鹤放声大哭,这是九里人第一次听到小先生痛哭,整个碱滩都为之震动。

二

九里为蒲娘举行了村葬,这是老先生王克笙去世后,九里最隆重的一次葬礼。

让王鸣鹤感动的是,姚大下巴没有用上的棺材被姚刚抬到了酩奴堂。姚刚说:"这是漆过十遍的寿材,除了蒲娘,九里没谁能享用它。"姚大下巴失踪后,姚刚一直没有为他竖衣冠冢,因为他相信神奇的父亲说不准哪一天会出现在老榆树下,云游过许多地方的父亲年轻时就常常这样,来有影去无踪,这次,说不定也是去云游了,他不愿意承认父亲已经离世的说法。

蒲娘猝死万柳塘当天上午,黑木一行离开了九里。黑木站在王克笙被掘开的坟墓前摇了摇头,对尉黑子道:"苇地怎么会有人盗墓?"尉黑子没有说什么,目光一直躲躲闪闪。一旁的山田对黑木说:"棺椁尸骨没有消毒,病菌无法预料,还是不要久留为好。"研究流行病学的黑木当然知道这个道理,他用手帕捂着口鼻,向王鸣鹤挥手告别。王鸣鹤嘴中迸出两个字:"不送。"

黑木一行匆匆去了渡口。出事后王鸣鹤问过在东厢房的多子,夜里西厢房的黑木一行是否出去过。因为要留心西厢房这些不速之客,多子几乎一夜未睡,夜半时分他看到西厢房有一高一矮两个人影悄悄出去了,不到一个时辰又悄悄回来了,这两人中没有黑木,因为黑木是中等身材。而这一高一矮一瘦一胖的俩人,肯定是高附和川崎。

蒲娘的遗体在三圣祠中暂厝三日,九里男女老少皆来吊唁。王鸣鹤在祠内对前来吊唁的人跪拜答谢。八月天里竟然刮起丝丝北风,老榆树的叶子过早地枯黄了,一把把吹落下来,刮落到三圣祠前的空地上,像片片纸钱。蒲娘与丈夫合葬一墓,王鸣鹤决定不用父亲的旧棺,而是将父亲的尸骨仔细用麻布包好,与母亲的遗体置于一棺,棺内殉葬物品是王鸣鹤亲自挑选,一份父亲当年起草的《九里村约》,一块四方形砭石,一只白瓷提梁茶壶、塔溪道姑当年所赠两只龙泉窑茶盏和一包祁门安茶。下葬时,万柳塘站满了村民,在一双双泪眼中,王鸣鹤披麻戴孝,率韩、马、姚、姜、陶五家主事者为母亲举行了葬礼。当父亲的坟址上一座新坟隆起后,王鸣鹤长跪不起,正在患病的止玉上前扶他起身,王鸣鹤站起来向众乡亲拱拱手,他额头上沾着湿土,眼中已不见泪花。

埋葬了母亲,王鸣鹤每个白天都会独自坐在三圣祠里发呆,连坐了三天,白鹤五子白天轮流来送饭,他却一口吃不下,面前,新的一册《酪奴堂纪略》正待开篇,他在回忆并记录母亲的一生。三日满,止玉说:"顺时听天,节哀顺变吧。"这是三天里两人说的第一句话。王鸣鹤长叹一口气:"高宗凉阴,三年不言,我才刚刚三日,罢了,鸣鹤心中有娘亲,更有九里父老。"

王鸣鹤喝了一碗铁林送来的黄米粥,开始操办圆坟仪式。圆坟的祭品、纸钱姚刚早就置办妥当,韩铁林率白鹤五子以孙辈身份行转坟开门礼。村民依次持锹培土。这时,山田来了,山田是自己游过双泰河来九里的,因为轻车熟路,他直接来到了万柳塘。村民在悲痛的氛围里追思蒲娘,嘤嘤抽泣之声不止,戴着苇编斗笠、一身灰布便装的山田没有引起村民的注意,他先是站在人群后边观望,待仪式结束时,才摘下头上的苇编斗笠,挤到人群前,双手合十,躬身拜了三拜。山田的出现让王鸣鹤大吃一惊,他下意识地用身体挡住止玉,老陶急忙将止玉推到人群里隐藏起来。没等王鸣鹤问话,山田起身解释道:"老师,今天是日本的亡灵节,我特意来尽一份学生孝心,希望不要打扰了您。"山田文质彬彬,一双大眼睛很真诚地望着王鸣鹤。王鸣鹤点点头,没有说谢,让多子领山田回酩奴堂,他说自己要独自在万柳塘陪母亲待一会儿。村民散去后,他绕着每一座坟茔转了一圈,这里有黄开、老地羊、蓝坛主、关督队、韩芦生、马连顺的坟,每一座坟上的荒草都经过剪刈,坟前都有着规格相同的墓碑,碑前用两立一横三块青砖垒了一个似门似案的供台,都一般大小,因为常常烧纸,供台前的地面已经有些陶化。他感到有些对不起老坨头上的马回、姜路,两人的坟一直没有迁回,这是王鸣鹤的一块心病。山田从前院独自回来了,王鸣鹤凭气息感受到了他的存在。

"黑木派你来的?"

"黑木昨天去了哈尔滨,是我自己要来的。"山田在一旁毕恭毕敬。

"为什么要来?"

"我拜先生为师,先生家这样大的事,山田不该失礼。"

"到九里来还要乔装?"

山田看看手中的斗笠,道:"我这身打扮是为了安全。"

"你来,还有别的事吗?"

王鸣鹤这一问,山田急不可耐地说:"我来是想告诉老师,山田没有干偷偷掘墓的事。我敬仰老师,更敬仰老师的父亲,打死我也不会做这种事情。"

"那么,坟是谁掘的?掘坟又想干什么?"王鸣鹤本来不想问,但既然山田在洗白自己,他就干脆直问了。

"山田不知道,山田有山田的猜测,但山田不能说。"山田摇摇头,然后低下头看着自己的脚尖。

王鸣鹤没有再问,拍了拍山田的肩膀说:"好了,圆坟祭祀已经结束,你回去吧,下次再来在北岸吆喝一声,不要泗水过河了,秋天河水凉。"

"请老师相信我,山田不是魔鬼!"山田向王鸣鹤深深鞠了一躬,"以前山田不懂事,现在山田从老师身上学会了如何做人行医。"

王鸣鹤很认真地打量着山田,这是他第一次专注地观察山田,山田那双大眼睛汪着两窝泪,看出他的虔诚不是佯装,山田没有携带武器,除了手上的斗笠和一身灰布衣服,身上再无他物。山田自从霍乱不死,整个人性情大变,尤其那双过去总是闪射凶光的大眼睛变得和善了许多,这些变化王鸣鹤都看在眼里。他曾对止玉说过山田的变化,止玉说乐杀人者,不可得志,山田从你这里有所觉悟了。

"中国有句古话,听其言观其行,我相不相信你,要看你怎么做,警察局那个实验室死了那么多人,你就能心安理得?"王鸣鹤提出了他很久就想问山田的问题,这件事最能检验出山田是否改邪归正。

山田又一次立正鞠躬:"先生,警察局实验室已经随黑木指导官荣迁而撤销,现在是关东军的卫生所,归山田具体负责。"

听到这个消息,王鸣鹤多少有些欣慰,实验室那座人间地狱终于撤销了,但愿黑木不要把实验室带到哈尔滨去。

山田离开九里的时候,王鸣鹤安排韩老大撑船送他过河。韩老大不说话,从苇丛中拖出船来,自己站在船尾等山田上船。韩老大虽然年事已高,但使船并不输力气,只是花白的头发让他看上去老了许多。上船前,山田似乎有心事,一双大眼睛四处张望。"你找什么?"王鸣鹤问。山田道:"刚才眼花了,好像看到了一个人。"王鸣鹤吃了一惊,山田看到止玉了,这事非同小可。"直觉告诉我那个救我的女道士就在周围,只是一直躲着我,我想请老师转告她,山田不会再找她了,山田从来没有想到要伤害她。"

王鸣鹤示意他上船,看到韩老大将船划到河中央,才转身离开。

山田变乖了,他想,山田能变成这样,大概黑木做梦也想不到。

三

高附和川崎撞到王鸣鹤手里非常偶然。

深秋,来自日本本土的熊本开拓团开进洼里,他们从当地农户手里像跑马占荒一样掠夺了大量土地。开拓团位于苇地二道沟附近,为了解决部分杂役苦力,日满当局允许在集团部落中的二道沟居民返回原村落。高附和川崎是这个计划的实施者,为了防止居民生乱,他们在二道沟设立了一个临时警务室,平时几个"满洲"警察在此留守,高附和川崎想寻欢作乐的时候就会到这里来,随意抓人审讯,趁机强男霸女,二道沟村民对这两个恶魔恨之入骨,却敢怒不敢言。

二道沟村当年暴发霍乱,因为王克笙及时救治,挽救了不少患病村民,村里为此为王克笙立了一块神医石碑,石碑立起后,村民有病有灾有难,都会到石碑前祷告,祈求神医庇护。村中一些受到高附、川崎欺侮的妇女,经常到石碑前祷告,一个姓迟的闺女被川崎糟蹋后有了身孕,哭喊着寻死觅活,村民们想到了酩奴堂,她们建议怀孕的闺女去九里酩奴堂,一则请小先生打胎,二则请小先生拿个主意,阻止这两个魔头继续作恶。女孩子的父亲陪女儿一起到九里找王鸣鹤,王鸣鹤很为难,从医以来,自己从没有开过打胎的方子,父亲曾经告诫过:堕胎之方须慎之又慎,看似薄薄一张纸,实则生生一条命,切不可草率行事。女孩子的父亲老泪纵横,几次要跪下去,说小先生不救,闺女只有死路一条。这一天,恰好山田在酩奴堂,王鸣鹤便问山田这事该如何处置。山田十分尴尬,他没想到高附和川崎会如此造孽。"这孩子不能生,"他说,"生了对孩子、对母亲是不负责,还是堕胎好。"王鸣鹤想,若是女孩真的生下孩子,后果可想而知。他迟疑再三,终于没有开方,而是抓了几服药,嘱咐迟老汉回去给女儿煎服。迟家父女走后,山田便急着要回去,说回去找高附、川崎算账。山田走后,王鸣鹤交给白鹤五子一个任务,到家家户户的房檐下去捉些大蜘蛛来。苇地蚊蝇多,大蜘蛛在村里到处织网,一个个吃得蚕豆一样圆,半天时间,白鹤五子就捉了十几只大蜘蛛,王鸣鹤让多子将蜘蛛用瓦片焙干,研成粉剂,再用黄表纸包好,单独存放,告诉多子不要乱动。

山田如何找高附、川崎算账王鸣鹤不知道,但是高附和川崎染上霍乱却是山田来九里说的。一个露水很重的清晨,山田急急忙忙来到酩奴堂,说高附、川崎双双染上霍乱,症状很重,注射盘尼西林不见效果,请王鸣鹤出手相救。

"你是说高附和川崎染上了霍乱?"王鸣鹤几乎不相信自己的耳朵。

"是的,病情奇怪,如同当年我染病一样。"山田声音急促。

"罪有应得。"王鸣鹤深吸一口气。

山田很疑惑地看着王鸣鹤,他相信老师不会见死不救,因为先生诊病一向是救生扶死,对病不对人,哪怕是恶贯满盈的坏蛋,到了老师的酩奴堂,老师也会不遗余力加以施救。

尽管王鸣鹤心里有一百个不满意,最后还是跟山田来到了洼里。走前,他让多子包了些草药粉剂,包括那包焙干成粉的大蜘蛛,一并交给山田,让他好生携带,便起程去洼里。王鸣鹤到洼里还有一个目的,就是想看看山田说的实验室是不是真的撤了。

一进警察局大门,迎头碰上了尉黑子。尉黑子嘻嘻哈哈地道:"妈拉个巴子,这霍乱还真长眼睛。"看到山田异样的目光,尉黑子双手抱拳对王鸣鹤道,"两个指导官的小命就在先生手上了,先生就做个大慈大悲的活菩萨吧。"王鸣鹤本来有话想问尉黑子,因为山田催得急,便道:"很久未见,若方便的话,中午我请尉局长小酌可否?"尉黑子大手一挥:"小先生来洼里一趟不容易,中午还是尉某做东,请小先生下馆子。"王鸣鹤点点头:"那就让尉局长破费了。"

高附和川崎病情很重,两个都住在山田的卫生所里,因为连吐带拉,两个家伙已经没了筋骨,癞皮狗一样瘫在床上,屋内充斥着一种刺鼻的药水味。让王鸣鹤心里踏实的是山田没有撒谎,实验室的确撤了,高附、川崎住的病房就是当年他给邹凤菊看病的屋子,只是那个大玻璃幕拉上了白布帘,地上也铺上了黄漆地板,两张铁床的床头各放着一个搪瓷痰盂,痰盂上满是污渍。

王鸣鹤给两位分别号脉,查看了舌苔眼睑,心里对病情有了判断。高附和川崎在王鸣鹤诊病时,各自表现出不同的神态。高附一双空洞的眼睛总是在山田和王鸣鹤脸上来回扫视,看山田的眼神多是乞求,看王鸣鹤的眼神则更多是怀疑。川崎的眼神则充满恐惧,他没有看山田,目光一直集中在王鸣鹤的手上,担心这个中国乡村医生稍不留神就会对他下黑手。好在王鸣鹤没有拿砭石,也没有拿银针,否则川崎一定会吓个半死。

从病房出来后,他告诉山田:"高附、川崎所患之病与上次你所患之病不同,好在尚可医治,需按时服药,静养一些时日就会痊愈。我所带之药都是半成品的粉末,只要用即墨老酒冲服便可,不用架起药铫子费工费时熬煮。"王鸣鹤所带之药共计六包,药量都不大,每包都在十钱左右,山田想问问这都是何药,犹豫了一下还是没有问,因为他知道王先生会把这些都记在病例中,现在问似乎有怀疑之嫌。一切交代妥当,王鸣鹤和尉黑子去下馆子,山田对尉黑子说:"吃饭不要耽搁太久,晚饭前我要送老师回九里。"尉黑子咧着嘴道:"山田自从拜师后,变得像小先生了,真是近朱者赤呀。"

尉黑子选择了一家叫苇海全的小酒馆吃饭。小酒馆就在王鸣鹤熟悉的文昌书店旁,王鸣鹤无意中发现文昌书店已经关门,门上还被贴了封条,封条上很明显是洼里警察局的落款。他不知文昌书店戚老板犯了何事导致书店被封。尉黑子在酒馆二楼安排了雅间,点了一壶小烧、几样上讲的好菜,便和王鸣鹤摆开了龙门阵。尉黑子说的主要是上次掘坟的事。

"高附和川崎这俩老小子真该死,搜刮活人还不够,竟然会想到盗墓这下三烂的招数。"尉黑子盯着王鸣鹤道:"你知道吗?

上回在九里就是这俩小子去掘了你爹的坟。"

"他俩为啥掘我爹的坟？"

"还不是想找金银财宝！"尉黑子夹起一块烧鸡塞进嘴里，口齿有些不清地说，"朱老先生是苇地远近闻名的神医，神医下葬不能马虎，肯定会有奇珍异宝殉葬，这才让两个老小子起了贼心。"

王鸣鹤却很清楚这事不那么简单，日本鬼子虽然凶残，但盗墓的事却不常见，高附、川崎掘墓其中必有缘故。他问："盗墓的事黑木是否知道？"

尉黑子摇摇头，"黑木没有下过这样的命令，据我所知，黑木指导官对你、对你爹十分尊重，说酩奴堂不愧是儒医世家，家传了不得，这样的家传就是在日本也受人尊敬。"

尉黑子喝下一盅酒，面带嘲讽地说："这俩小子半夜三更去盗墓，没捞到油水，白搭了力气，回来时黑木很生气，脸像挂着一层霜，高附把一本书和一块砭石递给黑木，黑木只翻了翻就扔到一边去了，那块砭石黑木也不十分感兴趣，犹豫了一下没有扔，顺手装到了裤兜里。能看出来，黑木对掘墓的事十分不满，何况因为掘墓还害死了你娘。"

"酩奴堂一向不留余财，正是做到了财散才能聚人，哪里会有金银财宝殉葬？那本书是《朱子治家格言》和《九里村约》，家父因为喜爱才让晚辈誊写一册随葬，没想到却被盗取又遭丢弃，真是岂有此理！"王鸣鹤有些气愤，他知道，高附和川崎掘墓肯定另有所图。

"现在这俩老小子得霍乱了，也是上天报应，这俩色鬼总想偷腥沾荤，干脆拉肚子拉死得了。"尉黑子嘟哝道，"你多余给他俩治，治好了又会糟蹋女人。"

王鸣鹤摇摇头："一码归一码，现在他俩是病人。"他想到了文昌书店的事,便问,"隔壁那个书店为啥给封了?"

尉黑子鼻子里哼了一声:"那个书店啊,卖禁书,能不封吗?"

"这个书店戚老板我认识,是个好人,能不能通融一下,放他一马。"王鸣鹤想为戚老板求求情,戚老板是戚继光之后,颇有骨气。

"那个戚老板,是他妈铁公鸡,你不要理他。"看来尉黑子对戚老板很有成见,"洼里街上做买卖的,哪个对我不高看高待,就这个戚老板,整天仰着张脸,见了我连个招呼也不打,好像他才是这洼里城的老大。"

"戚老板不过是个读书人,你别和他一般见识,你看在我面子上就放他一马行不行?"王鸣鹤明白尉黑子是想敲戚老板的竹杠,尉黑子对生意人一向心狠手辣,戚老板性格倔强,肯定是对尉黑子这套吃拿卡要不理会才招致书店被封。

"不瞒你说,明后天就要抓人,你知道,现在抓了人都送密山做苦力,上面给警察局下了死数,不抓凑不够。"尉黑子所说是实话,"康德"六年,日本人在当地招劳力,送到辽北和黑龙江密山挖矿,说是招,实是抓,被抓去的大都九死一生。

"看在鸣鹤薄面上,尉局长就放戚老板一马吧。"王鸣鹤端起一盅酒,起身敬对方,他知道,一旦戚老板被抓进去,凭他的身体和性格,活着回来的可能几乎没有。

尉黑子面露难色,道:"这案子也不是我一个人办的,下面还有一帮弟兄呢,说实话,放他一马,弟兄们以为我吃了独食。"

王鸣鹤明白尉黑子的想法了,他点点头:"这样吧,我去找戚老板,对他晓以利害,让铁公鸡出点血犒劳你的弟兄,怎样?"

尉黑子笑了:"洼里城别人的面子我不给,救命恩人的面子还是要给的,要不我怎么在这苇地上混?"

饭吃到一半,王鸣鹤担心夜长梦多,让尉黑子在雅间稍候,自己急匆匆去找戚老板。戚老板正在书店里愁眉不展,见王鸣鹤来了,一肚子苦水要倒,被王鸣鹤止住了。王鸣鹤说了警察局准备抓人送往密山的事,让他赶紧花钱免灾,戚老板听说尉黑子要抓人,知道这是个说到做到的混世魔王,使劲跺了跺脚:"这是敲诈!"王鸣鹤劝他道:"曲则全,枉则直,这个道理戚老板应该明白啊,我酩奴堂还领了张关东军的证书做幌子呢,好汉不吃眼前亏,你还是破财免灾吧。"戚老板知道无路可走,便翻箱倒柜凑了些钱跟王鸣鹤来到雅间见尉黑子,戚老板将钱袋往桌上一放,双手拱拳道:"尉局长,拜托了。"尉黑子见到钱,人便大气了许多,道:"要不是王先生,我真不想管这闲事,王先生是我的救命恩人,他的面子比天还大!"尉黑子承诺人不抓、店照开,有啥事他尉某顶着。

事后,文昌书店再没有关门,尉黑子也算讲究,隔三差五就来巡视一番,吃过眼前亏的戚老板每次都要打点一下。

回到九里,王鸣鹤独自来到三圣祠,拈香祷告,默默祷告。止玉从旁边屋子走出来,见小先生有些异常,便在他停止祷告后问:"小先生遇到什么难事了,因何长跪不起?"

王鸣鹤并没起身,仰望着药王塑像,喃喃地说:"我做了有违医德之事,祈求祖师宽恕。"

止玉回屋沏了一壶茶,用茶盘托出来,请王鸣鹤喝茶。三圣祠正面是三圣塑像,东西两侧各摆了一个矮矮的榆木茶几,茶几两侧是矮矮的两把圈椅。茶几和圈椅之所以都比一般桌椅要矮,这是王克笙的主意。王鸣鹤曾经问过父亲,为什么将好端端的茶几和圈椅的四条腿都锯去一截,父亲的回答令他终生难忘:"三圣在上,谁敢比肩?"止玉来三圣祠居住后,王鸣鹤曾想为四把圈椅放上蒲团,止玉不允,放上蒲团,就增高两寸,坐上去心里会不安。王鸣鹤后来才发现,在这种短腿的圈椅上坐着,只能正襟危坐,想跷二郎腿是极不舒服的,这大概才是父亲的真实用意。

王鸣鹤端起止玉沏好的祁安,深深地吸了口气,端茶的手微微有些抖动。止玉发现了王鸣鹤的不安,关切地问:"何事需要药王宽恕?"止玉自上次在墓穴中偶发抽搐,患上了很重的风湿病,身体一直虚弱,王鸣鹤为她熬药调理,虽有些好转,但顽固的腰疾却很难治愈,一到敏感季节,就会腰疼不止。王鸣鹤为她正过几次骨,正过后会好些日子,但止玉不能终止练剑,常常因练剑引发伤病,后来,王鸣鹤劝她停止练剑,改为盘坐吐纳,这样腰疾复发的几率便小了许多。

"还不是高附和川崎这两个恶人!"王鸣鹤摇摇头,用力捶了一下膝盖,"这两个家伙害了许多妇女,我为他们治病岂不是善恶不分?"

止玉道:"医生更多之时是对病不对人,只能说这两个恶人命不该死。"

"不过,这两个恶人再也不会祸害女人了,我给他们下了一服慢药。"王鸣鹤扭头望着止玉,"我平生第一次这么做,违背了行医誓言。"

止玉明白了,王鸣鹤此时心里像缠着一团麻,需要有人帮他剪开。止玉想了想,道:"抑恶扬善乃是天理人道,就是药王在世,也不会怪罪于你。"

"我时常能看到自己身上的瑕疵,真的,比如上次为你推拿……"

"心无杂念即可,不要自背负担。"

"与家父相比,我过于多变,由此我觉得自己不如父亲完美,我是个受气之人。"王鸣鹤这样评价自己,"父亲能寻味辨物,我却对气敏感,气这东西是无形的,你只能感受它却无法把握它,你是圆的,气就会圆,你若是方的,它则会方,我由此不能确定自己的方圆。"

止玉摇摇头:"登高望远,海阔天空,不要总为一时一事而纠结,只要循道而行,小先生就超脱了。"

王鸣鹤眼前一亮,觉得止玉此话有理。

多子来叫吃饭,说他娘做了芦花豆腐。王鸣鹤与止玉相视一笑,没有再说什么。

蒲娘过世后,酪奴堂茶饭之事由多子母亲曹氏打理。老胡告诉曹氏,没有酪奴堂就没有胡家,更何况多子在酪奴堂学徒,小先生单身一人,小姨吃素不便下厨,酪奴堂一日三餐就咱胡家包了。曹氏勤快厚道,又会厨艺,把酪奴堂后厨打理得井井有条。

几日后,山田托老陶捎信来,说高附和川崎已经痊愈,但整日酗酒,不再到二道沟逍遥。老陶告诉王鸣鹤:"一高一矮两个酒鬼经常摇摇晃晃走过熙熙攘攘的大街,成了洼里城一道滑稽的风景。"王鸣鹤松了口气,心想,这两个恶魔在酒壶里回忆当年的风流吧。

1943 年

玉虚观

一

伪满洲国进入1943年已经露出朽干烂根,变得风雨飘摇。傀儡皇帝溥仪不得不停止正建的皇宫,省出钱供主子在太平洋与美国人打仗。为了管控粮食和劳工,伪满政府还出台了混账的《饭用米谷配给要纲》,实行粮食配给,出台了世界各国闻所未闻的《金属献纳强调要领》,让各家各户捐献铜铁制品以充军用,还出台了《国民手账法》,十五岁以上的人均领取证明身份的"手账",以便加强对居民控制。已经成年的白鹤五子不得不领取手账,被纳入征兵和强制劳动之列。这一年,日本不顾霍乱流行,加快了向辽河口湿地移民步伐。四月,从日本香奈移入一百三十四户六百二十人,组成大东乡开拓团;八月,从熊本移入五十四户一百七十六人,组成熊本开拓团;十月,从新潟移入六十一户一百七十四人,组成新潟开拓团。这些新移入的开拓团,围垦苇地,种植水稻,其中,大东开拓团的一个分团,盯上了苇地深处的玉虚观。

消息是尉黑子透露的。尉黑子尽管一身痞气,但对日本人大量向苇地移民却极其反感,尉黑子对王鸣鹤说:"小鬼子这么移民下去,再过几十年,这里的芦苇叶子上保不准都长出狗皮膏药来。"日本移民盯上玉虚观的消息对于王鸣鹤来说如同当头一个炸雷。因为山田的转变,高附、川崎沉湎于酗酒,玉虚观变得相对安全了许多,止玉提出回道观居住。王鸣鹤答应了,他让鬼蜡烛从老坨头搬到玉虚观和韩二同住,保护止玉安全。如果日本开拓团进来,玉虚观被毁不说,鸽子洞的秘密也就无法保住,九里将失去过刀兵的避难所,止玉只能再回三圣祠来。

"山田能阻止此事吗?"王鸣鹤想到了他。

尉黑子摇摇头:"开拓团的事与山田不搭界。不过,开拓团要是遇到麻烦自己摆不平,警察局和宪兵队还是要出来撑腰的,开拓团是半军事化单位,他们一般也不用宪兵,有什么麻烦他们刀枪一样好用。"

"要留心那个罗圈腿水谷,别的开拓团都是在苇地边缘,就是他想进到苇地心脏里插一腿。"尉黑子提醒说,"水谷这一腿插进来,九里就不再是世外桃源了。"

尉黑子介绍了水谷的情况。水谷是大东开拓团一个分团头目,三十多岁,个子很矮,两条罗圈腿看上去弯而有力,两只土拨鼠一样的小眼睛闪射着蛮横而执拗的蓝光。水谷原本在日本群马县一个偏僻的乡下种魔芋,日子过得像魔芋一样缺少滋味。一心想着冒险发财的他忽然看到了大东开拓团在本土的宣传海报,便下定决心到中国东北辽河口来淘金。大东开拓团在坝墙子村,那里有四千多亩水田可种,但水谷不知怎么听说了玉虚观,自己偷偷进到苇地观察一番后,他惊呆了。到处都是山地沟壑间零碎的小地块,上哪里去找这大海一样的绿地?他向团长请缨,决定带一些人进入苇地深处,以玉虚观为据点,开发出一个新农场。

王鸣鹤召集韩、马、姚、姜、陶来酪奴堂商议此事。

马回和姜路死后,酪奴堂议事成员已经发生了变化,从辈分和年龄上看,成了老中青三个年龄段,韩老大、姚刚、老陶年龄最长,王鸣鹤中年偏上,姜路的儿子姜四维和马回的儿子马治平年龄最小,严格来说他俩与白鹤五子都是同辈,但因长了几岁,便在父亲死后接替父亲成了酪奴堂议事成员。酪奴堂这种议事结构被王鸣鹤形容为"三代会审",三代会审的好处是三个年龄段村民诉求都能在议事中得到兼顾,议事做出的决定也就更能服人。老陶在姜四维和马治平接班后,自己也想让长子陶天佐接班,王鸣鹤没有同意,老陶在酪奴堂议事作用不可小觑,天佐脑子虽活,却是个天生的买卖人,这一点与弟弟天佑相去甚远,议事要秉持公道,不是讨价还价,王鸣鹤说等老陶下不了炕的时候再让天佐接班不迟。

　　一向议事比较活跃的酪奴堂在商议如何阻止开拓团进入玉虚观问题上却陷入了沉默,谁也想不出好办法。开拓团如同跑马圈荒来势汹汹,苇地百姓世世代代耕种的土地,转眼间就被圈了去,百姓无处评理,只能背井离乡外出乞讨。姚刚无奈地说:"开拓团想来就来吧,谁能拦得住,天下早就不是大清也不是民国,而是小日本的了,莫说他们想种水稻,就是种大烟也没人管得了。"韩老大虽然老态龙钟,但脑子清楚,他说:"还是想个法子拦住他们好,玉虚观是清静之地,倭寇住进去还不成了贼窝?"老陶因为私种水稻差点惹上大麻烦,一提到与水稻有关的事情就心有余悸,他悄悄问王鸣鹤:"咱能不能走走山田的路子,就像当年你拿黑木做幌子保全九里一样。"王鸣鹤见马治平和姜四维一直不说话,就问:"你俩怎么看?"两人相互对视一眼,马治平道:"走一步看一步,一点点把他们挤对走。"与父亲马回的血性相比,马治平更像爷爷马连顺,酪奴堂议事他说的话总是让王鸣鹤想到马连顺。姜四维说:"就是,来一场霍乱就把他们吓跑了。"

马治平和姜四维的想法虽然简单,却启发了王鸣鹤的思路:是啊,能把水谷吓回去才是保住玉虚观和鸽子洞的上策。他脑子里猛然蹦出两个词:响马、霍乱。苇地近两年又出现了一些化整为零的抗联武装,在田庄台一带神出鬼没,抽冷子就偷袭一下没有防备的日满军警,让鬼子防不胜防。尉黑子曾坦言:苇地里的胡子就像一根根蒲棒,这边撅了那边长,自古以来还没有哪朝哪代能让它绝根儿。尉黑子当年围剿红狻猊是下了血本的,他通过在红狻猊身边安插眼线才拿下了这个杀父仇人。关东军扫荡苇地,因为缺少内应,成效并不大,这让看似平静的苇地变得危机四伏,山田正是看到了这一点,后来总是穿便装来九里。至于霍乱,一直是日本人移民计划的最大障碍,黑木到这里来的目的就是要攻克霍乱防治,结果收获不大,这种来无影去无踪的流行病像只打瞌睡的老雕,醒过来就扑腾几下翅膀,把人吓个半死。日本人不移民,霍乱潜伏不发,一旦大量移民,霍乱就会流行,1942年夏秋洼里全县流行霍乱,老百姓传说就是日本大量移民所致,百姓传言:老天看不下去了,人无力时天出手。

夜里,王鸣鹤独自来到三圣祠,双手合十举于眉前,口中念念有词,好一会儿,他松开合抱的手,只见明灭的灯光中,药王那张熟悉的面孔开始阴郁,塑像面孔会泛出阴郁之色不是错觉,他觉得自己与药王之间心有感应。有次他用手帕擦了擦药王的脸,发现手帕是湿的,那天正是马回、姜路遇害之日。他在做这一切的时候止玉就在门口处看着他。止玉本来已经在玉虚观住了些时日,听尉黑子说水谷要进驻玉虚观后,为安全起见,王鸣鹤又把她接回九里。保护好止玉是他时刻不忘的责任,是他对塔溪道姑的承诺。

"小先生遇到难事了?"止玉问。

王鸣鹤站起身,夜里他不能在此长留。"打扰你歇息了,抱歉。"

"小先生每每非上香日拜三圣,心中必有困惑。"

王鸣鹤长叹一口气,道:"日本开拓团要进驻玉虚观,在道观周围垦荒种植水稻。"

止玉哦了一声:"塔溪师父预感果真灵验。"

"我要设法保护玉虚观,玉虚观在鸣鹤心里如同三圣祠一般神圣,神仙居住的地方怎能让倭寇霸占?玉虚观不存,鸽子洞也就会暴露。"王鸣鹤语气坚定,目光落在达摩祖师那张横眉竖目的紫面上。需要勇气之时,他总是将目光投向达摩,威武的达摩似乎能通过凸起的眼神,将信心和勇气注入他的血液。

"以区区九里之力,如何抵挡虎狼之师?"止玉很惊讶,担心王鸣鹤以卵击石,酿成大错。

"姜四维一句话提醒了我,要想办法阻吓他们进驻。"

止玉没有多问,从王鸣鹤语气里可以听出,他已经下定了决心。

王鸣鹤开始实施一个计划,一个高度保密的计划。

他找来鬼蜡烛,让他去苇地找一个人:野龙。

野龙是个卷发凹眼的单帮土匪,腰里插着两把短枪,腔后挂着一串飞刀,孤狼一样在苇地里独来独往。野龙口碑不佳,他劫道从不留活口,财命双收,这让很多商贩一听到野龙的大号就腿肚子转筋。野龙唯一的朋友是鬼蜡烛。野龙当年想入伙郭瞎子,郭瞎子考了他一个问题:出来混,啥是一等一大事?野龙说当然是一个义字。郭瞎子点点头,却把他支走了,说野龙将来能成大事,他的庙太小,鱼龙不能混杂。野龙走后,郭瞎子对鬼蜡烛说:"当响马扯绺子,义字固然要紧,但一等一的大事却是一个忠字。"野龙没有跟郭瞎子,也就没有化成老坨头上一座土坟,后来,他遇到了在老坨头上守墓的鬼蜡烛,提起往事多有唏嘘,心想,郭瞎子人瞎心里透明白,要是真的入伙,自己早就被红狻猊给做了。

野龙和鬼蜡烛两人偶尔会在老坨头上的窝棚里喝点鹤顶红,野龙酒量不大,话也少,酒后总是抱怨这劫道的生意太差,几天看不见一个背褡裢的,鬼子倒是不少,可鬼子每次进苇地都全副武装,没机会下手。他这样说,鬼蜡烛就想到了山田,好在山田每次来九里总是空着手,对于不背褡裢、不带包裹的人,野龙不会出手,他出手是图财在前,索命在后,空手路人不用看就是穷鬼,浪费一粒宝贵的子弹划不来。野龙与王鸣鹤相识是因为他的背痈,野龙整日在潮热的苇地里摸爬滚打,后背生了毒痈,他小时候从评书里听说,西楚霸王的谋士范曾就是背上毒痈发作而死,他担心自己也像范曾那样死去,求鬼蜡烛带他去酪奴堂看小先生。王鸣鹤治痈很拿手,一贴膏药下来,野龙体内淤毒拔出,不再内串攻心。野龙性命保住了,拿出银子谢王鸣鹤,王鸣鹤没收,告诉他只要遇到来往九里的路人放一马即可。野龙当即表态:自己就是饿肚子,也不会打劫来往九里的人。

后来,止玉遇到了一件麻烦事,是王鸣鹤出面才得以摆平。这件事只有止玉、野龙、王鸣鹤三人知道,起因是独来独往的野龙看上了止玉。

韩二陪止玉去九里,在芦苇荡里遭遇野龙。野龙要掳走止玉,被韩二誓死拦住,野龙知道韩二是九里人,不能对韩二下手,韩二是聋哑人,比画着也无法说清楚止玉身份,倒是止玉很冷静,止玉说:"我是出家修道之人,当不了你的压寨夫人。"野龙说:"你这么好看当什么道姑?"止玉说:"好看就不能当道姑?"野龙哈哈大笑:"好看的女人用处多了,就是不能当三姑六婆。"那次,因为止玉说要去九里,野龙放过了止玉,但止玉知道,这个卷毛狮一样的响马看上了自己,一定会打自己的主意。止玉将野龙劫自己的事说与王鸣鹤,王鸣鹤让鬼蜡烛去找野龙,说了玉虚观与九里的关系,不仅不能动止玉,还要想办法保证玉虚观的安全。野龙一听是酪奴堂王先生说话,专门到玉虚观向止玉道歉,说自己虽然劫道,却从不祸害女人,那天芦苇荡里是鬼迷心窍才说了些不中听的话。

从此,野龙在暗中没少保护玉虚观,也劝阻了一些道上的响马不去打玉虚观和止玉的主意,告诉他们玉虚观是王先生的地盘,万万碰不得。苇地响马能左右别人性命,却左右不了自己能不能生病,他们对酪奴堂一向高看一眼,因为一旦染上霍乱,没有王先生医治,只能眼睁睁去见阎王。

王鸣鹤要找野龙,令鬼蜡烛很感意外,自从与小先生相识以来,小先生还从没有主动联系过江湖中人,这次让自己去找野龙,看来必有大事要做,否则,依小先生不与响马为伍的原则,决不会和杀人越货的野龙打交道。野龙听说小先生找自己,心里很高兴,小先生是百事不求人的名医,能主动找自己这个名声不济的响马,足见小先生看重自己。他乐颠颠跟鬼蜡烛来到酪奴堂。王鸣鹤对他很客气,让多子上了一杯祁门安茶后,便让其他人回避,只留下野龙、鬼蜡烛在屋内。门外,韩铁林等白鹤五子在庭院里诵读《大学》,琅琅读书声掩盖了屋内本来就声音很轻的交谈。

"野龙兄弟,九里正被一件生死攸关的大事所困,不知您是否愿意出手相助?"王鸣鹤不兜圈子,开门见山。

野龙拍拍腰间两把匣子枪,很爽快地说:"先生吩咐,野龙绝无二话,只要你吱一声,杀人放火野龙不会眨眼。"野龙的干脆让王鸣鹤很感动,自己没有看错,壮士不缺肝胆。

"杀人?"鬼蜡烛禁不住问了一句。

王鸣鹤点点头,他从没有生出过杀人的念头,但这一次,必须杀人,不杀人,玉虚观就会从苇地消失,九里也难自保。

"杀谁?"野龙有点跃跃欲试,小先生能下杀令,说明被杀者一定该杀。

"水谷!"王鸣鹤很清晰地说出了这个让他失眠几个夜晚的名字。

看到鬼蜡烛和野龙都丈二和尚摸不着头脑,王鸣鹤便将水谷要来侵占玉虚观建开拓团的事情简单介绍了一下。鬼蜡烛知道开拓团要进驻玉虚观的事,但没有想到王先生会有武力抵抗的想法,他问:"杀了水谷,鬼子怪罪九里咋办?玉虚观一带只有九里一个村子,鬼子肯定要报复。"

王鸣鹤点点头:"九里如何撇清干系由我来做,你俩只管在水谷进入玉虚观第三天夜里动手便可。"

"水谷带多少人来?"野龙关心的是能不能打过对方,对方人少,进去咣咣几枪就结束了,要是对方人多,就该想个别的法子,不能硬碰硬。

"不知道。"王鸣鹤的确不知道水谷会带多少人。

"为啥要在第三天夜里下手?"野龙两只眼睛转来转去,按道理下手最佳时机是敌人刚刚落脚,那样可以打个措手不及。

王鸣鹤告诉野龙,前两天先摸情况,敌情不明贸然下手会吃亏的。

野龙问:"杀了鬼子,我算不算抗日英雄?"

王鸣鹤道:"我王鸣鹤保证,只要杀了水谷,阻止日本人开拓团进驻玉虚观,你活着是英雄,死了是烈士,三圣祠和万柳塘有你一席之地。"

野龙眼圈变得暗红起来,像刚刚抽穗的芦花,他向王鸣鹤拱拱手,抱拳说:"野龙早想浪子回头,金盆洗手,只因机缘未到。得王先生指令之时,正是野龙再生之日,野龙就是肝脑涂地,也在所不辞。"

鬼蜡烛也很激动:"我已经杀过六个鬼子,再杀几个无妨,这手早就痒痒了。"鬼蜡烛击毙落水鬼子一事,在苇地里被传得神乎其神,关东军不知道这是鬼蜡烛所为,他们虚构了一个魔鬼猎手的名字,提醒部队进苇地一定要提防这个百发百中的魔鬼猎手。鬼蜡烛对野龙说:"鬼子比兔子难打,要多动脑子。"

水谷带着三个下属进驻玉虚观的当天,正是止玉到玉虚观上香的日子。水谷闯进玉虚观山门干的第一件事就是开枪打死了韩二的狗——小黑。小黑特别懂事,他知道主人聋哑,遇事并不狂吠,而是用力往主人腿上蹭,小黑一蹭腿,韩二就会警醒起来。水谷踹门而入时,韩二正陪着止玉在殿内上香,院子里的小黑见生人闯入,便汪汪叫起来。透过窗子,止玉看到水谷等四人荷枪实弹闯进来,止玉快步起身进入暗道。韩二关好暗门来到前院,就在推开殿门的一刹那,水谷的枪响了,韩二看到自己心爱的小黑抽搐着倒在院子中央。韩二扑过去抱起小黑,口中啊啊叫个不停,他万万没有想到,自己两条狗都命丧鬼子之手。水谷一行围着韩二和狗嘻嘻哈哈看热闹,水谷事先侦察过,知道这个看守道观的老者是聋哑人,也就没把他放在眼里,看了一会儿,大概觉得无趣,水谷便带人进到殿内搜查,搜查后,水谷开始安排住处,他自己占了塔溪道姑住过的房间,另三位下属住在稗子和止玉住过的卧室,还有一个年轻的长头发青年被水谷派往韩二住的耳房当哨兵。与上一伙鬼子不同的是,水谷一伙没有剥狗皮吃狗肉,而是把小黑尸体连同韩二的用具一同扔出道观。韩二抱着小黑尸体,屈膝跪在地上,两眼死死地盯着关上的山门,一只手铁爪一样抓进泥土里,像一个等待起跑的运动员。韩二在道观里生活了几十年,道观是他的家,现在家没了,小黑也死了,他不知道自己该到何处去。过了好一会儿,他抱起死去的小黑站起身,拨开茂密的芦苇一步步来到红顶子,他找了一处大耳狐留下的洞穴,双手扒开湿土,埋葬了朝夕相伴的小黑。

韩二没有拿自己被扔出的行李,他扛起船桨,划上舢板去鸽子洞接了止玉,在蒲草芦苇的遮挡下,回到了九里。韩二把止玉送上岸,自己则去了北岸,到老坨头上去找鬼蜡烛。鬼蜡烛听到玉虚观方向传出来的枪声,正和野龙在谋划如何偷袭水谷,韩二上来了,一番比比画画,鬼蜡烛明白了大概,知道水谷到了,水谷一到,他们动手的时间也就确定了。

王鸣鹤了解到水谷已经进驻玉虚观后,开始运作一件九里历史上从没有过的事情——唱戏。唱戏时间是阴历七月十五,也就是水谷霸占玉虚观的第三天。他为此给尉黑子写了一封信,大意是为了庆贺酪奴堂落成六十年,酪奴堂拟举办一场皮影戏堂会,委托尉黑子请洼里皮影戏班,请山田带日本指导官一并来九里看戏。洼里皮影戏班班主小青是尉黑子姘头,尉黑子发话,不用谈价钱,几个人搬起影箱就走。尉黑子去找山田、高附和川崎商量此事,山田说:"老师的事情,应该去。"高附和川崎开始不感兴趣,听尉黑子说九里有上好的鹤顶红,便动了心思,想到九里当一宿活神仙。山田、高附、川崎和尉黑子都觉得应该去九里为王先生捧场,山田为此还准备了些日本末茶做礼物,尉黑子带一小队警察负责警戒,一行二十几个人去九里看皮影戏。

戏台就扎在酪奴堂门前的庭院里,戏台前整齐地排着百十个蒲团,蒲团前面是一排马扎,王鸣鹤向山田介绍:马扎是洼里来的贵宾席,蒲团是九里所有领取手账者的席位,其他妇孺就站着看戏了。高附从兜里掏出一份名册,对山田嘀咕了几句,山田点点头,告诉尉黑子,晚上看戏前按着名单点名,原来高附拿的是九里领取手账人员名册,一点名就会知道哪一位村民缺席。王鸣鹤早就料到了会有这一幕,因为高附和川崎在九里附近吃过大亏,他俩对九里一直保持警惕。高附让尉黑子问王鸣鹤九里是不是有外出的,王鸣鹤笑着说:"酪奴堂唱堂会,六十年不遇的大事,就是有外出的也会赶回来,晚上点名你一一核对就是。"高附点点头。山田听出王鸣鹤话中不快,便解释说:"高附是军人,军人有军人的逻辑,王先生不必在意。"

王鸣鹤为山田一行排了晚饭,也就是把鬼子和警察化整为零分散到村民家中,为了防止酒后滋事,山田和尉黑子吩咐除了高附和川崎外,其他人晚饭限酒一碗,警察们嘟嘟囔囔很不乐意,但有尉黑子在,这些吃喝嫖赌惯了的人也不敢多说什么。

让王鸣鹤吃惊的是,高附和川崎晚饭也没有喝酒,他俩从进入九里开始就保持着一种谨慎,吃饭时不时用日语交谈,还扯扯山田的衣袖嘀咕几句。王鸣鹤问山田:"两位指导官说什么呢?"山田笑了,小声道:"他俩想求您一件事,不知您答不答应?"王鸣鹤问:"什么事?"山田压低了声音道:"自上次霍乱之后,两人都不同程度患上了阳痿之症,不知先生能否妙手回春?"王鸣鹤暗暗松了口气,这是意料之中的事情,两人要是不患阳痿之症才是怪事。"中医调理是小火慢煨,恐怕不会立竿见影。"王鸣鹤说:"你悟道中医已久,应该知道这个道理。"山田用力点头,把王鸣鹤的话翻译给高附和川崎。两人急切地又说了一通,山田对王鸣鹤说:"他们还是想请神医给开个方子。"王鸣鹤看了一眼两个猥琐至极的鬼子,心中充满了憎恶,但他还是说:"既然山田说话,这个方子我开,看过影戏后就交付二位。"山田、高附、川崎都笑了,唯有尉黑子闷闷不乐,一个劲地吃海菜包子。

洼里皮影戏班很有名气,掐嗓唱小生的常小白是个名角,唱腔婉转,音域开阔,是小姐太太们的心头肉。但常小白有个毛病,唱影前一定要抽几口大烟,这个嗜好毁了他身子,一出戏只能唱半场,接下来就会由徒弟小六子续唱。小六子是海城人,平时油嘴滑舌,唱戏功夫不深,接下来唱的时候,台下就有人坐不住凳子。七月十五这天,村民到三圣祠拈香上供后,便早早聚到酪奴堂前等着看皮影戏。开演前,高附让尉黑子点名,点到谁谁就站起身,七十八个名字点过,领取手账的村民一个不缺。高附在村四周布上岗哨,在河边还派了流动哨,此等布置,如临大敌,让皮影堂会变得鸿门宴一般紧张。王鸣鹤对山田说:"居安思危,严加防范很好。"山田解释说:"老师不必多心,高附、川崎这么做是怕响马扰了堂会。"王鸣鹤点点头:"也好,家家户户都来看戏,真要是遭了土匪,好事便成了坏事。"

皮影戏班演出的是《秃尾巴老李》,剧情半神半人,唱腔高亢激昂。九里村民皆为外来户,秃尾巴老李能激发一种沉淀的乡愁,撩起众人的故乡情愫。常小白的唱腔征服了村民,台下无论童叟,大眼小眼都聚焦在那块幕布上。幕布上的影偶千变万化,牵动着观众的心。下半场,小六子接着唱时,台下有些嗡嗡声发出,小六子唱了十来句,忽然东方隐隐传来几声枪响。苇地里因为没有山峦遮挡,枪声传得格外远,这一阵枪响虽然不大,但听起来还是很清楚的。王鸣鹤放大了声音道:"坏了,莫不是胡子来了?"山田安慰道:"老师别慌,不是有学生在嘛。"高附站起身吹哨集合队伍,带人去东边搜索。王鸣鹤也站起身,让村民不要动,原地坐好继续看戏,响马的事由军警去处置。山田没有去搜索,他留下陪王鸣鹤看戏,《秃尾巴老李》演完了,高附、川崎和尉黑子带着队伍回来了,个个一身泥水,川崎脸上被苇叶划了两道口子,往外渗着血丝。尉黑子骂骂咧咧:"他妈的,也不知这鬼枪声从哪个坟圈子冒出来的,害得弟兄们白折腾半宿。"王鸣鹤问:"没抓到胡子?"尉黑子道:"我们从东面搜索到北面,鬼影也没见到,南面是海,西面是菱角湾,你说有响马能跑哪去?"王鸣鹤点点头:"没事就好,九里可不想和响马做对,只是耽误了弟兄们看戏,这样吧,我拿几坛鹤顶红出来,再准备几个菜,大家喝碗酒暖暖身子怎样?"尉黑子笑了,"这样才好。"于是,所有来九里的军警就围着唱皮影的台子,猜拳喝酒,一直闹腾到天亮才返回洼里。临走时,王鸣鹤写了一张药方递给山田,让他给高附和川崎,高附和川崎因为惦记药方的事,昨夜没有沾酒,见到王鸣鹤真的写了药方,双双立正给王鸣鹤敬了军礼。

山田一行回到洼里便得到消息:水谷一行在玉虚观遭到土匪袭击,四个武装开拓团团员全部被杀,同时被杀的还有玉虚观打更的韩二。关东军上层由此推断偷袭水谷一行的是苇地里流窜的响马所为,只有响马才会连打更的中国人一起杀。关东军上层也调查了距离玉虚观最近的九里,山田、高附和川崎都证明当夜九里村民一个不缺都在看戏,九里村民绝无作案可能。事后,洼里关东军对苇地又进行了一次扫荡,大东开拓团以及其他开拓团都得到通知,不经武装护卫不准到苇地深处开发,玉虚观一带恢复了原有的宁静。

二

野龙在做完这件大事后受到了王鸣鹤厚待,小先生对野龙的态度直接影响着村民的态度,这让野龙有了一种从没有过的荣誉感。他思前想后,来到酩奴堂找王鸣鹤,把后腔上那串飞刀往桌上一拍:"以后我跟先生混了。"王鸣鹤平静地问:"为啥?"野龙说:"我过去杀人越货,别人拿我当恶鬼,我为九里做了点微不足道的小事,九里把我当佛供,我就是劫再多的钱财,也换不来这由鬼到佛的变化啊,我发誓以后不当胡子了,请先生收留我。"野龙态度诚恳,"自古正邪不两立,我既然放下了屠刀,不敢说立地成佛,做个好人总还成吧?"王鸣鹤没有马上答应他,他要和韩、马、姚、姜、陶几家议议,野龙仇家不少,一旦落户九里,追杀者跟到这里来必然殃及池鱼。

韩、马、姚、姜、陶对此也拿不定主意,野龙为九里立了大功,既然他提出改邪归正,难道还有拒绝的理由吗?但九里如果接纳这样一个惯匪出身的人,会给九里带来什么就很难说了。众人沉默不语之时,止玉从内室出来了,止玉一身白绸衣裤,仙风神韵,超凡脱俗,自韩二被害之日起,止玉就穿上了这身白衣,黑缎般的长发轻拢脑后,神色冰霜般凝重。王鸣鹤知道,止玉这是依俗礼为韩二戴孝,韩二几乎成了玉虚观的象征,韩二不在,玉虚观杂务谁来经管?大家都呆呆地看着止玉,不知她忽然现身想说什么。止玉向大家行了个拱手礼,对王鸣鹤道:"止玉有一建议,不知是否唐突?"王鸣鹤起身说:"有话尽管说,酩奴堂议事一向集思广益,无所顾忌。"止玉点点头:"我想,二叔遇害后,玉虚观需要有人看守,若野龙迷途知返,九里又不便栖身,何不做个火居道士来替代二叔之职?"大家都觉得这个主意不错,王鸣鹤决定自己和野龙谈谈,若野龙同意,就按止玉的建议办。

没用王鸣鹤多费口舌,野龙满口答应到玉虚观做个火居道士,他说自己从此将脱胎换骨,重新做人。他让王鸣鹤给置办道袍靴冠等行头,将自己两把匣子枪、一串飞镖和缴获水谷一行的武器统统扔进双泰河,洗心革面开始当道士。王鸣鹤为他取了个子虚的道号,对外说法是从喀左朝阳山云游至此,看到玉虚观荒废无人,心有不甘,便留在此地弘道。为了掩护身份,他在人前装扮成瘸子,拄单拐,说一口辽西话。

王鸣鹤将子虚的来历说与山田和尉黑子,山田并不多心,倒是尉黑子眼珠贼溜溜转个不停,因为是王鸣鹤介绍,尉黑子也不好多问,只是嘱咐王鸣鹤,若此人有枪械在身,一旦被缴获就有杀身之祸,这年头儿最好还是别多管闲事为好。王鸣鹤道:"云游道士,方外之客,尉局长不必多虑,韩二被杀,玉虚观总要有个看门之人吧。"野龙从此在玉虚观住下来,代替韩二成了玉虚观守门人。

野龙给韩二圆了一座坟,这是他到玉虚观做的头等大事。韩二死后,王鸣鹤征求韩老大的意见是不是将韩二葬在万柳塘,韩老大让韩铁林拿主意,韩铁林说二叔生命已经和玉虚观不可分,为什么要将他们分开呢?就将二叔埋在玉虚观最好。王鸣鹤和止玉都认为铁林说得有道理,便在红顶子苇丛里为韩二筑了一座坟。韩二下葬用了一口带盖的大缸,他是端坐在缸中下葬的,缸口用火漆封严,透不进丝毫水汽,那条黑狗也被葬在了墓中。野龙入住玉虚观后,带着铁锹将韩二的坟墓培了几尺高的土,这样,站在玉虚观山门口,便能看见韩二隆起的坟丘。鬼蜡烛看到韩二的坟,说还缺一块碑,两人说好等有机会去寻一块条石,给韩二立一块碑。

野龙和鬼蜡烛都将韩二视为救命恩人,他们很清楚,如果不是韩二,两人很可能就会死在水谷枪下。那天,两人偷袭耳房的哨兵、大殿西屋的鬼子都很顺利,没有用枪,两人用刀就解决了这些没有经过专门训练的鬼子。但在进入大殿东屋的时候出了岔头,水谷因为跑肚子临时起夜到院子角落里的茅房拉屎,恰巧看到有人摸进大殿。水谷很机灵,顾不得擦屁股上的屎就提上裤子举着手枪从茅房里溜出来,紧靠着柿子树等里面的人出来。藏在门口的韩二发现了他,拎着一支船桨从身后悄悄靠近水谷。这时,在东屋扑了空的野龙和鬼蜡烛从大殿紧张地闪出来,正在水谷端枪瞄准的时候,韩二的船桨兜头劈了下来,水谷听到身后有动静,急忙转身打了两枪,韩二胸口中弹仰面躺下去,水谷再回身的时候,野龙和鬼蜡烛的枪一齐响了,水谷当时就被打死了。

野龙有临场经验,他把韩二的尸体摆成一个面朝山门的角度,然后收了鬼子的武器,故意把鬼子一些用品扬在院子里,然后两人匆匆离开了玉虚观。走时,野龙对着韩二的遗体单腿跪地道:"老哥,对不住了,过后野龙再给你圆坟!"

野龙摆布的现场的确迷惑了前来调查的鬼子,他们认为韩二和水谷都是死于闯入者之手,而闯入者多用刀而非枪,说明闯入者很可能是流窜作案、图财害命的响马。带队调查的指导官和山田很熟,他问山田对这次开拓团遇袭有什么看法,山田说你知道我每次去九里是怎么去的吗?我是乔装成去九里看医生的当地人,而且不带任何财物,身上没有可劫之物最安全。那个指导官点点头,是啊,要是山田一身军装,再带几个护卫,恐怕早就像水谷一样遭了劫难。

野龙到玉虚观后,常常一个人坐在山门前的石阶上望着苇地发呆,很长时间保持一个不变的姿势,头颈前倾,两肘挂着并拢的膝盖,双手托着下颌,默默地望着红顶子,红顶子上那座土坟上已经长出了毛茸茸的蓑衣草,像年轻人新剃的头。王鸣鹤陪止玉来上香,见野龙一副心事重重的样子,他让止玉自己进去烧香,他陪野龙坐在石阶上说话。野龙嘴里噙着一截芦苇,头发像一个乱七八糟的老鸹窝,一双凹眼如同两只点着的烟袋锅,不时有丝丝红火闪过。

"怎么?在这里不开心?"王鸣鹤挨他坐下来。早晨石阶很凉,野龙没有带蒲团,他是起床后来这里坐着的,这个地方过去一直是韩二坐,韩二坐的时候有一条黑狗陪着,而野龙是孤独的一个人。

"从进到玉虚观开始,我就夜夜做梦。"野龙显然睡眠不好,否则眼睛不会这么红,"净做些打打杀杀的鬼梦,醒来一身臭汗。"

"初来乍到,思虑过多,日子一长就好了。"王鸣鹤劝他。

"王先生你说怪不怪,当年我劫道杀人,完事了扯把苇叶擦擦刀就钻到苇地里倒头呼呼睡大觉,连瞎蠓蚊子都躲我老远,现在可倒好,改邪归正了,他妈什么妖魔鬼怪都来欺负我,不让我睡好,你说这鬼神是不是也欺善怕恶?"

"正邪只在一念之间,你现在心里不安,是这一念还没有安稳,一旦安稳之后,诸血归脏便能安寝。"王鸣鹤很清楚进入玉虚观的野龙在反省自己过去的罪孽,这种反省是一种悔悟,对于背负着无数条人命的野龙来说,能放下屠刀立地成佛实属不易。

"先生说得有道理,在道观里躺着和在苇地窝棚里躺着想法不一样,一个在天上,一个在地下。在这里想的是怎么做好事,在苇地想的是怎么做坏事,我野龙要是早就在道观里住下来,就不会当劫道的胡子了。"野龙很有感慨,他原本也是穷苦人家的孩子,父亲是塔子沟的樵夫,靠砍柴养家糊口。野龙十六岁时跟一伙强人南下义县,后来脱帮辗转到了苇地,成了苇地里的独行侠。独来独往的胡子生涯让野龙成了冷血动物,他不会因为被劫者的眼泪和求饶而心软,只要有财物可劫,不会留活口,苇地里除了鬼蜡烛和几个道上的响马,很少有人认识他。传说中他五大三粗、青面獠牙,令人闻声色变,但真实的他除了一头卷发惹眼外,却貌不惊人甚至有点邋遢。野龙装扮成瘸腿道士来到玉虚观后,没有人怀疑他的身份,他浓重的辽西口音和土匪的满嘴黑话似乎不搭界,前来上香祈愿的善男信女都称呼他子虚道士,有的会施舍一些米面给道观。

王鸣鹤给野龙带了一把提梁斗彩茶壶、四只茶盅和一包蓬蘽茶,告诉他无事之时可以煮茶独饮,打发时光。玉虚观原本是有些茶具的,都被高附和川崎掠了去,现在还剩一把烧水的铁壶,这是韩二留下的遗物。院子里那口水井依然清澈甘冽,煮水泡茶别有味道,王鸣鹤在此听过塔溪与父亲品茶论道,其中意境非一般人所能领悟。

"先生送茶是要磨我性子吧?"野龙凡事喜欢问缘由,王鸣鹤送他茶具和茶一定有原因。

王鸣鹤笑了笑:"九里家家都有酪奴堂所赠茶具,你虽在玉虚观,但已是九里一员,酪奴堂的茶具怎能遗漏你?茶有诸多好处,可以化匪气、消戾气、养静气、蕴大气,这些都是道家修行所需,你可慢慢体会。"

野龙接受了王鸣鹤的茶具后,不再坐在台阶上发呆,开始喜欢上了饮茶,每天到水井里提一桶清水,在灶上用铁壶煮开,上午下午两壶茶,然后种种地、巡巡院,接待拈香上供的善男信女,日子过得规律起来。止玉对野龙的变化有着自己的理解,她告诉王鸣鹤,塔溪师父虽已羽化,但玉虚观里仍有她不散的法力,正是这法力降服了苇地野龙。

说也奇怪,自从野龙看守玉虚观后,玉虚观一直平安无事,子虚道士无师自通成了名人,他会一本正经地给善男信女讲解人生道理,对一些需要指点迷津的,也能说得头头是道。他不贪财,待人和善,被上香人称为铁拐李转世,很多人慕名而来,上香祈愿,玉虚观一时香火旺盛起来。

三

世上有很多蹊跷事,降临时无丝毫预兆,退去时又不明就里,到后来谁也理不清来龙去脉。九月,苇地里蛰伏了多年的霍乱突然暴发,这个老雕栖身何处无人知晓,只有它在你的胃肠中展翅翱翔时,你才知道这老雕已经醒来。王鸣鹤像当年的父亲一样承担起驱魔人的角色,像陀螺一样飞转在出诊归诊的路上,他并不能把每一个染上霍乱的乡亲从死神魔爪下夺回,有些被霍乱掏空了五脏六腑的患者,只能眼睁睁看着死去。王鸣鹤意识到了父亲遗传给自己防治霍乱之法的缺欠,这些医术只能逐一救治,无法复制广施,考虑到祖训家传和黑木、山田对祖传秘方的觊觎,他无法将秘方要诀公开,他记得尉黑子的话,一旦没有霍乱这只老雕把门,苇地就成小日本天下了。山田将苇地暴发霍乱的消息报告给哈尔滨的黑木,黑木大喜过望,说这是天赐良机,天予不取,反受其咎,一定要利用好这个机遇,彻底摸清中医防治霍乱的奥秘!山田为此索性搬到酪奴堂居住,与王鸣鹤一同接诊、出诊,认真记录每一个霍乱病例。这样,王鸣鹤出诊时便有山田和多子跟随,多子实际上已经出徒,一般的疾患他可以把脉开方,替王鸣鹤做了许多事情。山田和多子平时很少交流,从内心里多子对山田十分抵触,山田频繁到九里,不仅给止玉带来麻烦,多子也跟着受累。止玉想躲开山田,要么到蟹家躲避,要么去玉虚观,每次折腾,都是多子陪着,尤其止玉去玉虚观,因为韩老大年迈体力不支,撑船的事只能由多子来做。铁林想撑船,韩老大死活不允,韩老大希望从韩铁林这一代起,能有一个更体面的营生,撑船的事铁山可以做。韩铁林是白鹤五子中的老大,韩老大对他的未来充满万花筒一样的期待。白鹤五子尽管都已成人,但大多时间还是聚在酪奴堂读书,王鸣鹤说养士千日,用士一时,现在要做的就是等待,哪怕等到皓首穷经,总有一日会等来机会。多子不在白鹤五子之列,专心学习医道,酪奴堂的生活让他学到了如何接人待物,如何应付各色人等,说话办事拿捏很有分寸。止玉曾说过:"多子应该是白鹤五子之外的第六子,酪奴堂未来的掌门人如果不姓朱,就一定姓胡。"止玉这话本来是劝说王鸣鹤应该考虑婚姻大事,但却提醒了王鸣鹤,他开始用心培养多子,酪奴堂不管将来姓什么,只要能延续下去就好。

霍乱病菌似乎弥漫在空气和水中,这让卫生条件相对较好的开拓团也没能幸免,已经有开拓团成员死于霍乱。霍乱在苇地周边开始蔓延的时候,尉黑子和王鸣鹤有过一次交谈。尉黑子说这是老天爷要撵走霸占苇地的鬼子。王鸣鹤心里也清楚,如果没有霍乱这道无形的门槛,苇地里的开拓团恐怕早已遍地开花。"你只治中国人,日本人闹霍乱你莫管。"尉黑子这样说,将霍乱前加了个闹字,一个闹字把霍乱很形象地勾勒出来。王鸣鹤道:"仁医治病没有良莠之分,哪怕是恶贯满盈的高附和川崎,我也只能施救。"尉黑子摇摇头:"先生心太善,山田良心发现是想学你医术,其他人不会这样,这些鬼子好了伤疤忘了疼,哪会感激你? 就说高附和川崎吧,又开始祸害中国女人了。"王鸣鹤吃了一惊,高附和川崎怎么会恢复这么快? 他开的药方药性阴阳相互抵消,怎么会真的见效?"不会不会,我开的方子我清楚。"王鸣鹤不相信。尉黑子大概怕王鸣鹤上火,没有再说什么。但尉黑子的态度很明朗,不让王鸣鹤到开拓团里给日本人看病,他还放下了狠话:如果王鸣鹤去开拓团,九里遇到麻烦他不会再管。尉黑子特别说这是老天爷要逼日本人离开苇地,鬼子欺人太甚,老天爷看不过眼才出手相助,咱咋能和老天爷拧着劲干呢? 尉黑子和王鸣鹤相识多年,从没有说过这般狠话,王鸣鹤感觉到了尉黑子对自己的不满,把自己当成了助纣为虐的帮凶。王鸣鹤道:"尉局长放心,鸣鹤把握好分寸就是了。"

王鸣鹤果真没有去开拓团,尽管山田求过他多次,山田今天说大东开拓团有几人染病,隔几天又说熊本开拓团有几人因霍乱而死,这些话他虽然听得很清楚,却装出一副充耳不闻的模样,专心给患者治病,始终没有回应山田的请求,直到有一次,山田满眼泪花问他:"老师常常教导弟子,治病要不问其贵贱贫富,长幼妍媸,怨亲善友,华夷愚智,也不得瞻前顾后,自虑吉凶,为何老师几次婉拒学生到开拓团出诊请求,是不是怨恨之心作祟?开拓团这些人都是些种植水稻的农民,并非打仗的军人呀!"王鸣鹤背对着山田,仰面沉思良久,俯下来写了一张方子回身递给山田,然后指了指土炕上呻吟的患者道:"同是患病之人,我焉能舍近而医远?我知你心中牵挂同胞,可持此方速速回去照方医治,定能救些性命。"山田接过药方,擦了擦眼泪,起身走了。望着山田匆匆而去的背影,双手端着药碗的多子忽然说:"在山田眼里,东洋人的命就比咱'满洲'人的命金贵。"王鸣鹤点点头:"他们都是日本人嘛。"

令王鸣鹤十分疑惑的是自己给高附和川崎的药方并非壮阳之方,怎会出现尉黑子所说的效果呢?他重新检视每一味药的药性,始终没有找出答案。

高附和川崎相继死掉的消息是尉黑子说的。尉黑子约王鸣鹤到洼里文昌书店见面,王鸣鹤以为九里遇到了麻烦,急匆匆让多子撑船赶到洼里文昌书店。尉黑子正有滋有味地在喝茶,他本来不喝茶,受王鸣鹤影响,也开始喜欢上喝茶,当然,他喝的都是又浓又稠的酽茶。两人见面,尉黑子特意将戚老板留在现场,说戚老板你别走,我和王先生说话不背你。尉黑子想把自己另一副面孔留给戚老板,戚老板总是向他打听一些关东军的消息,洼里一些学校的青年教师也总到书店里来,名义上是买书,其实是在进行集会,这一点狡猾的尉黑子早就察觉了,但他并不想找文昌书店的麻烦。一则戚老板总是不忘打点他,二则他也预感到"满洲国"大限将至,自己正处在一艘风雨飘摇的破船上,多抓一根稻草就多一条生路。

"高附、川崎两个坏蛋死啦!"尉黑子一脸兴奋,"高附死在慰安所,川崎死在警察局,两人死期相差不到三天。"

"霍乱吗?"王鸣鹤问。

"老天怕他俩再祸害女人,派小鬼一根索魂绳收走了。"尉黑子有些幸灾乐祸,他对高附恨之入骨,因为洼里皮影戏班去九里演出后,高附多次去戏班骚扰小青,这让尉黑子万分恼火。

王鸣鹤眉头蹙起来,他不明白自己的药方怎么会真的起作用,这其中必然有问题。

"我叫你来是想告诉你,这俩小子一直惦记着要去玉虚观呢,说观里有个美若天仙的女道士,这回好了,他俩一死,玉虚观安全了,没有日本人想去那里看光景,你们九里可以把玉虚观打理起来,乡亲们也好有个烧香问卦的去处。"

离开文昌书店时,尉黑子特意把戚老板拉到王鸣鹤跟前,说:"王先生嘱咐我的事我没忘,文昌书店有我罩着,连日本人也不来惹麻烦,是不是?"戚老板点点头:"做个有良心的中国人没亏吃。"

王鸣鹤忽然发现尉黑子不像以前那么黑了,这只苇地之獾也在悄悄发生着变化。过去,尉黑子给人一种鬼脸螃蟹的感觉,横行霸道,动辄夹人,现在,他更像一条鲶鱼,看不准的东西不再下口。

尉黑子走后,戚老板请王鸣鹤留下,很严肃地对王鸣鹤说:"国家兴亡匹夫有责,你我熟悉十几年了,我希望你能加入我们组织。"

王鸣鹤愣了一下:"什么组织?"

"抗日组织,救亡图存,就是当年的义勇军。"戚老板镜片后一双亮晶晶的眼睛逼视着王鸣鹤。

王鸣鹤摇摇头道:"抗日我支持,组织不参加。"

"你要觉悟啊,小先生,人总要信点什么才行。"戚老板有些激动。

"我信三圣,祖上信,父亲信,到我这代还信,三圣在,我心安。"

戚老板张大了嘴,好一会儿才说:"那就再等等,总有一天你会觉悟的。"

回到九里后,王鸣鹤把尉黑子的话说与止玉,止玉很高兴,总算可以放心回玉虚观修道了,这是期待已久的事。止玉住在三圣祠固然安全,但三圣毕竟异于三清,对于一个全真弟子来说,在这种形神不一的修道之所,静心修道多有不适。虽然可以回玉虚观,但玉虚观的问题也需要解决。野龙去看守玉虚观后,观里香火虽盛,但建筑破败日渐显露,正殿屋顶的瓦沟里长满了芨芨草,西侧厢房已经坍塌一角,围墙上出现了几处豁口,整座道观需要修葺。止玉对王鸣鹤说,自己想外出化缘,维修道观,不能让这座百年道观废弃在自己手上。

王鸣鹤不赞成止玉的想法,认为现在不是修葺道观之时,等遇到合适时机,他会帮助止玉翻修玉虚观。王鸣鹤说这番话的时候很认真,玉虚观在他心目中的地位非同一般,王家父子两代,与塔溪有不解之缘,止玉想修道观,他自然不会袖手旁观。王鸣鹤让止玉晚些时日再回玉虚观,高附、川崎虽然死了,始作俑者山田还在,对山田不能不防。

在几个开拓团里忙了半个月的山田来到九里,神情沮丧,一身疲惫。他说自己所医治的霍乱患者治愈率不过六成,很多患者还是死了,霍乱的可怕让开拓团人心惶惶,许多人不顾劝阻找理由回国了。末了,他还把高附、川崎的死讯告诉了王鸣鹤。

既然山田提到高附、川崎,王鸣鹤冷冷的目光逼视着山田问:"高附和川崎是不是一直在服用我的药方?"山田闻声脸色立马变红了,说:"一直在服药。"王鸣鹤的目光没有从山田红脸上移开,接着问:"你跟我学中医这么久,应该知道我所开药方的药性是辨证而非激发,怎么会有这个结果?"山田低下头,用力搓着两只手,沉默了一会儿说:"我错了,老师,是山田害死了两位指导官,我跟老师学习数年,觉得方中有几味药并无补肾壮阳之性,就索性删掉了,这样,药方虽立竿见影,却伤害了两位指导官的根本,导致不幸发生。"

王鸣鹤没有责怪山田,其实,他已经猜测到山田动了他的药方,这一动,倒是做了自己想做却没有做的事情,从这一点上看,应该感激山田,无意中做了为民除害的快事。

"既然你说是我的学生,就要明白医者来不得半点小把戏,祖师有言:'世有愚者,读方三年便谓天下无病可治,及治病三年乃知天下无方可用。'此话望你谨记于心,医不三世,不服其药,你只看一处,不顾其余,删改师方,致人丧命,与中医阴阳辨证施治之道大相径庭啊。"王鸣鹤语重心长,他要让山田明白,中医的博大精深非积攒几个病例就可以参透的。

山田立正鞠躬,把头深嵌胸口,带着哭腔说:"我错了,老师,对不起!"

王鸣鹤望着窗外白茫茫的芦花,看到庭院里等待出诊的人群,对多子道:"拿好药箱,我们该出诊了。"

王鸣鹤的心情坠铅一般下沉,在文昌书店尉黑子说过,此次霍乱,洼里城乡已经死了四千人!他知道,这数字仅仅是城里的统计。

1945 年

子虚

一

一身青衣的止玉常常站在柿子树下望着玉虚观的房顶发呆。玉虚观正殿屋顶瓦沟里长着稀疏的苤苤草,有的瓦片已经风化破碎了,屋檐上的瓦当也脱落了一些。最让人心酸的是道观的山门,四处斗拱竟然塌掉了两处,露出了檩木,正面看去,山门门楼像一只折翅的苍鹰。子虚知道止玉是为玉虚观的破败发愁,不知怎么劝她,只是远远地看着伤感忧郁的止玉轻轻叹气。止玉曾经对王鸣鹤说过,她很想把玉虚观修葺一新,但王鸣鹤懂得,翻修玉虚观需要时机,兵荒马乱的年代若将玉虚观修葺一新,无疑会招来祸患,冶容海淫、慢藏海盗的道理止玉也十分清楚,玉虚观能在苇地深处留下来,正是得益于它的简陋与低调,若是大殿高耸、香火鼎盛,它早就被贼人惦记了。止玉也知道眼下不是修整玉虚观的最好时机,在高附、川崎死去一年后,她向王鸣鹤说了自己的想法:"不能再等了,再等屋宇就会坍塌。"王鸣鹤也想帮助止玉完成这一心愿,无奈囊中羞涩,酩奴堂凑不出钱来做这样一件大事,只能告诉止玉再等等。失落的止玉常常站在柿子树下一棵棵数屋顶上的苤苤草,一棵、两棵……一共数出一百七十一棵,她怀疑这个数字还在变化,每次数,都会多出一两棵。子虚不知道止玉在数草,以为她在念经,止玉这样的动作一多,子虚就忍不住问她在数什么,止玉轻叹一声,说自己在数屋顶上的芨芨草,说这草长在屋顶上,就像长在自己心头,让她无法安生。止玉回到玉虚观居住后,王鸣鹤给子虚交代,务必照顾好止玉,宁可牺牲性命,也要保证止玉安全。野龙拍着胸脯说:"你放心,王先生,子虚在,止玉就在。"王鸣鹤纠正说:"不行,你不在,止玉也要在。"子虚在玉虚观实际上担负起四个方面的责任:保护止玉,看护玉虚观,看护鸽子洞,耕种玉虚观几十亩土地。前三样子虚做得很好,后一件子虚做不来,因为他不会种地,但子虚有鬼蜡烛这个朋友。鬼蜡烛在老坨头上种地很内行,种地的事就由鬼蜡烛来做了。鬼蜡烛将玉虚观的地大部分种上了甜菜,甜菜收获后为道观熬了大量糖稀,这让玉虚观寡淡的饮食变得十分甜蜜。

止玉为玉虚观修葺而焦虑的心情被子虚看在眼里,他为此产生了帮助止玉完成这一心愿的念头。子虚自改邪归正后产生了一种强烈的赎罪心理,这心理像一顶梦魇筑成的穹顶始终笼罩着他的夜晚,让他深夜无法安睡。夜幕里,他经常能看到那些消失在自己枪口下的惊慌面孔,满脸血污追他索命。他每天要到河边洗三遍手,想洗去手上曾经沾满的血污。有些来玉虚观祈福的人愿意向他请教一些人生道理,他给出的结论总是罪己,他认为一个人开始罪己,是回归正道的标志,要是总挑别人的错,不去自省,那就是执迷不悟。子虚不识字,读不了经书,话语极少却能一言中的,把大道理讲得通顺。子虚常常这样开导来者:无论你做了多少错事坏事,只要回头,就能成佛。有人问,你这里是道观啊,怎么说成佛呢?子虚会说,佛就是仙,仙也是佛,就像这庙里,住着老道就叫道观,住了和尚就叫寺院,都是一个道理。自进入玉虚观开始,他按照止玉立下的规矩严加自律,不仅不再杀生,连饮食也忌了荤腥,话语中不再有戾气,鬼蜡烛喝鹤顶红时,他嘎嘣嘎嘣吃炒豆子。鬼蜡烛逢人便说,子虚真成仙了。子虚觉得自己到玉虚观来对了,在这里他才明白,人心中原本要有一盏灯的,而再多的金银财宝也代替不了这盏灯,没有这盏灯,人一辈子都会走黑路。与子虚交谈过的善男信女对他很佩服,说子虚道士能把深奥的玄理说清楚,从不拖泥带水,让人心服口服。

子虚来酪奴堂找王鸣鹤,说自己想帮止玉翻修玉虚观。王鸣鹤惊愕地望着子虚好半天才问:"怎么帮?"

子虚没有正面回答王鸣鹤,反问道:"咱九里不是能烧砖制瓦吗?有了砖瓦翻修玉虚观并不难。"

王鸣鹤摇摇头:"修庙宇不同于建民房,九里人没有谁能担当起这个手艺活儿,只能到洼里城去请工匠,可是,请工匠是要花钱的,九里凑不出这笔钱。"

子虚微微一笑:"先生你只管烧砖制瓦,钱的事我来办就是了。"

王鸣鹤一听顿时警觉起来:"你怎么办?难道想重操旧业?"

子虚摇摇头:"以前的野龙已经死了,站在先生面前的是子虚,子虚之心已经托付给玉虚观,先生只管准备砖瓦、雇请工匠,钱的事情子虚来办就是。只不过此事不要让止玉知道,施恩不望报,望报非施恩,子虚求个心安理得就是了。"

王鸣鹤吃了一惊,子虚最后这句话不是母亲在菱角湾对自己说过的吗?子虚怎么也学了去?他仔细看了看子虚的眼睛,发现子虚眼中原本寒冰般的凌厉不见了,瞳孔清澈如泉,王鸣鹤明白子虚真的悟道了。他点点头说:"好吧,我组织村民制砖烧瓦,翻修玉虚观!"

王鸣鹤向止玉说要动工翻修玉虚观，止玉很感动，但她不想让小先生看出自己的感动，独自一人站在红海滩边，望着海面上的槐花岛出神。海面风平浪静，槐花岛海市蜃楼般浮现在远方的薄雾里。"在看什么呢？"王鸣鹤跟过来。止玉的道袍在火焰般的碱蒿映衬下，发出一种深海般的靛蓝，让她显得孤傲清冷。

"那是槐花岛吧？"她问。

王鸣鹤说："是的，一个充满传说的小岛。"

"你知道它让我想到了什么？瀛洲，蓬莱仙岛中的瀛洲。"

"槐花岛不是你想象的那样，上面虽然有一处古庙，却年久失修，破败不堪，且岛上夜晚鬼火荧荧，白日乌鸦成群，绝非洞天福地。"

止玉转身看着王鸣鹤，道："小先生修葺玉虚观，塔溪师父在天上一目了然。"

王鸣鹤道："修道观之功，鸣鹤不敢贪为己有，是有缘人善举义行，将来我再说与你。"

河边烧瓦的窑尚在，玉虚观的维修不需多少砖，需要的是瓦和瓦当，王鸣鹤召集韩、马、姚、姜、陶五家到酩奴堂议事，因是农忙，六人议定这烧制瓦和瓦当的活计，不让其他村民参与，就由马俊带白鹤五子承担，白鹤五子尽义务，马俊工钱由六家均摊。但马俊谢绝了六家为他均摊的工钱，他说为玉虚观做点事怎么能要钱呢？这钱收了也没法花，说不准老婆还会小瞧自己，他决定分文不收，只要六家备好烧窑的芦苇即可。

马俊带着五个小伙子开始烧砖制瓦，双泰河畔两孔砖瓦窑又开始吞火吐烟。王鸣鹤提议：白鹤五子每人制作一种带图案的瓦当，在玉虚观五个一组依次排列，让玉虚观区别于其他道观。韩铁林率先用柳木刻出了一个新的木范，卡出后是一幅八卦变形图。马俊觉得这个图案挺别致，又符合道观风格，便去玉虚观请止玉过目。止玉看到精美的瓦当土坯,惊愕地问瓦当谁人所制？马俊说这是王先生的吩咐,白鹤五子中的韩铁林所制,要在翻修玉虚观时使用,止玉听后轻轻抚摸着手中尚未入窑的瓦当土坯,双泰河河泥细如紫砂,手感极为滑腻,凸起的八卦图通过指尖化作她心里层层细微的涟漪。"难为小先生了,"她说,"原来屋檐上瓦当极为简陋,有了这别致的瓦当,就像女人有了刘海,变得清雅了。"子虚正在井中提水,也过来欣赏马俊带来的瓦当土坯。"这是个技术活儿,"他说,"有瓦当,还要有脊兽。"

止玉随马俊回九里,在河边他看到了正在紧张忙碌的白鹤五子,韩铁林嘿嘿笑着问:"蒲姨看我设计的瓦当怎样？"九里人除了少数几个知情者外,其他人还是叫止玉为蒲小姨,白鹤五子在称呼中则减去了小字,直接称蒲姨。止玉点点头,问其他四人:"你们都设计了什么瓦当？"姚长栋、马治中、邱会武和陶天佑面面相觑,他们的设计还没有成形。"这是一次你们亮相的机会,你们要学学铁林,设计出让人称赞的瓦当。"白鹤五子都暗自下了决心,好好设计瓦当。

止玉将铁林设计八卦瓦当的事告诉王鸣鹤,王鸣鹤很高兴,他之所以对铁林厚爱几分,是铁林有过一句话让他印象深刻。当时铁林还是一个十二岁的孩子,王鸣鹤在讲授《论语》中"三年无改于父其之道,可谓孝矣"时,铁林问,"将来是不是要像爷爷、父亲一样当艄公摇橹撑船才是孝？"王鸣鹤反问他:"你说呢？"韩铁林几乎没假思索地说:"大丈夫志在摇动乾坤,岂能满足于摇一橹？"王鸣鹤将这句话说与母亲,母亲大加赞赏:三岁看老,看什么？就是看志向啊！蒲娘特意与韩老大交谈过,要好好培养韩铁林,一定要他读书,不要逼他摇橹划船。

今天,止玉并没有夸奖韩铁林,因为韩铁林设计的八卦瓦当已经说明了问题,她是提示另外四个年轻人说:"玉虚观几十年没有修葺,机遇可遇不可求,你们如果能设计一个自己的瓦当用在玉虚观上,益于时、闻于后,这就是德行啊!"白鹤五子纷纷点头,自己的作品镶嵌在玉虚观的屋檐上,就等于是传世之作。白鹤五子各有各的创意,除了韩铁林的八卦瓦当外,仅仅一个下午,姚长栋设计出一个鹌鹑,马治中设计了螭虎,邱会武设计的是云纹,陶天佑设计了饕餮。五种瓦当摆到王鸣鹤和止玉眼前时,王鸣鹤久久无语,弟子们不会知道,先生从这五件作品中似乎看到了他们不同的未来。

止玉发现王鸣鹤身上那件褐色长衫显得宽松了许多,心中有些暗流涌动,她已经把王鸣鹤当成了生命里不可或缺的一部分,对于王鸣鹤的消瘦,她首先想到的是自己给王鸣鹤增添了麻烦。

"翻修玉虚观这等大事,耗费不菲,难为先生了。"她说。

"都是大家出力,这是件早就该做的事。"王鸣鹤请止玉入座,亲自为她泡了一杯祁安,止玉已经有些时日没来酩奴堂了,止玉在的时候,酩奴堂的饮食由多子母亲曹氏依道规烹饪,王鸣鹤也日渐习惯了这种口味上的清淡。止玉走后,曹氏适当加了一些鱼虾,厨房又恢复了九里土菜的咸味,他有些不习惯,却不能说。曹氏做饭很上心,粗粮细作,用苞米面做成馇条,青菜要反复洗三遍,蟹酱虾酱都要卧上鸭蛋蒸熟了吃,这在九里已经是十分奢侈的饭菜了。只要来酩奴堂读书,白鹤五子都在这里用午饭,曹氏的厨艺让他们赞不绝口,人人吃得欢实,王鸣鹤却每餐吃得很少,尤其是晚饭,一碗馇条,半碟腌蒲笋,与止玉在时一样。

止玉望了望王鸣鹤清癯的面孔,轻声道:"小先生瘦了。"王鸣鹤下意识地摸了摸脸颊,端起茶杯轻轻喝了口茶说:"体无赘肉,轻松。""先生瘦自身而肥道观,功莫大焉!"说完这话,止玉感到两颊有些热,这杯祁门安茶很暖胃,似乎加了红枣,"都怪止玉给小先生出了难题,按理说,世道尚未太平,玉虚观修不当时,可我每日看到房上之草随风摇曳,碎瓦残砖,满目疮痍,心旌便无法入定,先圣有言:'心绪不宁,道亦难成。'何况重修道观乃塔溪师父遗愿,止玉始终牢记在心,不敢忘却。"止玉说这番话时并不看王鸣鹤,目光投向西墙的百眼柜,药柜上一个个小抽屉上工工整整地写着药名,读着这些药名如同在对语一个个老友,心中亲切而温润。

王鸣鹤问:"子虚最近还好吧?"

止玉点点头:"子虚真是性情大变,别看他平时少言寡语,每当有人来道观祈愿他就会说个不停。最近他还做了一件好事,将观内通往鸽子洞的暗道里铺上了编好的金刚苇,以后过刀兵,再不会崴脚踝。"止玉想起了几年前自己在暗道里崴脚的经历,那一次,自己的身体第一次与王鸣鹤靠得那么近,好在两人都恪守分寸,但那一刻的印象却像深藏水底的泉,不时会冒出串串水泡来。

"重修玉虚观,真正出大力的是子虚。"王鸣鹤说,"子虚不让说,现在工程已开,我必须如实相告,真正出钱雇工匠的是子虚。"

"子虚哪里有钱财?"止玉顿时警觉起来。

"我问过他,既然已经浪子回头,他就不会再去做绿林响马的勾当。"王鸣鹤对子虚充满信任,子虚的脱胎换骨常常让他想到山田。人不是一成不变的,这种变化往往需要一个契机,如同山田染上霍乱,如同野龙皈依道教,在奈何桥上退回来的山田变得敦厚和气,因为他在濒临死亡时看到了善的温暖,而受到村民敬佩的野龙则成了子虚,因为他杀掉水谷赢得了尊重,对于一个向深渊坠落的人,尊重是一种人性提升的力量。

止玉相信王鸣鹤的感觉,在她眼里,王鸣鹤如同一面汉白玉筑成的主心墙,一向牢靠无比,和王鸣鹤日夜相处多年,她觉得王鸣鹤是一个先生,更是一个道行高深的乾道,褐色长袍里变戏法一般裹着取之不尽的智慧。她说:"的确,子虚就是会说话的韩二叔,以道观为家,慧眼已开。"

王鸣鹤和止玉商定,白鹤五子所制瓦当,以木火土金水的次序,依次循环用于瓦头,每块瓦当上都有白鹤五子制的铭文,以此励志示人。

王鸣鹤告诉止玉,回玉虚观不要和子虚说破工钱一事,子虚不想让别人知道,《朱子家训》有言:"善欲人见,不是真善。"看来子虚是真心想做匿名英雄了。止玉回去后没有说起此事,她注意到子虚的一头卷发因为越来越长,已经被他绾成了一个发髻,发髻呈螺状,以往的邋遢被这发髻收束起来,变得十分利落。

二

从1944年下半年开始,山田就一直闷闷不乐,来酩奴堂总是默默饮茶。有时,他会向老师要来黄帝九针,如同赌气一般在自己身上试针,针扎到疼处,也不哼一声。到了1945年夏天,山田的情绪坏到了极致,来九里,都会在离开前向多子要一碗鹤顶红,自己俯在饭桌上一口口喝干。他喝酒不吃菜,一边翻看病例,一边喝酒,直到一碗酒喝完,才将抄录的病例装进背包,红着脸向老师告别。从黑木提醒他为王鸣鹤送日本茶那次开始,山田来九里都会带一包末茶,一种研成粉末的绿茶,冲出来菜汤一样稠。山田说这是日本的国茶,普通人家喝不到。但王鸣鹤不喜欢这种毫无条索的茶末,他将山田送的末茶都放在百眼柜右上角一个抽屉里,当成一味药储藏起来。

山田看到马俊带着五个小伙子在河边烧窑,便饶有兴趣地过去看了好一会儿,这是他第一次看百姓烧窑,他说烧窑像炼丹,难怪中药九蒸九晒才出药性,出一窑砖瓦也绝非易事。他没有问烧制砖瓦用于何处,在酪奴堂他养成了一个习惯,除了病和药,其他事一概不多问,他的想法就是学去老师身上一切本事,将来能成为日本中医第一人。山田的低调让九里人逐渐接受了他,对他的印象在一点点改变,有些年轻人甚至不再把他当日本军人,干脆称他为小田大夫。只有那些年纪大的村民,偶尔会提醒晚辈:"那可不是什么小田大夫,那是关东军派来的探子!"

老村民的看法没错,山田终归是关东军军医,无论如何这一点是不会改变的。王鸣鹤在戚老板被抓一事上更加验证了这一看法。

文昌书店的戚老板虽然有尉黑子罩着,但还是因为销售反满抗日禁书被人举报了,举报者是一个倒卖木炭的复县人。他向日本人告发尉黑子,说尉黑子参股的文昌书店销售禁书。结果宪兵队查抄了文昌书店,还真找到了一些反满抗日禁书,戚老板被抓进警局。尉黑子不愧是苇地之獾,早就想好了退路,他和戚老板的交易是一把一利索,文昌书店根本没有他的股份,日本人查了半天,这家书店与尉黑子没关系,尉黑子得以洗白。但戚老板进去了,书店里的禁书也秃头虱子明摆着,倒霉的戚老板凶多吉少。王鸣鹤来找尉黑子,请他将戚老板救出来。尉黑子说这事不好说话,那个卖炭的把他也告了,他再说话容易引起日本人怀疑。但尉黑子出主意,说这件事可以找山田帮忙,因为新来的局长佐藤与山田是好友,两人常常在警局树荫里下围棋。

王鸣鹤担心,因为按照伪满《思想矫正法》条律,出售禁书就是思想犯,思想犯会被送到阜新煤矿服刑,而去煤矿服刑就等于判了死刑,不被瓦斯烧死也会挖煤累死,戚老板一个读书人哪里能经受得了这般苦役。

山田拎着一包末茶走进酩奴堂,王鸣鹤让座后直言有件事想请他帮忙。山田愣了一下,很诧异地望着王鸣鹤。他跟王鸣鹤学医这么多年,老师从没求过自己,他知道惨淡经营的酩奴堂难处不会少,但老师除了当年为九里之事找过黑木外,对自己则从未提过要求。"老师请讲,只要是山田能办到的,一定不遗余力。"山田很诚恳,他也希望能够为自己所崇敬的老师做点什么。"文昌书店的戚老板是我的朋友,因为几本禁书被警局关押,你是否可以救他出来?"

山田没有马上回话,眉头蹙了蹙,停顿了一会儿才说:"我回去问问佐藤局长,刑事案件我不管,先生说的文昌书店我去过,那里从不卖日文书,看来老板被抓也不是没有缘由。"

"戚老板不过一介书生,他不卖日文书是因为他不懂日文,万一卖错了岂不是惹火烧身?何况他主营的是笔墨纸砚,与时政关联不大,你若能帮忙为师将感激不尽。"

"老师为什么这么关心一个商人?"山田一双大眼睛充满疑惑。

"十多年的朋友了,朋友有难,焉能不帮?"

山田点点头,再没有说话。山田说自己托人搞了一些木材,想捐给老师将酩奴堂扩建一下,他甚至早就画好一张图纸。王鸣鹤将图纸给戚老板看,戚老板说这不像医院,倒像日本神社。王鸣鹤回绝了山田的好意,但山田做事很执着,还是带船把木材运到了九里。

王鸣鹤陪山田走到河边,在村碑旁站定,一路上,山田将一顶破旧的斗笠拿在手上,不时扇一扇,王鸣鹤甚至能听到他粗重的呼吸声。他对近期山田心事很重的原因能猜到几分,尉黑子说了,洼里日本人人心惶惶,一种战败的恐惧感就像地火一般在整个东北蔓延,山田的心事应该与此有关。河边泊着几条小船,船上的人正在撒网捕鱼,眼下正是白漂鱼上市的季节,一网下去,打上来的鱼白花花的,煞是喜人。双泰河已经不是韩家一桨摇往返的天下了,河中有许多打鱼的小船,有过河的人只要在河边吆喝一声,心善的村民便会将船划到河边,顺便捎脚渡河。河中的村民都认识山田,尽管山田每次来九里总是变换衣裳,但他那双大眼睛特征十分鲜明,令人过目不忘。见王先生和山田在河边要渡河,很快有船划过来,招手要他们上船。山田没有急着上船,他望着不远处正在冒着白烟的砖窑说:"瓷器也是这么烧的吧?"王鸣鹤问:"怎么,对烧窑感兴趣?"山田点点头:"我还对烧制这些砖瓦的用处感兴趣。"王鸣鹤知道没有必要隐瞒修葺玉虚观,多年苇地生活,让山田变成了一个十足苇地通,修葺玉虚观这样的工程怎么能躲过他的眼睛?"烧制这些砖瓦是为了翻修已经破败的玉虚观,"王鸣鹤说,"你知道,玉虚观虽小,却是苇地百姓祈福消灾的唯一去处,不能眼看着它失修倒塌。"山田若有所思,道:"我就是在玉虚观获救的,救我的是个美丽的女道士,她喂我米粥,送我蓑衣,那日的情景至今历历在目。"王鸣鹤装作毫不在意的样子说,"听你说过这事,道士,一向是以驱邪解厄为己任,救你也是应该。"山田摇摇头:"世上哪有应该之事,凡事都有因果,女道士救了我,我却没能谢她,这是山田一生的遗憾。"王鸣鹤暗暗吃了一惊,山田已经不是第一次暗示止玉的存在了,这么多年了,山田还没有忘记只有一面之缘的止玉。"你是说你还想着止玉?""老师不必多问,山田对止玉并无恶意,只是有一种渴望致谢的向往而已。"说完,山田向王鸣鹤深深鞠了一躬,上船离开了,他将手中的斗笠戴在头上,缓缓地坐在船头,看上去像个熟练的渔翁。

王鸣鹤背靠被晒热的石碑,望着砖窑中冒出的股股白烟,白烟很美,在绿苇托起的蓝天上,白烟化作了缕缕云絮。他感到周围的气场变了,如同一条缠了许久的腰带被缓缓地解开,体内有一种向外发散的欲望,是因为刚才山田的话吗?他想,山田说对止玉没有恶意这不是假话,聪明的山田很可能早就发现了止玉,但他没有打扰止玉,他把一个美好的印象珍藏了起来。

几天后,老陶捎来山田一封辞别信,信中说自己奉调去了哈尔滨平房,感谢老师对他的教导,有机会他会重返九里看望老师。关于戚老板一事,他说自己对不起老师,无法成全此事,因为佐藤说戚老板是反满抗日的思想犯,他不能为一个反对自己国家的人求情,我爱我师,我更爱我的国家。山田在信中还说了一件事,当年老先生坟墓是高附、川崎盗掘,目的并非辱没神医,而是想盗取墓中殉葬品,因为传说神医都有殉葬秘籍的传统,这件事是他心中一块石头,今日说开了,心头便不会再堵,他跟随老师学医以来,发现老师并无保留,所医病例均一一详细记录,一片日月之心,可自己和黑木指导官却不免有些小气。"老师既教我医术,又教我做人,山田铭记于心了。"信中还写到,别让止玉东躲西藏了,山田能感觉到她就在九里,就在玉虚观,既然止玉不想见他,他也理解止玉,因为稗子,因为高附和川崎,止玉当然不会接受自己。山田在信尾写了这样一句话,"跟随老师学医数载,发现中医世界奥妙无穷,非凡人所能悟透,中医之弊在于门户遮掩,彼此戒备,难以传承,此弊不除,中医终将式微,成为人类遗憾。"这句话像一只墨斗鱼猛然撞在心口,王鸣鹤感到整个前胸都漆黑一片。

山田终归是日本人,不管他穿不穿日本军装,学不学华夏中医,始终不会改变这一身份。王鸣鹤长长舒了口气,他知道,山田的离去,标志着时局将有巨变。

三

八月十五日,那面在警察局小灰楼上插了十几年的膏药旗落下来,伪满洲国也随着主子的投降而土崩瓦解。这一天,止玉期待已久的玉虚观开始维修,维修由马俊负责,与此同时,王鸣鹤决定用山田捐来扩修酩奴堂的木材在双泰河上建一座桥,建桥由鬼蜡烛监工,工钱由村民均摊。玉虚观维修只用了七天,倒是双泰河上的木桥建了一个多月,木桥落成前鬼蜡烛来问王鸣鹤这桥应该有个名字,起个什么名字好呢?王鸣鹤将韩、马、姚、姜、陶召集到一起,他说:"倭寇驱除,满洲重归华夏,此桥取名光复桥如何?"众人都说好。王鸣鹤对鬼蜡烛说:"修桥乃善行,你要把住营造要害,切切不可偷工减料,出现桥毁人亡事故。"鬼蜡烛说:"小先生放心,我已经清楚桥的要害就在几根支柱上,只要注意更换这几根支柱,桥就会畅通无损。"

修葺玉虚观,建成光复桥,王鸣鹤自然想到了恢复祖姓一事,父亲的嘱托如同一只贪睡的猫始终在心里趴着,不时会伸动四肢,触动他的神经。是到了恢复祖姓的时候了,他想,祖母和父亲的愿望就要在绿苇红滩变成现实。这一设想像一把没有抟成的紫砂壶,被一则消息所击碎,消息是老陶从洼里带回的。洼里成立了维持会,尉黑子当上了会长。王鸣鹤仰天长叹,当下,绝非河清海晏之时。

尉黑子当上会长不几天,便亲自来九里,他要请王鸣鹤出山,到洼里城做官。

尉黑子已经不穿那套警服,他着一件土黄色长袍,外套一件黑色马褂,头戴一顶黑呢礼帽,从光复桥上迈着方步走来,见到王鸣鹤兴高采烈地说:"九里建桥了?定是王先生功德!"王鸣鹤没做解释,拱拱手道:"祝贺尉局长高升。"尉黑子笑嘻嘻地道:"你知道我把谁救啦?"王鸣鹤疑惑地摇摇头,尉黑子这身打扮看上去有些不伦不类。"救了谁呢?"王鸣鹤问。

"戚老板,你朋友!"

原来,戚老板被抓后,一直关押在警局,日本宣布投降后,佐藤带着警局的指导官一夜之间失踪,尉黑子趁乱就把戚老板放了,尉黑子对戚老板说:"我清楚你的身份才和你交朋友,有朝一日戚老板可要为兄弟作证呀,兄弟一直是身在曹营心在汉。"戚老板已经被折磨得半死不活,尤其是腰伤很重,无法直立。他对尉黑子能救自己还是挺感激的,答应尉黑子,需要他说话的时候一定会为尉黑子说好话。但戚老板向他提出一个要求,希望尉黑子加入他们组织。尉黑子看似莽汉,实则比鲶鱼还滑,做什么都想着后路,正是因为这一手,苇地里神出鬼没的抗联武装没有哪一路想取他的性命,而临县的几个警局头头儿就不同了,要不被打了黑枪,要不就奇怪地失踪,没有一个像尉黑子这样左右逢源。但尉黑子这只苇地之獾不看好戚老板的组织,就几个青年学生贴贴传单、喊喊口号,能成什么气候?他婉拒了戚老板,说加入组织只是个形式,心里有加不加入组织无所谓。

"你救戚老板是对的,他是一个好人。"王鸣鹤说,"我找过山田,他不肯帮忙,我还担心佐藤会加害戚老板。"

"佐藤没倒出空,他也着急逃命。"尉黑子摘下礼帽,弹弹上面的灰尘接着说,"现在的洼里,是咱中国人的天下了。"

尉黑子说此行是专程来请王鸣鹤出山,到洼里做官,希望王先生能给他面子。王鸣鹤未假思考就回绝了尉黑子:"鸣鹤充其量是一乡绅而已,无做官之命,况且先祖有训,王家后人只做良医,不为良相,王某岂能违背祖训,涉足官场?"

尉黑子说:"先生不知,现在时局一片乱象,八月末俄国人占了洼里,日本人逃之夭夭,洼里城不能没人管呀。身为前警察局局长我是为一城百姓安危才出面维持秩序,与大鼻子打交道,先生知道,尉某行伍出身,肚子里没有墨水,当个警局局长还凑合,当维持会会长就不中了,先生若出山当会长,尉某给先生打个下手,共保一方平安将是洼里百姓福祉呀!"

王鸣鹤还是摇摇头:"尉局长别再说了,鸣鹤只能看病,不会做官,你还是另请高明吧。"

尉黑子很失望,辞别时可怜兮兮地问:"先生一向料事如神,可否预测一下,未来苇地是国共两党谁的天下?尉某当这个维持会会长应该背靠哪座山才对?"尉黑子的担心不无道理,苏军进驻洼里后,有共产党人已经开始组建政府,这个属于共产党的县政府通过收编抗日武装,已经聚拢了相当势力,几乎架空了维持会,这也是尉黑子想通过王鸣鹤出山替维持会收拢人心的目的。

王鸣鹤没有正面回答尉黑子,他说:"古人有话,得人心者得天下,不论哪一个,谁能赢得人心你就应该依靠谁。"

尉黑子面呈难色:"兄弟这些年在伪满洲国当差,抓过不少反满抗日分子,据我所知,他们可都是共产党,就说我放的那个戚老板吧,我心里明镜他是什么人。"尉黑子说这番话的瞬间,王鸣鹤仿佛看到了子虚的影子,如果尉黑子也能像子虚一样浪子回头,对于洼里百姓来说不啻是件好事。他知道尉黑子是个黑白两道通吃的滑头,有人恨他,也有人感激他,他的仇家大都是生意人,他的朋友形形色色五花八门。警察局是个人鬼难分的地方,看似仗义的,实则阴险,看似阴险的,又实则仗义,这些特点都集中在尉黑子身上,让他成了个多面人物。

"只要不作恶,就不会大难临头,做事先思善恶,善恶终有报应。"王鸣鹤太了解尉黑子了,这只苇地之獾面临着一次人生选择,而这次选择将决定他的命运。

尉黑子眼里充满不安,硕大的眼袋似乎要坠下来,他说:"说实在话,我挺佩服戚老板那些人,被抓到警察局里,没一个是孬种。"他抬起头,央求王鸣鹤,"兄弟要是哪一天有难,先生一定要出手相救,只有先生知道我和日本人不是一条心,我是绞尽脑汁想保护咱这片苇地呀!"

王鸣鹤点点头,尉黑子此言不虚,平心而论,黑木研究霍乱的目的是尉黑子说的,如果自己不知道这个秘密,在病例上不会有所保留,也可能会把父亲留下的医治霍乱心得和盘托给黑木。另外,如果没有尉黑子从中斡旋,九里不会在苇地偏安一隅,尉黑子的确给九里挡了不少风雨。

王鸣鹤让尉黑子给戚老板捎去一包治跌打损伤的草药,并告诫尉黑子,不要再追究那个告黑状的复县商人,冤家宜解不宜结,日本人走了,伪满洲国倒了,一切重新开始才好。

尉黑子维持会会长的椅子还没坐热,就成了戚老板的阶下囚。

尉黑子没有看错,戚老板是从事地下工作多年的共产党人。当年十月,东北人民自治军进驻洼里后,戚老板由地下浮出来,出任中共洼里工委副书记,成了主宰一方的大人物。在随后开展的"锄奸灭匪运动"中,戚老板抓了大批汉奸、土匪,其中包括伪满洼里警察局局长尉黑子,但那个告黑状的木炭商人戚老板没有抓,尽管有很多抓他的理由。在这个特殊的年份里,戚老板的称谓发生了四次变化,先是文昌书店的戚老板,被抓后变成思想犯,日满垮台后成了戚书记,进入十二月又成了戚县长。

戚县长设计了洼里有史以来最大的一次公审大会,是一次万人空巷的公审大会。得到消息的王鸣鹤在公审大会召开前连夜赶到洼里,他只带了一罐鹤顶红,但这酒不是给戚书记的。戚县长很忙,与一些全副武装的战士正在办公室里忙碌明天的公审。戚县长办公室选在原来尉黑子的警察局,他将警局的牌子用白漆一刷,然后用红漆写上中国共产党洼里工委的字样,洼里城的天就变了。洼里工委书记是辽西军分区一位首长兼任,首长整天忙于打仗,洼里政权建设工作就由戚县长挑大梁。戚县长已经不着长衫,穿一套土黄色军装,腰扎皮带,皮带上挂着一把带棕色皮套的小手枪,看上去威风凛凛。见到王鸣鹤戚县长很热情,双手拉着王鸣鹤的手把他按到椅子上坐下,吆喝通信员倒水。他知道王鸣鹤好茶,笑着说:"委屈你了,王先生,洼里百废待兴,我忙得焦头烂额,顾不上去买茶,你就将就一下吧。"王鸣鹤道:"我来可不是品茶的。"戚县长坐下来,脸色严肃起来,他知道王鸣鹤找他肯定有事。"你腰伤好了吗?"王鸣鹤没有直奔主题,他记得上次托尉黑子捎了草药,其实,这个问题不用问也能看出,戚老板虎虎生威的样子哪里还有腰伤?戚老板拍拍胯骨,道:"神医的药一到,腰伤就吓跑了。"王鸣鹤话锋一转,道:"对了,给你捎药的那个尉黑子怎么样?不会也被抓起来公审吧?"戚老板叹了口气,摇摇头:"尉黑子有罪有功,但总体上罪大于功,功不抵罪,他不仅是伪满警察局局长,日本投降后他还当了维持会会长,是洼里首恶,不抓他群众不答应啊。"王鸣鹤觉着屋内气压有变,周身有一种被挤压的感觉,大脑片刻间雪花闪烁,半天说不出话来。戚县长发现了他的异常,关切地问:"你没事吧?王先生。"王鸣鹤缓过神来,问:"怎么处置尉黑子?"戚县长道:"公审。"王鸣鹤知道公审就是把尉黑子交给百姓,一个伪满警察局局长,交给老百姓会意味着什么?尉黑子纵然真是一只苇地之獾也会被乱棒打死。"真要公审尉黑子?"王鸣鹤再问。戚县长嘴唇紧抿,从牙缝迸出一个字:"是!"这个冷冰冰的"是"字像子弹一样击中了王鸣鹤,他感到有一粒冰雹嵌入了体内。"那么,公审后呢?"他这句问话声音很小,甚至担心对方能不能听清楚。戚县长显然听清了他的问话,道:"我可以负责任地给你交个底,工委已经正式研究并报分区批准,公审后包括尉黑子在内的十个罪大恶极的汉奸匪首将被执行枪决。"王鸣鹤感到自己的血液不再流动了,周围的一切似乎都变得静止了,那些出出进进走马灯似的战士像皮影一样模糊不清。

王鸣鹤清醒过来时是在工委的卫生所,一个梳着粗辫子的女卫生员正在给他额头冷敷。他知道自己刚才晕倒了,早晨来洼里时,因为匆忙和焦虑没吃早饭,听到戚县长说要公审并枪决尉黑子后,他心里一急,身体出了状况。他发病时戚县长一直陪在身边,戚县长倒背着手在卫生所里走来走去,见他醒过来,停下脚步,弯下腰小声说:"我也不想杀尉黑子,尉黑子毕竟帮过我,可是共产党最讲公私分明,我若徇私枉法,还是共产党的县长吗?"

此时说什么已经无济于事,他将目光从戚县长那张汗津津的脸上移开,环视了一眼卫生所,道:"这个地方好熟悉呀。"

"这是当年黑木搞的实验室,后来变成了囚室,我几个月前就被关押在这里,遭受了不少酷刑。"戚县长也抬头看了看卫生所的四壁,话语中透出不尽的感慨。

王鸣鹤想起来了,这是当年他给邹凤菊治疗肝病的地方。

他坐起身,将额头上的湿毛巾还给卫生员,很平静地问:"在你杀尉黑子之前,我能不能见见他,毕竟相识十几年?"

戚县长犹豫了一下,很大度地说:"这事我可以做主,你见吧,他就关在隔壁。"戚县长又说,"关押尉黑子的牢房是当年他当警察局局长时自己建的,他不会想到自己建的牢房会关押他自己,这叫作茧自缚吧。"

戚县长不知为什么忽然笑了笑,莫名其妙地说:"很多事,都是自己挖坑自己跳。"

王鸣鹤与尉黑子的见面话语并不多,囚室幽暗,一盏缠着铁丝的电灯吊在棚顶,一张锈迹斑斑的单人铁床立于墙角,王鸣鹤注意到地面上的方砖很大,有的地砖已经踏碎。尉黑子双手抱头蜷缩在床上。一个配枪的战士把王鸣鹤引到囚室后,哐当一声关上了铁门。尉黑子放下手,吃惊地望着王鸣鹤,喃喃地道:"我完了。"戚书记没有给尉黑子上手铐脚镣,这不知是不是对当年尉黑子救过他的一种回报。

王鸣鹤靠着他坐下来,感觉到体格健硕的尉黑子身子在发抖。他把那罐鹤顶红轻轻放在床上,床很硬,尉黑子当局长的时候可以换上柔软的蒲草床垫,但他没有换,他绝不会想到自己有一天会睡到这铁板一样的硬床上。王鸣鹤安慰他:"事已至此,悉听天命吧。"

尉黑子苦笑了一下:"我尉黑子赤条条来去无牵,从不惧怕生死,没啥大不了的。"尉黑子大概早知道会有这么一天,除了那个唱皮影的小青让他舍不得,再没什么牵挂。尉黑子没有娶妻生子,他一直担心红猞猁的人会找他寻仇,怕有家眷多了累赘。

王鸣鹤欲言又止,平心而论,尉黑子这个混世魔王不乏谋略,他对生他养他的这片苇地有着割舍不去的感情,当他知道日本人要向苇地移民时所表现出的那种焦虑,王鸣鹤一直记在心里,尉黑子栽这个跟头,既是大势使然,也是他遇到了戚书记这个更强硬的对手。

"我一个杀猪匠的儿子,风光这么多年也值了,只是死在戚老板手上有点操蛋,要是八路军国军什么的打过来,一枪崩了我也好,谁让我给日本人卖命了,我不想死在一个书店小老板手上,何况他还是老子的阶下囚!"尉黑子十分懊恼,听出他心有不甘。

"戚老板本来不想杀你,可你的身份让你难免一死。"王鸣鹤为戚县长开脱,"没遭受皮肉之苦吧?"尉黑子点点头:"共产党和小日本不一样,被抓进来的十几个人都没挨打受骂,今天早上还吃了咸鸭蛋,苇地咸鸭蛋都是红黄蛋,个个出油,最下饭。"

"戚老板毕竟是读书人。"王鸣鹤似乎在自言自语,尉黑子没有挨打,这让他心里有了一点宽慰。

"我耍了一辈子心眼儿,过五关斩六将风光过不少回,跟一个卖大烟的日本人半年就学会了日本话,剿匪一年就灭了红猞猁,伪满洲国建国,这洼里警察局局座的交椅就没换过人,日本指导官走马灯似的换,我尉黑子却一直稳坐钓鱼船,上次被人告到佐藤那里,佐藤也没把我怎么样,谁知道我这一肚子心眼儿在戚老板身上都成了窟窿!说来这事也怪我,日本人投降,我有几个地方可以去躲躲,奉天、通化,还有黑龙江的孙吴,这些地方我都有生死之交,到哪儿隐名埋姓做个小买卖,鬼也找不着。可我舍不得苇地,离开这片苇地我心里不敞亮,到头来落了个鸟入罗网、鱼进须笼,人啊,该走的时候腿脚千万不能懒。也罢也罢,人总有一死,我也想开了,到阴间见到我爹至少有个交代,毕竟把红猞猁给做了。"

王鸣鹤听尉黑子讲得动情,不觉有些被打动,人之将死其言也善,鸟之将死其鸣也哀,原来尉黑子对这片苇地有着如此之深的感情,看来,响马兵匪也并非善根尽断。

尉黑子忽然想起了什么,把脸转向王鸣鹤,目光软软的:"我求你一件事,小先生,我死不会有人收尸,这把骨头喂了野狗就喂了吧,你能不能在万柳塘里给我堆个衣冠冢?别让我死后成了孤魂野鬼。"说完,他哆哆嗦嗦把一顶黑呢礼帽双手递给王鸣鹤,"不用立碑,立了也会有人砸,在万柳塘堆个坟头,里面埋上这顶礼帽就行。"王鸣鹤接过礼帽折叠起来塞进衣兜,起身问:"我答应你,还有什么放不下的?"尉黑子站起来,搓着两只手努力在想着什么,好一会儿,才深吸一口气道:"我想不通,戚老板为什么说话不算数呢?"王鸣鹤摇摇头:"别怪戚书记,他有他的难处,刑具没给你上,说明心里有你。"

王鸣鹤离开囚室的时候,看到戚县长正在大杨树下写标语,花花绿绿的彩纸裁成条状,戚县长拉开架势正挥毫书写,桌子旁围了不少人在高声喝彩。王鸣鹤知道戚县长书法不错,文昌书店有他写的书目条幅,很有些汉隶魏碑风骨。他没有打招呼,径直从敞开的大门出去了。

王鸣鹤没有参加公审大会。他在想一件必须马上办的大事。时下,日本投降,伪满洲国垮台,关外大地群雄逐鹿,已经成年的白鹤五子怎能蜗居九里?他想,应该让白鹤五子走出九里,走出苇地到外面去闯世界。他知道,在维修玉虚观工程中,白鹤五子每人得到了十块大洋的工钱,弟子们请示怎么花,记得当时自己说你们都成人了,鸟入丛林,鱼进大海,这些钱就做出发的盘缠吧。

四

自治军旗下的洼里县政府还差三天就要满月,县武装支队三连忽然哗变。三连本来就是自治军收编的土匪,这些平日里强男霸女的土匪到了八路队伍过不惯清苦日子,一起哄就发动了兵变。戚县长在得知三连兵变后,带着警卫员前去阻止,被乱枪击中腿部,警卫员当场被乱枪打死。他拖着一条腿退回县政府,叛军已经堵住大门,好在县政府炊事员老胡是个好心人,背着他从后门逃入苇地,保住了性命。老胡和九里的胡奎是本家,知道九里有个酪奴堂能看病,就背着他一直逃到九里,请王鸣鹤给戚书记治疗腿伤。

王鸣鹤对戚县长的到来很惊异,他没有想到堂堂县政府成立了才不到一个月就会倾覆,连伪满洲国还存在了那么多年,自治军领导下的县政府怎么就这么短命?这真是应了那句话:乱哄哄我方唱罢你登场,县政府这是在唱大戏吗?

戚县长枪伤不轻,子弹还在小腿肉里,王鸣鹤费了好大力气才用黄帝九针抠出这枚弹头。因为没有麻药,戚县长疼痛难忍,竟然咬碎了一颗牙齿。敷上刀枪药,戚县长马上就恢复了书记的神气,他打着简洁有力的手势说:"眼下这种反复是正常的,此消彼长,彼长此消,螺旋上升嘛。"王鸣鹤问:"一个连兵变就拿下县政府,你们是不是不扛打?"戚县长很肯定地说:"不是,我们八路军是不可战胜的,尽管斗争曲折坎坷,最后的赢家肯定是我们,因为共产党得人心。"王鸣鹤对戚县长说的共产党很陌生,但对戚县长说的得人心者将是赢家的话很认同。不管怎么说,戚县长这种乐观的精神很能感染人,这样的领导充满人格魅力。他忽然想起了尉黑子,就问尉黑子死前是否留下了什么话。尉黑子所说的衣冠冢他已经做了,与万柳塘里其他坟茔一般大小,只是这座没有墓碑的土坟远离墓群,这是王鸣鹤三思之后做出的选择。尉黑子与葬在这里的其他人不同,活着时他是给日本人当差的警察,死后就让他在苇地边站岗好了。对这座只埋了一顶礼帽的坟墓知情人不多,除了韩、马、姚、姜、陶之外,再就是白鹤五子,这座衣冠冢也是白鹤五子在夜里筑成的。开始,白鹤五子对筑这样一座衣冠冢有想法,王鸣鹤道:"临死之托,不可不听,医者对病人尚不分妍媸,焉能对濒死之人再行挑剔?"弟子们不再议论,尉黑子尽管口碑不佳,但对九里总能网开一面,偌大一块碱滩,难道还容不下一盏衣冠冢吗?在筑尉黑子衣冠冢前,王鸣鹤带人隆重地将马回、姜路的坟迁回万柳塘,并立了石碑,全村老少都参加了立碑仪式,止玉和子虚道士也赶来,为迁坟做了道场。鬼蜡烛所在的老坨头,又恢复了七座坟的格局。

王鸣鹤提到尉黑子让戚县长脸上陡然多了一些血色。他咳嗽了两声,道:"尉黑子没死,跑了。"

"什么?尉黑子跑了?"

"这小子不愧是苇地之獾,善于挖洞,当年建牢房时他就有打算,在牢房下挖了条暗道通往警局院外的水沟,洞口盖着方砖。公审大会前一天,他挪开方砖跑了,洼里一带他熟,这一跑就没了踪影,害得我向上级写了两千字的检查。"

王鸣鹤眼前顿时浮现出尉黑子那张横肉恣肆的脸,现在这张脸一定在冷笑,尉黑子会笑什么呢?笑自己建牢房时的先见之明?还是笑戚县长的妇人之仁?王鸣鹤想,尉黑子本身就是一个传奇,这个传奇还在继续。

戚县长在九里仅仅躲避了一夜,大清早,一身露水的鬼蜡烛来报信儿,说有穿黄军装的部队正在苇地向九里开进,是谁的部队说不清。戚县长一听就明白了,自治军灰军装,穿黄军装肯定是国民党部队。为了不连累九里百姓,他要到苇地里去躲一躲。

因为戚县长腿伤很重,王鸣鹤本想将他藏到蟹冢,但想了想还是改变了主意,蟹冢一旦被戚县长知道,就成了公开秘密,九里再有刀兵之祸,止玉这个最后的去处也将不保。他决定派一条船,由炊事员老胡载着戚县长去槐花岛躲避。搜索部队都是旱鸭子,不会渡海去槐花岛。

戚县长颇有临危不惧之风,国军从双泰河北岸登上光复桥他才让老胡搀着自己上船离开。海面浪高涌大,小船漂漂摇摇很快就隐没在海面上。王鸣鹤没有去送戚县长,他到三圣祠点燃三炷香祷告一番后,回到前堂独自喝茶。他想,既然来者是堂堂正正的国军,肯定与以往的兵匪不同,国民政府的部队保国保民才是天职。但他心里并不平静,因为来者是与戚县长为敌的部队,如果知道自己藏匿了戚县长,会不会报复呢？在给三圣上香的时候,他忽然明白了一个问题:要让一群人乱起来,最好的办法就是将这群人分成两帮,本来相安无事的一群人,一条横线划开,就有了楚河汉界,就会出现你死我活的争斗,这划线之人便是流血的源头。

开进九里的是国军二十五师一营尖刀连,连长姓孔,长着络腮胡子。国军这个连并不是来抓戚县长的,他们在锦州接到上峰命令到洼里城驻防。孔连长一到九里就直奔酪奴堂而来,在河边他就打听到了,九里主事之人是酪奴堂的王先生。见到王鸣鹤后,孔连长开门见山,粗门大嗓地说:"鄙人姓孔,奉命经此地去洼里,今夜在此宿营,请王先生多担待。"说完,不等王鸣鹤回话,就指挥部下以各排班为单位,分头到村民家找住处。王鸣鹤听到这拨人马不是来抓戚县长的,心中一块石头落下,请孔连长入座喝茶,让多子张罗晚饭。简单交谈后他知道,孔连长所带之连是先锋连,主要任务是为后续赶到的部队打前站,营部明天中午到。他们营长是个军校出身的军官,对营部要求很高,墙上要挂地图,摆放电话机的桌子上要铺军用毯子。孔连长说最好找个地主老财的宅子当临时营部为好。王鸣鹤摇摇头:"九里乃贫瘠之地,没有什么地主老财,最宽敞的屋子就是酪奴堂了。"王鸣鹤不知道连长营长是多大的官职,听孔连长说营长如此讲究,认为这个军官级别不低。孔连长在酪奴堂中转了两圈,脚上的翻毛皮鞋因为挂了铁掌,踏在砖地上咔咔直响。他捋了捋胡子,说:"不行,营长挺讲究风水,先生看病的地方当营部不是触霉头吗？"他让士兵到村里去找,结果士兵回来报告说看好了三圣祠。孔连长亲自来到三圣祠,进到祠内,这个横着膀子晃的大胡子忽然沉默了,很虔诚地朝着孔夫子的塑像两腿并拢敬了个军礼。王鸣鹤很担心这些当兵的拿三圣祠当营部,见孔连长如此动作,知道事情有了转机。"你这家庙里供孔圣人?"大胡子问。"当然,王家世世代代供奉三圣。"王鸣鹤回答说。大胡子点点头:"关外乃圣人未到之地,不想在这偏僻苇地还能有供奉之所,身为孔子传人,维君这边有礼了。"大胡子说完向王鸣鹤鞠了一躬。原来大胡子叫孔维君,曲阜阙里人,和孔子是族谱可查的本家。王鸣鹤说:"不愧是圣人之后,尊贤崇礼,不过,孔圣人一生克己复礼,反对戾气杀伐,将军若把一个舞枪弄炮的营部设在三圣祠中恐怕不妥吧?"

孔连长大手一挥:"王先生言之有理,三圣祠不用了,营部另选个屋子好了。"

孔连长的部队在九里驻扎一夜,酩奴堂成了村民告状的衙门,从晚饭开始,不时有村民跑来告状,说住在家里的士兵闹事,有酗酒的,有侮辱女人的,还有索要钱物的,有一个排长因为晚饭没有肉,竟然把房东的狗给杀了,害得房东一家人抱头大哭。村民热汤热饭地伺候,他们还这样滋事,这哪里像正规军?王鸣鹤去找孔连长,希望他能管束部下,不要骚扰村民。孔连长身边站着一个跟班的,年纪不大,眼光却锥子一样尖,他说:"朱大夫你知道吗?这些弟兄从西南到东北,是摸着阎王鼻子走过来的,在驻地逍遥自在一下也是应该的。"王鸣鹤没有接这个跟班的话,一直盯着大胡子看,他希望这个孔氏后人能阻止部下为非作歹。孔连长犹豫了好一会儿,端起桌上的酒碗一口喝干,然后咣当一声将酒碗扔在跟班的脚下,嘴唇周边的胡须上酒珠闪耀:"去告诉弟兄们,这屯子里供着我祖宗呢,都他妈憋着点,想撒野到下一站再撒!"

孔连长的部队次日向田庄台方向开拔,留下一个班接应将要赶到的营部。王鸣鹤让多子把村里的情况统计了一下,九里遭罪不小,六户人家户主遭打,两户人家女人受到侮辱,一条狗、三只鹅、五只鸭子被宰,胡奎被迫白做了五十五碗拨面。最让人哭笑不得的是姚家,姚大下巴活着时总是噙在嘴上的一杆烟袋被抢,抢者是孔连长的司务长,他不抽烟,而是看上了烟袋上碧绿的翡翠烟嘴。后来,姚刚每次想起此事就后悔不迭,因为这个司务长进到家里,为了表示好意,姚刚用烟袋在烟笸箩里盛了一袋烟双手递给司务长,司务长一双红眼不看烟,却盯住了烟嘴,就这样,姚家的传家宝易主了。

王鸣鹤站在酪奴堂前的院子里,遥望着海面上隐隐约约的槐花岛心潮澎湃,戚县长预测不错,这样的国军如何赢得人心?二十五师先锋连过九里,是自老西风之后九里遭受最大一次横祸。他无法预料随后而来的所谓营部会是一个什么样子。

让九里人感到庆幸的是营部没有设到九里。长着一张丝瓜般长脸的营长气势非凡,威严的大檐帽下一副墨镜遮住了半张脸,黄绿色军用大衣披在身上,衣领竖起来,挡住了两耳,这让他看上去鹤立鸡群般与众不同。营长对苇地深处小小的九里很是蔑视,尽管九里都是清一色的砖瓦房,但格局毕竟太小了,不到百户人家,街上空荡荡的不见人影,与他想象中熙熙攘攘的欢迎人群相去甚远。八一五光复后,国军开到哪里,哪里都是彩旗飘扬,享受着英雄凯旋般待遇,唯独在这小小的九里,连个彩旗的影子都看不到。营长脚蹬黑皮靴,一手叉腰,一手持马鞭站在碾盘上比比画画说个不停,列队立正在面前的是孔连长的那一班士兵。王鸣鹤对他站在碾盘上训话很是反感,这碾盘是村民碾谷的地方,村里连小孩子都不能上去玩耍,你一个戎装军人难道不懂这个道理?王鸣鹤大致听清了营长的训话,他在指责士兵为什么要选择这样一个弹丸之地当营部,堂堂美式装备的二十五师,是敌人闻风丧胆的国军主力,不是打游击的土八路,我们宿营至少要选择一个城镇!当天中午,营长的队伍开走了,营长带走的还有六头猪、三只羊。他们抢夺猪羊并没遭到抵抗,王克笙在世时立下一条规矩,遇有兵匪掠夺,切莫为财舍命,留得青山在,不怕没柴烧,九里百姓不会为了一头牲畜就以卵击石,和嗜血成性的兵匪去拼命。

这场刀兵过后,王鸣鹤放飞了白鹤五子。"你们走吧,山外有山,天外有天,鸟入林,鱼归海,九里不留你们了。记住,不管走多远,要记着回来。"韩铁林代表白鹤五子问了三个问题:一个是怎么衡量弟子将来的成就?王鸣鹤回答说:无憾。第二个是如果白鹤五子各为其主、兵戎相见怎么办?王鸣鹤回答说:泻火。第三个问题,世事难料,一旦心与身分离时,如何处置?王鸣鹤回答说:问道。

戚县长从槐花岛回来,王鸣鹤说了国军经过九里的情况,戚县长并不惊奇,道:"王先生好运气,你遇到的连长、营长还没有坏透,二十五师不是杂牌部队,要是遇到其他国军,九里就没有囫囵个儿了。"

戚县长就在酩奴堂养伤,到次年春天伤愈,一直坚持在苇地周边村屯建立组织,带着队伍打游击。这期间,王鸣鹤与戚县长有了深层次的交流,戚县长充满乐观的精神让人总是为之一振,在这位昔日书店老板的眼里,天下没有难事,但王鸣鹤觉得自己和戚县长难成至交,他觉得自己和戚县长就像苇地里两只不同的鸟,自己是一只蓬间雀,而对方则是一只搏击风浪的鱼鹰。

年底,白鹤五子捎信回来,马治中、陶天佑考入锦州师范,韩铁林、姚长栋参加了东北民主联军,邱会武进了国军二十五师。五个人,三个去处,却分出了两个方向,王鸣鹤百思不得其解,是谁在五个弟子中划出了一条横线呢?

邱会武在二十五师进步很快,被提拔到师部当参谋,他给鬼蜡烛捎来一部美国产望远镜,说三虎叔年纪大眼会花,有了望远镜在老坨头上就好比有了千里眼。

1946 年

苇地之獾

一

已经多年没有在老坨头上放狼烟的鬼蜡烛再次错过了机会,事后,他不得不感慨自己老了,即使有了邱会武给的望远镜也解决不了眼神不济的问题。其实,并不是鬼蜡烛老眼昏花,而是进入九里的这支队伍行动极其隐蔽,与其他行军队伍不同,这支队伍在苇地里穿插竟然毫无声息。二月一日是除夕,深夜,九里家家户户的爆竹已经响过,人们吃过守岁饭后都进入了梦乡,在酪奴堂吃过饺子的鬼蜡烛也背着那杆心爱的步枪赶回老坨头的窝棚,站在光复桥上,他朝冰封的河面上撒了一泡尿,自己闻到一股浓重的酒味。回到老坨头,从怀里掏出油纸包的饺子和一瓶鹤顶红仔细摆在郭大的墓前,跪下来磕了三个头,然后起身对郭大墓后的六座坟道:"各位长辈都到大的坟前喝酒吃饺子吧。"说完,他习惯性四处瞭望一番,天上没有月亮,苇地黑乎乎一片,微风拂过,苇叶发出的猎猎之声再熟悉不过了,他想:连苇地里的狐狸兔子也要过年,别说响马土匪了。酒困人乏,他进到窝棚里,吹灭油灯,盖上羊皮袄开始睡觉。鬼蜡烛没想到,就在他入睡后不久,一支百十号人的队伍从老坨头下悄悄穿过,经过光复桥进入九里。

第一个发现这支部队进入九里的人是胡奎。胡奎开面馆养成了早起的习惯,大年初一,像往常一样起来打理面馆,还特意用竹竿挑了一串小鞭,待天亮后好放鞭迎接鸡年新的一天。他推开大门,忽然发现灯笼下照着几个怀抱着步枪正在睡觉的士兵,胡奎擦擦眼,再看,街上家家户户的门洞里都挤满了相依相偎的军人,胡奎"妈呀"一声,手里那串小鞭掉到雪地上。正在睡觉的军人被惊醒,猛然站起身,其中一个向他敬了个军礼:"对不起,老乡,打扰啦。"浓重的胶东口音,大概因为天冷,这声音有些硬。"你们,你们这是打哪儿来?"胡奎有些结巴。大年初一,九里街道上神不知鬼不觉冒出这么多穿黄军装的人,颇有神兵天降的感觉。这时,一个三十多岁的军人走过来,向胡奎敬了个军礼,微笑着道:"我们是东北民主联军四纵的,行军经过此地,打扰了。"胡奎头脑里对什么东北民主联军没什么概念,就像对东北人民自治军也没有概念一样,他想应该尽快去找小先生,过刀兵这样的大事,都是小先生出面应付。他问清了对方是个军官后,带他去见小先生。军官方脸阔嘴,很和蔼,棉帽子护耳上都没有毛皮,显得很单薄,在这寒冷的苇地里极易冻伤。胡奎抄着袖,一路小跑带着方脸军官往酩奴堂走,这时,已经有早起放鞭炮的村民开门发现了街上的军人,因为有过上次黄军装队伍的骚扰,村民一看到军人,就吓得匆匆关上门,没有人到街上放鞭炮。

王鸣鹤受止玉影响,中年后有早起打坐的习惯。清晨刚好打坐完毕,准备到三圣祠敬香,见胡奎领着一个军人进来,王鸣鹤很惊异,对方的黄军装让他想到了戚县长的话:穿灰军装的是民主自治军,穿黄军装的是国军,对方无疑是国军了。没待紧张的胡奎说话,方脸军官便敬了一个军礼道:"王先生好,我是东北民主联军四纵的吴连长,行军路过此地,多有打扰,请谅解!"

对方如此礼貌让王鸣鹤颇感奇怪,上次的连长、营长可不是这个派头,今天这个吴连长倒很像个知书达理之人。王鸣鹤拱手还礼,然后让座、上茶。吴连长敏锐的目光飞快地扫了室内一眼,直着腰板坐下来,等着王鸣鹤说话。王鸣鹤也坐下,问:"吴将军的部队是东北民主联军,去年一个过客说还有一支部队叫东北人民自治军?敢问这两支部队是一回事吗?"吴连长很严肃地道:"我不是将军,只是一个连长,东北民主联军去年叫人民自治军,今年刚改了名字,我们是共产党领导的部队。"王鸣鹤疑惑地问:"人民自治军不是穿灰色军装吗?国军军装才是黄色的。"吴连长笑了笑:"王先生说得没错,我们这支部队刚从胶东过来,还穿着胶东的黄军装,以后民主联军的军装会统一颜色。"王鸣鹤明白了,这是一支从山东来的部队,又问:"贵军到九里是途经还是久驻?"吴连长道:"当然是途经。"王鸣鹤又问:"大军刚到吗?"身旁站立的胡奎插话道:"小先生不知啊,大军昨晚半夜就到了,怕打扰乡亲过年,百十号人就在雪地里睡了一宿呀!"

王鸣鹤猛然站起身,问胡奎:"什么?大军在雪地里过夜?"

吴连长替胡奎回答道:"是的,这没什么,人民军队不能除夕夜里扰民,将就几个钟头天就亮了。"

这时,多子哈着气从外面进来,说几个当兵的想要一些干苇烧火做饭。多子是来酪奴堂给先生拜年的,发现街上有不少军人,还有几个军人在井边支起大锅,因为没有干柴,他们便拦住多子,请他帮忙。

"是炊事班要做早饭,如果可能,请王先生帮一下忙。"吴连长也站起身,态度很诚恳,脸上依然带着微笑。

王鸣鹤对这个总是脸带笑容的方脸吴连长很有好感,他说:"走,我们去看看。"

清晨的街上,以排为单位的联军战士正在列队跑步,不时喊着一二三四的口号,老榆树下两个战士腰扎白围裙正在用井水淘米,还有两个战士在碾盘上铺块菜板,正在切干豆腐丝,两口铁锅吊在支起的木架上,锅下还没有生火。

"大冬天的在屋外怎么做饭?今天可是大年初一呀。"王鸣鹤对吴连长说:"告诉士兵们别生火了,怎能叫你们在大街上吃饭,这要是传出去,九里丢不起人呀!"他吩咐多子尽快去找韩、马、姚、姜、陶来酩奴堂议事。吴连长回绝道:"王先生心意领了,可是我们进东北前定了纪律,不能扰民,我们还是自己解决吃饭问题,您只要给弄一些干柴即可。"

王鸣鹤心底涌上一股热流,多好的仁义之师!他摇摇头:"九里的饭给义和团吃过,给各路土匪吃过,给日满鬼子吃过,也给光复后的国军吃过,难道就不能给你们民主联军吃?九里人向来华夷愚智,普同一等,今日权当军民一同过年了。"

回到酩奴堂,韩、马、姚、姜、陶五人已经赶来,王鸣鹤当着吴连长的面吩咐:此次接纳军人不再分摊给村民,一百二十名军人,韩、马、姚、姜、陶、胡六家均摊,军官则统一安排在酩奴堂。吴连长不再拒绝,屋外实在太冷,战士已有冻伤。他表示会按照部队的规定给村民以回馈。王鸣鹤道:"王某活了四十余载,如此仁义之师还是第一次遇到,九里不需回馈,只要大军爱民如子、不糟蹋百姓即可。"吴连长双手握住王鸣鹤的手说:"我们是人民子弟兵,哪里有糟蹋百姓之说?"王鸣鹤叹了口气,对吴连长说了前不久九里过刀兵的事。"不瞒你说,年前九里也来了一个连,连长姓孔,满脸大胡子,他们住了一宿,把九里糟蹋苦了。"吴连长说:"一定是国民党二十五师的部队。"王鸣鹤点点头,"他们军纪松弛,为非作歹,抢了些猪羊不说,还侮辱妇女,你们知道为啥村民看到穿黄军装的不敢出门吗?上次二十五师就是穿黄军装,乡亲们看到穿黄军装的打怵呀!"

吴连长脸上的笑容不见了,目光变得冷峻,他挥拳在桌子上捶了一下,愤愤地说:"这些秧子兵,很快就要收拾他们了!"

吴连长的部队在九里驻扎了九天,这九天是九里家家欢声笑语不断的九天,用姚刚的话说:"九里家家户户都来了娘家人。"九里村民山东人多,见到家乡来的部队格外亲切,战士给村民挑水、帮村民扫院子、编苇席,还教孩子们唱歌,村里甚至开始流行山东话。

吴连长的部队是开往沙岭镇的。沙岭是明代古镇,建有古城堡,因扼守商贾要冲,自古为兵家必争之地,镇内有点将台、高丽城、保安观等历史遗迹,是苇地人赶集的好去处。春节后,国军二十五师六十六团已经进驻沙岭,东北民主联军四纵接受的任务就是围上去吃掉六十六团。吴连长说队伍要去沙岭,王鸣鹤猜测一定有大仗要打,不知怎么就想到了邱会武,会武参加了二十五师,可别在战场上与吴连长刀枪相对。临走时,吴连长将一沓东北九省流通券交给王鸣鹤,委托他发给所有接待了部队的人家。吴连长说他会向地方政府说明情况,东北解放后地方政府还会有些补偿。村民对战士们的离开依依不舍,全村老少围在列队的战士旁,有人泪水涟涟地给战士们衣袋里塞鸭蛋,有孩子跷脚和战士说悄悄话,冬日的九里出现了一幕令人感动的送别场景,这一切都被王鸣鹤记在《酩奴堂纪略》中。

正月十八,戚县长带着两个民兵来到九里,告诉王鸣鹤一个好消息,正月十五,东北民主联军四纵在沙岭与国军二十五师六十六团打了三天三夜。"沙岭战役那个场面大啊,联军就是厉害,生生把美式装备的六十六团打垮了。"戚县长很兴奋,端着一杯热茶却不喝,激动得几次把茶碗中的茶汤洒出来,溅湿了黄棉裤。他眉飞色舞地说:"国军祸害九里的那个营,正月十七在大沟帮被全歼,什么营长连长要么被击毙,要么被俘,没一个漏网。"戚县长面呈喜色,王鸣鹤却心生惋惜,大胡子连长虽然匪气很重,但还有一点敬畏之心,毕竟制止了下属作恶,至少罪不至死。当然,两军对垒,不能讲什么怜悯之心,战场之上,你死我活,大胡子战死沙场,也算尽了军人的天职。

戚县长说国民党虽然控制洼里城,但共产党在苇地里正在蓄积力量,总有一天,会把洼里城夺回来。戚县长在说这番话的时候,右手按在腰间的手枪皮套上,好像随时就要拔枪一样。

戚县长这种斗勇精神令王鸣鹤很敬佩,都说善不带兵、义不养财,可在戚县长身上这话不灵,戚县长文质彬彬,说话不乏斯文,这样一个人变成了一个斗士,是一种什么力量起作用?四十多年来,自己就像苇地里生生不息的芦苇一样,年复一年总是一个样子,而眼前的戚老板,不到两年光景,就脱胎换骨成了指点江山的大人物。王鸣鹤感到自己适应不了这种变化,与戚县长相比他更喜欢止玉。止玉如同一块始终如一的玉,又如同珍藏多年的瓷器,每一次欣赏都有种熟悉而亲切的光泽,让人感到温暖,而变化了的戚县长,则日渐变得生冷起来。

戚县长这次来九里有一个很明确的目的,要在九里建立组织。他动员王鸣鹤,个人的命运只有和国家民族的命运结合起来,才能拥有波澜壮阔的人生。王鸣鹤摇摇头,王家两代人一门心思只在酩奴堂上,不想拥有什么波澜壮阔的人生,如果说波澜壮阔,自己的先祖经历三藩之乱和流放之苦,已经波澜壮阔过了,那又怎样?还不是换来一百年隐姓瞒名。戚县长说你祖上入错了组织,吴三桂注定要覆灭,因为他逆历史潮流而动,而他所在的组织是国家的希望、百姓的福祉,希望你秘密加入组织,再发展几名党员,然后以此为火种,在这苇地深处建立第一个党支部,你就成了干部。戚县长讲了许多道理,但王鸣鹤却听不进去,戚县长讲的那些新鲜名词,他几乎充耳不闻,这些生僻的外来语,在经史子集和医书中找不到,是两个不同的话语体系。

"只做良医,不谋良相,我不能忘了家训,更当不了你所说的干部。"王鸣鹤拒绝了劝告。

"我等你醒悟,不急。"戚县长信心十足。

二

九里在正月末刮了一场大风,数日不止,风从海边红甸里蓄势而成,王鸣鹤终于明白了当时母亲为什么会说风生于红甸。

正月的红海滩一片荒凉,荒凉得令人伤感,就在这荒凉之中,天昏地暗的大风却拔地而起,让茫茫苇地失去了方向。这风刮得奇怪,奇怪得让你找不到来头。在王鸣鹤记忆中,风可以从四面起,唯独不能从头上或脚下出,但这一场风却分明来自脚下的红海滩。大风退去后,王鸣鹤站在满是黄土的院子里弯腰用手指试了试,大风搬来的黄土竟有一寸厚,再看满村的屋顶,已经不是细密的灰瓦,而是草屋一般满眼的枯黄。

万事生于脚下。他记得母亲这样说过。

天降黄尘不是吉兆,九里有麻烦了。他没有说出自己的担心,但他感到了周围气场的变化,这种变化表面看不到,但他周身每一个汗毛孔都有知觉,似有数不清的冰芒刺过来。

感觉果然灵验。不久,戚县长捎信来,说国民党县政府依据《兵役法》,谋划大批征兵,小小的洼里县要完成征兵三个团的任务。戚县长号召老百姓抵制征兵,不能给打内战的国民党当炮灰。王鸣鹤觉得自己当时放飞白鹤五子是个正确选择,否则一道征兵令下来,白鹤五子就成了国军大兵了。白鹤五子走后,酩奴堂新收了姜四维之子姜春旺为弟子。春旺不爱说话,做事有条不紊,在酪奴堂一边读书,一边跟多子当学徒。多子已经能当酪奴堂半个家了,把脉开方,处理村务样样拿得起放得下。春旺和多子吃住都在酪奴堂,多子母亲曹氏一日三餐天天过来忙碌,三人填补了白鹤五子走后的冷清。王鸣鹤一直牵挂鬼蜡烛,让他白天从老坨头上下来,到酪奴堂吃饭,不要自己有上顿没下顿地凑合。有了光复桥后,老坨头上的狼烟已经失去意义,这样,鬼蜡烛每天都会在清早匆匆从光复桥进村,晚上再回老坨头守墓,他背着一杆步枪早来晚走的身影成了九里一道独特的风景。

王鸣鹤对多子说:"尉黑子没死,这黄尘不会与他有关吧?"

多子说:"尉黑子就是本事大,但愿他和戚老板别碰头。"

王鸣鹤长叹一声,道:"不是冤家不碰头,日本人走了,没想到他俩却成了冤家。"

王鸣鹤的预料果然没错,尉黑子在二月初二那天晚上突降酪奴堂,戚县长前脚刚走,他后脚就到了。尉黑子选择这一天有他的考虑。二月二,龙抬头,他要在九里抬头,让王鸣鹤别小看自己——多年来,尉黑子在王鸣鹤跟前总是很自卑,尤其上次在囚室里,他觉得自己一定被王鸣鹤小瞧了,他要到九里把失去的自尊找回来。尉黑子带着两个警察,三人都穿着日本军大衣,戴着狐狸皮棉帽。尉黑子站在门外把正要推门外出的多子吓了一跳,他"妈呀"一声就折回身,哆哆嗦嗦地道:"不好了,先生,日本人又回来了。"没等王鸣鹤问话,门外一个熟悉的粗门大嗓吼起来:"什么日本人,小先生在吗?我是老尉!"

带着寒气进来的果然是尉黑子,他摘下帽子往桌上一扔,展开两臂扑过去把发愣的王鸣鹤熊一样抱住,道:"真想你啊,小先生!"

寒暄之后,大家一一落座,春旺已经接替多子承担起给来客泡茶倒水的活计，多子则一旁做些裁药、碾药的事，这是王鸣鹤的交代，不能因为接待访客影响干活，手和脚都要学会一心两用。

"你死里逃生的消息是戚老板告诉我的，大难不死，必有后福，你当好自为之。"王鸣鹤说，"不过我不明白，莫非你有先见之明，在修建监狱时预留一条暗道？"

尉黑子摆摆手，让其他人都去厢房歇息，自己则放低了声音道："歪打正着，歪打正着啊！"

原来，尉黑子当年在修建这些牢房时，以修建下水道的名义让苦力挖了一条暗道通往院子外的水渠，留这条暗道是准备伺机发一笔横财的。日本人常常以莫须有的罪名抓些经济犯进来，其中不乏家底殷实的富贾大户，一旦这样的人犯进来，就会有人揣着大把光洋来疏通关系，为了活命，被抓的人家往往不惜血本，哪怕砸锅卖铁也会破财免灾。尉黑子暗中等待这样的机会，一旦有了合适对象和时机，他可以启动暗道，暗度陈仓，到街上找个乞丐来个狸猫换太子，狠狠赚上一把。谁知等到"满洲国"垮台，也没钓到一条肥鱼，好在工没白费，这条暗道被自己逃命用上了。当时他已经忘记了这条暗道，公审前的晚上，看守给端来一碗猪肉炖豆角、两个窝头，他知道这是断头饭了，便想起了王鸣鹤送来的鹤顶红，开酒时手哆嗦，酒瓶掉到地上摔碎了，鹤顶红以极快的速度渗到砖缝里，像砖下面有张馋嘴在偷喝一样。他猛然想到了砖底下原本有一条暗道，顿时心花怒放。夜深人静之时，悄悄搬开地砖，沿着暗道爬到院子外的沟渠里，带着一身污泥溜进了茫茫苇地。

尉黑子说："苍天有眼，我又官复原职，现在是国民政府洼里县警察局局长！"

王鸣鹤耳边忽然出现一股啸音，尉黑子说话声太大了，声音从四面墙壁上反射回来,在耳朵里形成一种共鸣,放大了原本说话的声音。得意之时,必是失意开始,尉黑子如此得意忘形,恐怕好运不会持久。

"你恨戚老板?"王鸣鹤问。

"戚老板不仗义,我无非过去敲了他点银子,可我也罩着他的书店了,花人钱财,替人消灾,我没啥对不起他的,他不该对我起杀心。"尉黑子语气很冲,像含着一口辣椒酱。

"你和戚老板原本是熟人,各有所属才势不两立,我劝你们各让一步,天宽地阔,切切不可记恨前嫌,以暴制暴。"王鸣鹤想到尉黑子已经当了警察局长,会像围剿红獚狪那样报复戚老板,劝他放过戚老板。

"天不灭尉,他戚老板想要我命不那么容易,尉某属啥呀?属獾的,动物里最喜欢咬人的就是獾,我铁了心要咬戚老板一口!"尉黑子自负如一头蜜獾,拍拍腰里的手枪,"他姓戚的能不能犯在我手上,就看他的造化。"这个动作王鸣鹤感到很熟悉,他想起来了,戚县长说话时,也喜欢拍拍腰中的家伙,看来,腰里的家伙决定说话的底气。

尉黑子告诉王鸣鹤,去年十二月,国民党洼里县政府就成立了,县长姓金,肚子里墨水不少,今年年初,金县长调整了区划,全县设两镇十五个乡八十六保两千六百一十个甲。九里因地处苇地深处,尚在保甲之外,但他想酩奴堂这么有名,九里应该设一保,由王鸣鹤出面当保长,免得共党乘虚而入。他说金县长讲,共党就像苇地里无处不在的鬼蟹,潮满时在地下潜伏,潮一退就遍地爬,让你防不胜防,所以,要紧的是扎紧篱笆,看好旮旯胡同,不给共党活动空间。

对于设保一事,王鸣鹤态度很明朗:不行!他告诉尉黑子,国共党争,九里不需选边站队,国来是客,共至为友,不分远近,一视同仁,若非要设保建甲,岂不是归顺了某一方?归顺一方为胜者尚好,若失了势,定会遭受涂炭。王鸣鹤的理由很简单,他不想被绑在哪一方战车上。

尉黑子劝道:"王先生,九里虽在苇地深处,但不是治外之地,不能脚踏两只船,你不归顺国家,自然就投向了共党。当年黑木给你的办法不灵了,黑木是图你神医绝技才留你一条出路,现在政府组建了,给你九里征兵的员额是八个,不建保甲你咋个摊派下去?"

"保甲不能建,壮丁不能出,还望尉局长从中周旋。"王鸣鹤向尉黑子拱拱手算是请求。王鸣鹤这才知道政府《兵役法》的厉害,八个征兵员额,对于小小的九里简直是个天文数字,他知道戚县长所言不虚了。

"新来的金县长是个认死理的硬茬儿,上任后搞了《十家连保连坐法》,把各乡、各保都串起来了,九里想不串在这张网上恐怕不行。"尉黑子面呈难色。

因为是二月二,王鸣鹤自然要为尉黑子摆酒接风。苇地二月二有吃猪头的风俗,他特意让鬼蜡烛烀了猪头,再加苇地八大碗,在九里,这已经是苇地奢侈的大餐。

他让多子把韩、马、姚、姜、陶五人都请到酩奴堂,一起陪尉黑子吃饭。尉黑子感到很有面子,话也多了不少,谈东北军,谈关东军,谈红狲猁,还谈到了戚县长的自治军。在谈到自治军时他流露出明显的不屑,"乌合之众,哪里有战斗力?泥捏的一样,一碰就碎!"这是王鸣鹤第一次听人评价戚县长的队伍,连尉黑子都瞧不起,这样的队伍怎么保一方平安?尉黑子一边说一边目光乱窜,不知怎么就盯住了上灶的鬼蜡烛,皱着眉头问:"这位老兄怎么看着眼生?"王鸣鹤道:"这是老李,专做苇地八大碗的厨子,待一会儿你就能尝到他的厨艺了。"尉黑子点点头:"看来酪奴堂也长架势了,雇得起私厨了。"

鬼蜡烛的厨艺的确不错,尤其猪头烀得烂,蘸着蒜酱正好下酒。韩、马、姚、姜、陶频频劝酒,尉黑子喝至半醉就不再喝了,无论韩、马、姚、姜、陶怎么劝,他都摆手拒绝,他说苇地里时常有共党的游击队活动,他不能多喝,明早要尽快赶回去。王鸣鹤对尉黑子从不贪酒误事这个习惯很佩服,尉黑子能成为苇地之獾,绝非浪得虚名。

"不喝了?"王鸣鹤问。

"不喝了,醉酒误事。"尉黑子很清醒。

"那让弟兄们喝,我带你去看一样东西。"王鸣鹤起身带尉黑子离开酒桌,两人徒步来到万柳塘。万柳塘一座座坟茔荒草萋萋,每盔坟头上都压着几张纸钱,标志着年关时家家上过坟。尉黑子有些酒醒,问:"你带我到坟圈子里干啥?"王鸣鹤走到一盔培了层新土的坟前停下,问尉黑子:"知道这是谁的坟吗?"

尉黑子的脸色马上变得煞白,嘴唇翕动好久,才问:"难道是尉某的衣冠冢?"

王鸣鹤点点头:"正是!"

尉黑子小腿有些抖,就势蹲下去,用手敷了敷坟上的新土,新土已经冻结,铠甲一般坚硬。他站起身,搓搓手,眼角噙了两滴泪。

"尉局长的嘱托鸣鹤不敢遗忘,从洼里归来次日,就召集九里三老四少为你筑了这盔衣冠冢。你的礼帽盛于木匣埋入坟中,九里百姓给亡故之人烧纸,都不忘到这里烧几张纸,因为都知道你没有家人,不能让你在那边身无分文当乞丐。你看看坟前的纸灰,九里村民待你不薄。"

"小先生是真兄弟啊!"尉黑子转过身万分感激地道,"尉某要对得起九里,决不像戚老板那样过河拆桥、忘恩负义。"

王鸣鹤松了口气,他把会武在二十五师当参谋的事告诉了尉黑子,说九里青年想到国军里讨前程的,他一概不拦,可是他作为九里主事之人,不能容忍把人强行掳去当兵。他还讲起当年义和团在九里扩团的事,指了指蓝坛主的墓说:"蓝坛主放过九里一码,九里人代代为他上坟,你尉局长要是有恩于九里,我会将你的功绩记在三圣祠《彰善》簿中,让九里后人永世不忘!"

次日一早,尉黑子没吃早饭就离开了九里,临走时他对王鸣鹤说,九里不设保甲之事他可以睁一只眼闭一只眼,八个兵役员额的事非同小可,他要再想办法。王鸣鹤道:"尉局长死里尚能逃生,九里之事应该算不得什么,要是需要花费,酪奴堂勒紧腰带筹集就是。"王鸣鹤这话让尉黑子顿时脸红起来,他说:"小先生这么说就见外了,尉某虽爱财,却不会贪小先生之财,再说了,酪奴堂一向不养余财,道上的人都清楚。"

王鸣鹤感到尉黑子变了,变得不再那么见钱眼开,看来,经历过一次生死的人,如同经过大考,人生答案往往会无师自通。

三

天降黄尘的不祥让王鸣鹤心里压抑了很长时间,总好像心头有擦不净的浮灰,这浮灰会不时飞到鼻腔或咽喉里,让人心里发燥。王鸣鹤已经有几天没见到止玉了,心里惦记,就让多子照顾酪奴堂,自己来玉虚观找止玉,他想问问止玉,如何才能让内心平静下来。

修葺一新的玉虚观静静地卧在苇地里,四月的蒲苇像无数好奇的青蛇,从湿土中探出头来,齐刷刷吐着绿信子。王鸣鹤站在玉虚观山门外,心中颇有感慨。设保甲、征新兵、建组织,这些伪满时期从没有过的事情困扰着他。那个时候,要防范的是关东军,现在,与自己都有着联系的两个人成了对头,他很难作出一个简单的选择。戚书记和尉黑子,一阳一阴,相对而生,对疾病他可以下结论,对这对冤家,他却无法做出判断。人就像歪瓜裂枣,丑陋的能甜到家,好看的却熟不透。

伫立门前的止玉一身皂袍,凝脂般的脸庞在早春的阳光下瓷一般明亮。玉虚观维修后,止玉的心情也好似经过一番收拾,变得明朗起来。

"小先生早该来,看看弟子们的杰作。"止玉说。

王鸣鹤心里盘算了一下,自去年维修道观开始,他一直没能抽空来玉虚观看看,倒是止玉和子虚常常去酩奴堂喝茶并介绍一些道观的事物。人虽未到,但玉虚观的大事小情王鸣鹤还是挂在心上的。有子虚在保护止玉,日本人、"满洲国"作鸟兽散,玉虚观安全了许多。玉虚观的事他分别问过戚书记和尉黑子,两人都说要保护这座苇地里的道观,戚书记的话很有高度:"现阶段我们革命的对象不是和尚道士而是国民党反动派,是地主老财。"尉黑子的话则不像戚书记那样简洁,似乎带着历史根据:"当年成吉思汗灭西夏,唯独不毁寺庙道观,啥道理?不管啥社会,总该有个安置人心的地方。我不是大漠之王,道上人都叫我苇地之獾,我就像獾子一样看好玉虚观,给王先生一粒定心丸。"既然戚书记和尉黑子都想保护玉虚观,王鸣鹤便放心了许多,当年塔溪道姑对他的嘱托也就不再是负担。

止玉引王鸣鹤参观了屋檐上各不相同的瓦当,韩铁林的八卦、姚长栋的鹌鹑、马治中的螭虎、邱会武的云纹和陶天佑的饕餮,五种瓦当构成一组,精美有趣,寓意吉祥。止玉说:"小先生不妨预测一下,白鹤五子谁将来是五子中执牛耳者?"

"铁林。"王鸣鹤未假思索。

"何以见得?"

"五种瓦当,唯有八卦能经纬天地,其他四图皆为具象景物,若依胸怀论,铁林最为博大。"

止玉微微一笑,王鸣鹤忽然发现止玉白皙的眼角上有了几道细细的皱纹,一种莫名的伤感忽然涌上心头,止玉也老了吗?止玉怎么会老,她是羽客仙姑啊!人生真的是太匆匆,不经意间水中月已缺,镜中花也凋。

"五种图案,寓意不同,能成大器者或许与你预测会有差异。"止玉并没有附和王鸣鹤,她看中了哪一位弟子并没有明说,"见微知著,大音稀声。"

王鸣鹤深知天机不可泄露的道理,没有深问,他提到了三天三夜的黄尘,不知道预示什么?董仲舒当年著有《灾异论》,认为每一次天灾,都是对人的警示,这黄尘在警示什么呢?

"霍乱。"止玉回答十分干脆。

"为什么?"

我在三圣祠居住时,读过令尊的《酩奴堂纪略》,其中有一句:"霍乱之年,天呈异象,黄尘雨下,芦花不放。"

王鸣鹤恍然大悟,他怎么只想到了戚书记和尉黑子,却忘了霍乱这苇地里最大的麻烦。霍乱之年,天呈异象,这是父亲在《酩奴堂纪略》中的警示,止玉尚记得住,自己怎么却忽略了呢?

"我懂了。"王鸣鹤看着止玉那双亮晶晶的眸子,心中如风吹湖面,涟漪层层,"我回去该多备一些芦根草药,淘井通渠,防着这洪水猛兽般的霍乱。"

止玉将王鸣鹤让进殿内,殿里有几个上香的百姓正在跪拜三清,子虚坐在一旁,案上有一桶灵签,他双眼微合,抄着袖静坐不动。因为乾坤二道有别,玉虚观在去年修葺时稍稍做了改动,在大殿后新建一处勉斋宫作为止玉内室,但止玉会客则一律在大殿原来塔溪师父的住处,只不过这间内室已改成了书斋,子虚不识字，书斋便成了他的禁区。子虚见到王鸣鹤，起身行拱手礼，却不说话，他已经变成了循规蹈矩的道士，道袍着身，两眉下垂，举止不动声色。

"子虚话越来越少了。"王鸣鹤有些感慨。

"修道之人，多言无益。"止玉说。

王鸣鹤忽然想起了红顶子，那片红穗芦苇给他留下了太多的印象，红顶子是一块神圣之地，那窝大耳狐迁走后，他为此遗憾了很久，担心有一天栗娜回来，无法向栗娜解释。"红顶子还在吗？"他没头没脑地问。

止玉愣了一下："红顶子是个有故事的地方，有故事就好。"

"韩二墓在那里，那里比万柳塘干爽。"王鸣鹤想到了韩二，韩二墓是原来大耳狐的家。说完，王鸣鹤感到头有些晕，他双手扶着条案，闭上眼睛让自己静一静。

"小先生身体不适吗？"止玉关心地问。

"哦，大概受了点风寒。"王鸣鹤起身告辞，"你安好，我便放心，回去等着与霍乱较量吧。"子虚起身相送，王鸣鹤靠近一步，俯在他耳边说，"除了修道，你还有一个责任不要忘记。"子虚点点头，依旧没有言语。

回到九里，多子说戚老板来过，坐了一会儿就走了，看样子戚书记很疲惫，像是患了积食之症。王鸣鹤问戚老板来九里做什么，多子说戚老板让转告你要防着尉黑子，说这家伙又开始祸害苇地了，戚老板列举了尉黑子一大串罪状：在苇地里到处抓壮丁、打着为九里补充员额的旗号挑拨苇地其他村子与九里的关系、为蒋介石祝寿强令百姓捐献东北九省流通卷，总之尉黑子坏事做绝，这笔账早晚要清算。

王鸣鹤听后没有说什么，独自来到三圣祠，戚尉之争对他来说已经不是最要紧的事，他放心不下的是不知何时狰狞而至的霍乱。

四

霍乱果然来了。霍乱让刚刚经历过天灾人祸的苇地百姓雪上加霜。降黄尘、征壮丁、捐寿礼、遭霍乱,这个年份注定是多事之秋。

霍乱生于苇地,但谁也说不准是哪个村落先出现的。端午刚过,苇地里的患者像穿成串的蚂蚱,一个挤着一个来酩奴堂求医。来酩奴堂的大都是轻患,有下不了炕的重患,家属便跑到酩奴堂来求先生出诊。多子不同意先生出诊,他说:"酩奴堂的病号都医不过来,哪里有工夫出诊?"王鸣鹤却不推托,他根据求医者的病情制定了三个不同的药方,要多子分类医治,自己决定出诊。他嘱咐多子说:"医者意也,善于用意,即为良医。我所列三类,虽是旧方,却可新用,你辨证施救,定有奇效。"多子担心王先生出诊,因为老先生就是出诊二道沟得病不治。现在霍乱暴发正猛,王先生却要出诊,万一有个三长两短天就塌了。多子知道自己拦不住他,便找了个借口匆匆跑到玉虚观来见止玉,他知道止玉说话先生肯定会听。但止玉回绝了多子,止玉说:"你与小先生情同父子,难道不知他医德品行?他每次在三圣祠上香默诵的那段话你可知道?其中有遇到求医者不得瞻前顾后,自虑凶吉,护惜身命几句,小先生是言行一致之人,不会顾惜自身安危而见死不救,你也要学习小先生这一高风亮节。成为高德大医。"多子说:"酩奴堂患者都挤破了门,出诊只是些小个例,何必舍近治远。"止玉道:"你在众里看是一小个例,在个例一家却大似天,小先生明白这个道理,才让你坐诊酩奴堂,自己单枪匹马去与死神搏斗。"

多子觉得止玉说到了先生根子处,如果先生不出诊,出诊之人只能是自己,而求诊之人大都渴望先生前去,先生一到,病人心理先痊愈了三分。看来自己想事情太过浅显,只顾一点,不及其余,这是自己与先生的差距所在。

王鸣鹤让多子将请求出诊的患者列了名单,他要独自外出巡诊。鬼蜡烛要陪他,被他婉拒,霍乱患者,隔离为要,别人陪着有被传染的危险,他决定自己走。

正在他打好行李准备出发时,尉黑子带人急匆匆赶来,一见面,尉黑子就抱拳作揖:"先生还在,正好正好。"王鸣鹤疑惑不解,尉黑子身后几个人都身着黑色警服,只有一个挂着文明棍戴灰色礼帽的中年人与众不同,此人穿一套灰色哔叽中山装,左胸前戴一个蓝底白图的徽章,看上去很斯文。"这是金县长。"尉黑子一侧身,将中山装让到王鸣鹤眼前。王鸣鹤快速观察了一下对方,上身长、下身短,这种人站着比别人矮,坐着比别人高,天生就是当官的坯子。金县长摘下白手套伸出手来:"久仰、久仰,鄙人金克俭。"王鸣鹤和对方握手,感觉对方手很软,很熟悉,他忽然就想到了戚书记的手。戚书记当文昌书店老板时,手也这么软,后来拿枪握刀了,估计手就不会这么软了。"金县长大驾光临,有何吩咐?"王鸣鹤开门见山,他急着出诊,多耽误一刻,就会多失一条性命。

"洼里城内霍乱流行,民众惊苦无助,尉局长推荐说酩奴堂王先生乃霍乱神医,常年隐居苇地深处,不肯投身俗流,鄙人亲自来请王先生出山,望先生能去洼里城,与政府医护共御疫情,救生民于苦难。"

尉黑子接着话茬儿道:"古有刘玄德三顾茅庐,今有金县长苇地求医,日后必成佳话呀!"尉黑子语气里多了些与匪气不同辙的东西,看来国民政府中的尉黑子戾气收敛了许多。

"治病救人,医者使命,鸣鹤责无旁贷。我已打点行装,正要外出巡诊,待名单上患者医过后,便赶赴县城,听从金县长调度。"王鸣鹤对金县长刚才的话语很认同,这样一个爱民县长,冒着疫情亲自到苇地来,很不容易,他答应了对方的要求。

尉黑子说:"城里情况紧急,有不少公干人员患病,先生能不能先去洼里,然后再回苇地巡诊?"

王鸣鹤摇摇头:"命不分贵贱,医不分妍媸,我岂能厚此薄彼,媚官怠民,罔顾医德。"

金县长鼓掌赞许道:"王先生言之有理,在下不耽误先生出诊了,救命胜于救火,鄙人在洼里恭候就是了。"说完,带着一行人匆匆回返。金县长大概没料到王鸣鹤会答应得如此爽快,往回走的路上,他大步流星,手中那根文明棍枪一样扛在肩上。走了很远,尉黑子快步折回来,悄悄对王鸣鹤道:"洼里的兵额、委员长寿礼我都替九里周全了,先生要留心戚老板,他专门跟有钱人过不去,在架掌寺、大洼把几个财主家产给分了,那几个财主在'满洲国'都是有头有脸的人物。"

王鸣鹤深吸一口气,慢慢呼出来,然后道:"为什么非要你死我活呢?你俩过去可是一块喝茶的熟人呀。"

尉黑子眨眨眼,道:"你不掺和也好,这样我下手就没顾虑了,你知道吗?他们拿我没办法,却把小青给抓了。小青是和我相好,可人家是唱皮影的,日本人都没抓,他戚老板凭啥抓?"

"怎么?戚老板绑票要钱?"王鸣鹤不相信戚书记会做出土匪才有的举动。

"钱倒是没要,他们吓唬小青,让小青管着我不和他们作对,要不就把小青像那些财主一样给镇压了。你说说这戚老板怎么啦,有本事冲我来,拿一个唱皮影的女人做什么文章!"尉黑子显然对戚书记警告小青很气愤,他希望借王鸣鹤把话传给对方,他们俩可以刀枪对着干,但不要殃及小青。

"我了解戚老板,他不会干老西风、红猞猁干的事,你放心,他们有纪律,不会去祸害一个女戏子。"王鸣鹤说。

"真的?"尉黑子有点不信。

"如果戚老板去祸害一个女人,我王鸣鹤以后不会认他。"王鸣鹤的语气不容置疑。

尉黑子心满意足地跑着撺金县长去了。

王鸣鹤在苇地里巡诊五天,将多子列出的名单全部诊治完后匆匆赶往洼里城。应该说城中疫情不是那么严重,只是百姓恐慌厉害,街道上店铺关门,行人寥寥。金县长成立了一个霍乱防治委员会,他当主任,聘请王鸣鹤当顾问。王鸣鹤对县里医护人员讲了土法防治霍乱要领,然后让这些医护人员分散下去实施救治。王鸣鹤的防治办法非常经济,不用昂贵的西药,只用芦根、芦花,收效却非常好,自他进城主持霍乱救助以来,城中死人日减,全县这次霍乱死亡八百六十人,绝大部分死者是分散在苇地里的百姓。

王鸣鹤在洼里城救治霍乱第四天,春旺进城来找他。春旺神情焦虑,额头满是汗珠,他将王先生拉到一边,悄悄地说:"戚书记染上霍乱了,很重,正躺在酩奴堂等你救治呢。"戚书记体质很弱,在苇地里藏来藏去,染上霍乱不足为奇。王鸣鹤找到金县长,说离开九里十余天,九里还有些登门求医患者,徒弟多子手生,自己该回去检视一番。金县长同意了他的请求,说他查阅了乡保名单,九里还没有划入,下步,九里要设保甲,保长就由你来当。王鸣鹤摇摇头:"我一个乡医,给人看病才是本分,不会当官。"金县长以为他嫌保长太小,就说要不就当乡长吧。王鸣鹤还是摇摇头:"多谢金县长抬爱,鸣鹤有家训,不能涉足政治,还请金县长见谅。"金县长不再强求,"人各有志,随你心愿吧。"

金县长赠送了他一支派克钢笔,白色金属笔筒,笔尖是黄澄澄的金色,金县长说以后开药方不用研磨了,钢笔用起来方便。

躺在酪奴堂厢房炕上的戚县长已经奄奄一息。见到王鸣鹤,戚县长无神的眼睛显得很空洞,想抬手示意,努力了几下还是放弃了。站在一边的多子说,"戚县长病得这么厉害,却始终没有吭一声。"王鸣鹤坐下来把脉、翻看眼睑、查看舌苔,再问了问排泄物的情况,对戚县长只说了一句话:"戚县长宽心好了,阎王爷懒得收你。"便回到正堂开方熬药。

调理了两天,戚县长能下地了,多子搀扶着他来到正堂,见王鸣鹤正在专心读医书,有点不好意思地道:"谢谢小先生,几次救我,戚某感激不尽。"王鸣鹤示意他坐下来,道:"我正有事问你。"他示意多子回避,然后关上门问:"你们抓了洼里皮影班子的小青?"戚县长愣了一下,点点头:"抓了又放了,是想让他劝劝尉黑子,不要再做坏事。"王鸣鹤长呼一口气,看也不看戚县长,像是在对着那排百眼柜说:"你与尉黑子之间的恩怨你们俩解决,为何要扯一个女人进来?小青虽说和尉黑子相好,但她只是一个唱皮影戏的嘛。"戚县长解释道:"我们没难为她,只是让她捎句话。"王鸣鹤站起身,在屋里踱着步,目光却盯着脸色萎黄的戚县长,戚县长被盯得有点紧张,摘下眼镜拭擦。"不瞒戚县长,我在洼里遇到了尉黑子,他说了小青的事,我替你打了保票,说戚县长不会去为难一个女人,不知我这张保票有没有效?"戚县长在镜片上哈口气,在衣襟上擦了擦,戴上眼镜道:"小先生放心,我们一向是讲政策的,镇压土匪恶霸都不搞株连,对尉黑子也同样,再说小青也不是尉黑子老婆,将来革命政权建立了,我们还会改造皮影班子,让皮影戏班为工农兵服务。"王鸣鹤感到了戚县长说这话的底气,有一种托举之气,他说:"一言为定?"戚县长点点头:"一言为定!"

一年里,洼里城像戚老板和尉黑子在玩跷跷板,双方你高我低忽上忽下,让很多人无所适从。尉黑子掌控着县城,戚老板掌控着乡下,双方顶牛僵持,不时有些小规模的冲突。下半年,戚老板一方势头越来越强,大有水漫金山之势,而尉黑子旗下的县城则成了红滩绿苇里的孤岛,开始风雨飘摇。

让戚县长威名远扬的是他的锄奸灭匪运动,一股股惯匪被剿灭,一个个恶霸被镇压,茫茫苇地从来没有这样太平过,苇地百姓只要一提到戚县长,都会竖起拇指夸赞一番。

身体康复后在九里休养的戚县长差一点就与尉黑子在酪奴堂碰面,着实让一向沉稳的王鸣鹤惊出一身冷汗。一天午后,戚县长在酪奴堂与王鸣鹤品茶聊天,两人的话题围绕着绿苇红滩展开。戚县长很动情地说:"我本来可以去牡丹江工作,我向组织申请留在苇地,我感觉自己离不开这红滩绿苇,在苇地住久了,害怕见山,看见山心里就堵得慌。"王鸣鹤听到此话忽然就想到了尉黑子,尉黑子也不愿意离开苇地,芦洲碱滩让每一个生活在此的人都会产生一种眷恋。这次谈话王鸣鹤才知道,原来戚县长也是苇地里出生的胶东人,戚县长的祖父是蓬莱的一个秀才,因为给状告栖霞大财主牟二黑的雇农写状子,得罪了这个富可敌国的大财主,怕遭报复便漂洋过海到苇地里谋生。他祖上当初没有到苇地深处,而是选在靠近锦州的一个叫苇沟的村子谋生。当地几个大户也是闯关东的山东人,乡音未改,风俗如旧,他们不愁吃穿,正愁孩子无书可读,戚秀才的到来恰是时机,几家大户便劝说戚秀才办了一处私塾,教村中孩子读书,这样,手无缚鸡之力的戚秀才就在苇沟落地生根。戚县长这一代,日本人占了东北,取缔了戚家私塾,他在锦州加入了地下党组织,后来被组织派到洼里开书店,他的文昌书店其实是抗联的一个秘密联络站。王鸣鹤不知道,原来戚老板还有这个背景,他不得不佩服对方的城府。戚老板当时看上去懦弱笨拙,不谙江湖,原来深藏不露,大有来头。他想了想,劝戚县长说:"君子应当不计前嫌,为何要死磕尉黑子?"戚县长正色道:"小先生错了,这里没有私人恩怨,尉黑子给日本人当鹰犬不算,当了国民党的警察局长后,又在苇地为非作歹,成百上千抓壮丁,给反动派打内战添炮灰,这样的坏人我们必须审判他!"戚县长刚说完,鬼蜡烛脖子上挂着望眼镜急匆匆跑进来,说尉黑子来了,还带着不少保安团士兵。戚县长猛地站起身,从腰中拔出手枪:"先生,我不能连累酩奴堂,我这就到街上去。"王鸣鹤没有慌,让鬼蜡烛在前院挡着,自己拉起戚县长的手,领他快步来到三圣祠,推开暗门,让他从暗道去蟹冢躲避,这是他将三圣祠中暗道机关第一次示与外人,事情紧急,刻不容缓,如果有第三种选择,王鸣鹤绝对不会这样做。

王鸣鹤刚刚回到前院,尉黑子就从街上急步走进来,尉黑子盯着鬼蜡烛胸前的望远镜好一会儿,伸手摸了摸,问:"一个厨子还要带望远镜?"鬼蜡烛说,"这是二十五师参谋邱会武捎给我的,他知道我喜欢打兔子,有了这千里眼,看得准成。"尉黑子转身朝王鸣鹤拱拱手道:"我奉金县长之命,给小先生送礼来了。"说完,挥挥手,身后的士兵从背包里拿出一个布卷来,抖开一看,原来是面贺幛。贺幛是红色织锦,上面绣着八个黄字:"红滩扁鹊,绿苇华佗",落款是洼里县政府县长金克俭。"为表彰先生医治霍乱有功,县长特意制作这面贺幛让我亲自送来,县长知道先生爱茶,还特意备了五斤沱茶送您。"尉黑子又从手下那里接过一个布包来,连同贺幛一并递给王鸣鹤。王鸣鹤心里涌上一股暖流,这个金县长真是有心之人,他接过贺幛和茶叶,将尉黑子一行引到屋内,尉黑子四处打量了一番,目光停留在茶几上两个喝了一半的茶碗上,多子见状走过来,收拾了茶碗,问:

"小先生沏什么茶?"王鸣鹤道:"高客高待,祁门安茶。"多子端着茶碗去了。尉黑子坐下来,悄声对王鸣鹤说:"最近又有好几个镇的财主被抓了,我搞不清楚,戚老板为啥总是和地主老财过不去?王先生可要留心哪。"王鸣鹤笑笑:"酩奴堂又不是地主老财,他们抓一个行医的何用?"尉黑子心情很沉重,叹了口气,把腚后的手枪扭到裤裆前,摆摆手让手下都到院子里等候,自己则愤愤地说:"戚老板想要我的命,他们小瞧我了,我尉某是苇地之獾呀,真有那么一天的话,我往这苇地里一钻,他们连根汗毛也逮不着。"多子端来泡好的祁门安茶,尉黑子连喝三茶碗,然后起身告辞。王鸣鹤劝他吃过饭再走,尉黑子说还是走吧,晚上苇地不太平。尉黑子说:"以后有什么事就让老陶捎信好了,我实在没空往九里跑。"老陶每个礼拜都去洼里赶集,和尉黑子熟悉,有些口信儿都是他捎回来的。王鸣鹤知道尉黑子不是没空儿,而是担心安全,苇地实际控制者是戚老板。但尉黑子这次能来,说明他很看轻戚老板,他说自己往苇地里一钻,戚县长连毫毛都逮不着这话并不虚,尉黑子是名副其实的苇地之獾。

尉黑子走后,王鸣鹤将戚县长从蟹冢接出,戚县长掸掸身上的湿土,问王鸣鹤:"这暗道好隐蔽呀。"王鸣鹤点点头:"防刀兵所备,今日倒救了你一命。"戚县长站在院子里往尉黑子走远的方向看了看,若有所思地说:"这个尉黑子,有胆量。"

后来,尉黑子果真再没有来九里,尉黑子所有的消息都来自戚县长和老陶,戚县长每次都会说一大堆尉黑子的罪行,老陶则只会说一些尉黑子的口信,从不加评论。

这一年冬天,从锦州师范回到洼里的马治中和陶天佑组织了洼里中学大罢课,在县城里震动不小。尉黑子派人抓了他俩,一审问,知道是王鸣鹤的学生,便让老陶将两人带回九里,尉黑子捎话说:看王先生面子他才放人,下不为例。

马治中和陶天佑回来住了三天,便来向王鸣鹤告辞,两人要去热河,介绍信是戚县长写的,将两人介绍给热河工委一位老领导。王鸣鹤很惊讶,他不知道何时戚县长把两个弟子拉了过去。

1948 年

马治中

一

戚县长是在他的本命年——鼠年正月十一重返洼里当上县委书记兼县长的,距上次他离开县府大院正好两年零三天。腊月二十六打春,戚书记希望打春前能解放洼里,这样他在本命年到来前就完成了自己的一桩心愿。但时光还是把他的希望拖进了鼠年,尽管洼里没有国军正规部队,尉黑子的保安团听到风声早作鸟兽散,可没有上级命令就不能行动,戚书记带着两个连的部队还是在冬天的苇地里过了大年,正月初十接到命令,次日他们就兵不血刃占领了洼里。戚书记在众人的簇拥下来到原警察局改成的县府大院,院中央那棵大杨树因为树叶落光树上的老鸹窝格外扎眼,他抬头看了一眼,对身边的人说,"姓金的就像这老鸹,留下空巢,飞了。"进到原来的办公室,他感到奇怪的是那把带扶手的榆木官帽椅还在,只是椅子上放了一个寸半薄厚的小蒲团。戚书记手扶椅子站在那里想了许久,是金县长廉政?还是他喜欢明式家具?他想不明白,一般来说国民政府的大员都喜欢沙发转椅,沙发椅坐上去要舒服得多。

戚书记时来运转并没有急着告诉王鸣鹤,他有很多事要忙。都说本命年太岁当头坐,无灾也有祸,他不信邪,偏要在这太岁头上动把土,本命年里做出点动静来。

戚书记重返洼里的消息王鸣鹤是听尉黑子说的。洼里解放,金县长带着尉黑子、勤务员小田乘坐一条小渔船从海上逃到九里,是借道九里去锦州。锦州已是兵临城下,一场大战即将爆发,但金县长还是要去。他说除了锦州,不知道自己还能去何处。小田是金县长的老乡,像书童一样跟随金县长,金县长逃离洼里时,很多下属想跟他走,他唯独带上了小田。逃离用的渔船是尉黑子找的,尉黑子不想去锦州,他说把金县长和小田送到九里上路后他这个警察局局长就算善始善终。从九里进入苇地,再去锦州城会很安全。国共两军打仗,双方都避开了茫茫苇地,从九里取道锦州是条捷径。

发现海上有一条小船驶来红海滩的是鬼蜡烛,邱会武给他的那个望远镜起了作用。自鬼蜡烛收到这个宝贝后,有事无事他都要站在高处四处观望,往苇地里望,往红滩上望,往海面上望,往槐花岛上望。有人问他:"你老是拿着个西洋镜望,能望见啥光景吗?"鬼蜡烛说:"不望心里没底。"大家知道他说的底是什么。鬼蜡烛自从年轻时为郭瞎子站岗出了岔头,一辈子都变得谨慎小心。这一次,鬼蜡烛在瞭望中发现了这条小船和船上与渔民打扮截然不同的三个人。他报告王鸣鹤,王鸣鹤决定迎上去,看看对方什么来头。他和鬼蜡烛来到碱滩南面由木桩打成的简易码头。鬼蜡烛将步枪藏在苇垛里,带着枪容易引起猜疑,哪一个老百姓会扛着枪满碱滩晃悠?

小船到岸,王鸣鹤发现船上的人原来是金县长、尉黑子和一个跟班。尉黑子站在船头喊:"王先生,又见面了。"鬼蜡烛帮助拴好船,尉黑子先行跳下,然后扶着穿灰色中山装、头戴礼帽的金县长下船,最后,提着棕色皮箱的勤务员小田很敏捷地跳下来。金县长两手握住王鸣鹤伸出的手,眼镜片后竟然泛起泪花来,嘴唇哆嗦着一句话说不出来。倒是尉黑子有些冷静,他说:"洼里城沦陷了,戚老板占了上风,我们准备从这里去锦州。"王鸣鹤没有听清楚,疑惑地问:"戚老板怎么了?"尉黑子很不服气地说:"又当县长啦。"王鸣鹤看了看金县长,金县长表情很痛苦,捂着胸口道:"金某不才,痛失洼里!"王鸣鹤清楚了,原来戚书记夺回了洼里,金县长的政府垮台了。

王鸣鹤将金县长三人让到酩奴堂,听金县长说要去锦州,便安排陶天佐去送他。天佐做生意常从苇地去锦州,路熟,与苇地几路劫道的响马也有交集。金县长很感激,说自己上愧对政府,下辜负百姓,丢了洼里,本是戴罪之人,却能受到九里乡亲这等优待,自己将永生不忘。担心夜长梦多,王鸣鹤让多子叫来天佐尽快带金县长和小田上路,天佐说皮箱拎着惹眼,还是换个苇编背篓好,金县长箱子里除了几件衣服外,再就是政府官印和几件重要档案,他将这些物品装入背篓,皮箱留给了陶天佐算作脚钱。王鸣鹤看到了金县长倒皮箱的全过程,发现箱内并无钱财,心中不禁对这个文质彬彬的县长多了些好感。反观尉黑子就不一样了,尉黑子肩上背着褡裢,看沉甸甸的样子就能猜到里面装了些什么。金县长走了,步履有些摇晃,手中的文明棍在地面上一点一点丈量着,像是要记住什么。王鸣鹤和尉黑子将他们送至河边,看着三人走过光复桥,一直走进芦苇荡。对方没有回头,王鸣鹤和尉黑子也没有挥手,送别的场面十分悲凉。

回到酩奴堂,王鸣鹤问尉黑子下步如何打算?尉黑子可怜兮兮地道:"小先生要想法子救我。"说完,两只手抱住王鸣鹤的肩膀,尉黑子很用力,王鸣鹤感到肩膀被铁钳夹住一样生疼。他扶尉黑子坐好,问:"我区区一个乡医,如何救得了你?"尉黑子道:"我想到玉虚观出家当道士,这事需你点头才成。"王鸣鹤马上摇头:"不可,玉虚观乃坤道之观,有一个叫子虚的道士打更种田已经是例外,怎能再有乾道进入？乾坤同观,不合道规,还是另做打算吧。"尉黑子嘴张了半天才合上,他满眼失望,憔悴的脸上挂着一层灰:"我早料到此事没门儿,先生不会答应。"王鸣鹤说:"实在没有去处,就留在九里好了,我让村民匀出几亩薄田,你把小青接来,就在九里做个本分的庄户。"尉黑子表情木然,眼神呆滞,机械地摇摇头:"小先生不知,共产党厉害就厉害在能发动老百姓,老百姓提起我尉黑子,哪个会说好话？我在九里待不下去,早晚会被抓去砍脑袋。"王鸣鹤劝道:"我与戚老板熟悉,到时候可以替你求求情。"尉黑子苦笑道:"你又不是没求过,戚老板铁面一张,会讲什么交情？"王鸣鹤欲言又止,尉黑子说得没错,上次为尉黑子求情碰了一鼻子灰的事记忆犹新。

尉黑子在酪奴堂吃午饭,鬼蜡烛特意为他包了野兔肉饺子,上了坛头锅鹤顶红,尉黑子食欲不错,吃得狼吞虎咽,喝得沟满壕平。王鸣鹤从他的吃相看出,尉黑子是条拿得起放得下的汉子,一般人在走投无路之际,哪里有心吃得下饭？但尉黑子不一样,刚才还泪涟涟求救,这一会儿却毫无心事大快朵颐,这是典型的响马做派,看来尉黑子苇地之獾的绰号名副其实。

饭后,尉黑子向王鸣鹤要了一大包金疮药,说将来在苇地被狼咬了也好疗伤。拿到药后尉黑子起身告辞,王鸣鹤问他要去何处,他冷笑一声:"五百里苇地还藏不下我这只獾子？"临走,他攥住鬼蜡烛的手,有些动情地说:"我尉黑子从没做过亏待九里的事,我知道你一直在老坨头上放狼烟,因为小先生的面子我没说破,你在日本人面前变戏法也瞒不过我,我睁一只眼闭一只眼都过去了,咱们一报还一报,兄弟走华容道那一天你可要放我一马。"鬼蜡烛被他说得一愣,扭头看看王鸣鹤,道:"你是先生的朋友,我鬼蜡烛不当拦路关公。"尉黑子拱拱手,转身直奔光复桥而去,尉黑子步履夸张,衣着怪异,引起一路狗吠。

尉黑子像一只獾子钻进茫茫苇地,再也没有回九里,没有谁知道他去了苇地何处。

二

八月,马治中回来了,身份是苇地工作队队长。

与马治中同去热河的陶天佑被派到大连,在一家制造炮弹的工厂当副厂长。马治中本来要去富拉尔基,命令都下了,却被戚书记一封信给留下了。戚书记给热河那位领导写信,说洼里土地改革刚刚开始,希望能借调马、陶二人回苇地抓抓土改。东北各地战事吃紧,干部需求量大,那位老朋友斟酌再三,只放回马治中一人,而且设置了前提,土改结束后立即回去。那位领导对马治中说,区区洼里,与东北乃至全国解放大局相比,犹如芝麻和西瓜,但你们两位是戚书记输送来的,他来求援我不能不考虑。就这样,马治中被借调回洼里。

一身戎装的马治中与两年前离开九里时大不一样,言谈举止军人范儿十足。他风尘仆仆去见戚书记,戚书记毫不隐晦自己的真实想法,说之所以让他回来,是因为苇地土改难搞,苇地村村屯屯基本没有大地主,充其量也就有些富农和中农,群众斗志激发不出来,什么事都推不动。革命若是失去了对象,就像打仗没了对手,仗会打得不咸不淡,所以说啊,王先生就成了需要争取的主要对象,只要王先生支持,苇地任何事都会迎刃而解,那么谁来争取呢?你这当学生的再合适不过了。马治中知道戚书记与王先生交情不浅,按理说戚书记应该修书一封,让先生支持他的工作,戚书记却没有这样做,他不解地问,"戚书记和王先生是好朋友呀?"戚书记摇摇头:"朋友归朋友,有些事越是朋友越复杂。"

这次交谈后,马治中猜测戚书记这是给他打预防针,正式开始工作前,他肯定还会有交代。果然,两天后,戚书记派人将他叫到县政府,戚书记交代的任务简明扼要:"你要尽快在苇地建立组织,这是你面临的第一难题。"马治中心想,建立组织有什么难的,戚书记为什么把这项工作作为第一难题?他点点头,没有说什么。戚书记看出了他不在乎的神情,提示他说,"王先生反对的事情,苇地老百姓就会跟着反对,对此你要有充分思想准备。"戚书记很关心王鸣鹤,他将一包茶叶交给马治中,"王先生爱茶,这是战友送我的峨眉雪芽,你捎给先生,我当了书记就像牛马上了套,无暇再去见他,请代我问候他。"马治中替先生表示感谢,他说:"王先生深明大义,顺应潮流,只要能把理说通,他一向是服理不服人。"戚书记说:"那就好,你们毕竟有师生之谊,不过,革命不能被情面罩住,要学会斗争哲学,就是在斗争中团结,在团结中斗争。"马治中点点头,心想,怎么斗争也不能斗到王先生的头上啊,先生一无土地,二无骡马,给穷人看病还不收钱,这样的人士若被伤害,九里乡亲岂能饶了自己?别人不说,单就老父亲便会将自己扫地出门。"我明白了,"他说,"我回到九里动员先生抓紧建立组织,抓紧开展土改,先生向来以教化和保护乡邻为己任,他只能是进步力量而绝非革命之障碍。"戚书记表示赞同,说:"九里若建立组织,王先生这一关非过不可,特殊时期,组织发展特殊办理,县委授权给你,你放手去搞吧。"戚书记给苇地工作队安排了十个工作组,每组五人,由马治中任队长,副队长是洼里中学一个叫冷松的党员女教师。马治中在洼里中学搞学运时认识冷松,知道她是个热情高涨的文学青年,人不算漂亮,一口熊岳口音,说话会把走说成肘,听上去亲切而滑稽。

马治中在县政府召开工作队全体队员会议,他要求在八个月内完成苇地土改任务,这个时间比戚书记计划时间提前两个月。短暂的培训后,工作队分组深入苇地进行土改。马治中和冷松一起到九里抓点。戚书记所言在理,九里拿下了,其他村落就会照葫芦画瓢跟着走。

站在光复桥上,望着滚滚东流的双泰河水,马治中无限感慨。自己在这个小小的村落里生活了二十几年,虽然走出苇地投身革命,但苇地里的每一棵蒲苇、每一蓬碱蒿、每一缕蓑衣草还是那么亲切。河边林立的蒲棒似乎带着笑容在摇曳,几只绿头野鸭在河水中悠闲地觅食,河边瓦窑依旧完好。他想起了父亲供奉的窑神,父亲每次三圣祠上香回来,都要为窑神上香,父亲一直认为九里家家户户能住上瓦房,要感谢窑神。马治中指着河边的瓦窑对冷松说:"看,那是我们当年烧制瓦当的地方。"

"你还会烧制瓦当?"一身戎装的冷松睁大了略呈八字形的大眼睛,眼里满是好奇。

"那一年修葺玉虚观,我们白鹤五子跟我父亲学习烧制青砖和瓦当,我的作品就在玉虚观的屋檐上,哪天我领你去看看。"

"太好了,瓦当可是艺术品!"喜爱文学的冷松对瓦当很感兴趣,她指了指前面清一色建筑的村落道,"我看这个九里家家都够地主标准。"

"怎么讲?"马治中觉得冷松这话很有意思,人还没进村,脑子里怎么会先有这样的概念。

"我在黑龙江尚志县参观过土改工作展,那里很多地主房子还是一面青的,一面青你知道吧?就是正面是青砖,其他三面都是土坯,而九里家家户户都是青砖房这还不够地主吗?"

马治中摇摇头:"划分成分的标准不是砖房土房,而是生产资料,尤其是土地、车马、雇工和浮财,九里的砖房是酪奴堂王先生组织村民自己烧砖制瓦而建,目的不是摆阔,而是防风,苇地风大,草房容易被刮破。"

  王鸣鹤对马治中回村并没有表现出马治中所期望的欣喜,他希望五个弟子能在苇地之外有所建树,而不是回来当个什么队长。马治中将戚书记的峨眉雪芽送给先生时,先生让春旺拿去沏茶,他说:"就用你带来的茶招待你们好了。"马治中、冷松在酩奴堂坐下,冷松一双明眸好奇地看着堂中布置,尤其对中堂的三圣图和西墙的百眼柜感兴趣,百眼柜上的药名对她来说十分陌生。当马治中将回洼里的来龙去脉说明后,王鸣鹤脸上的薄雾开始散去,说:"这么说苇地土改结束后你就去富拉尔基?"马治中点点头:"我回苇地是借调,任务完成就去富拉尔基军工厂,将来工厂要制造坦克、大炮支援前线打仗,想想也很有意思,当初先生让我们制作瓦当,是不是早就预料到我和天佑会去管理大工厂?"王鸣鹤摇摇头:"我哪里会有先见之明?不知为什么,你这次回来让我想起了姚远。"马治中马上警醒起来:"先生搞错了,我回来可不是要毁三圣祠,冷松同志也不是我的女朋友,她是工作队副队长,与姚远当年带回来的姑娘不是一回事。"王鸣鹤道:"当年姚远管那个姑娘也叫同志。"王鸣鹤想到了栗娜,栗娜在他心里一直不老,他常常拿出那张照片,看到照片上栗娜甜甜的笑容心里很温暖。冷松好奇地问:"姚远是谁?那个姑娘又是谁?"马治中向冷松介绍了当年姚远参加五四运动,因病回九里后来病重不治的事情。他说,"姚远回九里时带了女朋友,叫栗薇,是一个早期革命者,很可惜姚远英年早逝,要不也是老革命了。"王鸣鹤道:"还有栗娜,为保护九里的绿苇红滩做出了贡献,当年要不是栗娜回信,说不定姚松的造纸厂就建成了。"马治中向冷松介绍了当年姚松要在苇地建造纸厂的事,是栗娜的回信让酩奴堂六位议事阁老形成一致意见,抵制芦苇造纸厂。马治中还讲了姚松的日商日籍背景,说现在看,不建造纸厂是苇地之福,姚松作为苇地走出的资本家,没有回馈家乡却差点毁掉九里的芦苇荡,结果害死了自己的父亲,在九里留下了骂名。王鸣鹤说:"人各有志,不能强求,姚松能临崖勒马也算明智。苇地虽荒,却不贫瘠,它养活了成千上万流落至此的人,在这里讨生活的人都会感激这片苇地,我之所以让你们五个走出苇地,并不是让你离弃苇地,是期望你们将来有了本事回报故土。"王鸣鹤停顿了一下接着说,"有恩于九里者,必然是九里彰善宾;贻害于九里者,永远是九里记过人。"他的话让冷松频频点头,她冲动如同急于产卵的河蟹,内心开始躁动。如此偏僻之地,有这样一个正气凛然的乡村先生,全无小农意识,这不是伯夷叔齐再世吗?听马治中解释了《彰善》《记过》两簿,她笑着问王先生:"我做过教师,与先生同道,这次进苇地机会难得,希望能像马队长一样得到先生指点。"王鸣鹤说:"我不过是苇地一棵芦苇,你要学就向苇地学习,苇地是一本永远读不完的长卷。"

马治中向先生提出请求,能不能让冷松像当年栗娜一样住在酩奴堂,冷松的食宿他们会按规定付钱。王鸣鹤瞪了马治中一眼:"酩奴堂留宿收过钱吗?"

马治中急忙解释说:"我们有纪律的,不能占老百姓便宜。"

"那就随你吧,"王鸣鹤忽然问,"铁林、长栋两人现在怎样?"

"他们部队正在前线打仗,铁林当了连长,长栋是连司务长,成了火头军。"马治中说,"就是会武没消息,二十五师被歼灭后他就失踪了。"

王鸣鹤道:"你们五个我最惦记会武,会武命苦。"马治中说:"我们都相信会武是被二十五师的浮名给迷住了,二十五师不是抗日时期的部队了,一打内战,就成了人民的敌人,得不到人民支持。"

马治中不敢忘记戚书记的嘱托,向先生提出了在九里建立组织的想法。马治中看到先生脸上浮起一片薄雾,先生没有看他,而是盯着杯中的茶叶出神,这是戚书记捎来的峨眉雪芽,王鸣鹤从未喝过新鲜的峨眉雪芽,茶碗中每片茶叶都竖立着,汤色黄绿清亮。王鸣鹤端起茶碗道:"此事非同小可,还是召集五家共同商议吧。"先生能这样表态让马治中喜出望外,此前,父亲马俊劝他,不要向先生提这个问题,当年戚书记、金县长都提过,先生谁也没有答应,这事你都知道,现在你提这个问题还不是碰一鼻子灰?马治中心里也没底,但他知道老师是个审时度势之人,此一时彼一时,说不准老师会有所改变。果然,先生这样回答说明此事有门儿。

韩老大、姚刚、老陶、马治平和姜四维悉数到齐,每个人都神情紧绷,街上疯传马治中领着一个女人回九里搞土改,大伙不知道土改是什么意思,听老陶说土改就是要收了大伙的土地,大伙心里就有点忐忑。议事会像每次商议村中大事一样,由王鸣鹤说出事由,然后每个人表态,表态的顺序一般按年纪排,老态龙钟的韩老大总是第一个发言。王鸣鹤让马治中向大伙说了县里要求在九里建立组织的事,说完后他未加评论,请大伙一一表态。议事的人从神情上看不出王先生是赞成还是反对,这让议事能够畅所欲言,如果王鸣鹤先抛了观点,以他的威望和影响力大家只能噤声。

韩老大脑筋已经有些迟钝,说话也有点语无伦次,但在九里建立组织这件事上他思路却表现出少有的清晰。他说:"铁林在队伍里加入组织了,咱九里也该跟着加入。"韩铁林不久前从部队写信来,告诉家里他不仅提干当了副连长,还立了功、入了党,这件事在九里几乎家喻户晓。

姚刚越老越像他的父亲姚大下巴,说话喜欢设问,他说:"长栋虽说没入党,可是也在队伍里提了干,是司务长,司务长是干什么的? 就是管粮草的官儿。打仗打什么? 打粮草呀。诸葛亮说过:'兵马未动、粮草先行。'长栋这个差事责任大着呢!将来要写进三圣祠《彰善》簿里去。"王鸣鹤见姚刚有些跑题,就直接问:"九里建立组织你啥态度?"姚刚眨眨眼:"我赞成韩老大的主意,孩子走的道,咱不顶谁顶,上阵父子兵嘛。"

老陶一直在捏着下巴想心事,韩老大和姚刚的话让他想到了天佑。天佑和马治中从组织洼里中学罢课开始就是一个组织的,天佑去了大连,大连归苏联军人管,共产党也好,国民党也罢,在那里还不能说了算,凭他的理解天佑去大连和马治中回九里两者使命大同小异,说不准天佑也在做建立组织的事情。他还想到了天佐,天佐送金县长回来后说的一番话让他看出了国民党的颓势,金县长哭了一路,一边流泪一边说国民党气数已尽,大厦将倾,非一木可支,他这个洼里末任县长只能仰天长叹、无可奈何。老陶仔细翻看过金县长留给他的皮箱,在皮箱夹缝里发现了金县长遗忘的毕业证书,原来金县长是北京大学毕业的,他吃了一惊,北京大学那可是京师大学堂啊! 金县长这样一个万里挑一的大学生就这样灰突突地败走锦州了,这说明戚书记所代表的一方气数正旺。王鸣鹤见老陶不说话,便让春旺续茶,老陶这才缓过神儿来,道:"我说两句,其实,我要说的话,小先生心里早就有谱了,可我还是说几句吧,拿我们做生意的人来说,做生意做的是人心,赚了人心才不会折本。拿打江山的人来说,争的也是人心,得人心者得天下。白鹤五子,有四个投了共产党,说明共产党得了人心,就凭这个道理,我支持九里建立组织。"

老陶的话自然使人想到了邱会武,会武自稗子被害后,一心想当军人为义母报仇。从苇地走出后,他参加了国军二十五师,和其他四子的联系也随之中断。戚书记在九里时希望王鸣鹤能写信将邱会武拉回来,王鸣鹤没有写,他说路要靠自己走,拿鞭子赶的只能是牲口。会武想回,不写信也会回;会武想去,写了信也会去,弟子们的脾性自己最了解。现在,让九里引以为自豪的白鹤五子竟然分出两个阵营,这是他最不希望看到的。

姜四维和马治平没有多讲,两个年轻人遗传了他们祖父的秉性,四维做事勤快但不善言辞,整天噙着一杆短烟袋,哪怕烟袋锅里没有烟也不舍得拿下。治平喜欢读书却读用两路,与他交谈你不问他不说,很少有人知道他肚子里还藏着几麻袋学问。马治平从小就是大肚腩,治中曾经调侃他说,别人读书长见识,你读书长肚子。他也不恼,拍拍自己的将军肚,满脸都是神气。王鸣鹤问到姜四维,姜四维只说了一句:"听大伙的。"问马治平,他说:"治中是先生弟子,不会给先生丢脸。"

王鸣鹤知道自己必须拿主意了。刚才,在听大伙发言时,他一直在端详手中的派克笔,这是金县长送他的,用惯了毛笔,换笔不是件容易事,但他知道,这个能抽墨水的小东西,将来肯定是毛笔的克星,因为它太方便了。王鸣鹤心里很矛盾,他本不想在九里建什么组织,因为自己无法处理组织和三圣的关系,他更不想像戚老板那样当什么干部,他对自己在九里的定位十分清楚,就是父亲确定的三个角色:乡医、乡绅、塾师。这些年他认真地扮演这三个角色,从未出位和缺位,他欣然接受村民对他小先生的称呼,因为这个称呼能将三个角色统一起来。问题是,一旦九里建立了组织,就等于在两百多村民中间划了一条线出来,村民自然就会有线内线外之分,那样,九里村民就有了组织内和组织外之分。让他为难的是治中回来做这件事,如果换了别人来,他会以与己无关为借口不加干预,没想到来人是自己的得意弟子,他便感到十分矛盾。自己没有妻嗣,视白鹤五子如己出,对白鹤五子的关爱甚至超过了孩子的父母,他教导五个弟子最重要的几条是无憾、包容、合道,现在,自己教育多年的弟子有四个参加了组织,他一向信任的弟子们难道都错了?他不敢做这样的结论。他想起母亲教育自己的一句话:说话办事只求一个心安理得。他觉得如果否定马治中的请求,很难做到心安理得。他站起身——在做出最后决定的时候,他总是习惯性站起身,众人以为他要做出决断了,但他却说请大家饮茶稍候,独自去了后院的三圣祠。他在三圣祠做了些什么无人知晓,一炷香左右时间后,他回到前堂,轻轻拍了拍马治中的肩膀道:"这一回,老师听学生的。"

王鸣鹤这样一说,马治中眼圈顿时红了,他站起身向先生鞠了一躬,连说:"谢谢,谢谢先生!"

接下来的事情是确定发展对象,明确发展后谁来当领头人。

在这个问题上马治中表现出工作队长应有的权威,他说第一批党员发展对象就是酩奴堂议事的韩、马、姚、姜、陶五人,将来书记谁当要进行选举,每个党员都有当书记的权利。王鸣鹤提出自己要在组织之外,当个开明绅士即可,马治中也同意老师的选择,作为开明绅士,老师留在组织之外更能发挥作用。

履行手续的事由冷松来办,韩老大不识字,他的表格由冷松代填,其他人都自己填表并按了手印。

在确定书记候选人的时候,马治中没有自作主张,他来请教先生,王鸣鹤沉思良久,很肯定地说:"治平吧。"

马治中有些犹豫:"治平是我堂兄,别人会不会有议论?"

王鸣鹤道:"你只要心中无愧,不用去管别人怎么议论。"

马治平就这样当上了九里第一任书记,而且一当就是三十年。后来九里经历的风风雨雨,证明王鸣鹤的选择高明之至。马治平因为从不在会议上乱讲话使他稳坐支书交椅,九里也因此免遭折腾,尽管他只是一个小小的村官。

三

搜查尉黑子的命令是戚书记下的。

九里虽然建立了组织,但土改工作面临一个难题:九里找不出一个地主或富农来,九里村民依照标准都可划为中农或下中农,没有哪一户冒尖,土地最少的是王鸣鹤,丈量后不到两亩,而且收成都给了代耕的姜家,王鸣鹤只是取点口粮。马治中内心对王先生佩服得五体投地,如果王氏父子当年不把土地无偿送给村民,这次土改王家就会划为地主成分,戴上地主高帽,酩奴堂还能办下去吗?更因为有王家做榜样,原来土地较多的韩、马、姚、姜几家也都陆续将土地捐给一些新来的住户,老陶也没有置新地,这样,九里谁家的土地车马数都够不上地主富农的红线。

马治中回县里向戚书记汇报九里情况,戚书记围着办公桌转了三圈,然后拧着下巴说:"我了解九里,的确没有地主富农,这是王先生仗义疏财的乡贤效应,是个例,你们既然已经建立了组织,那就集中力量抓捕尉黑子吧。"

在土改中镇压土匪恶霸是一件大事,戚书记这个决定合情合理,尉黑子作为伪"满洲国"和国民党双料警察局局长,自然上了画红勾的名单。马治中认识尉黑子,对这个剃着平头的混世魔王没有好印象。他组织抓捕小分队在苇地试图寻找尉黑子,但尉黑子这只苇地之獾仿佛人间蒸发了一样,一点踪迹也没有,问鬼蜡烛,鬼蜡烛只回答了两个字:"走了。"至于走到哪里去了,鬼蜡烛再也无话可说。请示戚书记,戚书记吩咐:就是布下天罗地网,也要抓住尉黑子交由人民审判,这是一项光荣的政治任务。

马治中组织十个工作队在苇地过了三遍筛子,尉黑子的照片也发给了搜查的战士和民兵,但散落在沟沟汊汊打鱼捉虾的老百姓没有一个见过照片上的人,其中一个麻脸渔民说曾经在苇地里发现过一具尸体,穿着黑制服,但五官都被野兽咬烂了,不知道是什么人。消息报到戚书记那里,戚书记很不满意,传话给马治中,不抓个匪首回来,就等于没完成组织交给的任务。戚书记没有锁定尉黑子,而是定位抓一个匪首。这个命令一下,玉虚观里的子虚便大祸临头了。

事情也凑巧,搜查小分队路过玉虚观时,一个叫亮子的民兵认出了正在道观外浇菜的子虚。亮子发现这个道士有些面熟,回去想来想去想起这是当年劫道杀死自己舅舅的土匪野龙。亮子是二道沟人,当年跟舅舅去田庄台卖咸鱼干,回来时在苇地里遇到了野龙,亮子因为在镇上吃了一碗便宜馄饨坏了肚子,跑到苇丛里拉屎,舅舅蹲在小路上抽烟,这时野龙出现了,野龙如同一头豹子,从芦苇荡里跳出来,一把便从舅舅肩上抓去了褡裢。舅舅反应很快,扯住褡裢一头舍命不放,野龙手起刀横,便给舅舅抹了脖子,舅舅的鲜血喷射在黄色褡裢上,野龙拎着褡裢,四处望了望,若无其事地钻进芦苇荡。正是野龙四处张望的时候,亮子看清了这张恐怖的脸,多年来,这张脸常常在梦里浮现,把他从睡梦中惊醒,他没想到,在玉虚观发现了这个杀害舅舅的凶手。

亮子把玉虚观的发现报告冷松,冷松又惊又喜,惊的是原来自己眼皮底下就有一个隐藏如此之深的土匪,而工作队却毫无察觉;喜的是戚书记交代的任务终于可以完成了。她马上写了封信,命亮子速去县里向戚书记报告,自己则三步并作两步来找马治中。在马俊家,她扯着马治中的衣袖把他拉到院子里,悄悄把亮子的发现汇报给马治中,马治中张大的嘴好半天没有合上,目光似乎冻僵了一样痴痴地呆滞在眼窝里。冷松吓了一跳,问:"马队长怎么了?一个隐名埋姓的土匪有什么可怕的?"马治中这才回过神儿来,清了清嗓子说:"此事要保密,谁也不能说。"冷松道:"这事只有你我知道,我还写了封信让亮子骑马去县委报告,免得贻误军情。"马治中愣住了,他没想到冷松没经自己允许,就派亮子去了县委,事已至此,知道已经没有其他选择了。他思忖片刻后,吩咐冷松:"要稳住,切切不可打草惊蛇。"冷松处在兴奋当中,请示说:"是不是马上组织民兵?"马治中摇摇头,"此事重大,我要亲自去县委向戚书记报告,请县委派人支援。"他无法封锁这个消息,工作队的同志都因为九里没有地主可斗、没有土地可分而沮丧,突然间发现一个乔装隐藏的土匪,这会让队员打了鸡血一样亢奋,队员们磨刀霍霍的状态可想而知。但马治中却心情复杂,他知道当年野龙在玉虚观杀鬼子的壮举,也知道野龙把自己的不义之财都用在了玉虚观的修缮上,野龙藏身玉虚观对于白鹤五子来说不是什么秘密,九里参与酩奴堂议事的韩、马、姚、姜、陶都是知情者。为此,王先生在三圣祠上香仪式上曾经嘱咐过大家,说昔日之野龙已死,今日只有子虚而无野龙,希望大家能像保守鸽子洞秘密一样,守住子虚的秘密,因为野龙对九里有恩,对苇地有恩,对玉虚观有恩。王先生的话像铭文一样刻在马治中的脑海里,这次回来抓土改,野龙的事他不是没想过,但他印象中的子虚和野龙已经无法挂钩,真像王先生说的那样,过去的野龙已死,今日玉虚观只有子虚。他反复想过,既然野龙已经脱胎换骨、重新做人,再去算些旧账似乎已经没有价值,所以他一直压着此事,没想到自己组织搜捕尉黑子的行动毫无结果,却意外网到了改名换姓的野龙。

"不要轻举妄动,我不回来千万不能打草惊蛇。"马治中对冷松说,"等我回来按照戚书记指示再开始行动。"冷松睁大了眼睛问:"抓个漏网之鱼还用这么紧张?"马治中道:"野龙非等闲之辈,我们这些民兵加起来也不是他的对手,他一身功夫,快枪百步穿杨,飞刀把把夺命,我们还是谨慎为好。"冷松说:"我见过这个道士,没什么三头六臂。"马治中有些不快:"你知道什么,当年野龙在玉虚观一个人杀死好几个鬼子。"冷松"哦"了一声,她原准备请示马治中想亲自带队去抓捕,现在看来是小瞧了这个野龙,工作队的民兵缺乏军事经验,和这样一个惯匪对阵是要吃亏的。

马治中来找先生,他希望先生能有解决这个问题的良策。

王鸣鹤正在院子里给白鹤喂食,黄澄澄的玉米粒撒出去,两只白鹤却无动于衷,一直在发出凄厉的叫声。王鸣鹤对这叫声十分敏感,他感到这种凄厉的鹤鸣是对自己的某种警示,以往,给白鹤投食时,这对儿白鹤总是在草地上欢快地起舞,甚至会振翅扇动,鼓掌一样表示感谢,像今天这样凄厉鸣叫的情况并不多,白鹤发出这种鸣叫,让他感到周围的空气似乎被抽干,身体出现某种挤压感。王鸣鹤听到身后有脚步声,警觉地回过头,发现神色紧张的马治中站在身后。马治中像做错了什么事,歉疚的目光不敢与先生对视。他问:"怎么了,治中?"马治中环视了一下周边,放低了声音说:"子虚道士被人认出来了,看来纸终究包不住火。"王鸣鹤愣了一下,转身将簸箕置于地上,冷静地对马治中道:"屋里说话。"两人一前一后回到酩奴堂,王鸣鹤在脸盆中洗过手,然后一字一句地说:"治中,你不可参与到此事中来,一切按你们规程去办,在子虚一事上要置身事外,切记!"马治中心中热浪翻滚,他知道这是先生在保护自己,身份所定,一旦自己在野龙之事上感情用事，岂不成了通匪之人？他看到先生神情冷静，便点点头，与先生告辞。

马治中连夜去县里向戚书记汇报野龙的事，刚回到县里的戚书记很兴奋，说他已经接到了冷松的报告，能抓住野龙是工作队一大成绩。戚书记说他在九里时就知道玉虚观，这个小小道观是苇地百姓心中圣地，九里村名就是因它而得，他本想早点拿下这个道观，只是没有倒出空儿来，这一回正好可以彻底解决玉虚观的问题。他决定明日一早，亲自带一个班的战士去抓捕野龙。马治中想连夜赶回，被戚书记留住了，说深夜走路不安全，要他明天随剿匪队伍一同去九里。

住在县政府简陋的招待所里，马治中辗转反侧，无法入睡，戚书记要彻底解决玉虚观的问题，玉虚观要解决什么呢？这个小小的道观难道有什么需要解决的问题吗？凌晨，他忽然想到了一个问题：土地！九里没有地主，而玉虚观却有几垧地，若是按政策划分，这些庙产够标准了，难道说对玉虚观早有了解的戚书记发现的是这个问题？他感到事情有些复杂，玉虚观就止玉和子虚两人，有这么多地显然不符合政策，戚书记是个信仰坚定的干部，在他的视野里土改不会留死角。

次日一早，戚书记带着十个战士骑马直奔苇地深处，马治中也随队前往。让马治中惊讶的是戚书记明明是个读书人，纵马驰骋时俨然一个威武的将军，他扬鞭跃马的样子颇有姿势，驰骋中不时回头大声招呼马治中跟上来。马治中骑术不精，只好硬着头皮打马跟上，奔跑了一会儿，浩瀚的苇地呈现在面前，这无边的绿苇中都隐藏着些什么，就是在苇地里讨生活的人们也很难说得清。戚书记放慢了速度，紧张的马治中这才透过气来，他说："戚书记真是文武双全啊！"戚书记哈哈大笑："骑马有何难？无非是革命中学会革命，骑马中学会骑马。"马治中不禁心生敬意,戚书记真不简单,一个原本开书店的弱书生,革命生涯如同淬火一样让他变成了钢铁战士。

苇地里天气无常,早晨还只有一层轻纱般的薄雾,日上三竿时,天边竟漫过来一片黑幕,这黑幕好像有人两边拉着赛跑一样,不一会儿竟把整个苇地都遮住了。戚书记皱着眉头说:"变天了,千万别打雷。"话音未落,一阵隆隆雷声由远而近,忽然,一道闪电刺向当头百十步处,"咔嚓"一个响雷,马治中的马被惊得前蹄高扬,一下子将他掀落马下。马治中在泥地里打了个滚,急忙站起来,已经成了泥猴。戚书记问身后的战士:"怎么给马队长骑了匹生马?"那个战士跳下马,和马治中交换了战马。这时,大雨瓢泼而下,一行人没有穿蓑衣,只能在雨中淋着。戚书记命令战士下马,蹲在苇地里勿动,苇地上雷电十分可怕,如果在雷电中行走,很可能成为雷公的靶子。大雨过后,部队继续前行,但苇地里已经无法纵马,雨后看似平坦辽阔的茫茫苇地,其实暗藏危机,有些沟汊浅水下有深达两三尺的淤泥,足可将马腿陷没。戚书记的队伍像战场上溃败下来的散兵游勇,已经没了出征时的士气,个个落汤鸡一般深一脚浅一脚牵马前行。

靠近玉虚观时,有几匹战马不知何故嘶鸣起来,戚书记拔出手枪下了准备战斗的命令。这时,玉虚观的山门开了,一身皂袍的止玉迎出来,向来者颔首示意。戚书记厉声问:"野龙在哪里?"止玉问:"什么野龙?"戚书记说:"就是那个叫子虚的道士。"止玉"哦"了一声,平静地说:"子虚去云游了,清晨刚走。"戚书记将手枪插入枪套,转身对马治中道:"这场雨耽误了战机。"一个战士问:"是不是进去搜搜?"戚书记摇摇头:"我们不是傻子,进去搜查岂不是让这位道姑耻笑。"他对马治中道:"你带两个战士留下问问情况,我去九里找王先生。"说完,看了看玉虚观山门的斗拱,转身上马离开了。

马治中对止玉的问话变得十分简单。"有仇家认出子虚就是野龙。"他说,"我们要逮捕野龙。"止玉问:"你从远方回苇地就是为抓子虚?"马治中说:"野龙当年杀了一个民兵的舅舅。"止玉道:"野龙当年杀了多少人我不知道,小先生说过,过去的野龙已下地狱,今日玉虚观只有子虚。"马治中当然知道先生说过这句话,他身后的马有些躁动不安,便收紧缰绳对止玉说:"野龙虽说已经改邪归正,但血债只能血偿。"止玉摇摇头:"不知常,妄作凶,好自为之,去吧。"马治中没有久留,在白鹤五子眼中,止玉是半仙半道的人物,与这样的人对话有种无形压力,先生说自己能感受到来自四面八方的气,凶吉悔吝都能化作气来感应周身,他一直有些费解。今天与止玉对话,他觉得先生的话有道理,他真真切切感受到了止玉的强大气场。

戚书记和王鸣鹤的见面多少有些不快,因为戚书记怀疑是王鸣鹤隐藏了尉黑子和野龙。戚书记脸色如同冬天里浸水的苇叶,萎黄中透出一抹灰黑。王鸣鹤端坐在桌前像以往一样不卑不亢,春旺泡了茶,是平常待客的蓬蘽茶。戚书记端起茶碗,喝了两口,抬头看着王鸣鹤问:"这茶是不是也招待过金县长?"王鸣鹤微微一笑:"当然,以茶待客是酪奴堂的规矩,酪奴堂的茶,尉黑子喝过,金县长喝过,日本鬼子黑木也喝过,戚书记大概喝得最多了。"戚书记问:"治中捎给您的雪芽怎样?"王鸣鹤道:"那是好茶,被酪奴堂议事的几家分喝了,我代表韩、马、姚、姜、陶几家谢谢了。""尉黑子最后一次在酪奴堂喝茶是何时?"戚书记的脑子像渔网一样总是挂着尉黑子和野龙这两条大鱼。王鸣鹤道:"就是你们解放县城那几天,他和金县长去锦州路过九里,在你坐的椅子上尉黑子喝了茶也喝了鹤顶红。"王鸣鹤如实相告。戚书记想了想,又问:"尉黑子跑了可以理解,恐怕随主子去了锦州,惯匪野龙能跑到哪里去呢? 整个东北都解放了。"

王鸣鹤右手食指中指在桌子上踱着步,故意慢了半拍道:"野龙以前的事我不知晓,我和他打过交道,找他帮忙除掉了占据玉虚观的日本开拓团,保护了九里不被侵占,之后他就到玉虚观当了道士,改名子虚。"戚书记摇摇头:"小先生不知,野龙身上有累累血债啊,不要以为放下屠刀就真的立地成佛了,不中!我们要替那些无辜丢命的人讨还公道。"王鸣鹤却不认同:"难道只有杀头才是好办法?让他用余生赎罪不行吗?"戚书记表情严肃,语气很冷地道:"政策是烧红的铁条,谁也破不得,无论是谁。"戚书记这话里明显有对王鸣鹤警示的味道,马治中听出来了,他不希望王先生和戚书记之间有什么不愉快发生,便打圆场说:"王先生是桃源中人,除了看病,别的事情一概不管,戚书记尽管放心。"戚书记缓了语气:"我了解王先生,我只是担心王先生敌友不分,上了坏人的当。"王鸣鹤示意春旺为戚书记筛茶,春旺端着茶壶手抖得厉害,王鸣鹤接过茶壶,稳稳地为戚书记茶杯中注入茶汤。筛过茶,然后坐在那里一言不发。戚书记有些沉不住气,问:"小先生怎么不说话?"王鸣鹤用茶巾擦了擦并无茶渍的桌子,榆木桌面包浆饱满,擦过后泛出宜人的润泽。"我是一个乡医,在我眼里国人只有健康人和病人之分,同胞之间,哪怕兄弟反目,终归是家里事,不能以敌友论,若是民族大义,则另当别论。"戚书记粗粗地叹一口气,说:"看来小先生心中有了一盏油灯,对其他光明便总是排斥,哪怕是太阳之光。"王鸣鹤摇摇头:"不是一盏,是三盏,是三圣之光。"戚书记站起身,眉头紧蹙,目光如电,十分肯定地说:"我相信,总有一天,真理的光辉会照亮你的三圣祠!"王鸣鹤第一次听到真理这个词汇,心里充满迷惑,但他没有问,他并不是一个对新鲜事物感兴趣的人,便扭头看了看马治中,马治中解释说:"真理就是我们的信仰。"王鸣鹤听后点了点头:"人各有志,各得其所。"

戚书记和马治中来到村北的光复桥上,望着滔滔河水,戚书记欲言又止,马治中看出戚书记有心事,便主动道:"戚书记有何吩咐尽管说,再大的困难我们工作队也不怕。"

一阵河风吹乱了戚书记的头发,雾气让他的眼镜片变得灰蒙蒙的,他摘下眼镜,露出带着血丝的眼睛,语气沉重地说:"小先生是我的救命恩人,我知道是他介绍野龙去的玉虚观,但他和野龙不是一路人,他是想把一个坏人变成好人,从中感受这种变化的成就和快乐,这一点我理解。按理说,他和止玉都可以以窝藏土匪的名义抓起来,可是我不能这样做,倒不是我徇私情,我们做事情要考虑群众的意愿,王先生在苇地威望太高了,抓了他我们在苇地就会失去人心。"

马治中点点头,心想,土匪没动王先生,奉军、东北军、关东军没动王先生,国民党兵也没动王先生,难道人民政府非要动王先生吗?他治病救人,维持乡里,平息事端,教书育人,这样的乡绅是团结的对象。但他看出戚书记的犹豫,便试探着说:"您下步想怎么办?"

"你是小先生的弟子,又是苇地工作队的队长,若你能抓到野龙,小先生的事不追究,若抓不到野龙,小先生和止玉便要按规定办理。"戚书记说完大步走过光复桥,上马带着一班战士离开了九里。戚书记在二道沟蹲点,他要赶到那里开一个群众大会,现在野龙出逃,开群众大会便多了危险,戚书记对此放心不下。戚书记很清楚这样一个道理,有些隐患,你不去碰他,可能一辈子相安无事,一旦激活了他,麻烦就接踵而至。

戚书记走后,马治中回到酩奴堂,请王先生打开三圣祠,说想给三圣上香。王鸣鹤明白弟子处于两难境地,便将钥匙递给他:"你自己开。"王鸣鹤明显感到了气氛的紧张,戚书记已经不是在酩奴堂养病时那么笑容可掬,执掌生杀大权的戚书记身上多了一些冷气,权力这个东西喜冷厌热,权力越大,身上裹的冰霜就越厚,就越能拒人千里之外。王鸣鹤独自坐在那里喝茶,戚书记用过的茶杯已经凉透,一只苔花般的小飞虫落到杯中,在茶水中吃力地挣扎。马治中去了三圣祠,冷松来了,进门就说:"子虚难道真的得道升天了?一个大活人怎么说不见就不见了呢?"王鸣鹤道:"一只野兔进入苇地,一百只猎狗也难捉到它。"冷松若有所悟,子虚毕竟是当年苇地里杀人越货的土匪,他隐身苇地,好比鱼儿进入大海,鸟儿进入森林,神仙也没办法。好一会儿,马治中回来了,两眼泛红,似乎大哭过,冷松关心地问他是不是病了。冷松很喜欢这个有勇有谋的年轻领导,知道他土改结束后要去东北工作,对他能去领导机器轰鸣的大工厂很是羡慕,在洼里,见到汽车都稀罕,别说是响若雷鸣的现代大机器了。马治中揉了揉眼圈,说眼里扑进了香灰,他让冷松马上去组织民兵,说有重要任务部署,自己则端起戚书记的茶碗,全然不顾那只已经浸死的飞虫,一口将凉茶水饮光。冷松走后,马治中过去掩好门,转过身来"扑通"一声跪在王先生面前,一句话也不说,只是呜呜哭泣。王鸣鹤扶起马治中,给他倒了一杯热茶,也不问缘由,语气平缓地说:

"三圣在,天塌不下来。"

四

马治中带领民兵搜查了两个地方,一个是九里坟茔地里的蟹冢,结果一无所获。搜查蟹冢时马治中没到现场,他到三圣祠和先生说明缘由,先生不想多听,留他一人在祠内,自己则站在山墙边远远地望着万柳塘,神情像冬日的芦花,摇曳着一片灰褐白。冷松因为掘开了一个假坟而变得兴奋异常,虽然没有发现野龙,但这座假坟神秘的空间会让人产生无穷的想象。冷松来到王鸣鹤面前,问九里为什么要修一座假坟,而且里面明显有活人的痕迹,因为假坟里有干净的苇席,有盛水的坛子,甚至还有一盏能点燃的獾油灯。王鸣鹤道:"九里是片碱滩,躲刀兵不能上天,只能入地。"冷松还想问什么,王鸣鹤叹了口气,扭头离开了。当天,他在酪奴堂召集五家户主议事,决定填平暗道,蟹冢不再保留。

民兵搜查的另一个地方便是双泰河边的鸽子洞。这一次,马治中很不放心,因为深入到苇地的工作队已经牺牲了两人,一个染上霍乱不治,另一个因不熟水性,夜里掉进潮沟里淹死。戚书记专门交代马治中,不能再有人员牺牲,所以在搜查鸽子洞时,马治中亲自来了,他知道野龙十有八九躲在这里。马治中和冷松带领四个民兵来到玉虚观,在止玉惊愕的目光中,马治中派两人守住玉虚观通往鸽子洞的入口,然后直奔河边那个隐蔽的出口。站在被茂盛芦苇遮挡住的洞口,马治中有些犹豫,冷松持枪想往里闯,被他一把拉住,因为过于用力,一把将冷松拉进了怀里。他马上又推了一把,冷松被推了个趔趄,差点掉进河里。"你想当烈士?"他小声吼了一句,"野龙会使飞刀,当年一刀一个鬼子!"他的话让冷松后颈直冒冷汗,也觉得自己过于莽撞了,红着脸一句话不说。他让冷松带两个民兵在洞口守着,说如果他进去一个钟头没出来,自己肯定是牺牲了,万一出现这种情况,一定不要强攻,要封住洞口,把野龙困在里面。冷松睁大了眼睛,问:"既然这样危险,你怎么不带人进去,非要一个人去闯虎穴龙潭?"马治中道:"洞内情况不明,进去人多会成为飞刀靶子,我和他认识,进去劝劝他试试。"说完,马治中把手枪交给冷松,扒开洞口的芦苇,一个人钻进洞内,冷松被马治中一拉一推,搞得有点蒙圈,马治中进到洞内她才回过神来,带着两个荷枪实弹的民兵警惕地守住洞口,小心听着里面的动静。冷松想着刚才马治中说的话,越想越觉得情况不妙,万一野龙反抗,没带武器的马治中岂不吃亏?大家正在焦急地等待,止玉过来了,看到持枪站立的民兵,止玉径直走到冷松跟前,抬手将鬓角一缕黑发塞进道冠中,语气很坚定地说:"子虚是个好人,你们不要伤害他。"

冷松冷冷地瞥了止玉一眼:"你还来给野龙说情?你窝藏土匪也有罪知道不?"

"子虚是子虚,野龙是野龙,怎能同日而语?"止玉的语气仍然坚定。

"或许你不知情,告诉你吧,你道观中这个子虚就是血债累累的惯匪野龙!他是怕受到惩罚才躲进道观来当道士。"

"昨日野龙已下地狱,你们今天抓的是子虚。"止玉的目光一直盯着冷松的脸,冷松被看得有些不自然,将目光转向洞口,不再理会止玉。看到止玉不走,她说:"这里不是道场,是在打仗,你快离开这里,我们会去找你。"她话里留下伏笔,如果抓住了野龙,止玉肯定不能置身事外。止玉转身走了,她来鸽子洞口,似乎只是为了表达一种看法,不管这看法是否起作用,就像苇地里孤独的仙鹤仰头鸣叫,无论天空中有没有倾听者,只要鸣叫过就完成了某种使命。民兵亮子目不转睛地看着止玉的背影,好一会儿,自言自语道:"这么好看的一个女道士,怎么和土匪搅到了一块儿?"冷松听到了亮子的话,看了看走远的止玉,脱口道:"只能说野龙戏演得太好。"她靠近洞口,侧耳仔细听着里面的动静,洞里死一般沉寂,这沉寂让她能听到自己咚咚作响的心跳,要是马治中有危险怎么办?跟随马治中深入苇地以来,因为有洼里一中相识的基础,她对马治中有一种本能的亲切感,马治中只身进入鸽子洞,她的心便悬了起来,摘下配枪意味着谈判,这一点她想到了,如果马治中带着枪,很可能双方还未搭话,飞刀已经出袖。她忽然想到戚书记正在二道沟蹲点,戚书记身边一定有解放军战士,她便让亮子骑马速去二道沟向戚书记报告,就说工作队将野龙堵在洞里,马队长只身进洞与野龙谈判。亮子去了,冷松还是不放心,像只觅食的白鹭在洞口走来走去,一会儿揪一叶芦苇噙在嘴上,一会儿又弓背靠近洞口,细听里面的动静。

整整两个小时,马治中出来了,身后跟着一身道士装束的子虚。马治中说服了子虚,子虚没有反抗,跟马治中走出了鸽子洞。出洞时,子虚道士看也没看冷松,抬手遮了遮刺眼的秋阳,没头没脑地说了句:"我把七十三洞给毁了。"马治中说:"我也坏了三圣祠的规矩。"两人的对话冷松听不明白,她让持枪的民兵上去绑野龙,野龙很顺从地伸出两只手,低着头一言不发,任由捆绑。

马治中看到洞口少了亮子,便问亮子哪里去了,冷松说了去向后,马治中的脸色马上变了,脸上肌肉抽搐不停,嘴唇血色尽失。马治中没有责怪冷松,心里却对冷松未经同意便派人去报告戚书记十分不满,他很清楚一旦戚书记来查看鸽子洞,鸽子洞作为九里人共守的秘密将不复存在。憋了好一会儿,对冷松道:"走吧,我们去二道沟。"

五

野龙被抓,戚书记像捡了元宝一样兴奋,他说:"九里土改天亮了。"

原来,戚书记一直为九里土改的事情头疼。九里没有地主,也没有富农,充其量可以划分出中农来,但中农不是土改对象,在轰轰烈烈的土改大潮中,总不能落下九里这座孤岛吧?现在好了,抓到野龙,顺藤摸瓜,玉虚观自然就成了分田的目标,因为玉虚观算上野龙才两人,而土地却有好几垧,这不是改头换面的地主吗?

公审野龙还没有进行,戚书记便做出指示,将玉虚观的土地分给九里村民,让九里村民享受土改成果。马治中提出是不是给玉虚观留出生活用地,都分光了,止玉不是要喝西北风?戚书记摇摇头:"止玉的事还没完,王先生找过我,希望我不要株连止玉,他以人格担保止玉和土匪没有任何瓜葛。王先生的话我不能不听,止玉的事就先放放。至于玉虚观嘛,县里正在组建苇地三区,政府决定征用它作为苇地第三区的办公场所,当然我们也讲宗教政策,在道观里给止玉留出居住的地方,她的去留自己定吧。"

马治中明白了,这就是戚书记解决玉虚观的方案。

戚书记的行动非常迅速,苇地第三区挂牌成立,冷松被任命为第三区区长,管辖苇地零零散散二十几个自然屯。野龙藏身的鸽子洞被改造成第三区粮库,塔溪道姑的闭关之所从此消失,洞中那条通往道观的暗道也被堵死。

在分配玉虚观土地时遇到了难题,布告贴出去,没有一个村民来认领。冷松感到奇怪,问马治中是怎么回事,九里村民是不是害怕什么,白分的土地都不来认领?马治中没有回答冷松的问题,说分地的事还是让他来办,我们要相信九里新组建的组织。冷松点点头:"看来要王先生发话才行。"

王鸣鹤发没发话工作队不知道,最终,玉虚观的土地被九里村民平分了,每户不到一亩,但村民种地的事都委托给了鬼蜡烛。马治平对此的说法是鬼蜡烛栖身的老坨头被三区建成了苗圃,鬼蜡烛变得地无一垄、房无一间,是九里最穷的人,正好为村民打理这些平分的土地。

一切木已成舟,马治中回乡的使命提前完成。他提出去富拉尔基上任,戚书记很痛快地答应了。戚书记拍着马治中的肩膀说:"剩下的工作由冷松做吧,你可以去富拉尔基了。"马治中说:"感谢戚书记,我像只螃蟹,苇地土改如同一场大火,把我给蒸熟了。"戚书记笑了笑:"蒸红了可以,可不能成死蟹。"

戚书记交代冷松要欢送马治中,马治中的表现材料他会写好寄给富拉尔基党组织。戚书记回二道沟蹲点去了,临走时说:"治中你记住,闹革命不能婆婆妈妈,横不下一条心,就走不出泥泞地。"

马治中觉得戚书记的话有道理。

戚书记走后,马治中让冷松替他回九里,代他向王先生告别,他要利用一点时间和止玉说说话。

止玉端坐在玉虚观正厅东侧的椅子里,静静地望着三清塑像发呆。她已经知道了玉虚观要作为三区办公地点被征用,这是冷松宣布的,冷松同时告诉她,本来政府要追究她窝藏土匪罪责的,因为王先生作证止玉对野龙不知情,戚书记才网开一面;但征用玉虚观却是板上钉钉的事,戚书记铁嘴钢牙,没人能改变他的想法。止玉没有说什么,她心里一直担心子虚的安危,公审野龙的消息已经在苇地像芦花一样散开,很多来玉虚观进香的人都不相信子虚就是当年苇地里的恶魔野龙,问止玉,止玉总是这样回答:"玉虚观只见子虚,没有什么野龙。"

马治中和止玉的对话像两个陌生人在搭讪,肃穆的三清像如同三位穿越时空的见证者居高临下,用心倾听。

"我对不住蒲姨。"马治中用了白鹤五子对止玉通用的称呼,"先生带我们白鹤五子挖的蟹冢也被我毁了,我无脸去见先生。"

"该来的总会来,该去的总会去。"止玉目光清澈如水,看出她内心很平静,这是一种修炼到深处的表现。

"玉虚观被征用也许是临时的。"

"征用,或许是最好的保护。"止玉并不抱怨。

"可是,您去哪里呢?修道毕竟需要清静之地。"

"心若在,荒山即福地,随遇而安。"

止玉这样说话,马治中知道自己再没有说下去的必要了,他感到自己在止玉面前变得十分幼稚,自己担心的事情在止玉眼里如同晨雾一般轻渺。止玉的冷淡他很小就领教过,在白鹤五子眼里,止玉似乎只有见到王先生才有难得的一笑,以至于邱会武说过:"蒲姨的笑如同昙花一般难见。"

马治中来到院子里,两棵柿子树叶已落尽,剩下光秃秃的树枝挂着稀疏的红果,午后的阳光有些刺眼。他打了个喷嚏,抬头见到了大殿屋檐下熟悉的瓦当。这是白鹤五子烧制的,他眼角有些湿。维修玉虚观可是子虚出资,自己分了十块大洋,这是他人生第一笔收入。

马治中没有回九里,他给马治平写了一封信,嘱咐他要一心一意跟戚书记走,要为更广大的老百姓谋幸福,自己有机会会回来。他走得有些孤独,又恰逢苇地刚刚下过一场秋雨,更加重了气氛的凝重。送行者只有冷松。一身黄军装的冷松精神饱满,不时搀一把一拐一滑的马治中。两人走出苇地,站在苇地边泥泞的土路上,马治中回头深情地望着绿苇红滩,心中无限感慨。秋风起,芦苇黄,一派苍凉之色,他感到了丝丝伤感。冷松问:"马队长何时再回洼里?"马治中摇摇头:他对冷松立功心切的做法有些不满,亮子的事如果冷松不大惊小怪,也许就是另一种结果。鸽子洞的事如果不去报告戚书记,他会有另一种安排,但这一切都被冷松改变了,他无力扭转乾坤。

"我们还能见面吗?"冷松情意绵绵。

"也许吧。"马治中不咸不淡。

"为什么不回九里告别?"

"蟹冢刨了,九里几代人躲刀兵的鸽子洞也毁了,我无颜面对九里父老。"

"这,这些不能怪你呀!"

"先生没说怪我,可是人贵有自知之明。"马治中回过头来,看着蜿蜒远去的泥泞土路,叹了口气道,"我是背诵《九里村约》长大的,我知道三圣祠里有两本另册,它像苇地闪电一般令我恐惧。"

冷松知道《彰善》《记过》两簿,她对马治中如此看重这两册很是认同,这两册就是九里的村史,村中每个人的功过都要通过这两册传给后人。"你只身进入鸽子洞,兵不血刃劝降野龙,这件事肯定会写进《彰善》簿的,我会和王先生说。"马治中摇摇头:"功过先生自然知道,你还是别说了。"冷松说:"也好,我在三区工作,这里是你的家乡,有什么需要我做的吗?"

"战友一场,托付之事唯有一件,那就是无论何时都不要难为王先生,他是一个好人。"

冷松点点头:"我和你一样敬重王先生。"

马治中和冷松握别,一拐一滑地上路了。这里离田庄台火车站尚远,但已经能听到蒸汽火车粗重的喘息声。

冷松站在路旁,想挥一挥手,看到马治中没有回头,便将举起的手又垂下了,垂下手的一刹那,滚下两行泪水,马治中是让她很难忘却性别的人。

六

玉虚观被征用后,王鸣鹤将止玉接回九里。

止玉说:"塔溪师父真是料事如神。"

"不要怪治中,他毕竟是组织中人。"王鸣鹤不忘替弟子说情。

马治中不辞而别,让王鸣鹤心绪很乱。他理解治中的难处,人在官场,身不由己,治中能抗命不遵吗?王鸣鹤知道马治中无颜面对自己,他希望马治中能来酩奴堂告别,这样,他会卸下弟子心头的包袱,让他一身轻松去富拉尔基,为此他还做了马俊工作,要他不要指责儿子。马俊因为儿子毁掉蟹冢和鸽子洞在九里一直抬不起头来,王先生这样一说,他觉得王先生真是大度,对侄儿马治平说,姚远没做成的事让治中给做了。当然,王鸣鹤也并不怨恨戚书记,戚书记是个意志坚如磐石的人,戚书记对信仰的忠诚如同自己对三圣的崇拜,追求的力量不可改变。九里没有革命对象,治中、冷松带着人马来了,总不能空走一遭吧?由此他早就预料子虚在劫难逃。他和戚书记说过,无论如何要保证止玉安全,因为他向塔溪道姑承诺过。戚书记答应了他,但提出一个条件,让他劝止玉还俗,他当时问戚书记,为什么要这么做,戚书记说想证明真理的力量无坚不摧。

"我不会记恨治中,小先生的弟子,不看僧面还要看佛面。"止玉说,"再说,玉虚观被政府征用未必是坏事,至少不会被毁弃。"

"子虚令人钦佩,进鸽子洞连飞刀都没有带,他的飞刀就在耳房枕头底下。"王鸣鹤说,"这是冷松告诉我的,冷松说怎么看这个野龙都不像杀人越货的土匪。"

"子虚走后,把他埋在万柳塘吧,玉虚观没有道士墓。"止玉说。

王鸣鹤长叹一声:"唉,还没有公审,不知子虚能不能像尉黑子那样绝处逢生。"

止玉又住进了三圣祠,这一次她不用躲藏,大大方方地进出酩奴堂。村民这才知道当时的蒲小姨就是止玉道姑,但人们坚信她是蒲娘的侄女,对她住在三圣祠也不感到奇怪,好像三圣祠就应该有这样一个女道士居住。

戚书记通过冷松知道王鸣鹤接纳了止玉的消息,他认为这是止玉最好的选择。不过,他在希望劝说止玉还俗的基础上又有了一个更离奇的想法:撮合止玉嫁给王鸣鹤。产生这样一个似乎荒唐的想法源自一场上级领导的报告,那是一位他十分崇拜的领导来洼里视察,其间给洼里干部作了一场报告,那次报告,梳着中分头的领导大讲特讲了革命不仅要改造看得见的,还要改造看不见的,重中之重在于改造看不见的,这个观点对戚书记影响很大,坐在台下的他不知怎么就想到了三圣祠,想到了玉虚观,想到了肤如凝脂的止玉。也就是在那一天,他有了征用玉虚观做第三区办公室的想法,这是一种改造,他想,如果接下来能将止玉改造成一个靠劳动生活的人,岂不是一大成果吗?王鸣鹤尚未娶妻,止玉与他又有着兄妹一般的关系,说不准这事有谱。身份所限,他不能亲自保媒,他便向冷松暗示了自己的想法。

冷松明白了戚书记的想法后惊愕不已,一个乡医,一个道姑,怎么会结合成一家?王先生是个骨子里有傲气的人,他若想成家,几房妻妾也娶了,他不想娶是因为心里有个叫栗娜的生物学家,当然这个原因很少有人知晓,但凭她在酩奴堂住了些时日的直觉,她认定王先生不会在婚姻问题上做任何迁就。现在,戚书记想让王先生娶止玉,岂不是乔太守乱点鸳鸯谱吗?

"这个工作我去做有难度。"冷松低头红脸,一个未婚的女孩子谈论这样的话多少有些难为情,此外,她打怵与王先生谈论这个话题。

戚书记没有强求,让冷松去保媒的确有些出格。"我来试试吧。"他自言自语。自打戚书记新掌握了洼里大权,无师自通产生了某种执拗的冲动,那就是喜欢尝试去做不可能的事情,每一次做成原本不能的事,他都会产生持续不断的快感。对止玉,他并不陌生,在九里时他听王鸣鹤多次提起过塔溪和止玉,他发现王鸣鹤在提到这两个女道士时充满了一种敬爱,他分析过这种感情,认为这是建立在信仰基础上的情爱,他想,如果想办法改变王鸣鹤的信仰,王鸣鹤和止玉就会由不可能变成可能。他暗自提醒自己,不能让一个善良的乡绅在缺少阳光的道路上独行。

戚书记在冷松的陪同下来到九里。双泰河上的光复桥很坚固,走上去微微带着弹性,似乎会增大人的步幅。因为是清晨,他们巧遇正在河边石碑旁练剑的止玉,一身皂袍的止玉舞剑舒缓有致,完全进入了剑术的境界,对桥上走来的两个大人物视而不见。一直到戚书记、冷松两人走过去止玉也没有停下来,戚书记边走边看止玉力道极足的剑法,悄悄对冷松道:"这是太极剑。"

冷松扭头看着止玉说:"她看见我们,却装作没看见。"

戚书记道:"她会看见的,我们来九里的目的就是让她眼中有我们。"

在酩奴堂,王鸣鹤让春旺泡上戚书记给的峨眉雪芽,这绿茶他喝不惯,每次喝完心脏都有一种突突的感觉。戚书记笑着说:"我知道王先生待客最好的茶该是祁门安茶呀。"王鸣鹤道:"这峨眉雪芽可是戚书记所赠,用来招待您也算是完璧归赵了。"两人客套了几句,多子进来说止玉道姑回来了,大家吃饭吧。大家起身来到东厢房,多子母亲曹氏准备的早饭是窝头、小米粥、咸鸭蛋和腌蒲笋,止玉向两位客人点点头,大家坐下来吃饭。戚书记和冷松吃得很香,王鸣鹤和止玉吃饭不多,止玉先行离开,冷松跟出去,她想和止玉聊聊。冷松越来越发现这个道姑有故事,像王先生、马治中这样出色的人物对止玉都崇敬有加,说明止玉才情绝非一般。止玉没有交谈的想法,冷松只好回来坐下。

吃罢早饭,东厢房只剩下戚书记、冷松和王鸣鹤三人,王鸣鹤开口打破僵局:

"说吧,来找我做什么?"

戚书记太了解王鸣鹤了,王鸣鹤这样问,两人间便省去了许多铺垫之语。

"这次专程来九里,是想让你救救止玉。"戚书记不紧不慢地说。

王鸣鹤吃了一惊,表面却十分冷静,他问:"因为子虚?"

戚书记点点头。

"止玉道士和子虚没瓜葛,让子虚去玉虚观是我的主意,这一点你清楚,要办就办我吧,不要难为一个出家修道之人。"王鸣鹤直视戚书记。

"野龙长期藏匿玉虚观,两人关系明暗不分,止玉若想撇清干系,只能证明与野龙有泾渭之分。"

"玉虚观只有他们二人,你让她如何自证清白?"

"你若出手相救,便可还止玉清白。"戚书记眼中露出一丝神采。

"我出手相救?"王鸣鹤很吃惊,心中有了一种被戚书记牵着走的感觉,"刀把子在你手上,我一个乡医塾师,难道能扭转乾坤？"

"劝说止玉还俗，与你成家。"戚书记语气肯定，把早就准备好的底牌摊开。

王鸣鹤呆住了，一向临危不惧的绅士气派猛然间露出颓势，手中的茶碗抖动不止，他屏住气，小心翼翼地将茶碗放回桌上。"你乱点鸳鸯谱，到底为了什么呢？"

"为了止玉，当然也为了你，如果我与你不相熟，把你和止玉作为窝藏犯都一起抓了去，交给人民审判不就完了吗。"戚书记摇摇头，"你和止玉是什么人我心里很清楚，但我清楚不行，我还得给同志们一个理由，你和止玉成家，以你的人格声誉，人们便会相信止玉与野龙不是同党。"

王鸣鹤欲言又止，戚书记进门时他想了诸多可能，唯独没有想到戚书记此行会有这样一个突发奇想的目的。

"路，只此一条，王先生还是三思，你在苇地德高望重，又是你介绍野龙去了玉虚观，你若娶了止玉，止玉与野龙间所有的流言蜚语都会不攻自破，你若不娶止玉，止玉就是跳进双泰河也洗不清。"戚书记的分析让冷松佩服得五体投地，王先生眼看着没有退路了，进则生，退则死，戚书记等于把王先生逼上了一条不归路。冷松在一旁烧火道："王先生，新年前区里就要公审野龙，许多同志要求止玉陪审，认为是止玉窝藏了野龙，我们不抓止玉，总要给同志们一个说法吧。"

"是我介绍子虚去玉虚观的，你们应该抓我才对。"王鸣鹤声音低沉，他在努力控制自己的呼吸。

"王先生在苇地有口皆碑，不会娶一个品行上有瑕疵之人，你也对我说过，砭石之下只有好人病人之分，而无好人坏人之别，王先生若能将止玉从病人和坏人的嫌疑中解脱出来，何尝不是一种善行义举！"

王鸣鹤直直站起身,脸色变得绯红:"这要看止玉想法,己所不欲,勿施于人,你我岂可强加于人。"

戚书记知道王鸣鹤蚌口已开,便站起身道:"先生会有办法的,我不逼你,三日后冷区长来听你回话,我们都希望止玉平安无事。"

戚书记和冷松走了,王鸣鹤破例没有出门相送。

路上,冷松问:"能成吗?"

戚书记高高地仰起脸,道:"事在人为。"看到冷松有些疑惑,他又补充了一句,"王鸣鹤和止玉都应该成为你我的同志。"

"戚书记想发展他俩加入我们的队伍?"

"那倒不一定。"戚书记摘下眼镜用衣角擦了擦镜片,再郑重地戴好,"小冷,你知道一个人最大的成就感是什么吗?是对别人的信仰产生影响。"

冷松若有所悟。

戚书记顺手折断一根芦苇,在手中拂尘一样甩来甩去,自言自语道:"一个根深蒂固的乡绅,一个意志坚定的道姑,这是多大的难题!我相信我一定会破解这道难题。"

冷松被戚书记的自信感染了,跟着说:"苇地闭塞,群众觉悟不高,三区很多工作上不去,我想关键还是自己缺少首长这份自信。"

"苇地是一盆生面,我们要做酵母。"戚书记说话很幽默,"有了酵母,不愁蒸不出馒头来!"

七

王鸣鹤和止玉在酩奴堂谈了一夜,两人一直在回忆往事,王鸣鹤说了戚书记的建议。止玉双眼眯成两道细缝,静静地观察着烛光。酷奴堂门窗紧闭,无风可入,但烛光却在不规则地摇曳,像一个和尚在摇头否定什么。她又将目光投放到烛光下的茶碗里,碗中的祁门安茶已经凉透,平静似一块琥珀,这琥珀好熟悉,这不是塔溪师父的一双眼睛吗?她倒吸一口气,慢慢呼出来,然后说:"当年,塔溪师父看好令尊,两人惺惺相惜,却能发乎情止乎礼,止玉何尝不是一样?小先生是唯一与止玉有肌肤之亲的男人,止玉虽然出家修行,但也是血肉之躯,不过止玉深知,凡事人在做、天在看,头上三尺有神灵,止玉哪怕一丝一毫的闪念,都在师父如电双目之中,止玉岂敢离经叛道,让半生修行付诸东流。"

"鸣鹤并无非分之心,是为止玉安危所计。"王鸣鹤知道自己需要解释。

"你我虽非眷属,却胜如一家,只是凡事莫到极处,乐极生悲。"

"要是抓你去陪审子虚该怎么办?"王鸣鹤真正难解的是这个问题。

"那就去吧,"止玉把一口冷茶含在嘴里停住,好像含着一块冷玉,好一会儿才咽下去,"戚书记是个讲理之人,人命关天,他总该分个青红皂白吧。"

"这个人我了解,不坏,就是喜欢控制别人的脑子,当年我到文昌书店去,就看到洼里有一批小青年听他讲大道理。他的血很冷,能对你我网开一面已经十分难得。"

"一切顺其自然吧。"止玉舒了一口气说,"要我陪绑,我就陪子虚,也算报答几年来子虚为玉虚观付出的血汗。"

两人站起身,面窗而立,茫茫苇地呈现出浸润力极强的褐色,这是太阳升起前苇地特有的晨障,这晨障会让人把未来误解为过去。

"你若陪绑,我也上台,大不了与子虚同上黄泉路。"王鸣鹤说出的话大义凛然,掷地有声。

止玉转过头来深情地望着王鸣鹤,一双明眸楚楚动人:"师父对我有交代,对你,对我,没有戚书记说的那种可能。"说完,止玉推开门走了,走得很急。

王鸣鹤没有动,他倒背着手,腰背挺直,感到一股凉气迎面而来,禁不住打了个寒战。

当天,他写了一封信让马治平送给戚书记,信中他说,三军可以夺帅,匹夫不可夺志,自己不娶止玉,并非不爱止玉,而是早已心有所属;止玉也不会还俗,因为止玉是个敢于毁身殉道之人,生死早已置之度外,如果让两人为子虚陪绑,那就陪吧。他信中语气坚定,没有任何商量余地。

戚书记没有复信。

第四天,一身黄军装的冷松在马治平陪同下来到酪奴堂,冷松的脸红似苹果,兴奋之情完全呈现在脸颊上。见到王鸣鹤她微笑着说:"甭为难了,王先生,事情已经搞清,"她说,"你和止玉道姑都不是野龙同党!"王鸣鹤心里一震,他知道治中之所以能在鸽子洞里说服野龙,就是以他和止玉的安危为筹码,有这样的结果他并不感到意外。冷松说:"野龙已经将您和止玉撇清,他交代自己是隐名埋姓欺骗了您和止玉,您介绍他到玉虚观并不知道他是劫道的野龙,止玉更不知道他的身份。"

"我说过,子虚就是子虚,过去的野龙已经下了地狱。"王鸣鹤哽咽着说,"如果需要我陪绑,我没有怨言。"

冷松说:"我们是讲政策的,不会搞株连。"

王鸣鹤让多子叫来止玉,止玉知道了事情的结果后,警觉地问:"戚书记怎么看?"

冷送说:"是戚书记让我来的,他让我传话给王先生和止玉,受蒙蔽无罪。"

有了野龙的供词,王鸣鹤和止玉便不会公审陪绑了。但两人商议后,决定公审那天去玉虚观给子虚送行,王鸣鹤让治平准备几领苇席一副担架,再带上几个年轻村民,治平问干什么用,王鸣鹤粗粗地说出两个字:"收尸!"

公审地点就在玉虚观门前的空地上,这里原本是子虚打理的一片菜地,夏秋季节这里满地是翠生生的萝卜白菜,现在,这里是冻硬的土地,收获过白菜萝卜的垄还在,让踩在上面的人难以站稳。苇地三区政府在玉虚观的山门前搭了一个台子,台子上方用两根竹竿拉起一条红布,红布上贴着白纸黑字会标:苇地三区公审惯匪野龙大会,台上摆着一个断了一条腿的木桌,止玉知道这是韩二活着时吃饭的桌子,那条断腿被嫁接了一截锹把,这张跛脚的桌子让一场公审显得不够庄严。桌后面坐着冷松,很显然冷松没有主持过这种会议,看上去有些紧张,右手总是按着腰上的枪套,好像一松手这枪就会鸟一样脱手。

五花大绑的子虚被押上台时,菜地里的人群发出一阵骚动,很多人在玉虚观里见过子虚,人们没有想到一个杀人劫道的土匪怎么会隐藏这么深?冷松宣读了一份事先写好的文书,然后号召有血债冤情的人上台控诉。开始,台下人们窃窃私语,无人响应,后来,那个告发的民兵亮子上了台,亮子一上去就哭了,说:"你劫道就劫道呗,为啥要一刀抹了我舅的脖子?我要是不到苇地里拉屎,也让你一刀给抹了,你咋就下得了手哇,我舅母领着三个娃改嫁了,没几年也死了。"亮子这一哭,一直闭着眼的子虚说话了,"兄弟,我今天就还你一命。"亮子抹着眼泪下去了,他下去后再没有人上来。冷松站起身往台下张望,目光一下子就锁定在一身褐色棉袍的王鸣鹤身上,她大声说:"王先生,野龙不是欺骗过你吗?你上来说说。"王鸣鹤没有回应,身旁的止玉轻轻推了他一把,道:"上去吧,也算与子虚道个别。"王鸣鹤大步走上台来,冷松问:"九里来的人最少,马治平来没来?"王鸣鹤说,"你们公审时辰太早,治平他们还在路上。"冷松看看腕上手表,没再说什么。王鸣鹤原以为戚书记会参加这个场面,令他感到奇怪的是公审现场最大的干部就是冷松。他问冷松,"我可否问子虚几句话?"冷松道:"今天是公审,就是让群众说话,该问什么问什么,不用有顾虑。"王鸣鹤径直来到子虚面前:"怕吗?"子虚回答道:"不怕。"王鸣鹤问:"有什么牵挂?"子虚回头看了看玉虚观气派的门楼,脸上的肌肉抽搐了几下,说:"门楼上第五趟瓦的瓦当碎了,还没来得及换。"王鸣鹤拍了拍他的肩膀:"会有人换的,放心。"子虚又问:"止玉好吧?"王鸣鹤点点头,朝台下看了看,止玉正在人群里望着台上。"我没事,你和止玉平安就好。"子虚舒了口气。王鸣鹤道:"这是治中说服你的条件吧?"子虚没说话,嘴角向上弯了弯。"万柳塘给你留了地方。"王鸣鹤说完扭头下去了,台下的人不知道他们说了什么,冷松也没听清,因为嘈杂声实在太大。王鸣鹤回到菜地,脚下一个趔趄,止玉扶住他,王鸣鹤颤抖的两手用力向后背过去,哆哆嗦嗦扣在一起,让胸部高高挺起来。

死刑执行很简单,就在红顶子那片芦苇荡,三个民兵用一颗子弹完成了文书中规定的内容,菜地上的人群议论纷纷地散去,没有人再围上去看光景,人们心里很难把子虚和野龙画等号。冷松走下台对王鸣鹤说:"群众有些想不通这很正常,连先生这样的智者都被他蒙蔽了,何况苇地里的百姓呢。"止玉提出要为子虚收殓:"子虚毕竟在玉虚观住了几年,算是出家修道之人,不能弃尸荒野。"冷松说:"收殓的事应该家属来做,对此上级没有规定,野龙也没有家属,你们该怎么收就怎么收吧。"冷松毕竟是个姑娘,对尸体不愿意多看,草草地验过后就交由王鸣鹤处理。这时,马治平带人赶到,用苇席裹好尸体,再用麻绳捆住,置于担架上,几个人抬回九里。让马治平一行感到奇怪的是,子虚的尸体没有流血,"他的血都哪里去了?"马治平问,王鸣鹤道:"子虚血凝成障,大概不愿染了韩二吧。"众人这才想到,韩二就葬在红顶子。

子虚下葬后,止玉练剑不去河边了,而是去万柳塘。天刚蒙蒙亮,雾气缭绕中,万柳塘人影移动,剑光闪闪,让晨起的九里多了一份神秘,有早晨路过九里到红滩出海的渔民,见到晨曦中的坟地有如此景象,被吓得屁滚尿流,落荒而逃。于是,苇地里开始流传万柳塘闹鬼的谣言,但九里人听到后会相互一笑,他们知道那是止玉在练剑。